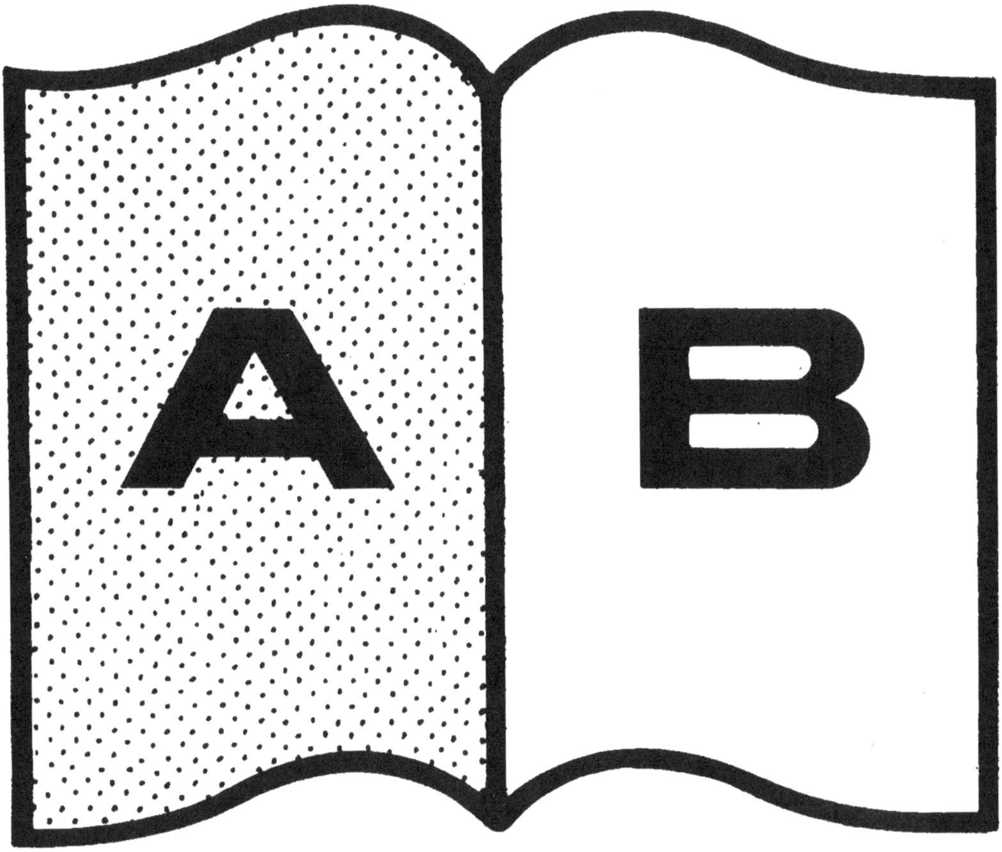

Contraste insuffisant

NF Z 43-120-14

MARIAGE IN-EXTREMIS

Roman d'amour

Par MARC MARIO

Jules ROUFF et Cⁱᵉ, éditeurs, Cloître Saint-Honoré, PARIS

MARIAGE IN-EXTREMIS

TOME Ier

MARC MARIO

MARIAGE IN-EXTREMIS

TOME Ier

PARIS

JULES ROUFF ET Cie, ÉDITEURS

CLOITRE SAINT-HONORÉ

Mariage In-Extremis

ROMAN D'AMOUR

Par MARC MARIO

JULES ROUFF et Cⁱᵉ, éditeurs, Cloître Saint-Honoré, à Paris.

Mariage In-Extremis

I

Accoudée, appuyant son front sur sa main gauche, Valérie Dubourg relisait les quelques lignes que sa plume venait de tracer sur la feuille de papier à lettre.

Dans les plis qui barraient son front se lisait la préoccupation doulou- reuse, le souci torturant qui l'angoissait, et ses yeux aux lueurs verdâtres décelaient la contrainte humiliante où la poussait une nécessité impérieuse.

— Faut-il que je sois tombée bas pour m'adresser à lui !... — se dit-elle avec un sombre découragement mêlé d'un amer dépit.

Mais l'énergie de sa volonté secoua la pusillanimité qui l'envahissait, et, triomphant du sentiment de honte qui venait de l'arrêter un instant, elle trempa la plume dans l'écritoire et se remit à l'œuvre.

— J'ai beau ne pas vouloir... Il le faut !...

Et sa plume courut sur le papier comme si elle avait hâte d'avoir achevé afin de ne plus voir ce qu'elle écrivait.

La lettre terminée, elle la plia, la mit sous une enveloppe qu'elle cacheta et, fébrilement, traça l'adresse, luttant contre son aversion, contre sa haine, contre le dernier effort de son orgueil révolté, pour écrire le nom du des- tinataire.

Puis, l'écriture séchée, elle colla un timbre-poste, mit la lettre dans un porte-cartes noirci et vieilli, se coiffa d'un chapeau tout ajusté d'une voilette, et elle sortit, ayant soigneusement fermé la porte de son petit logement.

Valérie Dubourg se trouvait dans une position désespérée, réduite aux dernières extrémités, tenaillée par les implacables besoins de l'existence ; et cependant les affres douloureuses de l'âpre lutte pour la vie n'avaient point révélé sa misère aux rares personnes qui la connaissaient, pas même à celles qui la voyaient chaque jour, tant elle avait mis de soin à dissimuler, de fierté tenace à donner le change. — Et si cette dissimulation constante et supérieurement habile, digne d'une comédienne émérite, n'avait pas eu pour but d'épargner à son orgueil de cuisantes blessures, elle l'aurait mise en œuvre quand même, car il lui aurait semblé que sa détresse n'eût évoqué aucune compassion, tant elle l'aurait sentie méritée, juste, infligée par la justice immanente et mystérieuse comme un châtiment.

Ah! certes oui, cette femme n'aurait été digne d'aucune pitié, si l'on avait connu son existence, ses machinations, ses rou019eries perfides mises au service d'une ambition démesurée, rendue criminelle par la plus noire envie.

Partie de bas, de la condition la plus humble, Valérie Dubourg avait dû à un protecteur discret une éducation qui, en affinant son intelligence et en servant ses facultés, ne pouvait faire d'elle qu'une déclassée. Ouvrière sans éducation et simple, elle eût pu être une honnête et une brave femme ; mise sur la voie, son envieux orgueil la devait conseiller funestement. Et, en effet, lorsque cessèrent les subsides de l'inconnu qui s'intéressait à elle, elle se trouvait trop jeune pour être livrée à elle-même sans aucune fortune. Elle avait envié le sort heureux, la fortune patrimoniale de ses amies de couvent, toutes envolées alors dans leurs familles, et elle se crut capable d'atteindre par l'intrigue les sommets où la naissance ne l'avait point portée.

Musicienne, elle professa le piano, cherchant, en même temps que des élèves, des occasions de plaire, l'aventure qui l'élèverait, peu lui importerait que celui qu'elle rencontrerait la conduisît, même par la main gauche, sur la voie dorée entrevue et âprement convoitée. — Mais ni épouseurs, ni amants ne se présentèrent, et il semblait qu'on s'éloignait d'elle sous l'influence d'une intuitive aversion, comme si l'on pressentait la perversité qu'elle cachait et le mal que plus tard elle devait faire. Il semblait que la nature prévoyante avait inscrit sur ses lèvres minces, dans les plis de son sourire perfide, dans les regards troublants de ses yeux, sur la table énigmatique de son front, tout ce que son âme contenait d'épouvantable et de cynique.

Au moment où commence ce récit, qu'émotionnera un drame dont cette femme malfaisante doit être la sinistre héroïne, Valérie Dubourg était réellement à bout, — à bout d'expédients comme à bout de ressources. — Plus une élève, plus une invitation, plus un espoir ; tous ceux qu'elle connaissait partis en leurs châteaux, sur les plages, en province. Et devant elle, la vie inexorable, avec ses besoins quotidiens, avec ses nécessités impérieuses, et cet orgueil irréductible qui défendait à la misérable de rien laisser paraître de cette désespérante détresse.

Il fallait qu'elle fût joliment bas, — ainsi que nous l'avons entendu s'échapper de ses lèvres comme en une imprécation, — pour qu'elle s'adressât à celui qui, un jour, avait été quelque chose pour elle, qui s'était pris, aveugle, au mirage de ses artifices, et qu'elle avait chassé.

Elle allait, et, en approchant du bureau de poste de la rue Milton, elle ralentissait le pas, comme si elle eût espéré encore, contre l'impossible, rencontrer une chance heureuse, un salut qui l'affranchirait de l'humiliante obligation de s'adresser à cet homme.

Elle regardait autour d'elle et elle aperçut tout à coup une jeune femme, mise avec élégance quoique sombrement vêtue, d'une distinction frappante, qui, comme elle, s'approchait de la boîte aux lettres. Une fillette de sept ans, jolie à croquer, ravissante sous les boucles blondes qui encadraient son visage d'ange, l'accompagnait, lui tenant la main.

— J'aurais pu être ainsi !... — pensa envieusement Valérie Dubourg.

Et, à ce moment même, la jeune femme, poussant un cri qui s'étouffa dans sa gorge, abandonna la main de sa fillette pour porter la sienne à son cœur, chancela et s'abattit doucement sur le trottoir, tandis que son visage devenait subitement d'une pâleur de cire vierge.

— Maman !... — cria la fillette épouvantée.

Deux personnes s'arrêtèrent, prêtes à porter secours, en même temps que Valérie Dubourg, qui se trouvait plus rapprochée, se baissait pour ramasser la lettre échappée de la main de la jeune femme. — L'une s'occupa de l'enfant qu'elle chercha à rassurer et qu'elle éloigna, malgré ses pleurs, afin de lui dérober le déchirant spectacle ; tandis que l'autre, aidée par Valérie Dubourg, relevait la jeune femme inanimée.

En un instant, il y eut autour d'elles un groupe nombreux.

Le professeur de piano avait lu, en ramassant la lettre, la suscription tracée d'une écriture large : *Monsieur le marquis de Jessaint, rue de Péra, à Constantinople* ; elle avait vu cinq cachets de cire rouge qui fermaient le pli dont ses doigts constataient l'épaisseur.

— Si c'était le salut !... — pensa en une inspiration abominable cette femme que la détresse aux abois rendait capable de tout.

Et elle avait fait disparaître la lettre que personne n'avait remarquée.

Elle s'empressait maintenant avec les autres autour de la jeune femme inconnue, la soutenait, paraissant alarmée, désolée.

— Mon Dieu, quel malheur !... Où y a-t-il un pharmacien ?

Un gardien de la paix indiqua celui du faubourg Montmartre et l'on y transporta la jeune femme.

Valérie Dubourg, laissant à d'autres ce soin, avait pris la main de l'enfant, et la caressant, elle la conduisit, suivant le groupe.

— Viens, ma pauvre mignonne... viens, ma petite chérie... — lui dit-elle. — Ce ne sera rien... Ta maman va être guérie... Viens...

Ainsi, en conduisant la fillette, on la laisserait entrer chez le pharmacien et elle entendrait ce qu'on dirait au sujet de cette jeune dame. Elle serait là lorsqu'elle reviendrait à elle.

Personne ne l'avait vue ramasser la lettre, pas même l'enfant que la chute de sa mère avait épouvantée et qui sanglotait en l'appelant.

En effet, tandis que le gardien de la paix arrêtait les curieux à la porte de la pharmacie, Valérie Dubourg y pénétra avec la fillette, et elle comprit à ce que l'on disait qu'on la prenait pour une parente ou une amie.

Un médecin, le docteur Lapieyre, qui se trouvait chez le pharmacien, prodigua ses soins à la jeune femme, et tout en essayant de la rappeler à la vie, il diagnostiquait.

— Ce n'est pas seulement une syncope, — dit-il avec une manifeste inquiétude. — Il y a quelque chose du côté du cœur... C'est très grave !...

Et tout bas, se tournant du côté du pharmacien, il ajouta :

— Il faut la faire transporter le plus tôt possible chez elle.

Le pharmacien s'entendit aussitôt avec le gardien de la paix qui envoya chercher une civière, et pendant ce temps, le docteur, s'adressant à celle dont l'apparente sollicitude le trompait, lui demanda :

— Comment cela est-il arrivé ?... Cette dame doit avoir eu une vive émotion... N'est-elle pas soignée pour une maladie de cœur ?

La misérable avait compris ce qui se passait, et aussitôt une pensée machiavélique pénétra dans son esprit : elle résolut de profiter de l'erreur commise à son égard. Elle entrevit le salut, qu'elle était prête à demander à n'importe quel expédient. Elle sentait, avec son intuition du mal, un parti à tirer de cette situation. — Oh! si elle pouvait s'éviter d'expédier cette lettre qui avait tant coûté à son orgueil !...

— Je ne sais pas, — répondit-elle, simulant à merveille une émotion affectueuse et compatissante. — Il y a si longtemps que je ne l'avais vue... J'ai été surprise de la rencontrer, car je ne la savais pas à Paris.

En parlant, Valérie Dubourg éloignait l'enfant, se plaçant devant elle, afin qu'elle n'entendît pas ses paroles.

— Au moment où je m'avançais, — continua-t-elle, — elle est tombée.

Elle demanda alors à la fillette :

— Est-ce que ta mère était malade ?... Dis, ma mignonne, réponds-moi...

— Non, maman n'était pas malade, — répondit l'enfant en pleurant.

— Elle n'a jamais fait venir le médecin ?

— Non.

— Il n'y a pas longtemps que vous êtes à Paris, n'est-ce pas ?

— Oh ! si... il y a longtemps... depuis Pâques...

Valérie Dubourg sourit à cette réponse, et, s'adressant au médecin :

— Pauvre mignonne, elle était encore bien jeune quand j'ai vu sa mère pour la dernière fois.

Cela justifierait l'attitude de l'enfant, si l'on comprenait qu'elle ne la connaissait pas.

Le rôle de l'aventurière avait été supérieurement joué et tout le monde était dupe de sa savante manœuvre. Le docteur Lapieyre la prit à part, afin de lui dire la vérité sur la situation de celle qu'il prenait pour sa parente.

— Oui, docteur, je vais la faire conduire chez elle, — répondit Valérie Dubourg avec de visibles alarmes. — Mon Dieu, est-ce cruel de la retrouver ainsi !... Et cependant c'est heureux que je me sois trouvée là !.....

« D'après ce que vient de dire la petite, — ajouta-t-elle, — j'ai compris qu'elle n'a pas de médecin. Je vous serais très obligée, Monsieur le docteur, si vous voulez bien lui donner vos soins.

— J'y consens volontiers, — répondit M. Lapieyre.

— Où demeurez-vous? — demanda alors Valérie Dubourg à l'enfant dont elle prit la main et qu'elle caressa en essuyant ses larmes.

— Nous sommes dans un hôtel, rue de Rivoli, — répondit la fillette.

Le docteur hocha la tête.

— Dans un hôtel, — dit Valérie Dubourg qui comprit la signification de ce geste, et qui vit aussitôt tout le parti à tirer de cette situation, — ce ne sera pas bien commode pour la faire soigner... Et c'est loin!... Ne vaudrait-il pas mieux la faire transporter chez moi, tout près d'ici, rue Clauzel?...

— C'est infiniment préférable, — approuva le médecin.

A ce moment, on apporta la civière qu'on était allé chercher à la mairie de la rue Drouot, — car à l'époque où commence notre récit, Paris n'était pas encore pourvu du service des voitures des Ambulances Urbaines, — et en y voyant installer sa mère inanimée, la fillette éclata en sanglots.

— Maman!... Je veux maman!... — gémit-elle. — Maman!...

Valérie Dubourg l'arrêta, la prenant dans ses bras, avec une sollicitude admirablement feinte.

— Ne crains rien, ma chérie, — lui dit-elle. — On va porter ta maman chez moi, ici, tout près, parce que c'est trop loin l'hôtel où vous demeurez, et le docteur qui va venir avec nous la guérira.

Et profitant de l'inattention du médecin qui se faisait remettre par le pharmacien les médicaments dont il pouvait avoir besoin, elle demanda :

— Comment t'appelles-tu, ma mignonne?....Car tu ne me connais pas, bien que je sois de ta famille... Je ne vous savais pas à Paris... Quel est ton petit nom?

— Liette.

— Nous allons passer devant, n'est-ce pas? docteur, — ajouta l'habile intrigante en s'adressant tout bas à M. Lapieyre, — cela évitera de nouvelles émotions à cette enfant, et je vais tout préparer pour recevoir ma pauvre parente.

— Viens, Liette... — dit Valérie Dubourg à l'enfant qui se laissa emmener passivement, ayant jeté un regard douloureux sur la civière, dont le rideau lui cachait maintenant sa mère. — On va porter maman à la maison et nous la soignerons bien... Nous la guérirons... Viens, ma chérie!...

Elle donna son adresse au gardien de la paix qui allait diriger les porteurs : «rue Clauzel, 17,» et, tenant la petite Liette par la main, elles traversèrent la foule, qui s'était amassée nombreuse à la porte de la pharmacie.

Chemin faisant, elle la questionna encore, et lui parla d'elle surtout, afin de lui inspirer confiance, lui disant quelle affection la liait à sa mère.

En arrivant à la maison qu'elle habitait, Valérie Dubourg expliqua à la concierge ce qui lui arrivait, afin que l'on ne s'étonnât point de ce qui allait se passer, car elle avait toujours vécu seule.

— Comprenez-vous cela, Madame Robin ?... Une parente à moi que je n'avais pas vue depuis des années, car elle habite la province... Je ne savais même pas qu'elle était à Paris... Je la rencontre rue Lamartine, et au moment où j'allais l'embrasser, si heureuse de la revoir, elle tombe évanouie... Et cette pauvre enfant qui pleurait... Ma pauvre petite Liette !... Nous avons fait porter sa mère à la pharmacie, et le docteur qui se trouvait là n'a pas pu la rappeler à elle. Alors j'ai dit de la faire transporter ici... Elle demeure à l'hôtel, rue de Rivoli... Je la soignerai bien mieux chez moi, n'est-ce pas ?...

La concierge s'apitoya sur le sort de l'enfant, dont le charme s'augmentait encore de sa douleur, et qui était en proie à un véritable effarement au milieu de ces personnes qu'elle ne connaissait pas.

— Venez m'aider, madame Robin, — poursuivit l'aventurière. — Nous allons préparer ce qu'il faut pour la recevoir... Mon Dieu, quel affreux malheur !...

Et l'habile comédienne avait l'air absolument désolée.

Chez elle, elle donna à la concierge ce qu'il fallait afin de changer les draps à son lit, et tout préparer; puis, dès qu'elle vit arriver le sinistre cortège, car elle guettait par la fenêtre, elle lui dit :

— Descendez... vous montrerez le chemin aux porteurs.

Et rapidement, sous le prétexte de retirer son chapeau, Valérie Dubourg passa un instant dans la pièce voisine, fit sauter les cachets de la lettre volée, et, sans examiner le contenu de l'enveloppe d'où elle tira divers papiers, elle courut à la signature qu'elle lut : « Odeline d'Arcis. »

Elle avait eu le temps de voir, sur les cachets de cire rouge, des armes surmontées d'une couronne.

— Vicomtesse d'Arcis !... — pensa-t-elle, des éclairs allumés dans les yeux. — Est-ce possible?... Elle serait donc la femme d'Adrien?... Et ces papiers... Je lirai plus tard... Oh! c'est le salut!... Je n'aurai pas la honte d'écrire cette lettre !...

Et, ayant fait disparaître les papiers dans sa poche, elle rejoignit l'enfant qu'elle débarrassa aussi de son chapeau, la cajolant, l'embrassant.

— Voilà maman qui arrive, ma petite Liette... Nous allons bien la soigner toutes les deux...

Le docteur précédait la civière; la concierge guidait les porteurs à travers l'escalier.

Le visage du médecin avait pris une expression douloureuse.

— C'est fini, — annonça-t-il tout bas. — Éloignez vite cette enfant.

— Morte !...

— A l'instant !... Au moment où l'on franchissait le seuil de la maison, j'ai soulevé le rideau et j'ai vu... C'est fini !...

— Cette pauvre mignonne est dans une situation de naissance qu'il ne m'est pas permis de révéler. (Page 13.)

— Mon Dieu, quel affreux malheur!... — gémit Valérie Dubourg en essuyant ses yeux pour y appeler des larmes. — Cette pauvre Odeline!... Et cette enfant, ma pauvre petite Liette!...

Elle l'emmena, la tenant affectueusement.

— Viens, ma mignonne... Voilà maman qu'on ramène...

— Maman!... oh! maman!... Je veux la voir...

— Tout à l'heure, ma chérie... Il faut laisser faire le docteur... Viens!... viens!...

LIV. **2.** — MARIAGE IN-EXTREMIS.   LIV. **2.**

On étendit sur le lit le corps d'Odeline d'Arcis. La malheureuse avait succombé à une affection cardiaque, ainsi que le docteur Lapieyre l'avait diagnostiqué.

Alors, quand Valérie Dubourg eut révélé la vérité à Liette, ce fut une douleur telle qu'une enfant de cet âge aurait paru incapable de comprendre aussi vivement la cruauté de la mort.

Aucune force ne put la détacher du corps inanimé de sa mère qu'elle appelait en pleurant, par les noms les plus tendres, et qu'elle baignait de ses larmes. En vain, Valérie Dubourg et l'excellente Mme Robin s'efforçaient de la consoler. Liette n'entendait rien et son adorable visage d'ange reflétait un désespoir épouvantable, comme si elle avait en ce moment l'intuition du sort affreux auquel elle se trouvait vouée.

Les formalités furent accomplies à la mairie par le mari de la concierge qui déclara le décès, attesté par le certificat du docteur.

Pendant ce temps, Valérie Dubourg, se félicitant de l'inspiration qu'elle avait eue, jouait le rôle que les circonstances lui assignaient et s'orientait sur la voie nouvelle qu'elle allait suivre.

Mme Robin, qui lui avait offert ses services, demeurait auprès de la morte que la petite Liette ne voulait plus quitter, et, jouant à merveille le rôle affectueux qui devait lui valoir la confiance de cette enfant, l'aventurière essayait de la consoler en lui expliquant sa situation.

— Ma pauvre chérie, — lui dit-elle, — le coup qui te frappe m'atteint bien cruellement aussi... Il y avait bien longtemps que je n'avais pas vu ta pauvre mère, car vous habitiez la province, et moi j'étais à Paris... Et la destinée a voulu que je la retrouve pour la voir mourir dans mes bras !... Je l'aimais tant, ta pauvre mère !... Car nous sommes presque parentes... Tu ne me connais pas ?... Tu étais trop jeune... Quel âge as-tu maintenant ?...

— Sept ans, — répondit Liette au milieu de ses larmes.

— Chère mignonne, — dit Valérie Dubourg en l'embrassant. — Tu ne resteras pas seule, je te le promets !... Je serai pour toi une petite mère... Je t'aimerai comme ta maman t'aimait...

La concierge s'édifiait par cette comédie supérieurement jouée et elle était convaincue désormais que sa locataire appartenait à la famille de cette morte inconnue et de cette enfant.

Alors, tandis que Liette, sur les conseils de sa fausse parente, priait agenouillée au chevet du lit mortuaire, Valérie Dubourg passa dans la pièce voisine afin d'être seule. Elle brûla la lettre qu'elle avait écrite, — cette lettre qui avait tant coûté à son orgueil humilié, devenue inutile désormais, — et elle examina les papiers que contenait le pli dérobé à la morte.

A la lettre de la vicomtesse se trouvait jointe une feuille de papier timbré, au bas de laquelle ces trois mots avaient été tracés par la mère de Liette : « Bon pour pouvoir », et la signature « Odeline de Charleval, vicomtesse d'Arcis ».

La lettre, longue de quatre pages qu'emplissait une écriture fine et serrée, expliquait l'usage auquel ce pouvoir était destiné.

La vicomtesse d'Arcis, très malheureuse, abandonnée de son mari quelques mois avant la naissance de sa fille, n'avait jamais pu avoir de ses nouvelles. — Elle s'adressait aujourd'hui à un vieil ami de sa famille, le marquis de Jessaint, habitant Constantinople, afin de le prier de faire de nouvelles recherches, car les derniers renseignements parvenus lui avaient appris que le vicomte d'Arcis devait se trouver en Turquie avec la femme dont l'amour lui avait fait faire les pires folies.

Elle avait appris que son mari avait dissipé, jusqu'au dernier sou, son patrimoine et sa fortune personnelle.

Elle voulait lui faire savoir qu'il était père, car elle pensait que le sentiment de la paternité le lui ramènerait et que l'amour inspiré par sa ravissante Liette l'attacherait à elle. — C'est à lui qu'elle destinait cette procuration générale, ce pouvoir illimité donné par un blanc-seing, pour lui prouver sa confiance en lui abandonnant sa fortune entière. — Odeline chargeait le marquis de Jessaint de dire tout cela à son mari et d'employer son amitié en lui parlant de sa fille, dont la photographie était jointe à la lettre.

A mesure qu'elle lisait, Valérie Dubourg se pénétrait de la situation et bénissait la chance heureuse qui avait placé cette femme et cette enfant sur sa route.

Ainsi, d'après ce qu'elle venait de lire, à peu près personne, si ce n'est en Anjou, ne connaissait leur existence, car elles avaient vécu seules, depuis plus de sept ans, dans leur château, dont le nom, *LA POMMERAIE*, *par Saint-Gemmes-sur-Loire (Maine-et-Loire)*, surmonté de la couronne, timbrait la feuille de papier à lettre.

Le marquis de Jessaint, un vieil ami de la famille de Charleval, habitait Constantinople depuis de longues années; il avait été l'un des témoins d'Odeline lors de son mariage et il ignorait encore le malheur qui l'avait frappée, l'abandon de son mari qu'elle avait tenu caché comme une honte, car elle ne s'adressait à lui que comme dernière ressource.

— Qu'est-elle venue faire à Paris ?... — se demandait l'aventurière. — Qui y connaît-elle ?... Qui y a-t-elle vu ?... Il faut que je sois complètement renseignée !... A cet hôtel, où elle habitait avec sa fille, je le saurai sans doute... La situation que je me suis faite, la présence de cette enfant auprès de moi, la parenté que j'invoquerai, ce pouvoir que je ferai régulariser, tout me permet d'agir maintenant qu'elle n'est plus !...

Et la misérable serra précieusement la lettre et la procuration dans un portefeuille qu'elle enferma dans son secrétaire.

Lorsque l'on fit la toilette funèbre de la morte, Valérie Dubourg s'empara de tout ce qu'elle portait sur elle, et elle trouva notamment dans la poche de la robe d'Odeline d'Arcis un porte-monnaie bien garni.

En causant avec Liette, qu'elle gagnait de plus en plus par son hypocrite affection, elle se fit indiquer l'hôtel de la rue de Rivoli que sa mère et elle habitaient depuis près de trois mois, et, sous prétexte des démarches à faire en vue des obsèques, elle s'y rendit.

Les propriétaires de l'hôtel furent surtout heureux que le décès de la vicomtesse d'Arcis ne se fût point produit dans leur établissement, et ils ajoutèrent foi, sans le moindre soupçon, à tout ce que leur dit Valérie Dubourg, qui solda la note de sa prétendue parente et fit transporter chez elle les bagages que l'on trouva dans la chambre.

Elle partit complètement édifiée, ayant su, dans une conversation habilement dirigée, se faire dire tout ce qui l'intéressait.

Elle n'ignora plus rien lorsqu'elle examina chez elle les papiers trouvés dans les bagages de la morte, et, après les funérailles, elle connut jusque dans les plus petits détails l'existence de la vicomtesse au château de la Pommeraie par les longs entretiens qu'elle eut avec Liette.

L'enfant se prenait de plus en plus, en effet, à ses démonstrations affectueuses, heureuse, dans son isolement, de se sentir aimée.

Alors Valérie Dubourg organisa sa nouvelle existence ; car son parti était définitivement pris : elle allait continuer le rôle usurpé de parente de la petite Liette d'Arcis, et, grâce au blanc-seing trouvé dans la lettre adressée au marquis de Jessaint, elle pourrait accaparer la fortune de la vicomtesse, qui devait être importante, d'après ce qu'elle avait vu, bien à l'abri et facilement réalisable, puisque Odeline était mariée sous le régime de la séparation de biens. — Elle saurait manœuvrer avec toute la prudence et l'habileté nécessaires pour s'implanter dans la situation qu'elle venait de se créer ; mais auparavant il lui importait de laisser ignorer le décès de la vicomtesse et de se débarrasser de l'enfant.

L'aventurière n'était pas en peine, et son imagination, secondée par une intelligence merveilleuse, devait lui suggérer les moyens d'atteindre son but criminel.

A Paris, elle en était sûre maintenant, personne ne connaissait la vicomtesse d'Arcis, à l'exception de son notaire, M⁰ Lavalette, dépositaire d'une certaine partie de sa fortune. — En Anjou, où elle avait habité depuis son mariage, cloîtrée en son château depuis l'abandon de son mari, la nouvelle de sa mort ne pouvait être connue. Chez le notaire, comme à la Pommeraie, elle se présenterait munie de la procuration générale qu'elle libellerait à son nom sur le blanc-seing, et affublée du titre de parente que les circonstances lui indiqueraient.

Et ce titre ne fut pas long à être découvert. L'acte de baptême de Liette, trouvé dans les papiers de sa mère, le lui suggéra. — Elle serait la marraine de l'enfant, en se substituant à Lia de Chavanges, une amie d'Odeline de Charleval, morte un an après la naissance de sa filleule.

Pour usurper cette personnalité nouvelle, il était prudent de quitter la maison de la rue Clauzel, où Valérie Dubourg était connue, et le prétexte fut aisément tiré de la douleur de l'enfant constamment renouvelée en cette chambre où elle avait vu mourir sa mère.

Quelques jours après, sous son nouveau nom de Lia de Chavanges, l'aventurière quittait donc son logement et allait s'installer avec sa prétendue filleule dans une maison de la rue de Picpus, à l'autre extrémité de Paris, en un quartier où personne ne pouvait la connaître.

Elle eut vite trouvé le parti à prendre au sujet de Liette qui lui donnait maintenant le titre de marraine.

Parmi les annonces publiées par un journal, elle lut celle-ci :

VEUVE AISÉE, habit. environs de Paris, se chargerait d'élever un enfant sans famille. Soins maternels. — S. A. poste rest. à Clamart.

Valérie Dubourg écrivit à l'auteur de cette insertion, donnant quelques vagues explications sur ce qu'elle voulait faire, et, par retour du courrier, elle eut une réponse d'une femme nommée Sophie Ardusson qui l'invitait à venir la voir et lui expliquait sa situation.

L'enfant fut aisément préparée à cette séparation.

— Tu comprends, ma petite Liette, il faut songer à ton éducation. Je ne peux pas rester constamment à Paris, car il faut que j'aille en province pour régler les affaires de ta pauvre mère.....

Tu me comprends bien, n'est-ce pas ?... Et puis tu es grande maintenant et tu es raisonnable... Alors tu resteras auprès de cette dame qui te mettra en pension et qui aura bien soin de toi... Moi, je reviendrai te voir dès que tout sera terminé...

La mignonne était incapable de volonté, tant son esprit se trouvait désemparé au milieu des douloureux événements et des bouleversantes conjonctures en lesquelles elle se trouvait depuis la mort de sa mère.

L'accord fut vite conclu avec Sophie Ardusson.

C'était une femme d'une trentaine d'années, veuve, n'ayant aucune famille, car son frère, Thomas Ardusson, blanchisseur à Clamart, avec qui elle avait vécu jusqu'alors, était mort à l'hôpital le jour où les créanciers firent vendre la blanchisserie à leur profit. — Elle pensait, ainsi qu'elle l'avait entendu dire, se créer quelques ressources en se chargeant d'élever un enfant riche.

Valérie Dubourg, qui n'avait d'autre souci que de se débarrasser de la fille d'Odeline d'Arcis, ne s'arrêta pas à l'aversion instinctive qu'inspirait cette femme. Elle fit ses conditions et exposa la prétendue situation de l'enfant.

— Cette pauvre mignonne est dans une situation de naissance qu'il ne m'est pas permis de révéler, — dit-elle. — Elle s'appelle Liette Darcis.

En donnant ce nom, elle dénaturait complètement l'état-civil de l'héritière de la vicomtesse, qui avait été inscrite à la mairie de Pont-de-Cé sous les noms de Lia-Odette d'Arcis, et elle rendait ainsi pour plus tard, si cela devait être tenté, toute investigation impossible.

— Je suis chargée d'elle par sa famille, — continua-t-elle. — Vous recevrez une somme de vingt mille francs pour pourvoir aux frais de son éducation et aux soins qui lui sont nécessaires jusqu'au jour de sa majorité. Cette somme vous sera payée en deux fois, la moitié, le premier janvier prochain, et l'autre moitié un an après. — En attendant, voici deux mille francs pour attendre les quelques mois qui nous séparent du premier versement.

Je viendrai chaque fois qu'il me sera possible voir Liette, moins souvent que je le voudrais certainement, car j'habite la province, aux environs de Lyon... Dans le cas où vous auriez quelque chose de grave et d'urgent à m'apprendre au sujet de l'enfant, vous écririez à cette adresse.

Et elle remit une carte sur laquelle on lisait : « Mademoiselle D. U. B. Poste restante, Lyon ».

La mégère dissimula la joie que lui causait cette excellente aubaine, et quand on lui amena Liette, le lendemain, elle se livra envers elle aux démonstrations les plus affectueuses.

Quinze jours après, Valérie Dubourg avait vendu son mobilier ; elle s'était fait remettre par le notaire, au moyen de la procuration libellée au nom de Lia de Chavanges qu'elle avait usurpé, les titres au porteur constituant une importante partie de la fortune de la vicomtesse d'Arcis.

Le lendemain même de cette opération, elle quittait Paris.

II

LIETTE DARCIS

L'été de l'année 1878 ne fut pas seulement une saison exceptionnelle pour Paris, où l'Exposition et le palais du Trocadéro attiraient d'innombrables visiteurs venus de tous les départements et de l'étranger ; ce fut aussi, pour la banlieue, une période admirable, particulièrement heureuse, qui fit la fortune des restaurateurs établis aux meilleurs endroits. Ce fut également une occasion unique pour les propriétaires des villas, car, dans bien des localités, à Sèvres, à Meudon, par exemple, il n'y avait plus, dès les premiers jours de juin, une seule maisonnette à louer.

C'est ce qu'expliquait l'agent de locations de Meudon à une nouvelle cliente en quête d'une villa pour la location de laquelle cependant elle ne fixait aucun prix.

— A Meudon comme à Bellevue tout est loué; il ne me reste absolument rien. — Si cependant madame voulait aller jusqu'à Fleury... ou encore du côté de Clamart...

— Non, pas à Clamart, — fit vivement la cliente.

— Je ne veux pas dire à Clamart même, mais sur la route de Clamart à Fleury.

— Je n'aime pas Clamart... Où se trouve Fleury?

— Tenez, madame, sur ce coteau en face, — dit l'agent de locations en montrant par la fenêtre les hauteurs boisées qui font, à l'est et au sud de Meudon, une ceinture verdoyante.

— C'est loin de Clamart, n'est-ce pas?

— Il y a au moins cinq kilomètres de Fleury à Clamart. Fleury est sur le territoire de Meudon et fait partie de sa commune. C'est très joli, très sain, à la porte même du bois, et j'ai là une propriété superbe, admirablement ombragée... J'ai failli la louer ce matin et j'ai rendez-vous demain avec un notaire de Paris qui doit venir la visiter. Certainement elle ne restera pas longtemps sans être louée, car je vous le répète, madame, il n'y a plus rien.

— Eh bien! allons la voir, — décida tout à coup la cliente.

La propriété convint à merveille. Le prix de location, quoique élevé, — trois mille francs pour la saison, — ne souleva aucune objection, et le reçu de la moitié de cette somme, payable au moment de l'entrée en jouissance, fut délivré au nom de mademoiselle de Chavanges.

C'était bien, en effet, l'ex-professeur de piano de la rue Clauzel, réincarnée dans la personnalité de l'amie de la vicomtesse d'Arcis, que nous retrouvons, après dix années, locataire pour quelques mois d'une villa de la banlieue parisienne, voisine de la localité habitée par la femme Ardusson et par Liette devenue aujourd'hui une grande et ravissante jeune fille de dix-sept ans.

Valérie Dubourg avait fait preuve d'une habileté consommée dans la métamorphose aujourd'hui complètement réalisée; les chances les plus favorables avaient, du reste, secondé son usurpation audacieuse.

Munie de tous les papiers de la mère de Liette, qu'elle avait trouvés dans les malles de l'hôtel de la rue de Rivoli, elle avait pu se mettre minutieusement au courant de tout ce qui concernait celle dont elle allait s'approprier la fortune. Elle disparut d'abord, se fixant à Lyon, où elle passa une année entière sous le nom de Lia de Chavanges, sûre que personne ne pourrait lui contester ce nom. — La famille de Chavanges, originaire de l'Ain, se trouvait depuis plusieurs années complètement éteinte; le père de Lia, le dernier survivant, avait vécu fort retiré en son manoir qu'il légua aux hospices, et il n'avait laissé aucunes relations.

Au moyen d'un homme d'affaires, dont elle fit une sorte d'intendant et qu'elle envoya à La Pommeraie, la fausse Lia de Chavanges congédia un à un tous les anciens serviteurs du château et les remplaça par de nouveaux.

Elle ne vint s'établir à Saint-Gemmes que deux ans après la mort de la vicomtesse, et elle y vécut dans une retraite absolue, entourée d'un confortable et d'un luxe qui lui en firent paraître le séjour très supportable.

Du reste, elle voyagea fréquemment : elle vint à plusieurs reprises à Lyon, où la gardienne de Liette devait lui écrire ; elle se rendit aussi à l'étranger, afin de s'assurer qu'elle n'avait rien à craindre de la part du vicomte d'Arcis, et passa plusieurs fois une partie de l'hiver à Paris.

Un seul point préoccupait l'usurpatrice : la fille de la vicomtesse d'Arcis vivait toujours.

Elle avait besoin d'être tenue au courant de ce qui se passait relativement à cette enfant qui constituait pour elle une menace, un danger.

Poste restante, à Lyon, où la femme Ardusson devait lui écrire en cas urgent, sous les initiales qu'elle avait indiquées, pas une lettre n'arriva et les années s'écoulèrent ainsi sans aucune nouvelle, tandis que Valérie Dubourg voyait approcher rapidement l'époque à laquelle Liette, devenue une jeune fille, atteindrait sa majorité.

Jusqu'alors, elle n'avait pu être inquiète. Elle savait que Liette se trouvait en pension, d'après les renseignements qu'elle avait habilement obtenus. — Mais elle avait dix-sept ans aujourd'hui. — Qu'allait-il se passer?

Sophie Ardusson n'aurait aucun intérêt à conserver cette charge, si toutefois elle ne s'était pas attachée à Liette.

En tous cas, il ne lui serait pas possible de retrouver celle qui la lui avait confiée, à moins que la mémoire de l'enfant n'eût survécu dans l'esprit de la jeune fille, et que Liette elle-même, se souvenant des premières années de sa vie passées au château de sa mère, n'en retrouvât le chemin.

Cela paraissait bien improbable à l'aventurière, mais il importait de ne point se laisser surprendre par les événements.

— Liette doit avoir dix-sept ans aujourd'hui, — s'était dit la néo-châtelaine de La Pommeraie ; — c'est l'époque où son éducation doit être terminée... Je veux savoir ce qui se passe !...

Elle essaya de calmer l'inquiétude qui n'avait cessé de la tourmenter lorsqu'elle envisageait l'avenir, en raisonnant avec logique :

— Toutes mes précautions ont été bien prises... Cette femme ne possède ni acte de naissance, ni aucun papier. Elle ne connaît que le nom que je lui ai indiqué, Liette Darcis, sous lequel il lui serait impossible de retrouver sans qu'on le lui indiquât celui de Lia d'Arcis...

Néanmoins, je veux savoir ce qu'elle va faire de Liette... Je veux voir...

Comment se fait-il que, pendant ces dix ans, cette femme ne m'ait pas écrit une seule fois à l'adresse que je lui avais donnée, poste restante, à Lyon?

Si nous nous asseyions un peu, — proposa le jeune mécanicien... (P. 22.)

Et c'est ainsi que Valérie Dubourg s'était décidée à partir. — En passant quelques semaines dans les environs de Clamart, elle se renseignerait aisément, car elle ne pouvait confier cette mission à personne.

Qui la reconnaîtrait aujourd'hui, après dix années, sous la nouvelle physionomie qu'elle s'était faite ?... Sa coiffure de cheveux précocement blanchis, disposés en petits bandeaux couvrant les tempes, modifiait complètement son visage dont l'ovale se trouvait allongé ; sa toilette, grâce au changement successif apporté par la mode, la transformait au point de la rendre absolument méconnaissable.

A ce sujet, l'habile aventurière se sentait complètement rassurée.

Pour le temps qu'elle avait résolu de passer dans la villa de Fleury, la fausse Lia de Chavanges avait amené deux domestiques qui vinrent la rejoindre au moment où elle s'y installa, et l'on ne prit pas plus garde à elle qu'aux nombreux Parisiens qui viennent passer la saison en ces délicieux coins de banlieue, fuyant la poussière et la chaleur du macadam.

Aussitôt elle se mit en quête.

Sous l'allure d'une promeneuse, elle retrouva sans peine la maison de la femme Ardusson, toujours la même, avec ses deux fenêtres du rez-de-chaussée qu'elle habitait, ouvrant sur la rue de Paris ; elle n'osa point passer trop près, non dans la crainte d'être reconnue, mais comme si une force intérieure, la pusillanimité du criminel sans doute en présence de son œuvre, lui en interdisait l'approche.

Elle y revint à plusieurs reprises, se demandant chaque fois comment elle pourrait s'y prendre pour se renseigner, sans attirer sur elle l'attention, et un jour elle aperçut une grande et ravissante jeune fille qui pénétrait dans la maison de Sophie Ardusson, dont de l'intérieur elle entr'ouvrit les volets.

Il n'y avait aucun doute à avoir : cette jeune fille ne pouvait être que Liette.

Les traits de l'enfant, du reste, étaient demeurés ineffaçablement gravés dans le souvenir de Valérie Dubourg. — L'adolescence les avait poétisés, comme elle l'avait embellie toute entière, mais les années n'avaient apporté aucun changement dans l'adorable visage d'ange que la misérable avait admiré lorsque la criminelle envie la saisit, dix ans auparavant, en présence de la vicomtesse d'Arcis et de sa fille.

Et pourtant, à sa vue, Valérie Dubourg fut absolument saisie d'une stupeur qui, un instant, la cloua sur place.

Il fallait bien que le visage de Liette fût toujours le même pour qu'elle l'eût reconnue ainsi à première vue, car la mise de la jeune fille contrastait étrangement avec la riche toilette qu'avait eue autrefois l'enfant.

Son costume, d'une simplicité déconcertante pour qui connaissait son origine aristocratique, était aujourd'hui celui d'une petite ouvrière parisienne qui, toujours gracieuse, se taille une toilette coquette dans une « fantaisie » à vingt-neuf sous le mètre.

— Que s'est-il passé ?... — se demandait l'ex-professeur de piano. — Qu'est-ce que cette femme a donc fait d'elle ?... Elle ne savait rien évidemment de la naissance de Liette, elle ne connaissait rien de sa famille, et le nom que je lui ai donné ne pouvait l'éclairer ; mais cependant il lui était impossible de prendre cette enfant pour une fille d'ouvriers... Comment l'a-t-elle donc élevée ?... Le souvenir de Liette se serait-il effacé ?... Ne se rappellerait-elle plus son enfance ?...

Et une joie secrète la fit tressaillir.

Les conjonctures imprévues que la misérable envisageait lui apparaissaient comme les plus favorables à la sûreté de sa criminelle entreprise.

Elle eut l'intuition que tout lien devait être irrémédiablement brisé entre l'héritière de la fortune de la vicomtesse d'Arcis et celle qui l'avait accaparée.

Mais, suscitée par ces pensées nouvelles si propices à ses desseins, Valérie Dubourg voulut plus que jamais savoir la vérité.

Elle revint, elle rôda, elle observa, et plusieurs fois elle revit Liette.

Elle eut même l'audace de pénétrer dans une boutique où elle l'avait vue entrer, sûre de ne pouvoir être reconnue, et elle l'entendit parler. — Sa voix la frappa, car elle la reconnut malgré les années écoulées.

Elle l'écouta, tout en faisant de son côté quelques achats, et d'après les paroles échangées entre la jeune fille et la commerçante, elle ne put plus concevoir un seul doute.

Alors, l'esprit de cette femme, qui semblait posséder l'intuition complète du mal, trouva l'explication des faits dont elle faisait la constatation.

— Sophie Ardusson, — se dit-elle, — a voulu garder pour elle les vingt mille francs que je lui ai envoyés ; elle a laissé ignorer à Liette qu'on l'avait largement payée pour se charger d'elle, afin que, se croyant d'une humble origine, l'enfant n'eût aucune prétention. Elle en a fait une ouvrière !...

La certitude désormais était absolue, et cependant Valérie Dubourg, poussée malgré elle par une mystérieuse inquiétude, éprouvait le besoin de pénétrer plus avant dans le secret de cette existence.

Elle observa encore, et un soir, elle vit passer un jeune homme, sur le trottoir opposé, devant la maison de la femme Ardusson dont les deux fenêtres étaient ouvertes.

C'était un ouvrier appartenant indubitablement à l'industrie, probablement un mécanicien à en juger par son bourgeron et sa cotte de toile bleue.

Valérie Dubourg l'examina attentivement, tandis qu'il paraissait absorbé par celle qui se trouvait à l'intérieur de la maison, et elle constata la mâle beauté de ses traits, la régularité de son visage éclairé par des yeux brillant à la fois d'intelligence et d'amour, — car, elle ne pouvait en douter, ce ne pouvait être qu'un amoureux, son allure l'indiquait clairement.

— Parbleu ! je ne me trompais pas, — se dit-elle en voyant ce jeune homme traverser la rue et s'approcher de la fenêtre à laquelle parut Liette.

Et elle s'approcha à son tour, du pas lent d'une promeneuse, afin d'entendre ce qui allait se dire entre les jeunes gens dont les mains se serraient par dessus l'appui de la fenêtre.

Elle s'arrêta à quelques pas, au bord du trottoir, paraissant chercher quelque chose dans le petit sac de maroquin pendu à son bras, afin de se donner une contenance, et elle entendit :

— Qu'avez-vous fait aujourd'hui ? — demanda le jeune homme.

— J'ai travaillé toute l'après-midi à cette broderie que je dois livrer demain matin, — répondit Liette.

— Mais demain c'est dimanche, vous ne travaillerez pas ?

— Je me lèverai de bonne heure, j'aurai fini à neuf heures ; j'irai aussitôt porter ce travail au couvent des sœurs de la Présentation à Meudon.

— Avez-vous pensé à moi ?

Liette rougit adorablement à cette question et sa réponse fut faite si bas que Valérie Dubourg ne put en entendre un mot. — Le sens pourtant ne lui en échappa point.

— Moi, — répondit le jeune ouvrier dont les regards brillaient amoureusement, — j'ai trouvé le temps plus long que de coutume, sans doute parce-qu'il me tardait d'être à demain où je vous aurai toute l'après-midi...

A quelle heure pouvez vous sortir ? — demanda-t-il en effleurant de sa main celle que la jeune fille avait posée sur l'appui de la fenêtre.

— Maman Sophie doit partir à midi et nous déjeunerons de bonne heure afin qu'elle soit prête, — dit Liette. — Alors dès qu'elle sera partie....

— Je vous attendrai à midi et demi sur la route de l'orphelinat. Nous irons du côté du bois de Meudon.

— Oui... à demain, Pierre.

Les deux jeunes gens se serraient la main maintenant, et leurs dernières paroles furent prononcées tout bas.

Valérie Dubourg s'éloigna à ce moment.

— Il faut que je l'aie vue et entendue pour le croire !...— pensa-t-elle avec une joie qu'elle avait peine à contenir.

Liette devenue une simple ouvrière !... Liette aimée par un ouvrier !... Qu'ai-je à craindre désormais ?... Rien !... Non, rien ne peut plus venir déranger mes projets !... Ah ! quelle inspiration j'ai eue ce jour-là !...

Mais tout d'un coup, l'éclat de cette joie coupable s'éteignit, et un pli vint, sous la voilette, barrer le front de l'usurpatrice.

— Si cependant Liette se souvenait !... — se dit-elle en proie à une appréhension voisine de la terreur. — Si elle a gardé le souvenir du passé... Ce château où elle a vécu... sa mère... le luxe dont son enfance a été entourée... Et si elle veut un jour épouser cet ouvrier, il faudra bien qu'elle cherche les papiers qui lui seront alors nécessaires...

Et lui qui l'aime, que ne fera-t-il pour elle, pour connaître son origine, pour retrouver sa famille !... Oh ! il faut que je sache !... Il le faut, et demain je serai là... Je veux les entendre pour connaître leurs projets !...

Valérie Dubourg s'était éloignée, se défendant mal contre le bouleversement plein de menaces qui venait de succéder à la joie un moment conçue, et elle regagna la villa Fleury en prenant le train pour Meudon.

Mais le lendemain, à l'heure qu'elle avait entendu fixer, elle se trouvait sur la route ombragée de grands arbres qui va de Clamart au bois de Meudon en passant devant l'orphelinat fondé par la duchesse Galliéra.

Et elle n'eût pas longtemps à attendre.

Vers deux heures, elle vit arriver Liette et celui qu'elle l'avait entendu appeler Pierre, celui qu'elle aimait.

Ils marchaient l'un près de l'autre, lentement, causant sans interruption, si absorbés tous deux qu'ils ne voyaient rien et ne remarquaient personne : elle les yeux baissés qu'elle levait fugitivement, par instants, sur le visage du jeune homme ; lui la dévorant de ses regards qui traduisaient éloquemment la passion d'amour la plus ardente.

Ils étaient vêtus de leurs costumes des dimanches.

Liette portait une robe de claire mousseline de laine, semée de fleurettes ; elle était coiffée d'un chapeau de paille garni d'un piquet de bluets et de blés mûrs, dont la nuance se fondait dans les tons dorés des blondes ondulations de sa chevelure; au cou, un ruban bleu noué au milieu des frisettes de la nuque était piqué par devant d'une petite broche en perles fantaisie ; sa main fine et gantée portait, ouverte, une ombrelle crème bordée d'un volant de guipure.

Pierre avait un simple vêtement de drap bleu marine et un chapeau de paille.

Les suivre n'offrait aucune difficulté, et, marchant à distance derrière eux, se tenant de l'autre côté de la route, Valérie Dubourg continua à les observer, ennuyée de ne pouvoir, à cause de la distance, entendre ce qu'ils se disaient.

Elle ne les perdait pas de vue et essayait de comprendre, d'après les gestes, d'après les attitudes des deux jeunes gens, le sens de leurs paroles.

— Que peuvent-ils se dire ? — fit-elle, pour diminuer ses regrets. — Ils parlent d'amour, ça se voit bien.

Dans le bois, peut-être je pourrai me rapprocher d'eux, — ajouta-t-elle lorsqu'on arriva à la porte de Fleury.

Le bois de Meudon était plein de bruits, de chansons et de rires. — Les bandes et les couples s'y trouvaient en nombre, comme chaque dimanche, et des familles entières, qui avaient déjeuné sur l'herbe, à l'ombre des chênes, des châtaigniers et des bouleaux, occupaient de vastes emplacements, rendant difficiles aux nouveaux arrivants le moyen de trouver une place un peu à l'écart.

Les hommes, étendus sur la mousse et les feuilles sèches, dormaient ou lisaient le journal ; les femmes causaient, les enfants jouaient, les amoureux caquettaient, les jeunes gens chantaient.

On voyait des couples se diriger, en suivant la clôture du parc aérostatique de Chalais, vers la fontaine Sainte-Marie, où l'on dansait aux sons d'une musique primitive fournie par de petits Italiens qui quêtaient après chaque danse.

Pierre et Liette ne s'engagèrent pas dans cette voie. — Leur amour n'était pas de ceux qui se complaisent dans les joyeux ébats d'un bal, ni qui s'affichent aux regards étrangers.

Ils voulaient être seuls, dans un délicieux tête à tête, sous les grands arbres, dans les sentiers broussailleux et perdus que la foule délaisse, et où, loin des importuns, la main dans la main, le cœur sur les lèvres, ils parleraient de leur amour, rien que de leur amour.

Ils gravirent la pente qui s'enfonce dans le bois, trouvant toujours trop de monde autour d'eux, car il y avait presque une personne sous chaque arbre, et se dirigeant ainsi un peu à l'aventure, n'ayant d'autre préoccupation que de chercher la solitude, ils se trouvèrent en haut de l'allée de Trivaux.

La partie du bois où ils arrivèrent, assez accidentée, toute en raidillons, était moins fréquentée ; quelques promeneurs la traversaient, en excursionnant ou en revenant de Villebon, mais ne s'y arrêtaient pas.

Nos deux amoureux continuaient à causer tout en gravissant les pentes raides, la plupart ravinées par les pluies torrentielles qui dévallent ; et Pierre prenait parfois la main de Liette afin de l'aider à grimper.

Et il lui disait, racontant son histoire, — premier sujet des conversations entre ceux qui s'aiment :

— Avant d'être de l'usine Rollinet, je suis resté six mois chez un ingénieur de Paris, M. Lureuil, que j'avais connu à Châlons où il avait été mon professeur. C'est lui qui m'a placé chez MM. Rollinet. Là, je suis très bien ; je travaille directement sous les ordres du chef de l'ajustage...

Si nous nous asseyions un peu, — proposa le jeune mécanicien qui s'interrompit en désignant un petit talus de verdure, élevé par les cantonniers du bois pour régler la direction des eaux de pluie. — Vous devez être fatiguée ?

— Oui, je me reposerais volontiers, — répondit Liette.

A une centaine de mètres d'eux, masquée par les taillis épais, marchait Valérie Dubourg qui ne les avait pas perdus de vue un seul instant.

Dès qu'elle les vit s'arrêter et s'installer sur l'herbe, elle s'approcha en faisant un détour et chercha une place d'où elle pourrait les entendre.

Les accidents de terrain se prêtaient à merveille à sa manœuvre, et en marchant avec soin sur la mousse qui étouffait le bruit de ses pas, elle arriva tout près du couple.

Le revers du terrain la cachait complètement et elle put s'installer à moins de quatre mètres sans que l'on se doutât de sa présence.

Pierre avait repris l'entretien.

— Il a bien fallu que je me débrouille quand j'ai eu le malheur de perdre mon père, — dit-il. — Heureusement je venais de terminer la préparation de mon examen pour entrer à l'école de Châlons, et l'inspecteur primaire chargé de la surveillance de l'école que dirigeait mon père à Saint-Ouen, me fit obtenir une bourse qui me permit de continuer mes études. Si j'avais eu mes parents, j'aurais pu devenir ingénieur en quelques années ; mais, que voulez-vous? il fallait travailler... — Enfin je suis bien dans cette usine et j'y ai mon avenir tout tracé. Les patrons sont contents de moi ; je fais tout ce que je peux pour bien faire, et si j'ai de la chance, à la prochaine exposition, par exemple, je pourrai me faire valoir mieux encore.

— Ce doit être très intéressant, la mécanique ? — dit Liette.

— Oh ! oui... Je fais ça avec plaisir. J'ai toujours aimé les machines. — Et vous, Liette, êtes-vous contente ?

La jeune fille hésita un instant avant de répondre.

— Ce que je fais n'est pas bien pénible, — dit-elle. — La broderie est en quelque sorte un travail d'art, surtout celle que je fais. Je brode des étoffes pour les ornements d'église... C'est très joli à faire.

— Regardez comme le hasard fait bien les choses, — dit alors Pierre Duval en proie à une pensée à la fois douce et pénible. — Nous nous sommes rencontrés, et ni l'un ni l'autre nous n'avons de famille... Moi, je n'ai jamais connu ma mère, ou du moins je ne me le rappelle pas, car je n'avais pas quatre ans quand elle est morte, et voilà cinq ans que mon père est mort... Vous aussi vous êtes orpheline... Vous n'avez pas de famille, d'après ce que vous m'avez dit ?

Valérie Dubourg, invisible derrière eux, prêta plus attentivement encore l'oreille et dans le silence du bois, absolument désert en cet endroit, elle entendit le soupir qui s'échappa des lèvres de Liette.

— Non, personne... — fit tristement la jeune fille, — et si je suis si heureuse depuis que je vous connais, depuis que vous m'aimez, c'est parce qu'aujourd'hui je ne me sens plus seule au monde comme avant.

— Madame Ardusson a connu votre famille ?

— Je le crois...

— Elle ne vous en a jamais parlé ?

— Je n'ai pas osé l'interroger, après ce qu'elle m'a dit... — répondit Liette dont la voix exprima une véritable douleur.

— Que vous a-t-elle donc dit? — demanda Pierre profondément ému.

— Ma situation est plus triste que si j'avais perdu mes parents... J'aurais au moins leur souvenir, comme vous... Il me semble que je serais plus heureuse en pensant à eux et en les aimant encore... Mais je n'ai pas eu de parents... Je suis ce qu'on appelle une bâtarde, mon pauvre Pierre...

— Que dit-elle?... — pensa l'aventurière en entendant cette déclaration, contenant la joie atroce qui venait d'éclater en son âme de démon.

— Bâtarde !... fit Pierre Duval.

— C'est maman Sophie qui me l'a dit... Allez, je comprends bien que je lui suis à charge... Elle ne peut pas m'aimer, n'est-ce pas? puisque je ne suis pas sa fille... Je ne suis rien pour elle... C'est elle qui m'a élevée et elle n'était pas riche... Alors bien qu'elle ne soit pas toujours bonne pour moi, je n'ai pas le droit de lui en vouloir... Je fais ce que je peux pour l'aider, afin de ne pas lui coûter... Elle me jetterait à la porte...

— Oh ! elle ne ferait pas cela !

— Non, je crois tout de même qu'elle aurait pitié de moi... Il y a des jours où je ne suis pas heureuse !... Je le comprends quand je la vois revenir, car elle s'en va tous les jours et je reste seule. Elle part à midi et ne revient que le soir.

— Elle travaille ?

— Je ne sais pas... Elle va à Paris... Je n'ai jamais osé l'interroger... Alors, quand elle rentre, elle a parfois le visage tout bouleversé... Pour un rien, elle crie... Avant-hier, tenez, je n'avais pas fini ma broderie ; c'était un bouquet de roses entourant une croix que je brodais au passé sur un grand morceau de satin blanc. C'est très long très minutieux : on ne peut pas aller vite. Les sœurs disent pourtant que je suis une des plus habiles. Il m'a fallu tout de même dix jours pour broder ce bouquet... Maman Sophie comptait que je l'aurais fini avant-hier, parce qu'elle avait besoin d'argent, et vous l'avez vu, je n'ai pu le rendre que ce matin... Je lui ai rapporté les trente francs que j'ai reçus et elle est partie en me disant que c'était de ma faute si elle est restée deux jours sans argent.

— Aujourd'hui dimanche, ce n'est pas pour travailler qu'elle est allée à Paris?

— Je ne sais pas... Elle ne me dit jamais rien...

— Est-ce que vous avez parlé de moi à Madame Ardusson? — demanda le jeune ouvrier.

— Je n'ai pas encore osé.

— Lorsque nous nous marierons, Liette, ce sera un soulagement pour elle puisqu'elle dit que vous lui êtes à charge.

— Mais après ce qu'elle m'a dit, est-ce que vous pouvez m'épouser ?... dit la jeune fille d'une voix pleine de tristesse.

— Que voulez-vous dire !

— Puisque je suis bâtarde... Je suis de celles qu'un honnête homme ne peut pas épouser...

...La veuve Ardusson lui laissait tout à faire dans la maison... (P. 31).

— Taisez-vous, ma chère Liette ! — s'écria Pierre avec une recrudescence
d'amour. — Ne dites pas cela !...

Et il serra avec tendresse la main qu'il lui avait prise. — Il l'enlaça
étroitement et l'attira à lui en poursuivant :

— Je vous aime... Je vous adore... Vous voudriez que je m'éloigne de
vous parce que vous n'avez pas de famille, parce que vous êtes seule, parce
que vous êtes malheureuse ?... Bâtarde !... Qu'importe à mon amour, ma
Liette ?... En êtes-vous responsable ?...

— Je suis née d'une faute, — dit Liette émue et pénétrée de reconnaissance et en même temps confuse. — Qui sait ce qu'étaient mes parents ?...

— Vos parents sont morts, il ne nous appartient pas de les juger. La mort efface tout.

— Oui, vous avez raison, Pierre, et je les aime et les respecte sans les connaître.

— Voulez-vous que j'aille voir Madame Ardusson ? — proposa alors le fils du maître d'école de Saint-Ouen. — Je lui dirai qui je suis et je lui demanderai si elle veut consentir à notre mariage.

— J'ai peur qu'elle ne veuille pas... — fit timidement Liette.

— Quelle objection ferait-elle ? Est-ce parce que vous lui rapportez de l'argent par votre travail ?...

— Oh ! non... Elle m'a dit bien des fois qu'elle serait bien plus tranquille si elle ne m'avait pas... que je lui coûte bien plus que je ne gagne...

— Alors elle n'a aucune raison pour vous empêcher de vous marier !... D'ailleurs, Madame Ardusson n'est pas votre parente, elle ne vous est rien ; elle n'a par conséquent aucune autorité sur vous... Vous êtes libre de disposer de votre main comme vous l'avez été de disposer de votre cœur.

— Oh ! oui, mon bon Pierre, mon cœur est à vous, — dit l'adorable jeune fille toute pénétrée d'amour, doucement enivrée par l'étreinte passionnée de celui qu'elle considérait déjà comme son fiancé, — et rien au monde ne pourra m'empêcher de vous aimer !

— Ma jolie Liette !... fit Pierre ému de bonheur en un redoublement de tendresse.

— Je suis si heureuse depuis que je vous connais, depuis que je vous aime !... Je ne me sens plus seule au monde, comme la destinée m'y avait placée...

— Nous, vous n'êtes plus seule... nous sommes l'un à l'autre pour toujours, n'est ce pas ?...

— Oui... pour toujours !...

— Liette !... ma jolie petite Liette !...

Par un mouvement instinctif de pudeur, Liette se dégagea doucement des bras de Pierre au moment où il déposait en brûlant baiser sur sa joue.

— Si l'on nous voyait... — fit-elle toute craintive, ingénûment alarmée jetant les regards autour d'elle.

— Vous voyez bien que nous sommes seuls, — rassura Pierre qui explora à son tour les environs.

— Il m'avait semblé entendre du bruit là... derrière... tout près de nous...

— Non, il n'y a personne.

Valérie Dubourg en entendant ces paroles, jugea prudent de ne pas se laisser surprendre, et elle se disposa à s'éloigner doucement pendant que les jeunes gens, absorbés par leur amour, continueraient à causer. A aucun prix il ne fallait qu'on la vît.

Ce qu'elle avait entendu lui suffisait, l'avait pleinement édifiée, et elle se félicitait de l'heureuse inspiration qu'elle avait eue en venant se rendre compte de ce qui se passait.

— L'amour de Liette et de ce jeune homme est solide, — se dit-elle. — Rien ne les empêchera d'être l'un à l'autre !

Et elle eut un sourire infernal, lorsqu'au moment de s'éloigner, elle entendit Liette qui disait :

— Si maman Sophie ne voulait pas, il faudrait bien attendre que je sois majeure.

— Allons donc !... — fit l'aventurière. — Il l'aime trop pour cela... son amour ne pourra pas attendre encore quatre ans !

Et elle s'enfonça dans le bois, remarquant soigneusement l'endroit où se trouvaient Pierre et Liette, afin de ne pas les perdre de vue.

Elle réfléchissait aux moyens qu'elle pourrait employer pour se renseigner sur la femme Ardusson et sur Liette sans avoir à se faire connaître, sans laisser comprendre le puissant intérêt qu'elle avait à savoir tout ce qui s'était passé, sans éveiller aucun soupçon.

— Si je trouvais un moyen de me présenter chez les religieuses du couvent où elle a été élevée, — songea-t-elle. — Là, je pourrais apprendre quelque chose... Il faudra que je voie !...

Du côté de Madame Ardusson. — ajouta Valérie Dubourg, — ce sera plus difficile ; mais il faudra aussi que je sache ce que fait cette femme... Je trouverai bien un moyen d'arriver à ce que je veux...

En tous cas, Liette aime ce jeune homme ; lui aussi l'aime avec passion, et il est si fortement épris qu'aucun obstacle ne l'arrêtera... Au contraire, les obstacles ne feront qu'attiser son amour !...

En songeant ainsi, l'usurpatrice de la fortune de la vicomtesse d'Arcis avait fait un détour à travers les étroits sentiers s'enfonçant sous bois, obligée parfois d'écarter les branches entrecroisées des jeunes pousses qui auraient accroché ses vêtements, et, en descendant prudemment les pentes raides qui dévallaient, elle arriva à l'endroit où se trouvaient les deux jeunes gens.

Parvenue là, elle tourna la tête dans leur direction, voulant les voir encore une fois, et elle reprit, en s'orientant le mieux possible, le chemin qui la ramènerait à Fleury.

*\
* *

Ce qu'avait dit la fille de la vicomtesse d'Arcis à Pierre Duval, ce qu'avait entendu Valérie Dubourg, était bien au-dessous de la vérité.

Lorsque, à la faveur de l'annonce publiée par elle dans un journal, la veuve Ardusson avait vu venir chez elle cette femme inconnue qui lui avait confié la fillette et lui avait remis tout de suite une somme de deux mille francs, et lui avait fait en outre la promesse qu'elle recevrait ultérieurement, en deux versements, un capital de vingt mille, elle n'avait envisagé, dans sa détresse, que le bonheur qui lui arrivait.

C'est à peine si elle s'était demandé ce que pouvait être cette enfant qu'on lui confiait, et, n'écoutant que ses sentiments naturels, dans les excellentes dispositions où l'avaient mise la chance heureuse qui venait de lui échoir, elle s'était dit avec une réelle compassion :

— Pauvre petite !... Être riche, si jolie, et vouée au malheur !... Car il n'y a pas à dire, pour payer comme ça, il faut que ses parents aient de la fortune...

Ses parents !... C'est une enfant dont on a besoin de se débarrasser évidemment... Cette dame n'a rien dit ; elle ne m'a donné que des initiales pour lui écrire poste restante, ce qui prouve bien qu'on ne veut pas qu'elle connaisse sa famille, — conjectura la gardienne de Liette. — Elle doit être le fruit d'une faute... la fille d'une mère coupable probablement... une enfant qu'il a fallu cacher, faire disparaître... Il n'y a pas du malheur que pour les pauvres gens ; les riches en ont aussi parfois leur part...

Et inspirée par ces bons sentiments, mue par une instinctive compassion, Sophie Ardusson se sentait disposée à aimer cette enfant abandonnée des siens, dont la grâce charmante et la beauté d'ange auraient conquis le cœur le moins apte à la tendresse.

Elle l'aima d'une affection faite à la fois de la pitié inspirée par le sort de Liette et de la reconnaissance due au secours qu'elle lui devait. Elle la caressa, elle chercha à gagner son cœur afin de lui faire oublier son abandon, elle se fit appeler « maman Sophie », et curieusement elle l'interrogea.

Elle sut ainsi que la mère de Liette était morte quelques jours auparavant, qu'elle habitait à Paris, dans un hôtel, depuis assez longtemps, et qu'auparavant elle avait vécu dans une grande propriété, bien loin, où il y avait beaucoup de domestiques, mais dont l'enfant fut incapable de préciser la situation.

Quant à son père, Liette ne l'avait jamais connu ; sa mère lui en avait parlé quelquefois et lui avait toujours promis qu'il viendrait rester avec elle.

Au sujet de Valérie Dubourg, dont elle ignorait même le nom, la fille de la vicomtesse d'Arcis ne put fournir aucune indication.

Elle se borna à dire : « C'est ma marraine », ainsi que l'aventurière le lui avait dit, et à toutes les questions de maman Sophie, elle ne put que répondre : « Je ne sais pas... C'est ma marraine. »

Les vingt mille francs furent payés en deux fois, aux époques convenues, expédiés par lettre chargée, mise à la poste à Lyon, sans aucune explication, sans un mot. Sophie Ardusson songea d'abord à remplir fidèlement la mission qu'on lui avait confiée.

On pouvait la surveiller. Il fallait que cette enfant fût élevée convenablement, qu'elle reçût une éducation en rapport avec la famille à laquelle elle appartenait et qui la reprendrait sans doute un jour.

Elle s'entendit pour cela avec les Dames de la Présentation, qui ont un établissement à Meudon, et en leur confiant Liette comme pensionnaire, elle leur expliqua sa situation, arrangeant l'histoire à sa façon, prétendant qu'elle connaissait très bien sa famille, mais qu'il lui était impossible de révéler quoi que ce soit à son égard.

Elle tourna la difficulté qui surgissait à propos de l'acte de baptême qu'il lui était impossible de fournir en alléguant qu'elle l'avait égaré et en certifiant que Liette avait été baptisée. — On passa outre d'autant plus facilement que Sophie Ardusson versa tout de suite dix mille francs, en vertu d'un forfait que l'on débattit, pour les frais complets d'éducation et d'entretien de l'enfant jusqu'à la fin de ses études. Elle se défiait d'elle-même et tenait à s'acquitter de la mission qu'elle avait acceptée, en payant ainsi d'avance.

Il lui restait douze mille francs qu'elle considéra désormais comme lui appartenant légitimement, et elle pensa, en agissant ainsi, avoir consciencieusement rempli son devoir.

Ce fut donc, succédant à la détresse en laquelle la sœur du blanchisseur se trouvait, une véritable aisance qui venait de lui échoir, et tout d'abord elle ne songea qu'à placer soigneusement ce qui lui restait, car ce petit capital avait été quelque peu écorné pour payer certaines dettes criardes. — Elle ne se jugeait pas douée d'une force de volonté suffisante pour résister à la tentation si elle avait conservé autant d'argent par devers elle ; ainsi, convertie en valeurs à lots, dont elle toucherait l'intérêt, en courant les chances de tirages, sa petite fortune serait mieux en sûreté.

Et elle était heureuse de posséder près d'une trentaine de titres ; il lui semblait qu'elle était devenue capitaliste, une rentière désormais à l'abri de toutes les exigences de la vie.

Cependant, quand furent dépensés les quelques louis qu'elle avait conservés, Sophie Ardusson trouva l'échéance des coupons de ses obligations bien éloignée, et elle calcula qu'un revenu aussi peu important, environ deux cent cinquante francs par semestre, serait bien insuffisant, et, en vendant un de ses titres pour faire face aux besoins immédiats, elle songea à se retourner différemment.

Si elle pouvait racheter le fond de blanchisseur que son frère avait si sottement laissé tomber et où, autrefois, elle s'en souvenait, on gagnait de l'argent ?...

Mais la vente dépendait du syndic de la faillite et il fallait attendre qu'on le mît aux enchères.

L'achat d'un autre fonds de commerce présenta des difficultés d'un autre ordre qui amenèrent la veuve Ardusson à y renoncer : le capital dont elle disposait n'aurait pas suffi à payer le prix d'achat et les marchandises en magasin pour avoir quelque chose de suffisamment rémunérateur.

Et elle constata que tout cet argent, qui lui avait apparu comme une véritable fortune, était bien peu de chose au moment de l'employer.

Il aurait fallu pouvoir doubler, tripler ce capital par quelque habile spéculation...

Eh ! parbleu, n'avait-elle pas la ressource du jeu ?... Les courses n'avaient été funestes à son frère que parce qu'il s'était emballé, affolé. Mais en opérant avec prudence, en ne jouant pas gros jeu, on pouvait se faire de véritables petites rentes...

Que faut-il pour gagner aux courses ? Il suffit d'avoir un capital devant soi : ceux qui font la culbute, c'est parce qu'ils ne peuvent pas tenir le coup.

— Son frère le lui avait bien dit, à Sophie Ardusson : s'il avait eu seulement quinze cents francs devant lui, il était sauvé.

Et elle se décida, grisée encore davantage lorsqu'elle eut jeté les yeux sur le carnet où Thomas Ardusson inscrivait journellement ses opérations et où elle vit des journées de gain s'élevant à des centaines de francs.

Elle se contenterait bien, elle, de la moitié, du quart même de ce bénéfice !...

Dès ce jour, la veuve Ardusson suivit les courses ; elle allait chaque jour à Paris, partant de Clamart à midi et ne rentrant que le soir. — Ainsi s'expliquaient ces absences dont Liette avait parlé à Pierre Duval et qu'elle attribuait naïvement à des affaires, à du travail.

Pendant quelques mois, tout alla à merveille, et avec une simple somme de quatre cents et quelques francs, produit de la vente d'une de ses obligations, la gardienne de Liette gagna presque journellement de petites sommes. — Mais au bout de huit ans, après des alternatives de haut et de bas, ayant passé par des chances qui se chiffraient par plusieurs milliers de francs et des déveines qui la mettaient à peu près à bout de ressources, elle constata qu'il lui restait à peine onze cents francs.

Alors Sophie Ardusson réfléchit amèrement et elle se félicita d'abord de la prudente précaution qu'elle avait prise en faisant un forfait avec les religieuses pour l'éducation complète de Liette et en versant d'un coup dix mille francs. — Si elle n'avait pas agi ainsi, comment se débrouillerait-elle aujourd'hui ?... Que pourrait-elle répondre si celle qui lui avait confié l'enfant venait un jour lui demander compte de ce qu'elle avait fait pour elle ?...

Mais ces sages réflexions ne persistèrent pas et la sœur du blanchisseur en vint peu à peu à regretter ce qu'elle avait fait.

Si j'avais encore ces dix mille francs, — songeait-elle avec dépit, — je pourrais rattraper tout ce que j'ai perdu !...

Et sous l'impulsion de ce regret, elle s'en prit mentalement à Liette, qu'il avait fallu faire élever comme une demoiselle, tandis qu'à l'école communale ça n'aurait rien coûté du tout.

Ce fut bien autre chose lorsque la jeune fille quitta le couvent de Meudon et que Sophie Ardusson l'eut complètement à sa charge.

C'en était une croix, une charge pour elle qui ne possédait presque plus rien, qui vivait des courses maintenant par habitude, y allait chaque jour, courant la « matérielle », cherchant la pièce de cinq francs ou de dix francs qu'elle ne parvenait pas toujours à gagner.

Seule encore, elle s'en serait tirée ; mais avec cette grande fille...

Aussi la mégère ne tarda pas à prendre Liette en grippe ; elle la malmena durement, lui reprocha en termes grossiers d'être à sa charge, elle une fille sans famille, une enfant abandonnée par ses parents qui, disait-elle, la lui avaient confiée et qui n'avaient jamais plus donné de leurs nouvelles.

Elle bâtissait ainsi un conte à sa façon, dans lequel elle se donnait le beau rôle, comme si elle agissait par charité, gardant à sa charge cette bâtarde qu'on lui avait collée sur les bras.

La malheureuse Liette, dont les souvenirs d'enfance à peu près effacés se perdaient dans le lointain de son existence, se sentait douloureusement humiliée, et afin de ne pas être à charge à « maman Sophie », elle chercha du travail, utilisant ce qu'elle avait appris au couvent ; et elle fut bien heureuse le jour où les religieuses qui l'avaient élevée lui confièrent des travaux de broderie, car elles travaillaient pour le compte d'une grande maison d'ornements d'église du quartier Saint-Sulpice.

La pauvre enfant ne quittait sa tâche que pour s'adonner aux soins du ménage, car la veuve Ardusson lui laissait tout à faire dans la maison, et elle passait souvent des nuits entières courbée sur sa broderie, travail long et minutieux qui n'avançait que bien lentement.

Il lui sembla alors, quand elle connut Pierre Duval, quand elle se sentit attirée vers lui par les aspirations secrètes d'un amour naissant, encore ignoré de son âme ingénue, quand elle se sut aimée, quand elle aima elle-même, qu'un avenir de bonheur s'ouvrait devant elle, dont la félicité allait compenser largement toutes ses douleurs et toutes ses souffrances.

III

VOLEUSE

Pierre et Liette s'attardèrent le plus possible, ne se sentant pas la force de se séparer après l'échange de leurs aveux d'amour, après ces heures trop courtes passées dans la délicieuse intimité du bois, et ils durent presser le pas en revenant à Clamart afin que Liette n'arrivât pas à la maison lorsque « maman Sophie » serait déjà rentrée.

Du plus loin, dès qu'ils furent dans la rue de Paris, ils cherchaient à reconnaître et à distinguer le domicile de Mme Ardusson au milieu de l'alignement monotone des immeubles, à trouver dans la perspective fuyante des façades, les fenêtres du petit rez-de-chaussée qu'ils craignaient de voir déjà ouvertes, ce qui aurait été l'indice du retour de la marâtre.

Il était tard, en effet.

La montre de Pierre Duval marquait déjà six heures et quart.

Mme Ardusson rentrait ordinairement à six heures, et il leur fallait bien encore cinq minutes, en se pressant, pour arriver.

Préoccupés l'un et l'autre, marchant silencieusement, afin que la conversation ne les ralentit pas, ils cherchaient quelle excuse Liette fournirait pour justifier ce retard, sans trop s'exposer aux reproches et à la colère de cette femme déjà si peu tendre pour elle.

Ils ne trouvaient rien, car Liette n'aurait pas voulu faire connaître ainsi son amour, avouant un rendez-vous, une après-midi entière passée avec celui que « maman Sophie » appellerait durement son amoureux.

Et cependant, malgré la menace de ces reproches et de cette colère, son bonheur d'aimer et d'être aimée l'emportait.

— C'est bien deux maisons après l'épicier, n'est-ce pas ? — demanda le jeune mécanicien.

— C'est bien ça, — répondit Liette. — La boutique marron. Après c'est une maison blanche avec des volets clairs.

— On dirait que les fenêtres sont fermées.

— C'est vrai... Alors maman Sophie n'est pas encore rentrée.

Et, heureuse de cette constatation, qui la dispensait de chercher une excuse, de mentir pour ne pas avouer encore son amour, Liette hâta encore le pas.

— Elle aura manqué le train, — dit Pierre.

Maintenant, ils distinguaient nettement la maison en approchant, et ils constataient avec joie qu'ils ne s'étaient point trompés. Les volets du rez-de-chaussée étaient bien clos.

— J'aurai peut-être le temps d'allumer le feu et de mettre le couvert avant qu'elle arrive, — dit Liette.

L'approche de l'instant de la séparation leur fit reprendre la conversation interrompue par la hâte de leur marche et les préoccupations qui les avaient assaillis.

— Alors, c'est entendu, — dit Pierre Duval, — je ferai comme nous avons dit : je viendrai voir Mme Ardusson jeudi matin, pendant que vous serez à Meudon.

...Et plongeant la main, elle s'empara du porte-monnaie qu'elle fit prestement
disparaître... (P. 40).

— Qui sait ce qu'elle vous répondra ?... — fit Liette, chez qui se réveilla
l'appréhension déjà éprouvée.

— Elle n'a pas le droit de disposer de vous, puisqu'elle ne vous est rien...
Mais cela ne me paraît pas à craindre, d'après ce que vous m'avez dit... Il faut
bien qu'elle me connaisse, qu'elle sache que je vous aime... Mais vous, ma
chère Liette, vous lui parlerez avant que je vienne, n'est-ce pas ?... vous lui

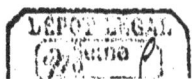

demanderez à qui vous devrez vous adresser le jour où vous voudrez vous marier.

— Oui... demain... enfin le jour où je la verrai bien disposée, je lui en parlerai.

Et, tout en parlant, elle mit sa main dans celle de Pierre, — car ils devaient se séparer avant de se trouver dans le voisinage immédiat de la maison, — tandis que ses yeux pleins d'amour exprimaient éloquemment la peine de voir finir cette journée si heureuse.

— Au revoir, ma chère Liette, — dit le jeune mécanicien qui éprouvait les mêmes sensations, — et à bientôt ?...

— Oui, à bientôt !... Au revoir !...

— Vous penserez à moi ?

— Certainement !... Ma vie n'a d'autre objet que votre amour, vous le savez bien...

Et il l'attirait doucement à lui, en pressant sa main, dévoré du besoin de l'embrasser, mais n'osant le faire en pleine rue, en présence des passants qui les regardaient.

— Au revoir !... — répéta Liette en se dégageant. — N'oubliez pas jeudi.

— Soyez tranquille !... c'est à notre bonheur que je travaille... Aimez-moi toujours comme je vous aime...

— Oui... toujours...

Et ils se séparèrent, Liette marchant vite dès qu'elle l'eut quitté, Pierre continuant à suivre la rue de Paris, bien que ce ne fût pas son chemin, afin de la voir encore, le plus longtemps possible ; et il eut une joie nouvelle lorsque, au moment de rentrer, il aperçut Liette qui tourna la tête vers lui, pour lui envoyer du regard, à travers l'espace, un nouveau témoignage de son amour.

A peine rentrée, Liette se hâta ; elle ouvrit rapidement les fenêtres et se débarrassa vivement de son ombrelle, de ses gants, de son chapeau, attacha un tablier de cotonnade bleue autour de sa taille et se mit à allumer le feu.

— Six heures et demie, — se dit-elle en regardant la pendule. — C'est une chance que maman Sophie soit en retard aujourd'hui... J'aurai peut-être le temps de tout préparer avant qu'elle arrive.

Et déjà elle faisait flamber les petites bûchettes de bois gras sous le charbon de bois disposé dans l'enfoncement de la grille, recouvrait le fourneau de l'allumoir en tôle et ouvrait la fenêtre de la cuisine afin de donner plus de tirage à la cheminée.

Elle ne perdait pas un instant, car, tandis que le feu s'allumait, elle préparait, dans une petite terrine à demi pleine d'eau, les légumes qui devaient entrer dans la soupe, les pommes de terre et les poireaux qu'elle épluchait au préalable ; elle mit du beurre au fond de la marmite en terre, et comme le feu ne marchait pas assez vite à son gré, elle l'activa en l'éventant avec un couvercle de casserole.

Liette se sentait encore sous le charme prolongé des heures délicieuses passées avec Pierre et c'est à lui seul qu'elle songeait en s'adonnant aux soins de son ménage.

— Comme le temps a passé vite !... — songeait-elle. — J'étais si heureuse qu'il me semble que ça aurait pu durer toujours !...

Et elle éprouvait les intimes sensations de l'amour qui l'avait pénétrée avec une intensité encore plus grande maintenant qu'elle n'avait à l'avouer qu'à elle seule.

Elle sentait à quel point son cœur s'était donné à cet homme si heureusement rencontré dans sa vie désolée ; elle se rendait compte de cette mutualité de tendresse qui désormais l'unissait à lui et elle entrevoyait délicieusement le bonheur de lui appartenir pour la vie.

Lorsque la soupe aux poireaux et aux pommes de terre fut en train, Liette songea à retirer sa robe des dimanches, conservée jusque-là pour accélérer sa besogne.

— Sept heures !... — songea-t-elle. — C'est vrai, le mois dernier, ça lui est arrivé une fois de rentrer aussi tard, à maman Sophie... Elle aura été retenue... Elle va venir par le train qui arrive à sept heures dix-huit.

La mignonne se dépêcha alors de mettre le couvert et de préparer ce qui devait composer le dîner : un reste de veau froid dont le jus s'était mis en gelée, une salade de laitue et le dessert.

Le roulement du train se fit entendre à l'extrémité de la rue de Paris, suivi, quelques instants après, d'un coup de sifflet, et Liette, au bout d'un moment, regarda par la fenêtre.

Elle vit passer l'omnibus qui dessert la localité bondé de voyageurs, et ensuite les personnes qui revenaient à pied.

« Maman Sophie » ne se trouvait pas parmi elles.

Maintenant elle ne pouvait venir que par le train de sept heures quarante-huit.

Mais ce train arriva encore sans elle et la pauvre Liette commençait à s'inquiéter.

— Que lui est-il arrivé ?... — se demandait-elle presque inquiète. — Qui sait si elle n'a pas eu un accident.

— La soupe, prête maintenant, se tenait chaude sur le coin du fourneau et, près de la marmite, la soupière toute préparée avec les tranches de pain coupé.

La lampe à pétrole était allumée.

Au train de huit heures treize, personne encore, et il n'en arrivait pas d'autre encore maintenant avant neuf heures dix-huit.

Alors Liette songea au tramway.

« Maman Sophie » pourrait le prendre si elle avait manqué le train puisqu'il n'y en avait plus que d'heure en heure ; et elle regardait de l'autre côté de la rue, à l'opposé de la gare, où passent les voitures.

Bien que ce fût dimanche, la grande rue devenait peu à peu silencieuse et déserte. Les boutiques s'étaient fermées l'une après l'autre. On ne voyait passer, à l'heure des trains, que quelques personnes pressant le pas pour rentrer à Paris, après la journée passée chez des parents ou des amis.

On entendait des chants, au loin, là-bas, chez le marchand de vins dont la boutique éclairée faisait une tache pâle sur le pavé sombre.

Liette avait fermé les volets des fenêtres, déjà un peu inquiète de se sentir seule. Elle en entrouvrait un par moment, afin de voir encore au dehors si « maman Sophie » n'arrivait pas.

Mais alors elle réfléchit. — Si on la voyait guetter au dehors à pareille heure, la nuit, que penseraient les personnes qui pouvaient ignorer que Mme Ardusson n'était pas encore rentrée et qui la croiraient couchée ?

Elle eut honte comme si un soupçon l'avait déjà effleurée et elle referma définitivement.

Elle sentait l'appétit, tantôt excité par l'attente, s'éliminer sous les préoccupations et les angoisses, car elle commençait à avoir réellement peur.

— Il faut qu'il lui soit arrivé quelque chose !... Mon Dieu, dix heures et demie !... Si je savais où elle est !...

La pauvrette se torturait, et sa peine se faisait plus vive en se mêlant à la terreur qui l'envahissait de plus en plus. — Jamais elle n'était restée seule ainsi la nuit dans cette maison. — Son imagination affolée par l'épouvante entrevoyait des choses sinistres et confuses. — Elle sentait un malheur, un danger autour d'elle.

Liette songea alors à aller fermer la porte d'entrée et elle tremblait presque, son chandelier à la main, en allant dans ce couloir obscur.

Elle s'enferma ensuite chez elle et s'assit dans le vieux fauteuil dont une housse grise dissimulait le délabrement et l'état élimé du reps grenat ; elle attendit encore.

Elle prêtait l'oreille aux bruits rares du dehors, afin d'entendre Mme Ardusson du plus loin possible, et peu à peu, malgré elle, le sommeil la gagna.

Elle s'endormit malgré ses efforts pour demeurer éveillée, mais d'un sommeil léger que coupaient d'incessantes alertes.

Elle s'éveillait en sursaut au chant confus d'un homme ivre qui heurtait les volets, et concevait des frayeurs indicibles. — Il lui semblait qu'on allait pénétrer de vive force dans la maison pour la voler, pour la tuer peut-être.

Puis, la terreur passée, elle cherchait encore à s'expliquer cette absence qu'elle ne pouvait attribuer qu'à un malheur. — A Paris les accidents sont nombreux chaque jour ; les voitures en causent un grand nombre.

— Cette pauvre maman Sophie a peut-être été renversée, blessée.... Elle n'aura pas eu la force de parler pour dire où elle demeure.... Elle n'a pu me faire prévenir.... Elle est peut-être morte !....

Cette pensée la glaça d'épouvante.

Morte !.... alors elle resterait seule au monde, elle qui était une enfant sans famille, ainsi que Madame Ardusson le lui avait dit maintes fois !....

— Seule !.... Oh ! non, n'ai-je pas Pierre qui m'aime ?.... Pierre qui est tout pour moi....

S'il savait que je suis seule ici, — songea alors Liette dont un pâle sourire illumina un instant le visage. — Si je pouvais le lui faire savoir.... S'il était là, je n'aurais plus peur.... Il saurait bien ce qu'il y a à faire.... Si j'osais, j'irais chez lui !....

Mais à cette pensée, le visage de Liette s'empourpra légèrement. Elle eut un sentiment de honte et de pudeur tout à la fois, comme si elle avait été réellement sur le point de faire cette démarche.

La peur seule de traverser les rues en pleine nuit, d'aller jusqu'à l'autre bout du pays, aurait suffi pour l'arrêter.

Et elle céda encore au sommeil en songeant à celui qu'elle aimait.

Elle dormit cette fois si profondément, harassée par le tourment des angoisses et de la terreur, qu'elle n'entendit pas sonner les douze coups de minuit.

Liette s'éveilla brusquement, tirée de son sommeil par des coups frappés aux volets de l'une des fenêtres, et sa terreur fut si profonde qu'elle demeurait engourdie, comme paralysée, incapable de faire un mouvement.

Les coups retentirent plus accentués, et une voix appela:

— Liette !.... Liette !...

*

C'est aux courses de Longchamp que Sophie Ardusson s'était rendue ce jour là. Elle avait emporté les trente francs reçus par Liette pour prix de son travail, et, avec cette faible somme, elle espérait se refaire.

Dès la veille, d'après les renseignements fournis par les journaux du soir et par *le Jockey*, qui donnait la côte du betting des chevaux devant courir le dimanche, elle avait calculé, supputé les chances, cherché l'outsider ou le krack dans les deux épreuves principales, et avec cette science spéciale de ceux qui suivent les courses, qui ont présentes à l'esprit la performance et les conditions de chaque cheval, elle s'était appliquée à préparer son jeu, à édifier une combinaison capable, avec une faible somme, de toucher une répartition qui la rattrapât de toutes ses pertes antérieures.

Depuis trois semaines, elle perdait sans cesse et tout ce qu'elle possédait y avait passé

Deux fois même, à Bois-Colombes et à Saint-Ouen, elle avait « passé à travers », laissant au book tout ce qu'elle avait apporté.

Mais ce jour là, à Longchamp, elle devait sûrement se refaire.

Il y avait *Séligman* qui n'avait pas encore gagné depuis le commencement de la saison ; il était impossible que son propriétaire ne l'ait pas réservé pour cette course. — Il devait avoir la monte de Tomitt, ce qui constituait un présage certain. — Et hier, au Grand-Hôtel, on l'avait offert à 20/1.

Dans le train, sur deux journaux du jour qu'elle venait de se procurer à la gare même, Sophie Ardusson étudia de nouveau sa combinaison, et, à peine sur la pelouse, elle courut s'informer auprès des divers bookmakers qu'elle connaissait.

Personne ne parlait de *Séligman* ; cela constituait un indice. On tenait certainement à ne pas trop donner de ce cheval, à ne pas se découvrir.

La joueuse se renseigna encore de divers côtés, acheta quelques pronostics mystérieux qu'elle compara, et dès la première course elle joua.

Elle avait pris le favori, elle gagna, ce qui augmenta quelque peu ce qu'elle possédait.

La deuxième épreuve lui fut plus favorable encore, car elle toucha un cheval placé à 5/1 ; mais elle perdit sur la suivante, d'où elle conclut, — raisonnement inepte de tous les joueurs :

— Il y a une alternance dans ma veine aujourd'hui.

Et dès lors elle fut sûre de gagner dans la course suivante ; elle se réjouit même de sa perte précédente, préférant toucher *Séligman* qu'elle avait pu se faire donner à 18/1.

Elle courut aussitôt en reprendre et y mit tout ce qui lui restait. Ce serait à cette cote, un bénéfice de plus de cinq cents francs !...

Et attentive, Sophie Ardusson assista de loin à toutes les phases de l'épreuve.

Elle se hissa sur une barrière afin de voir, par dessus les têtes du public de la pelouse, les chevaux sortir du paddock, et elle reconnut « son cheval » à la casaque blanche à pois verts du jockey ; elle admira sa forme, son allure ; elle fut ravie de le voir, dans le canter, distancer tous ses concurrents pour se rendre au départ.

Puis elle le perdit de vue, dans le lot assez nombreux, lorsque le signal fut donné, et elle ne parvint pas non plus à le distinguer lorsqu'ils passèrent près du moulin.

Dans la ligne droite, quelques instants avant l'arrivée, il était impossible de rien voir ; la perspective ne s'y prêtait pas ; mais Sophie Ardusson écoutait attentivement toutes les rumeurs, tous les bruits, tous les cris.

Or elle n'entendit pas le nom de *Séligman* ; des hommes criaient : « *Window !... Window !...* » d'autres : « *Fleur de thé !...* » qui vraisemblablement avaient pris la tête du peloton et luttaient en ce moment pour la première place.

Alors une appréhension la saisit.

Elle sentit d'un coup tout son espoir s'envoler et, dans le trouble qui s'empara d'elle, la joueuse ne vit que confusément les casaques des jockeys passer comme l'éclair au-dessus des têtes des spectateurs à la hauteur du poteau.

Elle entendait crier le nom du gagnant autour d'elle, *Window*, et malgré tout, elle doutait encore. — Il lui semblait impossible que son cheval n'eût pas gagné cette course, et elle attendit que le résultat fut affiché. — *Séligman* ne se trouvait même pas parmi les chevaux placés ; *Séligman* n'existait pas.

Alors ce fut chez cette femme un effondrement d'autant plus profond que son espoir et sa confiance s'étaient exaltés d'avantage.

— Cette guigne que j'ai !... — bougonnait-elle. — Ce n'est pas possible d'avoir une pareille déveine !... Ce voleur de Tomitt a retenu son cheval, c'est certain !...

Elle aurait accusé tout le monde ; mais la colère, la rage qui succédait à l'accablement du premier instant, demeurait impuissante. La cruelle réalité restait là : Sophie Ardusson n'avait plus le sou alors qu'elle comptait sur ces cinq cents francs comme si déjà elle les tenait.

Et, sa carte des courses à la main, elle voyait les noms des chevaux des deux épreuves suivantes, les dernières, parmi lesquels deux se trouvaient pointés d'un signe mystérieux.

Voilà les chevaux qu'elle aurait joués, car sûrement elle devait gagner : cette déveine ne pouvait pas se prolonger.

Il y a dans l'alternative des chances, des retours auxquels les joueurs ont une foi absolue.

Mais que faire, puisqu'elle n'avait plus le sou ?... Il ne restait dans le porte-monnaie de Sophie Ardusson que son coupon de retour pour le chemin de fer et les deux tickets des chevaux perdus remis par le bookmaker.

Jouer à crédit, il n'y fallait pas songer ; le book n'accepterait pas.

Sophie Ardusson machinalement se dirigeait vers le ring, et la tête basse, elle regardait le gazon piétiné de la pelouse, jonché de multicolores bouts de papiers ou de petits morceaux de carton.

Il lui semblait qu'elle allait trouver un secours, un louis peut-être, ou une petite pièce de dix francs avec laquelle elle irait prendre son cheval. — Mais elle ne trouva rien, et elle arriva ainsi dans la foule qui entourait les bookmakers, pressée entre les parieurs qui demandaient des chevaux et remettaient de l'argent.

Et dire que tous ces gens jouaient, que plusieurs d'entre eux allaient gagner et qu'elle gagnerait sûrement si elle pouvait jouer !...

Et cet or, ces billets de banque qui passaient devant ses yeux la fascinaient, la dévoraient d'une coupable envie, l'irritaient dans une convoitise amère, la tentaient.

Fallait-il qu'elle n'eût plus le sou lorsque tout ce monde là exhibait devant elle des sommes pareilles !...

La rage, le dépit au cœur, Sophie Ardusson s'éloigna.

Ailleurs, de l'autre côté, dans les autres allées formées par les piquets et les parasols des bookmakers, même affluence, même foule, même empressement.

Quelques joueurs recevaient la somme gagnée dans l'épreuve précédente en échange de leurs tickets.

Sophie Ardusson vit même un sportman des tribunes, qui était venu parier sur la pelouse où la cote était plus avantageuse, mettre dans son portefeuille une énorme liasse de billets de banque.

Elle le suivit des yeux.

— S'il le perdait son portefeuille !... — pensa-t-elle. — Ce n'est pas moi qui le lui rendrait, bien sûr.

Puis une dame âgée, dont l'accoutrement ridicule dénotait une marchande à la toilette ou une ancienne tenancière quelconque, versée dans la spéculation des courses, passa, suivie d'une femme plus jeune, ayant des allures de domestique.

Elle avait au bras un petit sac de maroquin noir, et elle s'approcha, pénétrant difficilement à travers la foule qui se pressait.

Sophie Ardusson se trouvait derrière elle et elle la vit ouvrir son sac, y prendre un billet de banque et le donner à sa bonne avec des indications, afin qu'elle lui prît un cheval, elle qui, plus jeune, plus agile, pouvait mieux arriver près du book.

Dans le sac, la femme de Clamart avait eu le temps de voir un porte-monnaie qui avait l'air bien garni.

Si elle pouvait s'en emparer !...

Dans son affollement, la misérable se sentait en ce moment capable de tout.

Alors elle profita du mouvement de la foule où l'on se bousculait, pour se presser contre la vieille dame, qui fut même obligée de lui dire :

— Ne poussez donc pas comme ça !... Vous aurez bien votre tour.

Sophie Ardusson ne répondit pas, mais à la première bousculade nouvelle qui se produisit, elle fut assez habile pour presser le bouton de la fermeture du sac sans que sa propriétaire n'eût rien senti.

Elle accentua elle-même la poussée de la foule, afin de masquer sa manœuvre, et plongeant la main, elle s'empara du porte-monnaie qu'elle fit prestement disparaître, tout en se retournant et en se plaignant elle-même d'être bousculée.

Elle n'avait pas fait dix pas, malgré sa hâte de s'éloigner, que la vieille

Elle passa sans encombre, sans que personne même ne prit garde à elle... (P. 44.)

dame voyant son sac ouvert et ne trouvant plus son porte-monnaie, criait d'une voix perçante :

— Au voleur !... On m'a volé !...

Tous ceux qui l'entouraient la regardèrent sans surprise, car les vols à la tire sont assez fréquents sur les champs de courses, et l'on s'occupait plus d'elle que de chercher dans son entourage quel pouvait être le voleur.

Cela donna à la femme de Clamart le temps de filer et de se perdre dans un autre centre de la foule, épaisse partout.

Il y eut même des personnes qui invectivèrent la vieille dame, trouvant qu'elle les regardait en se plaignant d'avoir été volée.

— Faites donc attention à qui vous parlez, hein !... Je ne suis pas un voleur, moi !... — lui dit un cocher.

— Je ne vous accuse pas, — répondit la dame au sac de maroquin. — C'est une femme qui m'a volée, j'en suis sûre !... Elle était là !... Elle m'a pris mon portemonnaie dans mon sac... J'ai bien senti quand elle m'a bousculée...

Et elle cherchait autour d'elle sa voleuse, ainsi que les personnes qui avaient entendu ; mais Sophie Ardusson était déjà loin. Ni la vieille dame ni sa bonne ne l'aperçurent.

— Je la reconnaîtrais bien, allez !... — dit la domestique.

On conseilla à la volée de porter plainte, et un gardien de la paix la conduisit auprès du commissaire de police de service, tandis que la bonne demeurait pour veiller au résultat de l'épreuve qui se courait et dans laquelle sa maîtresse se trouvait intéressée.

Sophie Ardusson, confondue dans un groupe compact, entendit les clameurs de sa victime ; elle vit la foule de curieux qui se pressait autour d'elle ; elle l'aperçut flanquée du gardien de la paix et suivie par de nombreuses personnes lorsqu'elle se rendit auprès du commissaire de police.

Il y avait urgence à disparaître le plus tôt possible, car des recherches allaient sans doute être faites tout de suite sur le champ de courses.

Elle savait que les agents de la sûreté y sont nombreux ; munis de son signalement que la vieille dame allait donner, ils se répartiraient peut-être entre les différentes portes, pour examiner ceux qui partaient.

Il s'agissait donc d'être déjà loin avant que cette mesure fût prise.

L'instinct de son salut lui inspirait cette résolution, et cependant un trouble profond la bouleversait, car la misérable venait de voler pour la première fois, et la peur de la prison la livrait en proie aux affres d'une véritable épouvante qu'elle parvenait à peine à dissimuler.

Elle sentait qu'on devait lire sur son visage, comprendre à son attitude, à son allure, qu'elle avait commis un méfait et qu'elle se cachait.

La vue des gardes municipaux, disséminés pour le service d'ordre sur la pelouse, qui cependant ne pouvaient encore rien savoir, suffisait pour la jeter dans des transes indicibles.

Elle avait quitté le groupe auquel elle s'était mêlée et elle se dirigeait vers la sortie la plus proche, modérant sa marche, malgré son désir de fuir au plus vite, afin que sa précipitation n'attirât point l'attention, et elle se joignait aux gens qui allaient dans la même direction, afin de ne pas demeurer seule exposée aux regards.

— Voyons, c'est-il bête d'avoir peur comme ça, — se raisonna-t-elle, — puisque personne ne sait rien... Ce n'est pas la peine de me faire remarquer... Ça n'est pas écrit sur ma figure, après tout !...

Et la voleuse parvint à se ressaisir, à dominer son trouble, à se défaire de cette apparente inquiétude qui aurait pu donner l'éveil à un policier perspicace, observateur par habitude professionnelle.

Le groupe auquel elle se trouvait mêlée, avec lequel elle marchait, se dirigeait vers la partie de la pelouse située à droite des tribunes. Il fallait traverser la piste pour y arriver, et Sophie Ardusson fut contente d'elle à ce moment, comme si elle venait de subir victorieusement une épreuve, car elle passa auprès de deux gardiens de la paix et de plusieurs soldats préposés à la garde des barrières, et elle avait repris son attitude habituelle.

De cet autre côté de la piste, elle se sentait plus en sûreté ; c'était loin déjà de l'endroit où se trouvait sa victime et le public n'était plus le même.

Le vol du centre de la pelouse ne pouvait être déjà connu dans cette partie éloignée et séparée.

Mais la femme de Clamart ne s'arrêta pas là, bien que l'envie de jouer maintenant les chevaux pointés sur sa carte pour les deux dernières épreuves la tentât.

Elle y renonça, quoique à contre cœur, retenue par la prudence, par la méfiance et par l'instinct de son salut, car il lui aurait fallu sortir le portemonnaie volé afin d'y prendre l'argent nécessaire à son jeu.

Elle se trouvait maintenant à proximité d'une sortie vers laquelle quelques personnes se dirigeaient, — des décavés sans doute qui ne pouvaient pas jouer dans les deux dernières épreuves, ou des sages qui, ayant gagné, quittaient le champ de courses afin de s'arracher à la tentation de jouer encore et à la possibilité de perdre leur gain.

Sophie Ardusson sortit avec ces personnes-là.

A la porte, du reste, elle ne vit que les employés de la Société d'Encouragement et les factionnaires.

Elle passa sans encombre, sans que personne même ne prît garde à elle, et aussitôt dehors :

— Ça y est !... — fit-elle avec un soupir de soulagement. — Sauvée !... Que la bonne femme cherche qui lui a pris son portemonnaie maintenant !...

Elle se sentait définitivement en sûreté.

Et cette constatation lui donna confiance, calma ses craintes du premier moment.

— Il ne s'agit maintenant que de ne pas aller me jeter dans la gueule du loup.

La voleuse entendait par là d'avoir la prudence de ne pas se trouver sur le passage habituel des gens qui reviennent des courses; car dans un instant, le public de la pelouse allait sortir et il ne serait pas prudent de s'exposer à être reconnue par quelqu'un de ceux qui pouvaient l'avoir vue.

Aussi, s'éloignant du trajet habituel qui aboutit à la route de Boulogne, Sophie Ardusson suivit la route des tribunes qui la conduisait en plein dans le bois.

— Je prendrai le train à la Porte-Maillot, — décida-t-elle.

Et elle se dirigea vers la partie nord du bois, contournant à distance la vaste enceinte du champ de courses.

Elle marchait d'un pas ordinaire, sans hâte, comme sans lenteur, observant à la dérobée ceux qu'elle rencontrait, car malgré l'assurance qu'elle voulait se donner, elle conservait une réelle inquiétude.

Mais le bois, par ce temps superbe, en cette journée dominicale, était plein de promeneurs.

Personne ne faisait attention à elle.

Le trajet est long, et la femme de Clamart mit plus d'une demi-heure pour arriver à la porte de Madrid, par laquelle elle sortit du bois, et il lui sembla, au moment où elle franchit la grille, qu'on lui enlevait un poids considérable.

Maintenant qu'elle se trouvait sur l'avenue de Neuilly, qui pouvait savoir autour d'elle qu'un vol avait été commis à Longchamp.

Cependant, malgré la confiance dont elle cherchait encore à se pénétrer, la voleuse eut de nouvelles appréhensions au moment où elle arriva à la gare de la Porte-Maillot.

Si elle allait se rencontrer dans le train avec des personnes de la pelouse, car c'était le moment où les gens des courses affluaient; et tout-à-l'heure, lorsque le train s'arrêterait aux stations du Trocadéro, de l'Avenue du bois de Boulogne, de Passy et d'Auteuil, assurément les wagons se rempliraient du public des courses.

Cette réflexion la fit changer de résolution.

— Bah ! — se dit-elle, — je peux bien marcher.

Elle ne sentait pas la fatigue, du reste, et elle prit par l'avenue de la Grande Armée avec l'intention de gagner la rive gauche, pour se rapprocher de la gare Montparnasse.

Elle ne voulait pas prendre d'omnibus, car il lui aurait fallu sortir le porte-monnaie volé pour y chercher la monnaie nécessaire au paiement du prix de sa place, et elle était bien résolue à ne pas le montrer.

Elle le tenait serré dans sa main, enfouie dans la poche de sa robe, et depuis longtemps elle avait compris, en le palpant, qu'il devait être bien garni.

Alors, tout en marchant, Sophie Ardusson ouvrit avec précaution ce porte-monnaie, sans le sortir de sa poche, poussée par un besoin de cupidité et par l'impatience de se rendre compte de ce qu'il contenait.

Elle plongea les doigts à l'intérieur et elle sentit du papier, — des billets de banque sans doute, — et des pièces de monnaie qu'elle palpa afin d'évaluer leur valeur au toucher.

Elle sentit trois pièces de cinq francs, puis d'autres plus petites, et, à travers la peau du compartiment du milieu, clos par un fermoir, d'autres pièces encore, de l'or sûrement.

Elle prit une pièce, qu'à son volume elle jugea de la valeur de deux francs, la tira et referma le porte-monnaie.

Elle ne s'était point trompée, et elle la glissa dans la ceinture de son corsage.

Cela la décida à prendre un omnibus, car réellement, elle commençait à se sentir fatiguée par cette longue marche succédant à l'après-midi entière passée sur ses jambes.

Elle monta dans le tramway faisant le trajet de la place de l'Étoile à la gare Montparnasse et, arrivée à destination, elle n'osa prendre le train de Clamart.

Ses terreurs la reprenaient.

Elle pensait qu'on pouvait la reconnaître.

Qui sait si la dame au sac de maroquin ne se trouverait pas aussi à la gare?

Et parmi les gens qui la connaissaient sur cette ligne qu'elle prenait chaque jour, ne pouvait-il s'en rencontrer qui l'avaient vue à Longchamp?...

Quelqu'un, sur son signalement donné, pouvait l'avoir reconnue, désignée, et des agents se trouveraient peut-être postés à la gare de Clamart.

Toutes ces appréhensions étaient folles, mais, dans son épouvante, la voleuse ne pouvait raisonner avec calme.

Alors, Sophie Ardusson se décida à attendre, pour retourner chez elle, car le tramway de Clamart, où elle rencontrerait encore des gens de connaissance, ne lui inspira pas davantage confiance.

Elle s'éloigna de la gare, chercha dans une petite rue de ce quartier excentrique un marchand de vins-traiteur afin de manger un morceau, car la peur ne lui avait pas fait perdre l'appétit.

D'ailleurs, l'heure s'avançait, la nuit arrivait.

— Liette pensera ce qu'elle voudra, — se dit-elle. — Est-ce que j'ai des comptes à lui rendre, après tout?... Quand j'arriverai, elle le verra bien.

Sophie Ardusson dîna même de fort bon appétit et elle prolongea son repas le plus longtemps possible.

Elle paya sa dépense avec une pièce de cinq francs qu'elle prit dans le porte-monnaie volé sans le sortir de sa poche, et elle quitta la boutique du marchand de vins-traiteur.

Maintenant, la nuit était complète. Les horloges sonnaient dix heures.

La voleuse se sentait mieux à l'aise dans l'obscurité des rues mal éclairées.

Restaurée et reposée, elle pouvait marcher, et elle gagna le quartier de Plaisance.

Après une course assez longue dans l'interminable rue de Vanves, elle arriva à la station d'Ouest-Ceinture, où passent les trains de la ligne de Versailles.

Là, elle jugea que, sans danger, elle pouvait prendre le chemin de fer.

Mais le train d'onze heures venait de passer; il n'y en avait pas d'autre avant onze heures quarante.

Sophie Ardusson n'attendit pas dans la gare, elle préféra, toujours méfiante, s'en éloigner, rôder aux alentours, et elle revint à peine quelques minutes avant le passage du train, afin de prendre son billet, car elle ne voulait pas se servir de son coupon de retour qui aurait pu fournir un indice.

Enfin elle arriva à Clamart aux approches de minuit et, rassurée, ne voyant aucune figure suspecte à la gare, elle se dirigea vers sa demeure.

De loin encore, elle explora les alentours avant de s'approcher et, comme elle ne vit personne, elle se sentit définitivement rassurée.

Qui viendrait la chercher là, à Clamart?... Qui la reconnaîtrait plus tard pourvu qu'elle prît la précaution de ne pas se montrer aux courses?...

Elle était sauvée.

IV

PROJETS COUPABLES

— Enfin!... Tu t'es décidée à m'ouvrir!... — bougonna la marâtre dès que la porte fut refermée. — Tu es donc sourde?... J'ai frappé.., Je t'ai appelée...

— Je dormais, maman Sophie, — balbutia Liette encore tout effarée. — Et puis, j'ai eu si peur en entendant frapper à la porte...

— Peur?... Faut-il que tu sois bête!...

— Je n'ai pas reconnu votre voix du premier coup...

— C'est bon!

— Il ne vous est rien arrivé?... — demanda la fiancée de Pierre. — J'étais inquiète....

— Quoi?... Que veux-tu qu'il m'arrive?... c'est idiot!... S'il m'était arrivé quelque chose, je ne serais pas là...

— Je ne sais pas... Je m'inquiétais... Ça me semblait drôle que vous ne soyez pas de retour...

— Tu crois que, dans les affaires, on fait comme on veut?...

Et puis, quoi?... — ajouta la voleuse, énervée d'avoir à fournir des explications, — je fais ce qui me plaît!... Je suis bien la maîtresse, j'imagine!...

La marâtre avait dit cela d'un ton si dur, elle avait lancé à Liette des regards si mauvais, que la malheureuse n'osa ajouter un mot, redoutant d'exciter sa colère.

— Eh bien! qu'est-ce que tu fais là? — reprit Sophie Ardusson, après avoir retiré son chapeau et sa confection. — Tu vas rester plantée jusqu'à demain à me regarder... Tu aurais bien mieux fait de te coucher...

Liette se dirigea vers le cuisine, et la mégère, qui la suivit des yeux, aperçut alors le couvert mis.

— Qu'est-ce que tu fais donc? — gronda-t-elle encore. — Est-ce que par hasard tu n'as pas dîné?

— Je vous ai attendue, — répondit la jeune fille.

— Imbécile!... Tu crois donc que je serais restée jusqu'à minuit sans manger?... Alors toi...

— Je n'ai pas faim... — interrompit Liette.

— Eh bien! alors couche-toi,

La pauvrette se dirigea vers le petit cabinet qui lui servait de chambre et, au moment d'en franchir le seuil, elle s'arrêta, se retourna, mais elle n'osait pas, comme chaque soir, venir embrasser cette femme qui se montrait si peu maternelle.

— Bonsoir, maman Sophie, — fit-elle timidement.

— Bonsoir, bonsoir, — répondit Sophie Ardusson impatientée. — Couche-toi!... Bonsoir!...

Et Liette disparut, le cœur bien gros, songeant plus que jamais à Pierre, se réfugiant dans son amour pour moins sentir le manque d'affection dont elle souffrait.

— Ils sont heureux ceux qui sont aimés par une mère!... — se dit-elle en contenant les larmes qui montaient à ses yeux.

A son tour, Sophie Ardusson se disposa à se retirer dans sa chambre; mais en passant devant la table toute servie pour le dîner, elle se versa un verre de vin et l'avala presque d'un trait.

L'agitation qui la dévorait l'avait altérée.

— Bonjour, maman Sophie, — dit-elle timidement... (P. 56.)

Elle se sentait énervée, toujours en proie aux inquiétudes résultant de son vol, ne se sentant pas encore tout à fait en sûreté, car elle se demandait si, avec son signalement que la dame volée aurait donné, on ne parviendrait pas jusqu'à elle.

Quelques personnes, des habitués des courses qui la connaissaient pouvaient l'avoir remarquée sans qu'elle les vît elle-même, et l'avaient désignée, peut-être.

LIV. 7. — MARIAGE IN-EXTREMIS.   LIV. 7.

On ne connaissait pas son nom, mais la police se contente des moindres indices.

La voleuse éprouvait alors le besoin de prendre les plus minutieuses précautions, afin de faire disparaître toute preuve du vol et de pouvoir nier et se défendre si elle se trouvait accusée.

En même temps, l'impatience de connaître la somme contenue dans le portemonnaie la dévorait. Enfermée dans sa chambre, dont elle ferma la porte à double tour, elle constata d'abord que les volets de la fenêtre étaient bien clos et que, du dehors, on ne pouvait la voir.

Par surcroît de précaution, elle tira les rideaux, les délivra de leurs embrasses et les fit retomber complètement devant la fenêtre.

Alors, dans l'angle le plus reculé de sa chambre, devant son lit, tournant le dos à la porte, elle tira le portemonnaie de sa poche.

Elle l'examina un instant avant de l'ouvrir.

C'était un gros portemonnaie en cuir rouge, bruni par l'usage aux parties saillantes, de la forme dite « à soufflet ».

Sophie Ardusson l'ouvrit et en tira ce qu'il contenait, déposant les billets et les pièces sur la table de nuit. Elle comptait en même temps.

Il y avait trois billets de cent francs, un de cinquante, douze pièces de vingt francs, quatre de dix francs, deux pièces de cent sous en argent, une de deux franc, six d'un franc, quatre de cinquante centimes et quinze sous en billon parmi lesquels un sou troué soigneusement mis à part, comme un fétiche, dans le compartiment réservé à l'or, où se trouvait aussi une petite clef.

— Cela fait six cent trente-deux francs et quinze sous, — constata-t-elle après avoir compté; avec la pièce de cent sous et la pièce que j'ai déjà prises... six cent trente-neuf francs!... Quelle misère!... Si j'avais pu au moins faire un bon chopin!... A tant faire, cela ne m'aurait pas coûté plus cher!

Et songeant, dans sa déception de joueuse malheureuse, au jeu déplorable qu'elle avait fait :

— C'est à peu près ce que j'aurais gagné si *Séligman* était arrivé, — se dit-elle. — Parbleu! il était dit que je gagnerais aujourd'hui... C'est cette bonne femme qui a payé, voilà tout!...

De son méfait, la mégère n'avait pas d'autre remords que de n'avoir pas trouvé une somme plus importante dans le portemonnaie volé.

— C'est de l'argent gagné au jeu, — pensa-t-elle encore, — la bonne femme n'en sera pas plus pauvre pour ça... Il ne lui a guère coûté à gagner... C'est comme si elle avait perdu.

Dans une poche extérieure du portemonnaie, Sophie Ardusson découvrit un morceau de papier soigneusement plié.

Elle l'ouvrit et lut ce nom et cette adresse tracés d'une grosse écriture, comme par une personne qui tient à avoir sur elle les indications nécessaires pour établir son identité, s'il venait à lui arriver un accident ou un malheur.

Madame Veuve Christol, née Laporte

Rue de Lille, 43, à Paris.

— C'est une précaution, — pensa la voleuse, — mais si elle a fait ça pour qu'on lui rapporte son porte-monnaie dans le cas où elle le perdrait, cette fois ça ne lui aura pas servi à grand'chose.

Sophie Ardusson allait brûler ce papier à la flamme de la bougie et le jeter ensuite dans la cheminée, mais elle se ravisa. Elle ouvrit son armoire à linge, prit sur l'étagère la plus élevée un livre de messe à la reliure de velours blanc, aux coins en ruolz, soigneusement enveloppé dans une feuille de papier de soie et logé dans une petite boîte ; elle y inséra le morceau de papier.

Elle tenait à conserver ce nom et cette adresse, comme s'ils pouvaient un jour lui être utiles.

Puis elle songea à se défaire du porte-monnaie.

— L'argent n'a pas d'odeur... — se dit-elle. — Tout le monde peut avoir des billets et de l'or ; le nom du propriétaire n'est pas écrit dessus. Mais ça non, il n'en faut pas !

Elle chercha un instant ce qu'elle pouvait en faire et ne s'arrêta ni à l'idée de le brûler parce que la monture subsisterait, ni à celle plus compromettante de le jeter dans les cabinets.

— Que je suis bête !... C'est bien simple, — fit-elle tout à coup.

Elle remit dans le porte-monnaie une pièce de cinquante centimes, la monnaie de billon et la petite clef qu'elle plaça dans le compartiment du milieu.

Puis elle ouvrit sa fenêtre, ayant soin de ne faire aucun bruit.

Elle regarda dans la rue qui était absolument déserte et obscure, la municipalité économe faisant éteindre les réverbères dès que les dernières boutiques sont fermées.

Elle jeta le porte-monnaie le plus loin possible, lui imprimant une direction en biais, afin qu'il ne tombât point devant sa maison.

— C'est ce qu'il y a de mieux à faire pour qu'on ne le retrouve pas, — se dit la voleuse. — Celui qui l'apercevra ne le laissera pas là.

Et sa fenêtre refermée, Sophie Ardusson revint à l'argent placé sur le marbre de la table de nuit.

Elle prit dans sa poche le *Jockey* qu'elle avait conservé, déchira une partie de ce journal et s'en servit pour envelopper les billets de banque ; puis elle retira l'un des tiroirs de son armoire, et au fond de l'excavation dans laquelle il s'enfonçait, elle plaça le petit paquet. — Elle remit alors le tiroir en place, et s'assura en l'enfonçant qu'il ne produisait aucun bruit de froissement de papier.

— Ça, il n'y a rien de plus facile à cacher, — dit-elle en prenant les seize pièces d'or qu'elle partagea en deux et plia dans d'autres fragments de papier arrachés au journal.

Elle dévissa les deux glands du cordon de tirage des rideaux de la fenêtre et logea un des deux petits rouleaux d'or dans l'intérieur de chaque gland.

Qui se douterait jamais qu'il y eut des pièces d'or là-dedans?

Le reste de l'argent volé ne l'inquiétait guère. C'était une somme insigniflante, de la monnaie courante que chacun peut bien avoir et qui, du reste, serait bien vite dépensée.

La voleuse mit ces quelques pièces d'argent dans son porte-monnaie où se trouvait encore le coupon de retour qu'elle n'avait pas utilisé. Elle le déchira et le brûla avec les fragments de journal qui restaient.

Quant au sou troué, Sophie Ardusson tenait à le conserver. Joueuse, elle était nécessairement superstitieuse; elle croyait à l'efficacité des sous troués de la corde de pendu, des fers à cheval, des trèfles à quatre feuilles.

Elle conserverait donc ce porte-bonheur qu'elle mit soigneusement à part dans la poche du milieu de sa bourse.

Alors, toutes ses précautions prises, la mégère se coucha, réfléchissant encore, récapitulant les événements, conjecturant sur ce qui avait dû se passer.

Il lui paraissait impossible qu'on l'eût suivie; elle avait manœuvré assez habilement en disparaissant tout de suite; elle avait pris assez de précautions pour échapper à toute poursuite, pour dépister ceux qui, munis de son signalement, auraient pu la reconnaître.

D'abord, elle n'avait rien vu de suspect autour d'elle.

Ce n'est pas à Clamart qu'on viendrait la chercher et elle n'avait qu'à ne pas se montrer de quelque temps sur les champs de courses, afin d'éviter la rencontre de cette dame Christol et de sa domestique qui pourraient la rechercher.

Mais alors la voleuse fut inquiète de la situation qui allait ainsi lui être faite.

Avec quoi vivrait-elle si elle demeurait enfermée chez elle?...

Elle aurait voulu, de quelque temps au moins, ne pas toucher à cet argent; si elle était obligée de s'en servir, il n'y en avait pas pour longtemps...

Elle ne pouvait guère compter sur l'insuffisant produit du travail de Liette.

— Pour ce que c'est payé cette broderie!... Et c'est d'un long à faire!... Il faut une semaine entière pour arriver à gagner vingt-cinq ou trente francs... Où irais-je avec ça?...

Oh! cette petite, — ajouta Sophie Ardusson avec un ressentiment plus acerbe que jamais, — en voilà une bêtise que j'ai faite!... Ai-je été assez bête ue me laisser éblouir par l'argent de cette dame !... Je n'en ai pas seulement profité... Si je comptais bien, entre ce que j'ai payé aux dames du couvent et ce que j'ai dépensé pour elle depuis tant d'années, il ne m'est pas resté un sou pour moi... Je parie même que j'en suis de ma poche !...

Si j'étais seule, parbleu ! ça irait tout seul, je pourrais attendre...

Et dire que je ne sais rien sur elle !... J'ai été tout de même bien simple de ne rien demander à cette dame qui me l'a confiée... ou bien, si elle n'avait rien voulu dire, comme c'est probable, j'aurais dû prendre mes dispositions pour découvrir quelque chose, pour savoir à qui j'ai affaire et où la retrouver en cas de besoin... Je ne savais pas à l'époque ce que je sais aujourd'hui ; je n'ai pas prévu tout ça... Et maintenant il faudrait que je garde Liette jusqu'à ses vingt-un ans !... Ah ! non, alors !... J'en ai par dessus la tête !...

D'abord, supposons qu'elle ait ses vingt-un ans demain, — conjectura la marâtre, — où ira-t-elle ?... Car il faudra bien qu'elle parte ; je ne veux pas la garder toute la vie... Elle ne m'est rien... Alors elle sera bien obligée de se débrouiller, de se mettre à son compte, de se marier, enfin de faire ce qu'elle voudra... Et si je venais à mourir, ce serait la même chose... Alors elle irait où elle voudrait...

Eh bien ! il n'y a qu'à supposer que c'est arrivé... Il y en a d'autres qu'elle qui restent orphelines à dix-sept ans et qui se tirent d'affaire !... Moi, j'ai fait mon devoir ; je lui ai mis un métier dans les mains, je l'ai fait éduquer comme une jeune fille du monde...

Encore une bêtise que j'ai faite, car elle n'avait pas besoin d'en savoir tant que ça, puisque jamais plus personne ne s'est occupé d'elle, et l'école communale aurait été bien bonne pour elle... ça m'aurait coûté moins cher...

Sa famille !... ce n'est pas sa famille qui y aurait trouvé à redire, car si elle avait compté s'en occuper un jour, elle ne serait pas resté dix ans sans donner de ses nouvelles...

C'est une enfant qui gênait, qui est née à contre-temps, et dont on a voulu se débarrasser... Et moi, bonne tête, j'ai eu la bêtise de me la laisser coller... Pour le profit que j'y ai eu !...

Ah ! si c'était à refaire !...

Oui, je comprends que l'on fasse de ces affaires-là, mais alors ça doit rapporter gros !... Les gens qui se débarrassent d'un enfant et qui paient vingt mille francs, ont le moyen de payer mieux que ça !... Enfin je n'ai pas su m'y prendre ; je n'y ai pas vu plus loin que le bout de mon nez et j'ai agi comme une bête... Et maintenant, il n'y a plus rien à faire !...

Si j'avais un indice seulement !... — se dit la mégère dont les yeux s'allumèrent d'une convoitise coupable. — Si je savais où retrouver la dame qui me l'a amenée... Il y aurait peut-être quelque chose à tenter, si je parvenais à connaître la famille de Liette... Car enfin, si on s'en est débarrassé ainsi, c'est qu'il y avait un motif grave, des raisons de premier ordre, et dame ! on payerait sûrement une bonne somme, pour que je ne fasse pas de potin !...

C'est à voir, ça !... Qui sait si je ne trouverai rien ?....

Pendant que je vais rester quelque temps sans aller aux courses, je pourrais bien m'occuper de cette affaire !... Si j'avais la veine de réussir, c'est ça qui rapporterait plus qu'un outsider !... Il y a longtemps que j'aurais dû faire ce truc-là ; j'y aurais plus gagné sûrement qu'aux courses où l'on est à la merci de tous ces voleurs de jockeys, des entraîneurs et de toute la bande... sans compter que cela n'aurait été plus facile qu'aujourd'hui, après dix ans !...

Enfin ça ne fait rien, je peux toujours essayer puisque je ne vais avoir rien autre à faire... Sans compter que, s'il faut faire quelques frais, l'argent de la bonne femme est là pour un coup !...

Cette idée s'implantait de plus en plus profondément dans l'esprit de Sophie Ardusson.

Elle conjecturait de quelle manière elle pouvait s'y prendre, ce qu'elle aurait à faire.

Elle se reportait à l'époque où cette dame inconnue, « qui avait, ma foi, si grand air », lui avait amené la petite Liette, alors âgée de sept ans.

Elle la revoyait et il lui semblait bien qu'elle la reconnaîtrait, si elle la rencontrait.

Elle s'appliquait à pénétrer ce mystère en étudiant les circonstances des événements accomplis.

Cette femme ne pouvait être la mère de Liette. — D'abord pourquoi l'aurait-on gardée jusqu'à sept ans ?... Une enfant dont la naissance malencontreuse, fruit d'une faute, née sans doute d'une femme mariée en l'absence de son mari, on n'attend pas si longtemps pour s'en débarrasser, pour la faire disparaître.

— Justement, — conclut Sophie Ardusson, — on doit avoir confié la petite à cette dame que j'ai vue, et c'est elle qui doit l'avoir élevée... Puis alors, quand la mère est morte, celle-ci s'en est débarrassée et a gardé le magot pour elle... car, il n'y a pas à dire, il faut qu'elle ait reçu une riche somme pour m'avoir donné comme ça vingt mille francs.

La mégère essayait alors de se rappeler tout ce que Liette lui avait dit, dans les premiers temps, quand elle l'avait interrogée.

L'enfant lui avait parlé de sa mère, avec qui elle était venue à Paris ; elle habitait dans un hôtel, et un jour sa mère était morte tout à coup, dans la rue. On l'avait emporté chez sa marraine et elle était restée avec la concierge pendant l'enterrement.

— C'est à cette époque là que j'aurais dû rechercher tout cela, — conclut la misérable, maintenant prête aux manœuvres les plus coupables, poussée à un criminel chantage par la cupidité que le besoin, la détresse allumaient en son esprit. — Alors, cela aurait été facile. Avec le nom de la petite, j'aurais trouvé celui de sa mère... je serais arrivée jusqu'à la famille et là j'aurais vu de quoi il retourne, j'aurais vu s'il y a de l'argent !... Aujourd'hui, ce ne sera pas commode...

Sophie Ardusson ne se rappelait pas avoir déjà songé à cela, à l'époque ; pressée par le besoin d'argent, elle n'avait songé qu'à profiter de la veine qui lui tombait.

Les deux mille francs versés par la prétendue marraine de la petite Liette, n'avaient pas fait long feu ; elle s'était débarrassée des dettes criardes, elle avait relevé sa situation alors désespérée. Elle avait eu peur, si elle tentait la moindre démarche pour pénétrer le mystère qu'elle soupçonnait, de se voir retirer cette enfant qui constituait pour elle une ressource inespérée.

L'échéance fixée pour le versement des vingt mille francs promis, qui avaient été payés en deux fois, à un an d'intervalle, avait été habilement calculée par l'ex-professeur de piano, qu'inspirait une prévoyante défiance.

Elle avait voulu s'assurer ainsi que cette femme, à laquelle elle confiait Liette, hésiterait devant une démarche de curiosité, dans la craindre de perdre les bénéfices qu'elle avait espérés.

Au bout d'un an, l'usurpatrice n'aurait, moins que jamais, rien à craindre.

Et, en effet, sa prévision s'était réalisée.

Sophie Ardusson n'avait pas bougé.

— Je n'ai que cette adresse en poste restante, — se dit encore la femme de Clamart. — Qui sait si une lettre adressée ainsi, parviendra à cette dame, après tant d'années ?... Si elle reçoit ma lettre, qui sait si elle se montrera ?...

Ma foi, après tout, je n'ai pas le choix, — conclut la misérable. — Peut-être bien qu'en arrangeant la chose d'une manière pressante, si la lettre lui parvient, elle viendra voir tout de même... Ah ! si je la vois, je ne la laisserai pas échapper !...

C'est en conjecturant ainsi que Sophie Ardusson s'endormit.

Au moment où le sommeil engourdit sa pensée, elle se répétait encore :

— Il faut que je me tire de là... Il faut que je me débarrasse de Liette, s'il n'y a rien à faire du côté de sa famille... J'en ai assez !... Je n'ai pas les moyens de nourrir les bâtards des autres !...

Le lendemain matin, en s'éveillant, elle retrouva ses résolutions et combina aussitôt ce qu'elle devait écrire.

Elle entendait Liette qui, déjà levée depuis longtemps, toujours matinale, faisait la pièce voisine et préparait le café au lait.

— Je vais écrire à cette dame que Liette est malade, — se dit la marâtre, — très gravement malade. — Il faudra bien qu'elle se dérange.

Et ayant pris dans son armoire un vieil agenda dans lequel elle avait placé divers papiers, elle y cherche les renseignements soigneusement inscrits.

Elle s'assit alors devant son guéridon, se munit d'une feuille de papier et, la plume en main, chercha un instant comment elle commencerait cette lettre.

Les expressions ne venaient pas et, après quelques efforts, Sophie Ardusson y renonça en se disant :

— Une dépêche fera bien plus d'effet, du moment qu'il s'agit d'annoncer une maladie... Et puis, si cette dame vient, je saurai bien lui expliquer ce que je veux.

Elle se contenta alors de mettre dans son portemonnaie le petit morceau de papier sur lequel se trouvaient inscrites les initiales sous lesquelles elle devait écrire poste restante.

A peine eut-elle ouvert la porte de sa chambre que Liette vint à elle.

— Bonjour, maman Sophie, — dit-elle timidement, s'avançant pour embrasser la marâtre comme à son habitude.

— Bonjour, — répondit Sophie Ardusson sans se dérober au baiser de la jeune fille qu'elle lui rendit machinalement, du bout des lèvres.

— Vous avez bien dormi? — s'informa Liette.

— Naturellement, j'ai bien dormi.

Et la marâtre coupa court à ces questions.

— Le café est prêt, n'est-ce pas? — fit-elle. — Eh bien! déjeunons vite, car il faut que je sorte.

Tout de suite, Liette apporta sur la table où se trouvaient déjà deux bols, avec le sucrier et le pain, un pot de lait et la cafetière qu'elle avait tenus au chaud sur le poêle.

Le déjeuner se fit presque silencieusement, Liette n'osant interroger celle qui lui tenait lieu de mère et dont elle voyait les préoccupations.

Ce fut Sophie qui lui en apprit la cause.

— Il va falloir que nous nous retournions différemment, — dit-elle, — car j'ai perdu le travail que j'avais.

Liette comprenait maintenant pourquoi maman Sophie avait ainsi le visage tout retourné.

Elle osait à peine la questionner.

— Ce travail qui vous prenait l'après-midi? — fit-elle timidement.

— Oui... que veux-tu que ce soit?... Je n'ai même pas pu être payée... C'est pour cela que je suis restée si tard hier... J'ai attendu et j'ai perdu mon temps...

Ainsi elle expliquait son retard anormal et attribuait à cet ennui le bouleversement, les préoccupations que Liette avait remarqués.

— Maman Sophie... Je vous assure... C'est un honnête garçon, allez !... (P. 60.)

— Tu comprends bien que nous ne pouvons pas vivre avec ce que tu gagnes !... Si je ne comptais que là-dessus, on ne mettrait pas souvent le pot-au-feu et je ne sais pas comment on ferait pour payer le propriétaire... Aussi il faut que je trouve le plus tôt possible quelque chose pour remplacer ce que j'ai perdu.

Cela donnait en même temps l'explication du changement qui allait se produire dans les habitudes de Sophie Ardusson qui, ne pouvant plus aller aux courses, ne sortirait plus l'après-midi comme jusqu'à ce jour.

— Si ce n'était que moi, ce ne serait rien, — reprit-elle en cassant son pain avec un mouvement de mauvaise humeur. — Quand on est seul on se débrouille toujours... Mais il y a toi !... Je ne peux pas te mettre à la porte, n'est-ce pas ?... Quand on a fait quelque chose de bien dans sa vie, on y tient. Mais il y a des moments où c'est dur... Je ne suis pas riche, et il y a bien des riches qui n'auraient pas fait ce que j'ai fait pour toi !...

Il lui semblait nécessaire de donner encore une fois l'explication de sa conduite à Liette qui l'écoutait avec un saisissement indicible, l'esprit bouleversé par toute sorte de préoccupations, mangeant à peine.

— Quand je t'ai prise, je n'ai écouté que mon bon cœur... — continua la marâtre entre deux bouchées. — Tu étais si gentille, et je comprenais que tu serais si malheureuse, que je n'ai pas hésité... Cette dame qui est venue et qui t'a laissée ici, ne cherchait qu'à se débarrasser de toi ; la preuve c'est qu'elle n'a jamais donné de ses nouvelles... Elle ne s'est jamais inquiétée de savoir seulement si tu étais morte ou vivante... Elle m'a donné un peu d'argent que j'ai employé à te faire élever, pensant qu'un jour ta famille se ferait connaître... Je tenais à honneur de lui faire voir que j'avais bien rempli mon devoir envers toi... Ah ! il est loin maintenant l'argent que j'ai reçu !... J'ai dépensé plus du triple de ce qu'on m'a donné... Tant que je gagnais de l'argent, de quoi vivre seulement, je ne disais rien ; mais aujourd'hui c'est autre chose, et il va bien falloir que je me débrouille... que je prenne un parti !...

Le ton sur lequel Sophie Ardusson prononça ces derniers mots, redoubla l'angoisse de la pauvre Liette.

Elle essaya de réconforter celle qui lui tenait lieu de mère.

— Je vous aiderai, maman Sophie... — dit-elle câlinement. — Je travaillerai encore plus...

— Ton travail !... parlons-en !... — fit la mégère. — Pour ce que tu gagnes !... un travail qui est à peine payé !... Il faut s'échiner toute une semaine pour gagner vingt-cinq ou trente francs !... où veux-tu que nous allions avec ça ?... Crois-tu que c'est avec trente francs que je pourrai payer notre nourriture, le blanchissage, le propriétaire ?...

— Oui... Je sais bien... Tout est si cher !... — soupira la malheureuse Liette qui n'osait dire ce qu'elle pensait.

Elle sentait bien qu'elle était aujourd'hui à charge à cette femme, qui en somme ne l'aimait pas puisqu'elle n'était rien pour elle.

Au fond d'elle-même, ce qui se passait n'était pas d'un mauvais augure pour ses tendres projets, qu'elle n'osait pas encore avouer.

Il lui semblait, puisqu'elle était une charge, que maman Sophie ne refuserait pas de la laisser épouser Pierre, car, en se mariant, elle la débarrasserait.

La marâtre continuait de bougonner.

Elle s'indignait contre les pères sans cœur et les mères sans entrailles qui ne se sentent rien pour les enfants qu'ils ont mis au monde : qui se débarrassent d'eux et les « collent » à de pauvres gens qui en ont pitié, les élèvent et en ont la charge à leur place.

Elle fulminait contre ces parents dénaturés qui se croient quittes envers leurs enfants en donnant une somme dérisoire pour que d'autres remplissent les devoirs auxquels ils se récusent, ces devoirs sacrés et imprescriptibles de la paternité ; contre ces gens qui donnent le jour à des bâtards, qui procréent des malheureux, et qui escomptent la pitié d'autrui.

Liette souffrait atrocement en entendant ces récriminations dont elle était indirectement l'objet.

Elle se sentait accablée par la honte de sa naissance qui faisait d'elle un paria de la société.

Et malgré tout, elle cherchait à excuser ses parents qu'elle ne connaissait pas.

Elle essaya de dire :

— Qui sait, maman Sophie... Ce n'est peut-être pas ce que vous pensez.. mes parents ne m'ont peut-être pas abandonnée, puisque la femme qui m'a confiée à vous n'était pas ma mère... C'était ma marraine...

— Qui veux-tu donc que ce soit? — riposta durement Mme Ardusson. — Tes parents n'ont pas osé faire la chose eux-mêmes... ou plutôt ils ont eu l'habileté de ne pas se montrer, afin de ne pas laisser de trace, afin qu'on ne puisse pas les retrouver, et ils ont pris un intermédiaire, qui a disparu aussitôt... c'est encore plus canaille, plus coupable !...

— Et si mon père vivait toujours...

— Eh bien?

— Ne peut-il se faire qu'il ignore ce que l'on a fait de moi... Qu'il me cherche...

— Allons-donc?

— Ma pauvre mère est morte, ça je me le rappellerai tant que je vivrai, bien que je fusse bien jeune à cette époque... Mais mon père... Ma mère m'en avait souvent parlé...

— Tu ne l'as jamais connu?... Eh bien ! cela prouve que c'est lui qui a chargé cette femme, la marraine, de se débarrasser de toi !...

Liette ne pouvait admettre cela.

— Et puis que ce soit ce que ça voudra, c'est la même chose, — conclut Sophie Ardusson. — Il n'en reste pas moins que c'est moi qui ne te suis rien qui ai rempli envers toi les devoirs qu'ont refusé ceux dont tu es la fille !... Qu'est-ce que tu veux? ce n'est pas à toi que je m'en prends... Je m'en veux à moi-même de ma bêtise, du marché de dupe que j'ai fait...

Assez, va, n'en parlons plus, ça vaudra mieux, — conclut-elle. — Pour le moment, il s'agit de nous tirer d'affaire, car il faut que je trouve autre chose pour remplacer le travail que j'ai perdu...

— Mais moi, je veux vous aider, maman Sophie, — dit la jeune fille avec un nouveau mouvement de tendresse et de reconnaissance, — car je ne suis pas une ingrate et je comprends bien ce que vous avez fait pour moi...

Et comme la marâtre haussait les épaules d'un air de mépris et de pitié, elle poursuivit avec hésitation :

— Si je venais un jour à me marier...

— Te marier !... — ricana Sophie Ardusson. — Ah ! bien, elle est bonne celle-là !...

Mais il se fit un revirement soudain dans son esprit.

Elle regarda plus attentivement Liette qui, sous ses regards, se mit à rougir, et elle lui demanda :

— Est-ce que tu aurais déjà une idée ?...

Voyons, réponds donc, — poursuivit-elle voyant que la jeune fille, confuse, baissait la tête sans répondre. — Car enfin, pour dire cela, il faut que tu aies pensé à quelqu'un... il faut qu'on t'ait parlé, qu'on t'ait fait des propositions... Mais parle-moi !...

Alors Liette leva lentement les yeux vers la marâtre, et, accablée d'une honte imprécise, saisie plutôt par l'émoi d'une pudeur brutalement éveillée, elle balbutia tout bas, avec peine :

— Oui... J'ai remarqué... quelqu'un...

— Ah ! je m'en doutais bien, — s'écria Sophie. — Un jeune homme qui t'a parlé, hein ?...

Au lieu de répondre directement, la pauvre fille, rougissant comme d'une faute, s'excusa :

— Je ne crois pas avoir mal fait... C'est en travaillant devant la fenêtre... J'ai vu passer ce jeune homme... alors... petit à petit...

— Il cherchait à t'enjôler, n'est-ce pas ? — interrompit Sophie Ardusson. — Et toi, grosse dinde, tu as cru qu'il voulait t'épouser !...

— Maman Sophie... Je vous assure... C'est un honnête garçon, allez !... Et je suis sûre...

— Allons donc !... Est-ce qu'on épouse une fille comme toi, qui n'a pas seulement un état civil !...

— Vous le verrez, maman Sophie, — reprit Liette, s'enhardissant un peu, en puisant des forces dans son amour. — Vous verrez que c'est un bon ouvrier... et que ses intentions sont sincères... Il m'aime, j'en suis sûre...

— Oui, compte là-dessus !... — fit ironiquement la mégère en se levant. — En attendant il faut que je sorte, car ce n'est pas ça qui me tirera d'affaire...

Et, passant dans sa chambre, elle s'habilla en songeant de nouveau à ce qu'elle avait résolu de faire.

L'idée de chercher à retrouver la femme qui lui avait confié Liette, afin d'en tirer profit, s'était bien ancrée dans son esprit. Cela lui apparaissait comme la meilleure solution.

En la revoyant cette fois, elle ne la lâcherait pas sans savoir la vérité et il faudrait bien que l'on payât pour s'assurer son silence, s'il y avait quelque chose à cacher.

Par elle, Sophie Ardusson se chargerait bien d'arriver jusqu'à la famille de Liette.

Elle sortit, laissant Liette, qui déjà s'était mise au travail, installée devant la fenêtre, sa broderie à la main.

Elle se rendit à la poste et rédigea ce télégramme adressé aux initiales D. U. B., poste restante à Lyon :

« Venez au plus tôt ou dites ce qu'il faut faire, Liette très malade. »

Deux jours se passèrent à attendre la réponse à cette dépêche, deux jours de nouvelles humiliations pour la pauvre Liette, car Sophie Ardusson ne cessait de l'accabler en lui parlant de sa famille, qui s'en était débarrassée et qui n'avait jamais donné signe de vie.

Elle la mortifiait encore en traitant ironiquement cet amour dont la malheureuse lui avait fait l'aveu.

Elle lui faisait payer l'ennui d'être obligée de ne pas sortir, dans la crainte d'être reconnue, le désappointement qui se faisait en elle en ne voyant venir aucune réponse, le ressentiment qu'elle concevait en pensant que celle qui lui avait confié Liette lui avait donné sans doute cette adresse pour se moquer d'elle, avec l'intention bien arrêtée de ne jamais lui répondre, de disparaître et de ne pas se faire connaître, heureuse d'avoir trouvé une bonne femme qui la délivrât de cette enfant.

Enfin, le troisième jour, un facteur se présenta.

Il apportait un pli à l'en-tête de l'administration des postes, dont il se fit donner un reçu.

Dès que le facteur fut parti, Mᵐᵉ Ardusson décacheta l'enveloppe bulle et elle en tira le texte de son télégramme que le bureau de Lyon lui renvoyait.

Une fiche imprimée, jointe au papier bleu, indiquait que la destinataire n'était pas venue chercher ce télégramme.

La mégère ricana amèrement.

Elle ne se trompait donc pas !... La femme qui lui avait confié Liette s'était moqué d'elle en lui donnant cette adresse en poste-restante à Lyon, où jamais personne n'était jamais venu chercher les lettres ou les dépêches qu'elle pouvait envoyer.

Et cela la poussa plus vivement encore à la résolution qu'elle avait prise, lui grossissant l'intérêt qu'elle aurait à connaître le secret de la famille de Liette.

Mais où retouver cette dame?

Elle n'avait jamais connu ni son nom ni son adresse, car la seule fois qu'elle lui avait écrit, répondant à sa lettre à la suite de son annonce, Valérie

Dubourg, qui habitait alors rue de Picpus, sous le nom Lia de Chavanges, s'était fait adresser la réponse en poste-restante, à des initiales.

Dans son dénuement, stimulé par une coupable convoitise, elle sentait là une source de profits.

Oui, il devait y avoir de l'argent dans la famille de Liette, et il devait aussi y avoir un secret, une honte, une faute, une raison grave enfin, pour que l'on se fût ainsi débarrassé de cette enfant en faisant le sacrifice énorme de vingt-deux mille francs.

Ce mystère, il fallait qu'elle arrivât à le pénétrer, et elle se sentait l'habileté nécessaire pour y parvenir.

Cette famille, elle voulait la connaître.

Ce serait un coup de fortune pour elle, une opération bien plus sûre que le jeu aux courses, qui est si trompeur. — elle en convenait maintenant qu'elle n'oserait plus reparaître sur la pelouse dans la crainte que l'on reconnût en elle la voleuse de Longchamps.

Que ferait-elle pour vivre ?... car les six cents et quelque francs trouvés dans le porte-monnaie de la bonne femme ne dureraient pas toujours.

Elle considérait cette somme, au point de vue du projet qu'elle couvait, comme une première mise qui lui permettrait d'attendre le résultat de ses recherches et la réalisation de sa tentative ; mais il faudrait économiser cet argent et le faire durer jusqu'au moment où elle aurait réussi.

Alors Sophie Ardusson cherchait à rappeler ses souvenirs, car, dans les premiers temps, elle avait longuement questionné la petite Liette, intriguée par les allures mystérieuses de la dame qui avait répondu à son annonce, pressentant un secret que la curiosité seule, à cette époque, la poussait à connaître.

Cette dame, en somme, ne lui avait rien dit, ou à peu près, mais l'enfant avait répondu à ses questions.

Satisfaite, pendant les deux premières années, par la somme relativement importante qu'elle avait reçue, elle qui n'avait jamais eu tant d'argent, la sœur du blanchisseur de Clamart n'avait pas tardé à ne plus songer à tout cela. Elle était absorbée du reste par les préoccupations des courses, qui alors lui réussissaient assez bien.

Mais aujourd'hui, tout ce que Liette lui avait dit revenait nettement à son esprit.

La mère de Liette était morte quelques jours auparavant ; elle était morte subitement dans la rue, et on l'avait transportée chez cette dame qu'elle ne connaissait pas, et qui était, paraît-il, sa marraine.

Liette habitait la province avec sa mère. Elles ne se trouvaient à Paris que depuis quelque temps, plusieurs semaines, peut-être même quelques mois. A Paris, elles étaient descendues à l'hôtel, rue de Rivoli ; l'enfant n'avait su en dire le nom.

Lorsque « maman Sophie » lui avait demandé ce qu'elles avaient fait, sa mère et elle, à Paris, quelles personnes elles avaient vues, la petite Liette n'avait pu que lui répondre :

— Nous sommes allé voir un monsieur, avec qui petite mère causait de mon papa... Un monsieur qui cherchait mon papa pour lui dire de venir rester avec nous...

Sophie Ardusson avait compris que la mère de Liette devait être une femme abandonnée par son mari ou par son amant, cela paraissait suffisant pour lui expliquer la résolution prise de placer l'enfant, de la faire élever loin de la famille où on lui refusait sa place.

Quand elle l'avait questionnée sur son père, Liette avait répondu qu'elle ne le connaissait pas, mais que petite mère lui avait toujours dit que son papa serait bien heureux quand il saurait qu'il avait une jolie petite fille.

Évidemment, c'était là le point de départ du mystère de la naissance de Liette.

Sophie Ardusson conjecturait maintenant en évoquant ces souvenirs si précis.

Elle revenait à sa première idée et se disait que la mère de Liette devait évidemment être une femme mariée qui avait commis une faute et qui avait peut-être été chassée ou abandonnée par son mari.

Pendant ce temps l'amant, celui qu'elle croyait être le père de Liette, avait disparu ; il était parti sans même savoir que son amour avait porté des fruits. Et cette femme, seule avec sa fille, recherchait l'homme qu'elle avait aimé coupablement, le père de son enfant.

Celui qu'elle cherchait, d'après ce que Liette avait dit, ce n'était pas son mari, mais son amant.

Mais tous ces souvenirs, toutes ces conjectures, quoique vraisemblables, ne fournissaient aucune indication utile, surtout au bout de dix ans.

Où retrouver la femme que Sophie Ardusson avait vue?

Liette n'avait pu lui dire le nom de la rue où elle habitait.

Elle lui avait expliqué que l'on avait déménagé, mais elle ne savait pas même dans quel quartier on se trouvait l'une et l'autre fois.

Elle n'avait même pas su dire dans quelle rue sa mère était tombée inanimée.

Tout à coup une inspiration frappa la mégère.

— Est-ce bête de n'avoir pas pensé à cela tout de suite, — se dit-elle furieuse contre elle-même de s'être livrée si longtemps en vain à ce travail d'esprit. — La mère de Liette a été enterrée à Paris, voilà qui est certain... La petite me l'a dit!... Eh bien! par l'acte de décès, qui a dû être dressé dans une des vingt mairies, je dois retrouver le nom... ce nom de Darcis!... Eh! parbleu, c'est ce qu'il y a de plus simple !...

Et déjà sa figure s'illuminait d'une joie perverse.

Mais elle se rembrunit aussitôt.

— Si cette femme ne s'appelait pas Darcis?... — songea-t-elle.

Car, après tout, si l'on avait pris des précautions, elles avaient dû être bien prises et complètes.

Il pouvait bien se faire que la dame qui avait confié Liette à Sophie Ardusson eut indiqué un nom qui n'était pas le sien.

Et de nouveau elle réfléchissait, comme elle l'avait déjà fait plusieurs fois, à ce prénom de Liette, qu'elle n'avait jamais entendu auparavant, qui lui paraissait si bizarre.

Elle l'avait pris pour un diminutif, un de ces noms de tendresse que les mères donnent aux enfants.

Mais non, la dame l'avait écrit, et Sophie Ardusson possédait encore le papier sur lequel elle l'avait tracé avec le nom : « Liette Darcis ».

Le prénom devait donc être exact.

Alors le nom l'était sans doute également.

Il est vrai que l'enfant n'avait jamais pu la renseigner sur ce point.

Elle ignorait le nom de sa mère, qui pour elle était tout simplement « petite mère ».

Elle ne s'était pas rappelé l'avoir entendu prononcer.

Elle ne se souvenait même pas du titre que les domestiques du château donnaient à sa mère.

Odeline, dont la vie était brisée par une épouvantable douleur, vivait fort simplement, en quelque sorte isolée dans son vaste château, se confinant tout entière dans sa tendresse maternelle.

Depuis l'abandon de son mari, elle n'avait voulu voir personne.

Les souvenirs de Liette n'avaient donc pu servir la curiosité de Sophie Ardusson.

Du reste, pendant les premiers temps, la mégère n'avait songé qu'à s'acquitter de ses devoirs envers l'enfant qui lui était confiée et qu'elle s'attendait à se voir reprendre plus tard par sa famille.

Aujourd'hui la mémoire de Liette n'avait conservé aucune trace précise. Tout s'était effacé peu à peu de son esprit, par l'œuvre du temps, par la modification étrange, par le bouleversement profond apporté dans son existence.

Les seuls faits qui fussent demeurés gravés avec quelque précision dans son souvenir étaient ceux qui se rapportaient à ces quelques semaines passées à Paris, avec sa mère, et à l'affreux événement qui l'avait faite orpheline ; mais ces détails, que Sophie Ardusson connaissait, ne pouvaient être d'aucune utilité pour le projet coupable qu'elle venait de concevoir.

Elle revenait à l'acte de décès de la mère de Liette, qui existait sûrement et qu'elle pourrait sans doute retrouver.

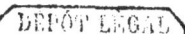

— Il s'arrêtait devant la fenêtre, et nous causions... (P. 69.)

Par cet acte, elle pensait être mise sur la piste que sa cupidité cherchait, et arriver à connaître la famille de Liette.

Mais ces recherches prendraient assurément beaucoup de temps ; elles exigeaient sa présence fréquente à Paris.

C'est aussi à Paris qu'elle trouverait ensuite, pensait-elle, les autres indices, les renseignements qui compléteraient ses premières découvertes.

Et alors, la misérable songeait que ces allées et venues, l'obligeraient à bien des frais et lui prendraient beaucoup de temps.

Elle courrait, en outre, le risque de s'exposer à être rencontrée et reconnue par une des personnes de la banlieue qui suivent les courses et qui devaient l'y avoir vue plusieurs fois.

Elle aurait plus d'intérêt et plus de sécurité à habiter Paris.

Pourquoi rester à Clamart?

La vie n'y est pas meilleur marché assurément.

Mais Liette apparaissait à Sophie Ardusson comme un obstacle à ce projet.

Seule, elle se débrouillerait à merveille à Paris et y vivrait presque pour rien.

Alors la marâtre songea à ce que Liette lui avait dit quand elle avait parlé de ce jeune homme qui l'aimait.

Ne serait-ce pas un moyen de se débarrasser d'elle?...

Si ce jeune homme épousait Liette, Sophie Ardusson serait libre!...

Elle ne la perdrait pas de vue, afin de pouvoir se servir d'elle le jour où elle aurait découvert sa famille.

Mais un obstacle se présenta à son esprit.

Où se procurer les pièces nécessaires à l'accomplissement de ce mariage?...

Et à leur défaut, quelles formalités accomplir pour suppléer à l'absence d'état civil de Liette?

Sophie Ardusson se sentait peu compétente en cette matière.

Il y aurait là, certainement, de graves difficultés qui éloigneraient l'accomplissement de ce mariage.

Mais il y avait surtout un danger de voir échouer, anéantir, le projet que la femme de Clamart avait déjà formé, ce projet d'exploiter le secret de famille qu'elle comptait découvrir.

Pour épouser Liette, le jeune homme qui l'aimait voudrait sans doute faire lui-même les démarches nécessaires. — Et alors, ou il découvrirait la famille de sa fiancée, ou il accomplirait les formalités nécessaires pour s'en passer. — Dans un cas comme dans l'autre, il constituerait à Liette, par son mariage, une situation régulière qui empêcherait Sophie Ardusson de tirer profit de la situation.

Elle n'aurait plus intérêt à découvrir la famille de Liette et à savoir par suite de quels événements elle avait été abandonnée.

— Mais si ce jeune homme ne l'épousait pas!... — se dit la mégère dont les yeux reflétèrent une pensée vicieuse, abominable.

Eh! parbleu, voilà la solution!...

Sophie Ardusson triomphait d'avoir trouvé cela.

Ainsi, elle ne perdrait pas Liette de vue un seul jour... Elle saurait où la prendre lorsque le moment serait venu de se servir d'elle.

Bien mieux, Liette serait dans une position irrégulière, dont elle saurait bien tirer parti.

Et la misérable s'attacha à ce projet, qu'elle envisagea longuement, dont elle cherchait maintenant à entrevoir la réalisation.

V

AMOUR SECRET

Sophie Ardusson entrevoyait, maintenant, le moment où elle serait libre, où elle pourrait quitter Clamart, aller vivre à Paris et se livrer aux recherches dont elle espérait tirer si beau parti.

Cependant, ce projet de livrer Liette à celui qui l'aimait, ne lui apparaissait pas sans de nombreuses difficultés.

Elle aurait à compter sur la pudeur et l'honnêteté de la jeune fille, qui se révolterait à la perspective d'un amour coupable.

Son âge aussi, son état de minorité, serait un obstacle, car il constituerait une grave responsabilité pour celui qui la prendrait.

— Il faudrait savoir quel est ce jeune homme, dont elle m'a à peine parlé, — se dit la marâtre. — Un ouvrier, a-t-elle dit... Mais il y en a des uns et des autres...

Et elle conclut ainsi :

— L'essentiel est de savoir s'ils s'aiment réellement... Quand on aime avec passion, on ne calcule pas, on fait bien des bêtises !...

Cela la délivrait du souci qui s'emparait d'elle, de la crainte d'échouer...

Et le jeudi matin, elle résolut de provoquer les complètes confidences de Liette.

Elle saurait se montrer assez bonne, assez tendre, assez maternelle pour se valoir sa confiance la plus entière.

Liette, depuis trois jours, — depuis qu'elle avait ébauché l'aveu de son amour, — n'avait cessé de penser à Pierre.

Elle cherchait à prévoir l'accueil que maman Sophie lui ferait quand il se présenterait, ainsi qu'il le lui avait promis.

Elle sentait grandir, encore, l'amour qui avait pris possession de son cœur, qui emplissait tout son être, depuis qu'elle en avait fait une sommaire confidence à celle qui lui tenait lieu de mère.

C'est un des effets du véritable amour de s'accroître de tout ce qui le concerne, de s'exalter dans toutes les circonstances propices ou défavorables, de grandir dans l'impatience, de s'exaspérer en présence des obstacles, de s'affoler même dans le désespoir.

Liette sentait bien que rien au monde ne la ferait renoncer à l'amour de son Pierre.

Elle s'était attachée à lui avec cet abandon entier de ceux qui sentent leur isolement, qui éprouvent le besoin d'aimer et d'être aimés profondément, sincèrement, n'ayant jamais connu aucune affection, n'ayant reçu ni donné aucune caresse véritablement tendre.

En lui, son cœur ingénu, avide de tendresse, avait trouvé tout ce qui lui manquait depuis qu'elle était au monde, car c'est à peine si elle avait gardé le souvenir de l'amour de cette mère qu'elle avait si peu connue.

Maintenant qu'elle avait fait le premier pas, qu'elle avait commencé l'aveu de son amour, elle se sentait impatiente d'en parler encore.

Elle aurait voulu que maman Sophie l'interrogeât, afin de pressentir ce qui se passerait lorsque Pierre serait là.

Mais Liette n'osait pas en parler d'elle-même.

Elle voyait maman Sophie trop soucieuse, trop préoccupée pour oser la distraire de ses ennuis, qu'elle attribuait à la perte de son travail.

Elle pensait que cette déception l'énervait, lui donnait ce caractère irritable dont elle pâtissait depuis dimanche, et elle craignait d'être rabrouée, traitée durement peut-être.

Aussi la joie fut grande lorsqu'elle entendit maman Sophie revenir elle-même à ce sujet qui lui tenait tant à cœur.

Elle venait de préparer le petit déjeuner du matin, de servir le café au lait, et, ce jour là, en s'asseyant en face d'elle, maman Sophie lui avait paru moins énervée que la veille.

Et comme elle l'observait, osant à peine causer ;

— Voyons, tu ne manges donc pas ? — fit la marâtre, dont la voix s'était radoucie.

— Mais si, maman Sophie, je mange, — répondit Liette avec une ébauche de sourire.

— C'est-il l'amour qui te coupe l'appétit ?

La fiancée de Pierre Duval rougit à la fois de bonheur et de timidité.

— Oui, je sais, ça produit cet effet-là, — reprit Sophie Ardusson.

Et elle demanda aussitôt :

— Qui est-ce donc, ce jeune homme dont tu me parlais ?... Est-ce que je ne le connais pas ?

— Je ne crois pas, — répondit timidement Liette, — car il habite à l'autre bout du pays.

— Il faut pourtant qu'il vienne assez fréquemment par ici pour que tu l'aies vu, pour que tu lui aies causé ; alors j'aurais bien pu le rencontrer. C'est un ouvrier, m'as-tu dit ?... quel genre d'ouvrier ?

— Il est mécanicien chez messieurs Rollinet... — répondit Liette. — Vous savez bien, l'usine qui est là-haut, du côté de Meudon.

— Comment l'as-tu connu ?... Car enfin, tu ne sors pas...

— Je vous l'ai dit... — fit la jeune fille, cruellement embarrassée, rougissant plus fort encore, comme si elle se sentait coupable et redoutait des reproches. — C'est en travaillant là, devant la fenêtre... Je l'ai vu passer plusieurs fois... Puis je ne sais comment ça s'est fait, je me suis habituée à le voir, car il passait chaque jour... J'ai compris, sans qu'il m'ait dit un mot, qu'il venait pour me voir...

— En effet, du haut du pays, pour aller à l'usine Rollinet, ce n'est guère son chemin, — fit observer madame Ardusson. — Et puis après, vous avez bien fini par causer ?...

Oh ! je ne te gronde pas, — ajouta-t-elle, voyant l'hésitation de Liette. — Tu peux tout me dire... Puisque tu aimes ce jeune homme, il faut bien que je sache... Comment vous êtes-vous vus ?...

— Nous nous sommes rencontrés, la première fois, en allant à Meudon, un jour que j'allais chez les sœurs... — avoua Liette. — En arrivant à la gare, j'ai vu qu'il m'avait suivie... Puis, je me suis trouvée avec lui dans le même compartiment.

— Et vous avez causé ?

— Oui... Oh ! pas tout de suite... C'est une autre fois.

— Il avait trouvé moyen de se rencontrer encore avec toi ?...

— C'était un dimanche... Vous savez, le dimanche où je vous ai dit que j'irai voir Claire Perrier, mon amie du couvent, celle qui a fait la première communion avec moi... Elle n'était pas chez elle ; elle était allée avec ses parents à Paris... Alors, en revenant, j'ai rencontré ce jeune homme... il m'a saluée... puis il m'a parlé...

Oh ! je sais bien que j'ai mal fait, maman Sophie. — s'empressa d'ajouter Liette avec une candeur adorable. — Je n'aurais pas dû l'écouter sans vous avoir avertie... mais c'était plus fort que moi... Je me sentais attirée vers ce jeune homme...

— Tu l'aimais, quoi ?...

— Oui, je crois que je l'aimais déjà... avant même de le connaître... Car dès qu'il m'a parlé, j'ai éprouvé en moi, quelque chose que je ne saurais définir...

— Enfin, où en êtes-vous ?... qu'avez-vous dit ?... Car vous vous êtes revus, n'est-ce pas ?

— Depuis ce jour, il est venu plusieurs fois, l'après-midi, quand j'étais seule, — avoua Liette. — Il s'arrêtait devant la fenêtre, et nous causions... Il me disait qu'il m'aimait... Je comprenais bien que c'était vrai, puisque je l'aimais aussi... Alors il me parlait de ses intentions... Il m'a demandé si je consentirais à me marier avec lui... Voilà !...

— Eh bien ! il n'y a pas de mal à ça, — fit Sophie Ardusson avec une fausse tendresse. — Tu n'as pas besoin d'en rougir... Tu es en âge d'aimer... Moi, quand je me suis mariée, j'étais encore plus jeune que toi ; j'avais à peine seize ans et demi... Évidemment tu ne pourras pas rester toute ta vie demoiselle...

Tu l'aimes donc réellement ?

— Oh ! oui, maman Sophie, de tout mon cœur ! — s'écria Liette poussée à la confiance par l'affection que la marâtre paraissait lui manifester.

— Et lui ?...

— Il m'a dit qu'il viendrait vous voir, dès qu'il pourrait quitter quelques heures son travail... Il faut bien qu'il m'aime, n'est-ce pas ?

Déjà Liette s'était levée et commençait à enlever le couvert, le déjeuner étant terminé, afin d'aller à Meudon et de ne pas se trouver là lorsque Pierre viendrait.

Elle s'était habillée pour sortir dès le matin et n'avait plus qu'à mettre son chapeau.

— C'est vrai, tu vas chez les sœurs ce matin, — fit Mᵐᵉ Ardusson en la voyant s'apprêter à partir. — Tâche de rapporter de l'ouvrage et de te faire un peu augmenter, car je ne sais pas comment nous ferons, si je reste quelque temps sans travail.

Et au moment où Liette partit, elle l'embrassa avec une nouvelle démonstration de tendresse.

Et elle en profita pour lui demander :

— Tu ne m'as pas dit comment il s'appelle, ton amoureux.

Liette rougit, toute sa pudeur subitement éveillée par ce mot qui sonna faux à ses oreilles, et baissant les yeux, elle s'exclama alarmée :

— Oh ! maman Sophie...

— C'est une façon de parler... Que tu es bête !... Je dis ton amoureux, mais je sais bien qu'il n'y a rien eu entre vous... Enfin ce jeune homme, si tu préfères.

— Il se nomme Pierre...

— Pierre... quoi ?

— Pierre Duval... Il viendra vous voir, — ajouta vivement la jeune fille, — il me l'a promis... car, n'est-ce pas? puisque nous nous aimons, c'est son devoir comme le mien de vous prévenir de nos intentions...

— Vos intentions ?

— Oui... pour nous marier...

— Ah ! ma pauvre petite !... — fit Sophie Ardusson avec une expression singulière.

Et pour couper court à toute explication qu'elle ne voulait pas donner en ce moment, elle ajouta :

— Enfin nous verrons... Je lui causerai, à ce jeune homme, puisqu'il doit venir me voir... Mais j'entrevois bien des difficultés, pour ne pas dire plus...

Quand doit-il venir ?

— Ce matin... — répondit Liette que ces paroles bouleversaient. — Il me l'a promis dimanche quand je l'ai vu.

— Bon !... sauve-toi vite !...

Et lorsqu'elle l'eut vu s'éloigner, Sophie Ardusson songea encore à cet amour dont elle avait résolu de tirer parti, afin de se débarrasser de Liette.

— Voilà une occasion qu'il ne faut pas rater, par exemple !... — se dit-elle, l'expression de sa physionomie subitement métamorphosée.

Et elle réfléchit à cette situation.

— L'épouser, ça c'est une autre paire de manches, — fit-elle avec un scepticisme cynique. — C'est un galant qui a été amorcé par les jolis yeux de Liette, qui a vu en elle une jolie fille à s'offrir, car il n'y a pas, elle est jolie, la mâtine !... Et ce jeune homme-là a trouvé en elle une occasion facile, puisque Liette, du premier coup, y est allée bon jeu bon argent...

Et puis, qu'il l'épouse ou non, qu'est-ce que ça peut faire ?... L'essentiel est qu'il m'en débarrasse, tout en sachant où elle est, afin de l'avoir sous la main le jour où j'aurai besoin d'elle pour faire marcher sa famille.

Au contraire, il vaut bien mieux qu'ils ne se marient pas, — ajouta l'odieuse mégère, qui entrevoyait dans cette situation irrégulière une spéculation bien plus avantageuse. — Je la tiendrai mieux ainsi, car si elle était mariée, elle ne dépendrait plus que de son mari ; tandis que de la sorte, jusqu'à sa majorité, je peux la tenir !...

Et ce ne sera pas difficile de les faire convoler, comme on dit ; Liette aime ce jeune homme... Je me charge du reste !...

Déjà le misérable combinait son plan contre la vertu de la jeune fille qui lui avait été confiée.

Elle entrevoyait les conséquences et se dégageait aisément de toute responsabilité.

— Après tout je ne suis pas son ange gardien !... — se disait-elle. — J'ai assez fait pour elle comme ça !... Il me semble que j'ai fait mon devoir puisque j'ai dépensé plus que j'ai reçu... Je ne suis pas chargée de garder son cœur... Je ne peux pas l'empêcher d'aimer, si elle se laisse tourner la tête... Et si un jour elle fiche le camp avec un amoureux, je ne peux pas la retenir... surtout si je ne le sais pas, car je serai sensée n'en rien savoir... D'abord, il y a ça de bon que ce n'est pas chez moi que Liette a connu ce jeune homme... Alors je ne suis pas responsable !...

Et puis, va donc, elle ne sera pas la seule qui aura mal tourné !...

Sophie Ardusson s'enlevait tout scrupule par ce dernier raisonnement.

Elle apaisait complètement sa conscience, fort peu exigeante, du reste, dont les récriminations ne l'embarrassaient guère.

Et elle concluait, spéculant à l'avance sur le fructueux profit à tirer de cette situation :

— Si j'ai la veine de retrouver la famille de Liette, elle payera rudement plus cher le jour où elle aura fait quelque bêtise avec ce jeune homme, afin que je ne fasse pas éclater le scandale.

Selon ses conjectures, la famille de Liette devait être riche ; la mégère en avait le pressentiment absolu.

— Qui sait même?... peut-être des gens du grand monde, car c'est toujours dans les hautes classes qu'il arrive ces histoires d'enfants que l'on fait disparaître, qui gêneraient pour un partage de succession, dont la naissance doit être cachée pour éviter une honte !...

Eh bien ! s'il en est ainsi, ce sera drôle, — se dit encore en ricanant la femme de Clamart. — Je vois la tête de ces gens quand ils sauront que la petite est la maîtresse d'un simple ouvrier !... Ils payeront tout ce que je voudrai pour que cette aventure ne soit pas connue... Non, une fille du grand monde la maîtresse d'un ouvrier, c'est ça qui fera de l'effet !...

Il n'y a pas, je tiens un filon, et c'est à moi de ne pas le laisser perdre !

Et, superstitieuse comme beaucoup, Sophie Ardusson prit dans un tiroir un vieux jeu de piquet.

Elle voulait se faire les cartes pour en tirer quelques présages favorables à ses desseins coupables, pour savoir si l'amour de Liette et de Pierre Duval devait aboutir, pour découvrir s'il y avait quelque signe d'argent pour elle.

Et les cartes interprétées lui annoncèrent une réalisation complète de ses espérances.

Elle vit Liette, représentée par la dame de cœur, unie au valet de carreau, qui devait être assurément le jeune homme qu'elle aimait, cet ouvrier.

Mais il n'y avait aucun signe de mariage.

De l'argent, par exemple, oui, il y en avait; tous les trèfles se rangeaient du côté de Liette. A cet égard, aucun doute de possible ; l'opération serait des plus fructueuses. La famille de Liette chanterait.

Et puis la réussite de la combinaison de Sophie Ardusson se trouvait formellement promise.

— Qu'est-ce que je disais donc !..... — s'interrompit-elle tout à coup, en remarquant deux cartes, dont l'interprétation lui avait échappé. — Mais voilà un signe de mariage !... Ah ! il n'y a pas à s'y tromper !... Seulement ce qu'il est loin !... Oh ! là-là ! Ce n'est pas pour tout de suite !... Ils finiront par se marier, mais dans longtemps !...

Et puis... tiens, c'est curieux !... Ce signe de mort à côté du mariage !... Non, c'est trop fort, par exemple !... Qu'est-ce que cela veut donc dire ?...

...Nous avons eu beau aller jusqu'à Villebon, en passant par la fontaine Sainte-Marie...
(P. 75.)

Un mariage qui ne doit avoir lieu que dans longtemps, à côté d'un signe de
mort ?... On dirait un mariage fait à l'article de la mort... Oui, un mariage
in-extremis, comme on dit !... Et avec de l'argent !... Et c'est toujours le valet
de carreau qui est là !...

*
* *

Après avoir échangé de loin un dernier regard avec Liette, au moment
où elle rentrait chez elle, Pierre Duval avait repris lentement la direction de
sa demeure.

Il habitait, nous le savons, dans le haut du pays.

Au moment où il approchait, marchant sans voir autour de lui, absorbé par son délicieux rêve d'amour, une voix, partie d'un café qui se trouvait à l'angle de la rue, le tira tout-à-coup de sa méditation.

— Eh !... Pierre !... — appela-t-on.

Et le jeune homme qui l'interpellait après l'avoir aperçu de loin, s'adressant à une femme qui se trouvait assise près de lui, devant la porte du café, ajouta :

— Je savais bien que c'était le bon coin ici, et j'étais sûr de le voir passer.

Le fiancé de Liette s'arrêta.

— Tiens, Totor !... — fit-il joyeusement surpris.

— Et toi, aussi, ma bonne Mariette, — ajouta-il en s'approchant les mains tendues vers ses amis.

— On t'attendait, tu vois, — dit Victor Bernard. — Nous ne voulions pas repartir comme ça, puisque nous sommes venus à Clamart exprès ; là, que j'ai dit à Mariette, nous le verrons passer quand il rappliquera à la maison après sa petite ballade... Seulement elle compte, la ballade ! — Voilà près d'une heure que nous sommes là à t'attendre.

— Nous sommes allés chez toi, — dit Mariette pendant que Pierre Duval s'asseyait.

— Nous sommes venus par le tramway, — ajouta Totor. — C'est moi qui ai eu l'idée de venir te surprendre. Je voyais bien que cette pauvre Mariette trouvait le temps long, et le fait est que tu deviens rudement rare depuis quelque temps... Pas vrai, Mariette ?

— J'ai tant de travail en ce moment, répondit le fiancé de Liette comme une excuse.

— Même le dimanche ?

— Oui, même le dimanche... Je ne fais pas ce que je veux... Il y a un travail fou à l'usine depuis l'ouverture de l'Exposition... Les patrons reçoivent chaque jour des commandes importantes, et alors je suis obligé de travailler non seulement à l'atelier de construction et d'ajustage, mais aux dessins, aux plans... Et puis il y a les essais... Enfin, je suis très pris.

— Ah ! zut alors !... Si l'on te prend même tes dimanches, ça devient une existence de forçat.

— Il faut bien que je travaille si je veux arriver à quelque chose.

— Tu as bien raison, — approuva Mariette. — J'avais bien pensé que si tu ne venais pas, c'est que le travail t'en empêchait, et c'est pour cela que nous sommes venus.

— Vous avez joliment bien fait ! — dit Pierre Duval. — Vous êtes donc arrivés de bonne heure !

— Je te crois ! — répondit Victor Bernard. — Nous sommes là depuis trois heures… Nous avons pris le tramway de deux heures à Saint Germain-des Prés avec notre correspondance… Nous sommes d'abord allés chez toi, turellement, et nous avons trouvé visage de bois. Le proprio nous a dit que tu étais parti en ballade du côté du bois…

— En effet, j'étais sorti pour un peu me délasser… avec des amis qui m'avaient donné rendez-vous, — prétexta le jeune mécanicien qui ne voulait pas encore avouer son amour.

— Alors nous sommes allés du côté du bois, — continua Totor, — avec l'espoir de te rencontrer, si le hasard nous favorisait… Mais il ne nous a pas favorisés, car nous avons eu beau aller jusqu'à Villebon, en passant par la fontaine Sainte-Marie, nous ne t'avons pas dégotté !

— Enfin, te voilà, — dit Mariette. — Sais-tu que ça fait près d'un mois que tu n'es pas venu à Paris.

— Je comptais chaque semaine avoir un moment… — répondit Pierre — mais je n'ai pas pu… Vous avez bien fait de venir et je suis bien heureux… Nous allons dîner ensemble, n'est-ce pas ?

— Cette bêtise !… — fit Totor. — C'est pour ça que nous sommes venus… Et puis tu sais, ça creuse, l'air du bois de Meudon. Je me suis déjà enfilé, sur le coup de quatre heures, deux petits pains et une demi-douzaine de ronds de saucisson, et j'ai encore une fringale à faire honneur à ton mastroquet.

— Eh bien ! allons.

Pierre se sentait tout heureux de la rencontre de ses amis, — des amis qui lui tenaient lieu de famille, les deux seuls êtres qu'il eut aimés jusqu'au jour où son cœur s'était donné à Liette.

Une communauté d'infortune les avait, de bonne heure, réunis aussi étroitement que peuvent l'être des frères et une sœur, par les liens de l'affection la plus tendre.

Leur touchante histoire est, du reste, aussi simple que courte à raconter.

Mariette Rémy était une pupille de l'assistance publique, une enfant trouvée.

L'enfance de Mariette, confiée dès sa naissance à l'administration de l'assistance publique, s'était écoulée en partie à l'hospice de la rue Denfert, puis chez une brave femme de Saint-Ouen, madame Lenormand, chez qui on l'avait placée en apprentissage et qui lui avait appris l'état de couturière.

Lorsque Mme Lenormand mourut, Mariette, qui venait à peine d'atteindre sa majorité, continua à travailler seule, ouvrière accomplie maintenant, et elle sut tirer admirablement parti de la petite clientèle que sa patronne lui avait laissée.

Elle avait entre autres, parmi ses clientes, Mme Bernard, une veuve qui remplissait des fonctions domestiques à l'école des garçons de Saint-Ouen.

Victor était le fils de cette brave femme, qui avait pris particulièrement

Mariette en amitié, depuis que Mme Lenormand lui avait raconté sa navrante histoire.

Au mois de mars 1873, Mme Bernard fut emportée en quarante-huit heures par une fluxion de poitrine, et l'orphelin, qui n'avait alors que dix ans, aurait été remis aux enfants assistés, si Mariette, épouvantée à la perspective du triste avenir réservé à Totor, qu'elle aimait comme elle avait été aimée elle-même par sa mère, ne l'avait pris chez elle, remplaçant ainsi auprès de lui, avec une véritable tendresse maternelle, celle que la mort lui avait enlevée.

Mariette et Victor avaient vécu ainsi constamment, depuis cinq ans, d'abord à Saint-Ouen, ensuite à Paris où la jeune ouvrière vint s'établir, afin d'augmenter un peu ses ressources, maintenant qu'elle avait charge d'âme. — Et, bénie pour sa bonne action, la vaillante fille avait pleinement réussi, non sans peine toutefois, car, dans la bonne saison, elle passait souvent des nuits entières à l'ouvrage dont son petit atelier de la rue des Martyrs ne manquait jamais.

Pierre Duval, dont la mère était morte en le mettant au monde, était le fils de l'instituteur communal de Saint-Ouen, qui l'avait élevé lui-même, cultivant avec un soin jaloux, les brillantes facultés intellectuelles qu'il avait reconnues chez son fils, qu'il destinait à l'école des arts et métiers, sachant qu'il se ferait ainsi une position moins précaire que dans l'enseignement, si mal rétribué et si encombré aujourd'hui.

M. Duval était lié avec Mme Lenormand, une amie et une compatriote de de sa femme, et il s'intéressait vivement à elle, ainsi qu'à la jeune fille que l'administration de l'assistance publique lui avait confiée. C'est ainsi que Pierre et Mariette s'étaient connus ; une sympathie naturelle s'était formée entre ces deux jeunes gens, absolument du même âge, et Mariette sentit cette sympathie s'augmenter de la plus sincère compassion, le jour où M. Duval mourut subitement, laissant Pierre orphelin comme elle.

La communauté d'infortune les unissait.

Pierre préparait, à cette époque, son examen d'admission pour l'école de Châlons.

La mort de son père le laissait dépourvu de toutes ressources. Aidé par Mariette, il travailla avec ardeur, passa tout seul ses examens, obtint une bourse au concours et fit avec succès toutes ses études.

Cette séparation, lorsque le fils de l'instituteur partit pour l'école des arts et métiers, à l'époque où Mariette vint elle-même s'établir à Paris; lui fit découvrir la nature réelle de l'amitié qu'elle avait vouée à Pierre, mais la courageuse jeune fille garda pour elle seule le secret de son cœur, afin que rien ne vînt la détourner de la tâche de dévouement qu'elle s'était imposée à l'égard de Totor.

Mariette pensait qu'elle se devait toute entière à l'orphelin, à peine âgé de onze ans à cette époque, dont elle s'était constituée la petite mère, et elle résolut d'attendre que le fils de cette pauvre Mme Bernard n'eut plus besoin d'elle.

Elle s'absorba dans son rôle de petite mère, peinant et travaillant sans, relâche. Elle fit faire à Totor sa première communion et pourvut elle-même à tous les frais de cette cérémonie, voulant qu'il fût aussi bien mis que les autres. Elle le tint à l'école jusqu'à quatorze ans, subvenant seule à tous les besoins de leur petit ménage, et elle le plaça enfin en apprentissage chez un peintre décorateur du quartier, qui travaillait pour les théâtres, et dont la femme était une de ses meilleures clientes.

Lorsque Pierre Duval revint du service de militaire, il entra chez M. Lureuil, ingénieur des arts et manufactures, établi alors à Paris, qui avait été son professeur à Châlons et qui s'était vivement attaché à lui. — Il acheva de le former, et ce fut lui qui le plaça chez d'excellents amis, MM. Rollinet frères, qui avaient une importante usine aux environs de Clamart.

Ce jour-là était l'anniversaire de la naissance de Mariette, qui atteignait sa vingt-cinquième année.

Totor y avait songé, et le matin, en se levant, il s'était dit :

— Pierre va sûrement s'amener aujourd'hui, car voilà près d'un mois qu'on ne l'a pas vu, lui qui vient si régulièrement tous les dimanches, quand ce n'est pas nous qui allons le voir à Clamart... On va faire à Mariette la surprise de lui souhaiter son anniversaire !... Ce sera une occasion de rigoler !...

Mais Pierre n'était pas venu, et ce grand espiègle de Totor enrageait de voir échouer son projet ; car, il n'y avait pas à dire, cela aurait été bien plus amusant si Pierre avait été là.

Et puis, il savait bien quel plaisir la présence de Pierre causait à cette bonne Mariette.

Il voyait bien comme son visage s'illuminait de bonheur contenu, quand il se trouvait là !

Il avait bien compris, bien que Mariette n'en eût jamais rien dit, qu'il y avait en son cœur un secret délicieux qu'elle garderait jusqu'au jour où Pierre parlerait le premier.

— Dis donc, petite mérotte, — fit-il en lui donnant ce nom affectueux qu'autorisait leur notable différence d'âge, — sais-tu de qui c'est la fête aujourd'hui ?

Mariette fut surprise de cette question.

Elle n'avait songé, depuis le matin, qu'à mettre en ordre son petit ménage qu'elle tenait avec coquetterie et un soin minutieux.

Elle consulta le calendrier accroché au mur, près de son établi.

— Non, je ne sais pas, — répondit-elle. — Aujourd'hui, c'est sainte Félicité... et je ne vois pas que nous connaissions quelqu'un...

— Tu n'y es pas, — interrompit Totor. — Je veux dire quelle date, c'est-il aujourd'hui.

— Eh bien ! le neuf juin.

— Alors... Il n'y a pas un anniversaire à célébrer ?

Mariette rougit de bonheur devant ce témoignage d'affection.

— Eh ! parbleu, — fit joyeusement Totor en l'embrassant pour la seconde fois, — c'est aujourd'hui l'anniversaire de ta naissance, aujourd'hui que tu as tes vingt-cinq ans !...

— C'est vrai !...

— Alors, tu ne sais pas ce que je me disais?... Car j'y pense depuis hier... Je me disais comme ça que, si Pierre était venu, on aurait célébré ta fête tous les trois, avec un bon petit gueuleton soigné, qu'on se serait payé dans un restaurant, après avoir passé la journée à l'Exposition... Mais, voilà qu'il va être midi, et Pierre n'a pas l'air de venir... c'est embêtant !...

— Pierre est fort occupé depuis l'Exposition.

— Ça se voit !... C'est égal, j'aurais voulu qu'il soit là pour faire la fête... On aurait rigolé, car c'est aujourd'hui que tu commences à coiffer Sainte Catherine, tu sais, sœurette !... à vingt-cinq ans, te voilà embrigadée dans les vieilles filles !... Tu ne sais pas, faut se dépêcher de déjeûner et après on ira surprendre Pierre à Clamart... Il faut qu'il soit avec nous, pour célébrer tes vingt-cinq ans !...

Mais Totor arrêta subitement sa plaisanterie, en remarquant le changement qui venait de s'opérer dans le visage de Mariette, heureux et souriant jusque-là.

Sa physionomie s'était assombrie pendant les dernières paroles de Totor.

Une confusion intime s'était emparé d'elle et se mêlait à une profonde tristesse qu'elle ne parvenait pas à dissimuler.

— Ben, quoi ? — fit Totor devenant subitement sérieux à cette constatation. — Voilà que tu as l'air fâchée !... Est-ce ce que je t'ai dit qui t'a fait de la peine ?...

Il prit Mariette par la main et par la taille, l'attira à lui et l'embrassa avec la plus vive tendresse.

— C'est pour rigoler, moi, ce que je dis-là, — s'excusa-t-il. — Si j'avais pensé que cela pouvait te causer de la peine de te parler de la Sainte Catherine, j'aurais remisé mon idée...

— Mais non, grand enfant, — répondit Mariette en l'embrassant et en se surmontant. — Tu ne m'as pas fait de la peine... Comment veux-tu que je me fâche d'une plaisanterie?

— J'ai bien vu peut-être, soutint Totor. — Tu as eu un air triste... J'y suis !... c'est à cause de Pierre... Ça t'a ennuyé que j'aie proposé d'aller le trouver pour célébrer tes vingt-cinq ans... Dis la vérité !... c'est ça, hein ?

Mariette eut de la peine à répondre, et faisant violence à son cœur, elle finit par dire :

— Pourquoi dis-tu cela?... Est-ce que Pierre n'est pas mon meilleur ami, mon seul ami même... Je suis aussi heureuse que toi chaque fois que je le vois... Une communauté d'infortune nous a réunis et a formé entre nous cette amitié... Nous avons été frappés tous les trois par le même malheur, le malheur d'être privés de nos parents, moi qui n'ai jamais connu les miens et qui me suis trouvée en quelque sorte orpheline dès ma naissance, toi qui as perdu ton père et ta mère en moins d'un an, et Pierre dont la mère est morte en le mettant au monde, tandis que son père lui a été ravi au moment où il aurait eu le plus besoin de lui ?... C'est cela qui a créé l'affection qui est entre nous trois... Nous avons été poussés les uns vers les autres et nous nous sommes aimés afin d'oublier dans notre affection réciproque que nous demeurions seuls au monde...

— Oui, grâce à toi, ma bonne Mariette, je n'ai pour ainsi dire jamais souffert de la mort de ma mère... J'étais trop jeune pour comprendre, lorsque maman est morte, et c'est toi qui t'es faite ma petite mérotte, qui m'a pris avec toi, qui m'a élevé et qui m'as aimé autant qu'elle... C'est à toi que je dois de n'avoir pas été mis aux Enfants trouvés !... Oh ! quand je pense à ça, vois-tu, il me semble que je ne pourrai jamais t'aimer, assez !... As-tu été assez bonne pour moi !... Alors tu comprends bien que je m'en voudrais toute ma vie si je te faisais la moindre peine...

— Je t'assure que tu ne m'as fait aucune peine, — protesta Mariette.

— Ne dis pas... Je te connais bien...

— Mais non, Totor... Je t'assure...

— Alors, pourquoi as-tu eu l'air si triste tout à coup ?

— Tu te trompes, je ne vois pas pourquoi je serais triste... c'est une idée que tu as...

— Non, non, c'est quand j'ai parlé de Pierre, que ça t'a pris, — insista Totor. — Quand je t'ai proposé d'aller le trouver pour fêter avec nous tes vingt-cinq ans... Moi, j'ai dit ça, sans malice... tout simplement parce qu'il y a longtemps qu'on ne l'a pas vu... Et puis, je sais bien que tu es heureuse lorsque Pierre est là, parce qu'il est sérieux et que tu peux mieux causer avec lui, que moi, toi qui es « madame Sérieuse ».

— C'est-à-dire que je m'intéresse à ce que fait Pierre et que j'aime à en causer avec lui... Il a du mérite, va ! '

— Ah ! pour ça oui !... Il faut qu'il ait la sorbonne rudement organisée pour faire ce qu'il a fait !...

— Pierre s'est élevé pour ainsi dire tout seul ; il a préparé ses examens et il a poursuivi ses études avec autant d'entrain que si son pauvre père avait été encore là.

— Il avait sa bonne Mariette qui remplaçait le paternel, — dit Totor, —

car s'il ne t'avait pas eu, il aurait été obligé de travailler et il n'aurait pas pu préparer ses examens; et puis tu lui écrivais toutes les semaines; pendant qu'il était à l'école de Châlons, et tu le poussais, tu l'encourageais... Tu l'aimais tant que tu voulais le voir arriver...

— Oui, c'est vrai... Mais enfin il a été sérieux, travailleur, et c'est à lui seul qu'il devra la position qu'il est en train de se faire, car il réussira, j'en suis absolument certaine.

La brave fille avait dit cela avec un véritable orgueil, qui illuminait son visage tout autant que l'expression d'affection qui brillait dans ses yeux pendant qu'elle parlait de Pierre Duval.

Totor le remarqua bien. — Il savait, du reste, ce qui se passait dans le cœur de cette grande sœur qu'il adorait.

Il connaissait aussi bien qu'elle-même, la nature de ses sentiments à l'égard de Pierre.

— Oui, j'en suis sûr aussi, — fit-il, — Pierre sera ingénieur un jour, je le parierais contre n'importe qui, une thune contre cent balles, et je serai sûr de gagner.

Mais veux-tu que je te dise le fond de ma pensée? — poursuivit-il sans interruption en se rapprochant de Mariette qu'il regardait affectueusement dans le blanc des yeux. — Veux-tu que je te dise ce que j'avais combiné en projetant de fêter aujourd'hui tes vingt-cinq ans avec Pierre?...

Mariette essaya de sourire.

— Ah ! tu avais une idée... — fit-elle un peu émue, troublée par un pressentiment. — Quelle idée, voyons?

— Tu me promets d'être franche?... Puis, du reste, je sais bien, à quoi m'en tenir sur ce chapitre-là... Eh bien! voilà, tiens !... Tu aimes Pierre...

— Moi !... — protesta aussitôt Mariette. — C'est-à-dire, oui... je l'aime comme je t'aime... Je l'aime comme s'il était mon frère... Tu le sais bien... et cela vient de ce que je te disais tout à l'heure, ce malheur commun qui nous a réunis tous les trois, qui a fait que nous nous sommes constitués entre nous une famille...

— Non, non, ce n'est pas ça, — dit Totor. — Frère et sœur, c'est bon cela quand on a dans les quatorze à dix-huit ans. Mais aujourd'hui que vous avez vingt-cinq ans, Pierre et toi, c'est une autre histoire !... Frère et sœur, c'est de l'affection ; tandis que c'est mieux que ça que tu as pour Pierre... Oh ! tu n'as pas besoin de te défendre, il n'y a pas de mal, et puis je l'ai bien compris...

— Tu es fou, mon pauvre Totor, — se défendit encore Mariette, mais d'une voix dont son émotion altérait la sincérité. — Je ne sais pas où tu vas chercher cela.

— Avec ça que je ne te connais pas... Voyons, je t'aime assez pour savoir lire dans tes yeux et j'y ai vu ce qui se passe dans ton cœur... Je te dis que

— D'être aimé!... — répéta Mariette d'une voix blanche. (P. 87.)

LIV. 11. — MARC MARIO. — MARIAGE IN-EXTREMIS. — J. ROUFF ET Cⁱᵉ, ÉDIT.   LIV. 11.

tu aimes Pierre et j'en suis sûr comme d'être au monde et d'y voir clair...
Et puis tu as raison, car Pierre qui t'aime déjà comme une sœur, n'aura pas
de peine à t'aimer d'une autre manière le jour où ça y sera...

Seulement, voilà, Pierrre est un turbineur ; il ne songe qu'à son usine,
qu'à ses machines, qu'à son avenir, et chaque fois qu'il vient ou que nous
allons le voir, vous ne parlez que de ça... Ce n'est pas le moyen d'arriver à
quelque chose, et je suis bien sûr qu'au fond, si Pierre te disait un jour :
« Ma petite Mariette, tu es la plus gironde et la meilleure des petites femmes
que je connaisse, et je sens que je t'aime assez pour te mener devant Monsieur
le maire. » Eh bien ! ce jour-là,... Ah ! je te vois d'ici !... Tu tomberais dans
ses bras et tu lui dirais : « Moi aussi, je t'aime ! » Et tu lui collerais un de
ces bécots comme jamais tu ne lui en as donné !

Mariette riait plus franchement maintenant ; elle ne cherchait plus à protester et à se défendre.

Elle sentait bien qu'il lui aurait été difficile de nier cet amour qu'elle
s'était avoué bien des fois à elle-même.

Et Totor continuait, de son ton bon enfant, avec son langage familier,
émaillé des pittoresques expressions de l'argot parisien.

— Alors je me suis dit comme ça que, si jamais vous ne vous dites rien
l'un à l'autre, vous pouvez rester toute la vie comme le militaire au port
d'armes. Vous n'osez ni l'un ni l'autre entamer ce chapitre, quand vous êtes
ensemble. Eh bien ! — que j'ai pensé, — voilà une occasion d'y aller d'un
peu de sentiment... Dame, en célébrant tes vingt-cinq ans, en parlant de
cette bonne sainte Catherine que tu vas commencer à coiffer, c'est une manière toute trouvée de parler de conjungo... Et alors je me suis dit : « Tiens,
ça fera peut-être un mariage entre Pierre et ma petite mérotte ! »

Mariette était devenue fort rouge.

— Pierre a besoin de travailler, — dit-elle, — il songe à se faire une position, et il a bien raison...

— Oui, mais l'un n'empêche pas l'autre, — persista Totor, — et tu as
beau dire ce que tu voudras, je te défie de nier que je n'ai pas mis le doigt
dessus... Tu aimes Pierre, avoue-le !...

Voyons, tu peux bien me le dire, puisque je le sais, — ajouta-t-il très
câlin, embrassant Mariette qui se sentait toute bouleversée sous l'impulsion
irrésistible de son amour qui s'épanouissait maintenant qu'il ne pouvait plus
se confiner dans le mystère de son cœur. — N'est-ce pas ?... hein ! ma petite
Mariette ?...

La brave fille ne savait que répondre.

Elle rougissait de plus en plus, et son trouble, en de délicieuses sensations, augmentait encore.

— Va, il n'y a pas à s'y tromper, — reprit Totor. — Et c'est vrai, vous
ferez un joli petit ménage d'amoureux et vous serez les plus heureux du

monde, parce que vous vous connaissez depuis longtemps, parce que vous vous aimez depuis toujours, parce que vous êtes deux bons travailleurs. Et puis moi aussi je serai heureux de votre bonheur... Car ça n'empêchera pas qu'on restera ensemble tous les trois... N'est-ce pas, Mariette ?...

— Ne dis pas un mot de cela à Pierre, — s'écria-t-elle alors vivement, alarmée par cette perspective.

— Ah! tu vois bien !... — triompha ce diable de Totor. — Je savais bien ce que je disais... Sois tranquille, il n'y aura pas besoin de rien lui dire... ça lui viendra tout seul à Pierre... Laisse-moi faire ?...

— Non, je ne veux pas que tu parles de quoi que ce soit...

— Je pourrai bien parler de ton anniversaire peut-être ?...

Alors c'est entendu, après déjeuner, nous allons à Clamart ?... Eh bien ! alors dépêchons-nous de boulotter, car je crois que ce soir, tu seras plus heureuse que jamais... Et vois-tu, le bonheur, il n'y en a pas tant sur la terre pour qu'on ne lui fasse pas quelques avances.

Pendant toute l'après-midi, aussi bien durant le trajet de Paris à Clamart qu'au cours de cette promenade dans le bois de Meudon en attendant le retour de Pierre Duval, Mariette s'était absorbée dans les délicieuses méditations de son âme, sous l'influence de cet amour qui se développait à chaque instant en elle.

Elle pensait à Pierre, uniquement à lui.

Elle songeait au bonheur qui allait être le sien si, tantôt, quand il serait là, il lui parlait d'amour, s'il lui disait qu'il l'aimait.

Elle entrevoyait l'avenir, cette vie qu'ils parcourraient appuyés l'un sur l'autre, unis par le lien le plus doux.

Oh ! oui, elle l'aimait, et depuis longtemps déjà, elle avait senti se transformer en elle cette tendresse fraternelle, qu'elle gardait jalousement cachée au plus profond de son cœur, attendant avec un espoir, qui constituait lui même sa félicité la plus douce, que Pierre lui dise : « Je t'aime !... Tu le sais bien... Nous sommes faits l'un pour l'autre ! »

Et c'est cette expression que Totor employait en lui parlant de lui, au cours de cette après midi, quand il lui répétait :

— C'est vrai, vous êtes faits l'un pour l'autre !... Vois-tu, ma bonne Mariette, c'est le bon Dieu qui vous a réunis !

Mais maintenant, en présence de Pierre, elle demeurait toute interdite.

Le jeune mécanicien avait dit: « Eh bien ! allons. » Et, en même temps, il avait réglé les consommations.

Ils s'étaient levés tous les trois et ils se dirigeaient vers le domicile de Pierre, à fort peu de distance.

Pierre ne savait que dire, tout entier à ses pensées.

— C'est gentil d'être venu me surprendre, — fit-il.

— Alors, comme ça, tu t'es balladé avec des copains?... — dit Totor.

L'honnête garçon avait trop de franchise pour persister dans l'innocent mensonge, dont il avait coloré sa promenade.

— Non, ce n'est pas avec des camarades, — répondit-il. — J'ai dit ça, au premier moment, comme j'aurais dit autre chose... J'étais en compagnie d'une personne que je connais...

Et pourquoi cacher la vérité, en somme?

Est-ce qu'il ne devait pas, à ses amis, qui constituaient toutes ses affections, toute sa famille, la première confidence de son bonheur?

Ne se réjouiraient-ils pas de le savoir heureux?

Mariette avait eu un intime serrement de cœur, en l'entendant.

Et sans s'en apercevoir, Totor riposta :

— Ah! oui, avec une copine, alors?

— Une jeune fille de Clamart que je connais depuis quelque temps, — ajouta le fiancé de Liette, avec un certain embarras.

Et, comme l'on était arrivé, il n'avait pas besoin de donner d'autres explications.

Il s'effaça pour laisser passer Mariette et Victor, qui s'engagèrent dans l'allée et gravirent l'escalier.

Ils connaissaient bien le petit logement de Pierre, ce logement de garçon, composé de deux pièces, une chambre claire, tenue avec un merveilleux état d'ordre et de propreté, avec des dessins au lavis, encadrés, représentant des machines, faits par le jeune mécanicien dans les concours de l'école de Châlons, quelques photographies, et la cuisine qui servait de cabinet de toilette, de garde-robe et de débarras.

— On va boulotter ici comme l'autre fois, s'pas? — demanda Totor. — C'est bien plus rigolo qu'au restaurant.

— Mais oui, ici, — répondit Pierre, — nous sommes mieux entre nous.

Et prenant les mains de Mariette :

— Embrasse-moi donc maintenant que nous sommes chez nous, — lui dit-il.

Et ils s'embrassèrent comme chaque fois, toute leur affection montant du cœur aux lèvres pour passer en leurs baisers.

— C'est vrai, — dit Mariette, — il y a si longtemps que nous ne t'avons vu.

— Depuis le dimanche où tu es venu nous chercher pour aller à l'exposition, — dit Totor à son ami. — Cela fait plus d'un mois.

Et, pendant que Mariette retirait ses gants, son chapeau et sa jaquette de petit drap beige, pareille à sa robe, déposant le tout sur le lit, Totor poursuivit :

— Dis donc, c'est aujourd'hui l'anniversaire de Mariette... On va faire sa fête!...

— Oui, c'est vrai, ça te fait vingt-cinq ans, comme à moi... Je les ai eus le six janvier, le jour des rois.

— C'est le père Duval qui avait eu la fève ce jour-là, — plaisanta Totor.

Et il poursuivit :

— Vingt-cinq ans, c'est le moment où une jeune fille coiffe Sainte-Catherine... Je l'ai déjà dit à Mariette ce matin.

— Eh bien ! on fera la fête de Mariette, — dit Pierre, sans s'arrêter à cette plaisanterie. — On se paiera un gâteau avec une bonne bouteille que j'ai là.

Oh ! cette bonne Mariette, — ajouta-t-il en revenant à elle et en lui prenant les mains, — c'est vrai, ça nous fait vingt-cinq ans !... Hein ! ce que le temps passe !...

— Oui, voilà déjà deux ans que tu es à Clamart. — fit Mariette. — Le temps est loin où nous vivions tous les trois, l'un près de l'autre... Où tu préparais tes examens pour entrer à Châlons, dans la petite chambre voisine de notre logement...

— C'est la vie, ça !... — prononça Totor avec une gravité comique. — On roule sa bosse !... Et allez donc, nous ne rigolerons jamais plus jeunes !...

— Oh ! toi, tu ne songes jamais qu'à t'amuser, — lui dit Mariette.

— Il y a bien assez de toi qui es sérieuse.

— Et le travail ? — interrogea Pierre en s'adressant à Victor, — ça va-t-il toujours ?

— Ah ! je te crois !... un turbin d'enfer !... Nous brossons en ce moment les décors de la féerie que le Châtelet monte pour jouer après l'exposition... et il y en a quelques-uns !... Vingt-huit tableaux !... Seize changements à vue !...

— Tu as encore six mois d'apprentissage, je crois.

— Oui, — répondit Mariette, — il finit à la fin de l'année ; à ce moment là, il commencera à gagner un peu plus sérieusement sa vie.

— Et toi, Mariette, ça va-t-il comme tu veux ?

— Je n'ai pas à me plaindre, bien que nous soyons en morte-saison. J'ai toujours quelque costume à faire.

Ils s'entretinrent ainsi quelques instants, causant de leurs occupations, de leurs travaux ; puis ils s'occupèrent du dîner que Pierre allait commander avec Totor, au marchand de vins-traiteur, dont la boutique se trouvait au rez-de-chaussée, et qu'ils rapporteraient eux-mêmes.

Pendant ce temps, Mariette mettrait le couvert sur la grande table de travail où le jeune mécanicien dessinait.

Elle savait où se trouvaient toutes les affaires, la vaisselle, dans le placard de la cuisine, la nappe et les serviettes, dans l'armoire à linge.

Elle songeait, pendant qu'elle était seule dans ce logement familier, dont elle connaissait tous les êtres, à ce que Pierre avait dit tantôt, à cette femme avec laquelle il avait passé l'après-midi.

L'impression de tristesse qui, tout d'abord, lui avait serré le cœur, s'était promptement dissipée.

Il fallait bien que Pierre s'amusât, c'était de son âge. — Car, évidemment, ce ne pouvait être qu'une de ces jeunes filles qui fréquentent, le dimanche, les promenades et les bals champêtres du bois de Meudon.

Elle ne voulait pas questionner son ami à ce sujet, mais elle fut bien aise que Totor en parlât pendant le repas.

— Alors, comme ça, il y a tout de même des fillettes pour rigoler à Meudon, — dit ce grand garnement.

Pierre regarda son ami sans comprendre.

— Bédame ! — poursuivit Totor en voyant son étonnement, — la petite avec laquelle tu t'es balladé.

— Non, ce n'est pas ce que tu crois, — répondit le fiancé de Liette d'une voix sérieuse. — C'est une brave et honnête jeune fille... aussi honnête que jolie, — ajouta-t-il tandis que ses yeux s'allumaient d'amour.

Mariette eut un frisson qui courut dans tous ses membres et la glaça.

L'accent de Pierre lui était allé au cœur.

Le pressentiment qui l'avait frappée au premier instant, la ressaisissait.

Pierre aimait, elle le voyait bien, et la malheureuse souffrait, s'appliquant uniquement à dissimuler sa souffrance.

— Bah ! — fit Totor, — alors c'est donc sérieux !...

— Très sérieux, — répondit le mécanicien, — et je ne veux pas attendre plus longtemps, ma bonne Mariette, pour te dire ce qui se passe, car je suis si heureux que j'éprouve le besoin de partager avec toi mon bonheur...

Oui, je suis heureux, — poursuivit-il, — heureux d'un bonheur que je ne connaissais pas encore... Heureux d'aimer et d'être aimé !...

— D'être aimé !... — répéta Mariette d'une voix blanche.

Mais Pierre l'entendit à peine et, dans la pénombre où elle se trouvait, car le jour baissait, il ne vit pas la pâleur qui, depuis un instant, couvrait son visage.

— C'est la demoiselle de Clamart dont tu parlais tout à l'heure ? — demanda Totor.

— Oui... Une jeune fille d'une beauté idéale... — répondit Pierre avec une expression de ravissement délicieux.

— Alors tu es pincé, à ce que je vois !... C'est donc pour le bon motif ?

— C'est très sérieux... et depuis que je connais cette jeune fille... surtout depuis que je sais qu'elle m'aime, car moi je crois que je l'ai aimée du premier jour, je ne suis plus le même !... Je ne croyais pas, ma bonne Mariette, que l'on pouvait avoir tant de bonheur à aimer !...

C'est à Mariette surtout que Pierre s'adressait, parce qu'il la savait sérieuse, mieux en âge que cet espiègle de Totor de le comprendre; parce qu'il avait pour elle une véritable et profonde affection, et qu'il considérait comme un devoir de lui faire part d'une nouvelle si importante.

Il ne se doutait pas de la torture que ses paroles infligeaient à cette sœur dont le cœur s'était lentement transformé à son insu, dont la tendresse était devenue un amour véritable.

Il ne pouvait comprendre ce que sa confidence lui faisait souffrir, car la vaillante fille se surmontait pour ne rien laisser paraître de sa douleur.

— Quelle est donc cette jeune fille? — demanda-t-elle en parvenant, dans un effort héroïque, à assurer sa voix. — Tu ne m'en as jamais parlé...

— Il y a si longtemps qu'on ne s'est vu, — répondit Pierre. — Et puis, la dernière fois que je suis allé à Paris, le jour où nous sommes allés ensemble à l'Exposition, il n'y avait encore rien... Je la connaissais à peine... Ce n'est que depuis cette semaine, ou, pour mieux dire, aujourd'hui seulement, que nous avons causé sérieusement...

Après un court silence, le fiancé de Liette reprit :

— Je l'avais remarquée en passant devant sa fenêtre, lorsque j'allais prendre le train pour aller à Meudon ou à Paris... Dès le premier jour, je fus frappé!... Vous avez rarement vu une jeune fille plus belle!... et une grâce... une distinction!... Jamais on n'aurait dit une simple ouvrière... Une beauté d'ange!... un visage d'une noblesse, d'une pureté...

— Mazette, faut rien que tu la gobes!... — interrompit Totor, frappé par l'emballement de son ami.

— Je m'accoutumais à la voir, — poursuivit le fils du maître d'école de Saint-Ouen, — et je peux même dire que je cherchais les occasions de passer devant sa fenêtre... Elle travaillait à de la broderie, devant sa fenêtre ouverte... Je me sentais attiré vers elle... Il me semblait deviner dans la mélancolie qui voilait son front, une tristesse, une douleur à laquelle je compatissais, poussé par une secrète sympathie qui s'était éveillée en moi dès le premier jour...

J'aurais voulu la connaître, lui parler, et je n'osais m'approcher d'elle tenu en respect par cette expression de candeur, de pureté qui lui faisait une véritable auréole...

Enfin, un jour, je la suivis, et je la vis aller prendre le train pour Meudon... Je me décidai, poussé par une force à laquelle je n'aurais pu résister, je pris place dans le compartiment où elle était déjà montée, mais je n'osais pas lui adresser la parole; elle avait l'air si honnête que je me sentis retenu. Ce fut un autre jour, dimanche dernier, lorsque je la rencontrais, que je la saluai et que je me suis décidé à l'aborder; alors j'engageai la conversation, parlant de banalités, de ce qui me passait par la tête, heureux seulement d'être près d'elle et de l'entendre.

Pierre la soutint. — Tu vois, tu n'es pas encore remise, — lui dit-il. (P. 93.)

Je n'étais plus un inconnu pour elle, car elle aussi avait remarqué mon assiduité, et je pouvais lui parler. Mais en même temps qu'une impulsion plus puissante que ma volonté me poussait vers elle, je sentais quelque chose qui me retenait, une sorte d'appréhension intime qui me paralysait au moment de me trouver en sa présence. C'est que je l'aimais, je l'ai bien compris depuis, et enfin j'ai pu le lui dire...

Mariette, absolument maîtresse d'elle maintenant, était parvenue à se ressaisir, et elle demanda :

— Tu ne parles que de cette jeune fille... Elle n'est sans doute pas seule ?

— Non, elle habite avec une femme, que je prenais, avant de la connaître, pour sa mère, et qui n'est en quelque sorte que sa mère adoptive.

Ah ! c'est une histoire bien navrante que celle de cette pauvre enfant — poursuivit Pierre, — et je ne me trompais pas en devinant qu'elle souffrait, en compatissant à sa douleur que je ne connaissais pas encore. — Toute jeune, car elle avait à peine sept ans, elle a eu le malheur de perdre sa mère, et une de ses parentes l'a, à cette époque, confiée à cette femme ; puis cette parente a disparu et n'a jamais plus donné de ses nouvelles.

Cette femme s'est d'abord attachée à cette enfant, elle l'a élevée, elle l'a fait instruire, elle lui a fait apprendre la broderie... Mais aujourd'hui ses sentiments à l'égard de la pauvre fille sont bien changés ; elle est devenue pour elle une véritable marâtre, car elle prétend que Liette lui est à charge.

— Et cette femme n'a pas pu retrouver la famille de cette jeune fille ? — demanda Mariette. — Elle ne la connaissait donc pas auparavant ?

— Non... Elle avait pris cette enfant en garde sans rien savoir...

— Mais après, quand elle a vu qu'elle ne recevait pas de nouvelles, que personne ne venait la voir, elle a dû s'informer, chercher...

— Elle n'a rien découvert. — Étant jeune, Liette ne savait pas tout cela ; elle ignorait sa situation. Puis quand elle a eu l'âge de comprendre, elle n'a pas osé questionner...

— Liette !... — s'écria Totor.

— Oui, elle s'appelle Liette, — répondit Pierre Duval.

— Un drôle de nom !... Tu as vu cette sainte-là dans le calendrier, toi ?

— C'est pourtant son nom.

— Peut-être est-ce un diminutif, — opina Mariette, — un de ces petits noms d'amitié que l'on forme avec le prénom... Comme par exemple si cette jeune fille s'appelait Juliette.

— Non, elle s'appelle bien Liette... Liette Darcis.

— On dirait un nom de roman... — dit Totor. — Car ce n'est pas un nom d'ouvrier, bien sûr !... Je n'ai jamais vu dans le populo une femme s'appelant Liette... Enfin, c'est un joli nom tout de même.

— Liette Darcis ? — répéta Mariette.

— Oui, Liette Darcis, — répondit Pierre, — et c'est tout ce que l'on sait d'elle avec son âge, car la personne qui l'a confiée à cette femme n'a remis aucun papier.

— Pauvre enfant !...

— Oh ! oui, pauvre enfant, car elle souffre de cette situation dont elle est innocente, de cet abandon dont elle est victime... Cette femme ne peut l'aimer, puisqu'elle n'est rien pour elle..., Elle l'accable de sa mauvaise humeur, s'en prenant à elle de l'avoir à sa charge, bien que Liette travaille et peine tant qu'elle peut pour subvenir aux frais du ménage... Elle lui reproche de n'avoir pas de famille... Elle l'injurie en la traitant de bâtarde...

— Cette femme n'a donc pas de cœur ?...

— Alors depuis que je la connais, ma pauvre Liette, bien désolée et bien désespérée, a repris courage, — poursuivit l'amoureux jeune homme. — Elle ne se sent plus seule au monde, maintenant qu'elle se sait aimée...

Et voilà, ma bonne Mariette... et toi aussi, Totor, le bonheur que je voulais vous annoncer, — dit Pierre rayonnant, — car je suis heureux... oui, bien heureux ?...

Cet après-midi, j'avais donné rendez-vous à Liette, car le dimanche aussi bien que les autres jours, elle est toujours seule ; cette femme, madame Ardusson, va chaque jour à Paris, pour je ne sais quelles affaires. — Alors nous sommes allés au bois, Liette et moi, et nous avons causé longuement... Nous nous sommes dit combien nous nous aimions, et nous avons fait des projets pour l'avenir... Je veux enlever Liette de cette maison où elle souffre... Je veux m'unir à elle, lui donner mon nom, lui constituer, avec vous deux qui l'aimerez comme vous m'aimez, une famille, ce qui sera un grand bonheur pour elle qui n'a jamais eu aucune affection autour d'elle et qui se souvient à peine de sa mère...

Je lui ai promis d'aller voir jeudi madame Ardusson et de lui faire connaître mes intentions, afin qu'elle consente à me 'la laisser épouser... Et je me promettais de t'écrire aussitôt après, ma chère Mariette, pour t'annoncer cette nouvelle et pour te prévenir que je viendrais un de ces dimanches te voir avec elle, afin de te la faire connaître.

Oh ! vois-tu, je l'aime !... Je l'aime !... Non, tu ne sais pas ce que c'est que cet amour que j'ignorais moi-même avant de la connaître... Tu ne peux pas comprendre, toi qui n'as jamais aimé d'amour, en fiancée, en amante, ce que l'on éprouve, ce que l'on ressent dans toute son âme, dans tout son être...

— Mais qu'as-tu donc, Mariette ?... — s'écria tout à coup Totor en se levant et en accourant auprès de la jeune fille.

Mariette, d'une pâleur de morte, semblait prête à perdre connaissance.

Sa tête s'était renversée en arrière et, sans le secours de Totor et de Pierre qui se joignit à lui, elle serait tombée.

— Mariette !... — appela le mécanicien.

La pauvre fille était inerte.

Elle venait de s'évanouir et ses grands yeux bleus, d'une fixité étrange, se refermèrent pendant qu'on la soutenait.

— Mon Dieu !... Mais qu'à-t-elle donc ? — dit Pierre douloureusement alarmé. — Elle n'était pas malade ?...

Mariette !... — l'appela-t-il encore. — Mariette, reviens à toi !... réponds-moi !...

VI

SACRIFICE D'AMOUR

— Transportons-la sur son lit, — dit Totor. — Ce ne sera rien... Avec un peu d'eau fraîche, du vinaigre, elle va revenir à elle.

Pierre saisit seul Mariette entre ses bras robustes et la transporta sans aucun effort.

— Débarrasse le lit, — dit-il à Victor qui enleva aussitôt les chapeaux et les vêtements qu'on y avait déposés.

Totor prit ensuite la carafe sur la table et une serviette qu'il imbiba d'eau largement.

Pierre la lui prit des mains pour donner lui-même ses soins à Mariette, qu'il continuait à appeler.

Bientôt la jeune fille revint à elle.

Elle ouvrit les yeux, promenant autour d'elle des regards vagues, effarés, cherchant à se reconnaître.

— Ma bonne Mariette, — lui dit Pierre de la voix la plus affectueuse, — Qu'as-tu donc eu ?... Tu étais malade et tu ne le disais pas ?...

— Malade !... — balbutia-t-elle surprise. — Non... Que s'est-il donc passé ?...

— Eh bien ! tu es partie, quoi ! — répondit Totor. — Je voyais bien depuis un moment, tu étais toute pâle... Et puis tu es partie... nous n'avons eu que le temps de te retenir, Pierre et moi.

— Je me suis donc...

— Tu t'es évanouie, — dit Pierre. — Un malaise, sans doute... Qu'as-tu donc ressenti ?...

Mariette, complètement revenue à elle, se rappelait fort bien maintenant ce qu'elle avait éprouvé.

Mais elle ne voulait pas avouer la cause réelle de son mal.

— Je ne sais pas... — fit-elle.

— Tu devais être indisposée... Ce n'est pas venu tout d'un coup, — insista Pierre. — Pourquoi n'avoir rien dit ?...

— Mais non... Je ne me rappelle pas... Ça m'a pris tout d'un coup...

Elle se souleva, voulant réagir et montrer qu'elle était forte, afin de dissimuler sa souffrance et de n'en point laisser deviner la cause.

— C'est peut-être la chaleur, — dit Pierre.

— Oui, sans doute... C'est la chaleur... Il a fait très chaud aujourd'hui...

— Ne te lève pas encore. Attends d'avoir un peu repris tes forces.

— Mais c'est fini...

Et elle voulut se lever, soutenue par Pierre qui la prit sous le bras.

Mais au moment où elle posa les pieds sur la descente de lit, elle chancela, elle sentit ses jambes qui fléchissaient, et sa pâleur, qui avait commencé à se dissiper légèrement, envahit de nouveau son visage.

Pierre la soutint.

— Tu vois, tu n'es pas encore remise, — lui dit-il.

— Non... Je vois bien...: — dit Mariette en portant la main à sa poitrine, — J'ai mal de cœur... Il me semble qu'il y a quelque chose qui ne veut pas passer...

Et pour mieux dissimuler la cause réelle de sa souffrance, elle l'expliqua par le malaise même qu'elle éprouvait.

— Tu vois... ce doit être la chaleur qui m'a indisposée... qui m'a arrêté la digestion...

Maintenant la brave fille était assise dans le voltaire, entre Pierre et Totor qui la soignaient et l'obligèrent à prendre un peu de Chartreuse.

Petit à petit, cette indisposition se dissipa, et le repas interrompu, — qui se trouvait, du reste, à peu près terminé à ce moment, — put s'achever.

Mariette se sentait complètement remise.

Elle était forte maintenant; elle avait pu reprendre toute son énergie, et se réjouissait de voir que Pierre ne se doutait pas de la cause réelle de son mal.

Ce fut elle, pendant que l'on prenait le café, qui remit la conversation sur Liette.

Elle s'aguerrissait ainsi contre le mal dont elle prévoyait encore les atteintes, car elle aimait trop profondément son Pierre, elle l'aimait depuis trop longtemps pour se faire tout de suite à l'idée qu'il pouvait en aimer une autre.

Elle voulait se résigner courageusement à ce sacrifice, résolue à ne pas causer le moindre chagrin à cet homme qu'elle avait aimé comme un frère, et qu'aujourd'hui elle aurait voulu adorer en fiancée, en épouse.

Ainsi elle s'habituerait, pensait-elle, à cette perspective que ni son esprit ni son cœur n'avaient prévue.

Et elle questionnait Pierre sur cette jeune fille que son cœur avait choisie, à laquelle il s'était déjà donné tout entier.

Elle lui parlait de son travail de broderie avec un intérêt véritable ; elle se faisait dire tout ce qui s'était passé entre eux, répéter leurs conversations amoureuses ; et Pierre, qui n'avait rien de caché pour cette sœur aimée, lui confiait, avec délices et sans aucune réticence, tout son bonheur.

Il lui disait quelle transformation s'était opérée en lui depuis qu'il se sentait pris par cet amour qui occupait maintenant sa pensée tout entière ; il lui parlait de ses projets d'avenir.

Il prévoyait qu'il n'y aurait aucun obstacle au mariage dont il avait formé le doux projet avec sa Liette bien-aimée, car Mme Ardusson serait bien aise de s'en débarrasser en la lui donnant.

On conjectura aussi longuement sur la famille de Liette, cette famille qui n'avait jamais donné de ses nouvelles, qui avait réellement abandonné cette malheureuse enfant, et l'on se livrait ainsi à toutes les hypothèses possibles.

Mais, de ce côté, il ne pouvait y avoir non plus aucun obstacle, car il était à prévoir que les parents de Liette n'allaient pas s'intéresser subitement à une enfant qu'ils avaient délaissée presque dès sa naissance, vraisemblablement sans aucun esprit de retour.

Du reste, à la mairie, lorsque Pierre ferait les démarches, on lui indiquerait les formalités à accomplir et on lui dirait qui devrait, pour l'autorisation à donner au mariage, suppléer les parents inconnus de la jeune fille.

Et la soirée se prolongea ainsi longtemps, bien tard, car onze heures sonnaient à l'horloge du clocher de Clamart lorsque Mariette et Totor, accompagnés par Pierre, se rendirent à la gare pour rentrer à Paris.

En se séparant, au moment où le train venant de Versailles était signalé, le jeune mécanicien dit à Mariette :

— Je viendrai dimanche et je te dirai ce qui se sera passé avec Mme Ardusson.

Puis il ajouta en l'embrassant, sans se douter du coup cruel qu'il lui portait :

— Ma bonne Mariette, je suis bien heureux !...

— Eh bien ! bonne chance, — lui dit Totor. — Tu sais, faudra nous faire faire connaissance de notre frangine, car il n'y a pas, ta femme sera comme notre frangine à tous deux, n'est-ce pas, Pierre ?

— Alors, à dimanche, — dit Mariette.

— Oui, à dimanche.

Et ils se séparèrent.

* *

Le trajet de Clamart à la gare Montparnasse fut silencieux.

D'abord, le train étant bondé de voyageurs rentrant à Paris après un dimanche superbe passé dans la banlieue. Totor et Mariette ne purent trouver de la place qu'aux deux extrémités opposées d'un compartiment.

Ensuite, Totor ne tarda pas à s'endormir et ne s'éveilla qu'au moment de l'arrivée.

Il dormit encore dans l'omnibus que l'on prit à la descente du train pour gagner la rue des Martyrs, et rentré à la maison, il avait tellement sommeil qu'il se serait volontiers couché tout habillé.

Mariette était loin d'être dans de pareilles dispositions.

Sa douleur, qu'elle avait cherché à étouffer, qu'elle dévorait en silence, chassait bien loin d'elle tout assoupissement.

Elle songeait à Pierre, à cet ami qui lui était apparu comme le compagnon de toute sa vie, comme celui qui serait un jour tout pour elle.

Et ce rêve de bonheur, depuis si longtemps caressé dans le mystère de sa pensée amoureuse, se trouvait brisé tout à coup.

Pierre aimait!...

Pierre avait donné à une autre son cœur de fiancé!...

Pierre ne lui gardait que sa tendresse fraternelle, cette affection profonde et sincère qu'elle connaissait, donnant tout son amour à une autre.

Alors la pauvre fille, en sa douleur, en voulait à la fatalité qu'elle accusait seule, loin de viser Pierre en ses récriminations.

Lui ne pouvait pas savoir... Il n'avait vu en elle qu'une sœur, la sœur tendre, aimante et dévouée qu'elle avait toujours été pour ce compagnon d'infortune, pour cet ami, privé, comme elle, comme Totor, de la tendresse des siens.

Il s'était habitué à la considérer comme une sœur et, sans doute, il n'avait pu lui venir à l'idée qu'elle pouvait l'aimer autrement.

Il avait ignoré cet amour qu'elle lui avait voué et qu'elle n'avait pas osé lui manifester.

La fatalité était donc seule coupable.

Ah! si elle avait su!...

Maintenant, Pierre aimait... Son cœur était pris... Celle qu'il avait rencontrée et qu'il avait chérie, répondait à son amour.

Contre celle-là non plus, la bonne Mariette n'éprouvait aucun ressentiment.

Il lui aurait semblé, si elle en avait eu la pensée, que ce ressentiment serait allé à Pierre lui-même, en s'adressant à sa fiancée qui, aujourd'hui, ne faisait qu'un avec lui.

Non, elle ne pouvait en vouloir à cette jeune fille.

Elle ne voyait pas en elle une rivale.

Liette ne la connaissait même pas. A plus forte raison, elle ne pouvait penser que Pierre était déjà aimé par elle, puisque lui-même l'ignorait.

Au contraire, loin de haïr cette inconnue, l'excellent cœur de Mariette se sentait porté vers elle par un irrésistible sentiment de compassion et presque d'affection. — Liette, n'était-elle pas une malheureuse abandonnée, comme elle-même?... n'avait-elle pas eu ce même malheur, la frappant dès la plus tendre enfance, d'être séparée de ses parents, de ne point les connaître?... Elle était plus à plaindre encore, elle, qui avait été livrée à une étrangère, à une femme qui ne l'avait gardée que par pitié, et qui la détestait aujourd'hui parce qu'elle lui était à charge.

Et puis, elle était aimée par Pierre, dont le cœur élevé ne pouvait avoir choisi qu'une jeune fille digne de lui.

Cela aurait suffi à la lui rendre sacrée; à cause de cela seulement, elle l'aurait aimée.

Résignée, Mariette n'accusait que l'injustice du sort, que la fatalité qui l'avait marquée dès sa naissance du signe des victimes, qui, en venant au monde, l'avait désignée comme une de celles qui doivent souffrir.

Mais malgré tout elle souffrait, et sa douleur, quelque effort qu'elle fît pour la dissimuler, était si visible, que Totor s'en aperçut.

Le matin, en se levant plus tard que de coutume, juste à temps pour courir à son atelier, il n'avait eu le temps de rien remarquer; à midi non plus, quand il vint déjeuner à la maison, car si Mariette mangea peu et ne causa guère, il parla lui-même tellement qu'il lui procura une distraction; mais le soir, après la journée finie, lorsqu'il revint, il examina plus attentivement « sa petite mérotte », dont la tristesse l'avait tout de même frappé en quelque sorte à son insu, et avait laissé en lui une impression sous laquelle il s'était senti pendant toute la journée.

Alors il l'interrogea.

— Voyons, qu'est-ce qui se passe donc ?... Tu ne dis rien... Tu n'es plus la même !...

Et comme Mariette se défendait, s'excusait en prétextant les suites de son indisposition de la veille dont elle ne se sentait pas tout à fait remise, Totor la démentit :

— Non, non, ce n'est pas ça !... Tiens, veux-tu que je te dise ?... Eh bien? je sais d'où elle vient ton indisposition d'hier !... Oui, je le sais... Va, je te connais assez bien pour te comprendre... Ce n'est ni la chaleur, ni quelque chose qui n'a pas voulu passer... C'est tout simplement le cœur qui était malade.

— Le cœur !... — fit Mariette, en l'appréhension soudaine d'être devinée.

— Sois franche, Mariette, — reprit Totor. — Tu peux bien me l'avouer, à moi, puisque je l'ai compris... Tu aimes Pierre !... Va, avoue-le !... Il y a longtemps que je le savais, car je n'ai pas mes yeux dans ma poche, tu sais !...

— Tiens! tu n'es pas une femme, — s'écria Totor en se jetant au cou de Mariette et en l'embrassant avec autant de tendresse que d'enthousiasme, — tu es un ange!... (P. 102.)

Oui, tu l'aimes, non pas seulement comme une sœur, mais d'amour.., Et alors, quand Pierre t'a parlé de cette jeune fille, quand il t'a dit qu'il l'aimait, qu'elle répondait à son amour, qu'il voulait l'épouser, ça t'a porté un coup... Voilà ce qui t'a fait mal, ma pauvre sœurette!... La douleur que tu as éprouvée et que tu as voulu cacher t'a arrêté la digestion, et c'est pour ça que tu t'es évanouie... Dis si je me trompe?

Alors Mariette se décida à parler.

Une douloureuse confusion l'envahissait en voyant le secret de son cœur découvert, mais elle éprouvait le besoin, maintenant que Totor connaissait cet amour qu'elle aurait voulu cacher à tous, d'exhaler sa plainte dans les affectueuses confidences auxquelles sa tendresse la conviait, de se soulager en avouant la vérité à ce frère qui l'aimait si tendrement et qui compatissait à sa souffrance.

Elle pouvait avoir confiance en lui, et mieux valait alors que Totor sut tout, car elle lui ferait promettre de lui garder éternellement le secret.

— Eh bien! oui... c'est vrai... — dit-elle, — j'aimais Pierre... Tu l'as bien compris... Et j'étais si loin de m'attendre à cela que, comme tu l'as dit, j'ai reçu un coup...

— Tu vois!... Je savais bien!...

— Mais je ne voulais rien dire... Je ne pouvais pas, n'est-ce pas?... Et tu me promets bien que tu ne diras rien à Pierre?

— Sois tranquille!

— Tu me le jures?... Maintenant que c'est fini, maintenant qu'il n'y a plus rien à faire, puisqu'il aime, il ne faut pas qu'il sache jamais que je l'aimais autrement que comme une sœur!... Tu me le jures, n'est-ce pas? Totor... Tu ne diras rien, tu ne lui feras rien comprendre?...

— Tu peux compter sur moi, ma bonne Mariette, — répondit Totor en s'approchant de sa sœur, en la prenant dans ses bras et en l'embrassant tendrement.— Ah! quel trésor de femme tu es!.,. Quel cœur!... Pauvre Mariette, va, je comprends ce que tu as souffert, ce que tu souffres encore!...

Mais tu pleures?... — s'interrompit-il en sentant sur sa joue une larme qui tombait des jeux de la pauvre fille. — Ne pleure pas, voyons...

Et il l'embrassait avec un redoublement de tendresse.

— Que veux-tu?... — fit Mariette au milieu de ses larmes, — c'est plus fort que moi... Mais ça passera... Il le faut bien!...

— Quel malheur que tu n'aies pas parlé plus tôt, que tu n'aies rien dit!... Si Pierre avait compris que tu l'aimais, il n'aurait pu être pris par une autre... Mais tu ne disais rien... Moi j'avais bien compris... Je te l'ai dit hier matin, tu te rappelles?... Quand je t'ai proposé d'aller à Clamart... J'avais bien deviné ce qu'il y a avait en ton cœur... Je te l'ai dit et je voulais trouver un moyen de faire comprendre à Pierre que tu l'aimais; je pensais qu'en fêtant ton anniversaire, en mettant sur le tapis cette question de la sainte Catherine, ce serait un prétexte pour parler de mariage... et alors, dans le courant de la conversation, je me disais que ça viendrait, que Pierre finirait bien par comprendre que tu l'aimais, et alors ça y aurait été?... J'ai bien vu, quand je t'ai dit cela le matin, que je t'avais fait de la peine...

— Non... Tu ne m'as pas fait de la peine... au contraire,... car je ne savais pas à ce moment...

— Aussi, pourquoi n'as-tu rien dit?... Crois-tu que Pierre ne t'aurait pas aimée?...

— Je ne savais pas... Je n'osais pas... Et puis nous voyons Pierre si rarement depuis que l'Exposition est commencée, qu'il n'y a rien d'étonnant... S'il avait vécu auprès de nous, comme autrefois, avant d'aller à Clamart, il aurait sans doute compris...

— Si j'avais su, moi je lui aurais parlé.

— Pierre était trop préoccupé par son travail, il ne pouvait songer à moi... Il ne voyait pas...

— Bien sûr, il n'a que ses machines en tête... ça l'absorbe... Et dans les rares fois où l'on était ensemble, il ne parlait que de son usine, que de son travail, que de ses patrons.

— Il est sérieux, il songe à l'avenir. Il veut se faire une situation.

— Eh bien ! est-ce que cela l'en aurait empêché ?

— Oui, mais le travail l'absorbait et il ne pensait pas à moi... Et moi je ne voulais pas l'en distraire...

Et puis j'attendais plus tard, — reprit Mariette d'une voix lamentable. — Je me disais qu'il valait mieux le laisser faire son chemin, que nous avions bien le temps... Au fait, il n'a que vingt-cinq ans...

— Enfin tu n'as rien dit et il n'a rien compris, — conclut Totor, — et qui souffre de cela maintenant ? c'est toi !

— Oh ! moi... Oui, sur le coup, ça m'a fait mal, car je ne m'attendais pas à ça... Je ne pouvais pas m'y attendre... J'ai été surprise... Mais maintenant c'est fini... Il faut bien que je me fasse une résolution...

— Tu te sacrifies, comme toujours !... Tu t'es déjà sacrifiée pour moi, comme pour lui, car bien que j'étais jeune à l'époque, je comprends bien maintenant tout ce que tu as fait pour Pierre, lorsque le père Duval est mort... Tu as voulu qu'il vienne vivre avec nous et tu t'es dévouée pour qu'il puisse continuer ses études et passer son examen de Châlons... Tu travaillais pour nous deux... Tu as été plus qu'une sœur, ma bonne Mariette ! tu as été une vraie petite mère pour Pierre aussi bien que pour moi !

— C'est bien pour cela que Pierre ne pouvait pas songer à moi... Il m'aimait et m'aime toujours comme un frère...

— Et toi, tu l'aimais d'amour.

— Oh ! oui... Je l'aimais... Je l'aimais bien !... — dit Mariette avec une explosion indicible.

— Qui sait ?... — fit Totor, — ce mariage n'est peut-être pas encore fait...

— Pierre aime trop cette jeune fille pour qu'il ne se fasse pas, je l'ai bien compris à sa voix lorsqu'il parlait d'elle.

— On ne sait pas... Faudra voir !...

— Non, c'est définitif... Pierre est bien pris, va !... Et je le connais bien, il est incapable d'agir à la légère... Celle qu'il aime ne peut être que digne de lui, ça j'en réponds !...

— Tu es admirable, ma bonne Mariette !... Tu as réellement un cœur d'or !... — s'écria Totor dans un réel enthousiasme où débordaient son admiration et sa tendresse. — Ainsi donc, non seulement tu te sacrifies sans te plaindre, tu brises ton cœur en y enfermant plus jalousement caché que jamais ce secret d'amour qui te torture, mais encore ton affection est telle qu'elle s'étend jusqu'à celle que Pierre aime à ta place !...

— Ne sera-t-elle pas notre sœur, puisqu'il l'aime, comme tu le disais toi-même hier ?...

— Ainsi tu l'aimeras?

— Oui... Je me sens disposée à l'aimer de tout mon cœur parce que Pierre l'aime.

— Ah ! je ne sais pas si je serais aussi bon que toi.

— Tu serais comme moi, parce que tu es juste et bon... parce que tu as bon cœur... parce que tu aimes Pierre...

— Oh ! ça oui,... lui et toi, vois-tu.... Je n'ai que vous deux !...

— Mon bon Totor !...

— Et dire que Pierre ne saura jamais le sacrifice d'amour que tu fais pour lui !...

— Oh ! non, jamais !... Jamais !... Tu me l'as bien promis, n'est-ce pas ?.. tu me l'as juré !... Je ne veux pas qu'il sache que je l'ai aimé autrement que comme une sœur... Je veux qu'il ignore cet amour que j'avais cru réalisable !...

— Mais tu souffriras, ma pauvre sœurette ?...

— On ne souffre jamais quand on aime et quand on voit ceux que l'on aime heureux !...

— Pourvu que Pierre le soit !...

— Il le sera !... — affirma Mariette avec une pleine confiance. — Il le mérite !...

— Oh ! oui, alors... Il n'y en a pas de plus digne que lui !.., Mais cette jeune fille, nous ne la connaissons pas encore...

— Qu'importe !... Elle n'a plus de famille... Elle est seule au monde comme nous l'avons été tous les trois... Il y a sans doute, sur les siens, un secret que l'on ne connaîtra jamais, puisqu'ils ont disparu, la laissant à la charge de cette femme qui l'a élevée.

— Elle a été peut-être payée pour ça.

— On n'en sait rien. — D'après ce que Pierre nous a dit, Liette elle-même ne sait rien. Cette femme ne lui a rien dit. Je ne crois pas qu'elle ait reçu de l'argent, car elle n'aurait pas le cœur d'être aussi dure pour elle, d'être une véritable marâtre...

— Avec ça qu'il n'y en a pas qui seraient capables de garder pour eux la galette et d'envoyer promener l'enfant.

— Elle ne l'a pas fait. Elle a gardé Liette, elle l'a élevée...

— Eh bien ! rien que ça prouve qu'elle a reçu quelque chose... Elle n'aurait pas payé les frais d'éducation de sa poche.

— Il y a peut-être eu, avec les religieuses du couvent, un arrangement que nous ne connaissons pas.

— Tu excuses toujours tout le monde, parce que tu crois les gens aussi bons que toi.

— Pourquoi supposer le mal ?

— Dame, Pierre te l'a dit... Cette femme a reproché bien des fois à Liette de l'avoir à sa charge, elle l'a traitée de bâtarde...

— Sans doute, elle a été cruelle pour elle, et cela ne lui portera pas bonheur... Liette, du reste, sera bientôt délivrée, puisque aujourd'hui Pierre l'aime, puisqu'il se propose de l'épouser.

— Oui... mais j'en reviens toujours à ce que je disais hier, — fit Totor tout pensif. — Liette, ce n'est pas un nom...

— C'est le seul que connaît cette femme... C'est celui qu'on lui a donné en lui confiant cette enfant... C'est peut-être un petit nom d'amitié dont on l'appelait quand elle était petite.

— Mais non, il faut bien que ce soit son nom véritable, puisqu'on a donné son nom de famille en même temps : Liette Darcis.

— Je ne dis pas... mais je ne connais pas ce prénom.

— Il y en a bien d'autres que tu ne connais pas, — dit Totor. — J'en ai vu de rigolos dans les romans et les pièces de théâtre... Liane, Lia, Odette... Est-ce que je sais, moi ?... Il y en a des tas de ce calibre-là... Ce sont tous des noms de la haute... Liette est de ceux-là, ça se sent. Ce n'est pas dans le populo qu'on appelle les moutards Liette, pas plus que Diane ni Josette...

— Liette est peut-être un nom spécial à un département, à une contrée... si la famille de cette jeune fille n'est pas de Paris.

— Enfin on n'en sait rien et on n'en saura jamais rien.

— Qu'importe !...

— Oui, je sais bien, les gens qui ont placé cette gosseline chez la bonne femme de Clamart avaient leur raison pour s'en défaire... Il y a des situations où un enfant est gênant, comme par exemple quand il vient au monde pendant l'absence du mari ; alors on se dépêche de l'escamoter avant son retour, parce qu'en le trouvant on comprend que cet homme là ferait une drôle de tête et probablement aussi du pétard... Eh bien ! justement ces histoires-là, c'est dans le grand monde que ça arrive. Les ouvriers ne se mettent pas dans ce cas là ; si la femme fait une faute, elle lâche son homme et se cache quelque part, et si elle est forcée de se séparer de son gosse, elle le porte à la rue Denfert où l'administration le reçoit sans lui demander de raconter son histoire.

— Quoi qu'il en soit, — dit Mariette, — cette jeune fille est malheureuse, et par conséquent elle est digne de compassion... Qu'elle soit issue d'une famille riche ou pauvre, c'est la même chose.

— Ah! pour ça bien sûr !

— Elle n'en est pas moins, comme nous, une malheureuse sans famille, plus à plaindre encore que nous, car elle n'est pas heureuse avec cette femme qui ne l'aime pas, qui la mène durement, et qui la mortifie sans cesse.

— Elle a de la veine d'avoir trouvé Pierre, je sais bien, — fit Totor. — Mais toi alors, ma pauvre Mariette?...

— Moi?... J'aime toujours Pierre, et je l'aimerai toujours comme une sœur.

— Tandis que tu l'aimes comme un fiancé et que tu souffriras des sacrifices que tu fais à son bonheur.

— Non... Je saurai être heureuse en le voyant heureux !...

— Tiens ! tu n'es pas une femme, — s'écria Totor en se jetant au cou de Mariette et en l'embrassant avec autant de tendresse que d'enthousiasme, — tu es un ange !...

Si Pierre avait su tout de même !... — ajouta-t-il.

— Vois-tu, mon bon Totor, c'est que nous n'étions pas faits l'un pour l'autre... Il n'y avait pas dans notre destinée que nous devions être l'un à l'autre... Eh bien ! il faut s'y résigner !... Il faut savoir faire notre bonheur avec ce que le sort nous donne, c'est le moyen d'être heureux !... Il faut nous aimer toujours tous les trois comme nous sommes aimés jusqu'à ce jour... Il faut aimer aussi celle que Pierre a choisie pour sa compagne, comme nous aimerons plus tard celle que tu aimeras toi-même...

— Oui, tu as raison, et nous autres aussi nous aimerons celui que tu aimeras lorsque...

— Moi !... — interrompit Mariette. — Je ne veux d'autre affection que la vôtre...

La vaillante fille se surmontait pour ne rien laisser paraître de sa douleur, et elle essayait de dominer sa souffrance en cherchant une compensation dans la satisfaction mystérieuse qu'elle éprouvait à se dévouer au bonheur de celui qu'elle aimait.

Sa vie entière, fort courte cependant, puisqu'elle n'avait encore que vingt-cinq ans, n'avait-elle pas été toute d'abnégation et de dévouement, d'affection et de sacrifice ?

Depuis qu'elle avait eu l'âge de comprendre, elle avait tellement souffert de n'avoir pas, comme les autres enfants, des parents à aimer, une mère surtout à chérir, elle dont le cœur affectueux était si bien fait pour la tendresse, qu'elle avait aimée avec une reconnaissance infinie cette excellente femme, Mᵐᵉ Lenormand, qui l'avait recueillie en l'arrachant à l'hospice des enfants trouvés, qui l'avait aimée et en avait fait sa fille.

Elle avait aimé aussi cette bonne Mᵐᵉ Bernard, la mère de Totor, qui lui avait manifesté une compassion affectueuse, et M. Duval, l'instituteur de Saint-Ouen, qui s'était également intéressé à elle.

Elle avait été heureuse, dans cet isolement si douloureux où la laissa là mort de celle qui lui avait fait une situation, de pouvoir se constituer une famille, de s'entourer d'affections, en rendant aux fils de ceux qui l'avaient aimée, à Pierre et à Victor, la tendresse que l'on avait eue pour elle.

Et de ce jour, cette vie de dévouement pour ceux que Mariette aimait, avait commencé.

Seule capable de travailler, elle s'était mise courageusement à l'ouvrage pour subvenir à la charge qu'elle s'était imposée en recueillant ces deux orphelins sans fortune.

Elle s'était dévouée pour Pierre qui, grâce à elle, avait pu achever de préparer ses examens ; elle s'était dévouée encore en ne le laissant manquer de rien pendant qu'il était à Châlons, et ensuite pendant toute la durée de son service militaire.

Et elle était heureuse de voir que ses efforts avaient produit un si brillant résultat, que Pierre s'était fait une position pleine d'avenir dans cette usine où il était estimé et apprécié pour son travail et son intelligence.

Lorsqu'elle s'était aperçue, — depuis longtemps déjà, — que son affection de sœur à l'égard du fils de l'instituteur s'était changée peu à peu, en quelque sorte à son insu, en un sentiment beaucoup plus tendre, sur la nature duquel elle ne s'était point trompée, elle s'était sacrifiée encore ; elle avait imposé silence à son cœur pour continuer à se dévouer à Totor qui était encore trop jeune pour pouvoir se passer d'elle.

Le fils de Mᵐᵉ Bernard n'avait alors que treize ans. Mariette remit à plus tard la réalisation des doux projets d'amour qu'elle avait secrètement formés.

Elle avait envisagé le mariage avec une délibération pleine de sagesse ; elle avait prévu les frais, les dépenses de toute sorte que le ménage entraînerait ; elle avait pensé à la venue prochaine d'enfants dont la naissance apporterait un surcroît de charges en même temps qu'une incapacité de travail. Et elle avait résolu d'attendre que Totor fût à son tour en âge de travailler, qu'il eût appris un métier, terminé son apprentissage et qu'il fût parvenu à une situation dans laquelle il puisse se suffire.

Elle s'était dévouée en ajournant le bonheur qu'elle s'était promis.

C'est pour cela qu'elle avait caché avec un soin vigilant, depuis deux ans, cet amour qui la brûlait, qui, à chaque instant, en présence de Pierre, montait de son cœur à ses lèvres.

Et Pierre n'avait point soupçonné cet amour.

Il avait continué à ne voir en elle qu'une sœur affectueuse et dévouée, et il s'était si bien habitué, en l'aimant bien tendrement, à l'admirer et à la respecter, qu'il ne lui serait point venu à l'idée que Mariette pouvait être autre chose pour lui.

Son cœur n'avait point songé à battre pour elle de l'amour que les sens éveillent; s'il y eût songé, il n'aurait peut-être pas osé le laisser parler.

Et Mariette se trouvait aujourd'hui victime de son dévouement.

Pierre avait rencontré cette jeune fille dont la beauté l'avait frappé, dont la mélancolique tristesse l'avait mystérieusement ému; il s'était approché d'elle, poussé par cette force invisible qui guide et attire les cœurs; il l'avait aimée et maintenant, aimé aussi par elle, ils s'étaient attachés l'un à l'autre, ils avaient formé entre eux des liens indénouables.

La révélation inattendue de cet amour avait porté un coup épouvantable à l'infortunée Mariette, mais elle avait presque aussitôt trouvé, dans les trésors inouïs de sa tendresse, la force de réagir contre la douleur qui la torturait.

Son esprit d'abnégation et de sacrifice l'avait fait accepter sans se plaindre dans la perte du bonheur qu'elle s'était promis.

La vaillante fille allait continuer à se dévouer à ceux qu'elle aimait.

Elle s'effaçait généreusement, en un sacrifice héroïque, devant celle que Pierre s'était choisie.

Elle ne voyait pas en elle une rivale. Elle ne la considérait pas comme celle qui ruinait son bonheur.— Elle était prête à l'aimer parce que Pierre l'aimait.

Son cœur était assez grand pour s'ouvrir à une affection nouvelle en faveur de cette infortunée qui était, aussi bien qu'elle, une déshéritée du bonheur, qui comme elle n'avait eu personne à aimer.

Son sacrifice d'amour était si complet, si absolu, maintenant qu'elle s'était ressaisie, maintenant que sa douleur s'était calmée, qu'elle se sentait heureuse du bonheur de Liette.

Loin de l'envier, elle s'apprêtait à lui ouvrir ses bras et à lui vouer une tendresse de sœur.

Quant à elle, qu'importait!... Elle se sacrifiait.

— Moi, je n'aimerai jamais personne!... — se disait-elle avec son héroïque abnégation. — Jamais mon cœur ne pourrait aimer comme j'aimais Pierre!... Non, jamais, car je l'aime trop!...

La femme de chambre apprit chez le boulanger tout ce qu'elle avait besoin de savoir.
(P. 112.)

Puisque le sort n'a pas voulu que je sois à lui, c'est que je ne dois pas aimer!...

N'ai-je pas assez d'affections et assez de joies autour de moi?... Ne suis-je pas heureuse?...

Et la jeune fille, en parlant de son bonheur, s'absorbait tellement dans son généreux sacrifice, qu'elle ne sentait pas les larmes qui coulaient lentement de ses yeux et qui, malgré cela, trahissaient la douleur de son cœur broyé.

VII

LE SIGNALEMENT

Ainsi, tandis que tout s'unissait, en ces affections nouvelles qui l'entouraient avant même de la connaître, à préparer le bonheur de la touchante Liette, une double machination s'ourdissait contre elle.

Si, d'une part, Sophie Ardusson était résolue à pousser l'adorable jeune fille qui lui avait été confiée dans une voie où il lui serait facile d'exploiter le secret de sa naissance qu'elle avait pressenti et qu'elle allait chercher à connaître, d'un autre côté, la criminelle usurpatrice, qui avait dépouillé la fille de la vicomtesse d'Arcis de sa fortune, veillait sur elle.

Valérie Dubourg se félicitait de son intervention si opportune.

Elle s'applaudissait d'avoir suivi l'inspiration qu'elle avait eue de venir, maintenant qu'elle ne courait aucun danger d'être reconnue, s'assurer de ce qui se passait, voir de ses yeux ce qu'allait devenir Liette, aujourd'hui une jeune fille, et de se tenir ainsi prête à conjurer tout danger qui pourrait menacer la situation qu'elle s'était créée en la dépouillant.

Ses précautions avaient été si bien prises, ses calculs si habilement faits qu'elle ne redoutait en réalité rien de grave ; mais la prudence lui avait conseillé quand même de veiller.

Oh ! oui, les dispositions de la fausse Lia de Chavanges avaient été complètes et elle avait su admirablement mettre à profit tout ce qu'elle avait appris en prenant possession de ce qui appartenait à la mère de Liette.

Elle avait agi avec autant d'habileté que de défiance pendant ces dix années, depuis le jour où, laissant la fille d'Odeline d'Arcis chez la femme Ardusson, elle était venue s'installer au château de la Pommeraie, après avoir pris toutes les précautions que la prudence lui commandait.

Pendant les deux premières années principalement, elle avait suivi de près la gardienne de Liette.

Elle avait voulu connaître l'emploi que ferait cette femme des vingt mille francs qu'elle recevrait, et quand elle la vit placer l'enfant au couvent des Dames de la Présentation de Meudon, quand elle sut que Sophie Ardusson avait versé d'un seul coup une somme de dix mille francs pour assurer le paiement complet des frais d'éducation de Liette, elle conçut une méfiance en même temps qu'elle comprit fort bien les intentions de cette femme.

Il était évident que la gardienne de Liette se défiait d'elle-même ; elle avait peur d'être entraînée à dépenser ou exposée à perdre le capital qu'elle venait de recevoir, et elle se précautionnait surtout contre elle-même en payant ainsi par avance la totalité de ce qui serait dû au couvent.

En même temps, elle considérait le surplus de cette somme, les dix mille francs restant, comme sa légitime propriété, comme le bénéfice de l'opération qu'elle avait acceptée.

A cela il n'y avait incontestablement rien à dire.

Mais Valérie Dubourg tenait à savoir ce que cette femme allait faire, car elle prévoyait déjà le moment où Liette, son éducation achevée, quitterait le couvent de Meudon.

Que se passerait-il alors chez Sophie Ardusson?

Aurait-elle réussi à se créer une position, à se ménager des ressources au moyen de ce qu'elle allait entreprendre avec ces dix mille francs? Serait-elle en état de subvenir aux frais nouveaux qui lui incomberaient lorsque Liette reviendrait auprès d'elle?

A ce moment, que ferait-elle de l'enfant, devenue une jeune fille, dont elle avait assumé la charge?

Et la fausse Lia de Chavanges avait tenu à se renseigner.

Il lui avait été facile d'être tenue au courant en s'adressant, sous des prétextes divers, à des intermédiaires différents, — jamais les mêmes, afin de ne pas se trouver un jour à la discrétion de quelqu'un qu'une curiosité dangereuse aurait pu pousser à connaître la nature de l'intérêt qui la guidait.

Elle avait su ainsi les démarches infructueuses faites par la sœur de l'ancien blanchisseur de Clamart pour acheter un fonds, pour tenter un petit commerce.

Ensuite elle n'avait pas tardé à apprendre que Sophie Ardusson avait changé à peu près complètement son genre de vie. — Au lieu de vivre de quelques travaux de couture ou autres qu'elle se procurait à Clamart, ainsi qu'elle faisait avant d'avoir cette enfant avec elle, elle s'était mise à s'absenter régulièrement toutes les aès-midi. On la voyait prendre le train et aller à Paris; puis elle rentrait le soir vers six heures.

Cela intrigua l'usurpatrice, l'émut même tout d'abord, car elle se demandait avec quelque inquiétude ce que cette femme pouvait aller faire chaque jour à Paris.

Ne chercherait-elle pas à se renseigner, à essayer de découvrir la famille de Liette ?

Et Valérie Dubourg résolut de le savoir.

Elle vint elle-même à Paris, à cette époque, n'osant pour cela se confier à personne, et perdue dans la foule qui se trouvait dans la gare de Clamart, le visage soigneusement dissimulé par une voilette épaisse, sa toilette complètement modifiée, elle guetta le départ de Sophie Ardusson et la suivit.

Elle la vit prendre le train, en descendre à la jonction du chemin de fer de ceinture, et se rendre, ce jour-là, à Auteuil.

Elle comprit tout de suite : cette femme fréquentait les champs de courses; elle jouait.

Sophie Ardusson espérait sans doute, à l'aide du petit capital qui lui était si providentiellement échu, réaliser au jeu des bénéfices importants.

L'avenir était aisé à prévoir. Les fortunes faites aux courses sont extraordinairement rares. Il n'y a pas d'exemple d'enrichissement important survenu à des joueurs constants. Les alternatives de gains et de pertes se balanceraient sans l'emballement du joueur qui perd la tête, qui s'affole, après une déception un peu vive.

Un jour ou l'autre, tôt ou tard, la femme Ardusson devait arriver au bout de son rouleau.

Il suffisait donc à Valérie Dubourg de savoir ce qu'il adviendrait le jour où Liette quitterait le couvent où elle avait été placée.

Jusque-là, pour elle, rien à craindre, puisque les frais de son instruction et de son entretien étaient payés pour dix ans.

C'est alors qu'il faudrait aviser.

Et c'est pour cela que la fausse Lia de Chavanges était revenue.

Elle avait d'abord pris ses renseignements ; elle avait vu Sophie Ardusson se rendre quotidiennement aux courses, comme par le passé.

Il s'agissait, en la surveillant, de savoir ce qui allait advenir de Liette.

Tout avait trop bien réussi jusqu'ici à l'habile aventurière pour qu'elle n'essayât point de prévoir les dangers, si improbables même qu'ils fussent, qui pourraient surgir.

Et, en effet, tout avait secondé l'audacieuse usurpation de l'ancien professeur de piano.

Nous avons vu les précautions habiles que Valérie Dubourg avait prises avant d'aller s'installer au château de la Pommeraie, où avaient vécu la vicomtesse d'Arcis et sa fille.

Elle avait eu soin, en se servant d'un intendant, de faire maison nette, de congédier un à un tous les anciens serviteurs qui avaient connu Liette et sa mère.

On avait appris, à Saint-Gemmes-sur-Loire, que la vicomtesse d'Arcis était morte à Paris, et la fausse Lia de Chavanges avait fait répandre le bruit que la fille de la vicomtesse avait été placée par sa marraine dans un couvent de Paris où elle ferait son éducation.

Ce changement ne pouvait donc surprendre personne.

En outre, Valérie Dubourg avait résolu de laisser passer environ deux années avant de venir s'installer au château. — Ainsi, en deux ans, la vicomtesse, dont le souvenir n'aurait plus été entretenu, serait à peu près oubliée.

Sans connaître exactement la vérité en ce qui concernait le vicomte d'Arcis, on savait qu'une rupture s'était produite entre lui et la vicomtesse.

Adrien d'Arcis était en quelque sorte un étranger à Saint-Gemmes-sur-Loire.

Il était Parisien et n'était venu à La Pommeraie, avec sa jeune femme, que quelque temps après son mariage, à la mort des parents d'Odeline de Charleval qui avait hérité de ce château.

On savait bien, sans en connaître la nature réelle, que des dissentiments graves s'étaient élevés entre le vicomte et la vicomtesse, puisque le vicomte avait tout à coup disparu et qu'on ne l'avait plus revu.

On les considérait comme définitivement désunis, et l'on avait plaint sincèrement la malheureuse vicomtesse, que tout le pays, du reste, adorait.

On avait fini par perdre complètement le souvenir du vicomte d'Arcis, que l'on avait, d'ailleurs, si peu vu à Saint-Gemmes.

Valérie Dubourg avait donc pu poursuivre sa criminelle entreprise sans le moindre obstacle, sans aucune difficulté. Elle avait pu prendre possession de ce château seigneurial, légué par le baron de Charleval à sa fille ; usurper le nom de Lia de Chavanges, que personne ne connaissait, et se substituer à cette amie de la vicomtesse, morte dans le département de l'Ain, sans que sa fin ait eu un seul écho ; s'approprier l'importante fortune, évaluée à plusieurs millions, qui constituait aujourd'hui le patrimoine de Liette.

Personne ne serait capable de lui contester la personnalité qu'elle avait prise.

Aucune contestation ne s'élèverait contre la possession, ou tout au moins contre la gestion de la fortune de la fille de la vicomtesse, qu'elle avait eu soin de se faire attribuer selon toutes les formalités légales, car elle s'était fait décerner par un conseil de famille ad hoc, la tutelle de sa prétendue filleule.

Elle pouvait donc jouir sans aucune crainte de cette fortune.

Liette seule aurait pu la revendiquer un jour à sa majorité, si elle avait pu en connaître l'existence. — Mais, à cet égard, les dispositions de l'usurpatrice avaient été prises avec la plus extrême habileté, puisque la fille de la vicomtesse d'Arcis, confiée à une étrangère, ne possédait aucun indice qui lui permît de savoir à quelle famille elle appartenait.

Et, ainsi que cela arrive malheureusement trop souvent, toutes les circonstances s'étaient rendues favorables aux criminels desseins de Valérie Dubourg ; le hasard lui-même semblait s'être fait son complice.

C'est ainsi que le marquis de Jessaint, qui habitait le quartier de Péra, à Constantinople, ce vieil ami de la famille auquel la mère de Liette s'adressait en désespoir de cause, était mort.

On se rappelle cette lettre que la vicomtesse avait écrite à M. de Jessaint, à qui elle se décidait enfin à confier sa douleur d'épouse et de mère, cette lettre qu'elle se disposait à jeter au bureau de poste de la rue Milton et dont Valérie Dubourg avait pu s'emparer ; cette lettre qui contenait la procuration générale de la vicomtesse, donnée en un blanc-seing à son mari, afin de le rappeler auprès d'elle.

Eh bien ! cette lettre, si Odeline d'Arcis l'eut expédiée, ne serait point parvenue à son destinataire.

Le marquis de Jessaint était déjà mort au moment où la mère de Liette lui écrivait.

Valérie Dubourg avait eu soin de prendre au plus tôt des renseignements sur cet ami de celle qu'elle dépouillait.

Elle avait obtenu cela par un chef de division de la préfecture du Rhône, pendant son séjour à Lyon, et celui-ci avait correspondu avec le consul général de France à Constantinople.

Il avait annoncé la nouvelle du décès de M. de Jessaint.

Les autres renseignements avaient été faciles à recueillir, et la fausse Lia de Chavanges était allée les chercher elle-même, dans un voyage qu'elle entreprit afin de savoir ce qu'était devenu le vicomte d'Arcis qui, d'après la lettre qu'elle avait lue, devait se trouver à Constantinople.

D'abord, en ce qui concernait le marquis de Jessaint, rien à craindre, non seulement parce qu'il était mort, mais parce que sa famille se trouvait éteinte par son décès. La marquise, en effet, avait succombé quelques mois auparavant à Constantinople même, et c'est cette perte qui avait attaché l'inconsolable marquis, déjà âgé, à la sépulture de la compagne qu'il avait adorée.

M. et Mme de Jessaint n'avaient jamais eu d'enfants, et les seuls parents qu'on leur connût, des cousins éloignés, qu'il connaissait à peine, avaient recueilli la succession assez importante. — Ils habitaient le midi.

Quant au vicomte d'Arcis, il n'avait fait que passer à Constantinople; il n'y avait séjourné que quinze jours environ, si bien que la vicomtesse n'avait pu apprendre qu'il s'y trouvait que lorsque déjà il en était parti.

Valérie Dubourg était résolue à ne point s'en tenir là.

Il lui importait de savoir ce qu'était devenu le père de Liette, car c'est de lui seul qu'elle avait quelque chose à craindre, s'il venait un jour à apprendre qu'il avait une fille, héritière de la fortune de la vicomtesse.

La lettre adressée par Odeline d'Arcis au marquis de Jessaint avait déjà appris à l'aventurière que le vicomte ignorait l'existence de sa fille. — Il avait disparu au moment où la vicomtesse elle-même ne s'était pas encore rendu compte de cette grossesse, survenant après quatre ans de mariage, maternité tardive à laquelle elle ne s'attendait plus.

Mais Valérie Dubourg se trouvait maintenant complètement édifiée sur la conduite du vicomte d'Arcis par les papiers qu'elle avait trouvés tant au château que dans les bagages de la mère de Liette.

Elle avait appris dans tous ses détails l'existence de cet homme qui avait méconnu au plus haut point ses devoirs, et la douleur de cette femme infortunée, trompée dans son affection la plus entière, humiliée outrageusement comme épouse et abandonnée au moment où la maternité pouvait ramener à elle le mari auquel, au nom de sa fille, elle était prête à tout pardonner.

La misérable s'en était réjouie, et l'on comprendra, quand on connaîtra plus tard les liens qui l'attachaient à Adrien d'Arcis, les causes de cette joie méchante.

Quand le moment sera venu, nous parlerons du père de Liette, — qui a à remplir un rôle important dans la suite de ce dramatique récit.

Il nous suffira pour le moment de savoir que le vicomte d'Arcis avait englouti, dans une dissipation effrénée, presque toute sa fortune au moment où il épousa la riche héritière du baron de Charleval, et d'ajouter que la trahison d'amour la plus odieuse avait mis le comble aux douleurs de la malheureuse vicomtesse.

L'adultère dont son mari s'était rendu coupable avait été pour elle le le plus sanglant outrage, car il avait eu pour complice Suzanne de Villeroy, la meilleure amie d'Odeline.

C'est lorsque sa faute, — son crime, devrions-nous dire, — avait été découverte, que le vicomte s'était enfui, ignorant la maternité prochaine de sa femme.

Il était parti pour rejoindre cette perfide amie qu'Odeline avait chassée, et depuis sept ans la vicomtesse n'avait pu avoir de ses nouvelles avant l'époque où on l'informa de son séjour à Constantinople.

Valérie Dubourg, plus habile sans doute, connaissant mieux les moyens sûrs d'investigation, était parvenue, non seulement à le retrouver, mais à savoir tout ce qu'il avait fait pendant ces sept années.

A la suite de cette enquête, menée par elle seule, avec la plus parfaite discrétion et la plus ingénieuse habileté, elle fut complètement rassurée.

Le vicomte d'Arcis pourrait ignorer longtemps encore le décès de sa femme. Un hasard seul était capable de le lui révéler, car assurément il ne reviendrait jamais à Saint-Gemmes sur Loire que sa conduite avait scandalisé.

S'il l'apprenait, il ne découvrirait pas pour cela l'existence de la fille à laquelle la vicomtesse avait donné le jour.

C'est cela seulement que l'usurpatrice avait à redouter.

Mais elle était résolue à faire bonne garde, et pendant les dix ans qui venaient de s'écouler depuis la mort de la mère de Liette, elle n'avait pour ainsi dire pas perdu le vicomte de vue.

Maintenant il importait à Valérie Dubourg de veiller sur les événements qu'elle avait pressentis et qui se préparaient autour de Liette.

Renseignée comme elle l'était sur le compte de Sophie Ardusson, elle savait qu'il ne devait pas rester grand'chose des dix mille francs qu'elle s'était attribués.

Le jeu ne devait pas l'avoir enrichie.

D'autre part, Liette avait fait la rencontre d'un jeune homme qui avait fait battre son cœur ingénu, ce cœur avide d'affection, dévoré de besoins de tendresses.

Ce jeune homme, d'après ce qu'elle avait entendu, l'aimait éperdûment.

Dans le bois de Meudon, où elle avait pu surprendre tout leur entretien, ils n'avaient parlé que de leur amour.

Ils s'étaient promis le mariage ; ils s'étaient fiancés en un baiser d'amour.

Cet amour pouvait devenir un danger ; il constituait à coup sûr une menace.

L'aventurière en avait habilement conjecturé toutes les conséquences.

Pierre Duval, pas plus que Sophie Ardusson, — elle en était sûre, — ne pourraient parvenir à découvrir la famille de Liette.

Quel indice auraient-ils ?

Ce prénom et ce nom dénaturés l'un et l'autre, — Liette Darcis au lieu de Lia d'Arcis, — ne pouvaient servir de point de départ à leurs investigations.

Il faudrait donc, s'ils voulaient la marier, que l'on constituât à Liette, à défaut d'état civil, un acte de notoriété dressé par un notaire.

Mais Valérie Dubourg se disait qu'il serait préférable que Pierre et Liette ne s'épousassent point, et, — coïncidant en cela avec les intentions de la femme Ardusson, — elle se promettait de préparer cette solution.

Ainsi elle serait définitivement débarrassée de la fille de la vicomtesse d'Arcis qui, devenue la maîtresse de ce jeune homme, ne songerait certainement plus jamais à rechercher sa véritable origine.

Avant tout, afin de savoir quel fonds elle pouvait faire sur lui, la fausse Lia de Chavanges avait besoin de se renseigner sur ce Pierre Duval.

A Clamart, cela devait lui être facile.

Guettant à l'entrée du bois le passage des jeunes gens qu'elle avait devancés, elle les avait suivis de loin, et lorsque Pierre et Liette se séparèrent, Valérie Dubourg s'attacha aux pas du jeune homme.

Elle le vit remonter vers le haut du pays ; elle assista à la rencontre des amis qui l'attendaient dans le voisinage de son domicile ; elle sut où il demeurait.

Le lendemain matin, sa femme de chambre était chargée de s'informer discrètement à son sujet.

Un prétexte ne fut pas difficile à imaginer pour justifier cette mission. Quelqu'un lui avait recommandé ce jeune homme et, avant de s'intéresser à lui, elle tenait à être quelque peu renseignée sur son compte.

Les renseignements furent aisés à se procurer.

La femme de chambre apprit chez le boulanger tout ce qu'elle avait besoin de savoir.

Elle sut que Pierre Duval avait la réputation d'un excellent ouvrier, d'un jeune homme sérieux et ne songeant qu'à son travail. Il travaillait comme mécanicien à l'usine Rollinet, était fort estimé par ses patrons et par ses camarades. On ne lui connaissait aucune famille ; il vivait absolument seul.

— C'est ça qui serait une veine de trouver un maroquin avec cent mille balles dedans !...
(P. 120.)

Ces renseignements suffirent pour le moment à Valérie Dubourg.

Un honnête garçon !... cela contrariait ses plans, car elle aurait préféré lui savoir moins de scrupules.

Qui sait si ce jeune homme passerait outre au mariage?

— Bah !... Liette est si jolie, — se dit l'aventurière, — de beaux yeux comme les siens, sont capables de faire commettre bien des folies, même au plus honnête garçon !...

Il fallait connaître les dispositions de Liette.

C'est d'elle surtout que la misérable se méfiait, car elle savait quelle éducation sévère, basée sur la plus parfaite moralité, elle avait reçue au couvent de Meudon.

Valérie Dubourg se disposait à s'occuper d'elle, à la surveiller.

Elle revenait à son projet de se rendre chez les Dames de la Présentation et elle cherchait sous quel prétexte elle pourrait s'y présenter.

Elle n'était point embarrassée pour cela. Une bonne œuvre suffirait à justifier sa démarche.

Du reste, elle saurait s'y prendre habilement pour amener la religieuse qu'elle verrait à lui parler de Liette.

Sachant qu'elle s'occupait de travaux de broderie, puisqu'elle l'avait entendu dire par la jeune fille à Pierre Duval, il serait facile d'en arriver là, sous le prétexte de travaux à faire exécuter, pour lesquels elle demanderait une bonne brodeuse.

Ensuite, elle surveillerait Sophie Ardusson, car c'est d'elle que le sort de Liette dépendrait sûrement.

Quelles seraient les dispositions de cette femme à l'égard de la jeune fille lorsqu'elle connaîtrait son amour?... Quels conseils lui donnerait-elle?... Voilà ce qu'il importait de pressentir.

Valérie Dubourg réfléchissait à tout cela et combinait ce qu'elle se disposait à faire lorsque, pour cesser d'y penser sans doute, afin de reposer son esprit surmené par ces multiples préoccupations, elle se mit au piano.

La musique qu'elle avait si longtemps professé, qu'elle aimait en véritable artiste, était pour elle une distraction à laquelle elle avait ordinairement recours chaque fois qu'elle éprouvait le besoin de se délasser l'esprit.

Elle laissa courir ses doigts sur le clavier de l'instrument qui meublait le salon, drapé d'un voile en toile de Gênes, et elle se livra à toutes les fantaisies d'une improvisation faite de réminiscences, qui revenaient naturellement à sa mémoire et qu'elle percevait à l'instant.

Elle joua ainsi pendant près d'une demi-heure et ne s'arrêta qu'au moment où sa femme de chambre lui apporta *Le Petit Journal* que le porteur venait de remettre ainsi que chaque jour.

Elle aimait à se tenir au courant des nouvelles, poussée par la banale curiosité du désœuvrement; mais elle commençait ordinairement la lecture du journal par la quatrième page, où se trouvent les annonces, toujours intéressantes pour certaines personnes qui aiment à se rendre compte des intentions et des spéculations de ceux qui les font insérer.

Un esprit comme celui de Valérie Dubourg devait s'y complaire.

Cette lecture l'occupa assez longtemps, et quand elle eut achevé cette page d'annonces, elle retourna *Le Petit Journal* et parcourut alors rapidement les

articles, qui ne l'intéressaient guère. — La politique, les informations géné-
rales la laissaient indifférente.

Elle s'arrêta plus longuement aux faits divers et aux tribunaux.

Il y avait précisément ce jour-là le compte rendu d'un procès de cours
d'assises qui avait été jugé la veille, le lundi. Le jury avait rendu un verdict
négatif en faveur d'une femme accusée d'avoir assassiné son mari qui l'avait
délaissée et la cour l'avait acquittée.

Puis ce furent le tour des nouvelles rangées sous la rubrique « faits
divers », et tout de suite l'une d'elles attira l'attention de la fausse Lia de
Chavanges.

Le titre, en caractère gras, disait :

Une Pick-pocket aux courses de Longchamp.

On parlait d'un vol de porte-monnaie, contenant près de sept cents francs,
qui avait été commis sur la pelouse au préjudice d'une dame C... demeurant
rue de Lille 43, — le journal ne donnait que l'initiale de son nom, — dans
la journée du dimanche, entre la cinquième et la sixième course.

Le signalement de la voleuse se trouvait très bien exposé, car la victime
et la personne qui l'accompagnaient avaient fort bien vu une femme, qui les
avait bousculées et qui avait ensuite prestement disparu.

Ce signalement frappa Valérie Dubourg qui avait l'esprit naturellement
porté par ses préoccupations particulières sur Sophie Ardusson.

Elle savait qu'elle fréquentait les champs de courses.

Elle relut plus attentivement toutes les indications fournies par cette
dame C... au commissaire de police auprès duquel elle avait immédiatement
porté plainte, et elle fut convaincue que la voleuse devait être la femme
Ardusson.

Elle en fut absolument certaine lorsque, passant l'après-midi dans la
grande rue, elle put constater que Sophie Ardusson n'était pas allée ce jour-là
aux courses.

Elle la surveilla encore le lendemain et la vit de nouveau demeurer chez
elle.

Evidemment cette femme, si bien décrite par le signalement donné dans
Le Petit Journal, devait être l'auteur de ce vol.

Sophie Ardusson se trouvait donc à bout de ressources ?...

Elle avait par conséquent perdu les dix mille francs jusqu'au dernier sou ?

Ainsi se justifiait et s'expliquait la conduite de cette femme à l'égard de
Liette qu'elle malmenait si durement.

Un sourire de satisfaction s'esquissa alors sur les lèvres minces de la
fausse Lia de Chavanges.

Elle venait d'entrevoir, absolument conforme à ses désirs et dans un
avenir très prochain, la solution de l'amour de Liette et de Pierre Duval.

Elle suivait une pensée machiavélique que son esprit venait de concevoir, et elle se disait :

— La femme Ardusson peut être découverte... Un de ceux qui l'ont vue aux courses le jour du vol peut la reconnaître, car son signalement est précis... Alors, si on l'arrête, Liette se trouvera seule... Seule avec ce jeune homme... livrée à elle-même.

Leur amour se développpera encore dans l'abandon en lequel la petite se trouvera... Elle n'aura plus que Pierre Duval, et il faudrait qu'elle fut joliment vertueuse pour ne pas succomber... -

Du reste, il ne serait pas difficile de pousser à la roue, à ce moment-là, — se dit encore la misérable dont les prunelles grises s'allumaient de lueurs mauvaises. — Les apparences, au besoin, peuvent suffire, et la réalité suivra de près...

Une réflexion l'arrêta.

Si Sophie Ardusson n'était pas découverte !...

En effet, comment le serait-elle ?... Qui viendrait la chercher à Clamart ?... Car elle ne paraissait pas disposée à se montrer aux courses avant longtemps ; elle ne bougeait plus de chez elle, elle s'y terrait en quelque sorte.

Si son signalement avait été donné avec une exactitude parfaite par la victime, qui avait eu le temps de la bien voir, aucun indice n'était fourni qui permît de savoir ce qu'elle était devenue.

Le Petit Journal disait que la voleuse, aussitôt le coup fait, avait disparu comme par enchantement, et l'on supposait qu'elle appartenait à une de ces associations de pick-pockets qui s'abattent sur les champs de courses.

On n'aurait jamais l'idée de venir la chercher aussi loin de Paris.

Il faudrait, pour qu'elle fût prise, qu'un de ceux qui la connaissent comme habituée des champs de courses, la reconnût d'après le signalement fourni par le journal, et la dénonçât.

— Mais ce que j'attendrai vainement d'un autre, — se dit alors Valérie Dubourg, — pourquoi ne pas le faire moi-même ?...

Et ses regards se reportaient sur le « fait divers » du journal qu'elle tenait encore à la main.

Elle se voyait l'initiale du nom de la victime du vol suivie de son adresse : 43, rue de Lille.

— Si cette femme revoyait Sophie Ardusson, elle reconnaîtrait sans hésiter sa voleuse et la dénoncerait.

Et l'aventurière s'attachait à cette idée.

Elle se demandait comment elle pourrait faire connaître à cette dame que celle qui l'avait volée était Sophie Ardusson.

Elle ne pouvait agir elle-même, ni se montrer, car elle ne voulait pas attirer sur elle l'attention. Elle aurait redouté d'être reconnue par la gardienne de Liette, malgré les profondes modifications apportées pendant les dix années écoulées dans sa physionomie et dans toute sa personne.

Il suffirait peut-être d'un indice quélconque pour la rappeler au souvenir de cette femme.

Écrire, même une lettre anonyme, lui paraissait bien hasardeux, du moment qu'elle ignorait le nom de la victime du vol. — Ne mettre qu'une initiale sur l'adresse, c'était s'exposer à ce que la concierge refusât la lettre, ne sachant pas auquel de ses locataires elle revenait.

— Il faudrait trouver un moyen d'amener cette femme à Clamart, — se dit alors Valérie Dubourg, — de la mettre en présence de Sophie Ardusson...

Oui, mais comment m'y prendre?...

N'importe!... Bien qu'elle ne parvint à trouver la solution qu'elle cherchait, la fausse Lia de Chavanges n'y renonça point.

Son imagination, si fertile en ressources, trouverait bien le moyen de faire ce qu'elle voulait en s'y appliquant.

— Rien ne presse, du reste, — conclut-elle, — Liette et son amoureux ne sont peut-être pas suffisamment à point... Leur amour a besoin de se développer un peu, de s'exaspérer dans les difficultés qu'ils vont rencontrer.

Et la misérable résolut d'attendre, en surveillant étroitement ce qui se passerait chez Sophie Ardusson.

Elle savait, ainsi que cela avait été convenu entre les deux jeunes gens, que Pierre Duval devait faire le jeudi, par conséquent le lendemain, une démarche auprès de la mère adoptive de Liette.

Quel en serait le résultat.

Qui sait si, sans effort, sans aucune combinaison, les choses ne se passeraient pas au mieux de ses désirs infâmes?...

— Je verrai !... — se dit-elle.

Et elle sortit pour aller faire une promenade dans le bois.

VIII

LE PORTE-MONNAIE VOLÉ

Les Parisiens, ceux qui fréquentent le bois de Meudon, le bois de Vincennes ou les coteaux boisés de Saint-Cloud, savent seuls quelles variétés d'industries bizarres y sont exercées par des gens d'allures équivoques, étranges, interlopes, ces gens qui ont, conformément au dicton populaire, « une figure que l'on n'aimerait pas à rencontrer à minuit au coin d'un bois ».

Le lundi principalement, et généralement tous les lendemains de fêtes, les bois des environs de Paris sont infestés par ces individus qui viennent y exercer une coupable mais fructueuse industrie.

Ils arrivent ordinairement au petit jour, ayant passé la nuit quelque part dans les environs, à la belle étoile quand on se trouve dans la belle saison, et ils se glissent dans le bois.

Ils le parcourent lentement, la tête basse, de leurs regards fureteurs explorant tous les recoins, sondant les inégalités de terrains, fouillant les tapis de mousse et d'herbes foulés, et il n'est pas rare qu'ils fassent quelque trouvaille intéressante.

Le titi parisien, qui connaît bien ces industriels, les dénomme en son argot « les prévoyants ».

Ce sont des hommes d'ordre qui ne veulent rien « laisser à la traîne » La veille de leur visite, des familles nombreuses sont venues passer leur dimanche au bois.

Ce sont des ouvriers aisés, de petits bourgeois, des commerçants, qui viennent en bandes, se mêlant aux couples amoureux que protège l'ombre de Rabelais.

Ils ont apporté des vivres, ils en ont acheté chez les fournisseurs des alentours, et après une bonne après-midi à l'ombre des grands arbres, passée en divers jeux, ou à la recherche des fraises ou des fleurs sauvages dont on rapportera un bouquet, ils dînent sur l'herbe.

Le picolo et le reginglard corsent la gaîté, et le soir, au moment du retour, il y a certainement un joli nombre de pompons, de plumets et de cocardes rapportés par les joyeux dîneurs de tantôt.

Dans le désarroi de l'ivresse, on a bien des chances pour perdre ou pour oublier quelque chose.

Les sous-bois, absolument dépourvus d'éclairage, ne se prêtent guère aux recherches si l'on constate la perte.

L'après-midi, en dormant étendu sur les herbes sèches, pendant que les enfants jouent et que les femmes bavardent, un porte-monnaie, un couteau ou des clefs peuvent facilement s'échapper de la poche qui baille, à l'insu du dormeur.

Mais les prévoyants sont là.

Ils viennent le lendemain faire leur ronde, opérer leur collecte.

Ils connaissent à merveille les endroits préférés des habitués du bois de Meudon, les coins discrets que recherchent les amoureux, les places que l'on se hâte de découvrir et d'occuper avant d'autres qui les convoitent.

Ils sont guidés par les vestiges du repas champêtre épars sur le sol, disséminés sur la mousse : les papiers gras qui ont enveloppé le jambon, le jambonneau et les ronds de saucisson, les bouteilles vides, pour la plupart brisées, les journaux chiffonnés qui ont servi de nappes et de serviettes.

Ils explorent, ils furettent et ils ramassent ici un porte-monnaie, là un trousseau de clefs, un jouet, un couteau de poche, parfois même un bijou, très souvent des pièces de monnaie échappées d'un gousset; il leur arrive même de trouver des vêtements, jusqu'à un corset de femme qui a été retiré pour se mettre à l'aise et auquel, dans la petite soulographie finale, personne n'a songé.

Si les lendemains de fêtes et de dimanches sont excellents pour cette industrie que les gardes du bois, trop peu nombreux, pourchassent, les autres jours ne sont pas complètement infructueux.

Il y a chaque jour des oisifs, des amoureux ou de bons fêtards de bourgeois qui vont au bois de Meudon.

Les prévoyants y viennent moins en nombre, mais il en vient tout de même quelques-uns, et ils ne s'en retournent presque jamais les mains vides.

En dehors des Parisiens qui viennent y prendre leurs ébats dominicaux, le bois de Meudon a ses habitués, ses clients fidèles, des peintres de paysages principalement.

L'un d'entre eux, un de nos plus délicats paysagistes, artiste d'un réel avenir, qui habite un délicieux cottage de Meudon, y vient régulièrement pendant la belle saison, et même dans la mauvaise.

Il reproduit sur la toile ces paysages pittoresques, aux tons inattendus, au coloris merveilleux, nimbé de violet ou de rose selon l'éclairage; il prend des bouquets de bouleaux argentés qui se mirent dans l'eau calme d'une mare, ou le tronc majestueux d'un chêne qui couvre de son immense ramure des taillis de châtaigners aux feuilles dentées.

Ce jour-là, — la veille du dimanche où nous avons vu Pierre et Liette causer dans le bois de leur amour, — l'artiste était à sa place, assis sur un pliant devant une toile assez grande que supportait un chevalet d'excursion.

En face de lui, près de l'ermitage de Villebon, s'étendait un vaste champ de fougères bordé par de hautes futaies qui lui faisaient d'un côté un admirable fond de verdure sombre, tandis que sur la gauche une vaste éclaircie l'inondait de lumière.

Au milieu des fougères, une jeune femme vêtue d'une toilette claire et le visage abrité par un large chapeau de campagne aux rubans roses, arrachait des touffes de plantes.

Le peintre reproduisait ce paysage gracieux, qu'animait la présence de cette femme, la sienne.

De l'autre côté de l'allée, au bord de laquelle il était installé, deux jeunes gens s'étaient arrêtés, assis sur le talus qui la borde, et ils suivaient de loin le travail de l'artiste en causant.

Ils n'appartenaient pas, — pas encore du moins, — à la horde que nous avons vu classée sous la dénomination de prévoyants; ils en avaient toutefois les dispositions et en adoptaient les principes, car l'un d'eux, que l'autre appelait Bibi, disait :

— Ah! mon vieux, si seulement ç'avait été un portefeuille bien bourré, au lieu de cette loque qu'on a jetée, pour s'en défaire, je te jure bien que ce n'est pas moi qui serais allé courir après son propriétaire!... Je te l'aurais logée dans ma profonde avec mon mouchoir dessus, et va donc, ce qui est bon à prendre est bon à garder.

— C'est ça qui serait une veine de trouver un maroquin avec cent mille balles dedans!... — dit l'autre, qui portait le sobriquet de Lafleur, un souvenir de la prison de la Petite Roquette. — Ou seulement vingt mille, tiens!...

— Tu le garderais, s'pas?

— Ah! je te crois!... D'abord, celui qui l'aurait perdu n'en a pas besoin. Ça ne peut être qu'un richard.

— Seulement voilà, on n'a trouvé que ce vieux portefeuille sans rien dedans.

— L'occase se présentera bien un jour, en revenant comme ça de temps en temps.

Le peintre, qui les entendait, se disait :

— En voilà deux que je reverrai certainement chaque lundi... Deux prévoyants qui débutent.

Et quand il eut fini sa séance, il eut soin, aidé par sa femme, de bien ramasser tout ce qui lui appartenait, afin de ne rien laisser à ces vigilants industriels qui venaient de disparaître depuis un moment.

Le lundi, Bibi et Lafleur revinrent au bois de Meudon, ainsi qu'ils se l'étaient promis.

La journée du dimanche avait été chaude et superbe et les promeneurs avaient dû être nombreux.

Les deux copains avaient couché dans un chantier de plâtre, sur la route de Clamart, où ils s'étaient glissés à l'entrée de la nuit. — Le matin, avant le jour, ils avaient décampé et ils suivaient le talus du chemin de fer, les mains enfoncées dans les poches, le col relevé, la casquette enfoncée jusqu'aux oreilles.

Ils se dirigeaient vers le bois où ils se proposaient, nouveaux embrigadés dans les prévoyants, de faire leur petite collecte.

Arrivés à la gare de Clamart, ils prirent par la grande rue, encore déserte à cette heure ultra-matinale.

Comme tous les chercheurs, ils marchaient en regardant à terre, par habitude, car l'on peut toujours trouver quelque chose.

Et, en effet, parvenus à peu près au milieu de la rue, Bibi fit tout à coup rapidement quatre enjambées pour dépasser son camarade et il se précipita sur un porte-monnaie qu'il venait d'apercevoir presque dans le caniveau de la bordure du trottoir.

... Une ombrelle qu'ils parvinrent à vendre sans délai, pour cinquante centimes, à une bonne femme qui passait. (P. 124.)

— Quoi qu'y a?... — fit Lafleur.

Personne ne pouvait les avoir vus; ils se trouvaient seuls dans la rue.

— Tiens, chope-moi ça, — répondit l'auteur de la trouvaille. — Dis donc, la journée commence bien.

— Un porte-monnaie!... savoir s'il est bien garni.

— On verra ça tantôt à la sourdine.

Et, prudent, Bibi s'était hâté, aussitôt après l'avoir montré, de cacher le porte-monnaie dans sa poche.

— Part à deux alors, s'pas? — dit Lafleur.

— Bien sûr!... on ne turbine pas ensemble pour des nèfles!...

Bibi palpait le porte-monnaie, la main enfoncée dans sa poche; il l'auscultait pour se rendre compte de ce qu'il contenait.

— Dis donc, il n'a pas l'air bien gonflé... J'y sens bien quelque chose dans le ventre... mais il n'y en a pas lourd.

— Pourvu qu'il y ait un jaunet ou seulement quelques pièces blanches... Viens donc par ici, on va voir, il n'y a pas d'esbrouffe!

Lafleur entraîna son camarade dans une petite ruelle.

— Ah! zut alors!... — s'écria Bibi après avoir ouvert le porte-monnaie.

— Une pièce d'une demi-balle et des sous... En tout quinze ronds!... Puis une clef... Le lascar qui a semé ça ne perdra pas grand'chose!...

— Non, vrai! ce n'est pas un chopin!... Il y aura toujours de quoi se rincer le tube pour tuer le ver dès qu'on verra un bistro ouvert... Seulement, tu sais, il ne faut pas garder ce porte-monnaie. Carre les monacos et jette-le dans une bouche d'égout... On ne sait pas, ça peut devenir compromettant.

— J'ai une autre idée dans la boussole, — dit Bibi en reprenant la grande rue avec son ami. — J'ai envie d'aller déposer le porte-monnaie à la mairie.

— Ah! tu la perds!... — s'écria Lafleur, ahuri par cette proposition saugrenue.

— Non, ça peut servir, mon vieux!... ça fait une bonne note... Si un jour il m'arrive quelque mistouffle, on trouvera ce renseignement à mon dossier : Justin Lamproix, dit Bibi, un honnête garçon qui a rapporté chez le quart-d'œil un porte-monnaie trouvé par lui dans la grande rue de Clamart! — Avec ça les magistrats de mon pays me mèneront à la douce.

— Oui... je ne dis pas, — persista Lafleur, — mais les quinze ronds qu'il y a là-dedans.... tu ne voudrais pas tout de même...

— Si... qu'est-ce que ça fout!... D'abord le beau mérite de rendre un porte-monnaie où il n'y aurait que peau de balle?... Et puis qui sait si l'on ne supposerait pas que je l'ai allégé d'un tas de pépettes?... Laisse donc, quinze ronds ce n'est pas la mort d'un homme et nous allons dégotter autre chose tout à l'heure dans le bois, tu verras

— Alors, tu es bien décidé?

— Comme je te le dis!... Crois-moi, ça vaut mieux.

Puis, regardant autour de lui, Bibi se demanda :

— Où donc qu'elle est perchée, la mairie, dans ce patelin-là ?

— Tu ne penses pas qu'elle va être ouverte à cette heure? — objecta Lafleur.

— Non, c'est pour savoir. On y radinera sur le tantôt, après avoir fait notre tournée.

— Eh bien! on verra ça quand on reviendra. Viens donc, je parie qu'il y a déjà des copains plein le bois.

Et les deux garnements se hâtèrent.

La collecte des deux nouveaux prévoyants fut assez heureuse. Ils ne trouvèrent certes pas une fortune parmi les débris épars dans le bois de Meudon des repas champêtres de la veille; mais ils ramassèrent tout de même quelques pièces de monnaie qui les dédommagèrent du sacrifice que Bibi avait résolu, un lorgnon à monture d'argent qu'ils trouveraient bien à vendre, un mouchoir entouré d'un feston brodé, un litre de vin non entamé oublié dans une cavité pleine d'eau où on l'avait mis à rafraîchir, — et qu'ils vidèrent séance tenante, cela va sans dire, — puis quelques menus objects, un fragment de chaîne d'acier, des boutons, une ombrelle qu'ils parvinrent à vendre sans délai, pour cinquante centimes, à une bonne femme qui passait.

En approchant de l'ermitage, ils trouvèrent le peintre à la même place que l'avant-veille, occupé à pousser les premiers plans de son champ de fougères, et l'artiste les reconnut bien lorsqu'ils s'approchèrent pour suivre quelques instants, en flâneurs, le pinceau qui piquetait la toile de nouveaux tons de verdure.

— Voilà mes industriels de samedi, — pensa-t-il. — Je savais bien qu'ils reviendraient.

Et comme Bibi s'extasiait sur le tableau déjà bien avancé, rendant fidèlement le paysage, et disait :

— C'est pas moi qui en ferai autant!

L'artiste riposta :

— Non, tu trouves plus facile de faire le prévoyant, hein?... de ramasser ce qu'on a perdu hier dans le bois....

— Moi!... — se récria le garnement du ton de l'innocence indignée. — Vous ne voudriez pas?... Non, je ne mange pas de ce pain-là, m'sieu!... Et la preuve, tenez, c'est que je viens, avec mon camarade, de trouver un porte-monnaie et que je demandais à l'instant ousqu'est la mairie pour aller le déposer... Ainsi vous voyez!...

— On n'est pas des voleurs!..., — dit à son tour Lafleur. — On sait bien que ce qu'on trouve ne vous appartient pas!

Le peintre se sentait réellement ahuri.

Cependant c'étaient bien les deux vauriens dont il avait, l'avant-veille, entendu les résolutions édifiantes.

Quelle pouvait être la cause de cette conversion?

— Bah!... — fit-il sans dissimuler son étonnement, regardant avec stupeur Bibi et Lafleur, à travers les verres de son lorgnon de myope. — Vous avez trouvé un porte-monnaie, eh bien! il n'y a pas besoin d'aller jusqu'à la mairie pour le rendre... Tenez, voilà le garde là-bas, il se chargera bien de faire la commission.

— Non, ce n'est pas la même chose, — riposta Bibi. — Je ne suis pas sûr qu'il ne dirait pas que c'est lui qui l'a trouvé.

Déjà Lafleur, — qui avait un casier judiciaire, — donnait quelques signes d'inquiétude à la perspective de la rencontre du garde, qui le connaissait sans doute.

— Viens donc, — fit-il à son camarade. — On sait bien ce qu'on a à faire; on n'a pas besoin des conseils de monsieur.

Et les deux amis s'esquivèrent, laissant l'artiste bien convaincu qu'ils ne tenaient pas tant que ça à se défaire de leur trouvaille.

Ils prirent par le côté opposé au garde, dévallèrent les pentes raides de Villebon et bientôt ils se trouvèrent à l'entrée du bois, près du parc d'aérostation de Chalais.

— Eh bien! on va l'épater, le rapin, — dit alors Bibi. — Ici, à Meudon, je sais où est la maison... Viens donc!

— Tu y tiens? — fit Lafleur. — Je te dis que ce n'est pas la peine... Pour quinze ronds!...

— Non, laisse faire.

— Moi, mon vieux, je me trotte; je n'aime pas ces fréquentations-là... Je garde nos chopins, on partagera tantôt... Tu me trouveras au ponton des bateaux du Bas-Meudon.

Bibi se rendit donc seul à la mairie, et quand le concierge, auquel il s'adressa, sut de quoi il s'agissait, il le conduisit au bureau du commissaire de police situé de l'autre côté de la voûte.

— C'est un jeune homme qui a trouvé un porte-monnaie, — annonça-t-il.

Déjà le commissaire avait regardé le garnement d'un air méfiant, chargé de soupçons, car il s'y connaissait en fait de vauriens avec toute la clique qu'attire le bois de Meudon et tous les sacripants auxquels il a journellement affaire.

— Un porte-monnaie!... Où est-il?

— Le voilà, m'sieu le commissaire, — répondit Bibi en remettant le porte-monnaie.

— Tu as trouvé ça dans le bois ?

Le garnement n'était pas disposé à cet aveu, car il sentait déjà qu'on le notait comme un rôdeur.

— Pardon... Je l'ai trouvé ce matin, dans la grande rue de Clamart... — répondit-il. — Je passais par là de grand matin, afin d'aller chercher à m'embaucher aux plâtrières, lorsque j'ai trouvé ce porte-monnaie.

— Pourquoi ne l'as-tu pas rendu tout de suite ?

Bibi commençait déjà à se repentir de sa démarche. S'il avait su que ça ferait tant d'histoires, il aurait bien suivi le conseil de son ami.

— A cette heure, — fit-il, — à quatre heures du matin, il n'y avait rien d'ouvert... Alors je suis allé où je vous ai dit et je pensais qu'il serait bien temps de le déposer en m'en revenant.

— Alors il fallait le déposer à la mairie de Clamart.

— C'est bon, je vais y aller.

Et le vaurien tendait déjà la main pour reprendre le porte-monnaie et déguerpir au plus vite ; mais le commissaire, l'ayant ouvert, demanda :

— Il n'y avait que ça dedans ?

— Pas un radis de plus,... quinze ronds et une clef.

— Est-ce bien sûr ?

Voilà qu'on le soupçonnait maintenant d'avoir volé !...

— Vrai ! c'est bien la peine d'être honnête, — protesta Bibi. — Vous pouvez me fouiller, si vous ne me croyez pas.

— Comment t'appelles-tu ? — questionna le commissaire.

— Justin Lamproix.

— Quel âge ?

— Dix-sept ans.

— Où demeures-tu ?

— A Paris, rue Mouffetard, 21, avec la mère.

— Tu ne travailles pas, puisque tu venais chercher à t'embaucher aux platrières.

— Pas pour le moment. Je suis journalier, mais pour le quart d'heure je n'ai pas d'ouvrage.

— Alors de quoi vis-tu ?

— Eh bien ! je vous l'ai dit, je suis avec ma mère... Elle travaille.. Elle est marchande-des-quatre-saisons.

Le commissaire était déjà en train de rédiger un sommaire procès-verbal de dépôt d'objet trouvé, et quand il eut terminé, il dit en terme de congé :

— C'est bien !... Tâche de ne pas venir rôder dans le bois de Meudon si tu ne veux pas te faire ramasser.

Et sans demander son reste, Bibi se hâta de partir, heureux d'être enfin délivré, car il avait eu un moment la crainte sérieuse d'être gardé pour qu'on puisse vérifier ses dires et d'être ensuite arrêté pour vagabondage.

— Ah ! bien, on m'y repincera à être honnête !... — se disait-il. — Plus souvent !... Lafleur avait joliment raison !...

Le porte-monnaie fut transmis par le commissaire de police de Meudon à son collègue de Clamart, puisque la trouvaille avait été faite sur le territoire de sa circonscription, et il lui fit expliquer par l'agent qui le lui porta qu'il avait jugé bon d'en recevoir le dépôt, ayant fort peu de confiance en celui qui l'avait trouvé et qui pourrait se repentir de son bon mouvement.

Et la bourse de cuir demeura là, étiquetée, au milieu d'autres objets perdus, sans grande valeur, que personne ne songeait à venir réclamer.

Ce porte-monnaie, nos lecteurs l'ont reconnu. — C'est celui que la femme Ardusson avait volé aux courses et qu'elle avait jeté dans la rue, après y avoir laissé quelques sous et cette clef dont elle n'avait que faire.

Contrairement à ce que la voleuse avait supposé, l'auteur de la trouvaille ne l'avait pas gardé.

Il l'avait restitué, encore qu'il n'ait pas agi sous l'impulsion d'un sentiment honnête, mais uniquement par calcul.

Et maintenant ce porte-monnaie demeurait à la mairie de Clamart, et un procès-verbal attestait qu'il avait été trouvé dans la grande rue.

IX

LE ROLE DE SOPHIE ARDUSSON

Pierre Duval, ce jour-là, — le jeudi, — se sentait au cœur une allégresse plus vive encore que les jours précédents.

En s'éveillant, un tendre sourire avait paru sur ses lèvres, en même temps que le nom bien-aimé de Liette était venu à son esprit.

A elle, comme chaque jour, appartenait sa première pensée.

Et le soleil levant, perçant à travers les grands arbres d'une propriété voisine, inondait sa chambre de clarté et de joie.

Tout s'illuminait de bonheur autour de lui, et son visage, éclairé par ses yeux brillants d'amour, s'irradiait de la félicité qui débordait de son cœur.

Il allait enfin consacrer, par la démarche qu'il avait résolu de faire, cette affection ardente, impérissable, vouée à la ravissante jeune fille que le hasard avait placée sur sa route.

Il entendit résonner en lui un hymne d'allégresse et il chantait en pensant à elle.

La veille, Pierre avait pris toutes ses dispositions pour être libre.

Il savait que le jeudi il devait aller à Paris, car ce jour-là ses patrons le déléguaient à leur exposition.

Pierre Duval, leur meilleur mécanicien, était chargé de présenter au public les machines exposées au Champ-de-Mars ; c'est lui qui les conduisait, ayant sous sa direction les ouvriers qui les entretenaient et les faisaient fonctionner ; c'est lui, dont la compétence avait été reconnue, qui donnait aux visiteurs les explications demandées sur leur fonctionnement, sur les détails du mécanisme, sur les avantages du système et les résultats obtenus.

Les frères Rollinet, — l'aîné surtout qui était ingénieur, — savaient qu'ils pouvaient compter sur lui, car Pierre possédait des connaissances techniques étendues ; il avait été l'un des meilleurs élèves de l'École des Arts et Métiers, et depuis qu'il travaillait chez eux, il était devenu un mécanicien accompli.

En outre, Pierre Duval plaisait à tous ; il avait la parole agréable et facile, lorsqu'il parlait de ce sujet qu'il possédait à fond, lorsqu'il traitait de cette mécanique pour laquelle il avait une véritable passion ; il était de manières douces, de façons polies, et souvent des ingénieurs qui avaient été en rapport avec lui, avaient fait son éloge à ses patrons.

Le jour où il allait à l'Exposition, le jeune mécanicien était plus libre.

Il n'avait sérieusement affaire à la Galerie des Machines que l'après-midi ; le matin, il n'avait qu'à assister aux préparatifs, à vérifier l'entretien et le fonctionnement des machines, à procéder aux essais préliminaires et à la mise en marche.

Il était, du reste, admirablement secondé par les ouvriers chargés journellement de l'exposition de ses patrons.

Pierre les avait prévenus que, ce jour-là, il n'arriverait à l'Exposition que l'après-midi, et il pouvait compter sur eux.

Il était si heureux de consacrer cette matinée à son amour, à la préparation de son bonheur.

Depuis qu'il en avait parlé à Mariette et à Totor, Pierre goûtait avec une félicité plus grande, la tendresse infinie qu'il avait vouée à Liette ; son amour s'était accru des joies de l'avoir annoncé à ceux qu'il aimait, à ceux qui, jusqu'alors, avaient tout été pour lui.

Pendant ces trois jours, il n'avait cessé de penser à Liette, et il avait attendu avec impatience ce jeudi où il irait voir Mme Ardusson.

Maintenant, il était prêt, et il s'était tellement hâté dans son désir d'approcher le moment tant désiré, qu'il trouvait l'heure trop matinale pour se présenter.

Et puis, quand on s'aime, on passe sur bien des choses, — ajouta-t-elle perfidement.
(P. 136.)

Il fallait attendre un peu, et dans cette attente, la joie intime qu'il éprouvait se calma insensiblement.

Une légère mélancolie l'envahit peu à peu et il se mit à concevoir des
pressentiments pleins de tristesse!

Quelque chose d'inattendu, d'impossible à prévoir, menaçait-il son
bonheur?...

Alors, n'y tenant plus, Pierre sortit.

LIV. 17. — MARIAGE IN-EXTREMIS.   LIV. 17.

Il éprouvait le besoin de se rapprocher de Liette, et il pensa qu'il pouvait la voir avant de se rendre chez Mme Ardusson, en se trouvant sur son passage lorsqu'elle irait prendre le train pour aller au couvent de Meudon.

Il se dirigea donc vers la gare et s'assit devant la porte du marchand de vins dont la boutique fait face à la station.

En l'attendant, il déjeûnerait d'un verre de café et d'un petit pain.

Il ne tarda pas à l'apercevoir, et, dès qu'elle fut à proximité, il se leva pour la rejoindre.

La surprise causa une délicieuse émotion à l'adorable Liette, qui devint plus jolie encore sous la légère teinte d'incarnat qui s'étendit sur son visage à la vue de son fiancé.

— Bonjour, ma chère Liette, — dit Pierre au moment où la jeune fille plaça sa main dans celle qu'il lui tendit ; — j'ai voulu vous voir avant d'aller chez Mme Ardusson... Je savais que vous deviez aller à Meudon...

— Je suis contente de vous voir, — dit Liette, — car j'ai parlé de vous à maman Sophie.

— Ah !... Qu'a-t-elle dit ?...

— Elle est prévenue... Elle sait que vous devez venir la voir ce matin... J'ai pensé qu'il valait mieux la prévenir, lui dire que je vous connais, que nous nous aimons, afin qu'elle ne croie pas que j'ai voulu lui faire des cachotteries...

— Oui, cela vaut mieux.

— Elle dit qu'il y aura des difficultés pour nous marier, à cause de ma situation qui n'est pas régulière...

— Qu'importe ! — s'écria Pierre dans un élan d'amour. — Je surmonterai toutes les difficultés...

— Oui, n'est-ce pas ?... Du reste, maman Sophie m'a paru bien disposée... Elle n'est plus aussi mauvaise qu'auparavant... J'avais peur qu'elle fût contrariée en apprenant que nous nous aimions... mais non...

— Eh ! parbleu, elle facilitera les choses, je le comprends... Pour se débarrasser de vous, elle aplanira les obstacles d'elle-même... Oh ! ma Liette bien-aimée, je crois que mon amour augmente encore, maintenant que je sais que nous allons être unis... unis pour la vie !...

— Quand vous reverrai-je ? — demanda l'adorable jeune fille en répondant par une lueur des regards à l'explosion d'amour de son fiancé.

— Je demanderai à Mme Ardusson la permission de venir vous voir chez elle.

— Alors, ce soir ?...

— Oui, ce soir... en revenant de l'Exposition... Je tâcherai de rentrer par le train de sept heures cinq.

— Il me tardera tant de savoir ce que vous avez dit...

Pierre accompagna Liette jusqu'à la gare, et au moment du passage du train, ils se séparèrent.

Le jeune mécanicien se rendit directement chez Mme Ardusson, le cœur gonflé d'amour, impatient dans le souffle d'espoir qu'il sentait maintenant autour de lui.

Mme Ardusson s'était préparée à cette visite qu'elle attendait et elle avait réfléchi à cette entrevue depuis que Liette l'avait quittée.

Elle combinait, tout en s'habillant, ce qu'elle aurait à dire à ce jeune homme, la contenance qu'elle devrait observer, afin que les choses prissent la direction qu'elle jugeait le plus profitable à ses intérêts et au plan qu'elle avait ourdi.

Elle mettait un peignoir en mousseline de laine, que Liette lui avait confectionné récemment, et se coiffait plus soigneusement que de coutume.

Bien que le ménage fût fait, que tout fût bien propre et bien rangé, — car, avant de partir, Liette s'était acquittée de son travail quotidien avec plus de soin et de minutie encore que de coutume, — elle s'assura que rien ne laissait à désirer, que la petite salle à manger où elle allait recevoir « ce jeune homme », était bien en ordre, bien présentable.

Et elle avait à peine terminé que l'on sonna.

— Déjà lui !... — se dit-elle en allant ouvrir.

C'était Pierre, en effet, et au premier abord, Sophie Ardusson ressentit une impression favorable au fiancé de Liette. Elle ne put s'empêcher d'admirer la mâle beauté de son visage, et de subir la sympathie qui se dégageait de sa personne.

— Madame Ardusson ?...

— C'est moi... Veuillez vous donner la peine d'entrer, monsieur...

Les débuts de l'entretien furent faciles, car Sophie Ardusson dit elle-même :

— C'est de vous que m'a parlé ma fille, n'est-ce pas ?...

Je dis « ma fille », — expliqua-t-elle aussitôt, — parce que je l'aime, cette chère enfant, comme si j'étais réellement sa mère.

Pierre savait à quoi s'en tenir à cet égard, mais il ne protesta pas lorsque la marâtre ajouta :

— On a, malgré tout, un cœur... Vous savez, sans doute, l'histoire de cette pauvre Liette ? Elle a dû vous la dire... Il faudrait ne pas être humain pour ne pas en avoir pitié, et je me suis encore plus attachée à cette pauvre abandonnée que si je connaissais sa famille... C'est moi qui l'ai élevée, car je l'ai eue à sept ans... Je n'ai jamais eu d'enfant ; je suis veuve depuis douze ans, et moi-même je n'ai pas toujours été heureuse... Enfin, cela n'empêche pas de compatir au malheur des autres...

Elle vint au fait.

— Alors, il paraît que vous avez causé avec la petite, et que vous vous aimez ?

— Madame, — déclara Pierre avec une réelle émotion, — j'aime Liette de toutes les forces de mon âme... Je l'aime comme l'on aime celle dont on veut faire la compagne de toute sa vie, celle dont on veut faire sa femme!...

Sophie Ardusson eut un soupir qui traduisait les objections qu'elle s'apprêtait à élever, les difficultés, les obstacles qu'elle allait faire entrevoir. Mais Pierre continua :

— Liette vous a parlé de moi?... Elle vous a dit comment nous nous sommes connus... Je l'ai vue en passant, et j'ai été attiré vers elle par une force plus puissante que ma volonté... et, depuis, chaque jour, j'ai senti que je l'aimais plus profondément que la veille!...

— Oui, je sais... je sais...

— Elle vous a dit qui je suis... Je n'ai pas de fortune, ni de famille; je suis orphelin... C'est, sans doute, cette communauté de malheur qui nous a attirés l'un à l'autre... Mais je travaille... Je me suis fait une position dans l'usine de MM. Rollinet, où je suis depuis près de trois ans... Par mon travail, je peux suffire à l'entretien d'un ménage... et ma situation ira sans cesse en s'améliorant, car je peux affirmer que mes patrons m'estiment et m'honorent de leur confiance... Enfin, je suis venu vous demander, madame, puisque c'est de vous seule que Liette dépend, de vouloir bien me la donner... Je vous assure que je la rendrai heureuse... Je l'aime tant!...

— De moi?... — fit Sophie Ardusson. — Si elle ne dépendait que de moi, ça irait tout seul. Mais la pauvre enfant n'a pas de famille, et elle est mineure... Moi, légalement, je ne suis rien pour elle... Car, enfin, il faut bien envisager les choses comme elles sont...

— En se mariant avec moi, elle se constituera une famille...

— Mais elle n'a même pas de nom...

— Je lui donnerai le mien!...

— Je veux dire qu'elle n'a pas d'état civil... Ainsi, tenez, quand je lui ai fait faire sa première communion chez les religieuses de Méudon, je n'ai même pas eu son acte de baptême, car la personne qui me l'a confiée ne m'a remis aucun papier... Elle ne m'a donné que ce nom : Liette Darcis... Alors, vous voyez bien que cela ne dépend pas de moi... J'ai la garde de Liette, et je dois veiller sur elle... du moins, c'est un devoir que je me suis imposé, et j'ai toujours pensé qu'un jour sa famille se ferait connaître... Je ne voulais pas, vous le comprenez bien, que l'on puisse me faire le moindre reproche... J'ai fait plus que je devais pour elle, car je l'ai fait élever comme une demoiselle, et cela m'a coûté fort cher... J'espérais toujours que la famille m'en serait reconnaissante... Je n'ai jamais vu personne, et, maintenant, je ne crois pas que jamais ses parents se fassent connaître... Elle a donc été abandonnée... Alors, vous le voyez, cela ne dépend pas de moi, du moment qu'il s'agit de mariage...

— Cependant, puisqu'elle n'a personne...

— Je connais la loi, allez !... Il faut des formalités, et elles sont compliquées dans ces cas-là !... Il faut le consentement du père ou du tuteur, et la pauvre petite n'a ni l'un, ni l'autre.

. Moi, je ne demande pas mieux que vous vous mariiez avec Liette... Je ne vous connais que par ce que Liette m'a dit de vous ; mais vous m'avez l'air d'un brave garçon... Pauvre petite, elle mérite bien d'être heureuse !... Mais il faut voir, afin que les choses se fassent régulièrement.

— Je m'informerai, — dit Pierre. — J'irai voir à la mairie et l'on me renseignera.

— Oui, vous verrez, ça n'ira pas tout seul.

— Qu'importe si je réussis !...

— Je vous le souhaite de tout mon cœur et pour elle aussi.

Seulement, — ajouta perfidement la rusée commère — il y a quelque chose que je crains et je ne dois pas hésiter à vous le dire

— Quoi donc ?

— Quand vous irez à la mairie pour savoir ce qu'il y a à faire, il faudra que vous fassiez connaître la situation de Liette, et je crains que ça gâte les choses... On saura ainsi que c'est une enfant abandonnée ; voyez donc, si l'Assistance Publique allait la réclamer ?...

— L'Assistance Publique !... — s'écria le fiancé de Liette, le cœur subitement serré.

— C'est son droit !... tous les enfants qui n'ont pas de famille appartiennent à l'Assistance Publique... aux Enfants Trouvés ! — Alors, si on vous l'enlevait... si on vous séparait... Eh ! c'est qu'une fois aux mains de l'administration, mon pauvre garçon, ce ne serait pas commode pour faire ce que vous voulez !... Sûrement on ne l'autoriserait pas à se marier avant qu'elle soit majeure, et elle n'a encore que dix-sept ans.

Ainsi, réfléchissez bien avant de faire la moindre démarche, — conseilla la mégère d'un ton patelin, persuasif. — Prenez bien tous vos renseignements avant de faire connaître la situation de cette pauvre enfant, afin qu'il ne lui arrive rien... C'est un bon conseil que je vous donne là !

Et la rusée commère, voyant l'impression que produisaient ses paroles, s'empressa d'ajouter :

— Voyez un peu quel malheur pour cette pauvre enfant, qui a toujours été avec moi comme avec sa mère !... Et pour moi aussi, si l'on me l'enlevait, car vous pensez bien que je n'ai pas gardé cette petite dix ans avec moi, après l'avoir eue toute jeune, sans m'être attachée à elle... Ça me crèverait le cœur de la voir partir pour aller dans cet hospice !... Et puis quelle responsabilité pour moi !... Car enfin il faut bien tout prévoir... Supposez que sa

famille vienne un jour me la réclamer... Que lui dirai-je, si je ne l'ai plus, si
elle est aux Enfants Trouvés ?... On croirait que j'ai voulu m'en débarrasser,
que je suis cause de ce qui lui est arrivé... Oh ! non, voyez-vous, Monsieur
Pierre, il ne faut pas faire cela !... Ce serait trop épouvantable !...

— Oui... oui... vous avez raison... — balbutia le fiancé de Liette en
proie à une émotion douloureuse.

— Et elle, la pauvre chérie, — continua hypocritement Sophie Ardusson, — elle qui ne m'a jamais quittée, quel malheur pour elle si elle se voyait
dans cet hospice pour jusqu'à sa majorité !... Quel changement ça lui ferait !...
Je ne suis pas riche, c'est vrai; nous vivons comme nous pouvons avec ce
que je gagne; Liette m'aide un peu maintenant qu'elle travaille... Bien sûr ce
n'est pas la fortune, mais enfin c'est la liberté.., C'est en quelque sorte la
famille, pour elle surtout qui n'a personne !... Quel affreux crève-cœur pour
cette pauvre enfant si on la prenait !...

— Soyez tranquille, Madame Ardusson, — dit Pierre en dominant son
émotion pour faire appel à tout son calme, — je ne ferai rien à la légère et je
suivrai les conseils que vous me donnez... Je m'informerai discrètement, sans
parler de Liette, sans faire savoir que c'est d'elle qu'il s'agit... — Oh ! non,
je ne voudrais pas qu'un pareil malheur lui arrivât !...

— Ce serait épouvantable !...

— Oh ! oui, je le comprends, et ce n'est pas moi qui l'aime qui ferai son
malheur !... Je suis heureux de savoir que vous n'êtes pas opposée à nos
projets...

— Ah ! certes non, au contraire !... Je ne désire que le bonheur de ma
chère petite, et puisque vous l'aimez, je serai bien heureuse qu'elle puisse
être votre femme.

— Je vous remercie... Oh ! oui, croyez que je l'aime !... S'il me fallait la
perdre, je ne sais pas ce que je deviendrais aujourd'hui, car je ne vois plus la
vie possible pour moi qu'avec elle !...

— Elle vous aime bien aussi, — dit Sophie Ardusson, — elle me l'a dit,
et je l'avais bien compris avant qu'elle me fit ses petites confidences... Il y a
quelque temps déjà que je voyais qu'il se mijotait quelque chose en elle, que
j'avais compris qu'il y avait un changement... On a sa vieille expérience,
n'est-ce pas? et je sentais bien qu'il se mijotait du nouveau dans ce petit
cœur... Pauvre mignonne, elle est si digne d'être aimée !... Elle est si aimante,
si caressante, si bonne !... Elle serait ma propre fille que je ne pourrais l'aimer davantage...

Et comme la marâtre pensait bien que Liette avait pu dire à Pierre Duval
des choses qui le feraient douter de ses protestations d'affection, elle s'empressa d'ajouter :

— Je n'ai peut-être pas toujours été tendre pour elle, que voulez-vous?
c'est dans ma nature; je ne suis pas expansive... J'ai eu tant de malheurs

dans ma vie... Et puis on a ses mauvais moments, n'est-ce pas? car tout n'est pas rose, et lorsqu'on voit qu'on n'arrive pas, qu'on a des ennuis, on n'a pas le cœur porté à la tendresse, ça se comprend.

Ainsi Pierre excusait maintenant les duretés dont Liette lui avait fait la navrante confidence.

Il se sentait gagné par les témoignages d'affection maternelle de cette femme, dupe de ses hypocrites paroles, et mû seulement par sa bonté naturelle, il n'éprouvait plus pour elle ni aversion ni ressentiment.

Il était convaincu que Madame Ardusson, malgré tout, aimait Liette comme une véritable mère.

Et la misérable comprenait bien ce qui se passait en lui, elle lisait au fond de son cœur.

Elle se félicitait de l'habile tactique qu'elle avait si heureusement employée en faisant entrevoir à ce jeune homme, profondément épris du plus vif amour, les obstacles qui allaient s'élever contre la réalisation du bonheur entrevu.

Elle savait bien que les difficultés et les obstacles attisent les désirs et changent l'amour en passion.

— Alors qu'allez-vous faire ? — demanda-t-elle.

— Je vais m'informer, — répondit Pierre. — Je verrai des personnes qui peuvent me renseigner...

— Soyez prudent!...

— Je ne parlerai pas de Liette, je ne la nommerai pas... Ce n'est pas nécessaire pour expliquer son cas.

— Non... Mais dites bien tout, afin qu'on ne vous induise pas en erreur... Dites bien que c'est une enfant qui m'a été confiée par une de ses parentes, pas par sa mère, puisque sa mère est morte quelques jours avant qu'on me l'amène... Dites que je ne sais pas seulement si sa naissance a été déclarée, car enfin je ne lui connais pas d'état civil, puisque lorsqu'on me l'a amenée, cette dame ne m'a donné que son nom et son prénom, sans même me dire où elle est née... Et dites aussi que depuis dix ans je n'ai jamais eu aucune nouvelle, que je n'ai plus revu personne... Cette dame m'avait donné une adresse pour lui écrire, en poste restante à Lyon, sous des initiales ; eh bien ! je lui ai écrit et je n'ai jamais obtenu de réponse... Ainsi c'est donc bien qu'on avait l'intention de l'abandonner.

— Oui, je dirai tout cela, et il faudra bien que l'on trouve une solution, car ce n'est pas une raison parce que l'on a été abandonnée pour ne pas pouvoir se marier comme tout le monde...

— Bien sûr!.., Seulement prenez garde à ce que je vous ai dit, — recommanda encore Sophie Ardusson. — C'est cet hospice des Enfants Trouvés qui m'épouvante pour cette pauvre enfant...

— N'ayez aucune crainte !...

— Et si vous avez besoin de moi pour faire quelques démarches, je suis toute prête à faire ce qu'il faudra.

— Je vais m'en occuper tout de suite, — dit Pierre.

Mais en attendant, — ajouta-t-il, pris par une timidité qui donna à sa demande l'accent d'une prière, — vous me permettrez bien de venir voir Liette quelquefois, le soir, après mon travail ?...

— Certainement, vous pouvez venir, monsieur Pierre, — répondit Sophie Ardusson avec un empressement bien marqué. — Venez aussi souvent que vous voudrez... tous les jours, si vous le pouvez !...

Moi, je vous considère comme fiancés tous les deux, puisque vous vous aimez, — ajouta-t-elle en poursuivant le rôle qu'elle s'était assigné. — Ah ! si ça ne dépendait que de moi, ce serait bientôt fait... Quand on s'aime on doit se marier, on doit être l'un à l'autre le plus tôt possible !... Ça ne vaut jamais rien de laisser traîner les choses d'amour...

— Je vous remercie... Alors je profiterai de votre permission et je viendrai ce soir, en revenant de l'Exposition.

— Vous allez à Paris ?...

Pierre parla alors de son travail, de ses occupations ; il dit la tâche que patrons lui avaient confiée à leur exposition de machines. Il parla de sa position et de son avenir, disant ce qu'il gagnait et ce qu'il espérait pour plus tard, afin d'inspirer toute confiance.

— Oui, oui, je comprends que Liette sera heureuse avec vous, — dit la mégère d'une voix doucereuse. — Vous êtes un brave garçon, monsieur Pierre, et si je pouvais faire quelque chose pour hâter ce que vous voulez, je le ferais de grand cœur... Enfin, on ne sait pas, ça peut s'arranger...

Et puis, quand on s'aime, on passe sur bien des choses, — ajouta-t-elle perfidement.

La fiancé de Liette ne comprit pas l'insinuation cachée dans ses paroles.

Il aimait cette adorable enfant rencontrée dans sa vie avec toute la fougue d'un amour unique ; mais il l'aimait aussi en honnête homme, et il ne pouvait entrevoir autre chose que la consécration légale de ses intentions, il ne pouvait songer qu'à la solution qui assurerait l'honneur de celle qu'il aimait.

Il se leva, et après avoir encore échangé quelques paroles, il partit, promettant de nouveau de s'informer sans retard et de revenir le soir.

Et Sophie Ardusson, en le voyant s'éloigner, se félicitait de ce qu'elle venait de faire.

Elle était sûre que Pierre aimait Liette d'un de ces amours qui dominent tout, amour que les obstacles allaient exaspérer, et qui un jour, affolé, ne reculerait devant rien pour lui assurer la possession de celle qui en était l'objet.

Elle le voyait maintenant donner aux personnes qui l'interrogeaient des explications
techniques... (P. 141.)

— Je serai là, — se dit-elle, — et je saurai bien manœuvrer comme il
faut pour arriver à mon but !... Il faut que Liette soit la maîtresse de ce
garçon-là, et par conséquent, il ne faut pas qu'il puisse l'épouser !...

Alors la misérable entrevoyait la réalisation du plan odieux qu'elle avait
combiné pour tirer parti du secret qu'elle s'était promis de découvrir.

Une fois Liette dans les bras de ce jeune homme, devenu son amant,
elle serait libre. Elle pourrait se livrer aux recherches qu'elle avait résolu d'entreprendre pour découvrir sa famille.

LIV. 18. — MARIAGE IN-EXTREMIS. LIV. 18.

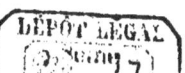

Déjà le point de départ d'exécution de ses projets était arrêté.

Elle savait que la mère de Liette était morte peu de temps avant le jour où cette dame qui n'avait plus reparu la lui avait confiée; — c'est par là qu'elle entreprendrait ses recherches.

Un acte de décès se retrouve.

La mère de Liette était morte à Paris, les investigations ne seraient donc pas compliquées.

— Pourvu que ce soit bien son nom que cette femme m'a indiqué!... — se dit alors Sophe Ardusson subitement songeuse.

Et elle songea aux initiales sous lesquelles cette femme mystérieuse lui avait dit de lui écrire.

D.U.B. Cela ne paraissait point s'accorder avec ce nom de Darcis.

— Mais si!... — fit-elle après un instant de réflexion. — D, c'est bien l'initiale du nom... Les deux autres lettres sont peut-être celles du prénom et du nom de cette dame!...

Enfin je verrai et je trouverai, — résolut-elle énergiquement, — car là, je le sens bien, il y a une fortune!... Quand on paye vingt-deux mille francs pour se débarrasser d'un enfant, c'est qu'il y a mieux que cela à mettre à l'abri!...

Ai-je été assez sotte de n'y avoir pas songé plus tôt!...

X

ANCIEN AMOUR

Au moment où Pierre Duval quitta Sophie Ardusson, une femme passait dans la grande rue de Clamart, se tenant sur le trottoir opposé, à quelque distance de la maison d'où il sortait.

Elle était vêtue avec une sévère élégance et son visage se dissimulait sous le lacis et les pois d'une voilette.

Valérie Dubourg, — ou du moins la fausse Lia de Chavanges, car c'était bien elle, — avait voulu s'assurer que le jeune ouvrier mécanicien ferait bien ce jour-là la démarche qu'il avait annoncée le dimanche précédent à Liette.

Avant de se rendre au couvent de Meudon, où elle avait résolu d'aller voir les religieuses qui avaient élevé Liette, elle avait voulu passer par Clamart, ce qui, de Fleury, était une véritable promenade.

Depuis un moment déjà elle était arrivée, et elle s'était arrêtée dans une boutique, sous le prétexte d'une emplette, afin de pouvoir observer à son aise ce qui se passait chez Sophie Ardusson.

Elle en sortit au moment où Pierre Duval se montra, accompagné par la gardienne de Liette qui la reconduisit jusque sur le seuil.

Elle s'étonna, ignorant ce qu'il devait faire, de ne pas le voir prendre la direction du haut du pays pour retourner à son usine.

Il se dirigeait vers la gare.

— Va-t-il à la rencontre de Liette ?... — se demanda-t-elle. — Eh ! oui, c'était à prévoir !... Il va lui rendre compte de son entrevue...

L'air radieux que l'amour donnait au visage du jeune homme, en dépit des préoccupations qui le tourmentaient, fit conjecturer à Valérie Dubourg que le résultat de cette entrevue devait avoir été encourageant.

Elle le suivait instinctivement, réglant son pas sur le sien, en se tenant à une certaine distance, et elle cherchait à comprendre ce qui s'était passé.

— Sophie Ardusson, d'après ce que disait Liette, — pensait l'aventurière en marchant, — n'a d'autre souci que de se débarrasser de cette jeune fille qui est une gêne pour elle, sinon une charge, puisque Liette travaille. Elle doit par conséquent désirer qu'elle se marie... Elle a donc fait bon accueil au fiancé qui s'est présenté et elle va pousser au mariage, c'est certain !...

Rien ne pouvait mieux seconder les vues de l'usurpatrice de la fortune de la vicomtesse d'Arcis.

Liette unie à ce jeune homme, à cet ouvrier, par les liens du mariage... ou autrement, serait tenue par sa position nouvelle.

Elle ne songerait plus qu'à son amour.

Ce serait pour Valérie Dubourg la sécurité définitive, absolue.

Lorsqu'elle vit Pierre Duval pénétrer dans la gare, elle fut certaine de ne point s'être trompée.

Évidemment il allait prendre le train pour Meudon et rejoindre Liette, à qui il était impatient d'annoncer le succès de sa démarche.

Mais elle fut surprise lorsque, étant entrée à son tour dans la gare, elle entendit le jeune homme demander au guichet :

— Pour Paris, un aller et retour.

Cela l'intrigua et, renonçant pour le moment à son projet de se rendre au couvent de Meudon, elle résolut de le suivre.

Est-ce que le fiancé de Liette n'allait pas dès maintenant commencer des démarches en vue de ce mariage ?...

N'était-ce point pour cela qu'il se rendait à Paris ?...

Alors qu'allait-il faire ?... A qui allait-il s'adresser, car il y avait certainement des difficultés créées par la situation irrégulière de sa fiancée, au courant desquelles M°° Ardusson, mieux encore que Liette, devait l'avoir mis ?

Et cette pensée amena Valérie Dubourg à remarquer, dans une observation plus approfondie à laquelle elle se livra, l'air préoccupé, soucieux du visage de Pierre Duval.

A son tour, elle s'approcha du guichet et se fit délivrer un ticket de première classe pour Paris.

Elle voulait savoir.

Ce qu'elle verrait, pensait-elle, l'édifierait complètement sur ce qui s'était passé dans cette entrevue et lui découvrirait les intentions de ce jeune homme.

Oh ! oui, pouvu qu'il puisse épouser Liette et la délivrer ainsi à jamais de toute inquiétude !...

Quand le train s'arrêta à la gare Montparnasse, la fausse Lia de Chavanges épia Pierre Duval par la portière, afin de ne pas le perdre de vue, et elle le rejoignit, se frayant un passage au milieu de la foule.

Elle le vit monter dans le tramway qui stationne devant la gare et qui se rend à l'Étoile; et comme il demeurait sur la plateforme de devant, occupé à rouler une cigarette, elle n'eut même pas à passer devant lui pour pénétrer à l'intérieur de la voiture.

Pierre Duval ne la connaissait pas et n'aurait certainement pas fait attention à elle; mais elle pouvait de nouveau, dans d'autres circonstances, se trouver près de lui, et elle ne voulait pas qu'il la remarquât.

Lorsque le tramway s'arrêta à la station de l'École Militaire, Valérie Dubourg vit le fiancé de Liette en descendre, et elle le suivit encore

Elle le vit pénétrer dans l'enceinte de l'Exposition, exhibant aux préposés une carte sur la vue de laquelle il n'uet pas à payer son entrée, et elle comprit alors que le mécanicien devait se rendre là pour son travail.

Néanmoins, poussée par le besoin de savoir, de le voir de plus près, de se rendre compte de tout ce qui le concernait, elle s'attacha de nouveau à ses pas et elle pénétra à sa suite dans l'enceinte.

Bien qu'on se trouvât dans la matinée, le public était déjà nombreux.

Les visiteurs affluaient par les diverses portes de l'Exposition.

Le matin, c'étaient surtout des gens que leurs affaires amenaient, ou des étrangers qui choisissaient ce moment de la journée pour visiter mieux à l'aise, en dehors de la bousculade et de l'encombrement de la foule.

Pierre Duval se rendit directement à la galerie des machines.

Il marchait rapidement, ayant à rattraper le temps perdu, et il arriva à la partie de la galerie que surmontait l'enseigne de son usine :

ROLLINET FRÈRES, DE CLAMART, INGÉNIEURS MECANICIENS.

Valérie Dubourg comprit.

Cela confirmait ce qu'elle avait prévu.

Les chauffeurs et les mécaniciens avaient déjà mis les machines en mouvement et autour d'eux les visiteurs affluaient.

On examinait curieusement un nouveau système de moteur vertical, d'une construction simple et élégante, qui actionnait diverses machines-outils, une raboteuse perfectionnée pour laquelle les frères Rollinet étaient brévetés, une taraudeuse pour la fabrication des vis, un emporte-pièce mécanique pour le découpage des roues d'horlogerie.

Plus loin, il y avait des moteurs électriques, des dynamos, tout un outillage admirablement perfectionné pour les démonstrations de l'application de l'électricité à la mécanique.

Pierre Duval remercia le contre-maître de l'avoir suppléé, et, en quelques mots, il lui expliqua la cause de son retard, due à une affaire personnelle, à une démarche qu'il avait dû faire pour une affaire de famille.

Perdue au milieu de la foule, Valérie Dubourg l'observait attentivement.

Elle se rendait compte de l'intelligence de ce jeune homme, qui paraissait avoir la fonction principale dans cette exposition.

Elle le voyait maintenant donner aux personnes qui l'interrogeaient des explications techniques avec une clarté merveilleuse et une facilité admirable, en homme qui est en pleine possession de son sujet.

Elle erra ensuite dans la vaste galerie, sans le perdre de vue, et elle était si absorbée qu'elle ne remarqua pas un visiteur qui avait eu un vif mouvement de surprise en la rencontrant.

C'était un homme d'une quarantaine d'années environ, — l'âge du moins qu'accusait son visage, — mis avec une suprême correction et dont le costume attestait la fortune.

— Je ne me trompe pas, — se dit-il, secoué par une émotion intérieure, — c'est bien elle !... Valérie !... Est-ce possible ?...

Et il la suivit sans qu'elle s'en aperçut, appliquant toute son observation à bien la reconnaître, mettant en œuvre toutes ses facultés de pénétration pour bien s'assurer qu'il ne se trompait pas, qu'il n'était pas le jouet d'une ressemblance...

Il y avait si longtemps qu'il ne l'avait revue, — des années dont en ce moment, il lui aurait été impossible de faire le compte, — qu'il voulait, avant de se montrer, avant de se présenter à elle, avoir retrouvé, sur ce visage transformé par l'âge, les traits qu'il avait connus... qu'il avait aimés aussi.

— Elle !... Elle !... — répétait-il.

Et à peu près certain de ne pas se tromper, il l'examinait encore, il la détaillait.

— Non, ce n'est pas possible !... Alors elle serait mariée !... Elle est peut-être veuve !... Elle a l'air riche aujourd'hui !...

Je dois me tromper !... — fit-il n'osant conclure, tant cette rencontre lui paraissait invraisemblable. — Ce ne peut pas être Valérie !...

Mais, tenu malgré lui, il éprouvait le besoin de savoir, de dissiper l'incertitude troublante qui venait de s'emparer de son esprit, et, se dissimulant dans la foule, très nombreuse et mélangée autour des diverses machines en mouvement, il ne la perdit pas de vue et s'attacha à l'observer.

Il flottait entre les deux alternatives, de retrouver la femme qu'il avait connue et aimée, ou d'être le jouet d'une erreur.

La première l'emportait néanmoins sur la seconde.

Il lui semblait bien qu'il ne se trompait pas.

Il attribuait son hésitation à la reconnaître, non seulement à l'âge, bien qu'elle fût admirablement conservée, mais aussi à la mode qui, en tant d'années, avait profondément modifié la toilette féminine, et à la coiffure, qui métamorphosait complètement l'expression du visage.

Il récapitulait en rappelant ses souvenirs.

Valérie avait environ vingt-cinq ou vingt-six ans, au plus, à l'époque... Il devait y avoir douze ans de cela... Elle aurait donc dans les environs de quarante ans aujourd'hui.

Eh bien ! c'était parfaitement cela ; cette dame paraissait à peine avoir cet âge.

C'était bien facile de s'en assurer ; il n'avait qu'à l'aborder et, s'il se trompait, il en serait quitte pour s'excuser.

Mais alors il songeait au passé, et, à ce souvenir, son cœur se serrait douloureusement.

Il se rappelait la conduite de cette femme, qui l'avait laissé croire à son amour, qui l'avait ensorcelé, grisé, véritablement affolé ; cette femme pour qui il était prêt à tout, en la passion aveugle qu'elle avait allumée en lui, prêt à l'épouser, à lui donner son nom !...

Et c'était elle !... Oui, c'est bien elle qu'il retrouvait, après tant d'années, dans des circonstances si inattendues... Car il était bien certain, maintenant, de ne pas se tromper : il l'avait reconnue, il l'avait retrouvée tout entière à travers l'évocation de ses souvenirs douloureux.

Il venait d'entendre sa voix, tandis qu'elle s'adressait à un constructeur qui démontrait le fonctionnement et les avantages d'une machine à broder, et cette voix, aussitôt reconnue, l'avait frappé.

C'est à peine si elle était changée.

Le timbre lui en paraissait un peu plus grave, résultat des années, conséquence de l'âge, évidemment ; mais c'était bien la voix qui, tant de fois, lui avait parlé d'amour, la voix qui l'avait enveloppé et lui avait communiqué les tressaillements les plus délicieux en susurrant à son oreille, au milieu des baisers, les plus tendres aveux, les plus amoureuses promesses ; la voix aussi qui, plus tard, jour maudit, l'avait impitoyablement raillé, qui l'avait brutalement désillusionné, qui l'avait chassé durement, sans lui laisser le temps de se ressaisir, au milieu de son rêve cruellement brisé.

Et alors, — faiblesse incompréhensible du cœur humain, faiblesse que les sens imposent à l'esprit dans leur tyrannie souveraine et néfaste ! — alors il se sentait repris d'une passion nouvelle pour cette femme autrefois aimée ; il sentait renaître en lui son amour pour cette femme qui l'avait bafoué, méprisé, chassé, et cet amour était plus violent que jamais, plus fou, plus insensé, exaspéré par le souvenir des déceptions amères, exalté encore par l'inattendu de la rencontre et le subit réveil de toutes les félicités d'autrefois, dans l'oubli et le pardon de toutes ses souffrances.

Et, s'attachant à elle, il se disait :

— Il faut que je la revoie... Il faut que je lui parle !... Il faut qu'elle sache que je ne l'ai jamais oubliée !...

Et il la suivit à travers la foule.

Il n'osa l'aborder dans l'enceinte de l'Exposition, où la foule était nombreuse, car il ne voulait pas avoir autour de lui tous ces témoins de l'accueil qu'elle lui ferait.

Car, qui sait comment elle allait l'accueillir ?

Et puis, n'était-il pas préférable de s'informer avant de se présenter à elle, de savoir ce qu'elle était aujourd'hui, de connaître un peu son existence, son genre de vie ?

Oui, c'est ce qu'il ferait ; et il se glissa discrètement sur ses traces, évitant la rencontre de ses regards.

Il la vit se promener dans les diverses galeries, où les objets les plus divers, les produits les plus merveilleux de l'industrie se trouvaient exposés, s'arrêter parfois longuement, aller dans les jardins et revenir à la galerie des machines, où il croyait qu'elle venait revoir avec intérêt des instruments mécaniques, dont le perfectionnement l'avait frappée.

Enfin, Valérie Dubourg sortit de l'enceinte, et, prenant un fiacre, elle se fit conduire à la gare Montparnasse.

Il prit à son tour une voiture et la suivit encore, prenant toujours les plus minutieuses précautions pour ne pas être aperçu, dans la gare surtout, et au moment où elle monta dans le train.

Mais l'aventurière était bien trop préoccupée par toutes les pensées, par tous les projets qui s'agitaient dans son esprit pour être distraite un seul instant par les personnes et les choses qui l'entouraient.

Elle ne le remarqua même pas et elle rentra chez elle.

*
* *

On se souvient qu'au début de ce récit, Valérie Dubourg, tenaillée par la plus inexorable nécessité, avait écrit une lettre qui avait coûté un cruel sacrifice et une dure humiliation à son orgueil.

Désespérée, absolument aux abois, affolée par les défaites cruelles de la lutte pour la vie, elle s'était décidée à écrire une lettre, qu'elle avait déchirée

avec une joie indicible lorsque, s'étant emparée du pli chargé que la vicomtesse d'Arcis s'apprêtait à aller jeter à la poste, elle put renoncer à cette
démarche, qui lui avait paru si dure et si humiliante.

La lettre que le professeur de piano de la rue Clauzel avait détruite était
adressée à M. Gaston Dumesnil, 17, avenue de Paris, à Versailles.

Il est indispensable d'exposer le plus brièvement possible quelles rela
tions, quelle intimité autorisaient Valérie Dubourg à s'adresser à Gaston
Dumesnil dans cette heure atroce de détresse.

Il y avait une soirée chez le baron de Cordière, et Valérie Dubourg,
en sa qualité de professeur de musique des deux jeunes filles, avait été
prise comme accompagnatrice, ainsi que cela lui arrivait fréquemment à
l'époque.

Gaston Dumesnil, ami intime du fils du baron, son camarade du lycée
Charlemagne, assistait à cette fête, et, pendant toute la soirée, il ne put
détacher ses regards de la jeune musicienne, pris à la séduction qu'elle exerçait sur lui; et dont elle eut l'habileté de redoubler l'intensité dès qu'elle eut
remarqué l'attention dont elle était l'objet.

Valérie Dubourg n'avait, à cette époque, que vingt-six ans.

Sans être réellement jolie, elle plaisait.

La jeunesse lui donnait de l'éclat, son indiscutable talent de musicienne
la pourvoyait d'un certain charme, qui devenait pénétrant sous les allures
modestes et la très réelle distinction qu'elle avait su acquérir.

Absolument épris, l'ami de Jean de Cordière se sentit irrésistiblement
conquis par la réserve habilement stratégique de la jeune fille.

Son cœur, vierge de tout amour, se sentit du coup gagné, et le surlendemain de cette soirée, après avoir pris discrètement quelques renseignements,
il se présenta, avec la timidité d'un amoureux novice, chez le professeur de
piano des demoiselles de Cordière.

Valérie Dubourg s'attendait à une démarche de ce jeune homme, dont
elle avait bien pénétré les intentions; mais elle sut paraître fort surprise de
sa visite, et elle marqua même, en se gardant dans les étroites limites d'une
honnêteté de circonstance, — elle qui avait déjà eu un amant à dix-neuf ans,
— elle joua si supérieurement son rôle de jeune fille pauvre, mais vertueuse,
que Gaston Dumesnil se sentit définitivement gagné par un amour qui domi-
nait toutes ses pensées.

Elle refusa d'entendre ses brûlantes déclarations, ses enthousiastes promesses, mettant au-dessus de tout l'honneur, qu'elle entendait conserver
comme le seul bien qui lui restât.

Cette visite fut suivie d'une lettre, à quelques jours de distance.

En termes émus et sincères, l'inexpérimenté jeune homme, déjà pris
dans les lacs de cette perfide ensorceleuse, mettait son cœur à nu et jurait à
son idole un amour qui remplirait, désormais, toute sa vie.

Il protesta encore, essayant de la toucher, de l'attendrir par le spectacle de sa douleur...
(P. 147.)

Il attestait ses intentions honnêtes et il implorait seulement, comme une grâce, de ne pas être éconduit sans avoir été entendu.

Comme la réponse se faisait trop attendre au gré de ses désirs impatients, il revint chez Valérie.

Elle savait bien ce qu'elle faisait en ne répondant pas. Le silence devait exaspérer la passion d'un amoureux si follement épris.

Mais l'habile coquine avait pris ses renseignements, sans que les per-

sonnes mêmes qu'elle avait questionnées pussent s'en douter, et elle savait que Gaston Dumesnil, à la tête d'une fortune que l'on disait respectable, vivait seul à Versailles, depuis la mort de ses parents, avec sa grand'mère paternelle.

C'était une proie facile pour la cupidité de l'intrigante.

Cette fois, elle se montra touchée de la persévérance et des sentiments de son adorateur, et elle lui laissa entendre qu'elle n'avait pu demeurer insensible à ses éloquentes protestations d'amour.

Elle sut manœuvrer avec une telle rouerie, avec un tact si parfait, qu'elle parvint à prendre complètement possession de l'esprit de ce jeune homme, qui ne demandait qu'à se donner tout entier à elle.

Elle le grisa par les séductions et par les promesses.

Elle le captiva tout entier et exalta sa passion au point que Gaston Dumesnil lui offrit de l'épouser.

Valérie Dubourg avait réussi à s'emparer complètement de lui, à se l'attacher plus solidement par ses promesses, par les espérances qu'elle lui fit concevoir, que si elle s'était donnée à lui.

Elle avait accepté de riches présents, que son soupirant lui avait offerts, une bague merveilleuse et un bracelet de toute beauté.

Elle l'avait amené à lui offrir, en laissant deviner une situation de gêne, une somme de mille francs, qu'elle se défendait hypocritement d'accepter, et qu'elle ne consentit à recevoir que pour céder aux sollicitations pressantes de Gaston, qui voulait mettre sa fortune entière à ses pieds, et qui la suppliait d'accepter cet argent, qui devait lui rendre la tranquillité.

Elle allait se décider à se donner à lui, pressée par les désirs de jouissance, d'orgueil et de bien-être qui l'assoiffaient; elle aurait même, pour le mieux tenir, consenti à devenir sa femme, lorsqu'elle fit la rencontre d'Adrien d'Arcis.

Ce fut à Paris, où celui qui devait épouser, plus tard, Odeline de Charleval, habitait avec son père, qu'elle le rencontra, un soir, à l'Opéra-Comique; elle s'y trouvait avec des amis qui l'avaient invitée.

Adrien d'Arcis menait joyeuse vie, et dépensait follement les revenus de la succession maternelle dont son père lui laissait la libre jouissance.

Il était bien connu dans le monde des plaisirs, et l'on avait assez parlé de lui et de sa fortune pour que Valérie Dubourg fût édifiée sur son compte.

Aussi n'hésita-t-elle pas un instant lorsque le riche gentilhomme, qui l'avait remarquée à cette représentation, vint à elle et lui parla d'amour.

Dès lors, tout fut terminé avec Gaston Dumesnil.

Valérie Dubourg fut fascinée par l'immense fortune d'Adrien d'Arcis.

Elle ne pouvait espérer l'épouser, — du vivant de son père, du moins, — mais elle comptait sur l'avenir.

Lorsque le malheureux Gaston Dumesnil, véritablement affolé d'amour, se présenta de nouveau chez elle, la misérable l'accueillit avec un dédain qui le glaça et le tortura cruellement.

En vain il la supplia, lui jura son amour, seul objet de toute sa vie; en vain lui offrit-il, pour lui en donner la preuve, de l'épouser : elle se rit de lui et le bafoua sans pitié.

Il protesta encore, essayant de la toucher, de l'attendrir par le spectacle de sa douleur, elle refusa de l'entendre, et elle le chassa presque, persuadée, tant son désespoir était grand, qu'il allait se tuer en la quittant.

Elle courut rejoindre celui qui, déjà, était son amant, et ce fut alors, pendant des mois, une existence de plaisir qui la grisait.

Elle n'aimait pas Adrien d'Arcis. — Qui aurait-elle pu aimer, d'ailleurs, avec un cœur qui n'avait jamais été un seul instant ému, un cœur incapable de concevoir le divin sentiment d'amour? — Elle ne l'aimait pas, mais elle était heureuse d'être enfin sortie de cette horrible médiocrité, de cette situation de déclassée dont son orgueil avait tant souffert.

Elle savait bien qu'actuellement un mariage entre elle et son amant serait impossible ; lui-même riait de cette folle prétention. Mais elle espérait, avec le temps, s'emparer assez solidement de son esprit pour arriver à ses fins, pour mettre la main sur cette immense fortune, dont Adrien aurait la complète jouissance à la mort de son père.

Mais voilà que M. d'Arcis mourut presque subitement, lorsque cette liaison durait à peine depuis trois mois, et cette mort fut une catastrophe irréparable pour l'intrigante.

Le jeune vicomte fut obligé de quitter Paris pendant quelques semaines pour le règlement de la succession, qui l'avait appelé à Angers, et à son retour, Valérie n'existait plus pour lui.

Il avait bien d'autres projets en tête, maintenant qu'il se trouvait à la tête de toute sa fortune.

Toute tentative de la part de l'intrigante délaissée et déçue fut vaine.

Adrien d'Arcis avait bien autre chose à faire que de songer à elle.

Il la laissa avec quelques billets de mille francs, et il disparut.

L'année suivante, Valérie Dubourg apprenait, par les journaux, le mariage de son amant avec la fille du marquis de Charleval, propriétaire du château seigneurial de Saint-Gemmes-sur-Loire, à la tête d'une fortune considérable.

Depuis, elle n'avait plus entendu parler d'Adrien.

Son nom lui réapparut pour la première fois le jour où elle le lut au bas de la lettre volée à la mère de Liette, qui venait de mourir chez elle.

Maîtresse aujourd'hui, par sa criminelle usurpation, de la fortune et du château de celle qui avait épousé son amant, Valérie Dubourg n'avait jamais entendu parler non plus de ce malheureux qui l'avait aimée jusqu'à la folie.

Elle ne savait pas seulement si Gaston Dumesnil vivait encore.

Dans sa détresse épouvantable, il y a dix ans, elle avait songé un instant à s'adresser à lui, car elle connaissait son cœur, car elle savait qu'il lui pardonnerait et qu'il reviendrait, oubliant tout, jusqu'à son cruel mépris et à ses impitoyables duretés, et qu'il suffirait d'un mot, d'un sourire, d'un baiser pour rallumer l'amour que le désespoir ne pouvait avoir éteint complètement en son cœur.

Elle ne s'était résignée à cette démarche qu'en terrassant son orgueil, qu'en luttant contre la honte et l'humiliation que sa misère lui infligeait.

Et cette lettre avait été inutile.

Gaston Dumesnil habitait toujours à Versailles, avec sa grand'mère.

Depuis qu'elle avait usurpé la personnalité de Lia de Chavanges, l'aventurière ne s'était jamais préoccupée de lui.

Elle était arrivée, au fond du château de la Pommeraie, dans cette existence de châtelaine qu'elle menait, avec les préoccupations nouvelles qu'elle avait, à l'oublier complètement.

*
* *

Gaston Dumesnil, lui, n'avait pas oublié la femme qu'il avait si follement aimée et qui s'était si cruellement jouée de son amour.

Son cœur, broyé par l'impitoyable mépris, par l'odieux dédain de Valérie, avait longtemps saigné, et il était demeuré inguérissable.

Le malheureux n'avait jamais connu aucun amour digne de ce nom, avant celui que cette habile intrigante avait su lui inspirer.

Il l'avait aimée follement; il avait été prêt, croyant à la tendresse qu'elle lui avait exprimée, à tout sacrifier pour elle, puisqu'il voulait couvrir, en l'épousant, en lui donnant son nom honorable, le passé de déshonneur et d'abjection sur lequel il fermait généreusement les yeux.

Et cet amour avait subsisté, malgré les douleurs et les affronts que la misérable lui avait infligés.

Longtemps il avait dévoré en silence le mal affreux qui le torturait, cachant son désespoir à tous les yeux; mais la nature avait été vaincue et l'infortuné avait fait une longue maladie, dont les médecins, ignorant la cause, ne parvinrent à le guérir qu'avec le temps.

Il n'avait jamais oublié celle qu'il aimait toujours, qu'il aimait en insensé, sans espoir, car elle ne s'était jamais donnée à lui.

S'il l'avait revue, il serait revenu à elle, oubliant tout, pardonnant tout pour qu'elle daignât enfin accepter son amour.

Si cette lettre, que Valérie Dubourg avait brûlée, lui était parvenue, il serait accouru avec joie et comme autrefois il lui aurait réitéré, malgré son indignité, l'offre de son nom et de sa fortune.

Plusieurs fois des occasions de mariage s'étaient présentées, et Gaston Dumesnil s'en était écarté.

Il ne se sentait plus capable d'aimer.

Il songeait toujours à elle, la seule qui eût jamais fait battre son cœur; mais il ne la retrouva plus et jamais il n'avait entendu parler d'elle.

Valérie Dubourg, devenue Lia de Chavanges, avait disparu.

Peu à peu, avec les années, Gaston Dumesnil, sans l'oublier complète- ment, avait senti sa douleur s'atténuer, puis se calmer.

Il habitait toujours Versailles.

Sa grand'mère était morte depuis quatre ans, et il menait seul une exis- tence qu'il distrayait par l'emploi de sa fortune et par les plaisirs auxquels il prenait part avec ses amis.

Et voilà que tout à coup, au moment où il ne songeait plus à elle, lors- qu'il la croyait disparue à jamais, irrémédiablement perdue pour lui, morte peut-être depuis longtemps, Valérie lui réapparaissait!...

Car, maintenant, il était bien sûr de ne pas se tromper.

C'était bien elle qu'il avait retrouvée; l'émotion qui s'était emparée de lui, depuis un moment, suffisait à l'en convaincre.

Et, sous l'empire de cette émotion, le malheureux sentait renaître l'amour inguérissable qu'il lui avait voué.

Il l'aimait encore!...

Certes, si la rencontre de Valérie avait été imprévue, inattendue, au point de le bouleverser complètement, ce qu'il venait de voir le déconcertait plus profondément encore.

Cette propriété dans laquelle la femme qu'il avait connue venait d'entrer, était voisine de celle qui lui appartenait.

Gaston Dumesnil était, en effet, propriétaire du « Chalet du Bois » dont les murs de clôture, entourant le jardin, sont mitoyens sur une longueur de plus de quarante mètres avec ceux de la villa qu'habitait Valérie.

Elle était là chez elle, il n'y avait pas à en douter, car elle venait d'ouvrir la petite porte percée à côté de la grille avec une clef qu'elle avait tirée de sa poche.

Le Chalet du Bois avait appartenu à Mme Dumesnil, la grand'mère de Gaston, et il venait, dans le temps, y passer l'été avec elle, lorsqu'ils quittaient Versailles.

Depuis quatre ans, M. Dumesnil louait cette propriété toute meublée à la saison, y ayant laissé le mobilier qui la garnissait, dont il n'avait retiré que les objets d'une destination et d'un usage personnels.

Il savait que la villa voisine de la sienne, appartenant au colonel de Cour- sades, était louée dans les mêmes conditions.

L'agence de location de Meudon les gérait l'une et l'autre.

Valérie devait donc l'occuper comme locataire.

Ne venant à peine à Meudon qu'une ou deux fois par an, lorsque ses intérêts l'y appelaient, Gaston Dumesnil avait ignoré à qui la villa de son voisin avait été louée cette année. — Il s'en préoccupait peu, du reste.

Et c'est là, à côté de chez lui, que Valérie habitait aujourd'hui!...

Il demeurait comme hypnotisé en face de cette grille close, songeant à elle, plein du trouble que déterminait en lui l'extraordinaire aventure et le réveil de l'ancien amour, de la seule passion qu'il eut jamais éprouvée.

Il songeait au passé.

Il se demandait ce qui avait dû arriver pour amener dans Valérie la métamorphose si complète qu'il avait constatée.

Il se sentait dévoré de l'irrésistible besoin de la revoir, car maintenant qu'il l'avait retrouvée, il ne serait pas capable de la laisser passer si près de lui sans tenter encore une fois de rallumer en elle l'amour qu'il se croyait capable de lui avoir inspiré.

Mais quelle était aujourd'hui la situation de Valérie?

Était-elle mariée?... Était-elle veuve?...

Était-elle libre?...

— Je le saurai, — se dit résolument Gaston Dumesnil, — et si elle est libre, je lui dirai que je l'aime toujours, et elle finira bien par être touchée par mon amour qui, après tant d'années, lui est demeuré fidèle!...

Il l'aimait toujours!...

Il l'aimait aussi follement qu'autrefois!...

Il l'aimait comme celui qui n'est jamais arrivé à posséder l'objet amoureusement convoité, dans le réveil soudain de sa passion inassouvie, de son amour, repris tout à coup d'un fol espoir!...

XI

PASSION VIOLENTE

Le Chalet du Bois, dont la location, pour la saison, avait été faite par l'agent de Meudon, comme la villa qu'habitait la pseudo Lia de Chavanges, était occupé par de jeunes mariés, M. et Mme Grignon, qui, résidant en province, étaient venus faire leur voyage de noces à Paris.

Puis, l'Exposition les retenant, ils avaient décidé d'y prolonger leur séjour jusqu'en août, et pour fuir la cohue des rues et des boulevards parisiens, envahis par les étrangers à cette époque, ils avaient eu l'excellente inspiration de se loger dans la banlieue, tout à proximité de la capitale, dont ils ne seraient séparés que par un trajet de quinze minutes en chemin de fer, ce qui leur permettrait de se rendre à Paris aussi souvent qu'ils le désireraient.

Ils auraient ainsi, à la fois, tous les avantages de Paris, dont ils pourraient voir toutes les fêtes brillantes, et tous les agréments de la solitude la plus charmante, en ce coin délicieux de la banlieue que les hautes futaies du bois de Meudon protègent contre les accablantes chaleurs d'été.

Cela faisait, en outre, admirablement l'affaire d'Albert Grignon, qui, associé en nom collectif, — Chavard, Grignon et Cⁱᵉ, — d'une importante manufacture de Roanne, pourrait suivre de près l'Exposition, à laquelle figuraient ses produits.

M. et Mᵐᵉ Grignon habitaient le Chalet du Bois depuis le commencement de la saison.

Dès qu'ils eurent quitté la chambre qu'ils occupaient précédemment au Grand-Hôtel, — heureux de se soustraire à cette vie trop extériorisée et coûteuse d'immense caravansérail, surtout en période d'Exposition, — ils firent venir de Roanne Émilie, leur femme de chambre, afin de n'avoir pas pour les servir que des visages inconnus, et ils complétèrent sur place le personnel dont ils avaient besoin.

A Meudon même, ils trouvèrent une excellente cuisinière, presque un cordon bleu, en une veuve, Adèle Vernot, qui leur fut procurée par le boulanger chez lequel ils avaient résolu de se servir, et un bureau de placement de la rue Montmartre, à Paris, leur fournit un valet de chambre, Jules Rouland, dont les certificats étaient assurément excellents, dont l'habitude du service était incontestable, mais qu'un véritable physionomiste n'aurait certainement pas pris sans une réelle méfiance, tant il y avait de sournoiserie dans ses regards fuyants et de scélératesse inscrite sur son front bas et déprimé. — En braves gens de province, tout à leur amour en pleine lune de miel, M. et Mᵐᵉ Grignon n'y prirent même pas garde, et ils pensèrent peut-être, s'ils le remarquèrent par la suite, qu'un visage ingrat n'empêchait pas d'être un bon serviteur.

Gaston Dumesnil ne connaissait pas ses locataires, puisqu'il n'avait été à aucun moment en rapport avec eux. La location, nous l'avons dit, avait été faite par l'agent local, et il avait seulement appris par celui-ci, au moment où il reçut le demi-loyer, payé d'avance selon l'usage, leur nom et quelques renseignements généraux qui lui indiquèrent qu'il avait affaire à des gens convenables, sans enfants, ce qui mettait son mobilier à l'abri de toute chance de détérioration.

Il ne les avait même jamais vus, car il n'était encore venu qu'une seule fois à Meudon cette année, au commencement de la saison, lorsque sa propriété fut louée, et sans cette poursuite de la femme autrefois aimée qu'il avait reconnue, il n'y serait pas revenu avant la fin de la saison, ainsi qu'il l'avait annoncé à l'agent.

Il eut l'idée de s'adresser à ses locataires, afin de se renseigner sur leur voisine et de savoir à quoi s'en tenir sur Valérie.

Entre voisins, à la campagne, on se connaît souvent ; si l'on ne se fréquente pas, on se voit et on sait quelles personnes vous entourent.

Il pourrait, sous un prétexte quelconque, en sa qualité de propriétaire, se présenter chez M. Grignon, par exemple pour savoir s'il est satisfait, si la concession d'eau fonctionne régulièrement, ou si le jardinier a bien exécuté les ordres et mis le jardin en état, et tout en causant, il amènerait bien la conversation sur les voisins, demandant s'il se trouve bien entouré, s'il n'a pas à se plaindre du voisinage, et ainsi il saurait quelque chose sur Valérie.

On lui dirait si elle est seule, ou si elle est mariée.

Il augurerait par sa situation apparente, qui serait évidemment connue, des chances qu'il aurait pour la tentative à laquelle son amour le poussait.

Et après y avoir réfléchi quelques instants, il se décida.

C'était le moyen le plus simple de s'informer, sans manifester aucunement ses projets.

Gaston Dumesnil contourna donc une petite ruelle, aboutissant sur le chemin de Fleury, et il se dirigea ainsi vers la grille du Chalet du Bois, qui s'ouvrait sur une rue opposée.

Les deux propriétés ne se touchaient que sur une face de leur enceinte, et le mur mitoyen qui les séparait bornait d'une part le fond du jardin du Chalet du Bois, et de l'autre le côté sud de la villa du colonel de Coursades.

Il sonna et fut reçu par la femme de chambre qui le conduisit auprès de sa maîtresse.

M. Grignon se trouvait en ce moment à Paris, car il allait quelquefois à l'Exposition sans sa femme, pour se livrer à des études techniques sur l'industrie rubannière et pour examiner les procédés de ses concurrents.

Il se fit annoncer en remettant sa carte et en indiquant sa qualité de propriétaire.

Mme Grignon était une petite blonde charmante, âgée à peine de vingt ans, fille de M. Chavard, l'associé de son mari, et elle avait en elle, avec le prestige de la jeunesse, la grâce ingénue, un peu gauche mais exquise, de la provinciale timide, riche et bien élevée.

La conversation se trouva ainsi si bien engagée et Gaston Dumesnil se sentit si embarrassé pour en venir où il voulait, ne trouvant plus les mots maintenant, qu'il osa à peine parler du voisinage, et qu'à la première demande, la jeune femme lui dit :

— Oh ! des voisins bien tranquilles ; nous ne les voyons ni ne les entendons jamais.

— Monsieur?... — fit-il interrogativement, la main au chapeau, devant ce visage
inconnu. (P. 156.)

Il n'eut pas assez d'aplomb pour insister, — il aurait été mieux à son aise
s'il eut rencontré le mari, — et, au lieu de parler de ce qui lui tenait tant à
cœur, il se donna une contenance en se répandant en compliments et en félicitations, en homme d'une éducation parfaite, doué de cette galanterie parisienne de bon goût, si bien que lorsque son mari fût rentré et qu'elle lui parlât
de cette visite, Mme Grignon ne put s'empêcher de lui dire à quel homme
charmant elle avait eu affaire, si charmant qu'elle se sentait véritablement
gênée par toutes ses amabilités.

— Eh! mais, — fit l'industriel, — notre propriétaire m'a tout l'air de t'avoir fait quelque peu la cour.

— Oh!... voyons... Albert... — dit la jeune mariée rougissante.

— Est-il vieux ?

— Non... jeune... à peine quarante ans.

— Eh bien ! il me semble...

— Tu es fou !...

— Qui sait s'il aurait été aussi aimable si je m'étais trouvé là...

— Pourquoi avoir ces idées là ?...

— Eh ! ma chérie, parce que lorsqu'on adore sa femme, — répondit Albert Grignon avec un baiser, — on est jaloux de tout... même d'un propriétaire jeune et charmant qui, sous le prétexte des relations qu'autorise sa qualité, s'introduit auprès d'une jolie petite femme comme toi en l'absence de son mari !...

— Il ne songeait à rien de cela, je t'assure.

— Alors pourquoi a-t-il été si charmant, si galant ?...

— Galanterie de Parisien... Ça n'a aucune conséquence...

— Avec toi, je ne dis pas... Et c'est justement en toi seule que j'ai confiance, et non en lui...

— Il ne reviendra pas certainement...

— Je l'espère bien... ce monsieur n'a rien à faire ici, du reste ; je le paye et n'ai rien à savoir.

— D'ailleurs, je ne le recevrais pas...

Gaston Dumesnil était donc parti sans avoir appris ce qu'il voulait, et il maudissait l'embarras qui l'avait saisi, cette sorte de pusillanimité qui s'était emparée de lui, dans la crainte ridicule de laisser découvrir son intention.

A qui s'adresser, maintenant que cette occasion était manquée?

Il pouvait évidemment s'informer auprès de l'agent de locations ; mais il repoussa aussitôt cette idée.

Assurément on trouverait singulier de le voir s'occuper d'une personne avec laquelle il n'avait rien à faire.

Si on le voyait par la suite rendre visite à Valérie, tout le pays saurait bientôt que le propriétaire du Chalet du Bois était l'amant de la dame de la villa voisine de la sienne.

Et les cancans iraient bon train.

Ces commérages, inévitables dans les petites localités, où tout se voit, tout se sait, seraient nuisibles à la réputation de Valérie.

Mais à ce moment, Gaston Dumesnil vit passer auprès de lui, un domestique que signalait son gilet à rayures et son tablier à bavette.

Le valet de chambre de ses locataires, évidemment, car il se dirigeait vers la grille du chalet.

Avec cet homme, il aurait plus d'assurance.

Il l'arrêta donc.

— Pardon !... — fit-il, — pouvez-vous me donner un renseignement ?... Savez-vous qui habite dans la propriété que voici.

Il indiquait la villa voisine du Chalet.

— Ah ! là... oui, monsieur, — fit Jules. — C'est une dame... une dame très bien... Je ne peux pas dire son nom à monsieur, parce que...

— Est-elle seule ?...

— C'est une dame veuve, d'après ce que je crois, car il n'y a que des domestiques avec elle.

— Merci.

Et Gaston accompagna son remerciement d'une pièce de deux francs qui lui valut cette offre :

— Monsieur est bien bon... Ce n'était pas la peine... si monsieur veut, je pourrai demander...

— Inutile... c'est tout ce que je voulais savoir...

— Elle est seule !... Elle est veuve !... — Se disait l'impatient amoureux en s'éloignant. — Valérie doit avoir fait un riche mariage, puisqu'elle a un train de maison, des domestiques... Ah! tant mieux !... Elle a donc été heureuse !...

L'amour ne le rendait pas égoïste.

Il pensa bien qu'il aurait volontiers fait pour elle bien plus encore, puisqu'il avait voulu lui donner son nom et sa fortune, mais il l'aimait tant qu'il se réjouissait du bonheur qu'elle avait eu.

— Je lui écrirai, — se promit-il.

Et il partit, le cœur plein de l'amour qui le possédait, l'esprit délirant à la perspective de la réalisation de ses rêves, possible peut-être aujourd'hui.

Puis, chez lui, dans la maison qu'il habitait à Versailles, au moment d'écrire cette lettre, il songea :

— Je ne peux plus lui adresser cette lettre à son nom de jeune fille... ce ne serait pas convenable !...

Non, j'irai... cela vaut mieux !...

Et il remit sa visite au lendemain, au surlendemain peut-être, car, au moment de partir, il n'osa plus, pris par une timidité qui le paralysa.

Il chercha comment se présenter.

Il se demanda comment elle le recevrait.

Il lui semblait, en se souvenant de la brutale fin de son amour, qu'il ne saurait quoi lui dire.

Enfin l'amour qui l'avait reconquis, l'amour qui l'exaspérait maintenant fut le plus fort; il eut raison de ses appréhensions, de ses cuisants souvenirs, de sa douleur évoquée, et l'emporta sur ses dernières hésitations.

Il se décida et il revint à Meudon.

Ah! quelles luttes le malheureux soutint encore contre lui-même, au cours de ce trajet, dans le train pris à Versailles, en sentant approcher le moment où il allait se trouver en présence de cette femme!

Quels serrements de cœur le torturèrent, quelles angoisses douloureuses l'assaillirent!

Et il arriva pourtant devant la grille.

Il attendit un instant, pour laisser aux violentes pulsations de son cœur le temps de se calmer, et il sonna.

Le jardinier lui ouvrit.

— Monsieur?... — fit-il interrogativement, la main au chapeau, devant ce visage inconnu.

Alors, autre embarras : quel nom demander?

Son hésitation fut courte cependant et le jardinier ne s'en aperçut point.

— Madame... est chez elle?... — questionna Gaston Dumesnil.

— Oui, monsieur.

— Veuillez lui porter ma carte et lui dire que je la prie de vouloir bien me recevoir.

Le jardinier prit le carré de bristol, sur lequel il ne jeta même pas les yeux, car le brave homme ne savait pas lire, et il alla, de son pas lent et déhanché de travailleur de la terre, s'acquitter de sa commission, laissant le visiteur le suivre à l'ombre de l'allée couverte de grands marronniers qui conduisait à la maison.

Il remit la carte à la femme de chambre qui la porta aussitôt à sa maîtresse.

La fausse Lia de Chavanges se trouvait dans un petit salon, en train de détacher les coupons de nombreuses obligations qu'elle avait le projet d'aller toucher prochainement au Crédit Foncier, à Paris. — Elle était si absorbée qu'elle n'avait pas fait attention au coup de cloche de la grille.

Elle prit sur le plateau la carte qu'on lui présentait et lut ce nom :

Gaston Dumesnil!...

— Lui!...

Car elle se souvint tout de suite... Pouvait-elle avoir oublié le malheureux qu'elle avait torturé?

Lui!... Alors il l'avait reconnue... Il savait qu'elle était dans cette villa!...

Lui!... mais c'était un danger épouvantable qui menaçait l'usurpatrice du nom de Chavanges dans sa métamorphose criminelle!...

Et, cependant la femme de chambre ne perçut rien de l'émotion puissante, des angoisses violentes qui l'assaillirent à la vue de ce nom, tant la misérable sut demeurer maîtresse d'elle-même.

Valérie Dubourg prit le face-à-main posé à côté d'elle sur la table, et, comme si ses yeux seuls n'avaient pu lire le nom gravé sur cette carte, elle plaça les doubles verres devant elle et elle lut :

— M. Gaston Dumesnil?... — fit-elle d'une voix naturelle, dénotant la surprise. — Je ne connais pas ce monsieur... A-t-il dit de quoi il s'agissait?...

— Non, madame... C'est le jardinier qui l'a reçu et à qui il a dit de demander à madame de vouloir bien le recevoir.

— Où est-il?

— Ce monsieur attend en haut du perron.

— Encore quelque solliciteur... Comme ce monsieur du bureau de bienfaisance qui est venu hier... Dites que je ne puis pas recevoir... que je suis très occupée... que ce monsieur veuille bien m'écrire ce qu'il désire...

Et l'ancien professeur de piano fit disparaître la carte au moment où sa femme de chambre sortit du salon.

Il ne fallait pas que l'on vit ce nom!...

Et elle songea, irritée :

— Gaston!... Ah! si celui-là vient se mettre en travers de ma route, tant pis pour lui!... Lui qui viendrait compromettre ce que j'ai fait!... Ah! non!... non!... Je ne veux pas!... Je saurai bien m'en défaire!...

Mais, malgré sa colère et ses menaces, la misérable ne se sentait pas rassurée.

Comment Gaston Dumesnil avait-il pu la découvrir?

Par quels moyens s'était-il informé?...

Et elle qui se croyait absolument méconnaissable?

Elle, surtout, qui était si loin de penser à lui!... qui ne s'attendait pas à rencontrer aucune des personnes qu'elle avait connues autrefois, et qui se croyait sûre, en tous cas, de passer auprès d'elles sans qu'on la reconnût!...

— L'idiot!... Est-il possible qu'il y ait des hommes au cœur desquels l'amour tienne si fort!...

Et Valérie se leva pour venir à la fenêtre afin de le voir, à l'abri des rideaux du vitrage.

— C'est bien, — prononça Gaston Dumesnil au moment où la femme de chambre lui répéta les paroles de sa maîtresse. — J'écrirai... Je verrai...

Cet accueil le laissait interdit.

Il s'attendait assurément à être reçu, dès que Valérie aurait vu son nom.

Qu'elle ne l'écoutât point ensuite, qu'elle refusât d'entendre ses nouvelles protestations d'amour, soit... mais il lui avait semblé qu'elle allait le recevoir et qu'elle aurait avec lui une explication quelconque.

Et il s'éloignait, absolument désemparé, l'esprit incapable de prendre une résolution, d'avoir seulement idée.

Valérie le vit, entre les marronniers distancés, sur l'allée qu'il suivait et, sans hésitation, elle le reconnut.

Elle venait de se dire :

— Il ne sait peut-être pas que c'est moi qui suis ici... J'ai été bien inspirée en ne le recevant pas...

Mais maintenant, en voyant la prostration à laquelle le malheureux était en proie, l'effondrement que trahissait sa démarche et sa tête basse, elle comprit qu'elle s'était trompée dans cette conjecture.

Évidemment Gaston savait qu'il venait chez elle.

Alors que devait-il penser?...

Il connaissait sans doute le nom qu'elle portait aujourd'hui, et il l'avait peut-être cru mariée, ou veuve, ou avec un amant...

Il ne reviendrait donc pas et il n'écrirait pas non plus. Il s'en tiendrait à cette démarche décevante.

Elle avait donc bien fait de l'éconduire.

Gaston ne serait peut-être pas une menace.

D'ailleurs, prévenue maintenant, elle veillerait et elle saurait bien conjurer le danger, s'il surgissait.

Elle avait à défendre l'opulente fortune volée dont elle jouissait, la situation considérée qu'elle avait usurpée, et pour cela elle affronterait le danger avant même qu'il se présentât; elle prendrait l'offensive, s'il le fallait.

Eh! oui, c'est ce qu'il fallait faire.

Prompte à la résolution, avec un sang-froid merveilleux, l'habile aventurière avait, en un éclair de la pensée, envisagé nettement la conjoncture qui la menaçait.

Gaston, s'il était sûr de l'avoir reconnue, ainsi que le prouvait sa démarche, ne s'en tiendrait pas là.

Il écrirait sans doute, ainsi qu'on l'y avait invité.

Elle ne répondrait pas; mais, poussé par l'exaspération de cet amour qu'elle connaissait bien, elle qui l'avait provoqué, stimulé, affolé, — de cet amour qui vivait encore après douze ans, puisqu'il revenait à elle, — il reviendrait.

Il s'informerait, il divulguerait son nom de Valérie Dubourg en questionnant, il aggraverait ainsi le danger.

Voilà ce qu'il fallait prévenir.

Et, tout d'abord, elle questionna sa femme de chambre, à l'heure du déjeuner, pendant qu'elle la servait; — elle l'interrogea d'un air détaché, sans paraître y attacher la moindre importance.

— Ce monsieur qui est venu ce matin a prononcé mon nom en demandant à me parler?

— Je ne sais pas, madame, c'est le jardinier qui m'a remis la carte de ce monsieur, en disant qu'il demandait si madame voulait bien le recevoir.

— C'est bien ce que je pensais, — fit la fausse Lia de Chavanges, — il ne me connaît pas... Il est venu ici comme il va sans doute dans les autres villas.

Et elle demanda encore :

— Est-ce que vous l'aviez déjà vu?

— Non, madame... Je n'ai même pas lu son nom sur la carte que j'ai remise à madame.

Dans l'après-midi, Valérie Dubourg, en faisant son tour de jardin, s'adressa au jardinier.

C'était un homme à la journée, qu'elle avait pris dans le pays pour entretenir les plates-bandes, et qui venait deux jours par semaine.

— Que vous a dit ce monsieur qui est venu ce matin? — demanda-t-elle. — A-t-il dit qu'il me connaissait?

— Non, madame... Il m'a seulement remis sa carte en me disant de demander que vous ayez la bonté de le recevoir.

— Mais il a bien prononcé mon nom, en se présentant?

— Je ne l'ai pas entendu... Il a dit : « Madame »... pas davantage.

— Bon, merci.

Et elle parla d'autre chose, pour faire oublier cet incident, des fleurs à mettre devant la maison, de ce massif dont les oxalis faisaient la bordure et de ces roses diverses dont elle se faisait dire les noms.

Elle songea pendant toute la journée à la résolution qu'elle avait prise, elle y songea le lendemain encore, et le surlendemain matin, elle sortit de bonne heure, s'étant habillée d'une de ses plus jolies toilettes qui la rajeunissait et lui seyait à merveille.

Elle se rendait à Versailles.

* *

— Je me rendrai compte de ce qu'il sait sur moi, — disait-elle. — Je verrai ainsi à quel point il peut être à craindre.

Quant à ce qu'elle alléguerait pour couper court à toute espérance, Valérie ne se sentait pas embarrassée.

Elle arriva à Versailles et, après avoir regardé autour d'elle, cherchant un instant son itinéraire, car elle n'y était pas venue depuis bien longtemps, elle se dirigea vers l'avenue de Paris.

Là, elle aperçut les panonceaux d'une étude de notaire et se dirigea de ce côté.

D'abord, elle allait s'informer.

Le maître-clerc la reçut en l'absence de son patron, elle prétexta une transaction hypothécaire qu'on lui avait proposée, pour questionner sur M. Dumesnil.

Une personne, sur laquelle M. Dumesnil avait une créance, lui demandait un prêt d'une vingtaine de mille francs, à gager sur une propriété sise aux environs de Versailles, et elle voulait avoir quelques renseignements sur ce M. Dumesnil, savoir d'abord où il demeurait... on lui avait dit qu'il habitait Versailles... et apprendre par lui si ce débiteur payait exactement les intérêts de son hypothèque.

— M. Dumesnil est un des clients de l'étude depuis quatre ans, — répondit le principal, — depuis la mort de Mme Dumesnil sa grand'mère... Il habite avenue de Paris.

— J'en suis enchantée... Je puis donc me présenter chez lui... C'est sans doute un homme accueillant?...

— Un homme charmant... un très riche propriétaire foncier...

— Il est marié?

— Non, madame.

— Et dans le cas où je ferais cette affaire, vous voudrez bien vous charger de la rédaction de l'acte, n'est-ce pas?... Car j'habite la province et mon notaire est loin d'ici... Je ne voudrais pas le déranger pour si peu...

— Nous sommes tout à votre disposition, madame. — Vous n'aurez qu'à venir avec la personne à laquelle vous voulez bien consentir ce prêt et qui sera munie de son titre de propriété... Nous vérifierons chez le conservateur des hypothèques les inscriptions qui pourraient exister...

Valérie Dubourg savait maintenant ce qu'elle voulait.

Elle laissa parler le représentant du notaire, approuvant par de petits gestes de tête, mais l'esprit bien loin de ce qu'il lui disait, et elle promit de revenir si l'affaire se concluait.

Ainsi Gaston était seul, non marié, possesseur de toute sa fortune.

Qu'était cette fortune, qu'elle connaissait bien, en comparaison des millions de la vicomtesse d'Arcis dont elle s'était emparée?...

Quand elle se retrouva sur l'avenue, la fausse Lia de Chavanges avisa un commissionnaire, à la porte d'un débit, et, sortant de son porte-cartes une enveloppe cachetée, de petite dimension, qu'elle avait préparée, elle la lui remit en lui disant :

— Veuillez porter cela à cette adresse... C'est là, tout près, avenue de Paris... Si ce monsieur est chez lui, vous lui remettrez ce pli... S'il est absent, vous me le rapporterez devant le bassin de Neptune, où je vous attendrai.

En même temps, elle lui remit un franc pour sa course.

Puis, dès que son messager se **fut éloigné**, Valérie se dirigea vers la partie du parc qu'elle avait indiquée.

Gaston Dumesnil se trouvait chez lui, ainsi qu'elle l'avait fort bien conjecturé.

Des touristes anglais, leur Bædecker à la main, s'avançaient dans la direction du bassin... (P. 164.)

environs de Versailles, et elle voulait avoir quelques renseignements sur ce M. Dumesnil, savoir d'abord où il demeurait... on lui avait dit qu'il habitait Versailles... et apprendre par lui si ce débiteur payait exactement les intérêts de son hypothèque.

— M. Dumesnil est un des clients de l'étude depuis quatre ans, — répondit le principal, — depuis la mort de Mme Dumesnil sa grand'mère... Il habite avenue de Paris.

— J'en suis enchantée... Je puis donc me présenter chez lui... C'est sans doute un homme accueillant?...

— Un homme charmant... un très riche propriétaire foncier...

— Il est marié?

— Non, madame.

— Et dans le cas où je ferais cette affaire, vous voudrez bien vous charger de la rédaction de l'acte, n'est-ce pas?... Car j'habite la province et mon notaire est loin d'ici... Je ne voudrais pas le déranger pour si peu...

— Nous sommes tout à votre disposition, madame. — Vous n'aurez qu'à venir avec la personne à laquelle vous voulez bien consentir ce prêt et qui sera munie de son titre de propriété... Nous vérifierons chez le conservateur des hypothèques les inscriptions qui pourraient exister...

Valérie Dubourg savait maintenant ce qu'elle voulait.

Elle laissa parler le représentant du notaire, approuvant par de petits gestes de tête, mais l'esprit bien loin de ce qu'il lui disait, et elle promit de revenir si l'affaire se concluait.

Ainsi Gaston était seul, non marié, possesseur de toute sa fortune.

Qu'était cette fortune, qu'elle connaissait bien, en comparaison des millions de la vicomtesse d'Arcis dont elle s'était emparée?...

Quand elle se retrouva sur l'avenue, la fausse Lia de Chavanges avisa un commissionnaire, à la porte d'un débit, et, sortant de son porte-cartes une enveloppe cachetée, de petite dimension, qu'elle avait préparée, elle la lui remit en lui disant :

— Veuillez porter cela à cette adresse... C'est là, tout près, avenue de Paris... Si ce monsieur est chez lui, vous lui remettrez ce pli... S'il est absent, vous me le rapporterez devant le bassin de Neptune, où je vous attendrai.

En même temps, elle lui remit un franc pour sa course.

Puis, dès que son messager se fut éloigné, Valérie se dirigea vers la partie du parc qu'elle avait indiquée.

Gaston Dumesnil se trouvait chez lui, ainsi qu'elle l'avait fort bien conjecturé.

Des touristes anglais, leur Bedecker à la main, s'avançaient dans la direction du bassin... (P. 164.)

LIV. 21. — MARC MARIO. — MARIAGE IN-EXTREMIS. — J. ROUFF ET Cie, ÉDIT.   LIV. 21.

Il n'avait pris encore aucune résolution et il cherchait, sans le trouver le moyen d'arriver à cette femme, dont le dédain exaltait encore son amour.

L'appartement qu'il habitait, au premier étage d'une maison qui lui appartenait, — une de ces maisons de construction remontant à l'époque du grand roi qui transforma Versailles, — était vaste, immense, et d'une hauteur de plafond qui semblait démesurée. Il y vivait seul, servi par trois domestiques, de vieux serviteurs, et il se plaisait dans cette maison, où il se trouvait comme en une solitude, au milieu des tableaux, des objets d'art, des mille souvenirs des siens qui la peuplaient.

Il se trouvait dans son petit salon-cabinet de travail, à demi allongé dans un immense fauteuil, plongé dans une triste rêverie à travers laquelle il poursuivait son rêve, lorsque le vieux valet de chambre se présenta, apportant le pli même que le commissionnaire venait de lui remettre.

Celui-ci s'était retiré aussitôt, ayant appris que le destinataire se trouvait chez lui.

Gaston prit l'enveloppe, et, surpris, la déchira.

Il en retira une carte de visite, — la sienne, reconnut-il avec stupéfaction, ne parvenant pas à s'expliquer cet envoi.

Et, en la retournant, sans comprendre, il aperçut une ligne tracée au verso : « Venez au bassin de Neptune. »

Il ne reconnaisssait pas cette écriture, contrefaite, du reste ; mais l'esprit plein de la pensée de Valérie, il songea immédiatement à elle.

Cette carte était celle qu'il avait remise au jardinier en se présentant chez elle.

C'était donc elle qui lui écrivait.

Il n'eut pas un seul instant de doute à cet égard, car les amoureux croient facilement ce qu'ils désirent ; et aussitôt sa physionomie morne, endolorie, s'éclaira d'un rayonnement de joie.

Elle avait donc réfléchi.

Surprise tout d'abord, elle n'avait songé qu'à l'éloigner, et, puis, ensuite, elle avait changé d'avis.

Elle était même venue pour le voir, précaution à laquelle sa position l'obligeait sans doute, ne pouvant le recevoir chez elle.

On lui avait dit, pourtant, qu'elle était veuve !... Mais le valet de chambre du Chalet du Bois pouvait s'être trompé.

Il se disait tout cela en s'habillant à la hâte, passant une jaquette à la place de son veston d'intérieur, et choisissant un chapeau et des gants.

En un instant, il fut prêt.

Valérie !... Il allait donc la voir !...

Elle avait été touchée de la fidélité du souvenir, dont sa démarche lui avait apporté la preuve.

Elle venait à lui !... Elle était disposée, alors, à l'aimer !...

De quel pas rapide il marchait pour arriver à ce rendez-vous, coupant au plus court, en Versaillais depuis longtemps familiarisé avec tous les itinéraires.

Du plus loin, à peine entré dans le parc, il l'aperçut.

Il ne la reconnut pas, dans la fraîche toilette qu'elle avait mise, mais il était sûr que c'était elle, car elle se trouvait seule.

Du reste, dès qu'elle le vit, Valérie fit lentement, d'une allure de promenade, quelques pas à sa rencontre.

— Valérie !... — prononça-t-il d'une voix étranglée par une puissante émotion. — Ah ! je vous remercie !...

Mais elle, d'une voix dure :

— Vous êtes fou d'être venu ainsi chez moi, sans savoir, sans vous renseigner ?... — fit-elle.

— C'est vrai !... excusez-moi, — répondit Gaston. — J'étais si heureux de vous avoir retrouvée que je n'ai réfléchi à rien... Vous avez raison... J'ai été imprudent... inconvenant par cette démarche...

— Oui, très imprudent... Vous ne savez pas que vous m'exposez...

— Je ne songeai qu'à moi, égoïste comme quand on aime... Car je ne vous ai jamais oubliée... Vous le voyez bien...

Elle paraissait gênée.

Des touristes anglais, leur Bedecker à la main, s'avançaient dans la direction du bassin, se rapprochant d'eux.

— Venez par ici, — fit Valérie Dubourg.

Elle l'entraîna dans l'allée de Trianon, absolument déserte, où elle pouvait parler sans être entendue, élever même la voix s'il le fallait.

Et là, alors :

— Voyons, expliquez-vous !... — reprit-elle. — Et, d'abord, comment avez-vous su que j'habitais Meudon ?

— Je vous ai rencontrée et je vous ai reconnue, — avoua Gaston.

— Où ?

— Jeudi, à l'Exposition, dans la Galerie des Machines...

— Et vous m'avez suivie ?

— Oui... car je doutais... Je ne pouvais croire que c'était vous...

Valérie Dubourg le laissa parler un instant, dire toutes les hésitations qui s'emparèrent de son esprit, les luttes qui se livrèrent en lui, son amour qui renaissait à mesure que s'affermissait la conviction que c'était bien elle, et quand il allait parler des renseignements qu'il avait cherché à obtenir, dire qu'il s'était adressé aux locataires de la villa voisine de la sienne dont il était propriétaire, elle ne le laissa pas poursuivre, et l'interrompant, révoltée :

— Ainsi, au risque de me compromettre, vous m'avez épiée !... Vous avez questionné des gens ?...

Gaston n'osa plus avouer.

— Non, — dit-il, — je savais que vous étiez dans cette villa et je ne songeai qu'à aller à vous pour vous dire que mon cœur vous était demeuré fidèle et que mon amour est le même aujourd'hui qu'autrefois...

L'aventurière se sentit rassurée.

Il ne savait rien.

Dès lors il ne s'agissait que de l'évincer, de lui faire entendre qu'il ne devait conserver aucun espoir, de le congédier sans lui laisser entrevoir aucun retour possible, brutalement même, s'il le fallait.

— Alors vous vous êtes présenté sans savoir, — fit-elle durement, — ne sachant pas si j'étais libre, sans vous dire que votre démarche pouvait me perdre ?...

— J'ai eu tort, j'en conviens... J'aurais dû...

— Et, en effet, je ne suis pas libre, je ne m'appartiens plus... Je suis seule, il est vrai dans cette villa, où je suis venue passer une partie de l'été, et je ne peux pas vous dire... Cela ne vous regarde pas du reste...

Heureusement vous avez remis votre carte au jardinier qui ne sait pas lire et qui n'a pas vu votre nom, et j'ai eu la présence d'esprit de faire croire que vous étiez un solliciteur venant demander ma participation à une œuvre de bienfaisance... Ainsi on ne s'est douté de rien.

Mais il faut que vous renonciez au projet que vous avez conçu, que vous ne cherchiez plus à me revoir, que tout soit fini entre nous, comme ce l'est depuis longtemps pour moi.

— Valérie !... — protesta l'amoureux éperdu.

— Ecoutez, il vaut mieux que je vous parle franchement... J'ai eu le temps de vous connaître et malgré tous les efforts que j'ai faits, vous devez vous en souvenir, je ne suis pas parvenue à vous aimer... La sympathie ne s'impose pas... J'ai senti que ce serait une duperie de vous laisser croire que je vous aimais, et je n'ai pas voulu accepter ce rôle qui ne convenait pas à la franchise de mon caractère... Ainsi donc, pas plus aujourd'hui qu'autrefois, je ne peux vous entendre... et si je suis venue ce matin ici, c'est que je voulais en finir une bonne fois et vous défendre de recommencer une tentative impru- dente et compromettante pour moi !... J'en appelle à vos sentiments de galant homme et j'espère bien que vous ne vous obstinerez pas...

— Non... je vous en conjure... — interrompit Gaston Dumesnil d'une voix brisée.

— C'est fini... fini depuis bien longtemps, — interrompit Valérie à son tour. — Je n'ai pas une minute de plus à rester ici... Adieu !...

Et elle partit, ne voyant pas les mains qu'il tendait vers elle, les larmes qui coulaient de ses yeux en une supplication et une protestation suprême qui n'avait même plus la force de sortir de ses lèvres tremblantes.

Gaston, le cœur brisé, anéanti, demeurait en place, au milieu de cette allée déserte, où il la voyait s'éloigner, et il sentait monter en lui le désespoir qui affole, qui pousse à toutes les extrémités sous le grondement de la passion exaspérée et inassouvie.

XII

MANŒUVRES

A midi, Pierre était allé déjeuner chez un marchand de vins de l'avenue de La Bourdonnais, où il avait l'habitude de prendre ses repas les jours où il se trouvait à l'Exposition.

Il passa la plus grande partie de l'après-midi à la galerie des machines et quitta dès que sa présence ne fut plus indispensable, afin d'aller s'informer sur la situation de Liette.

Les renseignements seraient faciles à obtenir. Il avait un ami à la mairie du VIIe arrondissement, assez près du Champ de Mars par conséquent, un camarade d'enfance, Constant Lambert, le fils d'un ami de son père, qui avait obtenu un emploi de la Préfecture de la Seine.

Lambert était employé au bureau militaire de la mairie.

Le jeune mécanicien mit son ami au courant de la situation compliquée sur laquelle il voulait se renseigner.

Sans prononcer le nom de sa fiancée, il lui dit quelles difficultés on lui avait fait pressentir et lui exposa clairement la position de cette jeune fille, dont la famille était absolument inconnue de la personne à laquelle elle avait été confiée dès le plus jeune âge.

— Cela arrive malheureusement assez fréquemment, — dit Constant Lambert. — C'est le cas d'enfants mis en nourrice par des personnes qui disparaissent ensuite, qui meurent ou dont on n'a plus aucune nouvelle. Ordinairement, leur nourrice avise la mairie, et l'enfant est confié par les soins de la municipalité à l'Assistance publique ; ou bien l'enfant est laissé à la nourrice et la municipalité lui paye une somme mensuelle sous la forme de secours, tandis que l'on procède à une enquête pour retrouver les parents.

Ici la situation est plus compliquée, puisque la personne qui a reçu la garde de l'enfant, aujourd'hui une jeune fille, n'a jamais fait aucune déclaration à la mairie, aucune démarche... et que par conséquent on ne sait rien sur sa famille, ni sur son lieu de naissance, ni sur son état civil...

— Oui... Je sais bien que c'est là la difficulté, — balbutia Pierre, visiblement inquiet, — et c'est pour cela que je suis venu te demander conseil... Alors que penses-tu ?... Qu'y a-t-il à faire ?...

— Dame !... ce qu'il y a de pire, c'est que la jeune fille est mineure, — dit l'employé de la mairie. — Si elle avait vingt-un ans, ça irait sur des roulettes. Un acte de notoriété pour suppléer à l'état civil que l'on ne connaît pas, et tout serait dit !...

Constant Martin se grattait la tête, le front penché sur ses registres, et il continuait :

— Tandis qu'étant mineure, il n'y a pas, il faut un tuteur... Et c'est tout une histoire de conseil de famille, juge de paix et tout le tremblement... Car elle n'a pas de tuteur, alors il faut lui nommer ce que l'on appelle un « tuteur ad hoc »...

— C'est long, n'est-ce pas ?...

— Bien sûr... c'est toute une procédure... des formalités...

— Enfin il doit bien y avoir eu d'autres jeunes filles dans ce cas... et elles ont bien pu se marier.

— Évidemment !... Le cas n'est pas nouveau, mais il est embêtant, à cause de l'intervention de l'Assistance publique...

Le malheureux Pierre eut un tressaillement douloureux en entendant ces mots.

C'était une menace contre son bonheur.

Mme Ardusson le lui avait bien dit... Elle l'avait prévu.

Et il questionna, comme s'il ignorait, afin de bien juger de l'imminence du danger qui menaçait Liette.

— L'Assistance publique !...

— Du moment que c'est une enfant abandonnée, sa tutelle revient de droit au directeur de l'Assistance publique, — expliqua Constant Lambert. — Alors ce sont toutes les lenteurs administratives... Tu comprends que le directeur tient à mettre sa responsabilité à l'abri et à ne donner son autorisation au mariage d'une de ses pupilles qu'à bon escient... Il fera faire une enquête sur ton compte pour savoir si tu as une situation, si tu as des moyens d'existence suffisants pour entrer en ménage, pour connaître ta moralité, tes antécédents... Ça n'en finit plus !...

Et ce que son ami ne lui disait pas l'épouvantait plus encore que la perspective de cette enquête et de ses longueurs.

Liette serait enlevée à Mme Ardusson.

On la mettrait dans un hospice d'enfants trouvés.

Ils seraient séparés !...

Alors, plus que jamais, il se détermina à ne pas prononcer le nom de sa fiancée, à ne pas faire connaître sa situation, à ne faire aucune démarche qui aurait eu pour but de rendre ce malheur inévitable, immédiat.

— Que me conseilles-tu donc ? — demanda-t-il en proie à cette douloureuse perplexité.

— Je ne sais pas... — répondit l'ami du mécanicien. — Il faudrait voir un notaire... Il trouverait peut-être une combinaison... Quoique, à franchement parler, je n'en vois pas d'autre que ce que je t'ai dit... mais enfin, on ne sait pas... Si on pouvait reconnaître cette jeune fille... Tu comprends ?... Quelqu'un qui se déclarerait le père, en disant que la déclaration n'a pas été faite au moment de la naissance... Oui, mais je ne crois pas que tu réussisses... C'est très délicat... Et puis c'est une fraude qui peut être découverte si, un jour, la famille se fait connaître.

— Non, je ne ferai pas ça !...

— Vois toujours un notaire... Moi, j'en parlerai au secrétaire du bureau des mariages, bien que je sois aussi bien au courant que lui, et je te dirai si je trouve un moyen... Mais je n'en vois pas d'autre que l'acte de notoriété, le conseil de famille et le tuteur ad hoc.

— Et l'Assistance publique !...

— Malheureusement... A moins qu'on s'arrange pour que les choses ne soient pas connues... Si, par exemple, vous pouviez vous marier en province, dans une petite localité, où l'Assistance publique fonctionne moins strictement qu'à Paris... Elle n'interviendrait pas sans doute...

— Oui... oui... C'est peut-être un moyen...

— Tu as bien fait de t'adresser à moi, Duval... Tu sais, si je peux te rendre service, ce sera bien volontiers...

Pierre remercia son ami, et, après lui avoir parlé de son travail, sur lequel il l'interrogeait, il lui dit qu'il allait s'occuper de son affaire et lui promit de le revoir.

Mais le fiancé de Liette revenait l'âme bourrelée d'inquiétude, l'esprit tourmenté, au milieu du cri de son amour.

Le soir, après son dîner, qu'il prit dans le voisinage de l'Exposition, afin d'être plus vite débarrassé, il se rendit chez Mme Ardusson, portant sur son visage les traces de ses préoccupations.

Dès qu'elle fut revenue du couvent de Meudon, Liette, toute rougissante de bonheur, parla à maman Sophie de la visite de Pierre, et longuement elles s'entretinrent de lui toutes les deux, pendant la journée entière, tandis que la jeune fille avait repris son travail.

Sophie Ardusson n'avait rien à faire pour servir les projets qu'elle avait conçus. Aucun encouragement, aucune approbation n'aurait pu développer l'amour qui avait déjà pris une si grande force dans le cœur de l'adorable Liette.

La marâtre s'en rendait fort bien compte et elle ne tarissait pas d'éloges sur le compte du jeune mécanicien.

— Mes chers enfants, je vous fiance!... (P. 172.)

Elle parlait du bonheur qu'elle aurait à voir sa petite Liette heureuse, et elle pensait, disait-elle, que les difficultés s'aplaniraient sans doute aisément.

Quand on s'aime, — insinuait-elle, — on vient à bout de tout.

Elle annonça à Liette la visite de son fiancé, à qui elle avait permis de venir le soir et de revenir aussi souvent qu'il le voudrait, en attendant le jour du mariage.

Et lorsque Pierre arriva, Liette qui l'avait attendu en comprimant son impatience amoureuse, remarqua du premier coup la préoccupation qui trahissait son visage.

Elle n'eut pas besoin de l'interroger, car le jeune mécanicien parla presque aussitôt de la démarche qu'il avait faite et exposa tous les renseignements qu'il avait obtenus.

Sophie Ardusson dissimulait, en l'écoutant, la joie perverse qui éclatait en elle.

Tout ce qu'elle avait dit le matin même au fiancé de Liette se trouvait strictement confirmé.

Ce mariage soulèverait les plus grandes difficultés, et ces obstacles ne feraient qu'attiser l'amour des deux jeunes gens.

Elle constatait mieux encore, maintenant qu'ils étaient présents, l'intensité de cet amour. Elle se rendait compte, en les observant, du développement qu'il avait pris en leur cœur.

Elle voyait les regards que Pierre et Liette échangeaient, et elle comprenait que la perspective de ces menaces élevées contre leur bonheur, les poussait plus vivement encore l'un vers l'autre.

Mais cela ne suffisait pas au but que la misérable se proposait d'atteindre.

Pendant que le jeune mécanicien parlait, elle combinait ce qu'elle allait avoir à faire pour les pousser irrésistiblement l'un vers l'autre, et elle soulignait les paroles de Pierre Duval par des récriminations et des doléances.

— Voilà bien les lois que les hommes ont faites !... Des lois injustes dans lesquelles, comme toujours, comme en tout, les malheureux sont sacrifiés !... La justice n'est pas de ce monde, mes pauvres enfants !... Quel crime ont commis les innocents qui ont eu une naissance irrégulière pour être traités comme les parias de la société ?... On a eu l'air de faire des lois contre les parents coupables qui abandonnent leurs enfants, et ce sont ces pauvres enfants que l'on frappe !... C'est monstrueux !... C'est inhumain !... C'est épouvantable !...

Ces paroles concordaient trop avec les sentiments du jeune mécanicien pour qu'il ne les approuvât point.

— Ah ! elle est jolie la morale de la loi, — continuait Sophie Ardusson. —Alors parce qu'une pauvre enfant a été abandonnée, parce qu'elle n'a pas eu le bonheur de connaître sa famille, la loi hérisse de difficultés les formalités qu'elle a à faire pour se marier !... La loi lui interdit, pour ainsi dire, d'aimer !... car c'est absolument comme si on le lui interdisait... De quel droit la loi institue-t-elle que cette enfant aura pour tuteur un homme qui ne la connaît pas, un fonctionnaire qui viendra se mettre en travers de son bonheur, qui lui défendra d'aimer celui que son cœur a choisi ?...

Ces excitations produisaient l'effet que la mégère désirait,

Elle voyait aux plis qui barraient le front de Pierre, aux lueurs qui brillaient en ses yeux, qu'un sentiment de révolte grondait en lui.

Il l'approuvait et s'indignait, épouvanté par la pensée de voir Liette enlevée à son amour, tombée au pouvoir de l'administration de l'Assistance publique, séparée de lui pendant de longues années, jusqu'à ce qu'elle eût atteint l'âge de la majorité.

Et Sophie Ardusson, qui se rendait bien compte de l'effet produit par cette menace, appuyait hypocritement sur cet argument si propice à ses odieuses combinaisons.

Elle plaignait ces pauvres amoureux que l'injustice de la loi voulait séparer.

— Ah ! mes pauvres enfants, que les préjugés du monde sont donc barbares !... Vous voilà tous les deux, qui vous êtes rencontrés et qui vous êtes aimés dans toute la liberté de votre cœur, et parce que cette pauvre mignonne a le malheur de ne pas connaître sa famille, il faut qu'elle soit rendue malheureuse !.

Mais non, ça ne se peut pas !... Ce serait la loi la plus barbare, celle qui défend de s'aimer !... L'amour, voyons, c'est la loi naturelle de la nature !... C'est la loi que le bon Dieu a faite lui-même... Il l'a bien dit : « Aimez-vous les uns les autres ! » et ce n'est pas la loi des hommes qui peut l'empêcher, car c'est une loi injuste, faite uniquement contre les faibles et contre les déshérités !...

La loi, quand elle s'oppose au bonheur, on s'en passe ! — souffla la misérable, attentive à l'effet qu'allaient produire ses paroles.

Pierre seul comprit ce qu'elle voulait dire, et il eut un mouvement de protestation que Sophie Ardusson calma aussitôt.

— Je veux dire qu'il n'y a aucune puissance au monde qui peut vous empêcher de faire ce que votre conscience approuve, — dit-elle doucereusement. — Vous vous aimez, n'est-ce pas? Eh bien ! qui est-ce qui peut vous en empêcher?... Personne ! On a eu beau édicter toutes les lois, il n'y en a pas une assez forte pour enlever l'amour du cœur où il est entré !... On vous séparerait que rien ne changerait à vos sentiments...

— Ah ! non, rien !... — répondit Pierre en se rapprochant de Liette dont il prit amoureusement la main. — Rien ne pourrait m'empêcher de l'aimer, et si le malheur voulait que nous fussions séparés, je lui garderais à jamais mon amour !...

— Et moi aussi... — dit à voix basse la jeune fille.

— Voilà ce que je voulais dire, — fit maman Sophie. — Allez, on sent bien en soi-même ce qui est juste... Est-ce que vous faites le mal en vous aimant?... Votre conscience vous le reproche-t-elle?... Non bien sûr !... Alors qu'importe la loi !... On ne se soumet qu'à celles qui sont justes !... Il n'y a que les lois de la nature contre lesquelles on ne peut pas se révolter.

Mais, pour poursuivre son plan, il était nécessaire qu'elle fît concevoir aux amoureux quelque espoir.

— Enfin qui sait?... les choses pourront peut-être s'arranger... Votre ami de la mairie va s'informer de ce qu'il y a à faire; cela prouve qu'il y a peut-être un moyen... Il vous a conseillé aussi de voir un notaire. Il faut le voir au plus tôt, monsieur Pierre!

— J'irai dès que je pourrai être libre un moment, — répondit le jeune mécanicien. — Je m'informerai, je m'en ferai indiquer un et je le consulterai.

— En attendant, ce n'est pas moi qui m'opposerai à votre bonheur... Moi, je vous considère comme fiancés!... Vous vous aimez, c'est tout ce que je regarde... J'ai la charge de Liette et j'agis envers elle comme si elle était réellement ma fille... Aussi, monsieur Pierre, je vous considère comme de la maison...

— Oh! madame... Combien je vous remercie de la confiance que vous voulez bien avoir en moi...

— Maman Sophie! — dit Liette.

— Ma pauvre mignonne, va!... Enfin que veux-tu? il faut avoir de la patience... Monsieur Pierre va s'informer, va faire tout ce qu'il y a à faire... Ce n'est pas cela qui vous empêche de vous aimer!...

— Non, non!... — dit Pierre.

— En somme, jusqu'à ce que l'on ait trouvé autre chose, c'est de moi que Liette dépend... C'est à moi qu'elle a été confiée... J'ai donc le droit d'agir pour elle, aux lieu et place de sa famille qui l'a placée sous ma protection et d'exercer envers elle l'autorité maternelle dont j'ai été investie et dont je me suis rendue digne en faisant tout ce que j'ai fait pour elle... Eh bien! moi, sa mère adoptive, je vous la donne, monsieur Pierre!...

— Oh! maman Sophie... Que vous êtes bonne!... — s'écria Liette, entraînée par son cœur, pleine d'amour pour son fiancé, et dupe de l'habile comédie de tendresse maternelle de sa marâtre.

— Je vous remercie de tout mon cœur, madame Ardusson, de la confiance que vous voulez bien avoir en moi, — répondit le jeune mécanicien, très ému, et abusé comme sa fiancée par les paroles hypocrites de cette femme. — Vous savez déjà combien j'aime Liette... Je vous ai ouvert mon cœur ce matin...

— Oui, je le sais... la pauvre mignonne a tant besoin d'être aimée, elle qui, sans moi, serait seule sur la terre!...

Puis, avec un accent solennel, dans une attitude bien jouée, elle prit la main de Liette, qui était venue à elle pour l'embrasser, et celle de Pierre Duval, et elle les plaça l'une dans l'autre en leur disant :

— Mes chers enfants, je vous fiance!...

— Oh! merci!... merci!...

— Vous vous aimez, et l'amour vient à bout de tous les obstacles...
L'amour triomphe de tout !... En attendant d'être unis par la loi, vous êtes
unis par le cœur, et je suis heureuse de pouvoir être la première à consacrer
les tendres sentiments qui vous ont poussé l'un vers l'autre !...

Et changeant aussitôt de ton, reprenant cette bonhomie maternelle dont
elle jouait si bien :

— Allons, embrassez-vous donc !... — ajouta-t-elle. — Le baiser des
fiançailles !... Et allez-y de grand cœur puisque votre maman Sophie vous le
permet !...

Et tandis que Pierre et Liette, dans les bras l'un de l'autre, s'unissaient
dans ce baiser, transportés par leur amour dont l'intensité s'augmentait encore, la mégère les contemplait hypocritement, et avec un bon sourire sur les
lèvres, elle disait :

— C'est si bon de voir des jeunesses comme vous qui s'aiment... C'est un
si grand bonheur de faire des heureux !... Allez, aimez-vous !... Aimez-vous
bien !... C'est l'amour seul, mes chers enfants, qui donne le bonheur sur la
terre !...

— Ma chère Liette, — dit Pierre absolument grisé, car ce baiser permis,
donné sous les yeux de cette mère, avait pour lui un prix, un attrait inesti-
mable, — ma bien-aimée, vous le verrez, je viendrai à bout de tous les obstacles... et maintenant que je vous ai reçue des mains de celle qui est devenue
votre mère, je ne vous perdrai plus, je vous le jure !... Rien ne me séparera
plus de vous, de même qu'aucune puissance au monde ne pourrait enlever
de mon cœur l'amour que je vous ai voué et qui ne finira qu'avec ma vie !...

— Et toi, voyons, tu ne dis rien ?... — insista Sophie Ardusson en voyant
Liette émue et interdite.

— Je ne trouve pas de mots... — balbutia la pauvrette dont le cœur
éclatait de joie. — Pierre sait combien je l'aime !... Et puis... je suis si heureuse !... si heureuse !... Ah ! maman Sophie, combien je vous aime !...

— Chère petite !... Je suis heureuse, va, de ce que j'ai fait pour toi !...
Si tu as eu le malheur de ne pas connaître ta famille, tu m'as eue et j'ai rem-
placé ta pauvre mère qui est morte !...

Qui ne t'aurait pas aimée ?... — ajouta-t-elle en faisant le geste d'essuyer
une larme. — Tu étais si belle, si jolie, si malheureuse, que je me suis attachée à toi et que je t'ai aimée comme ma propre fille !...

Puis, s'adressant aux deux fiancés, encore unis par une étreinte qu'ils ne
pouvaient plus desserrer, et parlant plus particulièrement à Pierre Duval,
elle dit avec un ton de simplicité :

— Tenez, il faudrait que ça ne fut pas plus difficile que ça pour se
marier !... Qu'est-ce qu'il y a de plus beau, en somme, que de s'aimer, d'être
l'un à l'autre quand on s'aime ?... C'est ce qu'il y a de plus naturel !...

Ainsi donc, c'est entendu, monsieur Pierre... — Eh ! tenez, laissez-moi

vous dire « Pierre » tout court. — C'est entendu, vous êtes fiancés !... Mais vous savez, il ne faudra pas m'enlever complètement ma petite Liette, lorsque vous serez mariés !... Ah ! mais non ; cela me ferait un trop grand vide !...

— Soyez tranquille, — répondit Pierre. — Je vous promets, madame, que...

— Appelez-moi donc maman Sophie, comme Liette... Voyez-vous, les manières c'est bon pour les gens du grand monde !... Chez nous, c'est le cœur sur la main... A la bonne franquette, comme on dit, et ce n'est pas plus mal pour ça, au contraire... C'est comme moi, tenez, du premier coup que je vous vu, vous m'avez été sympathique !...

Ah ! mais c'est qu'il ne faut pas croire que j'aurais donné ma petite Liette au premier venu !... — ajouta-t-elle pour donner plus de prix à ce qu'elle faisait. — Non, j'ai une responsabilité !... Elle est plus grave que si elle était réellement ma fille !... Mais vous, du premier moment, — et je m'y connais, — j'ai compris que vous étiez un garçon honnête, travailleur... Je suis sûre que, quoi qu'il arrive, de quelque façon que ça tourne, car on ne sait pas ce qui peut arriver, Liette sera heureuse avec vous...

— Oui, elle sera heureuse, je vous le jure, — répondit l'amoureux jeune homme, — et soyez sûre que je vous serai toujours reconnaissant de ce que vous faites pour nous... pour moi surtout !... Non, je ne vous enlèverai pas Liette, et puisque vous le voulez bien, nous serons deux à vous appeler maman Sophie et à vous aimer !...

— Bravo !... Voilà qui est bien !... — s'écria Sophie Ardusson. — Tenez, voilà où l'on est heureux d'avoir pu faire un peu de bien dans sa vie !... Ça, c'est la récompense de ce que j'ai fait pour ma fille !...

— Chère maman Sophie !...

— Ma chère mignonne !... Ah ! l'on a bien raison de le dire, les affections en dehors de la famille sont encore les plus sincères et les plus solides !...

Mais embrassez-vous donc, voyons !... Il ne faut pas vous gêner à cause de moi !... Je suis votre mère à tous deux maintenant !...

Et puis, voyons, en attendant que les choses soient arrangées, on va prendre des dispositions... Car enfin, maintenant que vous êtes fiancés, ce n'est plus la même chose !...

Tu comprends bien ce que je veux dire, toi, — fit madame Ardusson en s'adressant à Liette qui rougissait. — Vous n'avez plus besoin de vous donner des rendez-vous et de vous cacher... d'aller au bois !... Maintenant, vous pourrez vous voir ici...

Vous, Pierre, vous viendrez chaque fois que vous pourrez... Le dimanche... Dans la semaine, le soir après votre travail... Je veux que vous soyez comme chez vous...

— Je vous remercie encore, maman Sophie.

— Il faudra bien aussi que nous les célébrions, ces fiançailles... Oh !
entre nous, simplement, en dînant ensemble, un soir... quand vous voudrez...
Ce sera plus convenable... parce que l'on saura que vous êtes fiancés et on
ne s'étonnera pas de vous voir venir ici, ni de vous rencontrer ensemble, si
vous sortez... Car je sais bien ce que c'est que les jeunes gens, et je ne veux
pas être pour vous deux une mère bougon, une empêcheuse de danser en
rond, une gêneuse... On a tant de choses à se dire, quand on s'aime ; on est
si heureux parfois d'être seuls !... Eh bien ! du moment que l'on est fiancés,
il n'y a pas de mal et personne n'a rien à dire, n'est-ce pas, Pierre ?

— Bien sûr !... Oui, nous célébrerons nos fiançailles, — dit le jeune
homme, — entre nous, comme vous dites... Et je vous demanderai la permission de vous faire faire la connaissance des deux seuls amis que j'ai, ceux
qui me constituent toute ma famille, qui étaient mes seules affections jusqu'au jour où j'ai eu le bonheur de connaître ma Liette...

— Bien volontiers, — répondit Sophie Ardusson.

Mais elle tenait à savoir si ceux dont parlait le fiancé de Liette ne seraient
pas capables d'entraver ses projets.

— Des parents, n'est-ce pas ? — questionna-t-elle.

— Non... Je suis seul... Je n'ai pas de famille depuis la mort de mon
père, — répondit Pierre. — Ce sont de bons amis avec qui je me suis lié
parce que nous nous connaissions et que nous nous sommes trouvés réunis
par le même malheur, celui d'être privés de nos parents...

— Oui, je comprends ça !...

— Mariette, que je considère comme ma sœur, et Victor Bernard, dont
la mère était employée à l'école de Saint-Ouen que mon père dirigeait... Un
brave garçon, plein de cœur, qui m'aime comme son frère... J'ai parlé d'eux
souvent à Liette et je lui ai dit combien je les aimais... Dimanche, ils sont
venus me voir, et je leur ai fait la confidence de mon amour, car je n'ai rien
de caché pour eux... Alors, puisque vous voulez bien le permettre, je vous
les ferai connaître, maman Sophie, et je suis sûr que vous les aimerez à cause
de l'affection qu'ils ont pour moi.

Pierre parla longuement de ses amis, dont il voulait faire connaître
toutes les qualités, toute l'affection.

Il parla surtout de Mariette, à cause de sa situation d'enfant abandonnée,
de pupille de l'Assistance publique, s'attachant, en pensant à la menace qui
s'élevait contre Liette, à dire l'affectueuse compassion que son sort lui avait
toujours inspiré.

— Je comprends que vous les aimiez, — dit Mme Ardusson. — Oui, il
faudra les amener, et nous ferons les fiançailles avec eux.

— Je compte y aller dimanche... — dit Pierre. — Alors, si vous vouliez
venir avec moi, ainsi que Liette...

— Dimanche !... Mais oui... c'est entendu, — accepta Sophie Ardusson,

qui venait aussitôt de concevoir un moyen de faire servir cela à ses projets.
— Mais vous les préviendrez ?

— J'écrirai demain matin à Mariette.

— Alors, quand vous reverra-t-on ? — demanda-t-elle en voyant que
Pierre avait regardé l'heure et se levait. — Je sais ce que c'est quand on
aime; il ne faut pas laisser Liette trop seule... Elle s'ennuierait, n'est-ce pas,
ma chérie ?...

— Je reviendrai demain soir.

— Eh bien ! venez dîner avec nous... Sans façon... c'est entendu ?

— J'accepte d'aussi bon cœur que vous l'offrez, et je vous remercie,
maman Sophie, — dit Pierre, ravi. — Alors, à demain.

Et, comme il lui tendait la main :

— Embrassez-moi donc ! — fit Mᵐᵉ Ardusson. — Moi, d'abord, j'ai envie
de vous embrasser !... Tu permets, Liette ?...

L'habile commère se montrait expansive et affectueuse, voulant inspirer
toute la confiance possible pour la réalisation de ses projets.

Et lorsque Pierre l'eut embrassée, elle lui dit :

— A vous deux, maintenant... Allons, un gros baiser de fiancés et
d'amoureux !... Ça fait plaisir à voir !...

*
* *

Le même effet s'était produit chez les deux jeunes gens, — résultat que
Sophie Ardusson avait bien prévu, et qui secondait admirablement ses
combinaisons odieuses, — Pierre et Liette se sentaient transportés d'une
recrudescence d'amour, qui leur faisait goûter une félicité inconnue pour eux
jusqu'alors.

Ces baisers, qu'ils avaient échangés sous les yeux de cette femme,
dont la tendresse maternelle les avait profondément touchés, ces longues
étreintes en lesquelles ils s'étaient tenus, et ces aveux qu'ils avaient renou-
velés avec le consentement de maman Sophie exaltaient leur impatience
amoureuse.

Rien au monde, désormais, ainsi qu'ils se l'étaient juré, n'aurait été
capable de les désunir.

Leur amour avait reçu sa consécration.

Les obstacles qui s'élèveraient contre leur bonheur, les menaces qui
sourdraient contre leur bonheur, ne pourraient qu'affoler leurs désirs,
exalter leur tendresse et transformer leur amour en une véritable passion,
avec toute sa frénésie et son aveuglement.

Sophie Ardusson y comptait bien.

Elle s'applaudissait d'avoir si admirablement réussi et de l'habileté
qu'elle avait su mettre en son rôle.

(Quelques instants avant midi, elle vit sortir Pierre et Liette. (P. 184.)

Le cœur des amoureux lui était absolument conquis.

Elle était pour eux, contre les événements et contre tous, la protectrice de leur amour.

Lorsque Pierre fut parti et que Liette se jeta dans ses bras, émue et reconnaissante, la remerciant de sa bonté et de sa tendresse, la misérable comprit mieux encore à quel point elle avait réussi.

Elle s'entretint longtemps avec la jeune fille, et lui parla de celui

LIV. 23. — MARIAGE IN-EXTREMIS.   LIV. 23.

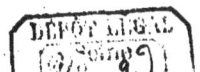

qu'elle aimait. Elle faisait de Pierre le plus complet éloge. Elle disait toutes ses qualités. Elle s'appliquait à développer encore l'amour et les désirs de Liette en lui découvrant ce qui se passait dans l'esprit de son fiancé, mieux qu'il n'eût osé le faire lui-même.

C'était une transformation véritable qui s'opérait dans l'esprit, dans l'être tout entier de l'adorable jeune fille.

Elle se sentait si heureuse qu'elle n'aurait jamais cru un pareil bonheur possible.

Elle ne savait plus quels termes employer pour dire ce qu'elle éprouvait et pour témoigner sa reconnaissance à cette mère si bonne, qui s'était faite l'artisan de son bonheur.

Elle ne pouvait que répéter :

— Oh! que je suis heureuse !... Que vous êtes bonne, maman Sophie !... Vous ne pouvez savoir combien je vous aime !...

Et la perfide la poussait encore en lui disant :

— Ma chère mignonne, je t'aime tant !... Et puis, j'ai si bien compris à quel point Pierre t'aimait, que je n'ai aucun mérite à ce que j'ai fait... J'ai agi comme si tu étais réellement ma fille... Il t'aime tant, et je comprends que tu lui aies inspiré un pareil amour... Il aurait été cruel, inhumain de tenter de s'opposer à votre bonheur !... D'ailleurs, Pierre n'aurait reculé devant aucun obstacle, tellement il t'aime !... Si j'avais eu l'idée de le repousser, de vous séparer, il n'aurait pas renoncé à toi !... Il t'aurait enlevée, comme ces héros de passion, dont j'ai lu, dans le temps, les histoires, et qui bravaient tous les dangers pour celles qu'ils aimaient... Oh! oui, il t'aime si profondément qu'il ne s'arrêtera devant rien... Et je le comprends, je l'approuve !...

— Et si ma situation rendait notre mariage impossible ?

— Il n'y a rien d'impossible pour celui qui aime comme Pierre t'aime... Ne te tourmente donc pas... Pierre t'arracherait plutôt à l'Assistance publique, si elle voulait mettre la main sur toi, que de se séparer de toi... Et, si cela devenait nécessaire, il pourrait compter sur moi, car je trouve barbare cette loi qui voudrait faire de toi une sans-famille, au moment où, par ton mariage, tu vas t'en créer une... Heureusement, cela n'est pas à craindre. Pierre agira avec prudence, et ta situation ne sera pas connue.

Va, aie confiance, ma chère petite Liette, — compléta l'insidieuse femme avec de nouvelles démonstrations de tendresse, — ce malheur n'arrivera pas... Ta maman Sophie veille sur toi !... Tu l'auras, ton Pierre, c'est moi qui t'ai donnée à lui, et c'est moi qui vous unirai... Et s'il faut se passer de la loi, qui est si dure pour les malheureux, eh bien! nous nous en passerons, et tu seras heureuse quand même !...

Pierre, de son côté, se sentait pareillement transporté par la possession de Liette, qu'il avait effectuée en ses ardentes caresses.

Elle était désormais à lui, bien à lui.

Elle ne lui appartenait pas seulement parce que son amour la lui avait donnée, mais parce qu'il l'avait reçue des mains de celle qui lui servait de mère et qui avait, seule, toute autorité sur elle.

Et sa passion se décuplait.

La perspective des obstacles et des dangers qui pourraient menacer sa bien-aimée l'irritaient et lui soufflaient un amour plus ardent encore.

Il goûtait, comme Liette, un bonheur indéfinissable, ce bonheur d'aimer fait des intimes sensations de l'être exalté dans le divin sentiment d'amour, et des désirs impérieux dont il enflamme les sens, à l'insu même de l'esprit.

Tout lui semblait beau et riant autour de lui, pour se mettre à l'unisson avec l'allégresse de son âme.

En regagnant son domicile, sous le ciel le plus pur, les étoiles lui paraissaient briller d'un plus vif éclat : il en distinguait une dont la lumière, à la fois douce et brillante, l'attirait de préférence. Qui sait si Liette, en ce moment, aspirant l'air pur à sa fenêtre, avant de se coucher, ne regardait pas cette étoile en même temps que lui, en songeant à lui comme il songeait à elle ?... Et il lui envoyait ses pensées pleines d'amour, comme s'il parlait à cette étoile, et lui disait : « Parle de moi à Liette, et dis-lui combien je l'aime !... »

Et chez lui, dans sa petite chambre de garçon, quand il se retrouva seul, il ne put plus contenir son bonheur.

Il riait et il pleurait tout à la fois, et, par la fenêtre ouverte, tourné dans la direction de la maison de Liette, comme les Arabes fanatiques se tournent en leur prière vers l'orient, il lui disait :

« Je t'aime !... Je t'aime !... Je t'aime !

Pierre aurait voulu pouvoir parler de son amour.

Si Mariette et Totor avaient été là, s'il avait pu courir chez eux

Il avait envie d'écrire à Mariette ; mais il y renonça, puisqu'il devait la voir dimanche.

Il se sentait incapable de dormir, et l'insomnie, en le livrant à ses pensées, lui faisait calculer dans combien de temps, bien long, hélas ! il reverrait sa chère Liette.

Il ne la reverrait que le lendemain soir, après sa journée.

Près de vingt-quatre heures !...

Maintenant qu'il l'avait prise dans ces longs baisers d'amour, ayant subi l'incitation perfide de cette femme dont il ne pouvait soupçonner les intentions, il sentait que Liette était bien à lui et il lui semblait qu'elle devrait être encore dans ses bras.

Aussi avec quelle ardeur il la disputerait, s'il le fallait, à cette loi qui pouvait la lui ravir en la confiant à la tutelle du Directeur de l'Assistance publique !...

Rien ne pourrait la lui enlever.

Son amour, approuvé par celle seule dont Liette dépendait, lui donnait des droits sur elle.

Le lendemain, Pierre Duval fut un des premiers à sortir de l'usine.

Il s'était hâté de terminer son ouvrage et de régler les travaux du jour suivant avec Monsieur Alfred, l'aîné des frères Rollinet, l'ingénieur, qui avait la direction technique de l'entreprise.

Il courut chez lui pour quitter les vêtements de travail et faire un brin de toilette, puis il se rendit chez Mme Ardusson.

Il trouva son couvert mis, bien qu'il n'eut pas pensé dîner dans la maison ; il se préparait à dire qu'il avàit déjà pris son repas.

— Je pensais bien que vous viendriez avant le dîner, — lui dit maman. Sophie, — et c'est moi qui ai dit à Liette de mettre votre couvert !... La pauvre petite est si heureuse depuis hier !...

Et ce fut encore une soirée dans laquelle l'amour des fiancés se retrempa et s'exalta davantage.

Maman Sophie y veillait et elle l'attisait habilement.

Elle les voyait se dévorer des regards, s'unir dans de continuelles caresses, qu'elle approuvait en disant :

— Ça me rajeunit !... Il me ressemble que j'ai été réellement mère !... Que je suis heureuse de vous voir vous aimer ainsi !... Allez-y, mes enfants, aimez-vous bien ; vous n'aurez jamais de plus grand bonheur sur terre !...

On convint de tout pour le dimanche.

Pierre dit qu'il avait combiné d'aller dès le matin chez Mariette, il déjeunerait avec elle et il l'amènerait ensuite à Clamart avec Totor.

On irait ensuite dîner tous ensemble dans un petit restaurant, du côté du bois de Meudon.

C'est lui qui invitait tout le monde.

Sophie Ardusson approuva complètement ce projet, qu'elle modifia seulement ainsi :

— Le mieux serait d'écrire à mademoiselle Mariette pour la prévenir Alors vous viendriez déjeuner ici ; nous mangerions à onze heures, nous prendrions le train de midi, et nous irions tous les trois ensemble.

Qu'en dis-tu, Liette ?... Il me semble que ce serait plus convenable !... Il vaut mieux que Pierre te conduise chez ses amis pour te présenter.

Liette et Pierre, ravis, approuvèrent unanimement.

On savait déjà, parmi les voisins, qui avaient remarqué l'assiduité de ce jeune homme, qu'il faisait la cour à la « petite de madame Ardusson » ; elle-même en avait causé avec quelques commères.

Pierre avait écrit à Mariette.

Le samedi, en venant passer la soirée chez Mme Ardusson, il le lui dirait.

Tout était ainsi convenu pour le lendemain.

Lorsqu'il arriva, Liette était seule à la maison.

— Maman Sophie a été obligé de sortir, — dit la jeune fille à son fiancé qui venait de l'embrasser. — Elle a été obligée d'aller chez Mme Reboul, pour faire regarnir son chapeau pour demain. Vous ne l'avez pas rencontrée en venant.

— Non, — dit Pierre qui trouva cette explication fort simple et très naturelle.

— Elle ne tardera pas à rentrer.

Ainsi Sophie Ardusson avait manœuvré pour laisser les deux jeunes gens en tête-à-tête.

Le chapeau à faire regarnir, bien que cela fût nécessaire, n'était qu'un prétexte, car elle aurait bien pu s'en occuper pendant la journée. — Elle avait gardé cela comme un prétexte pour sa sortie du soir.

Pierre et Liette se trouvaient donc seuls, et absorbés par leur amour qu'ils se redirent sans se lasser, sous toutes les formes, ils ne virent point passer l'heure.

Il était plus de dix heures lorsque Mme Ardusson revint.

— Oh ! mes enfants, je croyais que je n'en sortirais plus, — dit-elle en arrivant. — J'ai trouvé Mme Reboul encore à table avec son mari et sa belle-sœur, et elle a voulu à toute force que je prenne le café avec eux... Ils prennent le café tous les soirs... J'ai eu beau protester, leur dire que je n'en avais pas l'habitude, que cela m'empêcherait de dormir, il a fallu rester...

Enfin je n'étais pas inquiète sur vous deux... Maintenant que vous êtes fiancés, dame ! c'est quasiment comme si vous étiez mariés...

Eh bien ! ça va toujours, l'amour ?... Vous avez eu le temps d'en dire des choses, hein ?

Vous êtes-vous bien embrassés au moins ?... Vous savez, ce n'est pas parce que je ne suis pas là qu'il faut vous gêner, puisque vous êtes maintenant l'un à l'autre !...

Le bonheur que Pierre et Liette goûtaient les empêchaient de sentir toute la perfidie de ces provocations.

Ils s'étaient laissé aller à toute l'expansion de leur amour, qui s'accroissait ainsi à chaque instant.

Sophie Ardusson constatait nettement le résultat de ses machinations et elle savait bien que déjà les deux fiancés étaient trop profondément épris pour ne pas s'affoler et perdre tout discernement lorsqu'ils se trouveraient sous la menace imminente d'une séparation.

Elle avait préparé une autre intrigue qui devait, pensait-elle, mieux pousser encore Pierre et Liette dans les bras l'un de l'autre, qui créerait entre eux cette intimité qui préluderait au dénouement qu'elle s'efforçait d'atteindre.

Le dimanche, il avait été convenu qu'elle irait à Paris chez Mariette avec les deux fiancés.

La voleuse du champ de courses ne tenait pas à se montrer en chemin de fer, surtout ce jour-là, si peu de temps après son vol.

Elle aurait eu trop peur d'être reconnue par un des habitués de la pelouse qu'elle avait fréquentée sans interruption pendant plusieurs années.

Dès le matin, en se levant, elle se plaignit à Liette d'avoir mal dormi, d'avoir passé une mauvaise nuit.

Ce devait être la faute à ce café que madame Reboul avait à toute force voulu lui faire prendre la veille. Elle n'avait pas l'habitude de boire du café le soir.

Puis elle se sentit grippée, l'estomac barbouillé, la tête prise; assurément elle devait avoir pris mal, et cela, — assurait-elle, — la contrariait beaucoup parce qu'elle avait promis à Pierre d'aller à Paris, tandis qu'elle comprenait bien qu'il ne serait pas prudent de sortir avec ce commencement d'indisposition.

Liette voyait déjà la partie compromise.

Alors qu'allait-on faire?... Pierre avait écrit à Mariette !...

Maman Sophie la rassura.

— Ça ne fait rien, vous irez sans moi, tous les deux !... Vous êtes fiancés, vous pouvez bien sortir ensemble, du moment que j'y consens...

Et, en effet, cela sembla tout naturel à Liette qui fut ravie à la perspective de ce nouveau tête-à-tête.

Les amoureux ont beau voir leur amour approuvé par ceux dont ils dépendent, ils préfèrent toujours n'avoir pas de témoins de leurs tendres épanchements.

Et l'adorable jeune fille soigna sa toilette avec une coquetterie particulière.

Elle voulut se faire belle pour faire honneur à son fiancé et pour plaire à cette sœur de Pierre, qui bientôt serait sa sœur à elle aussi.

Lorsque le jeune mécanicien arriva, le déjeuner était prêt.

En l'embrassant, Liette lui dit :

— Maman Sophie est fatiguée... Elle a pris mal hier soir... Elle ne viendra pas avec nous.

— Oui, je ne me sens pas bien, — dit l'habile commère. — J'ai pris comme un chaud et froid. Il vaut mieux que je ne sorte pas, et demain il n'y paraîtra plus... Mais comme je l'ai dit à Liette, vous irez tous les deux sans moi à Paris, et vous reviendrez en me ramenant mademoiselle Mariette et monsieur Victor, ainsi que c'était entendu.

Sophie Ardusson joua admirablement son rôle pendant le déjeuner et Pierre et Liette partirent seuls par le train de midi dix.

On les regarda passer dans le quartier, et comme on savait déjà ce qui se passait, on souriait.

. — Ils sont gentils tout pleins, ces petits amoureux !... — dit-on.

On les considérait plutôt comme des amoureux que comme des fiancés, d'après ce qu'avait dit madame Ardusson, et l'on ne se trouvait pas surpris de les voir sortir seuls.

Pierre et Liette étrangers à tout ce qui n'était pas leur amour, isolés dans leur bonheur au milieu des passants et des curieux, dont les propos n'arrivaient pas à leurs oreilles, ne songeaient qu'à la joie de cette sortie.

Elle leur apparaissait comme une consécration publique donnée à leur affection, à leurs tendres projets.

Ils se sentaient heureux d'être seuls, car ils avaient tant de douces choses à se dire, et ils le furent surtout lorsqu'ils trouvèrent un compartiment vide, car les trains se dirigeant vers Paris, le dimanche, à cette heure, n'ont pas autant de voyageurs que ceux qui emportent les Parisiens vers la banlieue.

XIII

DÉNONCIATION

Remise de l'inquiétude causée par l'apparition inattendue de Gaston Dumesnil, Valérie Dubourg continuait à poursuivre son œuvre.

Elle avait vu Pierre Duval se rendre chez Sophie Ardusson, qu'elle venait de rencontrer dans la partie opposée de Clamart.

Cela la surprit.

Les choses allaient donc plus vite qu'elle l'avait conjecturé !...

Pierre rendait visite à Liette en l'absence de sa mère adoptive ?

Et plusieurs fois, la fausse Lia de Chavanges avait passé devant la fenêtre de la maison.

Elle avait cherché à voir ce qui se passait à l'intérieur, mais elle n'apercevait que la lueur de la lampe éclairant la salle à manger, dans laquelle les fiancés se tenaient.

Surveillant de plus près, — car tout cela l'intéressait et l'intriguait au plus haut point, — elle vit le lendemain matin, le dimanche, le jeune ouvrier mécanicien revenir chez Mme Ardusson.

Il y avait, de l'autre côté de la rue, mais un peu plus loin, un restaurant que l'ex-professeur de piano avait déjà remarqué depuis le premier jour, et

qui avait paru lui convenir à merveille, lorsqu'elle aurait besoin de s'établir
en observation pendant quelque temps, dans le voisinage de Liette.

L'inscription peinte sur la façade annonçait, avec le nom du propriétaire,
que l'établissement faisait les repas de noces et les banquets, qu'il était
pourvu de salons grands et petits et de cabinets de sociétés, ainsi que d'un
jardin avec tonnelles et bosquets.

Ceux-ci se voyaient, du reste, car une partie de ce jardin, qui entourait
la maison, bordait la rue, dont il était séparé par une grille de fer courant
sur un petit mur, contre laquelle s'adossaient des tonnelles, des treillages
garnis de vigne vierge.

Le moment était particulièrement opportun pour se servir de ce restaurant comme d'un observatoire, car, sans nul doute, Pierre Duval devait
déjeuner chez Sophie Ardusson.

Valérie Dubourg s'y présenta donc et choisit l'une des tonnelles d'où
elle pouvait le mieux surveiller la maison.

Sur la carte encadrée d'acajou, elle choisit les plats du jour qui lui parurent les plus convenables, et elle déjeuna.

Quelques instants avant midi, elle vit sortir Pierre et Liette.

Ils se rendaient, nous le savons, à la gare.

La fille d'Odeline était plus jolie que jamais sous une simple et fraîche
toilette d'été, son ouvrage, en petit lainage gris garni d'une application
d'entre-deux et de dentelles au corsage.

L'aventurière reconnut le chapeau qu'elle portait, le même que le
dimanche précédent au bois de Meudon.

Elle s'était faite belle afin de plaire à cette sœur aînée, dont Pierre lui
avait si tendrement parlé.

Elle voulait conquérir sa sympathie, en échange de celle qu'elle-même
lui avait déjà vouée, avant même de la connaître, uniquement parce que
Pierre l'aimait.

Elle était ravissante, et le rayonnement de bonheur et d'amour qui illuminait son adorable visage, auréolisait sa beauté.

Ainsi donc, Pierre Duval et Liette sortaient seuls !...

Où allaient-ils ?

La direction qu'ils prenaient indiquait clairement à Valérie Dubourg
qu'ils se rendaient au chemin de fer, car ils marchaient assez vite, avec la
préoccupation de ne pas manquer le train.

Du reste, de sa tonnelle, elle apercevait la station à l'extrémité de la rue
de Paris.

Peu importait de savoir s'ils allaient à Paris ou dans la direction de
Versailles...

Ils sortaient seuls.

Pendant ce temps, Totor, après avoir serré la main de Pierre, essuyait déjà ses lèvres, prêt à succéder à Mariette. (P. 189.)

Ils allaient où bon leur semblait, en amoureux qui sont heureux du tête-à-tête qui leur permet de parler de leur amour.

Il avait suffi à l'habile intrigante de les voir passer pour comprendre leur bonheur, car elle avait vu que Pierre, tout en marchant, dévorait des yeux sa charmante compagne.

Aussitôt, le plan de Sophie Ardusson lui apparut.

Cette femme ne poursuivait que le but de se débarrasser le plus rapidement possible de Liette.

C'est pour cela qu'elle avait favorisé l'amour des deux jeunes gens.

Évidemment, elle les avait laissés à dessein seuls la veille, chez elle, pendant plus de deux heures.

Aujourd'hui ils partaient, seuls encore, approuvés, encouragés, sans doute, par elle.

Rien ne pouvait mieux servir les projets de l'usurpatrice de la fortune d'Odeline d'Arcis.

Elle prévit l'avenir; elle devina ce qui se passerait fatalement à l'incitation de Sophie Ardusson.

Pierre et Liette s'aimaient trop pour ne pas réaliser, un jour, leur amour.

Qu'importait, du reste, qu'ils fussent mariés !...

Pris et tenus par leur mutuelle tendresse, ils n'auraient aucune autre préoccupation le jour où ils se seraient donnés l'un à l'autre.

Jamais ils ne se préoccuperaient de chercher à découvrir la famille de Liette, et auraient-ils un jour l'intention de le tenter qu'en l'absence de tout point de départ, de tout renseignement, leurs investigations seraient forcément sans résultat.

La misérable avait trop bien pris ses précautions.

A cet égard, elle n'éprouvait aucune inquiétude.

Elle se préoccupait bien autrement, en ce moment, de la réapparition inopportune de cet homme qui l'avait reconnue, et dont l'amour insensé avait survécu au méprisant traitement et aux duretés qu'elle lui avait infligées, et même aux nombreuses années écoulées.

Déjà l'ex-professeur de piano s'était demandé si, en dépit des significations catégoriques qu'elle venait de faire à Gaston Dumesnil, il ne tenterait pas de nouveau de la revoir.

Elle s'était rendu compte de l'intensité de son amour et elle ne pouvait, malgré tout, s'empêcher d'en redouter les conséquences.

Enfin, ce qui se passait à l'égard de Liette la délivrait pour un instant de cette préoccupation.

De ce côté, plus rien à craindre.

Pourvu que le dénouement ne tardât pas trop longtemps !...

Et, à cette pensée, un sourire mauvais parut sur les lèvres minces de Valérie Dubourg.

Évidemment, elle venait de concevoir un projet, combiné une machination qui précipiterait la solution qu'elle espérait.

*
* *

Mariette s'était raidie une dernière fois contre l'atroce souffrance de son amour méconnu, lorsqu'elle avait reçu la lettre de Pierre.

Victor n'avait pas été témoin de cette douleur; il n'avait pas vu les larmes qui, malgré sa volonté, s'échappèrent de ses yeux. Il était à son travail au moment où cette lettre était arrivée.

La vaillante fille ne lui en avait parlé qu'à midi, lorsqu'il vint déjeuner. Oh ! mais, à ce moment, Mariette s'était ressaisie et raisonnée.

Elle souriait en parlant à Totor de Pierre et de sa fiancée, et ce sourire était un sourire de tendresse et de joie.

L'héroïque sacrifice d'amour était définitivement accepté et consommé. L'arrivée de Liette chez elle en serait la consécration.

Elle se sentait forte maintenant, et elle parlait comme d'une joie, comme d'un heureux événement, de cet amour pour une autre de celui qu'elle avait aimé bien avant elle.

Et cette joie, ce bonheur, Mariette l'éprouvait réellement, car sa résignation était absolue, et il ne s'y mêlait aucune amertume, aucune envie.

Elle était heureuse de savoir son Pierre heureux.

Elle, elle n'existait plus !...

— Quel trésor de femme tu es !... — lui dit avec admiration Totor, qui comprit bien ce qui se passait en elle. — Tu n'es pas une femme, tu es un ange, ma jolie sœurette !

Mais Mariette l'interrompit tout de suite, sans répondre même au baiser qu'il lui donnait.

— Écoute, Totor, — dit-elle sérieuse, — ne parlons plus de cela... jamais... jamais !...

— Ah !... — fit le bon espiègle, surpris.

— Je t'ai dit tout ce que je pensais... Je n'ai pu te cacher ce que j'ai souffert... Mais maintenant je ne souffre plus... Ne me rappelle donc plus rien !... Je ne sais plus qu'une chose, c'est que Pierre est mon frère et que, comme une sœur qui l'aime de tout son cœur, je dois me réjouir du bonheur qu'il a... Je dois aimer comme je l'aime celle qu'il s'est choisie et que son amour fait ma sœur... Et je te jure que c'est bien là ce que j'éprouve... bien réellement... au fond du cœur !...

Ainsi donc, plus jamais... n'est-ce pas ?...

— Je te le promets, — répondit sérieusement Victor.

— Et toi aussi, tu l'aimeras, la femme de Pierre ? — demanda Mariette.

— Moi ! Bien sûr !... Je n'ai pas de raisons... au contraire !...

— Nous l'aimerons à nous deux, mon bon Totor !... Il faut qu'elle soit heureuse comme au sein de sa véritable famille, cette pauvre abandonnée qui a eu le bonheur de trouver Pierre !...

Et ils ne parlèrent plus de rien.

Totor, admirant sans réserve l'héroïque abnégation de Mariette, comprenait qu'elle était sincère, qu'elle n'avait pas conservé le moindre dépit ; Mariette s'était en quelque sorte autosuggestionnée en son ardente affection fraternelle, la seule qu'elle voulait laisser subsister en elle.

Et le dimanche, quand il se leva, toujours un peu paresseusement, car le samedi surtout il allait passer la soirée au théâtre, avec les camarades de son atelier, et ne rentrait qu'assez tard, il trouva le ménage presque entièrement fait, avec la propreté et l'ordre méticuleux de chaque jour, mais avec un raffinement de coquetterie inusité.

Mariette s'était mise à la besogne et l'avait poursuivie sans le moindre bruit.

Elle avait rangé avec goût la grande chambre, que l'alcôve fermée transformait en salon où elle recevait ses clientes; elle avait mis des fleurs fraîches dans les vases et enlevé les journaux de mode qui occupaient le guéridon, les remplaçant par quelques bibelots.

Dans la pièce qui lui servait d'atelier, et qui avait été destinée par l'architecte de la maison à être la salle à manger de ce petit appartement, les établis se trouvaient rangés contre les murs, afin de tenir le moins de place possible, et contre les murs aussi se trouvaient les trois mannequins revêtus de toilettes inachevées; d'autres pendaient au porte-manteau que recouvrait un rideau de lustrine.

Elle mangeait habituellement dans la cuisine avec Totor, et là aussi tout était propre et reluisant.

C'est là qu'elle mettrait tantôt le couvert pour leur déjeuner.

Dans le train qui les emportait, Pierre et Liette, assis l'un près de l'autre, la main dans la main, causaient toujours de leur amour.

Les amoureux fervents ne se lassent jamais de dire et d'entendre ces douces paroles, toujours les mêmes.

Ils étaient si heureux d'être seuls !...

Et les baisers s'échangeaient au milieu de la plus douce ivresse, dans un ravissement absolu.

Ils ne parlèrent de Mariette et de Totor que lorsqu'ils se trouvèrent sur l'impériale de l'omnibus qu'ils prirent à la gare Montparnasse.

Déjà Pierre avait si longuement parlé à sa fiancée de cette sœur et de ce frère qu'il aimait, qu'elle les connaissait avant de les avoir vus.

Liette se sentait cependant appréhendée par une vague timidité à mesure qu'approchait ce moment où elle allait se trouver en présence, sentiment aussi naturel qu'invincible.

Mais Pierre dissipait cette timidité, qu'il ne pénétrait pas, par ses bonnes paroles.

Il parlait de ce dîner de fiançailles que l'on ferait le soir, tous réunis, a Clamart, et aux frais duquel il avait voulu contribuer en remettant une petite somme à maman Sophie qui l'avait acceptée en simulant des protestations.

Il disait la joie qu'il allait avoir de l'accueil affectueux que Mariette et Totor feraient à sa bien-aimée.

Il en parlait encore au moment où l'on approchait de la maison qu'il avait montrée à Liette du plus loin, du bas de la rue des Martyrs, en lui disant que les fenêtres de l'appartement de Mariette ne donnaient que sur la cour.

Sans cela Totor, bien sûr, serait à la fenêtre pour les voir arriver.

Mais le grand diable, heureux de l'événement, se tenait attentif à tous les bruits de l'extérieur, et dès qu'il entendit la porte vitrée qui fermait la cour s'ouvrir et se refermer, il se pencha à la fenêtre et il vit Pierre et sa fiancée.

Pierre avait levé les yeux et l'avait vu.

— Les voilà!... — annonça-t-il joyeusement à Mariette.

Et il demeura impatient pendant la longue ascension des quatre étages que gravissaient les fiancés.

Il ouvrit la porte de l'appartement dès qu'il les entendit sur le palier.

Mariette, qui venait d'achever sa toilette, habillée d'une robe de cachemire noir garnie de satin mauve, d'une coupe irréprochable, faite avec le chic qu'elle apportait à tout son ouvrage et empreinte d'un cachet de bon goût que n'excluait pas la simplicité, vint le rejoindre.

— Ah! vous êtes seuls!... — fit-elle.

— Oui, je vais t'expliquer, — dit Pierre. — Mme Ardusson n'a pas pu venir, elle est un peu indisposée, mais ce ne sera rien.

Laissez-moi d'abord vous présenter ma fiancée.

Ils entrèrent.

— Voilà ma chère Liette, dont je t'ai parlé... — reprit l'amoureux jeune homme, d'une voix qui, aussi bien que ses yeux brillants, disait son immense amour.

— Mademoiselle, — dit Mariette en tendant les deux mains à Liette, — voulez-vous me permettre de vous embrasser.

Liette était émue de cet accueil si simple et si cordial.

— Volontiers, — répondit-elle tout bas.

Et tandis qu'elles s'étreignaient tendrement et que Mariette disait à Liette avec une sincérité dont personne ne pouvait douter :

— Pierre, que j'aime comme mon frère, vous aime et je le félicite d'être aimé par vous!... Nous aussi nous vous aimerons et nous vous aimons déjà!...

Pendant ce temps, Totor, après avoir serré la main de Pierre, essuyait déjà ses lèvres, prêt à succéder à Mariette.

— Et moi aussi, il faut m'embrasser, Mademoiselle Liette, — fit-il bon enfant et joyeux. — Vous permettez, n'est-ce pas!

Et il l'embrassa avec enthousiasme, en disant :

— C'est moi qui suis content d'avoir une jolie petite sœur comme vous!...

Liette riait, heureuse... Oh ! bien heureuse de tant de démonstrations affectueuses que lui valait son Pierre.

— Chez nous, voyez-vous, c'est comme ça, — poursuivait Totor, — on s'aime tous les trois... Eh bien ! on sera quatre maintenant.

— Alors tu disais que Madame Ardusson... — reprit Mariette.

— Ce n'est rien, — répondit Pierre. — Elle a pris un peu froid hier soir... Car il fait frais là-bas, avec le voisinage du bois... Mais ce ne sera rien et je ne lui ai même pas trouvé mauvaise mine... Elle nous attend pour dîner, ainsi que c'est convenu.

Et l'on causa, l'on causa à n'en plus finir, Mariette assise sur le canapé auprès de Liette qui, du premier coup, avait fait la conquête de son cœur.

On parla des projets, du dîner de ce soir, qui serait le dîner des fiançailles, et des démarches faites par Pierre pour aplanir les difficultés que présentait la situation de Liette.

Oh ! ces Enfants Trouvés !...

Quand Mariette entendit parler de l'Assistance publique et de cet hospice de la rue Denfert où elle avait été élevée, elle ne put s'empêcher de tressaillir, et l'affection, quoique toute récente déjà vouée par son cœur d'or à l'abandonnée, devint aussitôt plus intense.

On ferait tout pour éviter l'ingérance de l'Administration et les retards que cette intervention apporterait à la réalisation du bonheur.

On parla, d'après ce que l'on savait, de l'abandon de Liette par cette dame, sa marraine, lui avait-on dit, qui l'avait confiée à Mᵐᵉ Ardusson et qui n'avait jamais plus donné de ses nouvelles.

— Qu'importe !... — fit Mariette, — puisque vous avez maintenant, avec Pierre et avec nous, une nouvelle famille... la vraie celle-là, car c'est celle qu'on se choisit...

Puis, mélancoliquement :

— On l'aimerait pourtant bien, l'autre... celle que l'on ne connaît pas... si l'on avait eu ce bonheur !...

— Oh ! oui, vous avez bien raison !... — approuva Liette.

L'affection, déjà acquise, se développait à chaque instant.

Totor mit la note gaie.

— C'est bien plus chic, — fit-il, — on n'a pas de belle-mère !

Et comme la fiancée de Pierre riait :

— N'est-ce pas, Liette ?... — fit-il.

Et il s'excusa aussitôt, car Mariette lui avait fait les gros yeux.

— Il ne faut pas m'en vouloir de vous dire Liette tout court... Je sens que je ne pourrai pas vous appeler mademoiselle, puisque vous êtes la petite femme de Pierre.

Et puis Pierre permet, n'est-ce pas ?...

C'est égal, tu as eu rudement de la veine de trouver une jolie petite femme comme ça !...

Liette rougissait.

— Je vous ai bien dit que Totor est un être extraordinaire, — lui dit Pierre.

— Eh bien ! quoi ?... Le cœur sur la main !... — fit Totor. — Ça vaut bien mieux que de faire des manières !...

— Oui, monsieur Victor, vous avez raison, — lui dit Liette.

— Ah ! mais pas de « monsieur » !... se récria-t-il. — Il faut m'appeler Totor, comme Pierre et Mariette.

— Tu ne veux pas que, du premier coup...

— Moi, je dis bien « Liette » du premier coup !...

Maintenant Mariette se sentait complètement remise et elle n'avait plus besoin de se faire violence en songeant à l'héroïque sacrifice d'amour qu'elle s'était si généreusement imposé.

Liette, par sa grâce, par son affection pleine de confiance, l'avait conquise d'emblée.

Elle était heureuse de voir Pierre si tendrement aimé.

Elle ne songeait plus du tout à elle.

Elle continuait envers lui, sans la moindre arrière-pensée, son rôle affectueux de sœur.

Elle les aimait l'un et l'autre.

Alors on songea à sortir, car il y avait déjà longtemps qu'on causait, et sans s'en apercevoir, le temps avait passé.

Totor avait proposé d'aller à pied jusqu'à Saint-Germain-des-Prés où l'on prendrait le tramway de Clamart. Cela ferait une bonne promenade qui, par ce beau temps, ne manquerait pas d'agrément.

Cela donnerait le loisir de causer.

Et puis on n'était pas à l'heure, pas vrai ?... et en route on ferait encore une petite station dans un café pour prendre l'apéritif.

Car il fallait arriver à Clamart avec un robuste appétit, afin de célébrer dignement les fiançailles.

Et cela avait été accepté.

Mariette, qui n'avait que son chapeau à mettre, fut vite prête.

Le long du chemin, elle marchait à côté de Liette, avec qui elle causait, tandis que Pierre et Totor les suivaient.

* *
*

Sophie Ardusson avait laissé éclater sa joie dès que Pierre et Liette furent partis.

Elle se félicitait de sa petite combinaison qui avait si bien réussi.

Ainsi Pierre et Liette s'habituaient à être seuls. Leur amour se développait encore, pensait-elle, dans cette intimité, et les désirs amoureux ne tarderaient pas à s'éveiller.

Il faudrait bien qu'ils prissent leur parti le jour où ils verraient que leur mariage était hérissé de trop de difficultés.

— Ça les met sur la voie ! — se disait-elle. — Et lorsqu'ils se verront menacés d'être séparés, ils seront tout prêts à faire la bêtise !...

Elle songea à cela toute l'après-midi, en faisant des préparatifs pour le dîner.

Et lorsqu'elle se rendit chez la bouchère pour acheter le gigot qu'elle avait mis dans son menu, on lui demanda :

— Mademoiselle Liette est sortie avec ce jeune homme?,.. Je l'ai vue à la gare.

— Ah ! quand on est amoureux, — fit-elle, perfidement, — on ne peut pas tenir les jeunes gens, vous le savez bien.

— Et vous la laissez aller ?

— Que voulez-vous que j'y fasse ?... si je voulais la tenir, elle agirait en cachette, comme lorsqu'elle allait au bois avec son amoureux !

Cette idée que Pierre et Liette seraient l'un à l'autre, en dehors des convenances légales, se répandrait ainsi et personne ne s'étonnerait quand ce serait chose faite.

On connaissait la situation de Liette, dans le voisinage, car Sophie Ardusson en avait parlé dans les premiers temps, sans dire toutefois qu'elle avait reçu une somme importante.

On avait su qu'elle avait pris une fillette en garde et que la personne qui s'intéressait à cette enfant avait payé les frais de son éducation au couvent de Meudon.

La sœur du blanchisseur avait également dit qu'elle n'avait jamais plus eu de nouvelles de la personne qui lui avait confié Liette, et elle pensait qu'ainsi on jugerait favorablement sa conduite à l'égard de cette enfant qui ne lui était rien et qu'elle gardait quand même avec elle.

Cela ne lui valait pas plus de considération dans le pays, car elle était peu estimée, comme le sont les gens qui paient difficilement, car Sophie Ardusson n'avait pas toujours réglé exactement ses fournisseurs. Elle avait eu des moments difficiles et elle ne jouissait pas d'un bien grand crédit.

Dans les conjonctures actuelles, il y en avait qui la blâmaient, sans oser toutefois lui dire ce qu'ils pensaient, et qui trouvaient qu'elle ne veillait pas assez sur Liette, qu'elle se prêtait même trop complaisamment à cette intrigue d'amour.

Cela n'étonnait personne avec l'existence que menait cette femme qui n'était jamais chez elle, qui partait tous les jours à midi et ne revenait que le soir, laissant la jeune fille toute seule pendant ses longues absences.

...Elle entra ensuite dans un bureau de poste pour écrire sa lettre. (P. 199.)

Les commérages n'étaient pas arrivés à préciser exactement ce que faisait Mme Ardusson. On s'en doutait bien, mais on n'en avait aucune preuve formelle. — Une bonne femme avait eu l'idée qu'elle devait aller aux courses, et elle l'avait dit, mais on ne s'y était pas arrêté.

Il fallait que Liette fut réellement vertueuse pour ne pas mal tourner.

Il est vrai qu'elle était encore si jeune, à peine dix-sept ans ; mais maintenant qu'elle avait fait la connaissance de cet ouvrier de l'usine Rollinet, elle ne tarderait pas à faire comme bien d'autres.

Tous ces bruits cependant ne dépassaient pas un périmètre restreint, car Sophie Ardusson vivait assez retirée et ne fréquentait personne à Clamart en dehors des commerçants de son voisinage immédiat.

Ce qu'elle disait en ce moment confirmait l'opinion que l'on s'était faite. Evidemment cette pauvre petite ne pouvait manquer de mal tourner.

Tout était prêt lorsque Liette revint avec son fiancé, Mariette et Victor.

Les préparatifs avaient été bien simples, car Sophie Ardusson avait fait la cuisine qui lui donnait le moins de peine : une soupe à l'oseille qui était toute prête et qu'elle n'avait qu'à tenir au chaud, un gigot entouré de pommes de terre qu'elle avait porté chez la boulangère qui le lui ferait cuire au four pour l'heure convenue, une salade qui, toute épluchée et lavée, baignait dans une terrine et un peu de dessert qu'elle avait acheté en même temps que les litres de vin qu'elle avait mis à rafraîchir dans un baquet, sous la pompe.

Le couvert était déjà mis.

Liette entra la première, trouvant la porte ouverte, car Mme Ardusson se trouvait dans sa chambre où elle achevait sa toilette.

De sa voix claire et joyeuse, elle annonça :

— C'est nous, maman Sophie !...

Et dès que Mme Ardusson fut là, car elle arriva aussitôt, Pierre lui présenta Mariette et Totor.

— Maman Sophie, voilà mes amis dont je vous ai parlé, ma bonne sœur Mariette et Victor.

— Mademoiselle, — fit-elle la main tendue, très cordialement, — je suis enchantée... Pierre m'a parlé de vous... — Et de vous aussi, dit-elle à Totor.

— Pierre nous a dit que vous étiez indisposée, — fit Mariette.

— Oh ! ce n'est rien, — dit Sophie Ardusson en toussotant pour justifier sa prétendue indisposition, — un petit chaud et froid... J'ai bien regretté de ne pas pouvoir venir... mais ce n'est rien, le coffre est bon... C'est hier soir que j'ai pris un peu froid... on ne fait pas attention dans cette saison ; il fait si chaud qu'on s'habille légèrement et l'on prend plus facilement mal que l'hiver... Enfin vous avez été bien aimables de venir.

Mais passez donc dans ma chambre pour vous débarrasser, — ajouta-t-elle en conduisant Mariette.

On se trouvait ainsi tout de suite mis à l'aise par cet accueil plein de cordialité.

Totor pensait déjà :

— Elle a l'air d'une bonne femme, la maman Sophie.

Et il accrocha son chapeau à l'un des patères du rideau, celui justement qui supportait l'embrasse dont le gland contenait l'argent volé.

Sophie Ardusson, attentive, méfiante comme ceux dont la conscience n'est pas tranquille, jeta furtivement les yeux de son côté.

Alors on causa, en attendant le dîner, et Liette, en bonne petite ménagère, attacha un tablier par dessus sa jupe pour aider aux derniers préparatifs.

On parla surtout du mariage, de ce mariage dont l'accomplissement paraissait présenter tant de difficultés à cause de la situation irrégulière de Liette, et de nouveau Sophie Ardusson, qui savait l'effet produit par cette menace, recommanda d'agir avec toute la prudence possible, en dehors de l'Administration, pour éviter l'intervention de l'Assistance publique.

Et à cette occasion, elle dit ce qu'elle savait, — ce qu'elle crut devoir dire, — au sujet de Liette, et elle raconta encore comment une dame qu'elle ne connaissait pas, qu'elle n'avait jamais revue depuis, avait répondu à l'annonce qu'elle avait faite pour demander à se charger d'un enfant.

Pendant le dîner, cette conversation qui se continua, amena à préciser certains souvenirs.

Mᵐᵉ Ardusson faisait le récit de la seule entrevue qu'elle avait eue avec cette dame qui était la marraine de Liette, d'après ce que l'enfant elle-même lui avait dit, et qui lui avait remis une « petite somme », en lui laissant une adresse, poste restante, à des initiales.

— Mais j'ai eu beau écrire, — dit-elle, — je n'ai jamais reçu une réponse, et c'est bien la preuve qu'en me confiant la petite on avait l'intention de l'abandonner.

Quant à Liette, ses souvenirs étaient demeurés moins précis que ceux de maman Sophie qui se rappelait fort bien tout ce qu'elle lui avait dit dès les premiers jours, car elle l'avait interrogée.

— Sa mère était morte à Paris quelques jours auparavant morte tout à coup, dans la rue, tandis que Liette se trouvait avec elle; alors on l'a transportée chez cette dame, sa marraine, et on ne l'a pas laissée assister au convoi funèbre, qui l'aurait, sans doute, trop impressionnée.

Elle me disait aussi qu'il n'y avait pas longtemps que sa mère et elle se trouvaient à Paris, où elles étaient logées à l'hôtel ; auparavant, elles habitaient en province.

— Ce nom de Darcis n'est pas commun, — fit observer Mariette. — On aurait pu, peut-être, avoir facilement des renseignements.

— Je me le suis dit bien des fois depuis, — répondit maman Sophie avec une hypocrite tendresse. — Mais dans les premiers temps, je ne pouvais m'imaginer que la pauvre petite était ainsi abandonnée, je m'attendais toujours à voir revenir cette dame ou à recevoir de ses nouvelles... Puis, plus tard, lorsque j'ai compris ce qui s'était passé, je m'étais déjà trop attachée à Liette pour faire la moindre démarche, surtout pour m'adresser à la police ; j'avais bien trop peur qu'on me l'enlevât et qu'on la mît aux Enfants-Trouvés !... Alors, je n'ai rien fait, je n'ai rien cherché à savoir... J'espérais toujours... A ce moment, la petite était au couvent, où je l'avais mise en versant l'argent que j'avais reçu, afin d'assurer son éducation, car je voulais

qu'elle fut bien élevée, pour le cas où sa famille la reprendrait un jour... Je
tenais à faire plus que mon devoir envers elle, afin que l'on n'eût rien à me
reprocher...

— J'ai eu le bonheur de vous avoir, — dit Liette, qui oubliait toutes les
duretés de la mégère.

— Oh ! oui, un grand bonheur, — appuya Mariette, — car elle aurait pu
tomber chez des personnes qui se seraient débarrassées d'elle et qui l'auraient
mise aux Enfants-Trouvés !...

— Aussi, je suis bien heureuse aujourd'hui de ce que j'ai fait, — reprit
Sophie Ardusson ; — Liette a reçu une bonne éducation, ce qui ne gâte
rien... Elle a même appris la musique, et c'est elle, les dernières années
qu'elle était au couvent, qui tenait l'orgue pendant la messe... N'est-ce pas ?

— Oui, c'est vrai, — confirma l'adorable jeune fille, — j'accompagnais
les cantiques...

— Elle a appris un métier, et un bon métier... qui ne rapporte guère
encore, parce que les sœurs payent si peu, mais qui sera bien plus rémunérateur si elle travaille un jour pour les grandes maisons de Paris, car, il
n'y a pas, elle brode comme une fée !... N'est-ce pas, Pierre, vous avez vu
ce qu'elle fait ?

— Ce bouquet, qu'elle a livré cette semaine, était magnifique !

— Et avec ça, bonne femme de ménage... car, que voulez-vous, quand
on n'est pas riche, il faut bien tout faire !... Eh bien ! nous faisons notre petit
ménage toutes les deux... Elle sait même bien faire la cuisine; et, des fois,
elle me fait de petites chatteries...

— Eh bien ! c'est Pierre qui est le plus veinard en tout ça, — déclara
Totor. — Bédame ! n'est-ce pas, maman Sophie ?

Totor, lui, n'y allait pas par quatre chemins. Du moment que Pierre et
Liette disaient « Maman Sophie », il ne voyait pas pourquoi il n'aurait pas dit
comme eux.

— Eh ! parbleu ! oui, car moi je vais rester toute seule quand Liette sera
mariée, — répondit la marâtre avec une feinte tristesse.

— Oh ! maman Sophie, vous ne le pensez pas ! — dit Liette, — car
vous savez bien que je n'oublierai jamais ce que vous avez fait pour moi...
Nous resterons avec vous...

— Mon travail est à Clamart, — dit Pierre à son tour. — Allez, vous ne
resterez pas seule !

— En attendant, il faut trinquer aux fiançailles, — proposa Totor, —
puisque nous sommes ici pour ça !...

Décidément, tout allait à merveille.

Mariette, dont le cœur loyal et bon n'était porté à voir que le bien, ne se
défendait pas de la sympathie que « Maman Sophie » avait su lui inspirer en
jouant si habilement son rôle.

Elle aimait surtout Liette qui, à chaque instant, faisait de nouveaux progrès dans son cœur.

De son côté, Sophie Ardusson observait profondément, sans paraître y prendre garde, les nouveaux personnages qui se trouvaient mêlés à sa vie, et elle n'entrevoyait pas d'obstacles insurmontables à la réalisation du plan qu'elle avait ourdi.

Sans doute, elle eut préféré que Mariette ne fût pas, ainsi qu'elle le comprenait, une fille honnête, à la conduite irréprochable, et elle aurait préféré que cette amie, dont Pierre lui avait parlé avec tant d'affection, fût capable de donner à Liette des conseils pervers. — Mais elle comptait par-dessus tout sur l'amour et l'affolement de Pierre, lorsqu'il se verrait menacé de perdre celle qu'il aimait.

A ce sujet-là, elle savait bien ce qu'elle aurait à faire, et cela ne tarderait pas.

A la première occasion, dès que les démarches auraient été commencées, elle prétendrait avoir reçu la visite d'un monsieur qu'elle assurerait être un inspecteur de l'Assistance publique ou un employé de la police, et cela suffirait pour alarmer Pierre et Liette.

L'amoureux jeune homme n'hésiterait donc pas alors, pour soustraire l'abandonnée aux recherches, à la cacher. La misérable saurait, au besoin, le lui suggérer, et alors, livré à lui-même, enflammé par son amour, que le danger exalterait, ce qu'elle voulait serait bien vite arrivé.

On ne penserait plus, alors, au mariage.

Il n'y avait que Totor dont Sophie Ardusson se défiait, car il lui avait paru intelligent et débrouillard, car il s'était attaché à questionner plus curieusement que les autres au sujet de Liette.

Est-ce qu'il ne serait pas capable, à un moment donné, d'entreprendre des recherches sur la famille de Liette, afin de simplifier les difficultés qui s'élèveraient ?

Tout en lui faisant bonne mine, Sophie Ardusson se proposait d'avoir l'œil sur lui.

*
* *

Valérie Dubourg n'était pas demeurée longtemps au restaurant de la grande rue de Clamart, après le départ de Pierre et de Liette.

Une conjoncture qu'elle n'avait que vaguement entrevue jusqu'alors, venait de se dessiner plus nettement à son esprit.

Elle n'avait entrevu sérieusement que la perspective du mariage de Liette avec le mécanicien de l'usine Rollinet, et elle avait pensé que cette union, en créant une nouvelle famille à la fille d'Odeline d'Arcis, la délivrerait à jamais de toute inquiétude et lui assurerait définitivement la jouissance paisible de la fortune si audacieusement usurpée.

Maintenant, — coïncidant en cela avec les intentions de Sophie Ardusson, — elle venait d'entrevoir la possibilité de forcer Pierre et Liette à accepter une union irrégulière qui réaliserait bien plus sûrement ses desseins.

Elle était certaine de leur amour mutuel, dont elle avait pu apprécier l'intensité.

Elle les voyait maintenant, grâce à la complaisance de Mme Ardusson, absolument livrés l'un à l'autre.

Que faudrait-il pour que ce qu'elle voulait se réalisât?

Valérie Dubourg n'envisageait pas les difficultés et les obstacles auxquels les fiancés allaient se trouver aux prises pour arriver à se marier, à cause de l'ignorance en laquelle Liette se trouvait au sujet de sa famille et de son acte de naissance.

Elle savait fort bien qu'un acte de notoriété pouvait suppléer à l'absence d'état civil.

Elle avait vu autre chose.

La présence de Sophie Ardusson constituait, en quelque sorte, une sauvegarde à Liette et à son fiancé.

Mais si cette femme, qui lui tenait lieu de mère, qui veillait sur elle, venait subitement à lui manquer!

Si Liette se trouvait tout à coup seule, livrée à elle-même, n'ayant plus que ce jeune homme qu'elle aimait!

Et, aussitôt, une combinaison se fit dans l'esprit de l'odieuse intrigante.

Si Sophie Ardusson se sentait menacée d'un danger personnel, si elle se sentait recherchée pour le vol qu'elle avait commis aux courses de Longchamp, assurément, elle n'attendrait pas que l'on vînt l'arrêter; elle prendrait la fuite et elle ne pourrait, en se cachant, emmener Liette avec elle, car Pierre Duval ne renoncerait pas à sa fiancée.

Valérie Dubourg n'eut pas besoin d'y réfléchir longtemps pour décider ce qu'elle avait à faire.

Elle se rendit le jour même à Paris.

L'adresse de la victime du vol de Longchamps, donnée par le *Petit Journal*, était demeurée gravée dans sa mémoire : 43, rue de Lille.

Une seule initiale, un C, désignait cette dame.

L'aventurière avait résolu de s'informer, ce qui, pensait-elle, lui serait facile.

Elle verrait après ce qu'elle aurait à faire.

Elle se rendit donc à l'adresse indiquée et examina la maison, une maison ancienne, vaste, qui paraissait habitée par de nombreux locataires.

A côté de la porte pendait un écriteau imprimé sur papier jaune, indiquant des chambres meublées à louer et cet écriteau devait se trouver là depuis longtemps car il avait à peu près perdu sa couleur.

— Je peux toujours demander au concierge, — se dit Valérie Dubourg.

Elle chercha un instant ce qu'elle allait dire, en traversant la rue, et arrivée à la porte de la loge, elle demanda :

— N'est-ce pas ici qu'habite cette dame qui a été victime d'un vol aux courses ?

— Madame Christol?... — répondit la concierge. — Parfaitement... Mais elle n'est pas chez elle. Elle est aux courses.

— Ça ne fait rien, — dit l'ex-professeur de piano, — je reviendrai... Merci, madame.

Elle ne voulait pas insister.

Le nom qu'elle venait d'apprendre lui suffisait.

— Je n'ai qu'à écrire à cette dame, — s'était-elle dit tout de suite, — et ma foi, tant pis pour la femme Ardusson !...

Valérie Dubourg acheta dans une papeterie du papier à lettre et une enveloppe et elle entra ensuite dans un bureau de poste pour écrire sa lettre.

Là, les plumes généralement fort mauvaises que l'administration met à la disposition du public pour faire sa correspondance, lui fournissaient un moyen de déguiser son écriture, qu'elle s'appliquerait du reste à contrefaire.

En outre, personne ne la remarquerait, comme si elle s'était installée pour écrire dans un café.

Elle écrivit donc ceci :

Madame,

Vous trouveriez, je crois, la personne qui vous a volé votre porte-monnaie aux courses de Longchamps, dans la rue de Paris, à Clamart.

Si vous êtes certaine de reconnaître votre voleuse, venez la voir. Elle habite à peu près au milieu de la rue, presque en face d'un restaurant, au rez-de-chaussée.

C'est une veuve qui fréquente les courses depuis longtemps et qui est connue pour cela ; tout le monde pourra vous l'indiquer.

Je serai heureux si je peux vous rendre service.

Agréez, Madame, mes salutations empressées.

UN VOISIN DE LA VOLEUSE.

XIV

LA MÈRE DES ÉTUDIANTS

Madame Christol se trouvait encore aux courses, ce jour-là, ainsi que la concierge de la rue de Lille l'avait dit à Valérie Dubourg.

Depuis un peu plus de deux ans, elle les suivait assidûment, le dimanche et le jeudi, persuadé qu'elle mettrait un jour la main sur l'outsider qui lui rapporterait la forte somme.

Après avoir exercé divers métiers que nous n'avons pas à définir ici ; après avoir été mariée deux fois, toute jeune d'abord avec un homme d'un certain âge dont elle avait mangé la fortune, puis, la quarantaine passée, avec un jeune bellâtre dont elle s'était follement éprise et qui l'avait à peu près mise sur la paille, — retour évident de la « justice immanente des choses ». — Léonore Christol avait été marchande à la toilette, prêteuse à la petite semaine, vendeuse à tempérament de toute sorte de marchandises. — Elle avait à cette époque, pour principale clientèle les innombrables femmes légères qui habitent le quadrilatère formé par la rue Saint-Lazare, la rue Pigalle, la rue Rochechouart et les boulevards extérieurs.

Lorsqu'elle devint veuve pour la deuxième fois, elle recommença à travailler avec courage, et grâce aux bénéfices assez rondelets de son industrie interlope, elle eut assez rapidement réalisé une petite fortune.

C'est alors, que quittant le quartier dont Notre-Dame-de-Lorette est le centre, elle passa la Seine et vint s'installer sur la rive gauche.

Rue de Lille, elle trouva dans une vaste maison un étage aux pièces nombreuses, qu'elle loua à bail et disposa pour la nouvelle industrie qu'el'e se préparait à exercer.

De la clientèle féminine, elle passait à celle des étudiants, et elle avait pour eux, et aussi pour leurs compagnes, une maison meublée dont le principe consistait en prix élevés et crédit largement ouvert, moyennant toutes les garanties possibles, cela va sans dire.

Les étudiants qui s'amusent ne regardent guère à la dépense, du moment que la note à payer ne leur est pas présentée trop régulièrement ni de façon comminatoire ; et il est bien rare que l'on perde avec eux lorsqu'on sait prendre certaines précautions, se renseigner sur la famille et attendre au besoin quelque temps.

Un vieux proverbe provençal : « *Qué paguo tard, paguo lard* », — et que je traduis pour ceux de mes lecteurs qui ne sont pas familiers avec la langue pittoresque des Félibres : « Qui paye tard, paye lourd, » — c'est-à-dire « dur », — aurait pu servir de devise à la maison de Madame Christol.

Le fait est que son commerce réussissait à merveille.

Toutes les chambres, fort nombreuses, étaient continuellement occupées. Des étudiants les retenaient même souvent à l'avance.

On l'appelait, au quartier latin, « la mère des étudiants ».

A ce commerce, l'ex-marchande à la toilette aurait pu faire rapidement fortune si elle n'avait été possédée par la passion du jeu, et cette passion, plus terrible encore chez la femme que chez l'homme, se combinait avec une superstition et une crédulité naïve ; mais cela n'est point fait pour surprendre de la part d'une femme qui avait passé une bonne partie de son existence, — celle qui s'était écoulée au quartier galant de Notre-Dame-de-Lorette, — à se faire les cartes et à les faire aux autres.

— Mais oui, regarde... C'est une lettre anonyme ! (P. 204.)

Madame Christol avait appliqué la cartomancie aux pronostics en matière de courses de chevaux ; elle y trouvait des « tuyaux », elle remplaçait les performances par les combinaisons des piques et des carreaux avec les trèfles et les cœurs, et les *stud-book* par les accouplements de Régine ou d'Esther avec César ou Alexandre. — Lancelot, Lahire, Hogier et Hector lui fournissaient « la monte » ; les basses cartes représentaient les chevaux, les outsiders se voyaient dans les sept, et un « krack » épatant par exemple se trouvait indiqué par le sept de pique flanqué de divers trèfles, tandis que les carreaux, selon la signifiance de la cartomancie, présageaient les retards, les longues distances.

Avec un pareil système, elle avait autant de chances de gagner que de perdre, car le hasard fait aussi bien qu'aussi mal les choses ; et pourtant, en prenant la moyenne, les pertes l'emportaient sur les gains.

La confiance de l'obstinée joueuse ne diminuait pas pour cela ; au contraire elle se retrempait plus solidement chaque fois que le gagnant fourni par les mystérieuses combinaisons de la cartomancie se trouvait être un cheval affiché à une cote élevée, sur lequel elle gagnait par conséquent une grosse somme.

Ces jours-là, elle célébrait les mérites de son système. — Parbleu ! elle le savait bien, c'était infaillible !... Elle oubliait que les pronostics des autres courses avaient été absolument faux. — C'est, en réalité, une bien belle chose que la foi.

La personne que nous avons vue aux courses avec Madame Christol, qui l'y accompagnait, en effet, chaque fois, avait auprès d'elle un rôle de demi domesticité et de demi amitié.

Eusébie Martin avait été autrefois une cliente de la marchande à la toilette. Elle habitait à cette époque rue de Douai, sous le nom moins vulgaire de Lilia, — un « nom de guerre », comme disent ces dames, sans doute avec raison. — Mais ses amis, car elle en avait, étant jolie en ce temps-là, connaissaient son prénom réel et l'appelaient du diminutif « Zébie » qu'ils trouvaient fort drôle parce qu'il a une signification dans l'argot algérien que les zouzous ont importé dans la métropole.

Zébie avait eu des malheurs. Elle avait enlevé à une de ses camarades un amant sur lequel celle-ci avait fondé des espérances dorées, et cette petite dame, qui avait d'ailleurs empoigné six mois de prison pour cela en correctionnelle, s'était vengée en aspergeant le visage de la rivale préférée d'un bol de vitriol.

La malheureuse Zébie n'avait donc conservé que de rares vestiges de son ancienne beauté. Elle avait le visage à demi couturé de cicatrices blafardes, bleuies par place, les commissures des lèvres déformées et les paupières dégarnies de cils l'affligeaient d'une chassie qui achevait de la défigurer.

Madame Christol avait eu pitié de cette infortunée, privée désormais de son gagne-pain. Elle était allée la voir à l'hospice de Lariboisière pendant le

séjour qu'elle y fît, elle l'aida de quelques subsides après sa sortie et finalement, quand elle installa la maison meublée de la rue de Lille, elle prit Zébie
avec elle et se l'attacha définitivement.

Il lui fallait une compagne pour occuper son bavardage.

Zébie, bonne fille du reste, très reconnaissante de ce qu'avait fait pour
elle « Madame Léonore », — car elle l'appelait toujours ainsi, comme ces
dames, — se rendait utile.

C'est elle qui avait la charge du linge de la pension de famille, qu'elle
entretenait, en bavardant avec sa propriétaire.

Elle l'accompagnait chaque fois qu'elle sortait, car l'excellente matrone
avait horreur de la solitude.

Elle veillait sur le personnel de la maison, composé d'une cuisinière qui
sans elle aurait fait danser à l'anse du panier des sarabandes effrénées, et de
deux petites bonnes de dix-huit à vingt ans, que l'on renouvelait fréquemment,
les pensionnaires en faisant une consommation effrayante.

Le soir, après la distribution, ce fut à Zébie que la concierge de la rue de
Lille remit la lettre qu'elle venait de recevoir pour Madame Christol ; et
celle-ci la lui porta sur le champ.

— Tenez, Madame Léonore, une lettre !... — annonça-t-elle. — Il me
semble reconnaître l'écriture de M. Rosi, l'étudiant Roumain.

— Ah ! ce n'est pas malheureux !... Nous allons savoir ce qu'il est devenu
depuis mercredi qu'on ne l'a pas vu.

Et ayant pris la lettre, Madame Christol la palpait avant de l'ouvrir pour
en sonder le contenu.

— Elle est bien mince pour contenir un mandat, — fit-elle désappointée,
— il n'a pas l'air de se préoccuper de la queue de trois cent quarante-neuf francs
qu'il m'a laissée.

— Ça ne fait rien, M. Rosi est une bonne paye... Il s'amuse en ce moment
avec quelque étudiante, puisqu'on ne l'a pas vu à la faculté non plus.

— C'est vrai !... Son oncle le Consul payera toujours et je ne suis pas
inquiète. Voyons toujours ce qu'il dit.

Et ses lunettes posées sur son nez, la digne matrone déchira l'enveloppe.

— Non, ce n'est pas de lui, — dit-elle aussitôt après avoir déplié la
feuille de papier et jeté les yeux sur la fin de la lettre. — « Un voisin de la
voleuse !... »

— Comment !... un voisin de la voleuse ?... — s'écria Zébie en s'appro
chant pour voir.

— Mais oui, regarde... C'est une lettre anonyme !

Les deux femmes lurent ensemble.

— Oh ! par exemple !... — s'écria Mme Christol. — Pour sûr je la reconnaîtrai ma voleuse !

— Et moi aussi, — dit Zébie. —·Je me la rappelle comme si je l'avais encore devant les yeux !... Il faut aller à Clamart !...

— Nous irons demain matin !... Vois-tu, c'est un voisin qui se venge !.., Ah ! ce que je suis contente !...

— Je comprends ça !... Et moi, ça me fait une joie !... si on pouvait la pincer !...

— Songe donc, plus de six cents francs que j'avais dans mon porte-monnaie...

— Je le sais bien.

— Demain matin, ma fille, nous irons à Clamart... avec ces renseignements-là, ce ne sera pas difficile de trouver, et si c'est elle, je te la fais coffrer séance tenante !...

Cet événement suffit pour défrayer la conversation pendant toute la soirée et tout le monde ne tarda pas à savoir, non seulement dans la pension de famille, mais encore chez la concierge et dans toute la maison, que Mᵐᵉ Christol avait retrouvé sa voleuse.

Le lendemain matin elle fit moins la paresseuse que d'habitude dans son lit et aussitôt son chocolat pris, elle s'habilla et, toujours flanquée de Zébie, elle se rendit à la gare Montparnasse et de là à Clamart.

Elles avaient emporté la lettre avec son enveloppe, qui constatait qu'elle avait été jetée dans la boîte du bureau de la rue Bonaparte, et elles l'avaient relue dans le train, afin de bien se mettre dans la tête les renseignements fournis par le dénonciateur anonyme.

Arrivées à la station de Clamart, Zébie, d'accord avec sa patronne, s'adressa à l'employé chargé de recevoir les tickets et lui demanda s'il ne connaissait pas une femme, habitant la rue de Paris, qui allait fréquemment aux courses.

Celui-ci chercha bien un instant et ne trouva pas.

Le signalement que les deux femmes lui fournirent, parlant tour à tour et même toutes deux à la fois, ne l'éclaira pas davantage.

— Vous savez, on voit passer tant de monde chaque jour, on ne sait si ces gens vont aux courses ou ailleurs.

— Cependant cette femme est connue à Clamart pour suivre assidument les courses.

— Ça se peut, je ne la connais pas.

— Nous trouverons bien quelqu'un qui la connaîtra dans les environs de sa maison, vers le milieu de la rue, — dit Mᵐᵉ Christol en s'éloignant.

— Il faut agir avec prudence, — conseilla Zébie, — si elle nous reconnaît, elle risque de se sauver.

— Nous ne dirons pas de quoi il s'agit.

— Nous ne devrions même pas passer dans la rue de Paris. Nous ferions mieux de nous adresser ailleurs... à la mairie par exemple.

— Tu crois ?

— Ce serait plus prudent.

— Oui, tu as peut-être raison... Eh bien ! allons à la mairie, — décida Madame Christol.

Le marchand de vins chez qui Pierre Duval avait déjeuné le jeudi en attendant Liette, en indiqua le chemin aux deux femmes.

A la mairie, le concierge qui les questionna sur ce qu'elle voulait, afin de savoir où les adresser, leur indiqua le bureau du commissaire de police, dès qu'il sut qu'il s'agissait d'un vol.

Ce magistrat écouta avec patience le récit amplement détaillé que fit Madame Chrisiol, avec l'aide de Zébie, du vol dont elle avait été victime aux courses de Longchamps, et voyant que ce n'était pas de sa compétence, il allait conseiller à ces dames de porter leur plainte au commissaire de police de leur quartier, lorsque l'ancienne marchande à la toilette parla enfin de la lettre anonyme qu'elle avait reçue.

La police fait toujours cas des lettres anonymes.

Ah ! très bien !... La voleuse était signalée comme habitant Clamart... C'était alors de son ressort.

L'arrestation de l'auteur d'un vol commis à Paris, opérée par le commissaire de police d'une localité suburbaine lui offrait une perspective agréable et flatteuse.

— Vous dites que c'est un porte-monnaie ?... — fit-il, frappé tout de suite par un souvenir, maintenant qu'il s'intéressait à cette affaire.

— Oui, Monsieur le commissaire... Il était dans mon sac... à mon bras... et cette femme...

— Attendez !... N'allons pas si vite, — interrompit le commissaire.

Il donna un ordre à son secrétaire qui disparut un instant et revint avec un porte-monnaie, — celui qu'avait trouvé Justin Lamproix dit Bibi.

— Mon porte-monnaie !... — s'écria aussitôt Mme Christol.

— Vous le reconnaissez ?...

— Oh ! pour sûr... N'est-ce pas Zébie ?

— Il n'y a pas à s'y tromper.

— Que contenait-il ? — demanda le commissaire.

— Il y avait six cent et des francs, — répondit Mme Christol. — Je ne peux pas dire au juste la somme, parce que, vous savez, aux courses, pendant qu'on est en train de parier, on ne compte pas; mais il y avait plus de six cents francs... en billets, en or et en argent... N'est-ce pas Zébie ?

— Oui, six cents pour le moins.

— Et puis ?

— Il y avait mon nom et mon adresse, écrits sur un petit morceau de papier... Une précaution que j'avais prise.., que je prends toujours... Ensuite une petite clef, la clef de mon petit coffret en fer où je mets mon argent et mes papiers chez moi ; une petite clef-fichet... Il y avait aussi un sou troué que je conservais depuis longtemps... un sou de la République-Argentine, avec une jolie tête de femme, qui était percé en haut, presque au bord...

— Eh bien ! madame, — dit le commissaire grandement étonné, — on n'a trouvé rien de tout cela dans ce porte-monnaie... Voici tout ce qu'il contient : une pièce de cinquante centimes, cinq sous et cette petite clef...

— La clef de mon coffret !...

— Il y a beaucoup de clefs pareilles à celle-ci...

— Celle-là est la mienne, j'en suis absolument sûre... Et tenez, monsieur le commissaire, une preuve... il y a une petite déchirure dans la poche du milieu... là où l'on met l'or.

Le commissaire vérifia, c'était exact.

— Ce porte-monnaie a été trouvé, en effet, dans la rue de Paris, où l'on vous dit qu'habite votre voleuse.

— La coquine a gardé l'argent et elle a jeté le porte-monnaie.

— C'est probable !... Je vais m'occuper de rechercher la personne que cette lettre désigne assez peu clairement...

Alors le secrétaire intervint.

— Il y a une dame de la rue de Paris que j'ai vu aller très souvent dans le train, à l'heure qui coïncide avec les courses, et qui lisait toujours le *Jockey*, — dit-il, — je ne la connais pas, mais à la gare on doit savoir qui elle est.

— Eh bien ! allez vous renseigner et venez tout de suite m'apprendre ce que vous saurez.

— Ah ! que je suis heureuse !... — fit Mme Christol avec une explosion qui empourpra sa figure déjà rubiconde.

— Et moi !... — dit Zébie, — si on pouvait la pincer !...

— Quant à vous, mesdames, — reprit le commissaire, — j'aurai besoin de vous pour vous confronter avec cette femme, dès qu'on me l'aura découverte, afin que je sache si vous la reconnaissez. Je vous ferai donc prévenir afin que vous veniez à Clamart... Veuillez me laisser votre adresse.

— Mon adresse, c'est : Mme Christol, 43 rue de Lille, à Paris... — dicta la matrone. — Mais, monsieur le commissaire, nous attendrons, s'il le faut...

— Je ne sais si l'agent réussira...

— Ça ne fait rien, je préfère attendre... N'est-ce pas, Zébie ?... Nous allons déjeuner quelque part par ici, et ensuite nous reviendrons... Comme ça nous saurons ce qui s'est passé.

— Comme vous voudrez.

Les recherches de l'agent ne furent pas longues.

Il n'eût même pas besoin d'aller jusqu'à la gare pour être renseigné.

Dans la rue de Paris, il s'adressa à un marchand de vins qu'il connaissait bien et il lui demanda s'il ne connaissait pas une femme qui allait souvent aux courses et qui devait habiter dans le voisinage.

— Ce ne peut être que Mme Ardusson, — répondit sans hésiter le débitant.

— Mais la marchande de journaux pourra mieux vous le dire, puisque vous dites qu'elle prend le *Jockey* tous les jours.

— Oui, c'est une idée.

La marchande de journaux confirma le renseignement.

Il ne pouvait y avoir d'erreur; elle ne vendait qu'un seul exemplaire de ce journal et c'est Mme Ardusson qui le lui prenait.

Elle était même fort ennuyée d'avoir « bouillonné », c'est-à-dire d'avoir eu ce journal laissé pour compte pendant quatre jours, car l'administration ne reprend pas les invendus et elle ne l'avait fait supprimer que le jeudi.

— C'est donc depuis lundi dernier que cette dame ne vous prend plus le *Jockey ?* — demanda l'agent qui vit là une coïncidence.

— Oui, monsieur.

Parbleu! depuis le vol, Mme Ardusson n'osait plus reparaître aux courses; c'était bien simple à déduire.

Les gens de police sont si facilement enclins à voir des coupables dans tous ceux que leur signale une particularité quelconque se rattachant de près ou de loin au cas qui les occupe, que le secrétaire du commissaire de Clamart n'hésita pas un seul instant.

En l'occurrence, nous savons qu'il ne faisait pas fausse route.

— Il faut que je voie cette femme, — résolut-il aussitôt, — et d'après ce qu'elle dira, je saurai bien ce qu'elle a dans le ventre !

Et s'étant fait donner l'adresse par la marchande de journaux, il se rendit chez Mme Ardusson.

* *

Sophie Ardusson avait résolu de précipiter les événements, car elle prévoyait que Liette et Pierre, aux prises avec les difficultés qui allaient surgir, ne tarderaient pas à se donner l'un à l'autre.

Elle saurait, du reste, les y inciter à merveille.

Le dimanche soir, après le départ de Mariette et de Totor, que les deux fiancés avaient reconduits à la gare, elle songeait, en attendant le retour de Liette, à ce qu'elle se proposait de faire.

Elle était résolue dès le lendemain à commencer à s'occuper de l'affaire qui la préoccupait par dessus tout.

Les premiers indices pour retrouver la famille de Liette, pensait-elle, ne seraient pas difficiles à retrouver.

... Il va falloir son acte de naisssance... puis les actes de décès des parents...
un tas de fourbi!... (P. 212.)

Elle savait à qui s'adresser pour se renseigner et elle s'était déjà dit :

— Francis me trouvera ça... Il a le pain et le couteau !

Le lendemain matin, elle annonça à Liette qu'elle allait se rendre à Paris où elle verrait un agent d'affaires, un homme très habile, ferré comme pas un sur toutes les lois et sur la procédure, qui lui donnerait les meilleurs conseils au sujet de son mariage.

Elle couvrait ainsi de ce prétexte les démarches qu'elle comptait faire ce jour-là.

— Et puis, s'il y a trop de difficultés pour vous marier, — ajouta-t-elle, — on s'arrangera différemment... voilà tout !...

Liette la regarda sans comprendre ce qu'elle voulait dire, n'osant pas l'interroger.

— Eh ! oui... après tout, les lois sont stupides... injustes !... — récrimina Sophie Ardusson. — Est-ce ta faute si les tiens t'ont abandonnée sans seulement dire où se trouve ton acte de naissance ?... Alors il faudrait, à cause de cela, que tu ne puisse pas te marier si tu aimes !... Je trouve cela monstrueux !... Eh bien ! si tu m'en crois, on lui dira zut ! à la loi !... Mais parbleu ! et avec un brave et honnête garçon comme Pierre, tu ne seras pas plus malheureuse pour ça !...

Cette fois l'incitation était claire.

Liette rougit.

— Va, on n'est pas à blâmer pour ça et l'on ne cesse pas d'être honnête parce qu'on ne va pas devant le maire et le curé !... Si tu savais ce qu'il y en a à Paris dans ce cas, et de braves gens que tout le monde estime et respecte... Ce n'est pas écrit sur la figure que l'on est marié, et une alliance au doigt fait aussi bien l'affaire que la cérémonie du maire et la bénédiction du curé...

Et puis, plus tard, si l'on veut, on arrange les choses... S'il y a des enfants et qu'on tienne pour eux à s'épouser, il est toujours temps de régulariser la situation, — ajouta-t-elle pour laisser cet espoir qui effaroucherait moins la pudeur de la jeune fille. — Au moins tu seras majeure et tu n'auras plus à craindre l'intervention de l'Assistance publique qui n'aura plus aucun droit sur toi !...

Enfin, nous parlons là sans savoir... Ce soir je serai renseignée par cet homme d'affaires que je connais, et Pierre, de son côté, reverra son ami de la mairie de la rue de Grenelle.

Cela suffisait sur ce sujet.

— C'est un premier coup de cloche que j'ai donné, — se dit la mégère, — ça la prépare à la chose !...

Et elle sortit.

C'est la première fois que Sophie Ardusson se rendait à Paris depuis l'affaire des courses de Longchamp.

Elle n'osa pas prendre le train, comme elle faisait autrefois. Elle se servit du tramway pour faire le trajet. — Ce serait un peu plus long, mais elle n'y rencontrerait pas ceux qui pourraient la reconnaître.

Ce Francis auquel Mme Ardusson avait songé, était un ancien garçon de lavoir, de l'époque où son frère avait encore sa blanchisserie.

Après la faillite de Thomas Ardusson, il avait trouvé à s'employer chez un autre blanchisseur, à Gentilly ; il y était resté six ans, puis son oncle, cocher des pompes funèbres à Paris, s'était intéressé à lui et l'avait fait admettre dans cette administration en qualité de « porteur », — le bon populo dit d'une façon plus imagée : « Croque-mort ».

— Dans sa position, Francis saura bien trouver les renseignements sur le convoi funèbre de cette dame Darcis, — se disait Sophie Ardusson, — et je saurai ainsi où se trouve l'acte de décès... Francis n'a rien à me refuser...

Avec l'acte de décès, j'arriverai à l'acte de naissance de Liette, et peut-être à l'acte de mariage de sa mère, s'il y en a un !...

Allons, je suis sur la bonne voie !

La sœur de l'ancien blanchisseur de Clamart savait fort bien où trouver Francis.

En ce moment, il était de service pour les convois de l'après-midi; le matin il se réunissait à des collègues chez un marchand de vins du boulevard Richard Lenoir, dans le voisinage de l'administration des pompes funèbres.

Et, en effet, il s'y trouvait.

En sirotant une absinthe, quatre croque-morts faisaient leur manille, à laquelle assistaient trois autres de leurs confrères.

Francis était au nombre des spectateurs.

Il aperçut la sœur de son ancien patron au moment où elle pénétra dans l'établissement.

— Tiens, madame Sophie !... — fit-il, surpris.

— Eh ! oui... c'est moi, Francis.

— Quel miracle de vous voir dans ce quartier !... Vous êtes toujours à Clamart, n'est-ce pas ?

— Toujours... Je suis venue pour vous voir, — dit Mme Ardusson, — et je savais vous rencontrer ici, d'après ce que vous m'avez dit.

— Ah !... pour me voir ?...

— Oui, quelque chose de sérieux... un renseignement dont j'ai besoin... Mais on n'est pas bien ici pour causer... Avez-vous quelques instants de libres ?

— Parfaitement !... Je regardais finir cette partie de manille pour savoir qui va avoir à payer la tournée... Moi, je suis dehors, j'ai gagné... Attendez, je suis à vous...

Et le croque-mort se sépara de ses camarades en leur disant :

— A tantôt !

Puis, rejoignant la sœur de l'ancien blanchisseur de Clamart :

— Allons là-bas, de l'autre côté du boulevard, nous serons mieux, — proposa-t-il.

— Où vous voudrez.

Francis conduisit Mme Ardusson dans un petit café, presque à l'angle du boulevard Voltaire, et chemin faisant, il lui demanda :

— Et la fillette, elle va toujours bien ?

— Liette... Oh ! oui... C'est une grande demoiselle, aujourd'hui.

— Si elle est aussi jolie que dans le temps, elle doit faire un joli brin de fille !...

— Vous pouvez le dire... c'est justement à son sujet que je voulais vous voir.

— Ah !... Eh bien ! entrez, nous allons pouvoir causer à notre aise.

Le croque-mort ouvrit la porte du café et fit passer la sœur de son ancien patron.

— Sapristi ! — fit-il quand on fut assis et qu'il eut commandé les consommations, — si je m'attendais à vous voir aujourd'hui !...

Alors, vous dites que c'est au sujet de la petite...

— Oui, je suis bien préoccupée depuis quelque temps au sujet de cette enfant, — dit Sophie Ardusson. — Vous savez dans quelles conditions je l'ai eue ?...

— Parfaitement... Et toujours la même situation ?... Pas de nouvelles de la famille ?...

— Non, aucune nouvelle... Et c'est justement cela qui est la cause de mon souci... Tant que Liette n'était qu'une enfant, je ne me préoccupais de rien...

Et puis je pensais toujours que la famille ne l'abandonnerait pas complètement, qu'un jour quelqu'un viendrait... Mais aujourd'hui, c'est une autre affaire; Liette a fait la connaissance d'un jeune homme, elle l'aime...

— Bah !... Quel âge a-t-elle donc ?

— Dix-sept ans,

— Comme le temps passe tout de même !...

— Alors vous comprenez, dans la position où se trouve cette pauvre enfant, dont j'ignore jusqu'au lieu de naissance, je ne sais pas comment faire pour me procurer les papiers qui vont être nécessaires pour son mariage...

— Oui, c'est vrai !... Il va falloir son acte de naissance... puis les actes de décès des parents... un tas de fourbi !...

— Et comment me procurer tout cela?

— Dame !...

— Cette pauvre petite n'est pourtant pas responsable de la situation qui lui est faite...

— Bien sûr !

— Elle ne peut pas, parce qu'on ignore où elle est née, demeurer demoiselle toute sa vie !...

— Surtout si elle a un parti en vue, ce serait embêtant.

— Un excellent parti, un jeune homme très bien, un mécanicien dans une usine de Clamart, chez les Rollinet que vous connaissez bien.

— Oui... oui...

— Alors j'ai pensé, vous qui êtes justement dans les Pompes funèbres que vous pourriez me procurer un renseignement qui me mettrait peut-être sur la voie...

— Si c'est dans les choses possibles.

— Ça me semble tout ce qu'il y a de plus facile.

— De quoi s'agit-il ?

— Quand cette dame, que j'ai vue une seule fois, m'a amené Liette, — dit Sophie Ardusson, — sa marraine, d'après ce qu'elle a dit, la petite était en grand deuil, elle venait de perdre sa mère...

— Oui, je me rappelle que vous m'avez dit cela dans le temps, — fit Francis.

— Eh bien ! puisque c'est à Paris que la mère est morte, on doit pouvoir savoir par les Pompes funèbres où se trouve son acte de décès ?

— Naturellement.

— Alors, avec l'acte de décès, on aura l'acte de naissance... On pourra savoir où s'adresser pour avoir les papiers qu'il me faut... n'est-ce pas?..

— Ça me semble tout simple.

— Vous pouvez bien avoir ce renseignement, dans votre administration ?

— Je l'aurai avant huit jours, je vous le promets... Je verrai le chef des archives, je lui donnerai le nom de la dame, la date approximative des obsèques, et on aura vite fait de trouver ça.

— Quel service vous me rendrez, mon bon Francis!... Comme je vous en serai reconnaissante !...

— Ne parlons pas de ça, madame Sophie; votre frère et vous avez été trop bons pour moi quand j'étais jeune...

Voyons, — fit le croque-mort en s'apprêtant à prendre des notes sur son calepin, — comment s'appelait la dame ?

— Le nom de la petite est Darcis...

Et Sophie Ardusson dicta :

— D... A... R... C... I... S... Darcis... Par conséquent, la mère c'est Mme Darcis.

— Naturellement. — A quelle époque est-elle morte ?

— Ça remonte juste à dix ans...

— En 1868 alors ?

— Oui, au mois de juin... Dans les premiers jours.

— Vous pouvez compter sur moi, madame Sophie, — dit Francis en remettant son calepin dans sa poche. — Samedi prochain j'aurai mon jour de congé et je viendrai vous apporter moi-même le renseignement...

— Ah! vous serez bien gentil!... — dit Mme Ardusson. — Mais pourquoi vous déranger?...

— Laissez donc, ça ne me dérange pas... ça me fera revoir Clamart et les amis...

— C'est vrai !... Alors à samedi ?... Je puis y compter ?

— Sans faute, je vous le promets !

Et comme la sœur de l'ancien blanchisseur mettait la main à la poche, Francis l'arrêta.

— Laissez ça...

— Voyons... Laissez-moi au moins vous offrir ça...

— Vous plaisantez... Laisser payer une dame !... Et puis j'ai eu du plaisir à vous voir...

— Mon bon Francis !...

— Et ils se séparèrent, Mme Ardusson rappelant encore une fois à l'ancien garçon de lavoir sa promesse.

Elle était contente d'elle, Mme Sophie.

Elle se félicitait de son habileté, car, avec le prétexte ingénieux qu'elle avait pris de ce mariage de Liette, Francis n'irait pas chercher plus loin.

Il fallait que ni lui ni personne ne sache ce qu'elle voulait faire.

Et elle se répétait en revenant à Clamart, après avoir déjeuné dans un petit restaurant des environs de la Bastille :

— Samedi j'aurai le renseignement qui me conduira à la famille de Liette !... à la fortune peut-être !...

XV

SEULE

Liette fut excessivement surprise de la visite de cet homme qu'elle ne connaissait pas et qui l'intrigua par ses questions.

Sans décliner sa qualité, sans dire le motif de sa visite, il demanda :

— C'est bien ici que demeure Mme Ardusson ?

— Oui, Monsieur, — répondit la jeune fille, — mais elle est sortie... Elle est allée à Paris...

— Ah !... quand reviendra-t-elle ?

— Probablement dans l'après-midi... Mais si je puis... à sa place...

— C'est un simple renseignement que je voulais lui demander, — dit le secrétaire du commissaire de police, — Madame Ardusson va aux courses, n'est-ce pas ?

— Aux courses !... — fit Liette qui ne comprenait pas, ignorant ce que Maman Sophie allait faire chaque jour à Paris, puisqu'elle ne lui avait jamais dit la vérité.

— Quand elle va à Paris, tous les jours ?

— Mme Ardusson allait à Paris pour son travail... Mais depuis cette semaine, elle est sans ouvrage.

L'agent comprit l'ignorance de la jeune fille.

— Ah! c'est pour son travail?... — fit-il avec une imperceptible raillerie. — Mais elle y allait aussi le dimanche?

— Oui, monsieur, elle travaillait le dimanche comme les autres jours dans cette maison.

— Et dimanche dernier elle y est encore allée?

— Pour la dernière fois... c'est le jour où on l'a remerciée... — dit ingénûment Liette. — Elle est même rentrée très tard... aux environs de minuit.

— Elle avait l'air préoccupé, n'est-ce pas?

— Oh! très ennuyée.

— Et elle a rapporté de l'argent... une assez grosse somme?...

— Je ne sais pas... Elle ne m'a rien dit.

— Alors vous dites que Mᵐᵉ Ardusson sera de retour dans l'après-midi.

— Oui, monsieur.

— Elle prend ordinairement le chemin de fer, je crois?

— Ordinairement, mais aujourd'hui elle a pris le tramway, en disant que ça la changerait.

— Très bien, — fit l'agent avant de se retirer, — je reviendrai quand elle sera de retour.

La visite inattendue, étrange, de cet homme aux allures mystérieuses, qui avait posé tant de questions dont elle ne pouvait se rendre compte, plongea Liette dans une anxiété réelle.

Elle sentait instinctivement quelque chose de fâcheux, un malheur, peut-être.

Il lui tardait de voir revenir maman Sophie afin de lui faire part de cette visite, et d'en avoir par elle l'explication qu'elle était incapable de trouver.

Son trouble était si profond qu'après le départ de cet homme, elle ne pouvait plus se remettre à l'ouvrage.

Son esprit ne parvenait pas à se détourner de la préoccupation qui l'avait assaillie.

Si Pierre avait été là, il aurait peut-être eu une idée... Il aurait compris le but de cette visite et de cet interrogatoire.

Cependant l'agent était retourné auprès de son chef, et il lui avait communiqué le résultat de ses investigations.

Ce qui l'avait frappé et qui frappa également le commissaire, ce fut ce fait que Mᵐᵉ Ardusson, qui allait habituellement aux courses, s'y était rendue pour la dernière fois le jour du vol.

Et en même temps le commissaire se souvint de Thomas Ardusson dont il avait eu à s'occuper autrefois, au moment de sa faillite, car il était à Clamart depuis dix-huit ans. Le blanchisseur, frère de cette femme, jouait aux courses ; il y avait compromis son établissement et perdu des fonds qui appartenaient à ses créanciers.

Restait à savoir s'il n'y avait là qu'une coïncidence, ou si Sophie Ardusson serait bien reconnue comme voleuse par la plaignante.

Aussi, dès que Mme Christol et Zélie revinrent, ayant bien déjeuné, car elles s'étaient payé un petit extra, le commissaire les mit au courant de ce qui avait été découvert.

Ce signalement qu'elles donnaient concordait assez bien avec celui de la femme Ardusson.

Une confrontation achèverait l'édification.

Mme Christol ne se tenait pas de joie à la pensée d'avoir retrouvé sa voleuse.

Le commissaire lui fit part de ce qu'il avait combiné.

— Vous allez venir toutes les deux avec moi, — lui dit-il, ainsi qu'à Zébie, — et puisque cette femme doit revenir par le tramway, nous l'attendrons à son arrivée. Vous verrez bien si vous la reconnaîtrez.

Il donna l'ordre à son secrétaire de l'accompagner et envoya un agent se poster sur la route pour surveiller le tramway, afin de s'assurer que la femme Ardusson n'en descendrait pas avant d'être arrivée à la rue de Paris, c'est-à-dire au point de la voie le plus rapproché de son domicile ; et cet agent viendrait les rejoindre chez le marchand de vins situé à l'endroit où la voiture s'arrête d'habitude.

Postées dans la boutique du débitant, Mme Christol et Zébie ne perdaient pas de vue la voie du tramway qui rayait la route, impatientes dans le désir de voir arriver la voiture.

Elles eurent de la chance, après une assez longue attente toutefois : Sophie Ardusson se trouvait dans le premier tramway qui arriva.

Elle occupait une place d'impériale, ce qui permit à l'ancienne marchande à la toilette et à son amie de l'apercevoir avant que la voiture fut arrêtée.

Aussitôt Mme Christol la signala.

— N'est-ce pas, Zébie, c'est bien elle?... Tenez, monsieur le commissaire, cette femme là-haut... La voilà qui se lève pour descendre... Ah! je la reconnais bien!...

— Vous en êtes bien sûre ?

— Comme de mourir un jour!... N'est-ce pas, Zébie?...

— Ah! pour sûr, il n'y a pas d'erreur, — confirma l'ex-belle.

Déjà le commissaire et son secrétaire s'étaient levés, suivis par les deux femmes.

Ils voyaient l'agent posté sur la route se diriger vers eux pour les rejoindre.

... En sortit une petite boîte en acajou, de la forme d'un coffret, qu'elle présenta au commissaire de police. (P. 223.)

Conformément à un ordre que son chef lui donna à voix basse, le secrétaire de police fit rester Mme Christol et Zébie avec lui, tandis que le commissaire s'avança seul à la rencontre de Sophie Ardusson.

— Pardon!... — fit-il en l'arrêtant. — Vous êtes bien Madame Ardusson, n'est-ce pas?

— Oui, monsieur, — répondit la sœur du blanchisseur, surprise.

— Je suis le commissaire de police de Clamart.

Le magistrat avait tenu à décliner tout de suite sa qualité; c'est un système qui lui avait toujours bien réussi auprès des gens non prévenus. Il
jugeait de l'effet produit par cette énonciation subite qui trouble toujours les
coupables, qui émeut dans la soudaineté brutale ceux qui n'ont pas la conscience bien tranquille.

Et dans le cas présent il avait pleinement réussi.

Les trois mots « commissaire de police » avaient produit un effet fou-
droyant sur Sophie Ardusson.

Elle essaya pourtant de se remettre et voulut paraître simplement
surprise.

— Eh bien! monsieur... — balbutia-t-elle. — Ah! très bien... de quoi
s'agit-il?...

— Veuillez me suivre à mon bureau, je vais vous l'apprendre.

— C'est que... en ce moment...

— Vous ne voulez pas m'obliger à vous faire arrêter sur la voie publique?
— dit alors le commissaire voyant que la voleuse jetait autour d'elle des
regards affairés qui le firent croire à des velléités de fuite.

— M'arrêter!... je me demande...

— Venez avec moi!...

Sophie Ardusson n'avait pas encore aperçu les deux femmes qui l'obser-
vaient à distance.

Elle ne les avait peut-être pas reconnues du premier coup, car elles ne
portaient pas les mêmes toilettes qu'aux courses.

Cependant, lorsque le secrétaire et l'autre agent vinrent se placer derrière
elle, elle les vit, et les préoccupations pleines d'angoisses qui s'étaient emparé
d'elle, dans le souvenir du vol auquel elle avait pensé tout de suite, les lui firent
reconnaître.

Elle reconnaissait surtout Zébie, bien caractérisée par ses cicatrices et ses
yeux chassieux.

Alors elle n'eut plus un doute.

C'était bien du vol des Courses qu'il s'agissait, et loin de se troubler
davantage, elle se rassura à cette pensée.

On pouvait l'accuser, mais quelle preuve aurait-on contre elle?...

L'argent était bien caché.

Elle ne nierait pas être allée aux Courses, mais de là à l'accuser d'un vol,
il y avait loin.

Ce serait même sa présence aux Courses, prétendrait-elle, son assiduité,
qui causait l'erreur de ces femmes qui la soupçonnaient aujourd'hui, qui
devaient l'avoir accusée. Elles la reconnaissaient, comme elles pouvaient en
reconnaître cent autres.

Et déjà la coupable méditait tout un habile système de défense.

Elle se demandait cependant comment on avait pu arriver à elle, la découvrir; car ces dames habitaient Paris en somme!... Qui les avait conduites à Clamart?...

Ce devait être la police qui avait cherché, — pensait-elle non sans inquiétude alors, — et l'on avait fait venir ces deux femmes à Clamart pour les mettre en sa présence et formuler l'accusation.

Mais Sophie Ardusson se raidissait de plus belle contre le danger, forte de n'avoir laissé subsister aucune preuve.

Accuser, c'était facile; mais il faudrait prouver.

Ce n'était pas à elle, elle le savait bien, à faire la preuve de son innocence; et elle était bien résolue à s'en tenir là, à opposer à la police et à ses accusatrices cette force d'inertie en leur disant : « Prouvez donc que c'est moi qui vous ai volées!... Je vous défie bien de trouver une preuve contre moi, et si vous n'en trouvez pas, c'est que je suis innocente! »

On arriva ainsi à la mairie, où se trouve le commissariat de police de la localité.

Tout le monde pénétra dans le bureau du commissaire.

Ce fut Sophie Ardusson qui, la première, très arrogante, prit aussitôt la parole.

— Je pense que vous allez me dire pourquoi l'on m'a amenée ici!...

Au lieu de lui répondre, le commissaire de police s'adressa à Mme Christol et à son amie.

— Vous reconnaissez bien cette femme? — leur demanda-il?

— Je la reconnais formellement, — déclara la logeuse de la rue de Lille. — Madame était derrière moi dans la foule, auprès des books... Elle poussait, et je me suis même retournée pour lui dire que ce n'était pas la peine de pousser comme ça... Je l'ai bien vue et je suis sûre de ne pas me tromper...

— Et vous? — interrompit le magistrat qui comprit qu'elle allait continuer.

— Moi aussi, M. le commissaire, je suis bien sûre que c'est elle, — répondit Zébie. — Elle était derrière nous et elle poussait, sans doute pour qu'on ne vît pas et qu'on ne sentît pas ce qu'elle faisait...

— Moi!... — s'écria Sophie Ardusson. — A quelles courses?... De quoi parlez-vous?...

— A Longchamp, l'autre dimanche.

— C'est la première fois que je vous vois.

Mais le commissaire reprit :

— Veuillez formuler votre plainte. Vous dites qu'on vous a volé votre porte-monnaie. Comment cela s'est-il passé?

— Voilà, M. le commissaire, — dit Mme Christol. — Nous étions donc, comme je vous le disais, Madame et moi, dans la foule, auprès des bookmakers, pour parier. J'ai ouvert mon sac de maroquin que j'avais passé au bras, pour donner à Madame de l'argent que j'ai pris dans mon portemonnaie, afin qu'elle aille prendre un cheval... Car on était si pressé dans cette foule que nous n'aurions pas pu nous frayer un passage toutes les deux... J'ai remis mon porte-monnaie dans mon sac et je l'ai refermé...

Madame était derrière moi à ce moment, — fit la veuve en désignant Sophie Ardusson. — Je l'avais bien vue en me retournant quand je lui ai parlé... On s'est mis à pousser plus fort et c'est sans doute dans cette poussée qu'elle a fait le coup... En effet, je m'aperçus presque tout de suite que mon sac était ouvert et que mon portemonnaie avait disparu... Je criai : « On m'a volé ! » et je me retournai, pensant tout de suite à cette dame qui poussait, mais elle n'était déjà plus là !...

— Eh bien ! — répondit Sophie Ardusson, — en admettant que ce que vous disiez soit vrai, est-ce que cela prouve quelque chose contre moi ?... Vous avez vite fait d'accuser !...

— Vous reconnaissez donc que vous étiez ce jour-là aux courses ? — lui demanda le commissaire.

— Oui, j'y étais... J'y allais souvent... Je ne le nie pas... Je suis ici pour dire la vérité, car je n'entends pas être prise pour une voleuse !... J'étais à Longchamp, mais je me suis pas trouvée un seul moment dans la foule ; je l'évite toujours... Ces dames m'ont peut-être vue sur la pelouse, plusieurs fois même, si elles sont des habituées des courses... Et c'est peut-être pour cela qu'elles croient me reconnaître... Mais elles se trompent, je n'étais pas auprès d'elles...

— Comment !... vous osez dire !... — protesta l'ancienne marchande à la toilette.

— Vous alliez donc tous les jours aux courses et vous jouiez ? — demanda le commissaire à la femme de Clamart. — Avec quel argent jouiez-vous donc ?

— Avec celui que je gagnais, parbleu !

— On ne gagne pas tant que ça aux courses quand on y va chaque jour. Il est certain toutefois que vous y étiez dimanche dernier et que ces dames vous reconnaissent formellement.

— Elles se trompent !...

Les contestations et les protestations s'élevèrent et se précipitèrent rapidement, et il fallut que le magistrat intervînt pour calmer les trois femmes, qui se disputaient avec acharnement.

Il demanda à la plaignante :

— Quelle somme contenait votre porte-monnaie ?

— Je vous ai dit, M. le commissaire, qu'il m'est difficile de dire la somme exacte, car on reçoit de l'argent, on en débourse... Mais enfin, en tenant compte de ce que j'avais en arrivant, de ce que j'ai gagné et de ce que j'ai perdu, je devais avoir plus de six cents francs...

— De quelle monnaie se composait cette somme ?

— Il y avait des pièces d'or, des pièces d'argent et des billets... J'avais trois cent cinquante francs en billets ; ça, j'en suis sûre, car je venais à l'instant même de donner un billet de cent à Madame pour aller me prendre un cheval gagnant et placé... Et puis il y avait aussi une petite clef de sûreté, la clef de mon coffret, et mon nom et mon adresse, écrits sur un petit morceau de papier blanc.

Le commissaire, qui avait pris quelques notes rapides, demanda alors :
— Comment était fait votre porte-monnaie ?

Et, à la description que Mme Christol en donna, il fut frappé d'un souvenir.

— Attendez !... — fit-il.

Et s'adressant à l'agent, il lui donna l'ordre d'aller chercher le porte-monnaie qui avait été transmis par la mairie de Meudon.

— Mon porte-monnaie !... — s'écria Mme Christol dès qu'elle l'aperçut.

— Vous le reconnaissez ?

— Ah ! parbleu !... C'est bien le mien !... N'est-ce pas, Zébie ?

— Oui, oui, il n'y a pas d'erreur !

— Ce porte-monnaie a été trouvé par un passant dans la grande rue de Clamart... Il l'a trouvé le lundi matin, de très bonne heure, — dit le commissaire en se référant au procès-verbal. — Mais il ne contient pas la somme que vous avez indiquée. Il n'y a que quinze sous et cette petite clef.

— Ma clef !... Oui, c'est ma clef !... N'est-ce pas, Zébie ?

— Pour sûr !... Il n'y a qu'à l'essayer du reste ; on verra bien.

Le magistrat s'adressa à Sophie Ardusson.

— C'est bien extraordinaire que ce porte-monnaie ait été trouvé précisément à quelques pas de votre domicile, dans la rue de Paris, — lui dit-il assez durement, maintenant que l'accusation se précisait.

La marâtre de Liette avait été bien près de se trahir en perdant contenance au moment où elle reconnut le porte-monnaie volé. Elle ne s'était pas attendue à cela, car elle avait pensé que le porte-monnaie n'aurait pas été rendu par celui qui l'avait trouvé. — Mais elle dissimula son émoi et répondit :

— Je ne sais pas ce que cela veut dire... Je ne sais pas si ce porte-monnaie est celui de cette dame... On peut l'avoir trouvé dans la rue de Paris, qu'est-ce que cela prouve ?... Il n'y a pas que moi qui y demeure et il y passe du monde dans une journée... Et puis cette dame dit qu'il y avait une grosse somme dedans... Alors pourquoi ce ne serait pas un autre qui l'a prise, et qui a jeté ensuite le porte-monnaie ?... Ou bien même celui qui prétend l'avoir trouvé ?

Evidemment ce n'était pas encore une preuve formelle contre elle ; ça ne constituait qu'une présomption.

Aussi la voleuse se sentait-elle forte.

— Ce n'est pas une raison pour m'accuser d'avoir volé, — dit-elle violemment. — Je comprends maintenant ; ces dames peuvent m'avoir vue aux

courses, puisque j'y allais... et puis le coup du porte-monnaie trouvé ici...
Alors voilà pourquoi on m'accuse ?...

— Nous arriverons à mieux préciser l'accusation, — dit le commissaire, —
quand j'aurai fait une perquisition chez vous et que je saurai ce que vous avez
dépensé depuis dimanche... car depuis dimanche vous n'êtes plus retournée
aux courses ?

— Non... D'abord j'étais indisposée... — répondit Sophie Ardusson. —
Ma fille et son fiancé vous le diront, et la preuve c'est qu'hier encore je devais
aller à Paris avec eux et que je n'ai pas pu à cause de cette indisposition... Et
puis, j'ai eu fort à faire cette semaine avec les démarches en vue du mariage
de la petite !...

Le commissaire se mit à dicter à son secrétaire les éléments d'un premier
procès-verbal.

D'abord les noms, prénoms, qualité, domicile, etc., de la plaignante et de
la personne qui l'accompagnait, et les même indications pour Sophie Ardusson
qui se prêta de bonne grâce à cette formalité, en femme qui n'a rien à craindre
et partant rien à cacher.

Il rédigea ensuite la plainte, et le détail de l'interrogatoire qui venait
d'avoir lieu.

— Maintenant nous allons voir chez vous, — dit-il à la mégère.

Et s'adressant à Mme Christol et à Zébie :

— Quant à vous, mesdames, je n'ai plus besoin de vous. Vous serez infor-
mées de la suite qui sera donnée à votre plainte.

— Alors ?...

— Vous n'avez qu'à retourner chez vous... On vous convoquera plus tard
s'il y a lieu.

Mais Mme Christol ne pouvait s'en tenir là.

On avait parlé de perquisition, elle voulait savoir ce qui allait se passer,
ce qu'on découvrirait.

N'arrêterait-on pas sa voleuse ?... Car enfin elle était bien certaine de ne
pas se tromper.

Elle sortit de la mairie, en même temps que le commissaire, son secrétaire et les deux agents qui escortaient la femme Ardusson, et aussitôt dehors,
elle dit à Zébie :

— Nous allons attendre quelque part, n'est-ce pas?... Il faut savoir ce qui
va se passer.

Et suivant de loin, elles se rendirent au café-restaurant situé à peu de distance de la maison de Mme Ardusson, où Valérie Dubourg avait, la veille même,
établi son poste d'observation.

**

On se retournait sur le passage de cette femme que les agents accompagnaient.

Le commissaire et son secrétaire, qui marchaient derrière, étaient bien connus à Clamart.

Dans la rue de Paris, en approchant de son domicile, les voisins la reconnaissaient et s'étonnaient.

Qu'était-il donc arrivé ?...

Quelques personnes même s'assemblèrent aux abords de la maison au moment où l'on y pénétra.

La pauvre Liette, toute seule, déjà troublée par la visite qu'elle avait reçue, pâlit d'émotion en voyant arriver maman Sophie avec ces hommes de police.

Elle sentait ses jambes trembler.

Evidemment, un malheur frappait sa mère adoptive, cette femme qui, depuis quelques jours, était si bonne, si affectueuse pour elle, et ce malheur allait l'atteindre en même temps.

Le commissaire demanda :

— Quelle est cette jeune fille ?

— C'est ma fille... ma fille d'adoption, — répondit Sophie Ardusson.

Et elle profita de l'occasion pour faire valoir de beaux sentiments qui profiteraient en sa faveur, car elle ajouta aussitôt :

— Une enfant que l'on m'avait donnée en garde et que ses parents ont abandonnée, car je n'ai plus eu de nouvelles... On n'est pas des sans-cœur... Et c'est pour ça que je m'étonne d'être accusée aujourd'hui...

— Accusée !... — s'écria Liette. — Vous, maman Sophie...

— Oui, ma petite... on m'accuse d'un vol... Crois-tu ?... Moi !... Une voleuse !... Mais n'aie pas peur...

— Taisez-vous ! — ordonna le commissaire de police.

Et examinant sommairement la disposition intérieure du logement, il demanda :

— Voici votre chambre, n'est-ce pas ?

— Oui, Monsieur.

— Où mettez-vous votre argent ?

— Mon argent !... Ah ! il est bien vite placé... Tenez, voilà !... dans mon armoire, — dit la femme Ardusson en ouvrant la porte de son armoire à linge avec une clef qu'elle tira de sa poche.

Puis elle ouvrit un des deux tiroirs, logés entre les étagères, et en sortit une petite boîte en acajou, de la forme d'un coffret, qu'elle présenta au commissaire de police.

— Voilà mon argent, — dit-elle en l'ouvrant. — C'est là que je mets ce que j'ai... Demandez à la petite !... Il y a tout ce que je possède... Vous voyez que ce n'est pas lourd ?...

Et elle montrait quelques pièces d'argent dans une petite boîte de fer blanc, trois pièces d'or dans un vieux porte-monnaie hors d'usage, et de la même monnaie à même dans le coffret.

Il n'y avait pas soixante francs en tout.

— Et sur vous, — dit le commissaire. — Vous avez un porte-monnaie... Montrez-le moi.

— Si vous voulez!... Tenez, le voici.

Elle fouilla dans sa poche et l'ouvrit elle-même.

Le commissaire le lui retira des mains et vérifia ce qu'il contenait, environ une quinzaine de francs.

Un sou trouée placé seul dans le compartiment du milieu, attira son attention.

La veuve Christol avait dit qu'il y en avait un dans le porte-monnaie volé.

Néanmoins il n'en parla point, se réservant de vérifier le fait quand il reverrait la plaignante.

— C'est tout ce que vous avez ? — demanda-t-il.

— Oui, monsieur, c'est tout... vous pouvez fouiller toute la maison, si vous voulez... Nous ne sommes pas riches; nous n'avons que ce que gagne la petite avec sa broderie et ce que je pouvais gagner... là-bas.

Elle n'avait pas osé dire le mot « Courses » devant Liette qui ignorait.

— Aux Courses ? — fit le magistrat.

— Oui, — répondit la mégère qui rougit à ce moment. — Je gagnais presque toujours... peu de chose, car je ne m'aventurais pas... J'allai avec prudence... Et j'avais un système, basé sur des calculs infaillibles... Enfin je rapportais toujours une petite journée, ma pièce de cent sous, des fois de dix francs...

L'armoire à linge était demeurée ouverte, et tout en écoutant, le commissaire examinait le contenu du tiroir ouvert pour s'assurer qu'il n'y avait pas d'autres ressources.

Il ne contenait que des chiffons, de petites coupes de broderie ou de dentelles imitation, sans valeur, des objets divers, une chaîne en argent, une grosse montre d'homme venant de l'ancien blanchisseur.

Le commissaire, après avoir refermé ce tiroir, ouvrit l'autre et continua ses investigations.

Sophie Ardusson eut à ce moment un mouvement de crainte que personne ne vit.

Ce tiroir contenait des papiers, des factures, des lettres, de petits cahiers tels que l'on en vend à bas prix dans les papeteries.

Il en ouvrit un, et y vit des comptes.

En les examinant de plus près, des noms bizarres lui firent comprendre que c'étaient là des comptes d'opérations faites aux courses.

En tombant, une feuille de papier, insérée entre deux pages du livre,
émergea de la tranche d'un doré fané. (P. 229.)

— Qu'est-ce que cela ? — fit-il.

— Vous le voyez... Ce sont des comptes...

Mme Ardusson notait, en effet, jour par jour, le résultat de sa journée sur
les divers hippodromes.

Ce pouvait être intéressant à consulter.

Le commissaire parcourut ces notes et ces chiffres, s'arrêtant parfois à
une perte un peu forte, ou à un gain important, et il arriva tout de suite à
la fin.

La journée du dimanche n'était pas portée.

— Vous n'avez donc pas marqué ce que vous avez fait dimanche dernier aux courses de Longchamps, — fit-il observer.

— Ça se peut... — répondit Sophie Ardusson. — Je n'y ai pas pensé... Il est vrai que j'ai fait si peu de chose... Je crois que ça s'est balancé...

— C'est tout de même singulier, car enfin vous inscriviez chaque jour le résultat...

— Quand il n'y a rien à mettre...

— Mais je vois là d'autres journées dans ce même cas... Cela ne semble-t-il pas dire que vous n'aviez pas l'intention de retourner aux courses ?...

— En y retournant, j'aurais repris mes comptes, — dit la voleuse — Mais pour le moment, je vous l'ai dit, j'ai trop à faire pour penser à cela.

Liette demeurait interdite, de plus en plus troublée, par tout ce qui se passait.

Elle ne comprenait pas encore cette accusation de vol dont on avait parlé tantôt.

— Où inscrivez-vous vos dépenses ? — demanda le commissaire. — Je vois que vous êtes une femme d'ordre... Vous devez tenir vos comptes en règle, noter ce que vous payez...

— Oui, monsieur, c'est en règle !...

En s'adressant à Liette, la veuve Ardusson lui dit :

— Va donc chercher l'agenda dans le tiroir de la cuisine, afin que ces messieurs puissent se rendre compte...

Vous allez voir que tout est inscrit, — ajouta-t-elle pendant que la fiancée de Pierre s'acquittait de cette commission. — Nous inscrivons tout, la petite et moi, jusqu'aux plus petites dépenses...

Liette revint avec l'agenda.

Les dépenses, jour par jour, étaient inscrites au crayon, presque toutes de l'écriture de la jeune fille.

Les derniers jours ne mentionnaient aucun paiement important, sauf celui effectué du boulanger, un mois et demi de pain, dont la note se trouvait à la page où la somme était inscrite.

Le commissaire vérifia et constata que le paiement de cette fourniture était précédemment porté régulièrement, chaque semaine, sauf pendant certaines périodes, où la fourniture s'accumulait, puis se soldait d'un coup en une somme plus élevée.

Et ayant eu l'idée de comparer ces paiements avec le cahier des opérations de courses, il constata qu'ils concordaient avec les journées de gains.

Il le fit remarquer à Sophie Ardusson et lui demanda une explication sur le dernier paiement, puisque le dimanche précédent elle disait n'avoir rien gagné.

— Je n'étais pas tout de même sans le sou, vous le voyez bien, — riposta aigrement la mégère.

— Alors pourquoi n'avez vous pas payé régulièrement par semaine.

— Parce que j'avais besoin de mon argent... Je ne voulais pas me démunir tout à fait.

Cette explication, peu claire du reste, ne pouvait être sincère.

La conviction de la culpabilité de cette femme se formait petit à petit dans l'esprit du magistrat.

Sophie Ardusson, elle, ne bronchait pas. — Elle était bien sûre que l'on ne découvrirait rien contre elle.

Mais voilà que, tout à coup, le commissaire de police eut un vif mouvement de saisissement.

En repoussant, pour le fermer, le tiroir qu'il avait vidé afin d'examiner plus à l'aise les papiers qu'il contenait, il avait entendu un bruit léger, comme un froissement de papier.

Cependant, puisque ce tiroir était vide !...

Méfiant par habitude professionnelle, aussi bien qu'attentif à tout, il voulut se rendre compte.

Il ouvrit de nouveau le tiroir, puis le repoussa, afin de voir si le léger bruit perçu se reproduirait, de le définir, d'en diagnostiquer ainsi l'origine et la cause.

Et ce froissement de papier se reproduisit, pendant que la voleuse, subitement pâle, suivait avec anxiété cette manœuvre dont les conséquences prévues par elle la tourmentaient déjà.

Alors le commissaire de police retira tout à fait le tiroir et il plongea les regards dans la case qui l'encadrait.

Il aperçut au fond de la cavité un journal plié.

Il enfonça le bras et le retira.

La forme du pli décèla aussitôt que ce journal, ou plutôt ce fragment de journal, remplissait un office d'enveloppe.

On le déplia, et alors apparurent quatre billets de banque, un de cinquante et trois de cent francs.

— Vous disiez que vous ne possédiez que les soixante et quelques francs trouvés dans l'autre tiroir et sur vous, — fit le commissaire avec une sévérité mêlée de raillerie.

— Je ne voulais pas le dire... — balbutia Sophie Ardusson déjà remise, ayant eu le temps de préparer l'explication qu'elle va donner. — C'est ma cachette, où je mets...

— Où vous mettez ce que vous avez volé ?

— Non, monsieur... ce sont mes économies...

— Allons donc !...

— Je vous le jure !

— Vous feriez mieux d'avouer.

— Je n'ai rien à avouer... je ne suis pas coupable, — protesta Sophie Ardusson. — Ce sont mes économies, je le répète et je l'atteste !... Je les cachais, parbleu !... est-ce qu'on est jamais sûr ?

— Pourquoi n'en avez-vous pas parlé ?

— Parce que j'étais accusée... alors j'avais peur qu'on ne me croie pas et qu'en trouvant de l'argent chez moi, on pense que c'est celui qu'on m'accuse d'avoir volé...

— Mauvaise excuse !

— Et puis, cet argent, j'en ai besoin... J'ai mon terme à payer le mois prochain... J'ai eu peur qu'on me le saisisse et on ne sait jamais ce que durent les enquêtes...

Liette, toute tremblante, avait assisté à cette scène, ne sachant plus qui croire.

Le magistrat vit son trouble.

Il s'adressa à elle, dont la réponse, sans doute sincère, pourrait l'éclairer à confondre le mensonge de cette femme, mensonge qu'il sentait bien.

Il lui demanda :

— Vous ignoriez, sans doute, mademoiselle, que votre mère adoptive eût une pareille somme cachée chez elle.

Sophie Ardusson lança un regard à la pauvrette qui ne le vit pas.

— Maman Sophie ne me disait pas tout... — balbutia-t-elle.

— Comment !... — s'écria la marâtre... — tu le savais bien pourtant !... l'argent du terme !...

— Ne cherchez pas à influencer cette enfant, — intervint sévèrement le magistrat.

Et s'adressant aux agents :

— Pratiquez-moi une perquisition en règle, — leur commanda-t-il.

— Monsieur... — essaya de protester Sophie Ardusson. — C'est indigne ce que vous faites là !...

— Tenez-vous tranquille, — dit le commissaire.

Il fit un signe à son secrétaire qui prit la mégère par le bras et l'attira loin de l'armoire que les agents commençaient déjà à fouiller...

— Quant à vous, mademoiselle, — ajouta-t-il, — je vous prie de vous retirer pour le moment. Lorsque j'aurai besoin de vous, je vous ferai appeler.

Liette interdite, bouleversée, se retira.

Elle commençait à comprendre maintenant. Cette accusation de vol se précisait dans son esprit. Il s'agissait de courses ; c'était donc là que maman Sophie allait chaque jour, quand elle prétendait travailler.

Pendant que les agents fouillaient consciencieusement, sortant tout ce que l'armoire contenait, vidant les étagères l'une après l'autre, examinant le linge dans ses plis et chaque objet de très près, en gens habitués à cette opération, le commissaire de police entreprit Sophie Ardusson au sujet de la découverte qu'il venait de faire.

— Ce sont des économies que vous avez rapidement faites, — lui dit-il ironiquement.

— Pourquoi cela ? — fit la voleuse animée.

— Vous ne les aviez pas la semaine dernière, puisque c'est dimanche soir que vous les avez dissimulées dans cette cachette, en les enveloppant dans ce fragment du *Jockey* qui porte encore la date du jour.

Sophie Ardusson tressaillit devant cette preuve flagrante, mais elle ne se démonta pas.

Cette coquine avait réponse à tout.

— C'est-à-dire, — fit-elle, — que lundi j'ai rajouté un billet de cinquante francs aux trois cents que j'avais déjà, et j'en ai profité pour changer le papier qui les enveloppait, parce qu'il était vieux, trop sale, tout déchiré...

— Et vous avez justement pris le numéro du jour où le vol a été commis ?

— J'ai pris celui que j'avais sous la main...

— Vous êtes donc allée aux courses, dimanche ; c'est établi par cette preuve, et du reste vous ne l'avez pas nié ?

— Je ne le nie pas, monsieur... Je dis la vérité... J'y allais presque chaque-jour...

— Qu'avez-vous fait dimanche soir, après les courses ? — demanda le commissaire déjà renseigné sur ce point par le rapport verbal que lui avait fait son secrétaire à la suite de sa visite à Liette.

— Je suis rentrée chez moi, — répondit Sophie Ardusson.

— A minuit ?

Du coup, la coupable se troubla ; elle comprit que l'on savait tout.

Une enquête devait déjà avoir été faite.

A ce moment, en attirant une pile de draps de lits placée sur la plus haute étagère, l'agent qui, perché sur une chaise, vidait l'armoire, fit tomber un petit carton d'où s'échappa un livre de messe.

En tombant, une feuille de papier, insérée entre deux pages du livre, émergea de la tranche d'un doré fané.

L'agent lut ce qu'il y avait écrit sur ce papier.

— Monsieur le commissaire, — fit-il, — voilà une découverte qui me paraît intéressante.

Sophie Ardusson avait déjà vu.

— Tiens !... — fit le commissaire de police, — voilà, en effet, qui va simplifier les choses... Je pense que vous n'allez plus vous obstiner à nier... Comment expliquerez-vous la présence de ce papier que la plaignante a déclaré avoir mis dans son porte-monnaie... son nom et son adresse !...

— Je ne sais pas... — répondit la voleuse. — Je ne sais pas ce qu'est ce papier... Il doit y avoir longtemps qu'il est là...

— Vraiment !

— Ça doit venir du temps de mon frère.

Désormais la preuve était faite et la conviction du magistrat absolue, certaine.

Malgré l'évidence, Sophie Ardusson persistait à protester et à nier.

Mais tous ses efforts ne pouvaient servir à la sauver.

On réunit tous les papiers, afin de les examiner plus à l'aise. On mit à part le fragment de journal, les billets de banque, le livre de messe et le papier révélateur contenant le nom et l'adresse de Mme Christol, et un agent fut envoyé à la mairie pour en rapporter ce qu'il fallait pour pratiquer une mise sous scellés.

*
* *

Mme Christol, du café où elle attendait avec Zébie, ne pouvait savoir ce qui se passait.

En ne voyant plus reparaître les gens de police, — car la perquisition durait déjà depuis près d'une heure, — elle comprenait bien que ce devait être sérieux.

Elle vit sortir l'agent mandé à la mairie.

— Qui sait si l'on a découvert quelque chose ? — demanda-t-elle à Zélie, sûre d'avoir bien affaire à sa voleuse. — Si l'on avait pu demander à cet agent...

Mais le policier était déjà loin.

— Crois-tu que c'est une veine d'avoir retrouvé ma voleuse !... — poursuivit l'ex-marchande à la toilette. — Je l'avais vu hier en me faisant les cartes.

Lorsque l'agent reparut, apportant une petite boîte en fer, dans laquelle se trouvaient de la cire à cacheter, le cachet du commissariat et une bougie, elle dit à Zébie :

— Va à la rencontre de l'agent ; tu tâcheras de savoir quelque chose.

Zébie courut.

— Ah ! vous êtes encore là, — dit l'agent en la reconnaissant. — Eh bien ! ça y est !... Votre voleuse est pincée !

— Elle a avoué...

— Non, mais on a trouvé toutes les preuves chez elle.

— L'argent aussi ?

— Une partie... trois cent cinquante francs en billets... Et puis le papier que cette dame avait dans son porte-monnaie,

— Ah ! quelle chance !... — s'écria Zébie. — Alors madame va pouvoir savoir quelque chose ?

— Où êtes-vous ?

— Là, à ce restaurant.

— Bon !... Je vais le dire à M. le commissaire.

Un moment après, le secrétaire du commissariat venait chercher Mme Christol et son amie, toutes deux rayonnantes de joie, et les conduisit à la mairie.

La nouvelle du vol s'était déjà répandue, car Mme Christol n'avait pu se tenir d'en parler au patron de l'établissement qui était venu causer avec elle, et le bruit avait circulé rapidement aux environs.

Il y avait maintenant un groupe d'une trentaine de personnes aux environs de la maison.

Pendant ce temps, le commissaire de police venait de déclarer à Sophie Ardusson qu'il la mettait en état d'arrestation.

La mégère cria, protesta avec véhémence et se débattit contre les agents qui la saisirent.

Liette, épouvantée par cet événement impressionnant et par ses conséquences qu'elle avait entrevues tout de suite, se désolait.

Elle avait compris la vérité.

L'accusation de vol était formelle, établie, démontrée.

Maman Sophie allait être conduite en prison, jugée, condamnée.

Et elle demeurait seule.

Alors, à cette perspective, son épouvante s'accrut, et quand elle se trouva seule dans cette maison, après que Mme Ardusson eut été emmenée, elle se mit à pleurer.

Qu'allait-il lui arriver ?...

N'allait-elle pas être séparée de Pierre ?...

Que faire ?...

Le commissaire de police ne s'était point préoccupé d'elle. Elle n'avait pas osé intervenir.

On la laissait dans cette maison.

Alors des voisines arrivèrent, discrètement d'abord, toutes curieuses, voulant la questionner et savoir ce qui s'était passé ; puis nombreuses, au point d'envahir le logement.

Elle ne savait que leur dire, et elle leur expliqua comme elle pouvait ce qui venait de se passer.

On s'efforça de la rassurer.

Plusieurs personnes, prises de sympathie pour elle, lui proposèrent même de la recevoir chez elles.

Mais elle refusa en remerciant de ces témoignages de bienveillance.

Il fallait informer Pierre le plus tôt possible, lui apprendre ce qui lui arrivait, et lui alors, qui avait plus d'expérience, qui était un homme, la conseillerait, lui dirait ce qu'elle avait à faire.

XVI

OUTRAGEANTE VIOLENCE

Au commissariat de police, les explications furent faciles.

La confrontation fut accablante pour la voleuse qui persistait à nier malgré toutes les preuves.

Non seulement Mme Christol reconnut le papier sur lequel elle avait inscrit son nom et son adresse, mais, interrogée à ce sujet par le commissaire de police, elle dit en outre :

— Le sou troué que j'avais dans mon porte-monnaie et qui se trouvait dans le compartiment du milieu, avec l'or, était un sou de la République Argentine.

En effet, ce sou troué, trouvé sur Sophie Ardusson, était à cette effigie. C'était une nouvelle preuve.

En vain interrogea-t-on la voleuse sur ce qu'elle avait fait de l'argent qui manquait, environ trois cents francs, d'après la déclaration de Mme Christol.

Elle continua à protester de son innocence, disant qu'il n'y avait là que des coïncidences, et prétendit n'avoir pas un centime de plus que ce qu'on avait trouvé.

Dans la perquisition, personne n'avait eu l'idée de suspecter les glands des rideaux de la fenêtre.

Mme Christol et Zébie exultaient.

Elles auraient voulu connaître l'auteur de la dénonciation afin de le remercier.

Le commissaire les congédia, après qu'elles eurent signé le procès-verbal d'interrogatoire et de confrontation, et les prévint que l'affaire étant du ressort du Parquet de Paris, elles seraient appelées par le juge d'instruction qui allait être nommé tout de suite.

Quant à Sophie Ardusson, après avoir été soigneusement fouillée par la femme du concierge de la mairie, elle fut enfermée dans le violon en attendant son transfert au Dépôt, à Paris, qui serait effectué le lendemain, après que l'on aurait reçu des ordres.

Pour qu'elle vînt ainsi le trouver, l'attendre à la sortie de l'atelier, il fallait quelque
chose de grave. (P. 234.)

Liette avait eu grand'peine à se défaire des encombrantes commères qui
avaient envahi son domicile et à se soustraire à la curiosité de ces femmes.

Enfin, elle se trouva seule, ayant reufsé toutes les propositions qui lui
furent faites.

Elle sortit alors, fermant soigneusement sa porte.

Elle avait calculé que c'était l'heure de la sortie des ateliers de l'usine
Rollinet.

Pierre ne devait venir que dans la soirée, après son dîner. Elle voulait le voir et le prévenir le plus tôt possible.

Alors elle se dirigea vers l'usine.

La curiosité qui s'attacha à elle dans le voisinage, lorsqu'on la vit, cessa de l'obséder dès qu'elle eut franchi les limites du quartier.

Elle arriva aux environs de l'usine et attendit à quelque distance de la grande porte.

A sept heures, une cloche se fit entendre; puis la porte s'ouvrit et les ouvriers parurent.

Pierre Duval sortit un des derniers, causant avec deux contremaîtres de l'usine.

Il leur serra la main et se sépara d'eux bientôt, se disposant à se rendre rapidement chez lui, lorsqu'il aperçut Liette.

Ce fut un véritable moment de stupeur.

Pour qu'elle vînt ainsi le trouver, l'attendre à la sortie de l'atelier, il fallait quelque chose de grave.

Son visage bouleversé l'indiquait du reste.

Que s'était-il donc passé?...

Toutes les conjectures possibles, les plus douloureuses, se présentaient à la fois à son esprit.

Il pensait en même temps à Mme Ardusson, à l'Assistance Publique...

Et dès qu'il l'eut interrogée, envahi par toutes les appréhensions possibles, l'ayant emmenée à l'écart, loin des groupes d'ouvriers qui quittaient l'usine, elle lui dit :

— Maman Sophie a été arrêtée... Je suis seule... alors j'ai peur... Je ne sais que faire... et je suis venue vous trouver, Pierre, afin de vous prévenir...

— Arrêtée!... maman Sophie?... — s'écria le jeune mécanicien. — Qu'a-t-elle donc fait?...

— Il paraît qu'elle a volé... du moins on l'en accuse... Il est venu la police à la maison... le commissaire, des agents... on a tout fouillé... On a trouvé de l'argent caché... Tandis que je croyais, comme elle me le disait, que maman Sophie allait travailler à Paris, il paraît qu'elle allait aux courses, qu'elle jouait... et c'est là, d'après ce qu'a dit le commissaire, qu'elle a pris un porte-monnaie à une dame... Alors on l'a emmenée... Elle est en prison... et je suis seule... toute seule...

Il ne vint pas un seul instant à l'esprit de Pierre Duval que Mme Ardusson pût être innocente.

La sympathie que cette femme lui avait inspirée par sa complaisance envers lui, par l'accueil qu'elle lui avait fait, s'évanouissait presque à l'instant.

Et puis, il songeait surtout à Liette, à la situation qui lui était faite par cet événement, à son isolement, à la curiosité malveillante des voisins qui allait s'attacher à elle.

Il songeait aussi à son amour, à la responsabilité qui lui incombait désormais.

— C'est pour cela que je suis venue tout de suite vous prévenir... — poursuivait Liette. — Il fallait bien que vous sachiez cela le plus tôt possible, n'est-ce pas?...

— Oui, ma chère Liette, vous avez bien fait de venir me trouver sans retard, — répondit Pierre. — Évidemment, vous ne pouvez pas rester seule dans cette maison... Je ne vous y laisserai pas.

— Alors?...

— Je vais aviser... Nous allons en causer, chercher ce qu'il y a à faire... Venez!...

Et il la conduisait dans la direction de son domicile.

— Nous allons dîner ensemble, — dit Pierre à sa fiancée, — et nous causerons.

— Oui... Il n'y a que vous qui puissiez me dire ce qu'il faut faire, — dit Liette.

Mais Pierre était soucieux.

— Chez moi!... — fit-il. — Que va-t-on dire?... Pour moi que m'importe... mais pour vous?...

— Pour moi!...

— En nous voyant ensemble, on jasera... les mauvaises langues s'attaqueront à vous...

— Puisque je vous aime... puisque nous devons nous marier... qu'importe ce qu'on dira...

— Mariette!... — s'écria tout à coup le jeune homme, mû par une inspiration. — Oui, Mariette... Pendant que Mme Ardusson est en prison, vous pourrez rester chez elle...

— Elle va donc y rester longtemps?

— Si ce vol est prouvé, si elle est réellement coupable, cela peut être long... La prévention, la condamnation, cela peut durer des mois...

Alors, chemin faisant, ils parlèrent de ce vol.

Liette raconta minutieusement tout ce qui s'était passé, elle dit tout ce qu'elle avait compris, et Pierre se rendit parfaitement compte de la situation.

Ils mangèrent chez le marchand de vins où le jeune mécanicien prenait habituellement ses repas et, à l'écart des autres clients, ils continuèrent à causer.

L'idée que le fiancé de Liette avait eue était la seule pratique. Il ne voyait que Mariette pour lui prêter le concours qui lui était nécessaire.

D'un autre côté, il aurait voulu pouvoir la prévenir, causer avec elle, la mettre au courant de la situation. Mais il ne pouvait non plus laisser Liette seule dans cette maison, toute une nuit.

Alors, il prit une résolution.

— Il faut aller la trouver tout de suite, — dit-il à Liette.

— Ce soir ?

— Oui... on s'arrangera toujours... Il y a le lit de Totor; il ira coucher ailleurs.

— Non... Que de dérangement cela va causer !...

— Allons donc !... Mariette sera très heureuse de vous rendre service... Elle vous aime déjà comme elle m'aime...

— Elle est si bonne... Mais c'est égal, c'est tout de même bien du tracas...

— Non, non... Croyez-moi... Et puis il n'y a pas autre chose à faire... Venez... Il faut d'abord que j'aille chez moi, afin de me changer, car je ne puis sortir avec vous dans ce costume de travail... Ce sera vite fait ; vous m'attendrez un instant...

Ou plutôt, — reprit Pierre, — pendant ce temps allez chez vous... vous prendrez ce dont vous pourrez avoir besoin et je vous rejoindrai dans un instant... Demain vous reviendrez... alors nous aurons causé avec Mariette, nous l'aurons mise au courant et l'on aura pris ses dispositions...

Ils se séparèrent ainsi.

* *

Valérie Dubourg n'avait pas été sans se préoccuper des suites de sa dénonciation.

Dans l'après-midi, quoique un peu tard, elle passa dans la rue de Paris afin de se rendre compte.

Elle vit quelques personnes devant la maison de Sophie Ardusson, qui causaient avec les autres locataires.

Elle comprit qu'il devait y avoir du nouveau.

Elle s'arrêta alors, se mêlant aux groupes assez nombreux, et écouta ce qu'on disait.

Puis elle demanda :

— Qu'est-il arrivé ?... Il y a eu un accident ?...

On la mit au courant, on lui apprit l'arrestation de Mme Ardusson, car les causes même n'étaient déjà plus un secret pour personne; le vol et toutes ses circonstances étaient déjà connus.

C'était le moment où Liette venait de partir pour aller trouver son fiancé à la sortie de l'atelier.

L'odieuse intrigante se félicitait du succès de sa manœuvre. Tout avait réussi comme elle l'avait désiré.

Ainsi, maintenant, Liette allait se trouver seule, n'ayant auprès d'elle que ce jeune homme qui l'adorait, qu'elle aimait aussi de toutes les forces de son âme, et dans leur isolement, livré l'un à l'autre, il était facile de prévoir que cet amour prendrait des forces nouvelles, qu'il s'exalterait jusqu'à l'aveuglement.

Et cela lui apparut mieux encore quand, le soir, — car elle revint rôder dans le quartier, — elle vit Liette revenir.

Elle comprit qu'elle venait de voir ce jeune homme, afin de le prévenir de ce qui se passait.

Elle se trouva là au moment où Pierre vint rejoindre sa fiancée.

Elle les vit fermer soigneusement les fenêtres et la porte de la maison et partir ensemble, dans la direction de la gare, Liette ayant un petit paquet dont Pierre prit la charge.

Elle entendit ce qui se disait autour d'eux, ce qu'ils ne pouvaient entendre eux-mêmes.

— Parbleu ! la petite est allée rejoindre son amoureux et elle file avec lui, — dit une des commères.

— Eh bien ! elle n'a pas perdu de temps, — fit une autre.

— Oh ! écoutez, mame Roullon, c'est la même chose, que la mère Ardusson y soit ou n'y soit pas... Elle les laissait bien libres... Ce n'est pas la première fois...

— Alors vous croyez...

— Je n'en mettrais pas ma main au feu !...

— Qu'est-ce que vous voulez, ils sont jeunes, — dit une bonne femme, — ils ont bien raison !

Ainsi donc la réputation de Liette était déjà compromise.

Cela ne pouvait que réjouir Valérie Dubourg, dont toutes les espérances se réalisaient.

Elle entrevoyait clairement l'avenir et bientôt elle n'aurait plus rien à craindre.

Ce danger, qu'elle avait pressenti, auquel elle avait voulu parer, allait se trouver définitivement conjuré.

Il suffirait désormais de savoir ce qui allait arriver, et ce serait à peine une affaire de quelques jours.

Après elle pourrait disparaître.

En descendant du train à la gare Montparnasse, Pierre et Liette prirent un fiacre, afin de ne pas arriver trop tard chez Mariette qui ne les attendait pas.

Alors, dans le délicieux tête-à-tête de cette voiture, à l'abri de tous les regards indiscrets grâce à la demi obscurité de la soirée, ils purent échanger ces baisers qui, depuis qu'ils s'étaient revus, s'impatientaient sur leurs lèvres.

Et ce fut une étreinte délicieuse en ce moment, que celle de ces deux fiancés, livrés tout à coup l'un à l'autre, émus et troublés par ces circonstances imprévues.

Liette était pleine d'abandon, car elle sentait qu'elle avait besoin maintenant de l'appui de Pierre.

Les conjonctures inattendues, impressionnantes, en lesquelles elle se trouvait jetée tout à coup, donnaient quelque chose de plus tendre encore à son amour.

Pierre la tenait étroitement enlacée, son bras passé autour de sa taille, et ils causaient, entrecoupant souvent leur conversations de mots d'amour et de baisers.

Ils parlaient de maman Sophie et de ce vol pour lequel on l'avait arrêtée, de Mariette qui allait être si surprise de les voir arriver à cette heure, de ce qu'il y aurait à faire le lendemain à l'égard du propriétaire de Clamart.

Avant tout, il faudrait se renseigner, afin de savoir si Mme Ardusson allait rester longtemps en prison.

Mais Liette seule pouvait faire cela, car on ne donnerait ce renseignement qu'à elle.

Il faudrait donc qu'elle revînt dès le lendemain à Clamart et qu'elle vît le commissaire et ensuite le propriétaire, afin de prendre les dispositions que les circonstances indiqueraient.

Mariette et Totor n'étaient pas encore couchés, lorsque retentit le coup de sonnette donné par Pierre.

Ils causaient à table, ayant achevé de dîner, et précisément ils parlaient de Liette.

Ils se disaient tout le bien qu'ils pensaient d'elle, toute la sympathie qu'ils leur avaient inspirée à l'un et à l'autre.

Ils se trouvaient dans la cuisine, où ils prenaient habituellement leur repas, la salle à manger de leur petit appartement étant transformée en atelier.

Au coup de sonnette, Totor se leva pour aller ouvrir.

A cette heure, ce ne pouvait être, — pensait-il, — que le concierge apportant une lettre arrivée par la dernière distribution.

— Ah! par exemple!... — s'écria-t-il à la vue de Pierre et de Liette. — Qu'est-ce qui arrive donc?

— Toute une histoire, — dit Pierre. — Je vais vous dire ça.

Mariette était déjà accourue.

Ils s'embrassaient tous, tandis que surpris, presque bouleversés, Mariette et Totor interrogeaient.

— Un chose imprévue qui laisse ma pauvre Liette toute seule, — dit Pierre. — Mme Ardusson a été arrêtée...

— Arrêtée!... Mais pourquoi?...

— Pour vol.

Et Pierre fit le récit des événements inattendus de la journée.

Qui aurait pensé cela ?... Liette ignorait même ce que maman Sophie allait faire chaque jour à Paris. Jamais elle ne lui avait dit qu'elle allait aux courses; et comment aurait-elle pu le deviner?

Aussi quelle surprise lorsqu'elle l'avait vue arriver avec le commissaire de police et les agents, lorsqu'on avait tout fouillé dans la maison et surtout lorsqu'on trouva l'argent volé caché derrière un tiroir.

Enfin on ne pouvait pas laisser Liette toute seule dans cette maison; cette pauvre enfant aurait eu trop grand peur.

Pierre avait immédiatement songé à Mariette.

— Oui, tu as bien fait, mon bon Pierre, — dit l'excellente fille dans une affectueuse explosion de tout son cœur. — Liette restera avec nous.

Totor n'en revenait pas.

— Eh bien! mon vieux, ça me la coupe!... — dit-il. — Vrai de vrai, je la gobais, maman Sophie!... Elle me bottait, quoi!... Elle m'avait l'air si bonne femme... Je lui aurait donné le bon Dieu sans confession!... Elle faisait ses coups à la sourdine, voyez-vous!... Elle avait barbotté ce porte-monnaie!... Eh bien! non, je n'aurais jamais pensé à ça!...

Il était heureux de la décision qui venait d'être prise, et tout de suite il s'unissait à Mariette pour réaliser la combinaison, pour préparer tout ce qu'il fallait.

Eh! parbleu! c'était bien simple... Liette n'avait qu'à prendre le petit lit de Totor et le cabinet où il couchait. Il n'y avait qu'à changer les draps.

Lui monterait un étage de plus et il irait coucher dans la cambre de bonne que l'on avait au cinquième et dont on se servait comme débarras; il y avait justement un petit lit en fer.

Liette s'excusait du tracas qu'elle donnait.

— Mais non!... Quel tracas?... Et puis, est-ce que vous n'êtes pas de la famille maintenant, puisque vous êtes la petite femme de Pierre?... Alors c'est tout naturel!...

Elle l'aimait, ce bon Totor, pour la simplicité qu'il mettait en son affection. Elle se sentait heureuse, entourée de ceux qui l'aimaient.

Il fallait aussi combiner ce que l'on ferait le lendemain.

Pierre allait repartir le soir même pour Clamart.

Le lendemain, il demanderait à l'ingénieur la permission de prendre deux heures après son déjeuner; alors, Liette viendrait et l'on ferait ensemble ce qu'il y aurait à faire.

— Voilà tout, — fit Mariette. — Et Liette travaillera avec moi!... Vous n'avez qu'à rapporter votre ouvrage; vous le livrerez aussi bien d'ici que de Clamart, aux religieuses de Meudon.

— Et puis, le dimanche, Pierre viendra, — ajouta Totor, — et on ira se ballader tous les quatre.

— Je viendrai tous les soirs, — dit Pierre, — aussitôt après mon travail. Et après de longs baisers, il partit.

Tout était bien arrangé, et dans le petit cabinet où l'on avait fait son lit, Liette dormait profondément, harassée par toutes les émotions, après avoir longuement pensé à Pierre et aux événements de cette journée.

Le lendemain, Mariette, qui avait expliqué sa présence à ses ouvrières en leur disant que Liette était la fiancée de Pierre, qu'elle avait prise chez elle parce qu'elle se trouvait seule, voulut aller avec elle à Clamart.

Elle laissa la direction de son atelier à la plus ancienne de ses ouvrières, ainsi qu'elle faisait quand elle sortait.

Du reste, en cette saison, l'ouvrage n'était pas bien pressé.

Totor était le plus heureux de ce changement ; aussi, ce jour là, ne se fit-il pas attendre à l'heure du déjeuner, afin de se trouver plus longtemps en compagnie de Liette.

Le soir, — annonça-t-il, — il rappliquerait dès qu'il serait libre, afin de savoir ce qui s'était passé.

A Clamart, Liette et Mariette s'occupèrent à faire des paquets, prenant tout le linge et les vêtements de la jeune fille, son travail, ce qui lui appartenait, et elles transportèrent le tout à la gare.

Elles étaient gênées par la curiosité des voisines qui, les ayant vues arriver, venaient voir ce qui se passait, essayer d'avoir des nouvelles.

Elles se rendirent ensuite à la mairie et virent le commissaire de police qui ne put rien leur apprendre de nouveau.

Mme Ardusson se trouvait toujours au violon.

Le commissaire avait écrit à la préfecture de police et attendait des ordres.

Liette, émue et impressionnée, osait à peine parler.

Ce fut Mariette qui demanda :

— Est-ce que réellement Mme Ardusson est coupable de ce vol?

— La culpabilité ne peut faire aucun doute, répondit le commissaire. — Elle est pleinement démontrée. Elle a été formellement reconnue par la victime du vol et par une personne qui se trouvait avec elle ; en outre on a trouvé en sa possession deux objets qui se trouvaient enfermés dans le portemonnaie volé, un sou troué à l'effigie de la République Argentine et un papier sur lequel la propriétaire avait écrit son nom et son adresse. Ces billets de banque, dissimulés dans une cachette et enveloppés dans un fragment de journal portant la date du jour du vol, constituent encore une preuve, ainsi que la trouvaille du porte-monnaie faite par un passant, à quelques pas du domicile de Mme Ardusson, qui l'avait jeté dans la rue, pensant évidemment que celui qui le trouverait se l'approprierait.

— Alors elle sera condamnée?

... Que son chapeau qu'il tenait à la main, s'échappa. (P. 247.)

— Assurément. Elle peut attrapper au moins six mois de prison et probablement davantage.

Le commissaire profita pour interroger Liette à qui il demanda ce qu'elle savait sur l'existence mystérieuse de Sophie Ardusson.

Puis Mariette expliqua que son amie ne pouvait rester seule dans cette maison et qu'elle l'avait décidée à venir habiter avec elle à Paris. Elle demanda, à titre de conseil, ce que Liette avait à faire dans ces circonstances.

Le magistrat prit l'adresse de Mariette Rémy, afin de la transmettre au parquet, qui aurait vraisemblablement à assigner Liette en qualité de témoin, et il accepta le dépôt de la clef du logement qu'elle offrit de lui faire, pour la remettre à Sophie Ardusson.

Quand Pierre fut libre, on le mit au courant de ce qui s'était passé.

Il était évident que de longtemps on ne reverrait pas Mᵐᵉ Ardusson. La prévention et la condamnation qu'elle allait encourir la tiendraient fort longtemps en prison.

On avait donc bien sagement pris le seul parti qu'il y avait à prendre.

Maintenant il s'agissait de noter les formalités pour l'accomplissement du mariage et de savoir si l'on pouvait surmonter les obstacles que l'on avait entrevus.

L'arrestation de Mᵐᵉ Ardusson compliquait encore les difficultés.

L'administration allait se trouver saisie par le fait même de la connaissance de la situation irrégulière de Liette. — Qui sait si elle n'interviendrait pas?...

Encore une nouvelle menace qui s'élevait.

Aussi, on allait s'occuper activement des démarches. Pierre en ferait de son côté, et Mariette, qui se trouvait à Paris, en ferait du sien.

Pour tout papier, elle n'avait que la gravure commémorative de la première communion de Liette, qui témoigne et tient lieu d'acte de cette cérémonie religieuse, mentionnant le nom et le prénom et pouvant servir à fixer l'âge.

Peut-être, avec cette pièce, un notaire indiquerait quelle formalités devaient être accomplies.

Il fut entendu, ainsi qu'on l'avait dit la veille, que Pierre viendrait chaque soir à Paris, après son travail, et qu'il dînerait chez Mariette, auprès de sa fiancée.

Chaque jour, on se tiendrait ainsi au courant de ce que l'on avait fait.

**

Valérie Dubourg, qui ne pouvait connaître les projets des deux jeunes gens et de leurs amis, se félicitait du résultat de ses machinations perfides.

Désormais elle se sentait rassurée et n'avait plus rien à craindre.

Liette, d'après ses prévisions, ne pourrait venir à bout des difficultés qu'elle rencontrerait pour établir son identité, et livrée à son fiancé, son amour impatienté par les obstacles, elle ne tarderait pas à se donner à lui.

Alors, devenue la maîtresse de cet ouvrier, elle ne songerait plus à rien.

L'aventurière ne se repentait pas d'être venue, mais maintenant qu'elle avait vu et fait ce qu'elle voulait, elle avait hâte de repartir et de disparaître.

Elle avait à se prémunir contre une nouvelle tentative de Gaston Dumesnil, car elle pressentait que, malgré la signification qu'elle lui avait faite, il ne pourrait s'empêcher de la revoir.

Son amour désespéré, dont elle avait mesuré l'intensité, l'emporterait et le pousserait.

Alors ce serait un nouveau danger qui la menacerait, danger pire, plus effroyable que celui qui aurait pu venir de la part de Liette.

Valérie Dubourg y avait mûrement réfléchi et elle était résolue à partir le plus tôt possible.

Elle fit aussitôt ses préparatifs, annonçant sa résolution aux trois domestiques qu'elle avait amenés avec elle, et donnant comme prétexte les moissons auxquelles elle tenait à assister, ce qui ne devait surprendre personne, car on savait avec quel soin minutieux elle s'attachait à toute chose.

Dès le mardi matin, on se mit à préparer les bagages, et pendant ce temps la fausse Lia de Chavanges se rendit chez l'agent de location afin de régler la deuxième partie de sa location.

Elle lui annonça qu'elle partirait le lendemain matin à dix heures et le pria de venir vérifier l'état des lieux dans l'après-midi, ce que l'agent refusa, déclarant qu'il s'en rapportait à sa locataire.

— Il vous suffira, — lui dit-il, — de me faire remettre les clefs avant votre départ.

Le lendemain matin, à huit heures, la châtelaine de Saint-Gemmes-sur-Loin envoya sa femme de chambre à la gare prendre trois billets de troisième classe et un de première directement pour Angers.

Les domestiques partirent avant elle, car le train de onze heures cinquante-neuf qu'elle avait choisi ne comportait que des voitures de première classe, et en passant la femme de chambre remit la clef à l'agent de location.

La fausse Lia de Chavanges, bien que demeurée à la villa, où elle voulait attendre l'heure du train, afin de ne pas se montrer trop longtemps à la gare de Versailles, n'en avait plus besoin ; en partant elle n'aurait qu'à tirer la porte derrière elle.

Au moment où elle se disposait à partir pour aller prendre à Meudon le train de onze heures qui la mènerait à Versailles, où elle prendrait la ligne de Chartres et Angers, un coup de sonnette retentit.

Valérie Dubourg était seule dans la villa.

Si l'heure ne l'avait pas pressée, elle n'aurait pas répondu, laissant croire qu'il n'y avait personne.

Un pressentiment venait, en effet, de l'assaillir.

Elle s'était dit en frémissant :

— Si c'était lui !...

Elle songeait à Gaston Dumesnil, qui constituait encore un danger pour elle.

Si la petite porte du jardin, donnant sur la ruelle, n'avait pas été fermée à clef, elle se serait échappée par là, laissant ainsi le visiteur importun sonner de nouveau et se morfondre devant la porte close.

Un éclair de colère brilla dans les prunelles de Valérie Dubourg, et aussitôt elle prit une résolution.

Elle traversa le jardin pour aller ouvrir.

Elle était prête à partir, n'ayant plus que son chapeau et son manteau de voyage à mettre et son sac en maroquin à prendre.

Elle ne se trompait pas.

C'était bien Gaston Dumesnil qui se trouvait là.

— Vous !... Encore vous !... — s'écria-t-elle hors d'elle en l'apercevant.

— Oui... mais... — balbutia-t-il. — Je vous en supplie, Valérie, écoutez-moi !...

— Vous m'aviez promis...

Il pénétra dans le jardin presque malgré elle, repoussant la porte qu'elle tenait.

— Ce que vous m'avez demandé, — poursuivit-il avec une émotion mêlée d'amour et de désespoir, — est au-dessus de mes forces !... J'ai essayé de broyer mon cœur... de vous oublier... Tout ce que j'ai fait est inutile... C'est impossible maintenant que je vous ai retrouvée et tout l'amour que je vous ai voué s'est rallumé en moi...

— Vous êtes donc fou !... — riposta l'intrigante avec colère. — Je vous ai dit qu'un abîme nous séparait...

— Qu'importe !...

— Que vous me compromettiez... que je ne vous aime pas et que je ne peux pas vous aimer !...

— Et moi je ne peux m'en empêcher, — déclara l'amoureux avec exaspération. — Je me tuerai si vous me repoussez, je vous le jure !...

— Eh bien ! Finissez-en alors !...

— Vous êtes donc sans cœur ?... Que vous ai-je fait pour que vous me détestiez ainsi ?... Car je le sens bien, vous me haïssez...

— Vous êtes fou !...

— Fou d'amour, si vous voulez !... Oui, fou d'amour, Valérie !... et capable de tout, entendez-le !...

Il s'avançait vers elle, exaspéré, les lèvres frémissantes, les yeux pleins de flammes.

Valérie eut peur.

Elle recula, cherchant comment se débarrasser de lui.

Elle ne voulait pas lui faire savoir qu'elle allait partir, afin qu'il ne pût s'attacher à ses pas.

Pour en finir, craignant que les éclats de voix s'entendissent de l'extérieur, elle lui dit :

— Venez et finissons-en !...

Elle le conduisait vers la maison, où il la suivit, soudainement repris d'un espoir.

Et quand ils furent arrivés dans la salle à manger qui s'ouvrait sur le perron, où tout se trouvait bien en ordre, où rien ne pouvait déceler des intentions de départ, il soupira, s'avançant vers elle :

— Valérie... Je vous en conjure... ne soyez pas impitoyable !... Songez que je vous aime depuis tant d'années... Voyons... réfléchissez... Il faut bien que mon amour soit sincère pour avoir survécu à tout... Il faut bien qu'il me tienne au cœur comme ma vie elle-même pour avoir résisté à votre mépris.

— Et moi je vous ai dit, — riposta-t-elle d'une voix cinglante, — que je ne veux pas de votre amour, car je ne vous ai jamais aimé !... Je vous ai dit que je ne suis pas libre et que je ne peux être à vous !...

— Vous voulez donc que je meure ?...

— Vous ai-je demandé de m'aimer ?

— Mais c'est plus fort que moi !... Je suis lâche, je le sens bien... mais que voulez-vous, je ne puis pas... Non, je ne puis pas renoncer à vous... Maintenant surtout... Aujourd'hui moins que jamais !...

— Il le faudra bien pourtant !... — fit-elle durement.

— Non, non... Laissez-moi un espoir, si vous ne voulez pas que je me tue...

Et s'avançant encore, cherchant à la saisir, absolument hors de lui, il s'écria :

— Valérie !... Valérie... par pitié !...

— Ne me touchez pas, — cria-t-elle en se défendant.

— Je sens que je ne suis plus maître de moi...

— Faut-il que j'appelle ?...

— Ah ! faites ce que vous voudrez... mais je veux...

— Misérable !...

Et comme il l'avait saisie, avec une force dont on ne l'aurait pas cru capable, elle se dégagea et, de sa poche, en un mouvement brusque, elle tira un minuscule révolver.

— Partez... — lui cria-t-elle d'une voix rauque, — ou je vous tue sans pitié !...

— Que m'importe la mort, — riposta Gaston véritablement affolé, — quand je songe à ce que je souffre!...

— Partez, vous dis-je, — répéta Valérie Dubourg en le repoussant vers la porte. — Partez, lâche qui osez porter la main sur une femme!... Partez!... partez!...

— Valérie!... Valérie!... — implora encore le malheureux. — Je vous en supplie!...

— Non... Rien... Je ne vous aimais pas, mais après la violence que vous avez tentée de me faire, je vous méprise!... Entendez-vous?... Je vous hais!...

— Ah! je suis perdu!... — râla Gaston Daumesnil d'un air égaré, les yeux véritablement fous.

A ce moment, on entendit un cri à l'extérieur, dans la propriété voisine.

Valérie eut peur.

Elle le saisit alors par les épaules et le jeta dehors avec une telle violence qu'il se heurta au chambranle de la porte et que son chapeau qu'il tenait à la main s'échappa, roula sur la balustrade du perron et tomba dans le jardin.

— Malheureux que je suis!... — dit l'amoureux dont la raison s'était abimée.

Mais l'aventurière, résolue d'en finir, le poursuivit encore en l'accablant.

— Misérable!... infâme!... — répéta-t-elle avec fureur, — que je ne vous revoie jamais!...

Alors, véritablement épouvanté par l'acte qu'il venait de commettre, honteux de cette violence qu'il avait laissé éclater, Gaston perdit complètement la tête et il s'enfuit en courant, toujours poursuivi par Valérie.

Il ouvrit lui-même la porte de la grille en tirant le bouton du loqueteau et il disparut comme un fou dans la rue déserte.

Dans son effarement, dans sa folie, il était incapable d'une pensée.

Il ne s'était même pas aperçu qu'il se trouvait nu-tête.

Il entendit la porte de fer se refermer derrière lui d'un coup sec, et, à quelques pas de la grille, où il s'arrêta enfin, il demeura un instant hébété, inconscient, veule et éperdu, l'âme broyée par le plus horrible désespoir.

— Perdue!.,. — balbutiait-il de ses lèvres frémissantes. — Perdue!... pour toujours!...

Il jeta encore un regard vers la villa où il laissait celle qu'il aimait toujours, celle pour laquelle il aurait donné sa fortune, sa vie, jusqu'à son honneur, et ses yeux étaient pleins d'une hébétude semblable à celle de la folie.

La présence d'un enfant, qu'il aperçut au loin sur la route, le fit se ressaisir soudainement.

Il revint d'un coup à la réalité dont il avait perdu un instant la conscience.

Alors il s'éloigna rapidement, dans la direction opposée à celle où il venait d'apercevoir cet enfant, se jetant ainsi dans la ruelle qui contournait le Chalet du bois.

La ruelle était déserte.

Tout à coup un homme apparut, un domestique à en juger par son gilet à rayures, et il disparut d'un pas rapide.

Gaston Dumesnil le vit à peine, tant l'apparition avait été soudaine, et il s'aperçut alors seulement qu'il avait perdu son chapeau.

Il éprouvait une sensation semblable à celle de l'homme qui, enveloppé longuement dans les fumées de l'ivresse, se sent tout à coup dégrisé.

Il se rappela ce qui venait de se passer.

Jamais il n'aurait osé revenir dans cette maison d'où il venait d'être chassé ni reparaître en présence de cette femme qu'il avait outragée par sa violence.

Il évitait les passants, fort rares du reste, car il se sentait honteux de son attitude.

Il coupa au plus court par les petites ruelles qui, de Fleury dévalent vers le haut de Meudon, songeant à se procurer un autre chapeau, afin de ne pas attirer l'attention sur lui.

Il arriva ainsi dans le haut de la rue de la République, après avoir contourné le parc d'aérostation militaire de Chalais et il y trouva un chapelier.

On ne le connaissait pas.

Il prétexta un accident survenu pendant qu'il se promenait dans le bois, et acheta un chapeau de feutre.

Puis, afin de ne pas traverser la ville, car il sentait bien que sous la violence de ses préoccupations et la torture de son désespoir, sa contenance et son allure le feraient malgré lui remarquer, il gravit une ruelle qui le conduisit à la terrasse du château.

Qu'allait-il faire?... Qu'allait-il devenir?...

Il ne se sentait pas capable de lutter encore contre cet amour qui l'avait affolé.

Essayer de s'excuser, en écrivant à Valérie pour déplorer sa violence et implorer son pardon, il n'en avait pas la force.

Il sentait bien que tout était perdu pour lui.

Alors, un changement soudain s'opéra brusquement dans son esprit, dont l'apaisement se fit pendant une seconde.

A la place de l'amour désespéré qui l'avait conduit un instant sur les limites de la folie, une haine surgit, une haine farouche, faite de dépit et de rage.

Pourquoi cette misérable l'avait-elle repoussé ainsi, autrefois aussi bien qu'aujourd'hui?

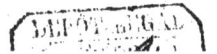

Elle râlait sous la contraction formidable de ses doigts de brute. (P. 256.)

Il ne parvenait pas à se l'expliquer, mais il sentait qu'il devait y avoir à ces refus impitoyables une cause qui échappait à son intelligence.

Il la haïssait maintenant, dans ce revirement soudain de son âme exaspérée.

Il aurait voulu pouvoir se venger de ces affronts, de ce mépris outrageant.

Il cherchait à comprendre la cause de la conduite de Valérie à son égard et il ne pouvait y parvenir.

Il n'y avait pas en elle, il le sentait bien, que l'impossibilité matérielle d'être à lui, car elle se serait expliquée plus clairement; au lieu de le chasser sans raison, de le repousser avec cette animation incompréhensible, elle aurait tenu à justifier sa conduite.

Gaston se reportait vers le passé, et ses yeux, aveugles jusqu'alors, se désillaient.

Valérie lui avait préféré sans doute un homme qu'elle avait aimé.

Cette explication le satisfaisait.

Mais aujourd'hui, il sentait bien que l'amour seul ne pouvait la faire agir de la sorte.

Il y avait évidemment un autre motif!..

Lequel?...

Maintenant il se trouvait en plein bois, qu'il avait gagné par la terrasse et les allées de l'observatoire, et il suivait la voie qui conduit sur les hauteurs des Fonceaux qui dominent Sèvres.

Il réfléchissait en marchant, d'un pas tantôt lent, tantôt précipité, au milieu de ces allées désertes en ce jour de semaine, et son esprit ne trouvait rien.

Mais le besoin de savoir s'emparait de lui.

Oh! non pas qu'il voulût tenter encore une fois de se rapprocher de cette femme, qu'il haïssait maintenant d'une haine égale à l'amour qu'elle lui avait inspiré, mais poussé par un besoin de connaître qu'il ne pouvait pas s'expliquer.

Oui, il saurait pourquoi Valérie avait été aussi cruelle, aussi injuste envers lui.

Ce n'était pas son amour-propre humilié qui l'y poussait.

Il s'y attachait comme au désir impérieux suscité par l'aiguillonnement d'un mystère que sa haine éprouvait la nécessité de pénétrer afin de se satisfaire.

Car enfin, il fallait qu'il y eût des choses bien mystérieuses dans son existence pour qu'elle eût disparu ainsi pendant douze ans et pour qu'il la retrouvât à ce point changée.

Que s'était-il donc passé?

Gaston Dumesnil était arrivé maintenant à l'extrémité du bois, sur la partie qui confine à la commune de Sèvres.

Il se trouvait près de la station du chemin de fer.

Il y pénétra, consulta l'heure pour se rendre compte du passage des trains se dirigeant du côté de Versailles, et il prit un billet au guichet.

Trois quarts d'heure après, il était rentré chez lui.

Félix, son vieux valet de chambre, remarqua du premier coup non seulement le changement d'expression du visage de son maître, mais la modification survenue dans sa coiffure.

« Monsieur Gaston », — ainsi qu'il l'appelait, comme du vivant de Mme Dumesnil, — était parti avec son chapeau haut, il revenait avec un chapeau de feutre qu'il ne lui connaissait pas.

Le vieux serviteur, depuis trente-deux ans au service de la famille Dumesnil avait pour son maître plus que l'attachement, plus que du dévouement et de l'affection : il lui avait voué un véritable culte.

Il eut le pressentiment d'un accident et aussitôt il s'émut.

— Qu'est-il donc arrivé à Monsieur?... — interrogea-t-il avec un intérêt familier qui n'excluait pas l'impeccabilité de son style.

— Rien...

— Cependant, ce matin, en partant, Monsieur n'avait pas ce chapeau.

— Ah ! oui... c'est vrai...

— Et puis, j'ai trouvé à Monsieur un visage bouleversé... inquiet... et c'est pour cela que je me suis permis...

— Ce n'est rien, — dit alors Gaston Dumesnil, avec quelque embarras qu'il cherchait à dissimuler par une désinvolture de circonstance, — un simple accident...

— Un accident!... — s'écria le vieux Félix. — Monsieur n'est pas blessé?...

— Non... Ce n'est rien, te dis-je?... J'ai eu une altercation... à Meudon... avec un imbécile... et mon chapeau est tombé... s'est abîmé... Je ne pouvais pas rentrer ainsi... Il a fallu que j'en achète un autre... voilà tout!...

Il prononça ces deux derniers mots d'un ton qui ne permirent pas à l'ancien serviteur d'adresser une nouvelle demande.

Et il ne fut plus question de rien.

Gaston, en partant le matin, avait dit qu'il déjeunerait dehors

On avait même pensé qu'il ne rentrerait que le soir.

Malgré l'heure avancée, car il était plus de deux heures, il n'avait pas déjeuné. Mais avec les préoccupations qui le tourmentaient, il ne sentait pas la faim.

Il s'enferma dans son cabinet de travail, plein de ses livres qu'il aimait tant, et se laissant tomber sur un fauteuil, il réfléchit longtemps.

Qu'allait-il faire?... Car il voulait à tout prix s'éclairer, vérifier les vagues allégations que Valérie lui avait fournies l'autre jour, lorsqu'il l'avait vue près du bassin de Neptune.

Il eut tout à coup une inspiration.

Il venait de songer à un de ses amis d'enfance, Raymond Durier, qu'il avait obligé plusieurs fois, et qui pourrait lui rendre le service dont il avait besoin.

Il pouvait avoir confiance en lui.

Durier avait été au collège avec lui; ils étaient absolument du même âge.

Après le baccalauréat, il avait pris ses inscriptions à Paris pour faire son droit et devenir avocat. Puis il avait perdu ses parents et s'était trouvé ruiné. Il avait dû interrompre ses études afin de se mettre immédiatement au travail et de gagner sa vie.

Il était entré chez un homme d'affaires, avait passé plusieurs années dans cette étude et enfin, à force d'économies, aidé par son ami Dumesnil, il avait pu ouvrir un cabinet qu'il avait dirigé avec intelligence et honnêteté.

Gaston le revoyait rarement, quand le hasard ou quelque circonstance les remettait en présence, mais il avait pour lui une grande estime.

C'est à lui qu'il allait s'adresser.

Durier, avec son habileté professionnelle et ses moyens d'investigation, pourrait lui procurer sur Valérie Dubourg les renseignements qu'il désirait.

Il lui écrivit donc tout de suite.

« Mon cher ami,

« J'ai à te demander un service, un très grand service, et je m'adresse à toi avec confiance, persuadé que tu me donneras tout ton dévouement et que je pourrai compter sur ta discrétion la plus absolue.

« Il s'agit, en effet d'une mission fort délicate, que je veux confier à ton amitié, au sujet d'un événement grave qui vient de tourmenter mon existence et que je vais te faire connaître.

« A Meudon...

Gaston Dumesnil s'arrêta tout à coup, ayant entendu frapper à la porte de son cabinet.

— Entrez! — cria-t-il, ennuyé d'être dérangé.

Le valet de chambre parut.

— Qu'y a-t-il?

— Il y a là, — dit Félix, — un monsieur qui désire parler immédiatement à Monsieur.

La personne dont le vieux serviteur parlait parut à ce moment sur le seuil de la pièce.

— Je suis le commissaire central de Versailles, — déclina-t-il en s'approchant.

Gaston se leva, saisi de stupeur, interdit.

— Vous êtes monsieur Dumesnil?... — demanda le fonctionnaire, tandis que deux agents qui l'avaient suivi pénétraient à leur tour dans le cabinet.

— Oui, monsieur...

— Je vous arrête!...

XVII

CRIME PASSIONNEL

Aussitôt après le départ de Gaston Dumesnil, la fureur de Valérie Dubourg s'était calmée.

Qu'avait-elle à craindre de lui maintenant?

Dans quelques instants elle aurait disparu, elle serait loin et jamais il ne pourrait la retrouver.

Elle se félicitait de son énergie et elle revenait rapidement vers la maison, se disposant à partir au plus tôt afin de ne pas manquer le train qu'elle avait résolu de prendre.

Elle avait encore plus d'une demie heure pour se rendre à la gare.

En repassant auprès du perron, elle aperçut le chapeau de Gaston.

Elle le ramassa, et ne voulant laisser aucune trace de la scène qui venait de se passer, elle le jeta par dessus le mur, hors de la propriété.

— Imbécile!... — fit-elle avec mépris. — Qu'il me retrouve maintenant, s'il en est capable!...

Puis, devant la glace du salon, en deux tours de main, elle rajusta rapidement sa coiffure légèrement dérangée pendant l'altercation, donna un coup d'œil à l'ensemble de sa toilette, passa son manteau de voyage, fixa son chapeau sur ses cheveux, ajusta une voilette, et ayant pris son sac de maroquin, elle partit.

En traversant la salle à manger, où avait eu lieu cette entrevue orageuse, elle s'assura qu'aucun désordre n'y régnait.

Elle tira la porte derrière elle, poussa extérieurement les persiennes des diverses fenêtres pour les fermer, et elle se dirigea vers la grille.

Une fois dehors, elle n'avait qu'à la tirer et la propriété, dont l'agent de location avait déjà les clefs, se trouvait close.

L'aventurière marcha d'un pas rapide dans la direction de la gare, où elle arriva presque en même temps que le train.

Maintenant, dans son compartiment où elle se trouvait avec deux officiers du génie et un Saint-Cyrien qui, de Paris se rendaient à Versailles, elle se sentait définitivement délivrée de l'épouvantable cauchemar de l'amour insensé de cet homme.

A Versailles, malgré la courte distance, elle prit un fiacre pour se faire conduire à la gare des Chantiers où passe le train de Bretagne, et elle y arriva près d'un quart d'heure avant son passage.

Elle se sentit complètement soulagée lorsque seule, dans le nouveau wagon où elle était installée, elle entendit le sifflet et sentit le train s'ébranler.

— Qu'il cherche maintenant Valérie Dubourg !... — lança la misérable avec un air de triomphe et de défi. — Il ne trouvera jamais Lia de Chavanges !

Et le train roulait à toute vitesse.

* *

Un cri poussé dans le voisinage, pendant l'altercation violente qui avait eu lieu entre l'ancien professeur de piano et Gaston Dumesnil, avait été entendu par Valérie Dubourg.

Elle ne s'en était préoccupée qu'un instant.

Au moment où elle s'était retrouvée seule, elle n'y songeait plus.

Ce cri était parti du Chalet du Bois, la propriété voisine de celle occupée par la fausse Lia de Chavanges.

Un drame venait d'avoir cette villa pour théâtre.

Nous avons dit que le Châlet du Bois, propriété de Gaston Dumesnil, avait été loué par de jeunes mariés, M. et Mᵐᵉ Grignon, qui passaient dans ce délicieux cottage, à l'ombre des grands arbres, le premier quartier de leur lune de miel.

Dès le matin, M. Grignon était allé à Paris, ayant affaire à l'Exposition, où un client important de sa maison lui avait donné rendez-vous.

La veille on avait reçu au Chalet du Bois une lettre de M. Chavart, le père de Mᵐᵉ Grignon, qui annonçait son arrivée pour le mardi.

Il arriverait, disait-il, à onze heures à Paris, ayant rejoint à Lyon le train rapide de Marseille.

Il avait été convenu qu'Émilie, la femme de chambre, irait à la gare de Lyon, afin d'épargner à M. Chavart le souci du transbordement de ses bagages qu'elle ferait transporter à la gare Montparnasse, tandis que M. Grignon s'y rendrait directement avec son gendre qui viendrait également l'attendre après avoir terminé ses affaires.

La cuisinière avait fait les préparatifs du déjeuner, et elle avait ensuite demandé à Mᵐᵉ Grignon la permission d'aller chez elle, — car on sait qu'elle habitait Meudon, — pour voir son propriétaire qui devait venir entre onze heures et midi chercher le montant des termes de loyer échus la veille, quinze juillet, afin de lui demander des réparations absolument urgentes.

Jules, le valet de chambre qu'un bureau de placement de Paris avait procuré, avait préparé au premier étage la chambre destinée à M. Chavart et il venait d'achever de mettre le couvert sous la tonnelle de verdure qui s'élevait sur le côté de la maison et où l'on déjeunait à l'ombre et au frais chaque jour.

Pendant ce temps, Mᵐᵉ Grignon avait terminé sa toilette et, à ce moment, elle se trouvait dans le jardin, où elle cueillait quelques fleurs dont elle voulait garnir les vases du salon et la corbeille de table.

Elle était heureuse, car le matin même, peu après le départ de son mari, elle avait eu la première manifestation du changement survenu en son état, et elle se réjouissait à la pensée d'annoncer à son père et à Albert qu'elle devait être mère.

Quelle joie pour une épousée de quelques mois!

Lorsque le couvert fut mis, le valet de chambre monta au deuxième étage, où il logeait, afin de se raser et de s'habiller et, en passant devant la chambre de ses maîtres dont la porte était entr'ouverte, il jeta un regard curieux à l'intérieur.

Il ne pénétrait jamais dans cette chambre, dont le service était exclusivement fait par Émilie.

La jeune femme avait préféré, pour ce qui concernait l'intimité, n'avoir à faire qu'à cette fille, au service de laquelle elle était habituée, qui la servait en quelque sorte avec des soins maternels, et il lui aurait répugné d'être astreinte à livrer sa chambre à un homme, à un domestique qu'elle ne connaissait pas, qu'elle regrettait presque d'avoir pris, tellement ses regards sournois lui inspiraient une instinctive défiance et presque de l'aversion.

Jules examina curieusement cette chambre et il aperçut le trousseau de clefs de sa maîtresse tenant à l'abattant d'un petit secrétaire en marquetterie placé entre la fenêtre et la cheminée.

— La patronne est moins rosse que je l'aurais cru, — pensa-t-il.

Puis, pendant qu'il se rasait, il réfléchit.

Ce meuble ouvert le préoccupait.

Il avait compris que M. et Mme Grignon enfermaient leur argent dans ce secrétaire, car plusieurs fois, devant lui, lorsqu'il s'était agi de payer un fournisseur, la jeune femme, afin de s'éviter de monter un étage, avait remis ses clefs à Émilie en lui disant :

« — Vous prendrez l'argent dans le petit secrétaire. »

C'était une suggestion criminelle qui s'emparait de l'esprit du valet de chambre.

Il calculait, regardait par la fenêtre et voyait Mme Grignon toujours dans le jardin.

— Madame est en bas... — se dit-il. — Je suis seul... Si je pouvais faire un bon chopin... Ce soir je trouverai bien moyen de partir sans qu'on ne se doute de rien...

Il descendit, écoutant dans l'escalier...

Il entendit la voix fraîche de la jeune femme qui, heureuse de l'arrivée de son père, chantait en arrangeant les fleurs dans la corbeille de table.

Sans faire le moindre bruit, il pénétra dans la chambre et, tout doucement, il ouvrit le petit meuble.

Un cri du bois, qui se produisit dans le parquet sous ses pieds, l'arrêta un instant.

Il attira à lui un tiroir et n'y trouva que des lettres, des factures, des papiers.

Dans un autre, qu'il ouvrit après avoir refermé le premier, il vit de l'or, des billets.

Il allait y porter la main, lorsqu'un bruit venu de l'escalier l'arrêta.

Mme Grignon était là.

Elle avait entendu le bruit produit dans le parquet de sa chambre et elle avait aussitôt voulu voir qui s'y trouvait.

A sa vue, le domestique ferma immédiatement le tiroir et le secrétaire et, pour se donner une contenance, il allait avec son tablier se mettre à épousseter le meuble, lorsque la jeune femme, sûre du fait, s'écria :

— Misérable!... Que faites-vous ici?... Vous me voliez!...

Jules eut peur.

Il se vit perdu, car les cris de sa maîtresse appelant déjà : « au secours! » allaient être entendus.

Il se jeta sur elle, lui appliquant sa large main sur la bouche afin de l'empêcher de crier, tandis qu'il la saisissait au cou et la serrait à l'étrangler.

La pauvre femme ne put pousser qu'un cri, un cri aigu, déchirant, et elle tomba sous le choc brutal du voleur qui devenait un assassin.

Le misérable la renversa, l'étreignant avec une force dont il ne se rendait pas compte lui-même.

Elle râlait sous la contraction formidable de ses doigts de brute.

Puis elle eut une faible secousse et un suprême hoquet.

L'infortunée avait été étranglée.

L'assassin, un moment surpris par la rapidité de son crime, se ressaisit rapidement.

Il ne fallait pas se laisser surprendre.

S'il savait faire, rien ne pouvait l'accuser, puisque sa victime ne pouvait s'élever contre lui.

Il renonça au vol qu'il était prêt à commettre, mais qui, maintenant, aurait pu fournir un mobile à l'assassinat et le désigner.

Il enleva le trousseau de clefs pendant au petit secrétaire et l'introduisit dans la poche de la robe de la jeune femme.

Il renversa autour de lui quelques sièges, afin de constituer un désordre qui serait pris pour des traces de lutte, arracha la couverture du lit et s'enfuit avec précaution, sortant de la propriété par la porte de derrière, dont il avait la clef pour son service.

— Au secours!... Venez vite!... — cria-t-elle à deux soldats qui passaient sur la route.
(P. 259.)

Il réfléchit en s'éloignant.

Disparaître équivalait à se dénoncer.

Il n'y avait qu'à justifier son absence; cela ne serait pas difficile.

Aucune preuve n'existait contre lui, personne ne pourrait donc le soupçonner de ce crime.

Jules Rouland passa chez un jardinier que l'on avait employé plusieurs
fois, qui avait fourni des fleurs à la villa.

Il avait repris tout son calme, comme si rien ne s'était passé.

— Dites donc, — fit-il, — je viens vous demander si vous n'avez pas une brouette à me prêter.

— En voilà une, — dit le jardinier, — prenez-la.

— Je vous la rapporterai dans l'après-midi, — dit le valet de chambre.

— C'est pour aller à la gare chercher les bagages du père de madame qui arrive.

— Bon... bon... Quand vous voudrez, rien ne presse.

Jules partit en roulant la brouette et se dirigeant vers la gare.

Il avait imaginé ce prétexte bien justifiable et qui lui créait un alibi, et il se disait :

— Après tout, pendant que je ne suis pas au Chalet, je ne sais pas ce qui s'y passe!... On peut bien assassiner madame pendant qu'elle est toute seule, ça ne me regarde pas et je n'en suis pas responsable... Je dirai que c'est elle qui m'a envoyé à la gare.

Arrivé à la station, il s'informa, et quand on lui eût appris que le train de midi cinq n'arrivait qu'à midi dix-huit, tandis qu'il était à peine onze heures quarante, il eut l'air mécontent.

— Eh bien ! — fit-il, — la patronne n'avait pas besoin de tant me presser.

Il s'assit devant la porte d'un café, ayant laissé sa brouette le long de la clôture de la voie, et se fit servir une absinthe.

Vers midi, il vit passer Adèle, qui revenait de chez elle et qui retournait à la maison, ses affaires terminées:

— Tiens, vous êtes là?... — fit la cuisinière surprise.

D'un geste, le valet de chambre montra la brouette et répondit :

— C'est madame qui m'a envoyé attendre la femme de chambre pour transporter les bagages de son père. Alors je me suis fait prêter cette brouette par le jardinier, et voilà!... Il y a plus d'une demi-heure que je suis là. Madame croyait que le train arrivait à onze heures et demie.

— On aurait bien pu faire porter la malle par l'omnibus, ça n'aurait pas coûté grand'chose, — objecta Adèle habituée aux usages de la localité.

— Bien sûr !... Mais la patronne fait des économies. De cette façon ça ne lui coûtera rien.

Puis Jules demanda, cherchant à la retenir quelques instants :

— Eh bien! avez-vous réussi avec votre proprio?

— Il m'a étonnée; il a été charmant. Il a fait tout ce que je voulais... Au fait, ça en avait besoin et il n'aurait pas été juste de me refuser, voilà vingt-quatre ans que je suis dans sa maison; c'est un bail.

— Un fameux !...

Et d'un air dégagé, il offrit :

— Voulez-vous prendre quelque chose avec moi ?

— Merci !... Il faut que je me dépêche pour mon dîner.

— C'est vrai que c'est grand tralala aujourd'hui en l'honneur du père de madame... Aussi la patronne est dans tous ses états ; je l'ai laissée en train de mettre des fleurs partout.

— Allons, à tantôt !...

Le cuisinière se dépêcha de retourner au Chalet, et elle entra par la petite porte, dont elle avait une clef ainsi que les autres domestiques.

Elle se rendit directement à la cuisine et, ayant noué son tablier blanc autour de sa taille, elle s'assura que tout allait bien parmi ses casseroles laissées sur le coin du fourneau.

Elle se mit alors à ses derniers préparatifs du dîner et, au bout d'un moment, elle s'étonna que madame ne vînt pas, comme d'habitude, faire un tour à la cuisine.

Elle pensa qu'elle devait être en train de s'habiller.

Cependant, comme elle n'entendait aucun bruit dans la maison, elle vînt voir dans la salle à manger, dans le salon, puis dans la tonnelle où le couvert était mis.

Elle vit des fleurs coupées sur la petite table servant à desservir pendant le repas, et la corbeille de table à moitié garnie.

Elle avait un renseignement à demander au sujet du parfum que madame préférait pour l'entremets, et ne la voyant pas, elle l'appela du pied de l'escalier.

Aucune réponse.

Alors Adèle monta, prise d'une inquiétude inexplicable.

Elle vit la porte de la chambre ouverte, puis les meubles en désordre, des chaises renversées.

Elle n'osait avancer.

Alors elle aperçut les plis de la robe d'où émergeait un bas de jambe.

La pauvre femme eut peur.

Elle vit sa maîtresse étendue, inanimée, les mains encore crispées par la lutte qu'elle avait dû soutenir.

Adèle se signa en jetant un cri d'épouvante.

— Bon Dieu !... Un crime !... Madame a été assassinée !...

Elle redescendit en courant, en proie à une terreur glacée ; elle courut à la grille et appela.

— Au secours !... Venez vite !... — cria-t-elle à deux soldats qui passaient sur la route.

C'étaient deux soldats du génie, attachés au parc aérostatique de Chalais. Ils accoururent.

— Il y a eu un crime chez nous, — leur dit la cuisinière. — Ma maîtresse a été assassinée... Rendez-moi le service d'aller vite chercher la police !... Oh ! mon Dieu, quel malheur !... C'est épouvantable !... Aujourd'hui qu'on allait être en fête !...

Et elle expliqua :

— J'ai trouvé madame étendue dans sa chambre, où tous les meubles sont renversés... On a voulu la voler, sans doute, pendant qu'elle était seule...

Puis elle retint l'un des deux soldats.

— Restez avec moi, vous, — lui dit-elle. — J'aurais trop peur de rester seule...

Et à l'autre :

— Courez à la mairie... Prévenez le commissaire... Dites-lui qu'il vienne tout de suite... au Chalet du Bois... La propriété de M. Dumesnil.

Et pendant que celui-ci partait au pas gymnastique, elle conduisait l'autre dans la maison.

— Tenez... Voyez... Voilà ce que j'ai vu... je cherchais madame, je l'appelais, et elle ne me répondait pas, alors je suis montée... et je l'ai trouvée assassinée...

— Ah!... c'est épatant!... Oui, on voit bien qu'elle a été assassinée...

Adèle retint le soldat sur la porte de la chambre où il allait pénétrer pour mieux se rendre compte.

— N'entrez pas!... Il ne faut toucher à rien avant que le commissaire soit venu...

Et les larmes aux yeux, le cœur gonflé, la pauvre femme balbutia :

— Pauvre madame!... si jeune... si jolie... Songez donc, elle s'était mariée au printemps... C'était quasiment son voyage de noce qu'elle faisait ici... Et monsieur?... Quel coup pour lui!... De si braves gens!... Et ils s'aimaient tant!... Deux vrais tourtereaux!...

Tenez, je suis toute tremblante!... — ajouta-t-elle en prenant la main du soldat. — Venez, je sens que je ne pourrai pas rester là...

Ne partez pas, — lui dit-elle encore en descendant l'escalier, — n'allez pas me laisser toute seule!...

— Alors, comment cette dame a-t-elle pu être assassinée en plein jour?... — dit le soldat. — Il n'y avait donc personne?...

— Personne!... J'étais sortie... Tout le monde était dehors...

Adèle ne put en dire davantage.

Déjà toute pâle, elle se sentait maintenant prête à défaillir et elle n'eut que le temps de se laisser tomber sur un banc du jardin.

— Allons, voyons... — fit le ballonnier. — Il ne faut pas vous trouver mal maintenant...

Mais cette défaillance ne dura qu'un instant.

Déjà on arrivait.

Par la grille que l'on avait laissé ouverte, on apercevait l'autre soldat du génie qui revenait avec l'un des agents du service de Meudon qu'il avait rencontré.

Quelques personnes les suivaient.

Ils entrèrent dans la propriété et, comme la cuisinière ne pouvait parler, ce fut le soldat qui lui expliqua ce qu'il avait vu.

L'agent monta au premier étage, suivi par les deux soldats du génie et par Adèle et il pénétra dans la chambre en ayant soin de ne toucher à aucun meuble, de ne rien déranger.

Il s'approcha seulement du cadavre de la jeune femme et l'examina.

Le désordre de la toilette, des empreintes rouges autour du cou de la victime l'éclairèrent.

— Elle a été étranglée!... — fit-il. — Un vol, sans doute, et cette dame aura surpris le voleur qui s'est jeté sur elle et l'a étranglée!...

Mais le désordre du lit, le tapis foulé et déplacé attirèrent son attention. et il fit quelques observations dont il ne dit mot.

Puis il questionna la cuisinière qui se tenait toujours sur le seuil, n'osant pénétrer :

— Avez-vous vu s'il manquait quelque chose?

— Comment voulez-vous?... Je n'ai rien vu... Quand j'ai aperçu cette pauvre dame dans cet état, j'ai eu une si grande peur que je suis partie en criant, en appelant...

— Votre maîtresse est donc restée seule ?

— Oui... le père de madame arrive aujourd'hui... — expliqua Adèle. — La femme de chambre est allée l'attendre à Paris... Monsieur est allé à l'Exposition dès le matin... Le valet de chambre est à la gare de Meudon avec une brouette pour attendre les bagages... et moi j'avais demandé la permission à madame d'aller chez moi pour payer mon terme et voir mon propriétaire... C'est en revenant que j'ai découvert le crime... Je m'étais déjà remise à mon dîner, et je cherchais madame pour lui demander quelque chose... alors je suis montée à la chambre... et voilà ce que j'ai vu...

Le commissaire de police arriva à ce moment avec son secrétaire et un autre agent qu'il plaça à la grille avec l'un des deux soldats du génie pour empêcher la foule, beaucoup plus nombreuse, d'envahir la propriété.

On le mit au courant de ce que l'on savait déjà et, à son tour, il examina la victime.

Le crime, pensa-t-il, ne pouvait remonter bien loin. Le cadavre était encore tiède au cou, à la poitrine, au sommet de la tête ; la rigidité n'était pas acquise.

On visita minutieusement la chambre où l'on ne releva aucun indice de vol.

Il s'agissait pourtant d'établir le mobile de ce crime afin de pouvoir rechercher le coupable.

L'agent qui, le premier avait fait des constatations, fit part à son chef des particularités qui l'avaient frappé.

Le commissaire demanda à la cuisinière :

— Vos maîtres ont de l'argent?... où le placent-ils?

— Là, dans ce secrétaire... — répondit Adèle. — C'est là que madame le prenait quand elle m'en donnait pour les dépenses.

— Ce meuble était toujours fermé?

— Oh! toujours, et madame ne quittait jamais son trousseau de clefs.

Le commissaire chercha la poche de la robe et il sentit les clefs à travers l'étoffe.

Il examina encore minutieusement dans toute la pièce, et finalement il conclut :

— Non, le vol n'est pas le mobile de ce crime!...

*
* *

Le train dans lequel se trouvait M. Chavart avait eu un peu de retard, et en arrivant à Paris, il avait trouvé son gendre et la femme de chambre à la gare.

Albert Grignon lui dit les dispositions qu'il avait prises pour qu'il n'eût pas à se préoccuper de ses bagages, et l'industriel remit à Emilie son bulletin et les clefs de ses malles afin qu'elle put les laisser visiter par les employés de l'octroi s'ils le demandaient.

Le beau-père et le gendre, heureux de se retrouver, montèrent dans le fiacre qui avait amené le mari de Marthe, et ils se rendirent à la gare Montparnasse.

Ils causaient joyeusement, ayant à parler de tant de choses, de la fabrication, de l'Exposition, des parents et des amis de Roanne et de la propriété de Meudon.

Ils arrivèrent rapidement à destination et de la station au Chalet du Bois, ils firent la plus grande partie du trajet dans l'omnibus qui les laissa à l'extrémité de la rue de la République.

En approchant, ils virent cette foule, grossie encore, qui encombrait les abords du chalet.

Que se passait-il?...

Quel coup épouvantable pour ces malheureux quand ils apprirent le crime!...

Albert Grignon chancela.

Son beau-père, d'une pâleur livide, ne pouvait plus se soutenir.

Ils pleuraient en approchant, soutenus par des inconnus qui compatissaient à leur douleur, et ils sanglottaient en appelant :

— Ma pauvre Marthe!...

— Ma fille!... ma chère enfant!...

Ils se jetèrent sur son corps que l'on avait transporté sur un lit, dans la chambre voisine, celle qui avait été préparée pour M. Chavart, afin de ne rien déranger dans celle qui avait été le théâtre du crime.

Leur douleur, épouvantable à voir, suscitait la plus profonde compassion.

Leur désespoir était tel qu'ils ne parvenaient pas à comprendre les explications qu'on leur donnait sur ce crime inconcevable, inattendu, dont les gens de police avaient vainement recherché le mobile.

Pendant ce temps, le secrétaire du commissariat visitait en détail toute la propriété, cherchant à découvrir des indices, à relever des empreintes.

Il ne constatait rien d'anormal.

Tout à coup, dans le jardin, presque sous les fenêtres de la maison, il aperçut un chapeau.

Il le ramassa au milieu du massif de fusains auxquels il était demeuré suspendu, et surpris de cette découverte, il l'examina.

C'était un chapeau haut de forme, presque neuf, dont la peluche avait été éraflée par les branches et les feuilles.

A l'intérieur, deux initiales dorées, un G et un D, et le nom du chapelier, MAISON PILLET, *rue de Satory, 17*, VERSAILLES, au-dessous d'armes fantaisistes.

Que signifiait cette trouvaille ?... A qui pouvait appartenir ce chapeau ?...

Comment se trouvait-il en cet endroit ?...

Appartiendrait-il à l'assassin ?...

Alors les présomptions déjà conçues par le commissaire de police se trouveraient confirmées. On se trouvait en présence d'un crime passionnel.

Ce chapeau ne pouvait appartenir qu'à un homme du meilleur monde ?...

Et quand le secrétaire le montra à son chef, celui-ci, qui était au courant de toutes les propriétés de la localité, s'écria aussitôt :

— Ce chapeau appartient à M. Dumesnil, le propriétaire de cette villa, le Chalet du Bois !...

— Comment !... alors ce serait lui....

— Dame !... Enfin nous allons savoir !... mais c'est bien son chapeau, il ne peut y avoir d'erreur. Voilà bien ses initiales et l'adresse de son chapelier, car il habite Versailles.

Le commissaire interrogea M. Grignon, lui demandant s'il avait vu son propriétaire, M. Dumesnil.

— Je ne le connais même pas, — répondit l'infortuné, s'efforçant d'imposer une trêve à sa douleur désespérée pour parvenir à ressaisir sa pensée.
— J'ai loué par l'intermédiaire de l'agence....

— Il n'est donc jamais venu ici ?...

— Pardon... une fois... il y a quelque jours... mais je n'étais pas là, c'est ma femme qui l'a reçu...

Le commissaire sentit se confirmer ses soupçons.

— Et aujourd'hui; — demanda-t-il encore. — M. Dumesnil est revenu, n'est-ce pas?

— Aujourd'hui !... Je ne crois pas.... — balbutia le mari de la victime qui ne parvenait à comprendre où tendaient ces questions. — Je suis parti à huit heures pour Paris...

— Vous, — dit le magistrat à la cuisinière, — vous étiez ici.... Avez-vous vu M. Dumesnil?...

— Non, monsieur... — répondit Adèle. — J'étais sortie à dix heures et demie, madame me l'avait permis.

Le valet de chambre venait d'arriver avec Émilie, roulant deux malles et une valise sur la brouette, et informés du crime, ils manifestaient l'un et l'autre leur émotion et leur étonnement.

Jules jouait admirablement son rôle, et tandis que la femme de chambre, se joignant à ses maîtres, sanglotait et embrassait les mains de cette malheureuse jeune femme qu'elle avait servie avec dévouement et affection, le misérable s'écriait :

— C'est incompréhensible !... J'ai laissé madame en train d'arranger les fleurs dans la corbeille.... Madame a voulu que j'aille à la gare avec une brouette attendre les bagages.... Je suis parti après onze heures, aussitôt mon couvert mis... C'est à peine si madame est restée seule une demi-heure... C'est affreux!... On a donc voulu voler ici!...

Le commissaire l'interrogea à son tour au sujet du propriétaire de la villa.

— Non, Monsieur, je n'ai vu personne, — répondit-il.

— Quand vous êtes parti pour la gare, votre maîtresse était seule?

— Oui, monsieur... mais la cuisinière ne devait pas tarder à rentrer... et en effet je l'ai vu revenir quand j'étais à la gare depuis près d'une demi-heure.

L'assassin comprit l'erreur que commettait la police.

Alors le mari de la victime intervint, car il ne parvenait pas à comprendre.

— Que se passe-t-il donc?... — demanda-t-il. — Pourquoi ces questions au sujet de ce monsieur?...

— Parce que nous avons la preuve que M. Dumesnil est venu ici ce matin, — reprondit le commissaire. — Voici son chapeau qui vient d'être trouvé dans le jardin.

— Est-ce possible?... alors.....

— Il est venu pendant que madame Grignon se trouvait seule ici, puisque personne ne l'a vu.

... Et les regards fixés sur la morte, il étendit la main comme pour un serment. (P. 272.)

Et reconstituant déjà par la pensée toute la scène du crime dont le mobile lui apparaissait maintenant, le magistrat poursuivit :

— M. Dumesnil s'est présenté après le départ du valet de chambre,
sachant fort bien que madame Grignon se trouvait seule.... Comment est-il
entré?... je ne sais pas, car ce ne peut être madame qui lui a ouvert puisqu'elle
a été trouvée morte dans sa chambre..., Enfin il se peut tout de même que
ce soit elle qui lui ait ouvert... ou bien la porte n'était pas fermée... ou en-

core il possédait une double clef, puisqu'il est le propriétaire de cette villa...
Quoiqu'il en soit M. Dumesnil est monté au premier avec madame....

Il s'interrompit pour dire :

— On n'a trouvé aucune trace de vol... Le vol n'a donc pas été le mobile
du crime., Alors il faut bien qu'il y ait autre chose... Et ce chapeau trouvé
sur les lieux est un indice...

Albert Grignon était devenu affreusement pâle. Ses yeux, encore humides
de larmes, brillaient maintenant d'une fureur indicible. Ses lèvres frémis-
saient et ses doigts se crispaient en s'agitant nerveusement.

— Ah! je comprends!...— cria-t-il en une explosion de colère et de douleur,
— C'est cet homme.... oui, c'est lui.... Quand il est venu, ma femme m'a parlé
de sa visite.... Il s'était montré galant, empressé.... Je lui avais même dit, en
plaisantant, d'après ce qu'elle me racontait : « Il me semble que le propriétaire
t'a fait la cour ! ».... Et c'est lui.... Oh ! le misérable!...

Tout concordait maintenant dans l'esprit du commissaire.

— Quel était le but de cette première visite ? — interrogea-t-il.

— Je ne sais pas... Il n'en avait aucun de sérieux, d'après ce que j'ai
compris.... Il venait voir si nous étions satisfaits....

— Et depuis il n'est pas revenu ?

— Ma femme me l'aurait dit.

Et se jetant dans les bras de son beau-père qui le prit pour le calmer et
le réconforter de tendres paroles, il s'écria en pleurant :

— Oh ! le lâche !... l'infâme!... C'est lui qui a tué notre pauvre Marthe!...

Le commissaire, éclairé maintenant sur le mobile et la nature du crime,
se livrait dans la chambre à de nouvelles constatations.

Il examinait le désordre qui y régnait, les sièges renversés, le lit à demi
défait, la descente foulée et déplacée, et tout corroborait les présomptions
qu'il avait conçues.

Pris d'une folle passion pour cette jeune et jolie femme, M. Dumesnil
avait dû profiter de la solitude où elle se trouvait pour se livrer à une tentative.

Il devait l'avoir attirée dans sa chambre sous un prétexte facile à trouver
de la part d'un propriétaire et là il lui avait déclaré son amour.

La malheureuse devait l'avoir repoussé, elle avait essayé de le chasser, et
il s'était jeté sur elle, il lui avait fait violence.

Tout était clair et précis.

L'attitude du cadavre que décrivirent la cuisinière, le soldat et l'agent
qui l'avaient vu, ne laissait subsister aucun doute.

Il n'y avait plus qu'à agir.

Le commissaire laissa un agent à la villa pour éloigner les curieux, et il
partit avec son secrétaire et l'autre agent.

Tandis que ceux-ci procédaient rapidement à une enquête dans le pays, il télégraphia la nouvelle du crime au parquet de Versailles, en indiqua le mobile et désigna le coupable en indiquant les preuves relevées contre lui.

Tout ce que l'on découvrit acheva de convaincre le magistrat.

A l'agence de locations, personne n'avait vu ce jour-là M. Dumesnil. Il était donc venu à Meudon en prenant des précautions pour laisser ignorer sa présence.

Des personnes dirent qu'elles avaient vu passer près du parc de Chalais, dans la rue des Vertugadins, un homme nu-tête, dont le signalement était bien celui de M. Dumesnil.

Il avait l'air effaré, préoccupé, inquiet.

On trouva le chapelier qui avait vendu un chapeau de feutre au propriétaire du Chalet du Bois.

Toutes les preuves s'accumulèrent pour perdre le malheureux.

* *
*

C'est ainsi que le Commissaire central de Versailles avait été informé par le Parquet du crime commis à Meudon et chargé de l'arrestation de Gaston Dumesnil.

Ce fonctionnaire avait d'abord procédé à une enquête rapide dans les environs et pris quelques informations.

Il avait appris que M. Dumesnil était parti par le train de dix heures sept et il était rentré chez lui après deux heures.

Il avait exécuté aussitôt le mandat qui lui avait été confié.

Quand, ayant pénétré dans le cabinet de travail, il dit : « Je vous arrête ! » Gaston Dumesnil, saisi de stupeur, se leva comme mû par un ressort

— Moi !... — s'écria-t-il, — vous m'arrêtez !...

Il ne pouvait parvenir à comprendre les causes de cette arrestation inexplicable.

Son esprit se troublait.

— Voici le mandat décerné contre vous, — répondit le Commissaire central en exhibant une feuille. — Vous êtes accusé d'assassinat commis ce matin à Meudon, sur la personne de Mme Grignon, locataire d'une villa dont vous êtes propriétaire.

— Un assassinat !... C'est de la folie !...

— Prétendez-vous nier ?

De toutes les forces dont je suis capable, — déclara énergiquement l'infortuné. — J'ignore le crime dont vous me parlez... Je ne suis pas un assassin...

— Vous ne pouvez nier cependant cependant être allé à Meudon ce matin par le train de dix heures sept ?

— Je ne le nie pas... J'y suis allé en effet... mais cela ne prouve pas...

— Vos protestations me paraissent bien inutiles, — dit le magistrat. — J'ai lu la dépêche envoyée par le commissaire de police de Meudon au Parquet, et toutes les preuves existent... Vous avez étranglé cette jeune femme dans la violence d'une passion que vous n'avez su contenir...

— Moi!... moi!... Mais c'est fou!... C'est insensé!... — protesta Gaston Dumesnil.

Et pensant à ce qui s'était passé entre Valérie et lui, il se demandait si ce n'était pas d'elle qu'il s'agissait.

Il questionna dans ce sens.

— C'est de la personne qui a loué ma villa de Meudon, le Chalet du Bois, que vous me parlez?... C'est elle qui a été assassinée?

— Ce matin, entre onze heures et midi, — répondit le commissaire central, — à l'heure exacte où vous étiez à Meudon, puisque vous n'êtes revenu à Versailles qu'après deux heures.

— Je ne comprends pas... Non, je ne peux pas arriver à comprendre pourquoi c'est moi qu'on accuse de crime... Je ne connaissais même pas cette dame...

— Vous êtes pourtant allé chez elle ce matin.

— Je le nie formellement.

— Qu'êtes-vous donc allé faire à Meudon?

Cette question glaça instantanément le malheureux.

Que pouvait-il répondre?... Lui était-il permis de compromettre une femme pour se justifier, de dire chez qui il s'était rendu, d'expliquer ce qu'il y était allé faire?

Et cependant, s'il ne parlait pas, s'il ne révélait pas les causes de son déplacement, il laissait peser sur lui les soupçons et justifier cette accusation épouvantable.

La loyauté chevaleresque, les égards imposés à un galant homme lui interdisaient d'en parler.

Le commissaire central interpréta son silence comme le résultat de l'accablement devant l'impossibilité de continuer des dénégations invraisemblables.

— Vos aveux, du reste, sont inutiles, — lui dit-il. — Tout est connu.

Et s'adressant aux agents qui déjà s'étaient placés près de Gaston, il leur dit :

— Allons!...

En sentant la main des policiers le saisir, l'infortuné eut un instant de révolte, tant ce contact ignominieux lui répugnait.

On l'entraîna un peu à l'écart, et le commissaire central, tout à ses fonctions, habitué à ne rien négliger, songeait déjà à fouiller parmi les papiers, dans la pensée de trouver peut-être une preuve nouvelle, un indice.

Il aperçut la lettre commencée, que Gaston était entrain d'écrire au moment de son arrivée.

Il la prit et lut les lignes tracées.

« Mon cher ami,

« J'ai à te demander un service, un très grand service, et je m'adresse à toi avec confiance, persuadé que tu me donneras tout ton dévouement et que je pourrai compter sur ta discrétion la plus absolue.

« Il s'agit, en effet, d'une mission fort délicate, que je veux confier à ton amitié, au sujet d'un événement grave qui vient de tourmenter mon existence et que je veux te faire connaître.

« A Meudon...

Sa lettre s'arrêtait là.

Ce fut pour le fonctionnaire un nouvel indice.

Cet événement grave qui tourmentait l'existence de cet homme, au point qu'il allait en écrire à un de ses amis quelques heures à peine après le crime, ne pouvait être à ses yeux que l'assassinat qu'il venait de commettre.

La dernière ligne, demeurée inachevée, précisait qu'il s'agissait bien du crime de Meudon.

Et le commissaire central déduisait les projets de cet homme qui, pour lui, était bien le coupable.

Son crime commis, ayant parvenu à s'enfuir, il espérait que l'accusation ne s'élèverait pas aussi rapidement contre lui. Il devait avoir résolu de disparaître, et pour être tenu au courant, il s'adressait à un de ses amis qui connaîtrait sa retraite et le renseignerait.

Et il l'interrogea :

— A qui écriviez-vous donc ?

Gaston Dumesnil, déjà fort pâle, devint livide.

Sa lettre !... Il ne s'en rappelait que vaguement les termes dans le trouble et la confusion de son esprit.

N'avouait-il pas ce qui s'était passé entre Valérie et lui ?...

— Répondez !... A qui écriviez-vous ?

— J'écrivais... à un ami... — balbutia le malheureux absolument éperdu.

— Et cet événement dont vous lui parlez, si grave qu'il fait le tourment de votre existence, n'est-ce pas le meurtre que vous veniez de commettre ?

Gaston relisait maintenant les deux phrases tracées de sa main sur la feuille qu'on lui présentait.

Il respira en se rappelant qu'il n'avait rien dit de formel, rien révélé encore.

— Vous précisez même dans la phrase que ma visite a interrompue, — poursuivit le commissaire central. — « A Meudon »... et vous alliez sans doute faire a cet ami, sur qui vous devez pouvoir compter, la confidence de votre crime ?

Maintenant l'infortuné se sentait véritablement accablé par cette coïncidence épouvantable.

Cette lettre écrite de sa main l'accusait

On y voyait la confession de ce crime qu'on lui imputait.

— Répondez donc !...

— Je n'ai rien à vous dire, — fit alors Gaston Dumesnil en faisant appel à toute son énergie. — Je vous le répète : Je suis innocent !... Je ne suis pas un assassin !... Arrêtez-moi, puisque vous en avez l'ordre... Je ne parlerai que si je dois le faire... Il y a des choses que même, à la justice, un galant homme ne peut révéler sans forfaire à son honneur !...

Cette phrase témoignait encore contre lui.

Le commissaire central, instruit de la nature de ce crime passionnel, y vit une allusion au mobile qui l'avait poussé.

— C'est bien, — fit-il. — Venez !...

XVIII

OPPROBRE

La nouvelle de l'arrestation de l'auteur de l'assassinat du Chalet du Bois fut promptement connue à Meudon et y produisit une sensation énorme.

M. Corme, juge d'instruction commis par le Parquet, fit subir un premier interrogatoire à Gaston Dumesnil dès qu'on l'eût amené à la prison du palais de Justice.

L'infortuné protesta de nouveau avec énergie de son innocence, mais il se débattait en vain contre la conviction absolue du juge, basée sur les futiles coïncidences qui s'élevaient contre lui comme autant de preuves.

La confrontation de l'assassin et de sa victime, pensa le magistrat, amènerait sans doute un changement dans l'attitude du coupable. Mis en présence de son crime, il se troublerait, il n'aurait plus la force de persister dans ses dénégations, et il se trahirait.

D'accord avec le procureur de la République, cette opération fut fixée au lendemain matin.

Le commissaire de police de Meudon reçut des instructions à ce sujet, en même temps qu'on l'informa de l'arrestation de l'assassin.

Cette nouvelle, transmise par lui à la famille éplorée de la malheureuse jeune femme, apporta une diversion à la douleur d'Albert Grignon par la satisfaction qu'elle donna à la haine qu'il avait vouée à l'auteur de son malheur.

Ce fut un véritable soulagement qu'il éprouva à la pensée que le crime qui avait brisé sa vie ne demeurerait pas impuni.

Jules Rouland, tout au rôle qu'il s'était assigné, eut un soulagement immense à cette nouvelle.

Le misérable, bien que les soupçons ne se fussent pas portés sur lui, n'avaient pu s'empêcher de concevoir des angoisses terribles.

Son épouvante se calma aussitôt.

Désormais il était sauvé.

Aucun remords ne s'élevait en son âme à la pensée de l'épouvantable erreur qu'il allait laisser commettre à la justice.

Il se félicitait au contraire de sa chance et il s'observait pour dissimuler la joie qui le possédait.

Il n'y avait pas dans la maison de serviteur plus dévoué que lui, dont la douleur éclatât avec plus de force, qui ne cherchât d'une façon plus touchante à témoigner à ses maîtres la part qu'il prenait au malheur qui les frappait.

— Si madame m'avait écouté, cela ne serait pas arrivé, — disait-il à Emilie et à la cuisinière. — Je disais bien à madame que ce n'était pas la peine d'aller à la gare pour transporter les bagages, puisqu'il n'y avait qu'à dire à l'omnibus de les prendre à son prochain voyage... Si madame m'avait écouté, elle ne serait pas resté seule et j'aurais pu accourir à son secours !...

M. Grignon et son beau-père l'avaient interrogé longuement, ainsi qu'Adèle, et ni l'un ni l'autre n'avaient pu leur fournir le moindre éclaircissement.

Avant leur départ, Mme Grignon n'avait reçu aucune visite.

En sortant, ils n'avaient vu personne aux environs de la villa.

C'est donc bien, pensait-on, après le départ des domestiques, que l'assassin s'est présenté.

Le mobile du crime, établi par les déductions du commissaire de police, ne faisait aucun doute pour personne. — M. Dumesnil avait remarqué Mme Grignon et il s'était senti pris pour elle d'une passion vive ; il avait essayé de lui plaire, de la séduire ; ayant échoué il avait tenté de lui imposer son amour, il avait voulu lui faire violence, et aux cris de sa victime, il avait perdu la tête et l'avait étranglée.

Et cela maintenant était su dans tout le pays.

L'assassinat de Fleury, le crime du Chalet du Bois, qui avait produit dans tout Meudon une émotion profonde, se trouvait ainsi expliqué : c'était un crime passionnel.

On connaissait M. Dumesnil qui autrefois, pendant si longtemps venait chaque année avec sa grand'mère passer l'été dans sa villa ; et c'est parce qu'on le connaissait que la nouvelle produisait une impression si grande.

On se rendait à Fleury et l'on regardait curieusement le Chalet du Bois, dont la grille était close, et la foule qui stationnait aux environs se livrait à tous les commentaires possibles.

Il y eut une plus grande affluence encore le lendemain matin, lorsqu'on apprit que l'assassin, arrêté chez lui, à Versailles, quelques heures après le crime, allait être amené pour la confrontation.

On avait vu le secrétaire du commissariat aller à la villa avec deux agents pour établir un service d'ordre, tandis que le commissaire de police se rendait à la gare où il devait attendre les magistrats du parquet de Versailles, et l'assassin conduit par des gendarmes.

A midi la foule était plus considérable encore aussi bien autour du Chalet du Bois qu'à la gare, où stationnaient deux landaus qui avaient été requis chez Tripier, le loueur de voitures de Meudon.

Lorsque le procureur de la République et le juge d'instruction parurent, accompagnant l'infortuné garotté et solidement tenu par les agents, il y eut des cris : « à mort ! » qui s'élevèrent dans cette foule indignée par l'horreur du crime, et Gaston Dumesnil dut être protégé par les agents et les gendarmes.

Des gamins, des jeunes gens, des filles suivirent en courant les deux voitures.

Aux abords de la villa, l'émotion ne fut pas moindre.

Les deux landaus pénétrèrent dans la propriété, dont la grille fut aussitôt refermée pour soustraire le prisonnier à la curiosité et à la colère de tous ces gens.

Le corps de la victime reposait toujours sur le lit où on l'avait placé la veille, dans cette chambre où son père, son mari et Emilie l'avaient veillé en pleurant pendant toute la nuit.

Gaston Dumesnil fut conduit dans cette chambre.

On avait enlevé de ses mains les menottes qui les enchaînaient.

— Regardez votre victime, — lui dit solennellement le juge d'instruction en le plaçant en face du lit dont tout le monde venait, sur son ordre, de s'écarter. — Regardez et concevez l'horreur du crime que vous avez commis, de ce crime que vous vous obstinez à nier !... Avouez, afin que la justice comprenne que le remords de votre forfait a enfin pénétré dans votre âme et qu'elle vous tienne compte de votre sincérité et de votre repentir !...

Mais Gaston Dumesnil, demeuré impassible pendant cette émouvante interpellation, leva alors son visage pâle, stigmatisé par la douleur épouvantable qui le torturait depuis la veille, et les regards fixés sur la morte, il étendit la main comme pour un serment.

— Devant cette malheureuse jeune femme que l'on m'accuse d'avoir assassinée, — déclara-t-il avec force, bien que sa voix tremblât sous la contrainte de l'émotion, — je jure de nouveau que je suis innocent de ce

Elle sentait avec bonheur que tout le monde l'aimait dans cette maison... (P. 279.)

crime !... Je le jure devant Dieu !... Je ne suis pas l'assassin de cette
femme !...

— Mais, malheureux, — reprit M. Corme, — tout vous accuse !... Toutes
les preuves s'élèvent contre vous !... Votre forfait est proclamé par votre
victime elle-même qui a été relevée dans sa chambre, étranglée par
vos mains, qui porte encore à son cou les empreintes de vos doigts !...

— Je jure que je suis innocent !... — répéta l'infortuné.

— Vous espérez, par vos dénégations, vous soustraire au châtiment qui vous épouvante... Vous croyez que vos précautions ont été assez bien prises pour qu'il n'y ait aucun témoin de votre crime, et vous pensez que n'ayant contre vous aucune preuve formelle, vous bénéficierez du doute !... Détrompez-vous, votre crime est prouvé comme si vous en aviez signé vous-même l'aveu !...

— Encore une fois, je jure que je suis innocent !... — s'écria Gaston Dumesnil. — Je le jure sur tout ce que j'ai de plus sacré, sur la tombe des chers parents que j'ai perdus et qui voient le malheur qui m'accable !.., J'en prends Dieu lui-même à témoin et je le supplie de faire éclater mon innocence contre les fatalités et l'erreur monstrueuse qui m'accablent !... Oui, je suis innocent !... Je n'ai pas commis ce crime, je le jure !..,

Les présomptions étaient trop fortes, les convictions trop solidement établies pour qu'on put discerner, dans les protestations de cet innocent que tout accablait, les accents de la vérité.

Le procureur de la République haussa les épaules, et les autres témoins de cette scène s'indignèrent de ce qui leur paraissait une sacrilège imposture.

Le juge d'instruction reprit, espérant encore amener l'accusé à avouer :

— Vous aviez remarqué cette jeune femme, ayant appris par l'agent de location qu'elle habitait votre villa... Sans vous arrêter à sa situation de famille, sans voir en elle la jeune mariée qu'elle était, l'épouse aimante d'un homme qui l'adorait, vous l'avez recherchée dans de coupables désirs... Cette considération aurait pu arrêter un libertin, elle ne vous a pas ému, vous !... Vous vous êtes présenté ici une première fois, sachant Mᵐᵉ Grignon seule chez elle, et vous vous êtes montré d'une galanterie suspecte, qui a alarmé la pudeur de cette jeune femme, qui a mis aussitôt son mari au courant de votre démarche... Au lieu de comprendre que vous aviez affaire à une honnête femme qui ne se laisserait pas prendre au piège de vos séductions, et de vous retirer avec la confusion de votre déception, vous avez laissé grandir et gronder en vous la passion qui devait vous entraîner au crime ; vous avez cherché à vous ménager une nouvelle entrevue avec cette femme que vous étiez résolu à poursuivre, bien décidé cette fois à employer la force, si cela devenait nécessaire, pour vaincre son honnête résistance, ses dédains et ses mépris.

Alors vous avez épié les alentours de cette propriété dont vous connaissiez bien tous les êtres, puisqu'elle vous appartient et que vous l'avez longtemps habitée ; vous avez surveillé les allées et venues des domestiques ; vous saviez qu'hier matin M. Grignon serait absent ; vous avez vu partir l'un après l'autre la femme de chambre, la cuisinière et le valet de chambre, et sachant alors que Mᵐᵉ Grignon se trouvait seule, sans défense, vous vous êtes présenté... Vous l'avez attirée dans sa chambre sous un prétexte que votre qualité de propriétaire vous rendait facile à trouver, et là s'est passée la scène odieuse de la déclaration de cette passion qui vous brûlait, faite à cette jeune femme qui défendait contre vous la pureté de son affection et sa fidélité à ses devoirs d'épouse... Devant ses refus, devant sa résistance, devant ses menaces même, vous avez perdu la tête... Vous vous êtes jeté sur elle comme un fauve en rut pour étouffer ses cris et pour assouvir votre luxure... Vos doigts affolés ont enserré sa gorge et la malheureuse a expiré en vous maudissant sous votre étreinte criminelle !...

Voilà la vérité que vous vous obstinez cyniquement à nier et contre laquelle vous élevez les plus hypocrites protestations et des serments sacrilèges pour attester une innocence à laquelle personne ne croit, — acheva le magistrat avec une conviction entière. — Tout crie votre crime ici et toutes les preuves s'élèvent contre vous... Et vous persistez à nier !...

« Osez-le donc encore devant votre victime qui vous accuse par ma bouche et qui crie vengeance du crime qui l'a ravie à tous ceux qui l'aimait, qui lui a enlevé la vie dont elle n'avait vu encore que l'aurore !...

Ce fulminant réquisitoire, déclamé avec une emphase un peu mélodramatique, produisit une sensation profonde sur tous les assistants.

Gaston Dumesnil demeura impassible.

— Réfléchissez, — lui dit encore M. Corme, — repentez-vous et avouez !... Ayez au moins le mérite du remords !...

Le malheureux avait compris que tout était contre lui.

Il ne pouvait faire éclater l'innocence qu'il avait proclamée jusque là sans preuve, qu'en donnant l'emploi de son temps, qu'en révélant son entrevue avec cette femme qu'il avait aimée et qu'il n'eut pas le courage de trahir.

Il pensait, du reste, que l'erreur se dissiperait et que la vérité se dégagerait bientôt.

Il dit seulement, accablé :

— Vous ne me croyez pas... Pourquoi protesterai-je encore ?...

Le juge crut à une détente.

— Alors vous ne niez plus ? — dit-il presque triomphant déjà.

— Je proteste toujours contre l'accusation de ce crime dont je me proclame innocent !...

— C'est de la folie !...

Et l'on passa dans la chambre voisine, celle qui avait été le théâtre du meurtre afin de procéder à la reconstitution de la scène du crime.

L'accusé y fut amené.

Le juge d'instruction le pressa de nouveau de s'expliquer, lui demandant comment il s'était présenté à la villa, sous quel prétexte il avait entraîné Mme Grignon dans sa chambre, essayant de lui arracher par les plus habiles artifices quelques paroles qui aurait pu préluder aux aveux.

Gaston Dumesnil continua à protester de son innocence.

On lui demanda d'expliquer, puisqu'il prétendait n'êtes pas venu au Chalet du Bois, comment son chapeau avait pu être trouvé dans le jardin, presque sous les fenêtres de sa victime, et il ne put donner aucune explication de ce fait qui l'avait saisi d'une réelle stupeur.

Malgré ses dénégations énergiques, pour tous il demeurait le coupable et l'aversion qu'il inspirait déjà à cause de son crime s'augmentait encore à cause de son obstination que l'on prenait pour du cynisme.

On le remmena à Versailles et il fut écroué à la prison, mis au secret jusqu'à la fin de l'enquête.

Le lendemain eurent lieu les funérailles de la victime du crime du Chalet du Bois, qui furent célébrées en grande pompe à l'église de Meudon, au milieu du concours de la population tout entière.

Aussitôt après la cérémonie, le cercueil fut transporté à la gare de Lyon dans un fourgon des pompes funèbres, qu'accompagnaient le père, la mère et la servante dévouée de la jeune femme.

Le Chalet du Bois avait perdu ses hôtes.

Adèle Vernot rentrait chez elle et Jules Rouland, sûr désormais de l'impunité, retourna au bureau de placement qui s'était déjà occupé de lui.

— Pour une chance, c'est une vraie chance celle-là, — se félicitait le misérable.

Il pensait bien, après son crime, qu'aucun soupçon ne pèserait sur lui, car ses précautions avaient été admirablement prises et il s'était ménagé un alibi que tous ceux qui l'avaient vu pourrait certifier; mais l'enquête qui allait être faite le préoccupait quand même et lui laissait de poignantes inquiétudes.

Il ne parvenait pas s'expliquer la présence dans le jardin du chapeau de cet homme qui n'avait pas franchi le seuil de la villa, mais il bénissait le hasard incompréhensible qui l'avait si bien servi en désignant à sa place un coupable contre lequel s'élevaient toutes les preuves.

Désormais l'assassin se sentait définitivement sauvé.

— C'est égal, — se disait-il avec des regrets, — c'est dommage tout de même que la patronne soit arrivée au bon moment!... Quel épatant chopin j'aurais fait!...

Et il concluait avec cynisme :

— Après tout, ma foi, tant pis pour elle!... J'étais pris... J'ai bien fait de lui serrer la vis!... Si elle n'était pas morte, j'étais perdu!...

Et c'est le proprio qui est pincé à ma place!... Voilà ce que c'est que l'amour !...

Enfin on le reverra le jour du procès, à Versailles, puisque je serai cité comme témoin.

La nouvelle du crime de Meudon, colportée par les journaux, avait eu son écho dans les localités environnantes ; mais à Clamart on ne s'en préoccupa qu'un instant.

L'arrestation de Sophie Ardusson, fait local, primait tout.

Du reste, la foule ne s'intéresse qu'aux crimes mystérieux, dont le mobile échappe aux investigations de la justice et dont les auteurs demeurent introuvables malgré la chasse des policiers.

Pour l'affaire du Chalet du Bois, la curiosité publique se trouvait trop rapidement et trop complètement satisfaite, puisque l'on avait appris du même coup, l'assassinat, le nom du coupable, le mobile de son crime et son arrestation.

Bien des gens qui s'étaient réunis devant la maison de Sophie Ardusson au moment de la perquisition et qui se portèrent sur son passage quand des agents de la Sûreté, venus de Paris, vinrent la prendre et l'emmener, ne se dérangèrent pas pour aller voir à Meudon, pourtant tout près, la maison du crime.

On s'intéressait davantage à l'aventure de cette jeune fille que toute la rue de Paris connaissait, et qui était partie, disait-on, avec son amoureux, bienheureuse d'être libre.

Ah ! là-dessus, on jasait et on potinait ferme !

Les langues sont toujours agiles quand il s'agit de médire.

L'histoire de Liette, on la connaissait toute entière maintenant, car les voisines de Sophie Ardusson, auxquelles la mégère avait conté l'abandon de cette enfant, afin de faire valoir ses propres mérites, l'avaient rapportée aux autres.

On savait que dix ans auparavant, une femme, une parente sans doute, l'avait confiée à la sœur de l'ancien blanchisseur et depuis n'avait jamais donné de ses nouvelles.

On se livrait maintenant aux plus divers commérages, car il était évident, bien que Mᵐᵉ Ardusson eût été très cachottière à cet égard, qu'elle devait avoir reçu une somme assez importante pour avoir fait élever Liette au couvent de Meudon. Assurément, elle n'avait pas payé ces frais-là de sa poche.

Avec quel argent les aurait-elle payés, du reste ?

On savait bien qu'elle était sans ressources à la mort de son frère, décédé à l'hôpital après sa déclaration de faillite et la vente aux enchères de la blanchisserie.

Elle était même assez gênée à l'époque, puisqu'elle devait de l'argent à tout le monde.

Puis, dès qu'elle avait eu la petite, elle avait payé.

Il fallait donc bien qu'elle eût reçu une assez forte somme.

C'est avec cet argent, disait-on encore, qu'elle avait joué aux courses, et elle avait perdu, comme son frère qui avait aussi cette funeste passion du jeu.

Et maintenant Liette était libre.

Mme Ardusson avait bien dit depuis quelques jours qu'elle avait un amoureux, ce jeune homme qu'on avait vu depuis plusieurs fois chez elle.

On ne connaissait guère Pierre Duval qui, auparavant, ne venait pas souvent dans le bas du pays; on savait seulement qu'il était mécanicien à l'usine Rollinet.

Mais on l'avait vu, lundi soir, avec Liette, quand il l'avait emmenée à Paris. Là-dessus surtout on glosait.

Où étaient-ils allés, ces amoureux?

Parbleu! à l'hôtel, — prétendaient les commères.

Et allez donc, ils auraient bien tort de se gêner; ils ne s'amuseraient jamais plus jeunes!...

Cela scandalisait pourtant quelques bonnes femmes.

— Vous direz ce que vous voudrez, — ripostaient-elles, — mais pour une jeune fille élevée chez les Sœurs, ce n'est guère convenable!... Et ce n'est pas une raison parce qu'elle a eu, au lieu d'une mère pour veiller sur elle, une femme de rien qui lui laissait faire tout ce qu'elle voulait, pour se conduire de la sorte!...

A dix-sept ans, si ce n'est pas honteux!...

Pierre et Liette ne pouvaient se douter des calomnies qui se débitaient sur leur compte.

Après avoir vu le commissaire, la fiancée de Pierre était repartie avec Mariette, emportant tout ce qui lui appartenait.

Ainsi commençait pour elle une existence toute nouvelle.

Elle sentait maintenant, mieux que jamais, son isolement, et elle se réjouissait de cet amour qui avait donné un compagnon aimant et dévoué à son existence désolée, et qui lui constituait une véritable famille, avec Mariette et Totor, ce frère et cette sœur qui lui avaient donné toute leur affection.

Que serait-elle devenue aujourd'hui si elle n'avait pas rencontré, connu et aimé Pierre?

Mme Ardusson arrêtée pour ce vol, jetée en prison pour de longs mois, ainsi que le commissaire l'avait fait prévoir, la pauvre abandonnée serait restée seule au monde.

Quel changement!...

Liette se plaisait dans ce petit logement de la rue des Martyrs, au milieu de ses affections.

Elle était pénétrée de tendresse et de reconnaissance pour cette bonne Mariette, qui ne la connaissait pas il y a deux jours, qui lui avait donné tout de suite tout son cœur, et qui maintenant l'accueillait chez elle comme une sœur.

Elle sentait avec bonheur que tout le monde l'aimait dans cette maison, jusqu'aux trois ouvrières et à l'apprentie de l'atelier de couture, qui se montraient bonnes pour elles et qui connaissaient sans doute sa triste histoire, qu'on avait dû leur dire pour expliquer sa présence.

Totor ne flanait plus maintenant dans les rues, le soir, en sortant de l'atelier.

Il revenait rapidement à la maison, attiré par Liette.

Et en attendant Pierre, ils causaient tous les trois.

C'est Totor qui se montrait le plus curieux, poussé par l'affectueux intérêt qu'il portait à la jeune fille.

— C'est drôle tout de même que l'on n'ait jamais plus eu de nouvelles de votre maman, — dit-il, — et que la mère Ardusson n'ait rien fait pour savoir ce qu'elle était devenue.

— Elle a écrit à l'adresse qu'on lui avait donnée, — répondit la fiancée de Pierre, — mais on ne lui a pas répondu.

— Et vous ne vous rappelez rien de votre jeune temps? — demanda Mariette.

— Non, rien, si ce n'est la mort de ma mère...

— Mais avant... quand vous étiez avec elle?

— J'étais si jeune que c'est vague dans mon souvenir... Je me rappelle bien que nous n'étions pas à Paris... Nous étions à la campagne...

— Loin? — demanda Totor.

— Je ne sais pas... C'était une grande maison... un grand jardin...

— Et votre père?

— Je ne l'ai jamais connu... Ma mère était venue à Paris, me disait-elle, pour le rechercher.

— C'est ça qui est le plus curieux!...

— Vous ne vous ne connaissiez pas d'autres parents? — demanda Mariette. — Des amis?

— Non, je ne me rappelle rien.

— Et ce nom de Liette, — fit observer Totor, — ce doit être celui de votre marraine.

— Je ne sais pas.

— Ce n'est pas le nom de tout le monde... Peut-être bien que ça pourrait fournir un moyen de recherches.

— Comment veux-tu trouver une personne rien que par son prénom? — dit Mariette.

— Je sais bien que ce serait plus commode d'avoir son signalement complet, avec le nom, l'âge, la profession et l'adresse... Mais quand on n'a que ça!...

— Qu'importe! — dit Liette. — Ma famille, pour des raisons que je ne connais pas, n'a plus voulu de moi... Peut-être la fatalité est-elle seule cause de mon abandon, si ma marraine est morte...

— C'est possible!

— Ma véritable famille aujourd'hui se compose de ceux que j'aime et qui m'aiment, de Pierre et de vous deux...

— Nous la remplacerons, allez, ma chère petite Liette, — dit affectueusement Mariette, — et vous serez heureuse au milieu de nous, je vous le promets!...

— D'abord, moi, — déclara Totor, — je suis aux anges depuis que j'ai une jolie petite frangine comme vous!

— Grand diable, va!

— C'est vrai!... Je me sens tout heureux!... Tenez, j'aime Pierre pour deux sous de plus!

Et Pierre arriva à ce moment.

Il s'était hâté, le brave garçon, quittant l'usine un des premiers, courant chez lui pour quitter ses vêtements de travail et ensuite prendre son train.

Et il embrassa Liette avec une joie et une tendresse passionnée qui éclataient en ses yeux.

Quand il eut embrassé Mariette :

— J'ai campo demain l'après-midi, — annonça-t-il joyeusement. — J'ai vu le patron et je lui ai expliqué que j'avais besoin de ma demi-journée pour des démarches à faire en vue de mon mariage...

— Quoi!... Vous avez dit à ces messieurs...

— Il fallait bien que je leur explique... Et maintenant, je suis sûr de leur appui... J'ai dit à M. Alfred tout ce que je pouvais lui dire, je lui ai exposé notre situation, et il m'a conseillé d'aller voir son notaire pour lequel il m'a donné un mot. Alors demain j'irai...

— Ah! nous saurons alors ce qu'il y a à faire !... — dit Mariette.

Ce fut une soirée charmante pour ces quatre cœurs si étroitement unis, et on la prolongea jusqu'à l'extrême limite, jusqu'au moment où Pierre n'eut plus que le temps de courir à la gare reprendre le train pour Clamart.

Il avait été convenu que le lendemain matin, Liette se rendrait à Meudon.

Elle irait chez les sœurs pour leur rapporter la broderie qu'elle avait achevée, et prendre du nouveau travail.

Car elle voulait travailler plus que jamais maintenant, afin de ne pas être à charge à Pierre et à Mariette, et aussi pour commencer à faire quelques achats de linge et de trousseau en vue de son mariage.

Pour le mobilier, on n'avait à s'occuper de rien. Pierre avait tout ce qu'il lui fallait, ayant conservé tout ce qui avait appartenu à son père.

On se trouverait ainsi complètement installé et organisé, presque sans dépenses.

— Vous pouvez vous retirer et ne plus remettre, jamais, les pieds dans notre maison,
que la présence d'une fille perdue souillerait... (P. 285.)

Alors, le lendemain, après être allée au couvent, Liette irait à la rencontre de Pierre, et ils déjeuneraient tous les deux dans un restaurant des environs de Meudon.

Ensuite elle retournerait à la rue des Martyrs et Pierre irait de son côté, voir son ami Lambert, à la mairie de la rue de Grenelle et de là chez le notaire de son patron.

*
* *

Liette se rendit donc chez les dames de la Présentation.

Elle était vêtue comme à son ordinaire, de son costume de chaque jour, coiffée de sa petite toque qui lui seyait si bien.

Une préoccupation nouvelle l'envahit pendant le trajet.

Les sœurs de Meudon n'avaient-elles pas déjà appris l'arrestation de Mme Ardusson ?

Si elles l'ignoraient encore, — et elles l'apprendraient bien un jour ou l'autre, — ne conviendrait-il pas que Liette leur apprît elle-même qu'elle n'habitait plus Clamart?

Il fallait bien que celles qui lui donnaient du travail connussent sa nouvelle adresse.

Mais, à cette pensée, Liette se sentait pleine de trouble.

N'allait-on pas la blâmer d'avoir accepté l'hospitalité que son fiancé lui avait procurée?

La pauvrette sentit qu'elle n'oserait pas.

Elle attendrait qu'on lui en parlât pour dire la vérité.

D'ici là, elle serait sans doute mariée, car, d'après ce que son patron lui avait dit, Pierre avait bon espoir.

Et puis, en attendant, elle viendrait elle-même rapporter son ouvrage et en chercher du nouveau, et de la sorte on n'avait pas besoin de savoir qu'elle n'était plus à Clamart.

Quand Liette arriva au couvent, elle fut surprise, presque glacée, de l'accueil que lui fit la tourière.

Cette converse qui la recevait toujours avec un sourire, et lui adressait de la tête, un petit salut amical, comme à une ancienne élève, demeurée l'amie de la maison, ne répondit même pas à sa salutation.

Elle se tint raide sous sa guimpe et sa cornette, derrière le large vitrage de sa loge, sans qu'un trait de son visage eût remué.

Liette monta au premier étage, où la recevait d'habitude la religieuse chargée des travaux.

Elle attendit un instant dans la salle aux murs blancs, dont l'uniformité n'était interrompue que par deux cadres renfermant des images de sainteté, et par une niche qu'ils entouraient, où se trouvait une statuette de la Vierge,

avec deux chandeliers et deux vases dont les fleurs blanches et roses se déta-
chaient sur le fond azuré.

La porte s'ouvrit.

Au lieu de la sœur Saint-Marcel, celle qui la recevait d'habitude, Liette
vit entrer la Mère, la supérieure du couvent,

Elle marchait lentement, d'un pas solennel, les mains dissimulées sous
les larges revers de ses manches, son visage austère enveloppé de la pénombre de la large cornette.

— Je ne croyais pas, mademoiselle, que vous auriez l'effronterie de revenir ici après ce qui s'est passé, — prononça-t-elle d'une voix sévère.

Déjà impressionnée de se trouver en présence de la Mère, dont l'autorité
sévère était redoutée, Liette pâlit sous ce blâme, presque une accusation,
auquel elle était si loin de s'attendre, elle, dont la conscience pure, n'avait
n'avait rien à se reprocher.

Que voulait dire la supérieure ?...

Allait-elle parler de l'arrestation de maman Sophie et du vol dont elle
s'était rendue coupable ?...

La croirait-elle complice de cette malhonnêteté ?...

Et comme la pauvrette demeurait interdite, tremblante déjà et baissant
les yeux, la Mère reprit :

— Votre conduite a causé un tel scandale, que le bruit en est venu jusqu'à nous. Ne croyez pas que nous ignorions ce que vous avait fait !... Malheureuse enfant, quel démon vous a donc poussé dans la voie du vice et du
déshonneur ?...

Liette ne comprenait pas encore le sens réel de cette accusation, car c'est
bien elle qui était accusée maintenant.

Son trouble était si profond qu'elle était incapable d'une pensée.

Et puis, confuse, elle n'aurait osé répondre à cette supérieure dont la
sévérité l'avait déjà émue plusieurs fois, à l'époque où elle était pensionnaire.

La nouvelle de l'arrestation de Sophie Ardusson était arrivée au couvent
de Meudon, apportée par une externe qui l'avait racontée à ses amies, et aussitôt les religieuses en avaient été instruites.

La sœur Saint-Alphonse de Liguori, qui avait toujours pris plus spécialement Liette sous sa protection, avait songé immédiatement à elle, et avait
redouté que cette ancienne élève se trouvât exposée aux dangers de la solitude.

Elle avait aussitôt fait part à la Mère de cet événement et elle avait expri-
mé ses craintes au sujet de Liette.

La supérieure avait décidé de faire une démarche, car elle ne cessait
jamais de s'intéresser aux anciennes élèves qui demeuraient en relations avec
la communauté.

Il fallait offrir à Liette de venir au couvent.

On connaissait sa situation, on savait qu'elle avait été abandonnée par celle qui l'avait confiée à Mme Ardusson ; aujourd'hui, elle allait se trouver toute seule.

Elle écouterait certainement les conseils qu'on lui donnerait, et peut-être plus tard, lorsqu'elle y aurait été disposée par un séjour au sein de la communauté, l'ancienne élève prendrait-elle le voile.

La supérieure s'était donc, aussitôt, rendue à Clamart avec la sœur Saint-Alphonse de Liguori, et la déception des deux religieuses avait été grande en ne trouvant pas leur ancienne élève au domicile qu'elles connaissaient.

Elles n'avaient pas eu besoin de questionner pour s'informer.

En les voyant, des voisines, bavardes et médisantes commères, se présentèrent d'elles-mêmes, et leur apprirent ce qui s'était passé.

Sur leur étonnement de la disparition de Liette, l'une d'elles dit avec un sourire plein de sous-entendus :

— La petite !... Oh ! ne vous inquiétez pas d'elle, ma sœur, elle a ce qu'il lui faut !...

— Quelqu'un l'a recueillie ?... — demanda la sœur Sainte-Marie du Carmel, celle que l'on appelait « la Mère ».

— Oui, ma sœur, quelqu'un qui ne la laissera manquer de rien, — dit la commère.

Et comme les religieuses ne paraissaient pas comprendre :

— Son amoureux, quoi !... un jeune homme de l'usine Rollinet... Bédame, elle n'est pas de bois, cette petite, et à son âge, jolie comme elle est, ça se comprend bien... surtout que ce n'était pas Mme Ardusson qui aurait été pour l'en empêcher... bien au contraire !...

Les religieuses avaient compris, et, honteuses de ces propos, rougissant d'une pieuse pudeur, elles remercièrent brièvement et s'éloignèrent.

— Allons au presbytère... — dit la supérieure, — M. le curé nous renseignera.

Et le curé confirma la nouvelle que tout le monde connaissait maintenant.

Liette avait un amant, cela ne faisait aucun doute, car il y avait déjà longtemps qu'on l'avait vue avec un jeune homme, et lundi soir, aussitôt après l'arrestation de Mme Ardusson, elle était partie avec lui.

C'est ainsi qu'on était renseigné au couvent.

— Vous pouvez vous retirer et ne plus remettre, jamais, les pieds dans notre maison, que la présence d'une fille perdue souillerait, — reprit durement la supérieure. — Laissez là l'ouvrage que vous rapportez, notre sœur économe va vous le régler, mais ne comptez plus sur notre maison, car nous ne vous connaissons plus !...

La malheureuse, accablée, osant à peine comprendre l'odieuse occusation qui s'élevait contre elle, ne trouva pas un mot de protestation, et elle demeura anéantie, regardant s'éloigner la Mère de son pas lent et solennel.

Elle prit machinalement les quelques pièces d'argent, qu'une religieuse déposa sur la table, après avoir vérifié son travail, et, couverte de honte, elle s'enfuit rapidement.

Le cœur gonflé de la dureté et de l'injustice de cet accueil inattendu, la pauvre Liette avait hâte d'être dehors, d'être seule, afin de pouvoir pleurer.

Et maintenant, dans la rue de la République, la voie principale de Meudon, elle retenait ses larmes qui auraient eu pour témoins tous ces passants, ces indifférents, ces curieux.

Qu'avait-on voulu lui dire ?...

Fille perdue !... une honte !... quel mal avait-elle donc fait ?...

Et ce ne fut que lorsqu'elle se trouva à l'orée du bois, à l'extrémité de la ville, que l'infortunée laissa éclater son cœur et couler ses larmes, tandis que des sanglots étouffés la secouaient.

Elle rejoignit Pierre qui déjà venait à sa rencontre, et qui tout de suite, en la voyant et en l'embrassant, comprit qu'il se passait quelque chose de douloureux, de cruel, car Liette s'était jetée dans ses bras comme dans le seul refuge qui lui était ouvert.

Alors, tandis qu'il la questionnait, ses sanglots éclatèrent avec une telle violence qu'elle était absolument incapable de parler ; et il fallut qu'il essayât de la consoler et de la calmer, la pressant tendrement sur son cœur, lui disant et lui répétant tout son amour, la couvrant de baisers et l'adjurant de lui dire ce qu'elle avait, pour qu'elle parvînt, en mots entrecoupés, à lui dire ce qui venait de se passer au couvent.

— Oh ! ma pauvre Liette !... ma chérie !... — s'écria le jeune homme dans un élan de tendresse, de compassion et d'indignation. — C'est ça qu'on a osé te reprocher !... Car je comprends ce qu'on ne t'a pas dit clairement... on t'a traitée de fille perdue, on t'a reproché ta honte, parce qu'on te croit coupable, parce qu'on t'a calomniée !... Oh ! les misérables qui ont répandu cette infamie, qui ont essayé de te souiller de leurs calomnies infâmes !... Si je pouvais les connaître !...

Comprenez-vous, — reprit-il, après de nouvelles caresses, s'apercevant, seulement, alors qu'il l'avait tutoyée pour la première fois, — on vous accuse d'être ma maîtresse !... on sait que je vous ai emmenée et ces canailles, qui voient le mal partout, n'ont pensé qu'au mal !...

Mais ne craignez rien, ma Liette, vous êtes à moi !... Mon amour vous protège, et je saurai vous défendre contre tous !... Votre honneur est le mien, et vous ne retournerez plus à ce couvent, non, plus jamais !... Vous travaillerez avec Mariette !...

— Alors, c'est que tout le monde croit cela ?... — dit Liette éperdue, couverte de honte.

— Qu'importe !... que l'on croie ce que l'on veut !... Je vous aime !...

— Oh ! partons d'ici, Pierre !.., Emmenez-moi !... que je ne reparaisse jamais plus dans ces endroits où l'on me connaît !...

— Oui, je vous emmènerai... Venez !... venez !...

Il l'entraînait vers la terrasse de l'ancien château pour, de là, gagner l'avenue qui les conduirait à Bellevue, évitant ainsi de traverser Meudon où Liette ne voulait pas montrer ses yeux rougis par les larmes.

— Je comprends maintenant certains propos que j'avais entendus, je comprends les significations de ces sourires, — dit Liette. — Quelle honte !... on pensait cela de moi !...

Cet événement, si douloureux pour Liette, l'avait donnée plus complètement à celui qu'elle aimait.

Elle avait compris, mieux que jamais, la force de cet amour en lequel elle s'était réfugiée éperdue, comme en le seul salut qui lui fut ouvert, et, au milieu de sa douleur, elle avait éprouvé un tressaillement délicieux de félicité intime, mystérieuse, qui la donnait toute entière à cet homme qui était désormais tout pour elle.

Elle sentait qu'elle n'avait plus que lui au monde, et, pleine de confiance et d'abandon, elle se donnait à lui.

Et lui la prenait et la couvrait de sa protection.

Il la plaçait sous la sauvegarde de son amour, de cet amour si grand qu'il constituait toute sa vie, de cet amour dont l'intensité se communiquait à elle et la transportait en une extase divine.

Est-ce que cette félicité ne rachetait pas amplement le mal qu'elle avait souffert ?...

Est-ce que l'opprobre ne s'effaçait pas sous les baisers de celui qui l'aimait ?... De celui à qui seul elle appartenait ?...

Alors, tandis que Pierre lui parlait, la tenant tendrement par le bras, sous sa main qui la pressait, elle sourit et bientôt ses larmes se séchèrent.

Ils descendirent jusqu'au Bas-Meudon et choisirent un petit restaurant du bord de l'eau, dont la terrasse, dominant le fleuve, était divisée en petites tonnelles par des treillages garnis de vigne-vierge.

Ils étaient seuls.

Et ce déjeuner, longtemps prolongé, fut entre eux comme le premier tête-à-tête d'amour.

La calomnie les avait plus étroitement liés encore.

Plus tard, quand ils prirent le bateau qui remonte la Seine pour aller à Paris, ils se sentaient heureux, plus heureux que jamais, et leur bonheur éclatait avec leur amour, dans leurs regards sans cesse attachés l'un sur l'autre, tandis que leurs mains demeuraient unies.

XIX

L'UN A L'AUTRE

Constant Lambert avait consulté son collègue du bureau des mariages sur le cas que son ami lui avait soumis, èt lorsque Pierre Duval se présenta à la mairie, il lui dit :

— Eh bien ! mon cher, il n'y a rien autre à faire que ce que je t'ai dit... On ne peut pas se marier sans produire un état civil en règle, et à défaut sans un acte notarié qui établisse l'identité de la personne...

— Bien !... — fit le fiancé de Liette. — Alors il faut que j'aille voir un notaire ?

— Mais ici la situation se complique de la minorité de la jeune fille. Un acte de notoriété peut être suffisant dans certains cas et remplace l'état civil que l'on ne peut produire ou qui n'a pas été constitué régulièrement, lorsqu'il s'agit d'autre chose que du mariage.

— Alors ?...

— Pour le mariage, il faut d'autres formalités, — expliqua l'employé de la mairie du VIIe arrondissement. — La constitution d'un conseil de famille est indispensable ; il doit se composer des parents, s'il en existe, et à défaut, d'amis de la jeune fille mineure, et être présidé par le juge de paix.

— Mais si la jeune fille n'a personne... — objecta Pierre en songeant à Mme Ardusson qu'il ne pouvait et ne voulait plus faire intervenir.

— Le juge de paix a tout pouvoir pour composer lui-même ce conseil de famille.

— Et puis ?

— Ce conseil nommera un tuteur à la mineure et c'est ce tuteur dont l'autorisation sera requise pour que l'officier d'état civil puisse passer à la célébration du mariage.

— Que de complications !...

— Malheureusement ce n'est pas tout.

— Qu'y a-t-il encore ?

— Il faut d'abord le procès-verbal de la séance de ce conseil de famille tenu sous la présidence du juge de paix, ce qui n'est rien ; mais il faudra en outre un jugement du tribunal de première instance pour établir l'état civil de la jeune fille, d'après l'acte de notoriété que le notaire aura fait dresser. On ordonnera une enquête, et si elle ne démontre pas l'existence de la déclaration de naissance de la jeune fille, le tribunal pourra prononcer son inscription d'office sur les registres de l'état civil de la commune présumée celle de la naissance.

— Diable!... C'est si compliqué que ça!... — fit-il. (P. 295.)

Pierre était consterné.

Après ce qui s'était passé, il avait hâte d'en finir.

Il lui tardait de voir son amour légalement consacré par le mariage, afin de pouvoir opposer aux calomnies dont Liette souffrait une réponse péremptoire.

Cela devenait impossible par suite de ces complications.

Il voulut quand même aller chez le notaire.

Son ami le lui conseilla vivement.

M⁰ Laverderonnet, le notaire des frères Rollinet, écouta attentivement l'exposé de la situation que lui fit le fiancé de Liette, examina le certificat de première communion que Pierre lui montra, et il lui répéta, avec plus de détails techniques, les indications fournies par Constant Lambert.

Il y avait encore une autre complication, résultant celle-là du domicile.

C'est à Clamart, dans l'arrondissement de Sceaux, auquel cette commune appartenait, que toutes les formalités devaient être accomplies, car c'est là que se trouvait le domicile légal de Liette.

La loi exige, pour la célébration du mariage, une résidence.

A Paris, Liette n'habitait pas depuis assez longtemps pour y avoir acquis la résidence légale.

En outre, le mineur n'a d'autre domicile que celui de ses parents ou de son tuteur ; la première chose à faire, était donc la nomination de ce tuteur dans les formes prévues par la loi.

C'était une véritable consultation, dans toutes les règles, que M⁰ Laverderonnet donnait à ce jeune homme qui lui était adressé par d'excellents et anciens clients, des amis, et comme le notaire était aussi ferré en jurisprudence que méticuleux, il indiqua une autre objection, un empêchement capital qui pourrait être invoqué.

Il le tirait des cas de prohibition édictés par la loi et opposés par elle aux personnes qui veulent contracter mariage.

En l'absence de tout état civil de la jeune fille, comment vérifier si les fiancés ne se trouvaient pas sous le coup d'une de ces prohibitions légales résultant d'une parenté qu'ils pouvaient ignorer, mais qui se révèlerait un jour, si un indice venait à faire découvrir la famille de Liette?

C'était peut-être excessif, mais enfin c'était de droit strict.

Enfin M⁰ Laverderonnet se tenait à la disposition du protégé de ses clients pour faire tout ce que son ministère comportait.

Et Pierre lui dit en le quittant :

— Je vous remercie bien, monsieur... J'ai besoin de causer de tout cela avec ma fiancée... de demander conseil à des amis, à mes patrons...

Quelles difficultés !... Quelles complications !...

— Ah !... Eh bien ! en voilà un fourbi !... — s'écria Totor après avoir écouté attentivement tout ce que Pierre venait de dire. — Ah ! là là ! il ne faut pas tant de trucs pour se marier à la mairie du vingt-unième !... C'est plus franc !...

— Voyons !... — fit sévèrement Mariette, — fais attention à ce que tu dis !...

— Ben, quoi ?... Avec ça que ce n'est pas aussi bien !... Quand on

s'aime, on se fiche de tout !... Et puis tu vois les potins que l'on fait déjà à
Clamart sur le dos de Liette... On la considère comme si ça y était !...

— Ma pauvre Liette, — dit l'excellente fille avec une tendre compassion,
— il a fallu qu'on vous inflige cette humiliation, cet opprobre !...

— Tiens, — reprit Totor, — je vous fais le pari que vous ne pourriez
pas vous marier dans ce sale patelin de Clamart, sans que ça fasse encore du
potin... Ah ! je les connais, va, les croquants et les commères de la
banlieue !... Maintenant qu'ils ont ça dans la tête, ils ne l'auront pas au
pied, et s'ils voyaient Liette en blanc le jour de son mariage, avec la fleur
d'oranger, ils se diraient : « Eh bien ! elle a un rude toupet, la petite ! »

Mariette allait blâmer Totor, mais Liette intervint.

— Il a raison, — dit-elle avec tristesse, — et je ne me marierai jamais à
Clamart... Oh ! non, jamais !...

— Eh bien ! nous nous marierons à Paris, — dit Pierre.

— Hélas !...

— Et tu feras venir la mère Sophie pour le conseil de famille, n'est-ce
pas ? — objecta ironiquement Totor.

— Oh ! non, non, pas elle !... — s'écria Liette. — Après ce qui s'est passé,
je rougis encore d'avoir été sa fille adoptive.

— Alors, quoi ?... Qui on mettra dans ce conseil de famille !...

Ah ! mes enfants, si vous étiez comme moi, ce serait bien vite
fait et bouclé !...

Tenez, voulez-vous que je vous dise !... — fit Totor en se levant, — vous
vous aimez, n'est-ce pas ?... Vous voulez vous marier ?...

Il étendit les mains au-dessus de Pierre et de Liette dans une attitude
d'une solennité comique et il leur dit :

— Eh bien ! Je vous marie, moi !... Une, deux, trois, ça y est !... Croissez
et multipliez, comme dit le bon Dieu !... Et c'est aussi bon que si le maire et
le curé y avaient passé... Ce qui fait la solidité du mariage, c'est l'amour et
pas autre chose... La loi, je m'asseois dessus !...

— Tu es fou, mon pauvre Totor, — dit Mariette.

— Non, mais c'est vrai, — persista le joyeux garnement avec une
logique qu'il fallait bien reconnaître, — voilà une loi qui est toute contre
ceux qu'elle devrait protéger... Elle est contre les enfants abandonnés au lieu
d'être contre les parents qui les plantent là !... C'est une loi, ça !... Ce n'est
pas celle que le bon Dieu a faite, pour sûr !...

— Le fait est que les lois... — dit Pierre.

— Alors parce que Liette ne connaît pas ses parents, parce qu'elle ne sait
pas où elle est née, elle ne peut pas épouser celui qu'elle aime !... La loi lui
permet d'être sa maîtresse, mais elle lui défend d'être sa femme !... Eh bien !
lors, il n'y a qu'à faire ce qui est permis !... Moi, voilà mon avis, et c'est le
bon !...

Pierre dévorait Liette d'ardents regards, affolé à la pensée des obstacles qui l'empêchaient de consacrer son amour par un mariage.

La pauvre Liette, perdue dans toutes ces complications et ces chinoiseries légales, ne savait plus que penser.

Totor reprit :

— D'abord, qu'est-ce que le mariage ?... Ça sert à pouvoir dire aux gens : « Nous sommes mariés ! »... Avec ça que tous ceux qui le disent y ont passé !... Si tous ceux qu'on croit mariés et qui ne le sont pas, à Paris, me payaient une chopine, j'aurais du vin pour le restant de mes jours, et il en resterait encore, et du meilleur, pour les petits Totors de l'avenir !... Mariés, ah ! la belle affaire !... On se colle un anneau à la patte gauche, et on dit qu'on l'est : ça fait la rue Michel !... Et si une bonne femme s'épate un jour de ne pas voir la couronne de fleurs d'orangers sous un globe, sur la commode, on lui dit qu'on l'avait en fleurs naturelles et qu'on en a fait des infusions !...

Maintenant on riait de ces boutades de parigot.

Et lui poursuivait de plus belle :

— Comment les gens iront-ils voir si vous êtes mariés ou pas ?... Ils vous verront vivre comme de braves époux, et du moment que vous ne devrez pas un radis au boucher, à l'épicemar et au boulanger, ils vous proclameront les plus honnêtes du monde, ce que vous êtes.

Tiens, mais une idée, — s'écria Totor en tapant sur la jambe de Pierre. — Eh bien ! Et le père Reclus, comment a-t-il fait, lui, pour marier sa fille ?

— Reclus ?...

— Oui, Elisée Reclus, le grand géographe, le savant, celui qui a fait une géographie aussi grande que le Dictionnaire Larousse... Tu n'as donc pas vu ?... Les journaux en ont assez parlé pourtant !... Eh bien ! voilà comment il a marié sa fille : il a commandé un grand balthazar, auquel il a invité tous les parents et tous les amis ; puis au champagne, il y est allé d'un speech bien senti, il leur a dit : « Mes enfants, vous vous aimez, je vous marie ! » Là-dessus on a trinqué et l'on a terminé la noce par un bal et tout le tralala obligatoire... C'est ce qu'on appelle l'union libre, et c'est le mariage de l'avenir, ça, mon vieux, comme c'était du reste celui du passé... Dans le temps, il n'y avait pas de maires ; on ne se mariait que devant le curé et le notaire. J'ai vu ça mille fois dans les théâtres. Et ceux qui n'étaient pas de la religion économisaient encore le curé...

— Le fait est que c'est terriblement difficile pour se marier honnêtement !... — dit Pierre.

— Non, mais regarde-moi ces complications, — poursuivit Totor qui cherchait à faire prévaloir ses théories ; — voilà que, sous prétexte que l'on connaît pas la famille de Liette, qu'elle n'a pas d'état civil, si le maire est à cheval sur les principes, il peut refuser de vous marier parce que vous pourriez être dans une situation de parenté qui peut constituer ce que le notaire appelle une prohibition légale... Je te demande un peu ce qu'ils vont chercher !

— C'est vrai, — dit Mariette, — il faut être rudement strict et méticuleux pour aller songer à cette chose-là.

— Si j'étais à ta place, Pierre, ça ne traînerait pas !... Je leur tirerais ma révérence aux gens de la mairie, et je leur dirais comme ça : Comment, je me mets en quatre pour faire tout ce qu'il faut pour me marier, et vous allez me chercher toute sorte d'histoires pour compliquer la situation et rendre mon mariage impossible !... Au lieu de me faciliter mon devoir, vous me faites un tas de chichis pour m'en dégoûter !... Vous ne voulez pas nous marier, monsieur le Maire ?... Eh bien ! nous nous marierons derrière la mairie !...

— Si ce n'était pas pour Liette...

— Pour moi ?...

— Pour vous et pour le monde.

— Le monde !... — s'écria Totor. — Je m'assieds dessus !... Si tu es dans la purée un jour, va lui demander quelque chose, au monde !... Il te tournera le dos et rigolera de ta fiole !...

— Il y a quand même les usages... les mœurs... les convenances...

— Des balivernes, mon vieux !... Et puis quoi !... On vous considère déjà comme amant et maîtresse !... Tu as bien entendu ce que Liette t'a dit, les potins que l'on fait à Clamart !... Alors pour toutes ces commères-là, vous en avez l'air et vous n'en avez pas la chanson !... Vous êtes bien avancés !... Je parie que vous vous marieriez, si tout Clamart n'en avait pas été témoin, ce serait kifkif !... On continuerait à croire que vous ne l'êtes pas !...

— Les gens sont si méchants !... — dit Mariette.

— Ce n'est pas écrit sur la figure qu'on n'est pas marié, pas vrai ?... A Paris surtout, ça ne se voit pas !... En province, je ne dis pas ; il y a encore des préjugés, on est arriéré, vieux jeu !... Mais à Paris, c'est bon pour ceux qui veulent faire de l'épate, qui font mettre des tapis à l'église jusqu'au bord du trottoir avec des plantes vertes, et qui le font annoncer dans les journaux !... Si vous vous mariiez, vous ne feriez pas tous ces embarras-là ; alors personne n'en saurait rien !... Je te le dis, une bague en or, et ça y est. C'est la bague qui est la preuve, alors il n'y a qu'à en acheter une !...

— Il y a aussi les enfants !...

— Ah ! oui les gosses !... — riposta Pierre. — Eh bien ! on fait son devoir et on les reconnaît, voilà !... Les enfants !... Tiens, suppose que les parents de Liette soient mariés, tout ce qu'il y a de plus mariés, avec le maire, le curé, le notaire, la croix, la bannière et toutes les herbes de la Saint-Jean... Eh bien ! elle est bien avancée aujourd'hui.

Et Mariette qui est une enfant trouvée !... Et toi et moi qui n'avons pl us personne !... Tes enfants, du moment que tu les auras reconnus, ils porteront ton nom et personne n'aura rien à leur dire !...

Enfin faites ce que vous voudrez, — conclut philosophiquement Totor, — mais ce n'est pas le mariage qui vous donnera le bonheur !... Le mariage, une institution si mal fichue qu'on saura obligé avant peu de revenir au divorce pour la démolir !... Tu verras, Naquet réussira; c'est moi qui te le dis !...

Le lendemain Pierre se rendit à la mairie de la rue Drouot, celle de l'arrondissement dans lequel habitait Mariette.

Il essayait de lutter encore contre les obstacles qui s'opposaient à son mariage

Il vit l'employé du bureau des mariages et lui soumit le cas de Liette.

C'était évidemment compliqué, mais il y avait tout de même moyen d'en venir à bout.

Il fallait d'abord suppléer à l'absence d'état civil par un acte de notoriété, dressé devant notaire, en présence de quatre témoins patentés qui certifieraient que la jeune fille qui se présente est particulièrement connue d'eux et s'est toujours appelée Liette Darcis.

Ensuite cet acte de notoriété devrait être homologué par jugement du tribunal de première instance.

Ces deux formalités devaient s'accomplir dans l'arrondissement où la jeune fille avait vécu jusqu'à ce jour.

On lui ferait alors nommer un tuteur ad-hoc par le juge de paix, tuteur qui serait pris parmi les amis de Pierre, si l'on voulait, et ce tuteur donnerait son consentement au mariage.

Ce serait une affaire de quelques mois, à cause de l'homologation du Tribunal et des délais d'opposition qu'il faudrait laisser atteindre pour que le jugement soit définitif.

Et Pierre crut alors avoir trouvé une solution.

Il en fit part à Liette et à ses amis. Il demanderait à l'un de ses patrons, à M. Alfred Rollinet, de vouloir bien accepter la tutelle de Liette.

Il était sûr que l'ingénieur, qui avait tant d'estime et d'affection pour lui, ne lui refuserait pas ce service.

Mariette l'encouragea dans cette voie.

— Mon Dieu, ça durera ce que ça durera, mais il vaut mieux faire les choses régulièrement, — dit-elle, — à cause de Liette. Si M. Rollinet veut te rendre ce service, c'est la meilleure idée que tu aies pu avoir.

Liette est bien ici maintenant, — ajouta-t-elle, — elle ne manque de rien, elle travaille avec moi, elle est comme chez elle; elle peut attendre.

Et en effet, l'excellente fille avait immédiatement procuré du travail à la fiancée de son ami. Elle avait vu des maisons pour lesquelles elle travaillait et Liette avait eu aussitôt de bonnes commandes de broderie.

Mais Totor n'était pas pour les complications inutiles.

Il n'aimerait pas fourrer la magistrature dans ses affaires.

— Et puis vous ne savez pas encore tout ce qui peut arriver, — dit-il à Pierre et à Liette. — Ça semble simple comme ça, mais j'ai dans l'idée que cela n'ira pas sur des roulettes.

Liette se préoccupait surtout de la perspective de se marier à Clamart, où on l'avait traitée si honteusement, où on la méprisait maintenant.

Elle le dit à Pierre lorsqu'elle fut seule avec lui.

— Je ne veux pas que nous nous marions à Clamart !... J'aurais trop de honte devant toutes ces gens qui ont dit tant de mal de moi...

Ce que Totor avait dit quelques jours auparavant était bien vrai. On était si convaincu, dans le voisinage de Sophie Ardusson, de l'inconduite de Liette, qu'on aurait considéré comme une imposture sa blanche toilette et la parure des vierges, dont elle avait pourtant le droit de couronner son front.

— Non, je vous le promets, nous ne nous marierons pas là-bas, — déclara Pierre. — Que nous importe ces gens-là ?... nous les méprisons, ma Liette chérie, et nous n'avons pas besoin de leur estime... Ils croiront s'ils le veulent, que nous ne sommes pas mariés ; notre conscience et notre amour nous suffisent... Nous ne dépendons que de nous-mêmes, vous de moi et moi de vous !...

— Oh ! oui... oui... rien que de vous, Pierre, qui êtes tout pour moi !...

Pierre eut un long entretien avec celui des frères Rollinet qu'il appelait « Monsieur Alfred ».

L'ingénieur avait toujours été si bienveillant pour lui ; il l'estimait comme un de ses plus intelligents et de ses plus dévoués collaborateurs, et s'intéressait à tout ce qui le touchait.

M. Alfred écouta avec attention le récit que lui fit Pierre Duval de la longue et importante et entrevue qu'il avait eue avec son notaire.

— Diable !... C'est si compliqué que ça !... — fit-il.

Et quand Pierre lui dit qu'il s'était informé également à la mairie, où on lui avait indiqué les formalités indispensables, quand il lui demanda de vouloir bien assister Liette pour l'acte de notoriété qui devait être fait avant toute chose, et ensuite de consentir à devenir son tuteur, l'industriel lui répondit :

— Bon, Duval, je verrai Me Laverderonnet au premier jour et je lui parlerai.

Et Pierre rapporta, tout joyeux, cette bonne promesse à Liette, à Mariette et à Totor.

Ainsi donc, par le concours de cet homme de cœur, on allait venir à bout de toutes ces difficultés, et bientôt, — car les mois eux-mêmes passent vite quand on est soutenu par l'espoir, par la confiance dans le résultat final, — on pourrait enfin célébrer ce mariage.

Oh ! ce ne serait pas une cérémonie brillante, mais toute simple, entre intimes, avec quatre camarades de Pierre pour témoins, et Mariette et Totor pour toute famille.

M. Rollinet rencontra précisément son notaire, le jour suivant, à l'Exposition.

Me Laverderonnet s'était arrêté longuement, dans la galerie des machines, à l'exposition particulière de ses clients, s'intéressant vivement à ce que faisaient ses amis.

L'ingénieur arriva pendant qu'il se trouvait là.

Et, après lui avoir montré le fonctionnement de ses machines, il le prit par le bras et se promena avec lui dans les jardins de l'Exposition.

Il lui parla de son jeune protégé et lui communiqua la demande que Pierre Duval lui avait adressée.

Il lui demanda ce qu'il pensait de la situation de cette jeune fille.

Le notaire, très minutieux, pointilleux à l'excès, s'inspira de la prudence la plus rigoureuse et de la sagesse que l'expérience lui avait donnée.

Le cas n'était pas aussi simple, bien que l'on pût, à la rigueur, se contenter des formalités indiquées par le bureau des mariages de la mairie de la rue Drouot.

Mais il y avait, en l'espèce, une situation particulière.

— Évidemment, — exposa-t-il, — la famille de cette jeune fille me paraît l'avoir définitivement abandonnée, et telle me paraît bien avoir été l'intention de l'inconnue qui a confié cette enfant à la femme Ardusson, au moment même où elle lui en donna la garde. La preuve en est fournie par les précautions prises par cette inconnue, pour qu'on ne puisse jamais la retrouver ni découvrir la famille de l'enfant. Elle a eu soin de ne pas se faire connaître ; elle n'a pas indiqué son domicile pas plus que sa qualité, ni aucun titre de parenté ; elle a donné une simple adresse en poste restante, à des initiales, où elle n'a jamais retiré les lettres qu'on lui a adressées ; elle n'a fourni ni l'acte de naissance de l'enfant ni son lieu d'origine...

— C'est vrai ; l'abandon était déjà résolu, — dit Alfred Rollinet.

— Mais il y a autre chose : cette dame a remis à la femme Ardusson une certaine somme, une somme de quelque importance, si j'en juge par ce qu'a fait la gardienne de l'enfant qui l'a placée dans un couvent et qui a payé les frais de son éducation. Et je tire de ce fait une déduction qui pourrait bien être vérifiée par les événements.

M. Rollinet, ayant toute confiance en son notaire, l'écoutait avec une attention extrême.

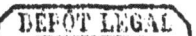

— Mam'zelle Liette, entrez donc un moment, j'ai quelque chose à vous dire... (P. 301.)

— Le soin qu'a eu cette inconnue d'assurer l'éducation de l'enfant en remettant cette somme, — poursuivit Me Laverderonnet, — n'indique-t-il pas qu'elle a tenu à pourvoir à ses besoins jusqu'à l'époque de sa majorité?

— Oui... sans doute.

— Nous ne savons pas ce qui s'est passé et nous ne pouvons préjuger par conséquent des faits, de la situation particulière, des nécessités peut-être qui ont contraint une famille à se séparer de cette enfant. Mais qui sait si cette famille n'a pas l'intention de se faire connaître plus tard et de reprendre cette jeune fille lorsqu'elle sera majeure, puisqu'elle a pourvu jusqu'à cette époque à son existence?

— C'est vrai!...

— Qui sait même si, en raison de l'arrestation de la femme Ardusson, qu'elle ne manquera pas de connaître, elle ne devancera pas le terme qu'elle s'est fixé?... Qui sait si prochainement elle n'interviendra pas et ne reprendra pas cette jeune fille qui est seule aujourd'hui?

— En effet....ça se peut bien!... Alors, vous me conseillez?...

L'ingénieur était devenu fort perplexe.

— C'est une responsabilité qui pourrait être grave, — dit très sérieusement le notaire qui appuya son avis de considérations mûrement réfléchies.

Pierre sentit s'effondrer d'un seul coup tout le rêve de bonheur promptement réalisé qu'il avait déjà entrevu et montré à Liette, lorsque M. Alfred lui fit part de ses scrupules et de ses hésitations, en lui communiquant l'avis de son notaire.

Mᵉ Laverderonnet lui avait dit qu'il serait plus prudent d'attendre un peu avant d'accomplir ces formalités.

Il fallait laisser à la famille de Liette le temps d'apprendre l'arrestation de Sophie Ardusson et d'intervenir auprès de cette jeune fille, qu'elle savait seule désormais.

— Et puis, — ajouta l'ingénieur, — votre fiancée est aujourd'hui en quelque sorte dans votre famille, d'après ce que vous m'avez dit. Elle a du travail, elle est à l'abri du besoin, entourée d'affections... Je ne puis que vous conseiller d'attendre...

Pierre était navré.

— Attendez après l'Exposition, — termina M. Robinet. — J'ai des projets... Je compte faire quelque chose pour vous, utiliser votre concours et votre activité... Votre situation s'améliorera encore et vous serez en meilleure position pour vous marier... D'ici là, il se sera peut-être produit du nouveau...

— Et si la famille ne se fait pas connaître, — objecta le fiancé de Liette ; — si elle n'intervient pas?...

— Dame, il faudra attendre encore, — répondit l'ingénieur. — C'est l'avis formel de mon notaire, et un sage conseil qu'il me donne et que je vous donne à mon tour. Il faudra attendre l'époque de la majorité de votre fiancée; c'est alors seulement que les choses pourront être faites avec toute la régularité voulue.

Ce fut une véritable consternation lorsque Pierre répéta tout cela à la pauvre Liette, déjà si heureuse, en présence de Mariette et de Totor.

— En voilà un bon billet que te donne ce notaire, — s'écria Totor. — Attendre quatre ans, quoi!...

Évidemment, l'amour des deux jeunes gens protestait contre cet interminable délai.

— Tiens, une supposition, — fit tout à coup Totor, rompant le triste silence qui venait de régner. — Supposons que ce qu'on a clabaudé contre Liette et contre toi à Clamart soit vrai, que vous soyez mariés morganatiquement, comme un simple grand duc de Russie... En voilà qui ne s'embêtent pas, par exemple! et ils ont bien raison!... Admettons même que vous ayez un gosse, un petit Pierrot qui serait venu au monde!... Eh bien! qu'est-ce qu'elle ferait la famille le jour où elle se déciderait enfin à se faire connaître?...

Le mariage serait rendu nécessaire, pas vrai?... ce serait une réparation, si tu veux, mais le conjungo tout de même. Alors, il faudrait bien qu'elle dise *amen*, la famille!... Par conséquent, puisqu'elle donnera son consentement, c'est comme si elle l'avait donné!... Allez-y donc carrément!... Vous êtes mariés par le bon Dieu, puisque c'est lui qui a inventé l'amour!...

Et puis il l'a dit, tu sais, dans l'Évangile : « On pardonne à ceux qui aiment! » — Et c'est vrai, l'amour, c'est comme le feu, ça purifie tout!...

On sentait que c'était vrai, ce que disait ce grand diable de Totor; mais, à cause de Liette, on ne pouvait le sanctionner.

Et lui, fort de sa théorie, conclut ainsi :

- Voulez-vous que je vous dise la morale de la fable, aussi bien que l'aurait fait La Fontaine?... Eh bien! la voici, et je vous défie d'en tirer autre chose... ce notaire, avec toutes ses histoires de formalités, de famille et de paperasseries, vous dit tout simplement ceci : « Vous marier, ah! non, mes enfants, pas possible! La loi, les parents, l'état civil et tout le tremblement y mettent l'embargo!... Mais de la main gauche, tant que vous voudrez! Allez-y, mes petits agneaux et ne vous gênez pas, personne n'a le droit de s'y opposer !

La voilà, la morale!... Mariés, défense expresse et formelle! Amants, liberté complète!... Il ne peut pas vous le dire carrément, mais c'est ça!...

Puis quand il fut seul, l'après-midi du lendemain, avec Mariette, — car Liette avait été au Louvre pour acheter de la soie à broder et des fournitures, — Totor revint sur ce sujet.

Mais Mariette le blâma d'avoir parlé de la sorte devant la fiancée de Pierre.

— Eh bien! quoi?... puisque c'est la vérité, — riposta-t-il. — Il faut bien cependant qu'elle sache ce qu'il en est!

— Voyons, Liette est une honnête fille...

— Est-ce qu'elle cesserait de l'être si elle était la « petite femme » de

Pierre? — fit Totor en soulignant cet euphémisme. — En quoi elle consiste,
l'honnêteté? à faire ce que votre conscience ne vous reproche pas, pas autre
chose!... Et puis, veux-tu que je te dise? Eh bien! que ce soit ou que ce ne
soit pas, Liette passe pour être la maîtresse de Pierre ; les bonnes gens de
Clamart ne se sont pas gênés pour le dire : la preuve, ce qui s'est passé au
couvent où les béguines ont traité cette pauvre fille comme la dernière des
dernières !... Alors, avoir la réputation et pas le fait, je ne vois pas ce qu'elle
y gagne !...

— Enfin ce n'est pas à nous à lui donner ce conseil-là, — persista
Mariette.

— Nous pouvons bien lui dire tout de même que ce n'est pas nous qui
cesserons pour ça de l'aimer et de l'estimer.

— Bien sûr... Elle est assez malheureuse !...

— La preuve, si c'était arrivé?... si Pierre avait commencé par là?...
s'il ne nous avait parlé de Liette que lorsqu'ils auraient été ensemble,
qu'est-ce que nous aurions dit?... On lui aurait dit : « Tu as bien fait! »
parce qu'après tout ce n'est pas un crime, du moment qu'ils s'aiment.

Ce n'est pas de leur faute, s'ils ne peuvent pas se marier!... Ils ne de-
mandent pas mieux ; ils en ont assez fait pour ça, je suppose.

— Oh ! oui... Je ne croyais pas qu'il y avait tant de difficultés pour se
conduire honnêtement.

— Et comme je le leur ai dit : qui le saurait?... Tout le monde les
croirait mariés et on aurait pour eux tout le respect et la considération
possible...

— Le fait est qu'il y en a d'autres...

— Pour sûr !... Ça ne les empêcherait pas, plus tard, lorsque Liette
serait majeure, de s'épouser pour de bon, s'ils y tiennent... Comme, par
exemple, si c'était nécessaire parce qu'il y aurait un gosse !... Alors, ils n'auraient plus de difficultés !...

* *

Maintenant on s'était fait à cette vie nouvelle, sans s'y être résigné,
cependant, et dans cet intérieur familial, au milieu des affections qui les
entouraient, l'amour de Pierre et de Liette s'accroissait chaque jour par la
peine qu'ils éprouvaient de ne pas pouvoir se marier.

Liette travaillait avec Mariette.

Non seulement elle avait des travaux de broderie, mais elle aidait à la
couture.

Elle s'occupait aussi du ménage, car elle en avait l'habitude ; c'était elle
qui faisait tout avec maman Sophie.

A midi, Totor venait déjeuner et, grâce à sa gaîté, c'étaient deux bonnes
heures.

Pierre venait chaque soir.

Il quittait son atelier le plus tôt possible et il accourait.

On dînait en famille, tous les quatre, et l'on prolongeait la veillée bien tard, jusqu'à l'heure extrême du train pour rentrer à Clamart.

Le jeudi, Pierre était plus libre, car il passait la journée à l'Exposition et il pouvait quitter à cinq heures.

Le dimanche, il avait toute sa journée, et alors on organisait des promenades aux environs de Paris que Liette ne connaissait pas, car elle n'était presque jamais sortie de Clamart.

Un jour, la concierge arrêta Liette au passage, tandis qu'elle revenait de faire dans le quartier quelques achats pour le ménage.

— Mam'zelle Liette, entrez donc un moment, j'ai quelque chose à vous dire, — dit-elle sur le seuil de sa loge.

Et la fiancée de Pierre, déjà prise d'une appréhension, entra.

— J'aime mieux vous prévenir tout de suite de ce qui se passe, — lui dit-elle assez mystérieusement, — afin que vous soyez au courant et que vous voyez ce que vous avez à faire.

— Qu'y a-t-il, madame Charles?

La concierge de la rue des Martyrs était une brave femme qui, dès le premier jour, avait conçu pour Liette cette sympathie qu'elle inspirait à tous ceux qui la connaissaient.

Elle ne savait que ce qu'on lui avait dit, pour lui expliquer la présence de la jeune fille, que Mariette lui avait représentée comme la fiancée de Pierre, qui venait habiter avec elle parce qu'elle n'avait plus de famille.

Mais elle croyait peut-être bien autre chose, ce qui ne changeait en rien ses sentiments à l'égard de Liette, à cause de l'estime qu'elle avait voué à ses locataires.

— Voilà, — fit-elle. — Il est venu tout à l'heure un homme qui a demandé après vous.., un homme que j'ai pris pour un domestique... Je peux me tromper, mais il en a l'air...

— Que voulait-il? — demanda Liette toute angoissée.

— Je n'ai pas pu le lui faire dire; mais voici comme il s'y est pris. Il m'a dit comme ça : « C'est bien ici que demeure depuis quelque temps une jeune fille qui était autrefois à Clamart? » — Et il m'a fait votre portrait ; une grande belle fille, dans les dix-sept à dix-huit ans, blonde, très jolie, qui connaît un jeune homme qui travaille dans une usine de Clamart, M. Pierre Duval »... Enfin, on voyait qu'il était au courant de tout. Vous pensez bien que ça n'aurait servi à rien que je lui dise que je ne savais pas de qui il voulait parler, car j'ai bien compris qu'il était fixé... Alors il m'a posé un tas de questions pour savoir si vous étiez mariés ou pas.., Moi je lui ai répondu que cela ne me regardait pas, mais que j'avais entendu dire que vous aviez l'intention de vous marier, M. Pierre et vous...

— C'est quelqu'un de Clamart ?

— Je ne crois pas... Il a dit qu'il connaissait votre famille et que c'était pour cela qu'il s'occupait de vous.

— Ma famille !... — dit Liette avec épouvante.

— Oui... Il a parlé de votre mère, qui est morte à Paris, il y a plus de dix ans... Enfin, il paraît qu'il s'occupe de vous...

— Pourquoi ?... Je ne connais pas cet homme-là !...

— Je ne sais pas... Enfin, j'ai pensé qu'il est de mon devoir de vous prévenir.

— Oui, vous avez bien fait... Je vous remercie, madame Charles...

— Comme ça, vous verrez ce que vous avez à faire, et si cet homme revient, vous me direz ce qu'il faudra lui dire...

— Oui... merci... J'en parlerai à Mariette... et à M. Duval... Merci !...

Avant même que Liette parlât, Mariette comprit, rien qu'en la voyant, qu'il s'était passé quelque chose.

Elle l'interrogea.

Alors, quand elle sut ce que la concierge venait de lui dire, elle s'efforça de la rassurer, car elle comprenait son trouble et son inquiétude.

— C'est ce que disait le notaire, — dit Liette. — On a su ce qui est arrivé à Mme Ardusson, et ma famille m'a fait rechercher.

De là venaient les angoisses de la pauvre fille.

Elle se voyait déjà séparée de Pierre, emmenée par ses parents, qui la reprendraient, qui s'opposeraient peut-être à son mariage.

Elle se désespérait, et Mariette eut bien de la peine à la calmer.

Elle-même, du reste, n'était point rassurée par la démarche mystérieuse de cet inconnu qui s'était adressé à la concierge, et elle fut bien plus intriguée encore quand, à son tour, elle vit Mme Charles et qu'elle apprit que cet homme lui avait paru être un domestique, ou, du moins, c'est ce qu'elle avait cru voir à son visage entièrement rasé.

Et, longuement, elle l'interrogea, afin d'essayer de comprendre le mobile, les intentions, le but de cette démarche ; mais la concierge ne put pas lui dire autre chose.

Il lui avait paru, toutefois, que cet homme devait avoir été envoyé par quelqu'un qui s'occupait de Liette.

Enfin, s'il revenait, Mme Charles ne le laisserait pas partir sans que Mariette l'ait vu.

Le soir, lorsque Pierre fut là, on le mit au courant de ce qui s'était passé.

Cette démarche, qui avait toute l'allure d'une enquête, le préoccupa anxieusement à son tour.

Qui donc s'occupait ainsi de Liette ?...

Quel était cet homme qui connaissait sa famille, qui avait parlé de sa mère ?

D'où venait cette intervention, qui se produisait au bout de dix ans ?

— Ce n'est assurément pas quelqu'un qui l'a renseigné, — pensait le jeune mécanicien. — Personne, à Clamart, ne connaît la famille de Liette... Mme Ardusson est en prison et, du reste, elle ne savait absolument rien elle-même ; cela ne peut donc provenir de son côté !...

Totor eut une idée.

— Moi, je crois que c'est quelqu'un qui a vu Liette depuis qu'elle est à Paris et qui l'a reconnue, — dit-il, — et alors il s'est informé pour savoir s'il ne s'est pas trompé, si c'est bien la jeune fille qu'il connaît.

— Qui veux-tu qui la reconnaisse, puisqu'on ne la connaît pas ? — objecta Pierre.

— Je ne suis jamais sortie de Clamart, — dit Liette, — ou bien rarement... toujours avec maman Sophie... Nous ne voyions jamais personne...

— Évidemment, personne ne peut la connaître, — dit à son tour Mariette. — Il faut donc que ça vienne d'autre part.

— Quand je dis connaître, — expliqua Totor, — c'est peut-être tout simplement son nom que ce bonhomme-là a entendu et qu'il a reconnu.

L'observation parut judicieuse.

— Alors, il s'est renseigné pour savoir s'il ne se trompe pas... Enfin c'est une explication, n'est-ce pas?... Je la donne pour ce qu'elle vaut... Je cherche à comprendre... Il peut bien se faire que la mère de Liette ait connu du monde à Paris, puisque c'est à Paris qu'elle est morte... Alors le nom que cet homme-là a entendu prononcer l'a frappé...

— C'est singulier tout de même !...

— J'aurais bien voulu être là quand il est venu... — dit Pierre.

Puis il calma Liette, dont la visible inquiétude se répercutait en lui.

— Ne vous tourmentez pas, — lui dit-il tendrement, en un redoublement d'amour, que surexcitaient ces mystérieuses circonstances, — personne ne peut rien contre vous !... Vous êtes à moi... Je ne vous perdrai pas, je vous le jure !...

*
* *

Le lendemain, Liette reçut un mandat de comparution devant le juge d'instruction chargé de l'affaire de Sophie Ardusson.

Elle ne fut point surprise de se voir assigner en qualité de témoin, ni personne autour d'elle ; mais ce qui l'inquiéta, ce fut de se voir adresser ce mandat chez Mariette, à Paris.

C'était pourtant bien simple : le commissaire de police de Clamart avait fourni lui-même cette indication dans son rapport, et il tenait ce renseignement de Liette elle-même lorsqu'elle était venue le voir avec Mariette, au moment de quitter la maison de la rue de Paris.

Mais, sans songer à cela, sans trouver cette explication, pourtant fort naturelle, tant elle se sentit troublée; elle rattacha ce fait à la démarche mystérieuse de cet inconnu, qui avait questionné la concierge à son sujet.

— Au fait... — ainsi que le dit Totor, qui partageait cette manière de voir, — ce bonhomme au visage rasé, que Mme Charles avait pris pour un larbin, peut bien être un agent...

— C'est vrai !...

Et Totor expliqua :

— Les visages rasés, ce sont les cabots, les ratichons, les larbins et les roussins, il n'y a pas ! Alors ce ne peut pas être un cabot, n'est-ce pas?... Ni un curé, puisqu'il n'en avait pas le costume !... Un larbin?... Un larbin de qui?... Pas de la famille, car elle aurait agi par elle-même... Ce ne peut donc être qu'un agent !...

— Pourquoi un agent ?

— S'il a été chargé de faire une enquête...

— Mais il a parlé de la mère de Liette, — dit Mariette, — il a dit qu'il la connaissait...

— C'est pour faire jaser la pipelette qu'il a dit ça... Ce n'était pas malin de savoir que la mère de Liette est morte à Paris, il y a dix ans, puisque la mère Sophie a dû le dire au juge quand il l'a interrogée.

— C'est vrai !...

— Alors pourquoi cette enquête ?... Que veut-on à Liette?...

— Elle le saura quand elle verra le juge.

— Puis, quoi ! il n'y a pas à se turlupiner pour ça, — conclut Totor. — On n'a rien à dire à Liette... Elle n'est pour rien dans l'affaire des courses, et elle est bien libre de faire ce qui lui plaît...

Liette arriva toute tremblante chez le juge d'instruction.

Pierre, qui avait demandé son après-midi à ses patrons, l'avait accompagnée, car elle se serait sentie perdue, dans cet immense Palais de Justice, où elle n'avait jamais mis les pieds.

Sa présence la rassurait un peu.

Il lui indiquait ce qui allait se passer ; il lui traçait ce qu'elle aurait à dire si on la questionnait sur sa situation actuelle, sur ses moyens d'existence.

Il l'attendrait dans le couloir pendant qu'elle serait dans le cabinet du magistrat.

Et la flamme de la bougie qui les éclairait, consumée, s'éteignit tout à coup. (P. 309.)

L'interrogatoire de Liette fut fort simple.

Le juge d'instruction voulait seulement trouver de nouvelles charges contre l'inculpée, qui continuait à s'obstiner à nier.

Il lui semblait que cette jeune fille, qui vivait avec Sophie Ardusson, pourrait l'éclairer sur sa manière de vivre et sur ce qui s'était passé après le vol.

Mais il eut bien vite compris que Liette ne savait rien ; son accent de franchise, son ingénuité même, ne permettaient aucun doute à cet égard.

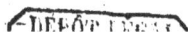

Elle ne pouvait être qu'absolument sincère en disant qu'elle ignorait que Mme Ardusson allait aux courses.

Elle ne l'était pas moins en affirmant qu'elle ne s'était doutée de rien, qu'aucun fait n'avait pu lui faire comprendre qu'un vol avait été commis.

Liette raconta avec une entière sincérité ce qui s'était passé le dimanche; elle dit son inquiétude en ne voyant pas rentrer Mme Ardusson à l'heure habituelle, et elle avait cru à cette histoire de travail perdu et de retard causé par les occupations de maman Sophie...

Tout cela ne la frappa point. Elle s'attendait à ces questions.

Mais lorsque, au moment de dicter le résumé de sa déposition au greffier, le juge l'interrogea sur elle-même, lui demanda de simples renseignements d'identité, elle se troubla.

A la première question, elle répondit :

— Je m'appelle Liette Darcis.

Et elle dicta elle-même l'orthographe de son nom, telle qu'elle la croyait.

— Quel est votre âge? — demanda M. Guyot.

— Dix-sept ans.

— Vous n'êtes ni prente ni alliée avec l'inculpée ?

— Non, monsieur ?

— Où êtes-vous née ?

Liette ne sut que répondre, et elle dût, toute confuse et embarrassée, expliquer sa situation au magistrat.

Elle dit comment, après la mort de sa mère, une dame, sa marraine, croyait-elle, l'avait confiée à Mme Ardusson, avait donné une adresse à laquelle on avait vainement écrit, et finalement n'avait jamais reparu.

S'intéressant à elle, mû par cette sympathie naturelle qu'elle inspirait à son insu, le juge d'instruction la questionna sur les conséquences qu'avait eues pour elle l'arrestation de celle qu'elle appelait « maman Sophie », et Liette lui dit qu'elle vivait maintenant chez une amie, Mlle Mariette Rémy, couturière, avec qui elle travaillait.

Mais cela suffit pour renouveler et justifier toutes les inquiétudes de la pauvrette qui devinrent de véritables angoisses.

Quand elle fut libre, Liette rejoignit Pierre et lui raconta ce qui venait de se passer dans le cabinet du juge.

Elle ne lui parla que de ce qui la concernait.

Elle avait peur, — se souvenant de la menace de l'intervention de l'Assistance publique, — d'être séparée de son fiancé.

Sa peine, que Pierre ne parvenait pas à cacher, devint une véritable épouvante quand, sur le pont St-Michel, elle remarqua derrière elle un individu, au visage rasé, qui l'observait et qui avait l'air de la suivre.

Elle se rappelait l'avoir aperçu rôder à l'entrée de la longue galerie des juges d'instruction.

Elle l'avait vu sortir du Palais en même temps qu'elle.

Cet homme devait être celui qui était déjà venu questionner la concierge de la rue des Martyrs...

Il n'en fallut pas plus pour l'épouvanter.

Ce devait être un agent : Totor l'avait dit.

Il en avait l'allure sournoise, le visage madré, les regards fuyants et pleins de finasserie.

Cet homme la surveillait.

Cependant Liette ne le vit pas monter dans l'omnibus de la place Pigalle qu'elle prit avec Pierre pour retourner chez Mariette. Il s'était arrêté au coin du quai, sans la perdre de vue jusqu'au moment où la lourde voiture s'ébranla.

Alors seulement elle osa en parler à son fiancé.

Evidemment on s'occupait d'elle, on la faisait rechercher, on la surveillait.

L'enquête à laquelle cet homme se livrait coïncidait avec les questions du juge d'instruction sur sa situation.

Liette pressentait un danger autour d'elle.

Si on allait la séparer de son fiancé ?...

Elle ne se sentait pas en sûreté.

Désormais, chaque jour elle aurait peur que quelqu'un vînt la chercher et l'emmener, pendant que Pierre ne serait pas là.

Elle ne vivrait plus tranquille.

Et Pierre, alarmé comme elle, — car la frayeur est communicative et l'épouvante facile lorsque l'être aimé est mystérieusement menacé, — Pierre songea à mettre Liette en sûreté.

Jamais il ne la laisserait tomber au pouvoir de l'Assistance publique.

Mais ce n'était pas elle, assurément, qui devait la faire rechercher ; on savait où Liette se trouvait, on y serait déjà venu.

Ces recherches devaient plutôt être faites à l'instigation de quelqu'un qui s'intéressait à Liette.

Qui ?... Elle ne se connaissait pas de parents.

Sa mère était morte ; elle n'avait jamais connu son père...

Son père ?... Quel droit avait-il sur elle, cet homme qui ne l'avait seulement pas connue, dont elle n'avait eu aucune caresse, aucune affection, dont elle n'avait même pas vu l'image.

Alors qui ?...

Sa marraine ?... Cette femme qui, après l'avoir confiée à Mme Ardusson, avait disparu ?...

Il y avait bien des chances pour qu'elle fût morte, car elle ne pouvait comprendre sans cela sa disparition.

Le reste de sa famille, si elle en avait une, ne l'intéressait pas.

Elle ne voulait aller avec personne.

Elle voulait, rester avec son Pierre, rien qu'avec lui, et maintenant, en présence de Mariette, qu'on venait de mettre au courant de tout cela, épouvantée jusqu'à l'affolement, Liette s'attachait à lui du lien de ses deux bras noués autour de son cou, elle se serrait contre lui et elle lui disait :

— Gardez-moi à vous !... ne me laissez pas prendre par ces gens que je ne connais pas, que je n'aime pas... qui n'ont jamais eu pitié de moi et que je ne veux pas connaître... Emmenez-moi, Pierre... Cachez-moi pour qu'on ne me trouve pas... Oh ! je vous en prie... partons !... partons !...

Elle implorait, elle suppliait.

Et Pierre, très ému, sentant battre son cœur contre le sien, avait déjà pris une résolution.

— Oui, je vais vous emmener et vous cacher, — lui dit-il. — Personne ne vous enlèvera à mon amour, je vous le jure !...

Et il expliqua ce qu'il venait de concevoir.

— Je vais vous conduire à la Tour de Villebon, dans le bois de Meudon... Je connais les personnes qui tiennent cet établissement ; ce sont des personnes très honorables... Elles me rendront le service que je leur demanderai.

Et il expliqua la situation de la Tour de Villebon que Mariette et Totor connaissaient bien.

Il dit que c'était un établissement du bois, où les Parisiens vont le dimanche, où l'on boit, où l'on fait de la musique, où l'on dîne les soirs d'été, où les duellistes de la presse vont souvent vider leurs querelles.

Il y a des chambres, on y prend des pensionnaires, bien qu'ils soient fort rares.

— Là, vous serez près de moi... J'aurai à peine trois quarts d'heure de chemin pour aller vous rejoindre... Et puis vous ne serez pas seule... Vous serez avec ces personnes que je connais, Mᵐᵉ Maillart, sa fille et son fils, qui tiennent la Tour de Villebon... Cela vous fera une société pendant la journée, et vous pourrez y travailler aussi bien qu'ici... Pendant la semaine, il n'y a à peu près personne... Le dimanche, nous partirons de bon matin, et nous retrouverons quelque part Mariette et Totor à qui j'aurai donné rendez-vous... Ainsi vous ne serez pas là pendant qu'il y aura trop de monde... Tous les soirs, je viendrai vous rejoindre et nous dînerons ensemble..

Alors on prit, un peu puérilement, des précautions inimaginables pour dépister la surveillance de cet homme qui semblait s'être attaché à Liette.

Il fut convenu que Liette partirait le lendemain matin, de très bonne heure, le visage couvert d'une épaisse voilette, avec Totor, qui la conduirait au bateau de Saint-Cloud, pour le premier départ.

Pierre les attendrait au ponton du Bas-Meudon et il conduirait Liette à la Tour de Villebon.

Tout était prêt lorsque les deux fiancés arrivèrent.

Le jeune mécanicien était venu voir auparavant les propriétaires de l'éta-blissement, avec qui il s'était entendu pour fixer le prix de la chambre et de la pension de Liette.

Il avait expliqué qu'il s'agissait d'une jeune fille, sa fiancée, — on pensa sa maîtresse, — qui avait besoin de passer quelques semaines au bon air pour se rétablir.

Dans le grand pavillon du fond du jardin, on avait préparé une chambre, vaste et bien claire, gaie avec ses horizons de verdure, admirablement enso-leillée, où rien ne manquait, où tout était propre, coquet, malgré la banalité de « meublé de location »; surtout pour Liette habituée au petit logement de Clamart.

Aussi, quand elle se trouva seule avec Pierre, elle sourit et son visage rayonnait tandis qu'elle se jetait à son cou et l'embrassait pour lui dire encore une fois son amour.

Et là, dans cette chambrette, il lui semblait qu'elle était encore plus à lui, qu'elle était définitivement à lui.

Il y avait autour d'elle une atmosphère d'amour, car des amants nom-breux avaient dû se succéder dans cette chambre, à l'issue des parties fines, attardés en plein bois.

Elle aimait maintenant avec la passion inconsciente de la chair, en même temps qu'avec toute la conscience de l'âme, et l'énervement qui suit l'épou-vante la rendait plus tendre encore, lui donnait plus d'abandon.

Ils passèrent ainsi toute la journée, car Pierre ne voulut pas la laisser seule le premier jour; — il avait fait prévenir à l'usine par un apprenti habi-tant près de chez lui, disant qu'il était indisposé.

Puis, le soir, après le dîner, quand ils eurent longuement causé de tout, de ce danger surtout auquel Liette croyait avoir échappé, Pierre ne parvenait plus à se détacher d'elle.

Il ne se sentait plus la force de la laisser seule.

Et Liette le retenait à chaque instant, quand il regardait l'heure, calcu-lant le temps pour rentrer chez lui.

Elle l'enlaçait et le couvrait de baisers, le remerciant encore de l'avoir sauvée de ceux qui voulaient la séparer de lui, ne sachant comment lui témoi-gner sa reconnaissance.

Et Pierre affolé la prenait entre ses bras, l'étreignait avec passion et répondait ardemment à ses caresses.

Ils se tutoyaient, dans cette amoureuse confusion de leurs deux êtres, et ils se répétaient avec ivresse :

— Je ne veux être qu'à toi !... Je ne veux plus te quitter !... Je t'aime !... Je t'aime !...

Et la flamme de la bougie qui les éclairait, consumée, s'éteignit tout à coup.

XX

L'AMI DE SOPHIE ARDUSSON

Francis Couart, — le croque-mort auquel Sophie Ardusson s'était adressée, — avait cherché tout de suite à se procurer les renseignements qui lui étaient demandés.

Cela remontait loin, ce décès : dix ans !

Il avait fallu aller aux archives de l'Administration des Pompes funèbres, et l'archiviste s'était prêté de bonne grâce aux recherches, convaincu, ainsi que le porteur le lui disait, qu'il s'agissait d'une personne qu'il avait connue autrefois et dont la famille pouvait s'intéresser à lui.

On avait feuilleté les vieux registres de l'année 1868, mais on y avait cherché inutilement le nom de Darcis.

Plusieurs fois l'archiviste lui avait déjà répété :

— C'est bien Darcis ?

— Oui, Darcis... madame Darcis... Elle est morte à Paris au moins de juin 1868, — expliqua l'ami de Sophie Ardusson.

Et l'on ne trouva pas ce nom dans tous les convois funèbres de juin, ni dans ceux de mai et de juillet que l'on parcourut plusieurs fois, lisant même tous les noms l'un après l'autre.

L'archiviste consulta la table alphabétique de l'année et ne trouva rien encore.

— Voyons, vous devez faire erreur, — dit-il, — ce ne peut être Darcis, le nom de cette dame !...

— Sa fille s'appelle pourtant mademoiselle Darcis, — riposta le croque-mort.

— Ce n'est pas une raison...

— Comment cela ?

— Dame, c'est bien simple pourtant !... L'enfant porte le nom de son père... Si c'est la mère qui est morte, la déclaration de son décès doit être faite à son nom de famille à elle, avec la mention épouse Darcis.

— C'est juste.

— Attendez, nous allons voir.

Et de nouveau on feuilleta le registre pour chercher ce nom de Darcis parmi ceux des femmes mariées décédées au cours de l'année, et on ne trouva rien.

— Voyons, êtes-vous bien sûr que ce décès a eu lieu en 1868 ? — demanda alors l'archiviste.

Ces recherches infructueuses commençaient à l'impatienter.

— Absolument sûr, — répondit Francis. — La fille de cette dame se le rappelle fort bien...

— Etait-elle mariée seulement?... Car enfin elle pouvait être connue sous le nom de son amant, si c'est ce nom-là que porte la jeune fille.

— Ah! voilà ce que je ne sais pas.

— Eh bien! renseignez-vous, et puis nous verrons, — conclut le bureaucrate. — Sachez le nom exact sous lequel le décès a été déclaré... Alors on pourra chercher utilement.

— Oui, je verrai.

L'ancien garçon de lavoir n'avait pas prévu cette difficulté.

Le service que madame Sophie l'avait prié de lui rendre devenait impossible.

— Ma foi, j'irai lui dire ça samedi, puisque je lui ai promis d'aller à Clamart, — pensa-t-il.

Et il s'y rendit.

L'étonnement de Francis fut grand quand, rue de Paris, au domicile de madame Ardusson, il ne trouva que visage de bois.

Cependant il ne fut pas longtemps à avoir l'explication de son absence, car une voisine, l'ayant entendu frapper à plusieurs reprises à la porte du rez-de-chaussée, lui cria du haut du palier :

— C'est pour madame Ardusson?

— Oui, madame... — répondit le croque-mort, qui demanda en même temps : — Savez-vous si elle doit tarder à rentrer?

— Ah! je vous crois! — fit la commère en descendant.

— C'est étonnant... Elle m'avait dit de venir aujourd'hui...

— Ce n'est pas de sa faute si elle n'est pas là !...

Puis, surprise en reconnaissant l'ancien garçon de lavoir de Thomas Ardusson :

— Ah! mais je vous reconnais !... — s'écria-t-elle. — Vous étiez à la blanchisserie dans le temps?

— C'est ça.

— Et vous veniez voir mame Ardusson?... Vous ne savez donc pas la nouvelle ?...

— Quelle nouvelle?

— Elle a été arrêtée... Oui, arrêtée pour vol, lundi soir, en revenant de Paris.

Et la voisine conta complaisamment tout ce qu'elle savait, à la grande stupéfaction de l'ami de madame Sophie.

Alors Francis parla de Liette.

Si toutefois elle attendait le renseignement qu'il avait promis de se procurer, puisque, en somme, c'est elle que cela intéressait, il pourrait lui faire part de la stérilité de ses recherches.

— Mamzelle Liette, elle est partie le jour même avec son amoureux, monsieur Duval, un mécanicien de l'usine Rollinet, — dit la médisante commère. — Elle ne s'est pas fait beaucoup de mauvais sang, allez !... Elle n'était déjà pas très tenue avec mame Ardusson, qui n'y était jamais et qui par suite ne la surveillait guère ; mais du coup elle se trouvait tout à fait libre. Aussi elle en a profité.

Francis réfléchissait en s'en allant.

Ce qu'il venait d'apprendre lui ouvrait des horizons.

Il se défiait de madame Sophie maintenant et pensait qu'il devait y avoir quelque chose sous cette demande de renseignements soi-disant en vue d'un mariage.

D'abord, il ne pouvait guère être question de mariage pour Liette puisque, ainsi que la voisine l'avait dit, elle avait filé avec son amoureux.

D'autre part, il avait causé bien des fois, dans le temps, de la petite avec la sœur de son ancien patron, et il se rappelait fort bien qu'elle lui avait dit que Liette devait appartenir à une grande famille.

L'éducation que madame Sophie lui avait fait donner dans un couvent, comme à une demoiselle, et qu'elle n'avait certainement pas payée de sa poche, le prouvait surabondamment.

Alors qui sait si cette roublarde de Sophie ne cherchait pas tout simplement à retrouver la famille de la petite pour en tirer quelque chose ?...

Elle en était bien capable !...

Ce vol aux courses, pour lequel madame Ardusson avait été arrêtée, ne causait aucune émotion amicale à Francis.

Sa sympathie n'allait pas jusque-là.

Au contraire, en cette circonstance, c'était une véritable bonne fortune.

— Cette sacrée Sophie ne cherchait tout simplement qu'à me ficher dedans, — se dit-il ; — la preuve c'est qu'elle ne m'a rien dit... Elle m'a embobiné avec cette prétendue histoire de mariage, et elle m'aurait fait tirer les marrons du feu sans seulement m'inviter à y goûter... Alors je peux bien manœuvrer sans elle...

Du reste, les scrupules ne gênaient aucunement l'ancien garçon de lavoir qui était apte assurément à toutes les besognes.

S'il est vrai que la laideur physique est l'image de la laideur de l'âme, celle de Francis Couart devait être bien vilaine. — Il était grêlé, avec des petits yeux vrillés, une bouche sans lèvres, un nez camus à peine indiqué à sa base et de larges oreilles en auvents.

Il était bien décidé à s'occuper de Liette, et, faisant le même raisonnement que Sophie Ardusson, il se disait

Il avait retrouvé Fifine, et Fifine ne paraissait pas du tout fâchée de la rencontre. (P. 319.)

— Si la famille de la petite a de la fortune, comme c'est probable, il y a peut-être gros à gagner !...

Et il raisonnait sur cette hypothèse, en allant voir des amis, qu'il avait laissés à Clamart et qu'il n'avait pas vus depuis longtemps.

— Qui sait si la dame qui a remis Liette à madame Sophie n'a pas cherché tout bonnement à la faire disparaître afin de n'avoir pas à lui rendre compte de sa fortune ?...

Cette idée lui paraissait absolument juste, en examinant les faits antérieurs qu'il connaissait.

— Parbleu ! c'est bien ça !... La mère de la petite meurt, et certainement c'était une dame qui possédait quelque chose, qui devait même être riche... Alors l'autre prend l'enfant, la confie à madame Sophie, lui remet une certaine somme pour qu'elle aie confiance et se tienne tranquille, puis ni vu ni connu, elle disparaît... Et elle n'a, comme ça, de compte à rendre à personne !...

Pour être sûr de ne pas se tromper, Francis ajouta philosophiquement :

— Si ce n'est pas ça, c'est autre chose !... Mais, à coup sûr, il y a quelque manigance là-dessous !...

Et il résolut de faire tout ce qu'il pourrait pour le savoir.

Aussi, il abrégea fort les visites qu'il fit à ses amis et, après une tournée redoublée chez le marchand de vins, il revint à Paris.

Avant tout, il fallait découvrir l'acte de décès de la mère de Liette.

Ce serait le point de départ qui le conduirait à la famille.

— Darcis !... Darcis !... — se disait le croque-mort. — Il doit bien y avoir à Paris quelqu'un qui connaît ce nom-là !...

Et il en revenait toujours à la date du décès.

Mme Sophie avait raison ; c'est par là que les recherches devaient être le plus facile.

Mais sous quel nom avait donc été déclaré le décès de la mère de Liette, puisque, ainsi que l'avait dit avec raison l'archiviste, elle devait avoir été inscrite sous son nom de famille ?

Et Francis revint aux archives de l'administration des Pompes funèbres.

Cette dame était morte et inhumée à Paris, il devait donc arriver à trouver son convoi.

Cette fois, par exemple, il éplucha soigneusement, un à un, tous les noms.

La mémoire lui revenait et il se rappelait plus nettement tout ce que Mme Sophie lui avait dit dans le temps au sujet de la petite.

La mère de Liette était morte presque subitement; l'enfant l'avait raconté à maman Sophie.

Elle avait dit le nom de l'église où le service religieux avait été célébré : Notre-Dame de Lorette. Ce nom l'avait frappée.

C'était un indice.

Il n'y avait qu'à voir, parmi les convois de cette époque, dans les premiers jours de juin, ceux dont le service avait eu lieu en cette église.

Francis, qui opéra les recherches lui-même, avec le consentement de l'archiviste, en trouva un certain nombre, qu'il nota soigneusement sur son calepin.

Il ne prit note, bien entendu, que des décès de femmes, ce qui effectuait déjà une première élimination.

Une seconde sélection s'opérerait d'après la nature de la mort, puisque celle de cette dame avait été presque subite, et de ce fait, les recherches seraient facilitées puisque toutes les personnes, dont le service avait eu lieu à Notre-Dame de Lorette, devaient être décédées dans le IXᵉ arrondissement.

Ce fut donc à la mairie de la rue Drouot que se rendit l'ami de Sophie Ardusson, avec la liste de noms qu'il avait relevée.

Après d'assez longues recherches, facilitées, par l'obligeance de l'employé du service des pompes funèbres qui a son bureau à la mairie, il s'arrêta sur ce nom :

ODELINE-HENRIETTE DE CHARLEVAL, *vingt-neuf ans, née à Saint-Gemmes-sur-Loire (Maine-et-Loire), fille du marquis Claude de Charleval et de Marguerite-Sébastienne d'Auvernon, son épouse, tous deux décédés.*

Les causes de la maladie, sur le certificat de décès, étaient indiquées : « Pneumopéricardite aiguë. »

Le domicile mortuaire : « Rue Clauzel, 17. »

— Si c'était elle !...

Francis entrevoyait déjà toute une sombre histoire, un véritable drame de famille, une immense fortune.

Et il ne se trompait pas. Ce décès s'appliquait admirablement à tous les détails qu'il connaissait.

Mais, de ce nom de Charleval à celui de Darcis, il y avait loin.

Enfin, il en serait quitte pour reprendre différemment ses recherches s'il avait fait fausse route.

Rue Clausel, il s'adressa à la concierge. — Par bonheur pour lui, c'était toujours la même depuis dix ans, Mᵐᵉ Robin.

Le croque-mort fournit comme prétexte à ses recherches un ordre donné par son administration, sans qu'il sut dans quel but. Il s'agissait de rechercher la fille de cette dame de Charleval décédée dans la maison.

Le drôle manœuvrait très habilement, car il était certain que, s'il y avait une enfant, ce serait une coïncidence de plus, une forte présomption de succès.

Mais ce nom de Charleval ne disait rien à la concierge. Elle avait beau fouiller ses souvenirs, elle ne se le rappelait pas.

— Je me souviens fort bien de cette dame, — dit-elle. — Sa mort m'a fait assez d'impression ; mais le nom... Si mon mari était encore de ce monde, il aurait mieux pu vous le dire que moi, car c'est lui qui est allé déclarer le décès à la mairie. Mais il est mort il y a deux ans.

— Et votre mari s'appelait ?...

— Joseph Robin.

— C'est bien le nom que j'ai vu au bas de l'acte de décès, — dit Francis.

— Alors, c'est que cette pauvre dame s'appelait comme vous dites... Oh ! la pauvre petite dame, elle est morte en passant le seuil de la maison... On la rapportait sur une civière, car elle était tombée dans la rue... une maladie de cœur...

— Elle était votre locataire ?

— Non, elle n'habitait pas Paris ; elle n'y était que de passage... C'est une des locataires de la maison, une demoiselle qui donnait des leçons de piano qui la rencontra juste au moment où elle tombait sans connaissance... Et elle l'a fait transporter chez elle, ici, au troisième, afin de la soigner, et comme je l'ai dit, cette pauvre petite dame est morte en arrivant.

— Avait-elle une petite fille ?

— Oui... un amour d'enfant. — répondit Mme Robin. — Une belle fillette de sept ans, blonde, jolie comme un cœur, belle comme un ange...

— Savez-vous comment elle s'appelait... son petit nom ?...

— Ah !... attendez... un drôle de nom...

— Liette ?...

— Oui... C'est ça... Liette !... Oh ! la pauvre petite, ce qu'elle pleurait quand elle sut que sa maman était morte !... Une douleur, je n'aurais jamais cru qu'une enfant de cet âge put en avoir une pareille...

Francis dissimulait la joie du succès qui l'emplissait.

Il avait encore quelques renseignements à demander à la complaisante concierge.

Il fallait essayer de comprendre pourquoi cette différence de nom entre celui de l'enfant et celui de la mère.

— Vous ne savez pas si cette dame était mariée ? — questionna-t-il.

— Elle devait l'être... Il me semble en avoir entendu parler, — dit Mme Robin.

— La petite s'appelle Liette Darcis... Est-ce que vous n'avez pas entendu prononcer ce nom ?

— Darcis !... non...

— Et cette demoiselle... le professeur de piano....

— Mam'zelle Dubourg...

— Oui... Qu'est-elle devenue ?...

— Ma foi, voilà ce que je ne pourrais vous dire. Depuis ce temps-là, je ne l'ai jamais plus revue... Elle a déménagé quelques jours après la mort de son amie et elle est partie avec la petite qui avait trop grand chagrin et qui serait tombée malade si on l'avait laissée plus longtemps dans cette maison où sa pauvre mère était morte.

— Savez-vous où elle est allée demeurer ?

— Non... Je ne me le rappelle pas, si toutefois je l'ai su.

Ce que savait l'ami de Sophie Ardusson lui suffisait.

Il n'y avait pas d'erreur possible. Liette était bien la fille de cette dame Odeline-Henriette de Charleval.

Il pensa qu'il pourrait toujours éclaircir plus tard la cause de cette différence de noms entre la mère et la fille.

Maintenant, avec l'acte de décès de Mme de Charleval, il se procurerait aisément son acte de naissance et alors tout s'expliquerait peut-être.

En attendant, il tirait cette déduction :

— La petite Liette doit être un enfant naturel... Le nom qu'elle porte ne peut être que celui de son père, qui l'a reconnue... Si sa mère avait été mariée, cela serait indiqué dans l'acte de décès.

Il se fit délivrer une copie de cet acte et aussitôt après il se mit à la recherche de Liette.

Sans savoir encore ce qu'il pourrait faire, il importait à Francis de ne pas perdre de vue cette jeune fille.

Les recherches, de ce côté, furent des plus faciles.

En suivant Pierre Duval, qu'il se fit indiquer à Clamart, le croque-mort arriva à la rue des Martyrs.

Il se mit en observation et il parvint à apercevoir Liette, qu'il reconnut sans hésitation, bien qu'il ne l'eut pas vue depuis près de sept ans.

Il fut frappé de sa beauté, saisi surtout par son air de distinction.

Evidemment cette jeune fille ne pouvait appartenir qu'à une excellente famille.

Et Francis s'adressa à la concierge de Mariette.

C'est de lui que Mme Charles avait parlé à Liette. — C'est lui, avec son visage entièrement rasé et son air sondeur, que l'on avait pris pour un agent de la sûreté.

C'est lui encore que Liette avait aperçu au Palais et ensuite sur le pont Saint-Michel.

Le drôle s'applaudissait de l'excellente inspiration qu'il avait eue en faisant ces recherches.

Il bénissait Mme Sophie de l'avoir mis sur la voie en s'adressant à lui.

— S'il y a quelque chose à gagner, tant vaut-il que j'en profite, — se disait-il, bien décidé à faire n'importe quoi. — Elle est au bloc, la mère Sophie, alors elle ne peut rien... Et puis je ne lui dois rien... Elle ne m'aurait pas donné un radis puisqu'elle comptait manœuvrer sans moi.

Le croque-mort calculait le parti qu'il pourrait tirer de cette situation, en conjecturant sur le cas de Liette.

— Sa famille ne sait peut-être pas ce que cette enfant est devenue... On a dû la croire morte... Cette demoiselle Dubourg l'a fait disparaître et doit avoir profité de la mort de son amie... Alors la famille payera tout ce que je voudrai quand je lui annoncerai que je peux lui faire retrouver cette enfant.. Il y a le père, d'abord, ce Monsieur Darcis qu'il me faut retrouver... s'il vit encore...

Enfin il faut voir, car du moment que la mère Sophie comptait s'occuper de ça, c'est qu'elle savait bien qu'il y a quelque chose à en tirer.

Seulement pour mener à bien une entreprise du genre de celle-ci, il aurait fallu avoir du temps et de l'argent, et Francis Couart n'avait ni l'un ni l'autre.

Pas plus dans la blanchisserie que dans les Pompes funèbres, il n'était parvenu à mettre de côté, et encore!... une somme au delà de celle qu'il fallait pour payer son terme, un petit logement de quatre cent cinquante francs par an, rue de la Roquette.

Quant au temps, son service à l'administration des Pompes funèbres ne lui laissait guère plus d'une journée de congé par mois.

Il est vrai que, de ce côté, si cela avait été nécessaire, il aurait pu tout de même s'arranger.

— Le chiendent c'est ce satané argent, — se disait-il. — Il me faudrait seulement une couple de cent francs...

Mais où trouver une pareille somme ?

— Si la bourgeoise pouvait trouver ça, — pensa-t-il, — elle servirait au moins à quelque chose !..

Il y avait évidemment un reproche à l'égard de la compagne que le croque-mort appelait ainsi.

C'était un drôle de ménage que celui de Francis et Joséphine.

Un faux-ménage d'abord, car si l'ancien garçon de lavoir et Joséphine Lecreux étaient mariés, ils l'étaient séparément, chacun de son côté.

D'abord Francis, lorsqu'il était dans la blanchisserie de Gentilly, s'était marié, il avait épousé, d'abord de la main gauche, ensuite de la main droite, devant les menaces de la famille, une jeune domestique dont la possession lui aurait valu, sans cette réparation, une plainte en détournement de mineure.

Est-ce la contrainte en laquelle il s'était trouvé de donner son nom à sa maîtresse, qui lui fit moins apprécier l'affection de sa femme légitime ?... Le fait est que cette union, une fois consacrée par la loi, devint à charge à Francis, et qu'il s'empressa de la rompre, ayant flanqué carrément sa femme à la porte.

Depuis il n'en avait plus entendu parler.

Il y avait à peu près six mois que son oncle, le cocher de corbillard, l'avait fait entrer comme porteur aux pompes funèbres, lorsqu'il fit la connaissance de Joséphine Lecreux.

Francis était de service à l'enterrement d'un maçon qui avait été tué dans un chantier par la chute d'une brouette de moëllons, quant à l'église même, pendant l'absoute, il reconnut dans la veuve, Fifine, une petite blanchisseuse qui, toute gosse alors, avait été avec lui chez Thomas Ardusson, à Clamart.

Ce fut une véritable surprise !...

Parbleu, c'était bien la petite Fifine, il n'y avait pas d'erreur !... Fifine, avec qui il avait un peu galvaudé dans le bois de Meudon, car elle était plus précoce que vertueuse.

Ah ! sapristi !... Fifine s'était donc mariée ?...

Après tout il en avait bien fait autant lui, de son côté.

L'inhumation terminée, Francis se rendit chez le marchand de vins voisin du cimetière d'Ivry, où les quelques personnes de la suite, attablées, mangeaient de la charcuterie et du Gruyère en l'arrosant de quelques litres bus à la santé du mort, — un usage indéracinable dans certain milieu social.

La douleur de la veuve lui parut plutôt tempérée.

Il avait retrouvé Fifine, et Fifine ne paraissait pas du tout fâchée de la rencontre.

On eut tellement de choses à se dire pour se raconter tout ce qui s'était passé depuis, que la conversation ne put se terminer chez le marchand de vins où les gens de... — j'allais dire : « de la noce », — où les gens de l'enterrement étaient à peu près tous complètement ivres; Francis alla la continuer au domicile de la veuve où il la reconduisit... et la consola.

Cette pauvre Fifine, elle en avait eu des histoires, depuis la blanchisserie de Clamart !

Quand elle avait quitté Thomas Ardusson, pour suivre un blanchisseur qu'elle avait connu dans Paris, les jours où elle accompagnait la livreuse allant rendre le linge, elle était entrée au lavoir de Billancourt.

Puis elle avait été employée au lavoir Henri IV, sur le petit bras de la Seine, au Pont-Neuf.

Elle avait connu son mari à cette époque, et elle avait encore changé de condition : elle était entrée dans une teinturerie de Puteaux, pour passer peu après chez une apprêteuse du quartier de la Glacière, qui venait de la congédier récemment, un mois avant la mort de son mari.

Maintenant elle était sans ouvrage, et ce n'était pas drôle, car elle avait un enfant en nourrice, un petit qu'elle avait eu du temps qu'elle était à Billancourt.

Francis lui procura de l'ouvrage et lui fit donner des couronnes à perles par un entrepreneur d'objets funéraires, en même temps qu'il lui fit quitter le quartier de la Glacière pour venir habiter avec lui rue de la Roquette.

Le faux ménage marchait cahin-caha, car on s'y disputait ferme, surtout les jours où le croque-mort avait bu, ce qui lui arrivait régulièrement chaque fois que les pourboires d'un convoi avaient été convenables.

On s'y chamaillait aussi régulièrement une fois par mois, lorsque Fifine envoyait à la nourrice les trente francs de son mois, qu'elle avait eu bien de la peine à économiser.

En se demandant si la « bourgeoise pouvait trouver ça. », Francis pensait aussi à la fameuse cachette que Fifine avait certainement faite, car il la soupçonnait depuis longtemps de faire son magot.

Elle liardait assez pour ça, rechignant sur toutes les dépenses, refusant le moindre extra, et assurément on ne dépensait pas les cent vingt francs que le croque-mort apportait mensuellement à la maison.

Alors où passait l'argent, ce que gagnait Fifine avec ses couronnes, puisqu'il y avait à peine la somme voulue pour le propriétaire le jour du terme ?

Il fallait bien qu'elle eût une cachette !

Mais vainement Francis avait plusieurs fois fouillé toute la maison, un lundi de Pâques surtout, quand Fifine était allée en Normandie voir son petit ; il n'avait rien découvert.

Enfin en s'y prenant bien, peut-être arriverait-il.

Et il sut être habile. Il conta à Fifine l'histoire de cette petite Liette et la mit au courant de ce qu'il avait déjà découvert, en démontrant tout le parti à tirer de cette situation.

Il parvint à l'intéresser en faisant miroiter la forte somme que l'on pourrait obtenir de la famille en lui apprenant ce que cette jeune fille était devenue.

— Songe donc ce que je lâcherais les Pompes et toi les couronnes, si l'on avait une bonne petite somme !...

— Oh ! oui, alors...

— On irait tous deux dans la banlieue, du côté d'Aubervilliers par exemple, où l'on aurait presque pour rien une petite maison... Et l'on prendrait le gosse avec nous, — ajouta ce roublard de Francis en chatouillant par cette promesse la fibre maternelle de Fifine.

Du coup, Fifine fut conquise.

— Alors tu crois que ces gens-là, les parents de la jeune fille, marcheraient ?

— Parbleu !... ils paieraient ce qu'on voudrait.

— Mais s'ils sont morts !...

— On peut toujours s'en assurer... Ça m'étonnerait bien, — dit le croque-morts. — Pense donc cette petite est restée seule avec cette femme, le professeur de piano... Alors que s'est-il passé ?... Est-ce elle qui l'a confiée à la mère Sophie, ou bien l'a-t-elle remise à une parente qui s'en est débarrassée en la plantant à Clamart afin de n'avoir pas à partager la fortune ?...

— Oui, qui sait ?

— Ce n'est qu'en prenant des renseignements qu'on parviendra à tirer ça au clair, et alors, quand on saura de quoi il retourne, on pointera ses batteries du bon côté

— La Pommeraie!... C'est tout juste à l'opposé d'ici... Tenez, le voilà là-haut le château. (P. 324.)

Seulement, tu penses, — ajouta Francis, — il faudrait pouvoir faire quelques frais... Alors si on pouvait arriver à se procurer une pièce de cent à deux cents francs, on pourrait aller faire un tour par là-bas, dans le pays de la jeune fille...

— C'est loin ?

— En Maine-et-Loire, du côté d'Angers... Tu comprends, dans ces affaires-là, il faut agir par soi-même et ne se confier à personne... encore moins écrire ; une lettre reste.

— Bien sûr.

— Est-ce que tu crois que ton patron ne pourrait pas...

— M. Lorinard ?...

— Oui, en lui disant, par exemple... qu'il s'agit d'un petit héritage qui te revient et qu'il te faut deux cents francs pour payer les frais de succession.

— Je doute qu'il se laisse faire.

— Tape-le toujours.

Fifine ne s'adressa pas à son patron, mais, deux jours après, elle montra à son amant un billet de cent francs qu'une amie, disait-elle, une brave femme qui était avec elle à la teinturerie de Puteaux et qu'elle était allé voir, avait consenti à lui prêter.

Elle avait tout simplement pris cette somme dans sa cachette, car elle en avait une, sous le marbre de la commode, où elle entassait ses économies.

On ne sait pas ce que réserve l'avenir ; il est toujours bon d'avoir un peu d'argent devant soi.

Et puis il fallait songer au petit, qui avait neuf ans maintenant et qui ne pourrait pas rester toujours en nourrice.

— Cent francs !... Enfin c'est toujours ça !...

— Alors que vas-tu faire ?... Tu vas aller là-bas ?...

— Parbleu !... Je vais me faire porter malade sous le prétexte de mes douleurs ; le docteur me donnera de l'alcool camphré et m'exemptera de service pour la semaine.

— Tu pourrais partir demain soir, — dit Fifine impatiente, qui avait entière confiance dans l'affaire.

— Oui, demain soir.

Et le lendemain, en effet, Francis prenait le train d'Angers.

Ainsi que l'ami de Sophie Ardusson l'avait prévu, les recherches ne devaient pas être difficiles en ce qui concernait l'état civil de la personne dont il possédait l'acte de décès, sur lequel se trouvaient indiqués l'âge, le lieu de naissance et la filiation.

Ce qui l'embarrassait le plus c'était la manière de retrouver ce qui se rapportait à Liette Darcis, autour de laquelle il pressentait un mystère enveloppant sa naissance.

Les précautions de Valérie Dubourg, au moment de la déclaration de naissance de la vicomtesse d'Arcis avaient été prises avec la plus ingénieuse habileté, afin de ne laisser aucune trace permettant d'établir un lien entre Liette et sa mère.

C'est pour cela que, munie des papiers de la vicomtesse, qu'elle avait trouvés dans ses bagages à l'hôtel de la rue de Rivoli, elle avait fait faire, par le concierge de la rue Clausel, la déclaration de décès d'Odeline de Charleval en se basant uniquement sur son acte de naissance, sans indiquer sa situation matrimoniale.

Cet acte, avait-elle présumé, ne serait jamais relevé par personne, puisque toute la famille de Charleval se trouvait depuis longtemps éteinte.

Le décès de la vicomtesse pouvait même demeurer ignoré.

On la croirait partie, disparue, et au bout de quelques années, à la faveur de l'oubli, personne ne penserait jamais plus à elle.

Une seule personne aurait eu intérêt à connaître ce décès, le vicomte d'Arcis; mais il était probable qu'après sa conduite il n'oserait jamais tenter de se rapprocher de sa femme qu'il avait si odieusement trahie et outragée.

A la mairie de Saint-Gemmes, l'acte de naissance d'Odeline-Henriette de Charleval fut facilement retrouvé avec les indications que Francis Couard donna au moyen de l'acte de décès.

Il s'en fit délivrer un simple extrait sur papier libre, en attendant l'expédition de l'acte qu'il commanda, qu'il paya d'avance et qui lui serait remis le lendemain.

Par la découverte de cet acte, son enquête avait fait un pas en avant.

La naissance de la fille du marquis et de la marquise de Charleval était indiquée comme ayant eu lieu au château de la Pommeraie, situé sur le territoire de la commune.

La fille d'un marquis!... Cela ouvrait devant la cupidité du croque-mort des horizons pleins de promesses.

Il ne devait pas être difficile de se renseigner sur cette famille.

D'abord on pouvait toujours se faire indiquer où se trouvait le château.

La première personne à laquelle Francis s'adressa, une petite paysanne qui portait une marmite de soupe à des moissonneurs dans les champs, lui dit :

— La Pommeraie!... C'est tout juste à l'opposé d'ici... Tenez, le voilà là-haut le château.

Et, tournant le dos à la Loire, elle lui montrait au loin, de son bras étendu, deux tourelles qui pointaient au-dessus d'une ligne de grands arbres, l'une en poivrière, l'autre crénelée.

— Voyez-vous là-bas sur le coteau, derrière le petit bois de la Ches-naye ?... Eh bien ! ce sont les tours du château que vous voyez là !...

— Sais-tu à qui appartient ce château ? — demanda Francis.

— Ah ! ma fine, non... Je sais qu'y a une dame...

— Madame de Charleval peut-être ?

— Comment vous dites ?

— Madame la marquise de Charleval.

— Non... Je ne connais point ce nom-là...

— Et pour aller au château ?

— Pour y aller !... Tenez, le meilleur chemin c'est par le haut du pays, — expliqua complaisamment la petite paysanne. — Il faut que vous remontiez par la grande rue qui aboutit là-bas sur la place, et puis que vous laissiez le village à votre main gauche, en prenant la traverse que vous trouverez avant d'arriver à l'église... Vous passerez devant le pont du chemin de fer et vous irez tout droit devant vous... Vous remontrerez toujours jusqu'à ce que vous trouviez une avenue qui coupe le bois, tout en haut du coteau... Et de là vous verrez le château à travers les arbres. Vous en avez pour une petite heure de chemin.

Quelque chose disait à Francis qu'il faisait fausse route.

L'ignorance de cette fillette au sujet du nom de Charleval lui indiquait que le château ne devait plus appartenir à la famille du marquis.

Etait-il bien utile de faire cette course qui paraissait assez longue ?

Une petite heure !... Il se méfiait de ce renseignement qui, en langage de paysan, devait représenter un trajet beaucoup plus important.

— Enfin, on saura peut-être tout de même quelque chose, — dit-il en se décidant.

Il espérait surtout avoir l'occasion de se renseigner avant d'avoir accompli cette longue trotte.

Francis s'arrêta à l'extrémité du village, à mi-côte, au carrefour formé par deux routes, où se trouve érigée une croix de mission.

A quelques dizaines de mètres de là il avait aperçu une auberge, avec son rameau de houx pendu au-dessus de l'entrée, et une buse clouée sur la porte de l'écurie.

C'était la halte des rouliers qui traversent le pays.

En déjeunant, il trouverait bien moyen de causer, de se renseigner.

Et là, pendant qu'on lui préparait une omelette de deux œufs, il s'adressa à l'aubergiste qui lui déboucha lui-même une bouteille de petit vin d'Anjou, et il lui demanda s'il savait ce qu'était devenue la fille du marquis de Charleval.

Le bonhomme eut un mouvement qui marquait son étonnement.

Il avait l'air de dire : « Oh ! mais, ça remonte joliment loin !... »

Et, prenant un temps, comme on dit en langage de théâtre :

— La fille du marquis!... — fit-il, — Mme la vicomtesse... vous l'avez connue ?...

Francis dissimula le saisissement et la joie qui s'emparèrent de lui, et, sans le moindre embarras, il répondit :

— J'ai eu mon oncle au service de M. le marquis, et il y a une dizaine d'années au moins que je n'ai pas eu de ses nouvelles... Moi je suis en condition à Paris; alors, comme j'ai eu l'occasion de venir en Anjou pour le règlement d'une affaire de famille, du côté de ma femme qui est cuisinière dans la même maison que moi, j'ai pensé à me renseigner sur mon oncle... C'est pour ça que je parlais du marquis de Charleval.

— Le marquis est mort, il y a joliment longtemps... près de vingt ans à coup sûr, — dit l'aubergiste.

— Et sa fille... la vicomtesse...

— La vicomtesse d'Arcis?

Ce nom fit tressaillir le croque-mort.

— Oui...

— Elle est morte aussi... Je ne peux pas vous dire au juste combien il y a d'années, parce qu'elle n'était pas dans le pays... On dit qu'elle est morte à Paris...

— Et le vicomte d'Arcis?... — demanda encore Francis haletant, tant cette découverte était intéressante pour lui.

— Oh! M. d'Arcis, il y a encore plus longtemps.

— Il est mort?

— On n'a jamais su au juste... Je ne pourrais pas vous dire ce qui s'est passé, mais on n'a jamais pu savoir ce qu'il est devenu... on dit qu'il était parti à l'étranger... en Amérique...

— Mon oncle m'en avait parlé dans une lettre... Il y a bien longtemps... — reprit Francis qui espérait apprendre encore quelque chose. — Il y a bien dans les dix-sept à dix-huit ans de ça; c'est à l'époque où il venait d'avoir une fille...

— Oui, en effet, la vicomtesse a eu une fille.

— Qui doit être une grande jeune fille aujourd'hui!

— Si elle est toujours de ce monde, — dit l'aubergiste, — ce qui ne me paraît pas probable, car sans cela on aurait su ce qu'elle est devenue.

— Ah!... — fit le croque-mort qui ne voulut pas désabuser le brave homme afin de ne pas dire ce qu'il venait de comprendre. — Et le château alors ?

— Le château a passé en d'autres mains... Il appartenait à la famille de Charleval, n'est-ce pas?... Alors, à la mort de Mme d'Arcis il y a eu une nouvelle propriétaire, une dame... Mme de Chavanges...

Et, pour en revenir au prétexte dont il s'était servi pour provoquer ces explications, Francis reprit :

— De la sorte je n'ai pas grande chance de savoir où mon oncle est allé en quittant le service de M. le marquis... Je croyais qu'il serait resté avec sa fille, Mme la vicomtesse... Mais je vois que puisqu'elle est morte...

— Vous n'avez jamais eu de ses nouvelles?

— Jamais plus!... Il y a six ans que j'ai quitté la maison où je me trouvais à l'époque, ce qui fait que mon oncle ne pouvait pas savoir chez qui je servais... Et je comprends maintenant pourquoi je n'avais plus de lettres... Il n'a pas dû recevoir les miennes, puisqu'il n'était plus ici.

L'ami de Sophie Ardusson avait hâte maintenant de retourner à la mairie pour compléter les renseignements qu'il venait d'obtenir.

Aussi, dès qu'il eut terminé son déjeuner, il pria l'aubergiste de lui garder une chambre pour le soir, disant qu'il passerait peut-être encore vingt-quatre heures à Saint-Gemmes, et il redescendit la côte.

Quelle excellente aubaine!... Liette, petite-fille du marquis de Charleval!... fille du vicomte et de la vicomtesse d'Arcis!...

— Ce n'est pas possible qu'il n'y ait pas une fortune là-dessous!... — se disait le croque-mort.

Un espoir lui restait, car le vicomte, le père de Liette, pouvait être encore vivant.

— Mais que diable! y a-t-il là-dessous?... — se demandait-il fort intrigué. — La mère est morte, la petite a été placée chez la Sophie... Mais le père?... qu'est-ce qu'il faisait pendant ce temps-là?... Il était à l'étranger, il est donc probable qu'il n'a rien su!... Il croit peut-être que sa fille est morte comme sa femme...

Il réfléchit et eut une autre idée :

— A moins que ce soit lui qui, à la mort de sa femme, ait fait placer la petite chez la mère Sophie afin de n'en plus entendre parler!... Dame, ça me paraît assez bien combiné!...

Et au moment où il entra à la mairie, il se dit :

— Ce soir ou demain, en causant avec le bonhomme de l'auberge, il faudra que je me renseigne sur la fortune du vicomte.

En le reconnaissant, l'instituteur communal, qui est en même temps secrétaire de la mairie, lui dit étonné :

— Votre expédition n'est pas prête... Je vous ai dit demain matin. Je l'ai faite, la voici, mais il faut que je la fasse signer par M. le maire.

— Ce n'est pas pour cela que je reviens, — répondit l'ami de Sophie Ardusson. — J'ai besoin d'un autre acte d'état civil, si toutefois il est inscrit sur les registres de la mairie de Saint-Gemmes, et j'ai pensé que vous pourrez peut-être me le délivrer en même temps que l'autre.

— Un acte de décès?

— Non, un acte de naissance... Voulez-vous avoir la bonté de voir sur le registre si c'est ici qu'a été inscrite la naissance de la fille du vicomte d'Arcis?

— A quelle époque? — demanda l'instituteur qui n'était en fonctions que depuis trois ans.

— Mlle d'Arcis a dix-sept à dix-huit ans aujourd'hui, — déclara Francis qui, ayant rapidement fait un calcul mental, ajouta : — Ce doit donc être en 1860 ou 1861.

L'acte fut trouvé à la date du 30 novembre 1860.

— Voici... — dit l'instituteur. — Adrienne-Lia d'Arcis, fille de Stanislas-Adrien vicomte d'Arcis, âgé de trente ans, et de Odeline-Henriette de Charleval, âgée de vingt-deux ans, son épouse... Est-ce ça?...

L'orthographe du nom n'était pas celle que Francis connaissait. La mère Sophie devait l'avoir mal écrit en supprimant la particule.

Le prénom également n'était pas le même; mais le croque-mort pensa que Liette pouvait être le diminutif affectueux de Lia.

Aussi il n'hésita pas à répondre.

— Parfaitement, c'est bien cela.

— Vous voulez une expédition de cet acte?

— Oui, monsieur... Et je voudrais aussi, — ajouta l'ami de Sophie Ardusson, qui tenait à se munir de tous les documents, — que vous me donniez en outre l'acte de mariage de M. le vicomte d'Arcis.

Il fallut quelques recherches pour le trouver, car il ne pouvait en indiquer la date exacte.

Cependant, en cherchant au répertoire des années antérieures à 1860, on le découvrit à la date du 15 mai 1858.

Ces trois actes constituaient toutes les preuves de la filiation de Liette et, par suite, ses droits à la fortune de ses parents.

Deux points restaient cependant à éclaircir :

D'abord, qu'était devenu le vicomte d'Arcis?... Était-il toujours à l'étranger, ou était-il mort?

Ensuite, en quoi consistait la fortune de la mère de Liette et qu'était-elle devenue après sa mort?

Francis employa son après-midi, puisqu'il n'avait rien de mieux à faire, à une promenade du côté du château.

Il en approcha aussi près que le permettait sa vaste enceinte, embrassant une superficie considérable, une vingtaine d'hectares pour le moins, et faite d'un mur qui paraissait être de construction assez récente.

De loin, il aperçut l'édifice, un vaste château seigneurial, dans le style du xviie siècle, dont quelques fenêtres seulement étaient ouvertes.

... Croyez que je me repens... que j'ai honte... et je vous demande bien pardon !... (P. 336.)

La propriété, dont le croque-mort contourna en partie la vaste enceinte, était absolument close de toutes parts.

Cela semblait mort dans ce vaste domaine.

On apercevait bien, par la grille, malgré les épais massifs d'arbustes verts qui interceptaient la vue et protégeaient l'intérieur contre les regards indiscrets du dehors, des pelouses bien entretenues, des plate-bandes fleuries et bien ordonnées, mais rien qui décelât le mouvement, l'existence, la vie.

— Les propriétaires actuels sont sans doute absents, — pensa l'ami de Sophie Ardusson.

Le soir, à l'auberge du carrefour de la Croix, Francis prolongea la veillée avec l'aubergiste, sa femme et leur fille, avec qui il avait demandé à dîner afin de ne pas prendre son repas tout seul.

Il n'y avait, du reste, que lui comme voyageur en ce moment.

L'auberge ne logeait que bien rarement, seulement à l'époque des foires et des marchés.

Il parla du vicomte et de la vicomtesse d'Arcis, — toujours sous le prétexte de chercher à savoir ce que son oncle était devenu, car il pensait, disait-il, qu'à la mort du marquis de Charleval, il avait pu passer au service de M. le vicomte, qui alors l'aurait peut-être emmené avec lui à l'étranger, ce qui expliquerait son long silence, cette absence totale de nouvelles.

Puis, incidemment, sans paraître y attacher la moindre importance, il questionna sur la fortune de la famille de Charleval.

L'aubergiste était ancien dans le pays, et bien qu'il n'ait jamais rien eu à faire au château, il savait, d'après ce qu'on disait à l'époque, que le marquis de Charleval devait être fort riche.

Par conséquent, sa fille devait avoir reçu un fort beau patrimoine.

— Eh bien! à sa mort, qu'est-ce que tout cela est devenu? — demanda l'ami de Sophie Ardusson.

— Ça, on n'en sait rien!... — dit l'aubergiste. — Il faut croire que Mᵐᵉ d'Arcis a arrangé ses affaires avant de mourir... Il doit y avoir eu un tuteur nommé pour sa demoiselle et c'est probablement lui qui a réalisé, qui a vendu le château et qui administre ce qui lui revient, si, toutefois, comme je vous le disais ce matin, Mˡˡᵉ d'Arcis est toujours de ce monde.

C'est là, Francis le sentait, que se trouvait l'énigme.

L'abandon de Liette, les précautions prises pour qu'elle ne puisse jamais retrouver sa famille, semblaient indiquer assez nettement que l'on avait tout mis en œuvre pour la dépouiller.

C'est dans ce but que la dame, qui l'avait conduite chez la mère Sophie, avait dénaturé son nom et son prénom.

C'est pour cela qu'elle avait donné une fausse adresse et qu'elle avait si bien disparu.

— La mère Sophie a eu le nez creux de penser à cela, — se disait Francis — seulement elle s'y est prise trop tard... Elle a laissé passer trop de temps !... Où, diable ! retrouver quelque chose maintenant?...

Et il demanda :

— Comment, on n'a jamais plus eu de nouvelles de Monsieur le vicomte?

— Jamais plus personne n'en a entendu parler depuis le jour où il a disparu, — répondit l'aubergiste.

Et s'adressant à sa femme :

— N'est-ce pas, Francine? toi qui étais à l'époque à la ferme de la Saumurette.

— Non... On n'a jamais su exactement ce qui s'était passé, — répondit Mᵐᵉ Martin à son mari. — Tu te rappelles... C'était le moment de notre mariage.

— Pour sûr, que je m'en rappelle... Nous sommes allés chez le père Martin, en Touraine, et nous en sommes revenus l'année d'après, en laissant Lucie, que tu venais d'avoir, à la tante Berteux.

— Oui, et nous avons acheté l'auberge...

Ainsi, vous voyez, — ajouta Francine Martin, en s'adressant au voyageur, — voilà joliment du temps que nous sommes dans le pays, car ça remonte à 1858.

— Ça fait vingt ans tout juste.

— On a bien entendu dire qu'il y avait eu des affaires au château, mais on a jamais su au juste de quoi il s'agissait... Un beau jour, on apprit par Mathieu, le fils de la fermière de la Saumurette, que M. d'Arcis était parti... On ne savait pas : on croyait qu'il allait en voyage... Puis chez nous on ne s'occupait pas tant que ça des gens du château...

— Oui, mais c'est égal, — dit l'aubergiste, — d'après ce que tu m'as dit à l'époque, je serai bien étonné que le départ du vicomte n'ait pas eu pour cause celui de Mˡˡᵉ Suzanne...

— C'est ce qu'on a dit dans le pays... Mathieu disait bien que la fille de M. le comte était la maîtresse de M. d'Arcis et qu'ils étaient partis ensemble.

— Le comte !... — fit Francis très intéressé. — Quel comte ?

— Le comte de Villeroy, le père de mamzelle Suzanne, — répondit la femme de l'aubergiste. — C'est à eux qu'appartenait la ferme de la Saumurette où je travaillais à l'époque où je me suis mariée...

— Alors cette demoiselle Suzanne de Villeroy aurait été la maîtresse de M. le vicomte et serait partie avec lui ?

— On l'a dit... Mais vous savez, il ne faut pas toujours croire tout ce qu'on dit !...

— Et maintenant, Mˡˡᵉ de Villeroy...

— On ne sait pas... ce qu'il y a de sûr, c'est qu'elle a mal tourné... Ses pauvres parents en ont eu assez de chagrin... On dit qu'elle est à Paris, où elle a changé de nom... C'est le fils de l'adjoint qui a dit ça, lorsqu'il est revenu du voyage qu'il a fait à Paris l'année dernière, pour le concours agricole.

— Alors si le vicomte était avec elle on le saurait, — dit Francis.

— Bien sûr !... Pour moi le vicomte d'Arcis doit être mort depuis longtemps... Sans ça on l'aurait bien revu à la mort de sa femme.

Tous ces renseignements étaient bien vagues.

Il n'en résultait pas moins que la vicomtesse d'Arcis possédait une fortune personnelle considérable et qu'à sa mort cette fortune n'était pas revenue à sa fille.

Mais comment savoir ce qui s'était passé?...

Les choses avaient dû être réglées par un notaire, d'après les ordres de la personne qui avait pris en main les intérêts de la fille de la vicomtesse ; mais comment savoir le nom de cette personne ? comment connaître ce notaire qui s'était occupé de ce règlement de succession?

Rien de ce que se promettait le croque-mort n'était réalisable s'il ne parvenait pas à découvrir le patrimoine de Liette.

Francis était désappointé.

Il sentait une opération admirable et ne trouvait aucun moyen de la réaliser.

Il avait étudié la question sous toutes ses faces, il avait beau la tourner et la retourner en tous sens, il n'arrivait pas à une solution pratique.

Il était surtout fortement ennuyé à la perspective de ne pouvoir agir seul, par il sentait bien maintenant, en l'absence de tout renseignement, l'obligation d'avoir recours à Sophie Ardusson.

Ça l'ennuyait d'être obligé de partager avec elle les profits de cette opération.

Et cependant, comment faire?... Elle seule pouvait trouver la voie, car, à défaut d'autre indice, il faudrait bien rechercher la personne qui lui avait confié Liette.

Muni des trois actes d'état-civil qu'il s'était fait délivrer à la mairie de Saint-Gemmes, l'ancien garçon blanchisseur rentrait à Paris sans avoir trouvé encore aucun moyen d'arriver au but.

— Eh bien !... — lui demanda tout de suite Fifine. — Tu as réussi?...

— Réussi !... — fit le croque-mort d'un air ennuyé. — Oui et non... C'est-à-dire que j'ai maintenant toutes les preuves de la naissance de la jeune fille, mais rien en ce qui concerne la fortune qui lui revient.

Et il expliqua avec force détails tout ce qu'il avait fait.

— Oui, c'est vrai, — dit la perleuse de couronnes funéraires, — ça ne nous fait guère belle jambe de savoir quelle est la fille du vicomte d'Arcis, si nous n'avons pas autre chose à lui offrir...

— Car moi, j'y ai réfléchi pendant que tu étais là-bas, — ajouta-t-elle. — Je me disais que l'on pourrait s'adresser à cette jeune fille même, une fois qu'on connaîtrait sa famille et sa fortune... Ça présenterait moins d'inconvénients que d'agir du côté des parents qui pourraient t'accuser de chantage... C'est une chose qui se fait tous les jours ; il y a même des hommes d'affaires qui ne font que ça. Ils découvrent un héritage qui vous revient et puis ils viennent vous trouver et vous disent : « Je connais une succession à laquelle vous avez droit ; si vous voulez que je vous l'indique, vous allez me signer un papier par lequel vous vous engagez à m'en verser le quart, ou le tiers, ou même la moitié. » — C'est très régulier et personne ne peut défendre cela.. Seulement si on ne sait rien...

Tiens, il est venu une lettre pour toi, — dit tout à coup Fifine qui prit dans le tiroir de la commode un pli qu'elle avait ouvert en l'absence de son amant.

— Une lettre !...

— De la femme en question... Celle qui est en prison.

— Madame Sophie ?...

Et le croque-mort lut :

« Mon cher neveu. »

Il sourit à cette dénomination, comprenant fort bien que Sophie Ardusson lui donnait cette nomination pour faire croire à une parenté sous le couvert de laquelle on l'autorisait à lui écrire, les lettres des détenues étant lues par le directeur de la prison.

— Elle m'appelle son neveu... Elle n'est pas bête, la roublarde !

« Tu as appris sans doute en venant me voir à Clamart le malheur qui m'est arrivé et tu ne seras pas surpris par conséquent de voir que je t'écris de Saint-Lazare.

« Je viens, mon cher Francis, te demander de me rendre un grand service, car je n'ai plus que toi pour toute famille.

« Il s'agit de mes pauvres meubles qui sont restés là-bas et que je ne voudrais pas perdre. Le propriétaire est payé, même pour le terme courant, car on paye d'avance ; il n'y a donc aucun frais à faire, si ce n'est le peu que coûtera le transport.

« Je voudrais que tu voies le propriétaire, M. Michon, qui demeure dans la même maison que moi, au premier, et que tu t'entendes avec lui pour qu'il me laisse déménager.

« Je ne peux pas confier ça à Liette qui est trop jeune et qui ne saurait pas se débrouiller. La pauvre petite, elle doit avoir eu bien du chagrin en voyant le malheur qui m'est arrivé. Je voudrais aussi que tu t'intéresses à elle pendant que je suis ici, et que tu saches ce qu'elle fait. Elle travaille, elle a un bon métier et elle ne sera pas à la charge de la famille de son fiancé qui l'a recueillie.

« Je voudrais que tu loges tous mes meubles dans une petite chambre que tu me loueras le meilleur marché possible, à Paris, car maintenant je ne pourrai plus retourner à Clamart.

« Tu me rendras le plus grand service en faisant cela et je t'en serai bien reconnaissante.

« Je te recommande principalement les rideaux de ma chambre ; tu sais combien j'y tiens. Ils me viennent de mon pauvre frère, ton oncle, et ils appartenaient à la famille. Époussette-les bien après les avoir décrochés et enveloppe-les avec des serviettes; puis mets-y du camphre ou du poivre pour les préserver des mites, et rangè-les dans le panier à linge que j'ai conservé. Soigne-les bien pour que je les retrouve intacts.

« Je voudrais bien que tu puisses venir me voir et je pense que le juge d'instruction, M. Guyot, te donnera l'autorisation, sachant que tu es mon seul parent.

« J'ai bien des choses à te dire pour te faire comprendre le malheur qui m'est arrivé. Tâche donc de venir jeudi ou dimanche; ce sont les jours de parloir.

« Je t'embrasse bien fort, mon bon Francis.

« Ta pauvre tante Sophie, bien malheureuse,

« Femme ARDUSSON. »

— Eh bien ! elle est bonne, celle-là !... — s'écria Francis en riant. — Vois-tu, la tante Sophie!... Elle ne me flatte pas, tu sais!... Avoir une tante à Saint-Lazare!,..

— Oui... Je comprends... C'est pour qu'on te permette d'aller la voir.

— Je vois bien... Au fait, c'est peut-être ce qu'il y a de mieux, car pour arriver à quelque chose, il faut connaître la personne qui a amené la petite chez la mère Sophie.

— Tu n'as pas besoin de lui dire que tu es allé là-bas.

— Bien entendu !... Il s'agira de lui tirer adroitement les vers du nez...

— Oui, et puis pendant qu'elle est au clou, car elle n'est pas encore sortie, puisqu'elle n'est même pas jugée, on aura le temps de faire l'affaire avec la jeune fille.

— N'aie pas peur, je vais arranger ça, — dit le croque-mort avec résolution et confiance. — Il y a de la monnaie là-dessous, il faut qu'il en rap- plique ici !...

XXI

LE CRIME DE FLEURY-MEUDON

Un changement s'était produit dans la situation de prévenue de Sophie Ardusson.

Entreprise par le juge d'instruction qui possédait toutes les preuves, les preuves les plus formelles de sa culpabilité, elle avait fini par comprendre que ses dénégations obstinées et invraisemblables seraient plutôt nuisibles à sa cause.

Après bien des hésitations, la voleuse s'était décidée à faire des aveux.

Le projet d'exploiter le secret de la naissance de Liette, dès qu'elle l'aurait découvert, la perspective des profits avantageux qu'elle en tirerait, avait été pour beaucoup dans cette décision.

Elle avait compris qu'elle ne ferait, en persistant dans son système, que prolonger sa détention et se valoir une condamnation plus sévère.

Il fallait être libre le plus tôt possible.

En avouant, elle abrègerait sa prévention ; en manifestant d'hypocrites remords, elle se concilierait la bienveillance des juges de la correctionnelle.

Alors, dès qu'elle serait libre, elle pourrait reprendre l'affaire de Liette.

Elle ne serait pas sans ressources lorsqu'elle sortirait de prison, car il lui resterait les pièces d'or échappées à la perquisition, formant une somme de près de trois cents francs, qu'elle avait si ingénieusement cachés dans les glands de ses rideaux.

Pourquoi n'avait-elle pas dissimulé aussi habilement les billets que l'on avait trouvés au fond de son tiroir ?...

Enfin, avec cette somme, elle pourrait attendre et faire toutes les démarches nécessaires pour retrouver la famille de Liette.

Et la misérable avait aussitôt combiné tout son plan.

Lorsque le juge d'instruction la fit conduire, une dernière fois dans son cabinet, prêt à clore son enquête si elle persistait à nier, lorsqu'il l'adjura de nouveau de dire la vérité et d'avouer ce vol qui était amplement démontré, Sophie Ardusson, jouant supérieurement le rôle qu'elle venait de s'assigner, feignit une profonde émotion.

Elle eut d'abord des hésitations, entrecoupées de sanglots étouffés, témoignant la lutte qui se livrait en elle.

Puis tout à coup, elle répondit au magistrat qui, dupe de sa savante comédie, sentait arriver le moment des aveux :

— Eh bien !... oui... C'est vrai, monsieur le juge... Je suis coupable... Je l'avoue...

Et elle éclata en sanglots.

Puis, quand elle fut remise, félicitée par le juge pour sa franchise, encouragée désormais à dire toute la vérité, elle reprit :

— C'est épouvantable aussi, M. le juge, quand on n'a jamais rien eu à se reprocher... Je ne sais pas ce qui m'a pris... Je ne me serais jamais cru capable de faire cela... Alors, vous comprenez, si j'ai nié, c'est que j'avais trop honte... Écoutez, j'aurais préféré être morte !...

Et elle pleurait encore.

Alors M. Guyot reprit l'interrogatoire sous cette phase nouvelle.

Il fit faire à la prévenue le récit détaillé du vol et lui demanda ce qu'elle avait fait de l'argent que l'on n'avait pas retrouvé.

La réponse était facile. Sophie Ardusson devait un peu de tous côtés; elle s'en était servi pour payer.

Elle reconnut que c'était elle qui avait jeté le porte-monnaie par sa fenêtre afin d'éloigner les soupçons.

Elle reconnut toutes les charges de l'accusation.

Puis lorsqu'on la confronta de nouveau avec Mme Christol, Sophie Ardusson s'avança toute confuse vers elle, et elle lui dit en pleurant :

— Allez, Madame, croyez que je suis bien malheureuse... Si vous saviez tout, vous me trouveriez, malgré ce que j'ai fait, plus à plaindre qu'à blâmer... Je l'ai dit à M. le juge, car je n'avais plus la force de mentir, j'ai été affolée... Je ne savais plus ce que je faisais...

L'habile comédienne s'arrêta un instant pour laisser à son émotion de commande le temps de se calmer.

— Je venais de perdre tout ce que je possédais... tout ce qui me restait... même l'argent de la semaine que ma fille avait gagné par son travail... Alors j'ai vu votre porte-monnaie devant moi... Ah! pourquoi me suis-je trouvé là à ce moment!... Je n'ai pas pu résister à la tentation... Et vous savez ce que c'est le jeu?... On croit toujours se refaire... Je me disais : « Si avec ça je puis gagner la dernière course, je renverrai l'argent à cette dame, sans rien lui faire savoir »... C'est pour ça que j'avais conservé votre nom et votre adresse...

Cette argumentation était assez habile et elle convainquit à la fois la plaignante et le juge.

La voleuse poursuivit :

— Mais soyez tranquille, Madame, je veux réparer ce que j'ai fait... Dès que je sortirai de prison, je travaillerai et petit à petit je vous rembourserai ce qui manque... Nous travaillerons toutes les deux, ma fille et moi, pour vous payer jusqu'au dernier sou...

Pauvre petite!... — fit Sophie avec des larmes dans la voix, — quand je songe qu'elle est seule maintenant !... Ah! je vous en prie, Madame, ayez pitié d'elle, si vous ne voulez pas le faire pour moi... Ne m'accablez pas afin que j'aille bientôt la retrouver... Croyez que je me repens... que j'ai honte... et je vous demande bien pardon !...

Mme Christol, déjà émue, fut tout à fait touchée.

Le sort de cette jeune fille lui parut absolument digne d'intérêt

Après tout, elle avait obtenu satisfaction. La voleuse avait avoué et on lui avait rendu la plus grande partie de son argent.

Elle était heureuse surtout d'avoir retrouvé la clef de son coffret et son sou troué, le fétiche auquel elle attribuait toute sa chance.

Elle résolut d'être indulgente.

Il n'avait qu'à solliciter pour sa cliente, l'indulgence du tribunal... (P. 340.)

Les femmes de son espèce sont plutôt miséricordieuses. Elles en voient tant de toutes les couleurs, elles-mêmes sont parfois mêlées de si près à de telles vilenies qu'elles ne peuvent être insensibles et sans pitié, lorsque l'amour-propre n'est pas en jeu.

Elle pardonna et elle se promit de se montrer favorable dans sa déposition à l'audience.

Dès lors, Sophie Ardusson se sentit sauvée.

Maintenant il s'agissait de sauvegarder cet argent caché dans les glands des rideaux.

C'est alors qu'elle pensa à Francis.

Elle demanda au juge d'instruction des nouvelles de Liette, car on avait refusé de lui répondre tant qu'elle était au secret, et le magistrat lui apprit que la jeune fille avait été recueillie par la famille de son fiancé.

Rien ne pouvait mieux favoriser les intentions de Sophie Ardusson qui avait bien prévu ce qui arriverait.

Elle parla aussi de ses meubles, de son propriétaire, et le magistrat lui dit qu'elle pouvait écrire pour ses affaires d'intérêt.

C'est ainsi qu'elle écrivit à Francis, usant d'un stratagème courant parmi les détenus. Elle lui donna un titre de parenté, l'appela son neveu et ne lui parla apparemment que de son mobilier.

Francis vint à Saint-Lazare.

Il avait facilement obtenu l'autorisation de visiter à la prison la prétendue sœur de sa mère.

L'entrevue eut lieu dans les formes ordinaires, au parloir des prévenues, en présence d'un gardien.

Cette surveillance ne gênait en rien l'ancien garçon blanchisseur et Sophie Ardusson.

Ils pouvaient, sous le couvert de leurs relations de famille, parler de Liette; ils se comprendraient à demi-mots.

D'abord, il s'agissait de ses meubles, et Francis promit à Sophie de faire tout ce qu'elle lui avait demandé.

Déjà il s'était rendu à Clamart et avait vu M. Michon, le propriétaire, et s'était fort bien arrangé avec lui. Etant payé du terme courant, il consentait à laisser opérer le déménagement, et Francis s'était entendu avec le messager qui transporterait les meubles le lendemain.

Il logerait facilement tout ce qui appartenait à Sophie Ardusson dans une petite chambre de sa maison, au sixième étage, que le concierge mettait obligeamment à sa disposition, ce qui n'occasionnerait ainsi aucun frais.

Et Sophie Ardusson parla de nouveau des rideaux de sa chambre, auxquels elle paraissait tenir comme à des reliques. Elle recommanda, plus instamment encore, à Francis, que par sa lettre, de les plier, de bien les envelopper dans des serviettes et de les ranger dans le grand panier de blanchissage qu'elle avait conservé. — Surtout les embrasses, — insista-t-elle, — il fallait les placer soigneusement entre les rideaux, afin qu'elles ne s'égarent pas, car elle aurait trop de peine à les réassortir si l'une venait à manquer.

Francis ne fut point frappé par cette insistance, qui lui parut être le résultat d'une manie de minutie.

Il était, du reste, trop préoccupé par Liette et par les renseignements qu'il avait découverts, s'étant bien promis de laisser ignorer à Sophie ce qu'il avait appris.

Quand il lui dit son étonnement de ne pas l'avoir trouvée chez elle le samedi, et d'avoir appris en même temps son arrestation, elle lui demanda aussitôt, impatiente de savoir :

— As-tu trouvé cet acte de décès de la mère de la petite ?

Le gardien de la prison ne pouvait soupçonner la nature de cette conversation qu'il entendait ; il pensa sans doute que c'était là une affaire de famille.

— Non, je n'ai rien trouvé, — répondit Francis, — c'est justement ce que je venais vous dire l'autre jour quand je croyais vous trouver à Clamart. Il n'y a pas d'acte de décès au nom de Mme Darcis et à l'administration il n'y a eu aucun convoi à ce nom.

— C'est bien surprenant !...

— Pas tant que ça... du moins c'est ce que j'ai pensé depuis pour chercher à me l'expliquer. Il faut croire que la mère de la petite ne s'appelait pas de ce nom-là, ou bien que le convoi n'a pas eu lieu à Paris, car on a eu beau chercher aux archives, on n'a rien trouvé.

— Et Liette ?... — demanda Sophie Ardusson, après un instant de silence dans lequel son désappointement l'avait plongée. — Je l'ai vue, car le juge d'instruction l'a fait appeler au sujet de mon affaire. Elle est chez la sœur de son fiancé, d'après ce qu'elle m'a dit, et j'en suis très heureuse pour elle.

— Ah ! tant mieux !... — fit le croque-mort en marquant de l'intérêt. — Ça vaut mieux pour elle.

— Elle ne manquera de rien, du reste, elle travaille.

— Alors pour ce mariage, comment va-t-on faire, si elle ne peut pas avoir ses papiers ?

— Que veux-tu ?... elle s'en passera, — répondit Sophie Ardusson d'un air détaché, et avec une nuance de sous-entendu que Francis comprit bien.

Elle voulait paraître renoncer à ses recherches et indiquer que Liette pouvait ne plus avoir besoin de ses papiers.

L'amant de Fifine ne fut point dupe de cette tactique, car il avait bien compris que la mère Sophie cherchait moins à se procurer l'acte de décès de la mère de Liette en vue d'un mariage que pour établir l'identité de la jeune fille et en tirer parti.

— Ne t'occupe pas de ça, va, — ajouta Mme Ardusson. — On s'arrangera bien différemment quand le moment sera venu. Et puis il y a son fiancé qui est un garçon intelligent et qui saura bien faire ce qu'il faudra, s'il tient toujours à se marier.

— C'est vrai, — dit Francis.

Il paraissait ne plus s'occuper de cette affaire, du ton qu'il prononça ces mots.

Et l'entretien se termina rapidement, car la fin du parloir était arrivée ; et Francis, en envoyant de la main un « au revoir ! » à travers les grilles, promit encore à Sophie Ardusson de bien faire tout ce qu'elle lui avait recommandé au sujet de ses meubles.

Le jour de la comparution devant le tribunal correctionnel ne devait guère tarder désormais, car M. Guyot avait clos l'instruction après les aveux de la prévenue, et il avait aussitôt transmis le dossier au Parquet qui avait fait porter l'affaire au rôle de la dixième chambre.

L'affaire se trouvait considérablement simplifiée par les aveux de Sophie Ardusson et le procureur de la République diminua les frais de justice en ne citant que les témoins indispensables : la plaignante, Mme Christol, son amie Eusébie Martin, et le commissaire de police de Clamart, qui avait procédé à l'arrestation, pratiqué la perquisition et découvert les preuves du vol.

Un avocat d'office avait été désigné pour défendre la prévenue qui n'avait pas les moyens de payer les honoraires d'un défenseur.

Sa tâche ne se trouvait pas compliquée.

Il n'avait qu'à solliciter pour sa cliente, avec laquelle, ayant pris connaissance du dossier, il s'était entretenu quelques instants avant l'audience, l'indulgence du tribunal, indulgence qui lui semblait acquise d'avance d'après les circonstances mêmes de la cause, en présence du repentir dont cette malheureuse, égarée un instant par les pertes subies et par l'affolante tentation du jeu, donnait des marques, en raison de sa promesse de désintéresser ultérieurement sa victime par le produit de son travail, eu égard aussi à son casier judiciaire exempt jusqu'ici de toute condamnation.

Il fallait tenir compte encore du peu d'importance de la somme volée, dont une bonne partie avait été retrouvée et restituée à sa légitime propriétaire et ne pas se montrer plus impitoyable que la victime du vol qui pardonnait à celle qui l'avait volée.

Le président, pendant cette plaidoirie, manifesta à plusieurs reprises au jeune avocat, par des approbations données d'un mouvement de la tête, qu'il partageait son sentiment.

Et, en effet, le jugement rendu accorda à Sophie Ardusson des circonstances atténuantes et ne la condamna qu'à trois mois de prison.

Francis se trouvait dans la partie de la salle réservée au public et il avait assisté à ce jugement.

Lorsque Sophie Ardusson fut emmenée, elle l'aperçut, reconnaissable du premier coup d'œil au milieu de la foule, grâce à son costume d'employé des pompes funèbres, et elle lui fit un signe qu'il comprit.

Il se rendit aussitôt dans la salle où les gardes de Paris enferment les condamnés avant de les reconduire à la Souricière où la voiture pénitentiaire vient les prendre, et il obtint l'autorisation d'échanger quelques mots avec elle, en se servant du titre de parenté que Sophie lui avait donné et en exhibant la permission qu'il avait déjà obtenue pour aller la voir en prison.

De Liette, il fut à peine question.

Au moment de quitter le croque-mort, Sophie Ardusson lui dit seulement :

— Il n'y a pas à s'occuper d'elle!... Elle a un bon métier dans les mains, et puis elle n'est pas seule.

Mais elle parla de ses meubles, dont Francis lui annonça le déménagement, et surtout de ses rideaux auxquels elle attachait une importance capitale.

Cette insistance parut singulièrement suspecte à l'amant de Fifine qui, aussitôt chez lui, se mit à les examiner avec attention.

Alors, en les retirant du panier de blanchissage où il les avait logés, conformément aux recommandations de la sœur de son ancien patron, le croque-mort perçut un vague son métallique qui attira son attention fureteuse et méfiante.

Il se souvint d'avoir déjà entendu pareil bruit au moment où, décrochant les rideaux de la galerie qui les supportait, les glands des cordons de tirage avaient touché le parquet. Au milieu du fracas du déménagement, il n'y avait point pris garde ; mais maintenant il cherchait à se rendre compte.

Il secoua les rideaux, attentif, épiant de nouveau le bruit pour en découvrir l'origine, et de nouveau ce tintement se fit entendre.

Francis saisit aussitôt l'un des glands et il l'agita. Le même bruit se produisit encore et il sentit quelque chose qui remuait à l'intérieur.

Alors il dévissa ce gland et sa surprise fut grande de découvrir des pièces d'or qui s'échappèrent de l'intérieur.

Voilà donc la cause de la préoccupation de la mère Sophie!...

De l'autre gland, que le croque-mort visita également, il retira encore des pièces d'or.

Au total, il y en avait pour deux cent cinquante francs.

Cette somme représentait, à peu de chose près, l'argent que l'on n'avait pas retrouvé chez la voleuse.

Les scrupules ne gênaient guère l'ancien garçon de lavoir qui se dit du reste, appliquant un proverbe :

— Le bien volé ne doit pas profiter, d'abord!... Et puis, quand Sophie sortira de Saint-Lazare, on s'arrangera toujours!... Elle n'a besoin de rien puisqu'elle est logée, nourrie et blanchie pour trois mois au frais du gouvernement !

Et, sans plus de façons, il mit cet argent dans son porte-monnaie, à l'insu de Fifine qui était absente en ce moment, ayant eu à rapporter à la maison Lorinard les couronnes qu'elle avait perlées.

— Avec ça, — se dit Francis, — il faudrait pouvoir mener à bien l'affaire de la petite, avant que la mère Sophie soit débouclée !...

Et il s'absorba dans ses méditations, il relut encore les actes d'état civil qu'il s'était procurés, cherchant une inspiration.

* *

— L'ex-professeur de piano de la rue Clausel, l'usurpatrice du nom de Chavanges et de la fortune de la vicomtesse d'Arcis, du fond du château de de Saint-Gemmes, n'avait pu se douter de ce qui venait de se passer si près d'elle.

Rien ne lui avait signalé la présence de cet homme qui était venu faire une enquête sur la mère de Liette.

Aucun fait n'avait attiré son attention sur les manœuvres de cet étranger.

Pas un propos n'était arrivé à ses oreilles.

La fausse Lia de Fontanges vivait isolée dans le vaste parc de la Pommeraie, dont aucun ami ne franchissait l'enceinte.

Elle était à peine connue dans cette petite commune où, en dehors d'elle, presque tout le monde se connaissait.

A peine l'avait-on vue quelquefois, très rarement, aux jours de fête, — lorsqu'elle se trouvait à Saint-Gemmes, — à la messe paroissiale, et elle était si peu connue qu'on l'avait à peine remarquée.

Du reste le château, étant situé sur les confins extrêmes de la commune, appartenait aussi bien, par sa topographie, à la paroisse de Saint-Gemmes qu'à celle des Ponts-de-Cé, dont la ligne de démarcation coupait le parc de la Pommeraie; et elle avait profité de cette situation pour donner ses préférences à l'église de cette dernière localité où la famille d'Arcis n'avait presque jamais paru.

Valérie Dubourg était, en outre, bien trop préoccupée par les conséquences imprévues de la tentative de Gaston Dumesnil auprès d'elle.

En quittant Meudon, elle n'avait rien appris du crime commis au Chalet du Bois, dont cet amoureux obstiné et éperdu était faussement accusé.

Elle n'avait eu que le souci pressant de disparaître et de lui faire perdre définitivement sa trace.

Puis, ayant réintégré ce domaine qu'elle avait usurpé et où elle vivait en châtelaine, elle n'avait songé qu'à s'affermir dans sa confiance et à se dire que Gaston Dumesnil ne retrouverait jamais, au fond de ce château angevin, sous ce nom qu'il ignorait, celle qu'il avait connue.

Elle se préoccupait aussi, — oh! bien peu pourtant aujourd'hui, — de la nouvelle situation faite à Liette par l'incarcération de Sophie Ardusson.

Elle se promettait seulement de se tenir au courant du procès, et elle lisait attentivement chaque jour la rubrique des tribunaux dans les journaux de Paris auxquels elle s'était abonnée depuis longtemps.

Cette lecture l'intéressait à bien d'autres titres.

C'est à peine cependant si l'un de ces journaux, — un seul, — mentionna l'arrestation de la voleuse du champ de courses de Longchamps, ne donnant que ses initiales.

En revanche, Valérie Dubourg trouva dans tous la nouvelle d'un crime qui la remplit de stupéfaction et dont la lecture inonda de joie son âme perverse.

On racontait, d'après les données de l'accusation, l'assassinat du Chalet du Bois.

L'un des journaux, le premier qu'elle lut, ne désignait l'assassin présumé que par les initiales de son nom et sa qualité de propriétaire de cette villa ; mais cela suffit à Valérie Dubourg pour y reconnaître immédiatement Gaston Dumesnil.

Les autres journaux qu'elle ouvrit aussitôt, en une hâte fiévreuse, en un impatient besoin de savoir, le nommaient en toutes lettres.

L'un d'eux, dont le rédacteur habitait Versailles, avait eu au Parquet tous les renseignements sur ce crime, et il le relatait, en un récit complet, de la façon la plus circonstanciée.

Il disait :

« M. et Mᵐᵉ Grignon, industriels rubanniers de Roanne, récemment mariés, étaient venus faire leur voyage de noces à Paris et, profitant de ce séjour pour suivre de près l'Exposition, à laquelle la maison Chavard et Grignon participe, ils avaient loué à Fleury-Meudon une villa appartenant à M. Dumesnil, propriétaire à Versailles.

« Précédemment, premier représentant de la rubannerie Chavart, M. Albert Grignon en était devenu l'associé en épousant la toute jeune et ravissante fille de son patron. Le mariage avait été célébré à Roanne au mois de février dernier.

« Les jeunes époux avaient donc résolu de passer leur lune de miel dans ce coin ombragé et délicieux de la banlieue parisienne, presque aux portes de Paris, dont ils pourraient ainsi contempler toutes les splendeurs, visiter à loisir toutes les merveilles et voir toutes les fêtes grandioses.

« Un crime épouvantable, dont la jeune Mᵐᵉ Grignon a été hier la victime, est venu interrompre brutalement ce duo d'amour et remplacer la joie et le bonheur par le plus affreux désespoir.

« M. et Mᵐᵉ Grignon n'avaient emmené avec eux qu'une seule domestique, Emilie Nancet, qui était attachée depuis de nombreuses années à sa jeune maîtresse et dont le dévouement affectueux lui était bien connu. Ils avaient complété leur maison sur place en lui adjoignant une cuisinière, prise à

Meudon même, la veuve Adèle V... et un valet de chambre, Jules R..., fourni par un bureau de placement de Paris.

« Hier matin, on attendait au Chalet du Bois l'arrivée de M. Chavart, père de la jeune femme, que son gendre devait aller attendre à Paris, avec la femme de chambre qui s'occuperait du transbordement des bagages.

« Mme Grignon était donc demeurée seule à la villa avec ses deux autres domestiques et, sa toilette faite, elle s'occupait à garnir de fleurs la corbeille de table et les vases du salon, pour fêter l'arrivée de son père, pendant que le valet de chambre mettait le couvert sous la fraîche tonnelle de verdure où l'on déjeunait d'habitude.

« La cuisinière, son déjeuner prêt, demanda la permission de se rendre chez elle, où elle avait affaire, car elle habite Meudon, et Mme Grignon demeura seule au Chalet du Bois, car le valet de chambre fut envoyé par elle à la gare, avec une brouette, pour transporter les bagages.

« C'est pendant ce temps, une demi-heure ou trois quarts d'heure au plus, que le crime a été commis.

« En revenant à la villa, la cuisinière fut surprise de ne trouver personne.

« Les fleurs coupées qu'elle vit sur la table, la corbeille qui n'était pas entièrement garnie, tout lui faisait penser que sa maîtresse ne pouvait être loin. Elle la chercha, l'appela, monta enfin au premier étage et c'est alors que le crime lui apparut. Les meubles de la chambre, où les sièges étaient renversés et les tapis foulés, se trouvaient dans un désordre indescriptible, et l'infortunée jeune femme gisait inanimée au pied du lit dont la couverture était arrachée.

« Épouvantée, Adèle V... courut à la grille et appela au secours. La police fut immédiatement prévenue et le commissaire de police de Meudon procéda immédiatement à des investigations.

« De toute évidence, le vol n'avait pu être le mobile du crime, car pas un meuble n'était fracturé ni ouvert, et on ne constata la disparition d'aucun objet, bien que M. et Mme Grignon eussent dans leur secrétaire une somme assez importante. L'attitude de la victime, qui devait avoir lutté avec énergie et désespoir contre son assassin, le désordre de la chambre où il était parvenu à l'attirer, où il l'avait peut-être surprise, tout démontrait que l'on se trouvait en présence d'un crime passionnel.

« On juge de la douleur du père et du mari de Mme Grignon qui, arrivant tout heureux le cœur plein de joie, apprirent cette épouvantable nouvelle.

« Un indice relevé par un des agents permit de connaître presque aussitôt le nom du coupable. L'assassin avait laissé, pour ainsi dire, sa carte de visite, comme on dit en termes de police. Un chapeau haut de forme, marqué des initiales G. D. et portant l'adresse d'un chapelier de Versailles fut trouvé dans le jardin, au pied du perron. L'auteur de l'attentat l'avait perdu sans

A midi et demi, l'assassin du Chalet du Bois était réintégré à la prison de Versailles...
(P. 347.)

doute dans la lutte qu'il eut à soutenir contre la pauvre femme au moment
où il se jeta sur elle et son chapeau tomba par la fenêtre qui était demeurée
ouverte; dans sa fuite, le crime commis, son affolement a dû être tel qu'il
n'a pu le retrouver ou qu'il n'a pas pris le temps de le rechercher, ne songeant qu'à s'éloigner et à disparaître au plus tôt.

« Il faut louer la perspicacité et surtout la rapidité avec laquelle le commissaire de police de Meudon est arrivé à recueillir les indices qui lui ont

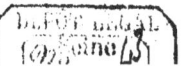

désigné le coupable, dont l'arrestation a pu être ainsi opérée presque immédiatement.

« On retrouva des gens de Meudon qui avaient vu un homme tête nue ; un chapelier de la rue de la République reconnut avoir vendu un chapeau de feutre à un homme qui s'était présenté chez lui nu-tête et qui lui dit avoir perdu son chapeau dans le bois. Enfin les initiales et l'adresse de Versailles désignèrent clairement le propriétaire du Chalet du Bois, M. Gaston Dumesnil, qui habite en effet Versailles et qui, déjà une première fois, M. Grignon l'a déclaré, avait rendu, en son absence, à sa jeune femme, une visite au cours de laquelle il s'était montré d'une galanterie à bon droit suspecte.

« Gaston Dumesnil est un homme jeune, d'une quarantaine d'années, possesseur d'une très belle fortune et qui est demeuré célibataire. Fervent partisan de tous les sports, il est doué d'une vigueur corporelle peu commune. Il habitait seul à Versailles, dans une vaste maison dont il est propriétaire, sur l'avenue de Paris, où il vit avec de vieux serviteurs de sa famille.

« Propriétaire du Chalet-du-Bois à Fleury-Meudon, il louait cette propriété toute meublée, à la saison, et ne s'occupait jamais lui-même de la location, qu'il avait confiée à l'agence de la rue de l'Arrivée. C'est l'agent de location qui avait traité avec M. et Mᵐᵉ Grignon.

« Il faut donc croire que Gaston Dumesnil, ayant vu la jeune femme qu'il avait pour locataire, lorsqu'il vint à Meudon recevoir à l'agence le montant de la location qui avait été payée d'avance, fut frappé de sa jeunesse et de sa beauté et conçut pour elle une folle passion qui devait le pousser à une tentative amoureuse et ensuite à un odieux attentat que compléta un crime.

« La découverte et l'arrestation de l'assassin furent opérés avec une rapidité qui fit le plus grand honneur à la police meudonnaise et à celle de Versailles, car le parquet de cette ville, informé dès l'après-midi, put arrêter immédiatement Gaston Dumesnil que l'on trouva chez lui, en train d'écrire une lettre à un de ses amis qu'il chargeait de le renseigner sur les conséquences de son crime, ayant sans doute l'intention de disparaître afin de se créer un alibi, ou de se mettre à l'abri des recherches.

« L'assassin du Chalet du Bois, d'abord sous le coup d'une profonde stupéfaction, véritablement atterré en se voyant ainsi découvert et arrêté quelques heures à peine après son crime, opposa d'abord des dénégations obstinées et se proclama innocent ; mais en voyant toutes les preuves de son crime s'élever contre lui et surtout l'impossibilité de nier sa présence à Meudon, il s'enferma à partir de ce moment dans un silence farouche et refusa de répondre à toutes les questions.

« Ce matin, Gaston Dumesnil a été extrait de la prison de Versailles et conduit sous bonne escorte à Meudon pour la confrontation avec la victime et la reconstitution de la scène du crime. M. le Procureur de la République, M. Corme, juge d'instruction, qui avait déjà interrogé l'assassin hier soir et tenté vainement de lui arracher des aveux, avaient pris place, avec le greffier du juge et le commissaire central de Versailles, dans un compartiment de première classe voisin de celui qu'occupait l'assassin avec les agents.

« A la gare de Meudon une foule considérable attendait son arrivée, car la nouvelle s'était promptement répandue et quand il descendit sur le quai, les gendarmes et les agents de Meudon eurent les plus grandes peines à le protéger contre la foule qui poussait des cris de mort.

« Le trajet de la gare au Chalet du Bois, qui en est assez éloigné, fut effectué dans des voitures réquisitionnées sur place, et pas un instant l'assassin n'a cessé de manifester un calme et une impassibilité absolus.

« Mis en présence de sa victime, dont le cadavre avait été déposé sur un lit et qui portait encore au cou les ecchymoses sanguinolentes produites par la strangulation, le misérable, adjuré de dire la vérité et de confesser son crime, a recouvré un instant son énergie et, contre toute vraisemblance, malgré les preuves qui l'accablaient, il protesta encore de son innocence avec une violence de commande.

« Pressé d'expliquer sa présence à Meudon, afin de confondre ses mensonges, Gaston Dumesnil essaya de faire croire à une aventure galante, à un rendez-vous d'amour, sur lesquels, d'ailleurs, il se refusa à donner la moindre explication, sous le prétexte qu'un galant homme ne peut forfaire à l'honneur et compromettre une femme pour se sauver.

« La scène du crime fut aisément reconstituée dans la chambre où les meubles avaient été laissés dans la position qu'ils occupaient et leur désordre témoignait de la scène de violence qui s'y était passée.

« A midi et demi, l'assassin du Chalet du Bois était réintégré à la prison de Versailles et mis au secret le plus absolu, en attendant la suite de l'enquête que M. Corme aura bientôt terminée, car ne il ne lui reste qu'à recueillir dans les formes de la procédure les dépositions des témoins.

« L'affaire sera si promptement instruite, nous assure-t-on, qu'elle pourra venir avant trois semaines devant la Chambre des mises en accusation et être inscrite au rôle de la prochaine session de la Cour d'assises de Versailles.

« Nous apprenons, au dernier moment, que M. Grignon, l'infortuné mari de la victime, et M. Chavart, son père, dont la douleur, on le comprend, est navrante, se disposent à retourner à Roanne, accompagnant le corps de la jeune femme adorée sur laquelle pleurent ce père et cet époux infortunés.

« La cérémonie funèbre aura lieu demain à l'église de Meudon. »

Telle est la nouvelle que la fausse Lia de Chavanges venait de lire.

Il lui semblait rêver.

Ce crime commis... Cette invraisemblable accusation, frappant Gaston Dumesnil... Tout cela, si inattendu, si étrange, se heurtait dans son esprit un instant bouleversé.

Ses yeux avaient couru si rapidement sur les lignes, dans la fiévreuse impatience de tout savoir, qu'elle avait besoin de relire.

Lentement alors elle reprit la lecture, et cette fois elle s'arrêta à tous les détails de l'information du journal parisien, mettant par la pensée en parallèle ce que l'on disait et ce qu'elle savait, afin de comprendre et de s'expliquer la cause de l'erreur commise par la Justice.

Et tout concordait à merveille.

Mardi, le jour de son départ, à l'heure même où l'amoureux obstiné se trouvait chez elle, cette jeune femme, cette voisine qu'elle avait aperçue quelques fois, avait été assassinée.

Valérie Dubourg se rappelait alors ce cri parvenu jusqu'à elle, au moment même où Gaston la pressait avec le plus de violence. Elle l'entendait encore. Ce devait être le cri de la victime sous l'étreinte de son assassin.

Ce chapeau, trouvé près de la maison, avait constitué une véritable dénonciation.

C'est de là que partait l'erreur de la police.

Et ce chapeau, perdu par Gaston au moment où sa passion effrénée arriva à la violence, c'est elle qui l'avait jeté par dessus le mur de la propriété.

Alors, grâce à toutes ces coïncidences funestes, c'est lui qui était accusé de ce crime.

Et la misérable triomphait de l'aide que la fatalité lui prêtait pour la débarrasser de l'amour importun de cet homme, de ses inquiétantes poursuites, et elle se dit froidement :

— Tant pis!... Oh! oui, tant pis pour lui!...

Elle éprouvait un soulagement véritable d'être délivrée du danger qui s'était un instant élevé contre son usurpation criminelle et, sans éprouver dans sa conscience la moindre épouvante de la monstruosité qui se commettait par sa faute, elle répétait :

— Tant pis!... Au moins ce sera fini comme ça!...

Mais, en y réfléchissant maintenant avec plus de calme, en relisant une troisième fois la nouvelle, Valérie Dubourg ne put s'empêcher de concevoir une inquiétude.

Gaston Dumesnil avait essayé de se défendre de cette abominable accusation, en parlant d'un rendez-vous amoureux.

Il avait refusé, disait le journal, de donner aucune explication, afin de ne pas compromettre une femme.

Il attendait sans doute que le secours, le salut vînt d'elle.

Lorsqu'elle saurait qu'on l'accusait de ce crime dont il était innocent, il était persuadé qu'elle se lèverait et dissiperait l'erreur de la justice.

— Ah! il se trompe, s'il croit cela!... — dit l'usurpatrice avec une froide résolution.

Mais, si elle ne parlait, Gaston se déciderait sûrement à expliquer sa présence à Meudon, car le salut pour lui ne pouvait plus être que la démonstration de cet alibi qu'il s'efforcerait de prouver.

Là était le danger!

— Eh bien!... après?... — se dit Valérie Dubourg à la suite d'une longue réflexion. — Que pourra-t-il dire?... Il prétendra être venu chez moi; je le nierai et c'est moi qu'on croira, car il lui sera impossible de le prouver!...

Elle y réfléchit, cherchant à se rappeler les moindres détails de son départ.

— Que pourra-t-il dire?... Mon nom?... Celui qu'il connaît, le seul, n'est plus le mien!... Pour personne là-bas je n'étais la femme qu'il a connue et tout lui criera : « mensonge! »

On comprendra bien qu'il ne dit cela que pour se sauver et il lui restera l'infamie d'avoir tenté de calomnier une femme.

On nous confrontera?... Soit!... Je ne le reconnaîtrai pas!... Je nierai tout... oui, tout!...

Toutes les circonstances de son départ, bien présentes à sa mémoire, dans leurs moindres détails, permettraient à la misérable de soutenir effrontément son imposture.

Est-ce que son ticket n'avait pas été pris dès le matin?

Ses domestiques n'étaient-ils pas partis avec les bagages bien avant dix heures?

L'agence de location elle-même n'avait-elle pas reçu les clefs de la villa longtemps avant le moment où le crime du Chalet du Bois se plaçait?

C'est elle et non lui qui l'aurait cet alibi, l'alibi qui le confondrait s'il osait parler de son entrevue.

Il lui serait facile de démontrer, avec toutes les preuves à l'appui, qu'à l'heure où Gaston Dumesnil prétendrait être venu chez elle, elle en était déjà partie.

Et l'odieuse aventurière se sentit rassurée.

Elle se savait de force à soutenir imperturbablement cet odieux mensonge.

Elle le perdrait irrémédiablement, eh bien! tant pis pour lui!...

Mais, malgré tout, cette affaire préoccupait Valérie Dubourg.

Il lui importait de la suivre, de connaître jour par jour les nouvelles que la presse donnerait encore sur le crime de Fleury-Meudon.

Les journaux ne manqueraient pas d'en parler.

Elle les suivit chaque jour et n'y trouva pas grand'chose.

L'instruction se poursuivait par des interrogatoires assez distancés de l'accusé que le magistrat laissait à l'isolement du secret pour avoir raison de son obstination et l'amener aux aveux.

Les témoins avaient été interrogés et leurs dépositions ne pouvaient changer en rien l'accusation.

Pour tous, il était établi que Gaston Dumesnil avait épié le moment où la jeune femme se trouvait seule au Chalet du Bois.

Personne ne l'avait vu avant le crime.

Valérie Dubourg se préoccupait cependant de ce crime, qu'elle ne parvenait pas à s'expliquer.

Quel en avait donc été le mobile, puisque, à défaut d'indice, on avait cru à un crime passionnel dont on avait accusé Gaston Dumesnil?

Rien n'avait été volé... A moins que le vol n'ait pas été constaté.

Dans ce cas, le voleur, — pensait-elle, — ne pouvait être qu'un de ces affreux rôdeurs qui infectent le bois de Meudon, et qui avait choisi le moment où tous les domestiques étaient sortis.

S'il en était ainsi, l'assassin, dérangé sans doute après son crime, était parti sans voler. Il n'avait pu mettre la main sur les clefs des meubles dont le trousseau avait été retrouvé dans la poche de la victime et il n'avait pas eu le temps de les fracturer.

Ou bien était-ce réellement un crime passionnel?...

Ou encore une vengeance?...

Cependant, les renseignement fournis sur ces jeunes mariés, en plein bonheur, tout à la joie des prémisses de leur amour, ne favorisaient guère pareille hypothèse.

Quel mystère enveloppait donc cet assassinat?...

La misérable s'appliqua à tout chercher, à tout prévoir, soupçonnant tour à tour un rival inconnu du mari de Mme Grignon, un fiancé qui aurait été évincé; elle se demanda même si l'assassin ne pouvait pas être le mari lui-même qui aurait établi son alibi en disant qu'il allait à l'Exposition et qui serait revenu ensuite à Meudon, sachant que sa femme serait seule, puis qui se serait rendu en toute hâte à la gare de Lyon pour recevoir son beau-père, dont le train était justement arrivé avec quelque retard.

Mais alors, pourquoi ce meurtre?... Y avait-il quelque question d'intérêt, un héritage, une prime d'assurance à toucher?

Elle voulait savoir, car il lui importait que le véritable coupable continuât à échapper à la Justice afin que Gaston Dumesnil demeurât accusé et qu'elle en fut définitivement délivrée.

Qui la renseignerait?...

Elle pouvait revenir à Meudon quand elle voudrait.

Lorsque l'agent de location, surpris de sa résolution de départ, lui manifesta son étonnement, car elle avait payé la location de la villa pour la saison entière, la fausse Lia de Chavanges lui avait répondu :

— Je ne dis pas que je ne reviendrai pas, c'est même probable. Mais de graves intérêts m'appellent en ce moment en Anjou.

Sur place, sans doute, elle pourrait mieux se renseigner.

En outre, elle ne serait pas fâchée de savoir ce qu'il adviendrait de Liette, maintenant qu'elle se trouvait livrée à elle-même.

Puis, tout à coup, une inspiration lui vint.

Elle se dit que ceux qui avaient approché de plus près M. et Mme Grignon pourraient le mieux l'aider à découvrir la vérité, à pénétrer ce mystère.

Elle qui savait que Gaston Dumesnil était innocent, trouverait aisément dans un mot l'explication que la Justice ne pouvait découvrir maintenant qu'elle était lancée sur une fausse voie.

Il y avait d'abord cette femme, Adèle Vernot, une des bonnes commères de Meudon, que les époux Grignon avaient prise en qualité de cuisinière.

En revenant à sa villa Valérie Dubourg pouvait la voir et causer avec elle.

Elle devait connaître tout le monde, elle qui habitait Meudon depuis tant d'années.

Il y avait aussi ce domestique dont les journaux avaient parlé, Jules Rouland, le valet de chambre qui avait été également cité comme témoin.

La châtelaine de Saint-Gemmes s'arrêta à ce nom.

En relatant son interrogatoire le journal disait que cet homme se trouvait encore sans place.

Pourquoi ne le prendrait-elle pas à son service ?

Et cette idée lui parut la meilleure, car par ce valet de chambre, qui connaissait la femme Vernot, elle pourrait voir l'ancienne cuisinière des époux Grignon.

Alors Valérie Dubourg résolut son retour.

Elle écrivit à l'agence de location et, comme la première fois, envoya à l'avance deux domestiques du château, le valet de chambre et la cuisinière, pour préparer la villa à la recevoir.

On était assez habitué à ses caprices, à ses versatilités de résolution pour ne pas s'étonner autour d'elle.

Et puis que lui importait !...

Les domestiques aiment les changements, les voyages. Ils sont une diversion agréable pour ceux qui accompagnent leurs maîtres et un repos pour les autres.

Aucun journal n'avait parlé de Sophie Ardusson.

La chronique judiciaire négligeait sans doute ce délit banal, trop fré-
quent, et ne signalait pas les condamnations pour vols aussi communs.

Mais la voleuse du champ de courses devait avoir été sûrement condamnée, ou elle le serait si elle se trouvait encore en prévention.

Quant à Liette, elle avait quitté Clamart, elle était partie avec son fiancé...
avec son amoureux, — disait Valérie Dubourg qui ne mettait pas en doute
les conséquences de l'isolement de la jeune fille et l'impossibilité, contre
laquelle elle aurait à se débattre, de donner à son amour la sanction légale
du mariage.

XXII

L'ALIBI

L'isolement agissait épouvantablement sur le malheureux accusé du
crime dont il était innocent, et qui se débattait vainement contre l'accablante
fatalité.

Dans le désemparement de son esprit, au milieu de ces épouvantables
vraisemblances accusatrices, il sentait par moment passer sur son front en
sueur un souffle de folie.

Comment détruire l'horrible prévention ?... Comment démontrer l'erreur
de la police ?...

Quand il parvenait à se calmer et à se raisonner, Gaston Dumesnil,
dans sa cellule, songeait au point de départ de cette accusation monstrueuse.

Comment son chapeau s'était-il trouvé dans le jardin du Chalet du Bois,
sous les fenêtres mêmes de la chambre où cette infortunée jeune femme avait
été étranglée ?...

Il ne pouvait parvenir à le comprendre.

Son affolement avait été tel au moment où, chassé avec fureur par
Valérie, il s'était enfui de la villa, qu'il ne se rappelait plus exactement ce qui
lui était arrivé.

Il savait bien que son chapeau était tombé lorsque Valérie, opposant
toute son énergie à sa violence, l'avait repoussé et forcé à s'enfuir; mais il
ne se rendait plus compte de rien.

L'assassin du Chalet du Bois avait-il trouvé son chapeau et l'avait-il jeté
là pour égarer la police, pour créer une fausse piste ?

Alors quel rôle Valérie avait-elle joué en cela ?

Quel rôle jouait-elle encore aujourd'hui, car aussitôt après la nouvelle
du crime, qu'elle devait avoir eue avant tout le monde, à cause du voisinage
des deux propriétés, elle devait avoir appris son arrestation ?

L'infortuné ignorait le départ de Valérie.

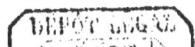

Pendant la nuit, il eut le délire, et le gardien chargé de la surveillance fut attiré par ses clameurs. (P. 359.)

Alors il conjecturait au sujet de sa conduite et il se disait qu'elle ne pouvait sans doute intervenir parce que son intervention l'aurait compromise.

Valérie avait, ainsi qu'elle le lui avait fait comprendre, une situation à sauvegarder, et elle n'osait faire savoir à la justice qu'à l'heure où le crime se commettait, il se trouvait chez elle.

Et cependant il s'agissait de l'accusation la plus grave, la plus terrible.

La justice sait au besoin garder les secrets qu'on lui confie; et il semblait à Gaston Dumesnil que Valérie Dubourg aurait pu aller trouver le magistrat instructeur et lui dire confidentiellement la vérité.

Une inspiration lui vint alors.

Il pourrait peut-être provoquer cette démarche en faisant intervenir le juge d'instruction.

Et dans le premier interrogatoire nouveau qu'il eut à subir, après avoir de nouveau protesté avec énergie de son innocence à laquelle M. Corme ne pouvait croire, il lui demanda :

— Puis-je savoir si l'on a interrogé les personnes des propriétés voisines ?

— A quel propos ? — fit le magistrat.

— Le crime peut avoir été entendu... Cette malheureuse qui a été étranglée doit avoir poussé des cris au moment où l'assassin s'est jeté sur elle.

— Eh bien ?

— Etant propriétaire du Chalet du Bois, je connais la disposition des lieux, la situation des propriétés environnantes, — répondit Gaston Dumesnil; — je sais qu'il en est une qui avoisine de plus près la maison d'habitation de celle qui m'appartient. Alors je me demande si les personnes qui habitent cette villa n'ont pas entendu les cris de cette jeune femme qu'on étranglait...

— C'est possible, mais cela ne démontrerait pas que vous n'êtes pas l'assassin.

— On peut avoir entendu également la voix de l'assassin, puisque les fenêtres étaient ouvertes... les deux maisons sont à peu de distance l'une de l'autre... Alors si les personnes qui ont entendu ne reconnaissent pas ma voix, ce sera bien la preuve que je ne suis pas coupable.

Le juge haussa les épaules avec un geste de doute et d'acquiescement.

Il ne pouvait refuser à un accusé un élément d'information réclamé par lui.

Il était bien sûr, du reste, que ce témoignage invoqué par celui dont la culpabilité lui était démontrée, apporterait une charge nouvelle.

— Je ferai citer ces personnes, — dit-il.

Cette promesse suffit à Gaston Dumesnil.

On interrogerait Valérie, et si elle n'osait venir d'elle-même trouver le magistrat instructeur pour lui dire la vérité, peut-être s'y déciderait-elle lorsque celui-ci viendrait à elle.

Il lui faisait offrir ainsi un moyen de parler.

Il n'était pas possible que Valérie, quelque haine qu'elle eut contre lui, le laissât accuser d'un crime dont elle le savait innocent.

Mais si elle n'osait parler ?... Si la crainte de se compromettre et de perdre sa situation l'empêchait de dire la vérité, de faire savoir à la justice qu'au moment où ce crime se commettait dans la propriété voisine, lui, Gaston, se trouvait auprès d'elle?...

Il resterait encore une ressource.

Valérie serait confrontée avec lui afin qu'elle pût juger si sa voix ressemblait à celle de l'assassin qu'elle devait avoir entendue.

Alors, quand elle se trouverait en sa présence, il faudrait bien qu'elle se décidât à parler!...

La vérité éclaterait au cours de cette confrontation.

Le malheureux sentait que cette information qu'il venait de provoquer serait pour lui le salut.

Et il en attendit avec impatience le résultat.

M. Corme avait fait écrire sur le champ par son greffier au commissaire de police de Meudon.

Avant de citer devant lui les habitants de la villa voisine, il était bon qu'elles fussent interrogées afin de savoir si cette citation avait quelque utilité, serait de nature à apporter un élément nouveau à l'instruction.

Il précisait les questions à adresser à ces personnes dont l'accusé invoquait le témoignage :

1° — De la villa voisine peut-on entendre des cris poussés dans le Chalet du Bois? — La disposition permet-elle de voir ce qui s'y passe?

2° — Les personnes qui habitent cette villa ont-elles entendu du bruit ou des cris partant du Chalet du Bois au moment où le crime a été commis? — Pourraient-elles notamment, si elles ont entendu la voix de l'assassin, la reconnaître?

3° — Ont-elles, d'une manière générale, quelques indications à fournir de nature à éclaircir l'instruction sur les circonstances du crime, si elles ont compris qu'il se commettait?

4° — Enfin obtenir d'elles tout renseignement susceptible d'être utile à l'information.

Le juge d'instruction ne voulut pas donner à cela l'importance d'une commission rogatoire. Ce simple mandat par lettre suffirait.

Et la réponse ne se fit pas attendre longtemps.

Le commissaire de police de Meudon, après s'être livré à l'enquête qu'on lui prescrivait, se rendit lui-même à Versailles et fournit au magistrat instructeur tous les renseignements qu'il s'était procurés.

La situation était bien simple.

— La seule propriété qui avoisine le Chalet du Bois et d'où l'on puisse entendre ce qui se passe dans celui-ci, — déclara le commissaire, — est celle de M. le colonel de Coursades. De l'autre côté, le jardin de la propriété Dumesnil est bordé par une étroite ruelle et la maison d'habitation s'en trouve assez éloignée.

La propriété de Coursades, louée meublée à la saison par l'agence de location de Meudon, avait pour locataire Mme de Chavagne, qui l'habitait avec trois domestiques. Or cette dame est partie avec ses gens le mardi matin vers dix heures, c'est-à-dire une heure au moins avant le crime.

Ce renseignement, qui m'a été fourni par l'agent de locations à qui Mme de Chavagne a fait remettre les clefs de la propriété au moment de son départ, m'a été en outre confirmé à la gare de Meudon où les billets ont été pris pour Paris et les bagages enregistrés. Cette dame et ses gens ont bien pris, en effet, le train venant de Versailles qui passe à Meudon à neuf heures cinquante-cinq.

Dans ces conditions, il est évident que les locataires de la villa de Coursades ne pourraient fournir aucun renseignement et je n'ai pas jugé utile de pousser plus loin l'information.

— Parbleu !... — s'écria le juge avec un geste significatif.

Il était bien convaincu que de l'information réclamée par le prévenu ne pourrait sortir aucune preuve de son innocence.

C'était mieux encore puisque les personnes dont il invoquait le témoignage, étaient parties avant le crime.

M. Corme fit de nouveau conduire Gaston Dumesnil dans son cabinet.

— D'après les indications que vous m'avez fournies, — lui dit-il, — j'ai prescrit une enquête qui a été faite immédiatement par le commissaire de police de Meudon. Le magistrat instructeur a pour devoir de se prêter à tout ce que demande un inculpé pour arriver à établir son innocence, et c'est ce que j'ai fait. Mais l'enquête n'a pas répondu à ce que vous en attendiez.

Déjà troublé par ce préambule, l'infortuné eut une véritable déception lorsque le juge ajouta :

— Les personnes qui habitaient la villa de Coursades, voisine du Chalet du Bois, sont parties le mardi matin à dix heures, c'est-à-dire une heure au moins avant celle où Mme Grignon a été assassinée. Cette propriété était donc absolument déserte à l'heure du crime, et cela est établi par l'agent de location à qui les locataires ont remis les clefs au moment de leur départ.

Du coup, ce fut un effondrement complet; l'infortuné se sentait absolument atterré.

Il se demandait s'il venait bien d'entendre réellement ces paroles, lui qui était certain d'avoir vu Valérie à la villa de Coursades aux environs d'onze heures.

Quel mystère enveloppait donc cette affaire ?

Gaston Dumesnil ne trouvait pas une protestation à faire entendre, pas un mot à prononcer.

Pourquoi cette fausse indication ?

Comment se faisait-il que l'on attestait le départ de Valérie alors qu'il était bien sûr de l'avoir vue ?

— Vous le voyez, — conclut le juge d'instruction, — de ce côté non plus nous n'avons trouvé aucun témoignage en votre faveur, et je suis bien sûr que vous connaissiez le départ de ces personnes, ce qui vous était facile, connaissant admirablement la localité que vous avez longtemps habitée. Cela entrait dans les précautions que vous avez prises pour commettre votre crime. Vous saviez que, de la villa de Coursades, on pouvait entendre les bruits qui se produisaient dans votre propriété, percevoir les cris qui y seraient poussés, et vous avez été rassuré en sachant que cette villa n'était plus habitée.

Et comme l'infortuné, veule sous le coup de cette déception, demeurait prostré, le juge ajouta :

— Allons, renoncez donc à ce système de dénégations qui ne peut servir votre cause, et avouez enfin votre crime qui est complètement démontré.

Mais alors Gaston Dumesnil se raidit ; il réagit sur lui-même et, relevant la tête, il déclara :

— Contre la vraisemblance même, M. le juge, je persiste à dire que je suis innocent !... Les coïncidences les plus fatales sont contre moi, je le sens bien, je le vois bien... Tout m'accable, tout me désigne pour le coupable, mais je proteste contre la fatalité elle-même et je vous le répète : Je suis innocent !

— Eh bien ! on se passera de vos aveux !... — fit le magistrat, impatienté par cette obstination.

Et sur un ordre, le gendarme de service repassa au poignet de l'inculpé le cabriolet qu'il avait retiré en l'amenant, et le reconduisit dans sa cellule.

Alors les pensées les plus confuses se heurtèrent dans l'esprit bouleversé de Gaston Dumesnil.

Le seul salut sur lequel il comptait, cette entrevue avec Valérie Dubourg, lui échappait.

Il cherchait, maintenant qu'il se sentait plus calme, à s'expliquer la conduite de cette femme contre laquelle sa haine s'élevait plus farouche que jamais.

Sans doute elle avait appris le crime du Chalet du Bois et son arrestation, et elle s'était hâtée de disparaître afin d'éviter toute explication, afin d'échapper surtout à cette confrontation qu'elle devait avoir prévue.

La misérable n'avait songé qu'à éviter d'être compromise.

Elle le sacrifiait, laissant peser sur lui, dont elle devait être heureuse de se défaire, cette accusation monstrueuse, le poids de ce crime dont, mieux que personne, elle le savait innocent.

Elle était partie et elle avait pris d'habiles précautions pour établir qu'à l'heure où cette malheureuse était assassinée, elle se trouvait déjà loin.

Pour cela, il lui avait été facile, sans doute, de s'entendre avec l'agent de locations, qui venait de certifier son départ une heure avant le crime du Chalet du Bois.

Puis le cours de ses pensées changea.

Gaston Dumesnil, déjà convaincu du lâche abandon de cette femme qui seule pouvait le sauver, avait maintenant l'idée de sa scélératesse abominable.

Non seulement cette misérable ne l'avait point sauvé, quand elle l'eût pu si facilement, sans se compromettre, en s'adressant confidentiellement au juge qui lui eût gardé le secret le plus inviolable, mais elle avait combiné et perpétré sa perte.

C'est elle, — il se le disait, — qui l'avait dénoncé comme l'auteur de ce crime, dont elle le savait innocent, en jetant son chapeau, par dessus le mur, dans le jardin de la villa voisine.

Il s'expliquait ainsi la présence de cet indice accusateur qui avait servi de point de départ à l'enquête.

— Oh !... l'infâme !... l'infâme !... — rugissait l'infortuné en une explosion de colère et d'indignation.

Et il la sentait bien capable de cette infamie scélérate, cette femme qui n'avait eu pour lui que mépris et qui devait avoir conçu de la haine, du moment où il s'était jeté en travers de son existence.

— L'infâme !... le monstre !...

Mais que pouvait-il faire ?

Qui le croirait s'il venait dire aujourd'hui la vérité ?

Pouvait-il, foulant aux pieds cette loyale attitude de gentilhomme, dont il s'était fait une règle, avouer aujourd'hui ses rapports avec Valérie Dubourg, et dire qu'à l'heure où on assassinait Mᵐᵉ Grignon, il se trouvait chez elle, dans la villa voisine ?

On crierait non seulement à la lâcheté et à l'infamie contre le misérable qui, pour se sauver, cherche à compromettre une femme, mais à l'imposture car on lui démontrerait qu'il mentait puisque depuis le matin la locataire de la villa de Coursades était partie.

— Ah ! la misérable a bien pris ses précautions pour me perdre !... — se disait Gaston Dumesnil avec la rage de l'impuissance. — Elle a voulu que je sois accusé de ce crime pour se délivrer de moi !...

Mais alors une autre pensée surgit dans l'esprit enfiévré et torturé du malheureux.

— Si c'était elle qui a fait commettre ce crime !... — se dit-il avec une réelle épouvante, avec des regards de visionnaire. — Si c'était elle qui l'a commis !...

Par la logique déduction des choses, il arrivait à ce résultat.

Evidemment Valérie Dubourg devait avoir connaissance de ce crime ;

il en trouvait la preuve dans le fait même d'avoir jeté son chapeau dans la propriété voisine.

Sans cela, elle se fut bornée, quand elle l'avait retrouvé, à le faire disparaître.

Elle avait donc voulu, non seulement le perdre, mais, sans doute aussi, éloigner d'elle les soupçons.

Et plus il y songeait, plus cette conviction pénétrait dans son esprit.

Alors son impuissance l'accablait plus cruellement encore, car il sentait bien qu'il ne pouvait rien contre cette misérable.

Son accusation paraîtrait odieuse.

Personne ne le croirait.

Comment démontrerait-il que Valérie pouvait être coupable de crime, qu'elle avait commis ou fait commettre, alors que le mobile lui échappait ?

Comment l'accuserait-il alors qu'elle était parvenue à établir qu'elle avait quitté Meudon une heure auparavant et à s'assurer ainsi d'un alibi dont avaient témoigné l'agent de locations et les employés de la gare qui avaient enregistré ses bagages ?

Et la surexcitation que cet état d'esprit lui causa fut si violente, que l'infortuné se sentit en proie aux plus lancinantes douleurs. Il lui semblait que sa tête allait éclater. Il sentait un martellement douloureux battre ses tempes brûlantes et se répercuter sous son crâne.

La fièvre le dévorait. Il avait la gorge desséchée. Il suffoquait.

Pendant la nuit, il eut le délire, et le gardien chargé de la surveillance fut attiré par ses clameurs.

Son état parut si alarmant que, dès le matin, on dût prévenir le médecin de la prison qui, après un examen minutieux, constata le début d'une fièvre cérébrale.

Le transfert du prisonnier dans un hôpital où il pourrait être soigné, s'imposait avec urgence, et ordonné par le médecin de la prison, il fut effectué sans retard.

Gaston Dumesnil fut isolé dans une chambre de l'hôpital de Versailles, affectée ordinairement aux détenus malades, et dans laquelle il fut consigné sous l'étroite surveillance des gardiens qui s'opposeraient à toute tentative d'évasion.

L'instruction, qui n'était pas clôturée à ce moment, demeura interrompue.

Le magistrat croyait tenir l'assassin ; il lui importait seulement qu'il ne parvînt pas à se soustraire à la justice.

*　*

De tous ceux qui avaient suivi les nouvelles de l'assassinat du Chalet du

Bois, Jules Rouland, l'ancien valet de chambre des époux Grignon, s'y était attaché avec le plus d'intérêt.

L'assassin se sentait absolument à l'abri de la justice, et cependant il ne pouvait se défendre contre de réelles angoisses qui, malgré tout, l'assaillaient.

Il savait bien que personne ne pouvait l'accuser et que l'erreur commise par la police détournait de lui les soupçons; mais il redoutait quand même que l'innocence de celui que l'on accusait vînt tout à coup à être démontrée.

Le misérable jouait pourtant dans la perfection le rôle qu'il s'était assigné.

Il avait montré à ses maîtres une compassion qui leur avait paru sincère; il avait su s'indigner contre le crime et paraître désolé de la mort de cette jeune femme à laquelle tout souriait dans la vie; jusqu'au dernier moment son dévouement ne s'était pas démenti, et il avait fait montre d'une réelle douleur durant les obsèques.

Avec une indemnité que M. Grignon lui avait remise en le congédiant, il avait reçu un certificat élogieux dont il s'était servi pour se présenter au bureau de placement de la rue Montmartre, où il avait fait le récit du crime qui le privait de sa place.

Ce n'était guère un moment favorable, en cette saison, pour se placer rapidement. L'été, les personnes susceptibles d'employer un valet de chambre quittent presque toutes Paris pour la campagne, les châteaux ou les plages, et, en attendant la rentrée, Jules Rouland ne pouvait espérer que quelques « extras », c'est-à-dire des emplois momentanés à l'occasion de fêtes, de noces, ou pour remplacer un domestique malade ou absent.

Cependant une place ne tarda pas à lui être offerte.

Une dame se présenta au bureau de placement de la rue Montmartre, une après-midi, tandis qu'il se trouvait avec quelques autres dans la salle affectée aux domestiques.

La fausse Lia de Chavanges, — car c'était elle, — était une cliente nouvelle pour la maison et elle expliqua ce qu'elle désirait à la placeuse.

— J'habite ordinairement mon château, aux environs d'Angers, — dit-elle, — et je voyage assez fréquemment. Cet été, à cause de l'Exposition de Paris, je suis venue m'installer à Meudon, où j'ai loué une villa, car je suis trop habituée au grand air pour me confiner dans un hôtel.

Toujours de l'avis de ses clients, la placeuse l'approuvait.

— Vous avez bien raison, madame.

— J'ai emmené avec moi trois domestiques, — continua-t-elle, — mais il me faut un second valet de chambre, et c'est pour cela que je me suis adressée à vous, ayant vu l'enseigne de votre bureau en passant.

— Ce ne serait peut-être que pour la saison?

— ...On m'avait dit que cette jeune fille brodait si bien.
— Comme une fée, ma bonne dame! (P. 367.)

— Cela dépend; les bons serviteurs sont rares et si j'avais la chance de tomber sur un domestique honnête, intelligent, dévoué, connaissant bien son service, je le garderais certainement. C'est pour cela que je vous prie de me donner quelqu'un en toute confiance.

La gérante d'un bureau de placement n'est jamais embarrassée et tous les domestiques dont elle s'occupe sont ordinairement d'excellents sujets.

Celle-ci fit d'abord l'éloge de sa maison et se vanta d'avoir une clientèle d'élite, dont elle cita quelques noms, pris plutôt dans son imagination que sur ses livres.

Elle n'avait pas de bien nombreux valets de chambre à placer, car le monde qui en emploie ne se les procurait point d'ordinaire chez elle; mais elle avait Jules Rouland qui aurait pu difficilement se présenter dans un bureau réellement honorable, où les certificats sont soigneusement examinés, et les antécédents vérifiés par une enquête.

Elle le proposa.

— En ce moment de l'année les bons valets de chambre sont difficiles à trouver, — dit-elle; — ils sont hors Paris avec leurs maîtres, et ceux qui se trouvent sans place ne sont pas des plus recommandables, car on les aurait conservés. Des circonstances particulières me permettent cependant de vous offrir un excellent sujet, que j'avais placé il y a quelque temps à Meudon même, et qui a perdu sa place à la suite de l'assassinat de la dame chez laquelle il servait.

Mais vous avez sans doute entendu parler de ce crime, puisque vous habitez Meudon, — fit aussitôt la placeuse en s'interrompant.

La pseudo grande dame savait bien ce qu'elle faisait en s'adressant dans ce bureau, car elle avait pris ses renseignements.

— Comment !... — s'écria-t-elle, avec une surprise émue, — c'est cette jeune dame, une nouvelle mariée, je crois, qui a été assassinée à Meudon ?

— Oui, madame... Un crime passionnel... C'est moi qui avait placé dans cette maison, chez M. et Mme Grignon, le valet de chambre dont je vous parle. Ces personnes habitent la province; ce sont de grands industriels de Roanne, et le mari y est retourné après l'assassinat de sa femme...

La placeuse s'étendit sur les détails du crime, qu'elle connaissait à merveille, ayant été renseignée par le valet de chambre lui-même, et, revenant ensuite à son « excellent sujet », elle ajouta :

— Ce pauvre garçon avait trouvé là une excellente place et il a eu la malchance d'être remercié à la suite de ce crime... Tenez, voilà le certificat que son maître lui a délivré, — dit-elle en remettant à sa nouvelle cliente la pièce légalisée qu'elle tira d'une enveloppe jaune, tout en poursuivant : — Vous voyez de quel dévouement ce garçon a fait preuve en cette circonstance, et l'éloge que son maître fait de lui ?

— En effet, ce doit être un bon serviteur, — dit Valérie Dubourg.

— Je puis vous le présenter, il est là.

— Voyons-le.

L'étonnement de Jules Rouland fut grand quand il se trouva en présence de la dame de la villa de Coursades; il l'avait aperçue quelquefois à Meudon et la reconnut du premier coup.

Comme tout le monde, il la croyait partie.

La fausse Lia de Chavanges adressa au valet de chambre qu'on lui présentait quelques questions relatives au service, auxquelles il répondit d'une manière satisfaisante, et les conditions furent acceptées de part et d'autre.

L'aventurière sentit qu'une courte explication était nécessaire, et, ayant amené la conversation sur le crime du Chalet-du-Bois, elle dit qu'ayant été obligée de retourner en Anjou pendant quelques semaines, à cause des moissons et des travaux des champs qu'elle tenait à surveiller elle-même sur ses domaines, c'est là-bas, dans son château, qu'elle avait appris la nouvelle de ce crime qui l'avait vivement frappée, car elle avait eu l'occasion de rencontrer à diverses reprises ses voisins du Chalet-du-Bois.

Ainsi se trouvaient expliqués son absence et son retour.

Elle assura en outre à son nouveau valet de chambre que, si elle était satisfaite de son service, ses fonctions ne seraient pas seulement provisoires, mais qu'elle se l'attacherait et l'emmènerait à Saint-Gemmes.

— Car il n'y a encore qu'à Paris que l'on peut se procurer de bons serviteurs, connaissant bien le service d'une maison importante, — dit-elle en s'adressant particulièrement à la placeuse. — En province, nous sommes bien malheureux sous ce rapport; nous sommes obligés de nous contenter des domestiques qu'on nous procure et qui ne connaissent la plupart du temps rien au service, ou de prendre ceux qui sortent de maisons que l'on connaît, ce qui est toujours fort désagréable, ou de se résigner à s'adresser à Paris et de prendre des gens que l'on n'a jamais vus, que l'on accepte sur la foi de certificats parfois complaisants, et l'on se trouve ainsi, la plupart du temps, engagé par les avances que l'on a faites; le voyage que l'on a payé, envers des domestiques qui ne font pas du tout votre affaire.

— Vous avez bien raison, — approuva la placeuse, — et vous avez eu une excellente idée de profiter de votre séjour ici pour vous fournir à Paris. Je suis convaincue que vous aurez toute satisfaction de ce valet de chambre.

— Je le crois.

— Je ferai tout ce qu'il faudra pour plaire à Madame, — dit Jules d'un ton hypocrite.

— Eh bien! c'est une affaire entendue; vous entrerez chez moi demain matin.

Alors, dès qu'elle l'eut à son service, Valérie Dubourg s'entretint avec son nouveau valet de chambre, comme de la chose la plus naturelle du monde, du crime du Chalet-du-Bois.

Elle dit quelle surprise elle avait éprouvée en apprenant l'assassinat de cette jeune femme, et Jules, jouant admirablement son rôle, exempt du reste aussi bien de tout remords que de la moindre inquiétude, lui apprit, selon la théorie admise par la justice, ce qui avait dû se passer.

Elle ne pouvait se douter qu'elle eût affaire à l'assassin même, et ce crime demeurait mystérieux pour elle qui en savait Gaston Dumesnil innocent.

Elle cherchait, en interrogeant Jules Rouland sur tous les détails, à comprendre ce qui s'était passé.

Elle ne parvenait pas à démêler la vérité.

La fausse culpabilité de Gaston Dumesnil se trouvait clairement démontrée, mais la misérable redoutait pourtant que la justice n'arrivât à reconnaître son erreur.

Alors elle s'épouvantait à la pensée du compte qu'elle aurait à rendre à cet homme, qu'elle avait laissé injustement accuser, car il ne parviendrait à démontrer son innocence qu'en divulguant la démarche qu'il avait faite auprès d'elle.

Que se passerait-il alors ?

Elle se rassurait pourtant en envisageant les circonstances de son départ, et se disait qu'il lui serait possible de nier et d'opposer aux prétentions de Gaston Dumesnil un alibi que le hasard avait institué mieux qu'elle n'aurait pu le faire avec une suprême habileté.

En effet, elle se disposait à partir au moment où Gaston s'était présenté à la villa. Mais tout le monde la croyait déjà partie puisque les clefs étaient remises à l'agent de location et les tickets pris au chemin de fer.

Elle aurait voulu pouvoir connaître l'assassin de Mme Grignon afin de s'assurer qu'il ne courait aucun risque d'être découvert.

Dans sa haine contre cet amoureux, dont l'obstination avait constitué un danger pour elle, elle aurait mis tout en œuvre pour assurer son salut.

Et elle ne trouvait rien.

Elle ne parvenait pas à comprendre quel avait été l'auteur de ce crime dont le mobile demeurait incompréhensible.

Valérie Dubourg ne se distrayait de ces préoccupations qu'en songeant à Liette.

Elle s'était rendue à Clamart, sous le prétexte d'une promenade, et elle avait vu les volets de l'appartement de Sophie Ardusson fermés.

Evidemment Liette n'habitait plus la maison.

Qu'était-elle donc devenue ?...

L'usurpatrice n'osait interroger les personnes qui pouvaient la connaître, car elle ne voulait pas que l'on pût se douter de l'intérêt qu'elle portait à cette jeune fille.

Elle songea, comme elle y avait déjà pensé auparavant, à s'adresser au couvent de Meudon, pour lequel Liette travaillait.

N'ayant pas d'autres moyens d'existence, pensait-elle, elle devait encore travailler pour les sœurs et celles-ci connaîtraient son adresse.

Elle se rendit donc au couvent de la Présentation et fut reçue par la Mère, la sœur Sainte-Marie du Carmel.

Elle parla de travaux de broderie qu'elle avait à faire exécuter pour une chasuble et une étole qu'elle comptait offrir au curé des Pont-de-Cé, où elle habitait, et dit qu'elle avait entendu parler, pendant son séjour à Fleury, d'une ouvrière très habile qui demeurait à Clamart.

— Elle se nomme mademoiselle Ardusson, m'a-t-on dit, — indiqua-t-elle, — et avant de lui confier ce travail, j'ai voulu savoir, ma sœur, si je peux m'adresser en toute confiance à cette jeune fille, si elle est réellement capable, car on m'a dit qu'elle est votre élève.

Valérie Dubourg ne perçut point le changement d'expression que subit le visage de la supérieure au moment où elle prononça le nom que l'on donnait à Liette; elle ne vit point l'impression pénible que reflétèrent ses yeux.

— La personne dont vous parlez, — répondit sœur Sainte-Marie du Carmel, — ne travaille plus pour notre maison. Elle a été, en effet, notre élève et, depuis qu'elle est sortie du couvent, nous l'avons aidée et lui avons donné de l'ouvrage. Mais sa conduite actuelle ne nous permet plus de demeurer en rapport avec elle.

— Sa conduite actuelle !... — fit la fausse Lia de Chavanges avec une surprise bien jouée, car déjà elle avait compris ce que la Mère voulait dire. — On m'avait dit que cette jeune fille était très recommandable.

— On vous a induite en erreur, Madame... C'est aujourd'hui une fille perdue... une fille indigne... et nous lui avons retiré tout travail...

Mais nous pouvons nous charger de la broderie que vous avez l'intention de faire, — s'empressa d'ajouter la supérieure qui ne manquait pas de sens pratique. — Nous avons dans la maison un atelier spécial pour la confection des ornements d'église, auxquels travaillent nos sœurs avec quelques ouvrières de choix; nous travaillons pour les plus importantes maisons de Paris, place Saint-Sulpice...

La châtelaine de Saint-Gemmes accepta la proposition et parla alors de cette chasuble et de cette étole qu'elle avait, en effet, l'intention d'offrir au curé des Pont-de-Cé, qui, nous le savons, avait sa préférence sur celui de sa commune, et elle promit d'envoyer l'étoffe dès qu'elle l'aurait achetée et de venir choisir le dessin de la broderie.

A Clamart, pensait-elle, on saurait bien ce que Liette était devenue, et ce même prétexte de travail à lui donner couvrirait suffisamment sa démarche.

Elle était déjà heureuse de ce qu'elle venait d'apprendre, de voir confirmer ce qu'elle avait prévu.

Il fallait que Liette soit réellement devenue la maîtresse de cet ouvrier mécanicien de l'usine Rollinet pour que la nouvelle en fût arrivée jusqu'au couvent de Meudon.

Et l'une des commères de la rue de Paris le lui dit bien plus catégoriquement encore.

— La petite Liette?... Allez, ça n'a pas fait long feu!... Du jour où la mère Ardusson a été arrêtée, elle a fiché le camp avec son amoureux!... Alors vous comprenez, ma bonne dame, que, pour travailler maintenant, je ne crois pas qu'elle y songe beaucoup!...

— C'est bien ennuyeux!... On m'avait dit que cette jeune fille brodait si bien.

— Comme une fée, ma bonne dame!.

— Et l'on ne sait pas où elle est allée habiter avec ce jeune homme?

— Ils sont allés à Paris, d'après ce qu'on dit... Le soir même de l'arrestation de la mère Ardusson, Liette est allée trouver son amoureux et ils sont partis; le lendemain elle est revenue avec une de ses amies chercher ses affaires, son linge, ce qui lui appartient, et depuis on ne l'a plus revue.

Et la commère ajouta :

— Du reste, le jeune homme, qui est mécanicien à l'usine du haut du pays, a quitté son logement, d'après ce que j'ai entendu dire hier, et c'est facile à comprendre qu'ils sont allés demeurer ensemble. Si vous tenez quand même à voir Liette, à l'usine on vous donnera sûrement l'adresse de M. Duval.

Valérie Dubourg comptait bien se renseigner et suivre les événements qui emportaient la fille de la vicomtesse d'Arcis dans cette voie qu'elle avait prévue, qu'elle avait plus encore désirée; mais son esprit fut préoccupé par une autre nouvelle qui l'intéressait vivement.

On sut que Gaston Dumesnil était tombé grièvement malade dans sa prison, à Versailles, et qu'il avait été transféré à l'hôpital.

Ce fut le valet de chambre qui l'apprit à sa nouvelle maîtresse.

Il avait vu Adèle Vernot, la cuisinière du Chalet du Bois, qui lui donna cette nouvelle.

Un journal de Versailles, dont quelques exemplaires se vendaient à Meudon, en parlait.

L'instruction se trouvait ainsi forcément interrompue.

Bien que la culpabilité parût amplement démontrée au magistrat instructeur, il ne pouvait clore son instruction et la transmettre au parquet avant que l'inculpé ne fût rétabli.

Cette nouvelle combla de joie Valérie Dubourg.

— S'il allait mourir !... — pensait-elle.

Ses vœux épouvantables appelaient la mort sur lui.

Ainsi tout serait terminé sans qu'aucune menace pût encore s'élever contre elle.

Elle pensait bien que, malgré toutes les fausses preuves, malgré toutes les vraisemblances qui l'accusaient, Gaston Dumesnil ne se laisserait pas condamner sans tenter tout ce qu'il était possible pour se sauver.

Qui sait alors s'il n'arriverait pas, elle ne savait comment, à démontrer qu'elle n'était pas partie, le jour du crime, aussitôt qu'on l'avait cru ?...

Qui sait s'il ne parviendrait pas à prouver que c'était dans la villa de Coursades qu'il avait perdu son chapeau et à faire admettre la possibilité que ce chapeau eût été jeté par dessus le mur qui sépare la villa du Chalet du Bois ?...

S'il mourait, tout serait fini.

Elle aurait voulu avoir d'autres détails, mais le journal versaillais ne consacrait à cette nouvelle qu'un « fait-divers » de quelques lignes.

Le rédacteur de cette information, prise au Parquet, ignorait du reste ce qui se passait.

**

L'arrestation de Gaston Dumesnil, l'inexplicable accusation qui était venue tout à coup fondre sur lui avaient produit une profonde émotion sur ceux qui le connaissaient, ceux qui vivaient avec lui depuis de si longues années, vieux et fidèles serviteurs qui l'aimaient avec un dévouement absolu.

Ils étaient trois au service de ce jeune maître et pas un ne pouvait le croire coupable d'un crime aussi épouvantable.

Félix, le vieux valet de chambre, était demeuré atterré lorsque le commissaire central avait parlé de ce crime de Meudon, lorsque les agents avaient saisi son jeune maître et l'avaient emmené.

Il avait protesté en lui-même.

Ce ne pouvait être qu'une erreur, une coïncidence de nom, une ressemblance, une fatalité...

M. Gaston ne pouvait être un assassin.

Et Agathe, la vieille cuisinière, arrivée au moment où l'on emmenait Gaston Dumesnil, ainsi que Mademoiselle Léonide, l'ancienne femme de chambre de Madame Dumesnil, qui dirigeait aujourd'hui la maison du fils de ses maîtres, protestaient aussi.

Elles le disaient au commissaire central pendant, que les agents emmenaient M. Gaston.

Le magistrat instructeur autorisa le transfert du malade dans la maison de santé de Buc...
(P. 375.)

Elles l'avaient vu naître... Il n'y avait pas au monde de plus honnête homme que lui... Et c'est lui qu'on accusait d'un crime, d'un assassinat ?... C'était impossible !...

Les braves femmes avaient les yeux pleins de larmes et leur cœur souffrait presque comme celui d'une mère à laquelle on enlève son enfant.

Les vieux serviteurs de Gaston essayèrent ensuite de se rassurer, tout en déplorant un pareil malheur, une erreur aussi épouvantable, cette arrestation à laquelle ils ne pouvaient, du reste, s'opposer.

La vérité n'allait pas tarder à apparaître.

M. Gaston n'aurait aucune peine à se justifier, ils en étaient bien sûrs, et dès qu'il aurait vu le juge, dès qu'il saurait de quoi on l'accuse, il se disculperait aisément.

Le commissaire central et les agents ne pouvaient pas entendre ses protestations d'innocence.

Ils avaient un mandat, qui est pour eux comme une consigne pour des soldats, et ils devaient l'exécuter.

Ce serait autre chose avec le juge et M. Gaston serait mis en liberté sur le champ.

Aussi, malgré l'événement émouvant de l'après-midi, rien ne fut changé dans la maison : Agathe prépara son dîner ainsi que d'habitude, et Félix fit la couverture dans la chambre de son maître.

Mais le soir, on attendit vainement son retour et alors l'inquiétude de ces braves gens devint réellement poignante.

Ils s'emportèrent en récriminations et en invectives contre la justice qui arrêtait un homme comme M. Gaston, qui l'accusait d'un crime, d'un assassinat...

Et Félix, après en avoir délibéré avec Agathe et Mademoiselle Léonide, se rendit, malgré l'heure avancée, au Palais de Justice, afin d'avoir des nouvelles ; mais il trouva tout fermé et il apprit seulement par le concierge que son maître était en prison, l'arrestation ayant été maintenue.

Ce fut une véritable consternation pour ces serviteurs dévoués, une explosion de colère, une indignation et une douleur en même temps.

Quel était en réalité ce crime dont M. Gaston était accusé ?

Un assassinat à Meudon ?... Les journaux n'en avaient pas encore parlé.

On ne savait où M. Gaston s'était rendu dès le matin, car il n'avait pas parlé de son projet.

Il fallait donc qu'il se fût rendu à Meudon, puisqu'on l'accusait d'y avoir assassiné une femme.

Alors que s'était-il passé ?... Car ce ne pouvait être un crime... Il fallait qu'il y eût eu provocation... Et encore !... M. Gaston était si doux !... Et puis, une femme, voyons !... Non, c'était inadmissible !...

Et cependant cela était !...

Le lendemain matin, à la première heure, le vieux valet de chambre courut de nouveau au Palais, puis à la prison, et il obtint l'autorisation d'apporter à son maître le linge et les vêtements dont il pouvait avoir besoin.

On l'autorisa également à apporter les repas de M. Dumesnil, mais il ne lui fut pas permis de le voir.

Et les jours se passèrent ainsi.

Les trois domestiques de l'inculpé, au courant maintenant du crime de

Meudon, dont les journaux avaient parlé, furent interrogés et ils ne purent fournir aucun élément nouveau à l'enquête.

Ils s'épouvantèrent des charges formidables qui s'étaient accumulées sur cet infortuné M. Gaston, et persistant à le croire innocent, victime d'une erreur qui se dissiperait inévitablement, ils ne parvenaient à pénétrer le mystère qui enveloppait le drame du Chalet du Bois.

Ils ne demeuraient pas inactifs et leur dévouement affectueux les poussait à tenter tout ce qu'ils pouvaient en faveur de leur maître.

Par eux-mêmes, ils ne pouvaient rien, mais des amis de M. Gaston sauraient bien mettre en œuvre leur influence.

— Il faudrait prévenir M. Durier, — dit Félix. — Il connaît la loi, les juges... Il obtiendrait bien l'autorisation de voir M. Gaston, et alors il saura ce qui s'est passé à Meudon...

— Oui, M. Durier saura bien tirer cette affaire au clair, — appuya Agathe, et peut-être même parviendra-t-il à trouver l'assassin de cette pauvre dame, car il s'y connaît mieux que les agents de police, lui qui est homme d'affaires.

Mlle Léonide parla d'un autre ami de M. Gaston.

— C'est le docteur Delestrade qu'il faut prévenir avant tout, — dit-elle, — car il est tout près d'ici et il connaît tout le monde à Versailles, il pourra voir le juge d'instruction, le président du tribunal qui est son ami, le préfet, et, en attendant que l'on ait trouvé le véritable coupable, le docteur Delestrade s'arrangera bien pour que M. Gaston ne soit pas traité comme un assassin.

L'ancienne femme de chambre de Mme Dumesnil n'avait pas achevé sa proposition que le docteur se présenta.

Comme tout le monde, il avait appris par les journaux la nouvelle du crime de Meudon, et, bien que l'assassin présumé ne fût encore indiqué que par les initiales de son nom, il avait compris qu'il s'agissait de son ami Dumesnil.

Il ne pouvait en croire ce qu'il avait lu et il accourait pour être renseigné.

— Hélas ! oui, Monsieur le docteur, c'est bien notre pauvre Monsieur Gaston... — gémit Agathe les yeux pleins de larmes.

Et tous trois, les vieux serviteurs laissèrent éclater leur indignation et leur douleur.

Le docteur eut toutes les peines du monde à se faire dire exactement ce qui s'était passé.

Il n'eut pas un seul instant la pensée que Gaston pût être coupable du crime dont on l'accusait, car il le connaissait assez pour écarter toute hypothèse qui aurait pu l'amener à croire à un meurtre plutôt qu'à un assassinat.

Gaston n'était pas un violent et, dans n'importe quelle circonstance, il le savait incapable de violence à l'égard d'une femme.

Rien dans sa conduite, rien dans son caractère ne pouvait le faire croire à cette passion dont l'accusation faisait le mobile du crime.

Il y avait donc quelque chose d'inexplicable, de mystérieux, dont Gaston lui-même n'avait pu fournir la solution, puisqu'il n'était point parvenu du premier coup à se disculper.

Mais le docteur avait en son ami une confiance égale à son estime et à son affection, et il était résolu à s'employer à le sauver.

XXIII

AMANTS

Le docteur Delestrade était assurément le plus ancien ami de la famille Dumesnil.

Une affection véritablement fraternelle l'avait lié au père de Gaston depuis leur plus tendre enfance et il l'avait reportée toute entière sur le fils de son ami.

Un lien qu'il considérait comme sacré l'unissait à lui : le docteur Delestrade s'était épris d'un amour profond pour la sœur de Gaston, qui avait été emportée en quelques jours par une maladie foudroyante au moment où il allait l'épouser.

Cet amour malheureux avait laissé dans le cœur de l'ami de M. Dumesnil une plaie inguérissable.

Cette douleur s'accrut encore de la perte de son ami, emporté un mois à peine après la mort de sa fille.

A cette époque, le docteur Delestrade exerçait à Paris, où il s'était établi après la mort de ses parents, prenant la succession du cabinet de son père, membre de la Faculté de médecine.

Le travail et l'étude lui offrirent un refuge contre l'affreuse douleur qui l'accablait, et lui apportèrent en même temps une salutaire diversion.

Dans les biens dotaux que devait recevoir Mlle Dumesnil se trouvait une superbe propriété sise à Buc, aux environs de Versailles. — Le docteur proposa à Gaston de la lui céder, ce qu'il fit de la meilleure grâce du monde, heureux d'être agréable à cet homme qui avait été sur le point de faire partie de sa famille.

Lucien Delestrade s'était déjà adonné, porté par des aptitudes naturelles, à l'étude des maladies nerveuses, à la pathologie des affections mentales dont la voie lui était déjà tracée par d'illustres devanciers.

La thèse qu'il avait soutenue au moment de son admission à l'internat des hôpitaux : *Des névralgies qui peuvent devenir le point de départ de psychoses réflexes*, avait marqué les prédispositions spéciales dont il se sentait doué.

Il avait ensuite publié des ouvrages fort appréciés : *Influence de l'état physique sur le pronostic des hallucinations*, et *Rapport entre les troubles sensuels et les perturbations psychiques*, qui avaient attiré sur lui l'attention du monde savant et lui avaient valu les félicitations des docteurs Charcot, Ball, Magnan et autres savants aliénistes.

Le docteur Delestrade se voua désormais tout entier à cette captivante étude des maladies mentales, et, sur ses plans, la propriété de Buc fut transformée en une maison de santé modèle, aménagée avec tout le confort moderne et compatible avec toutes les exigences de la science thérapeutique.

Au mieux avec la magistrature, qui souvent, en le désignant comme expert, avait fait appel à ses lumières, il se présenta chez le président du Tribunal de Versailles.

Le président se rendit avec lui chez le juge d'instruction que le mit au courant de toutes les circonstances du crime de Meudon, mais qui ne put parvenir à le convaincre de la culpabilité de son ami Gaston Dumesnil malgré toutes les preuves qui l'accablaient.

Le docteur Delestrade résolut de lutter contre la fatalité et d'essayer de dissiper le mystère qui enveloppait l'assassinat de Mme Grignon.

Il aurait voulu pouvoir s'entretenir avec Gaston, afin d'avoir de lui des explications qu'il ne pouvait peut-être pas donner à la justice; mais l'autorisation de le voir dut lui être refusée jusqu'à ce que l'information fût complète.

A défaut d'autres éléments, cet ami dévoué entreprit lui-même une enquête à Meudon, afin d'arriver à découvrir un indice qui le conduirait à l'explication du mystère qu'il pressentait. Il l'entreprit avec le concours de l'agent de locations, un ancien officier, qu'il connaissait bien, et qui interrogea tous ceux qui pouvaient le renseigner. Mais toutes ces investigations demeurèrent vaines et n'arrivèrent qu'à confirmer les preuves que le magistrat instructeur avait relevées à la charge de l'inculpé.

Impossible de trouver le moindre élément qui permît de mettre sur la piste du véritable assassin du Chalet-du-Bois.

Le docteur désespérait d'arriver à découvrir la vérité sans le concours de son ami, et il attendait avec impatience, se rendant chaque jour au Parquet de Versailles, à cette intention, d'être autorisé à voir Gaston dans sa prison, lorsque, un matin, il vit arriver chez lui Félix.

— Qu'y a-t-il donc? — interrogea-t-il déjà en proie à une appréhension cruelle en voyant le visage bouleversé du vieux serviteur.

— Oh! Monsieur le docteur, une bien mauvaise nouvelle, — annonça le valet de chambre. — M. Gaston est au plus mal... On l'a trouvé sans connaissance dans sa cellule... Il a une fièvre épouvantable... Il a le délire... Il ne reconnaît plus personne... On a été obligé de le transporter à l'hôpital...

Le docteur fut très vivement alarmé.

— Alors je suis venu en toute hâte vous prévenir... Pensez-donc, mon pauvre M. Gaston dans un hôpital... Si malade... c'est sa mort, j'en suis sûr!... Il faut le sauver, M. le docteur!... Il faut le sauver!...

Lucien Delestrade fit vivement atteler et il se rendit à l'hôpital de Versailles où il vit le médecin en chef.

— Le cas de M. Dumesnil, — lui dit ce confrère, — m'inspire, en effet, de graves inquiétudes. J'ai diagnostiqué une fièvre cérébrale... Je ne vous cache pas qu'il est en danger...

Dans ces circonstances, le juge d'instruction autorisa le médecin à visiter son ami.

Gaston, en proie à une fièvre intense, ne reconnut même pas Lucien Delestrade.

Il délirait et prononçait des phrases sans suite dans lesquelles revenaient sans cesse ces mots :

— Coquine !... l'infâme !... C'est elle !...

Les potions calmantes ne produisaient aucun effet sur lui. Les applications de glace pilée sur le sommet de la tête ne parvenaient pas à conjurer les effets de l'inflammation. Une abondante saignée même n'avait apporté aucune rémission.

A la demande du Dr Delestrade, une consultation eut lieu, à laquelle il prit part, et l'état du malade fut jugé des plus graves.

Non seulement un dénouement fatal semblait imminent, mais il y avait à craindre qu'en cas de guérison les facultés mentales de l'infortuné n'eussent subi la plus grave atteinte.

Le médecin en chef de l'hôpital croyait, comme tout le monde, à la culpabilité de Gaston Dumesnil qui paraissait surabondamment démontrée ; mais édifié par son confrère sur sa situation et son caractère, il se demandait s'il ne fallait pas chercher dans un moment de folie passagère l'explication de ce meurtre.

C'était peut-être le salut pour son ami.

Le docteur Delestrade le comprit et il résolut, pour le sauver, de manœuvrer dans ce sens.

Évidemment, si Gaston Dumesnil était réellement coupable de ce crime, que l'on avait déjà qualifié de « crime passionnel », il ne pouvait avoir agi que sous l'influence d'une surexcitation nerveuse confinant à la folie.

Et, en effet, il se rappelait qu'il y avait eu un aliéné dans la famille de son malheureux ami, son grand père paternel, qui avait été soigné par le docteur Blanche et qui était mort, en 1857, dans la célèbre maison de santé d'Auteuil.

Ainsi l'explication de ce crime était trouvée.

L'irresponsabilité de Gaston Dumesnil pouvait être démontrée.

Cette opinion fut formulée par le médecin en chef de l'hôpital, au juge d'instruction qui, chaque jour, se faisait tenir au courant de l'état de santé de son inculpé.

Il prescrivit un examen médical, qu'il confia à l'un des plus célèbres aliénistes dont l'opinion fait autorité en justice, et le résultat fut conforme à ce qu'espérait le docteur Delestrade.

Dès lors les démarches de l'ami dévoué de Gaston devaient aboutir.

Le magistrat instructeur autorisa le transfert du malade dans la maison de santé de Buc, où il serait soigné et soumis en même temps à une surveillance spéciale en vue d'établir définitivement son degré de responsabilité.

Il importait avant tout de soustraire Gaston Dumesnil à la Justice, de l'arracher à la prison, d'atténuer aux yeux de tous, par cette déclaration d'irresponsabilité, l'odieuse accusation qui pesait sur lui.

L'ami dévoué y avait complètement réussi, avec le concours de ses confrères, et il se félicitait de ce succès.

Convaincu de l'innocence de Gaston, le docteur Delestrade se promettait bien d'arriver un jour à pénétrer ce mystère et à découvrir le véritable coupable.

Il laverait son ami de ce crime, qu'il guérît ou qu'il succombât; mais avant tout il mettrait en œuvre toutes les ressources de la science pour le rendre à la santé.

Et en peu de jours, grâce à ses soins éclairés et dévoués, une amélioration sensible se produisit. La fièvre intense qui le dévorait se calma et cessa peu à peu.

La guérison était pourtant encore fort éloignée, car le moral avait été profondément atteint.

L'intelligence demeurait troublée.

Le malheureux était incapable de se souvenir.

Il semblait qu'un voile épais avait été jeté sur tous ces événements horribles dans lesquels son existence avait été prise.

Il n'avait reconnu qu'avec peine, après plusieurs jours, son ami Delestrade et ce brave Félix qui le soignait avec un dévouement attendri, ne le quittant ni la nuit ni le jour.

Il ne parvenait pas à se rendre compte, après qu'on le lui eut assuré, comment il se trouvait dans la maison de santé de Buc.

Le délire avait cessé avec la fièvre, mais la nuit son sommeil était troublé par d'épouvantables cauchemars qui troublaient sa raison encore chancelante.

Le docteur l'interrogeait doucement, avec tous les ménagements possibles, dans les moments où il se trouvait le plus calme, et il ne parvenait à en tirer aucune explication utile.

Tout était affreusement bouleversé dans l'esprit de Gaston.

Il ne se souvenait ni du crime dont on l'avait accusé, ni de son arrestation.

La maladie terrible à laquelle il avait failli succomber, était devenue le seul événement de son existence, sans qu'il lui fut possible d'en fixer le point de départ, ni la cause.

Le docteur Delestrade avait formellement recommandé à Félix de n'adresser à son maître aucune question sur les tragiques événements de Meudon, et lui-même ne lui en parlait plus.

Il fallait attendre, sans le provoquer, le réveil normal du souvenir qui se produirait, déclarait-il, dès que la guérison serait assurée.

Il y aurait eu danger de la troubler à jamais en l'évoquant.

Mais, en l'absence de toute indication, toute recherche demeurait irréalisable.

Aucune conjecture ne parvenait à donner une idée de la vérité.

Un fait cependant intriguait vivement et préoccupait anxieusement le docteur Delestrade. Il avait eu connaissance de cette lettre inachevée que Gaston écrivait à un de ses amis au moment où on l'avait arrêté.

Le juge d'instruction la lui avait représentée comme une charge, concourant avec toutes les autres à établir la culpabilité, car, selon la théorie de l'accusation, cet « événement grave qui venait de troubler l'existence de Gaston Dumesnil » et qui, il l'indiquait lui-même dans la dernière phrase à peine commencée, s'était passé à Meudon, ne pouvait être que le crime dont il s'était rendu coupable.

Le docteur, qui était convaincu de l'innocence de son ami, cherchait dans cette lettre la clef de l'énigme.

Cette lettre, comme les autres preuves que l'enquête élevait contre Gaston, n'étaient à ses yeux que des coïncidences trompeuses que la fatalité avait réunies.

Évidemment il y avait un secret dans l'existence de ce malheureux ami, un secret douloureux puisqu'il avait préféré se laisser accuser plutôt que de l'avouer.

Vainement Lucien Delestrade avait questionné Félix à ce sujet.

Le vieux valet de chambre avait remarqué que, depuis quelque temps, M. Gaston paraissait préoccupé, inquiet ; son humeur avait changé. Quelque chose évidemment l'irritait. Mais rien n'avait pu faire comprendre la nature de cette préoccupation.

— Non... Je vous aime toujours... Je comprends, allez!... Vous n'êtes pas à blâmer,
vous êtes à plaindre... (P.383.)

Le docteur avait questionné l'agent de location de Meudon, qui connaissait Gaston depuis si longtemps, et il avait essayé de savoir si son ami
ne fréquentait personne dans la localité.

De ce côté encore on n'avait rien découvert.

Enfin on avait eu une idée. Cette lettre devait être adressée à Raymond
Durier, qui était également un ami intime de Gaston Dumesnil.

Le docteur, aussi bien que Félix, savait quelle affection les unissait.

Il se rendit à Paris, rue Vivienne, où l'homme d'affaires avait son cabinet, et ce fut lui qui lui apprit l'arrestation de Gaston, car Raymond Durier avait à peine fait attention au crime de Meudon qu'il avait lu dans un journal où l'on ne donnait que l'initiale de l'auteur présumé.

Jamais il n'aurait pensé que son ami ait pu être accusé d'un crime semblable.

Sa stupeur fut aussi profonde et aussi douloureuse que celle de Lucien Delestrade.

Evidemment, c'est à lui que cette lettre devait être adressée, mais Raymond Durier était incapable de fournir aucun renseignement.

Malgré l'amitié qui l'unissait à Gaston, il ne le voyait pas fréquemment, étant très absorbé par ses affaires, et cette lettre même prouvait bien qu'il ignorait cet événement dont son ami s'apprêtait à lui faire la confidence.

Raymond Durier éprouvait une douleur aussi cruelle que celle du docteur en apprenant le malheur qui accablait cet infortuné Gaston.

De son côté, il promit de se mettre immédiatement en quête pour découvrir la vérité.

En sa qualité d'homme d'affaires, rompu aux enquêtes les plus difficiles, il possédait des moyens d'investigation qu'il allait mettre aussitôt en œuvre, et il promit au docteur de le prévenir sans retard de ce qu'il découvrirait.

Pour le public, grâce à la note publiée dans les journaux de Versailles, et qui n'avait eu qu'un faible écho dans ceux de Paris, le crime de Meudon passait au rang des affaires que l'on appelle « classées », car il avait été dit que ce crime était l'œuvre d'un fou, et l'on avait donné le résultat du rapport des médecins-légistes commis par le Parquet à l'examen de l'inculpé qu'ils avaient déclaré irresponsable.

On avait annoncé aussi que Gaston Dumesnil, en proie à une violente surexcitation nerveuse, qui présentait tous les caractères de la folie, avait dû être enfermé dans une maison de santé.

Et, même à Meudon, l'oubli se faisait peu à peu.

Seule Valérie Dubourg continuait à songer à ce crime dont elle ne parvenait point à pénétrer le mystère.

*
* *

Depuis cinq jours que Liette était partie, Mariette n'avait reçu aucune nouvelle.

— Pourquoi veux-tu donc qu'il écrive ?... — lui dit Totor pour la rassurer. — Liette est à la Tour de Villebon et Pierre est avec elle... Ce n'est pas là qu'on ira le dégotter... S'il n'écrit pas c'est que tout va bien...

Et puis, je me mets à sa place; Pierre ne doit pas avoir grand temps à lui. Il y a une vraie trotte de Villebon à l'usine, trois quarts d'heure pour le moins. Alors je le vois d'ici, dès qu'il est libre, se cavalant à toutes jambes, afin de ne pas laisser Liette trop longtemps toute seule... Où veux-tu qu'il trouve le temps d'écrire ?

— Mais Liette... elle aurait bien pu, il me semble... quand ce ne serait que pour me rassurer...

— C'est que tout va bien, — persista l'optimiste Totor.

— Pourtant Pierre avait dit qu'il nous écrirait et que dimanche nous irions les retrouver où il nous indiquerait, pour passer la journée ensemble... Eh bien! c'est demain dimanche...

— Il a pensé probablement qu'il est plus prudent de ne pas se ballader tout de suite.

— Oui... peut-être...

— Liette doit avoir peur de sortir.

D'abord, la journée n'est pas encore finie, — ajouta Totor. — Il y a une distribution ce soir ; nous pouvons encore recevoir une lettre à huit heures.

La soirée s'acheva pourtant sans que l'on eût reçu cette lettre que Totor avait fait espérer à Mariette, et le dimanche se passa également sans nouvelles.

L'inquiétude commençait à pénétrer dans le cœur de Mariette.

Sûrement il devait être arrivé quelque chose à Liette.

— Qu'est-ce que tu veux qui lui soit arrivé?... — dit Totor, le soir, pour rassurer la brave fille.

— Je ne sais pas... mais il me semble...

— Au contraire, il ne lui est rien arrivé de fâcheux, car nous l'aurions su. En admettant que ce soit sa famille qui la cherche, ce qui ne me semble pas plus sûr que ça, tu penses bien que Pierre serait venu nous prévenir, si on l'avait découverte et si on la lui avait enlevée.

— Si elle était malade?...

— Il t'aurait appelée, car il n'aurait que toi pour la soigner... Va donc, ma bonne sœurette, ne te turlupine pas comme ça.

— Pierre avait pourtant bien promis d'écrire afin de nous donner rendez-vous quelque part pour aujourd'hui.

— Eh bien! quand nous le verrons, il nous dira ce qui l'en a empêché.

— Tu es heureux d'avoir un caractère comme le tien, de ne jamais te faire de mauvais sang !

— Ecoute, s'il fallait se faire de la bile sans savoir, on ne vivrait pas, — déclara philosophiquement Totor. — Il y a bien assez quand c'est arrivé.

Comme l'on n'avait encore reçu aucune nouvelle le jeudi, Totor dit à Mariette qui se tourmentait de plus en plus :

— Aujourd'hui, pour sûr, on va voir Pierre ; c'est le jour où il vient à l'Exposition. Je parie qu'il viendra déjeuner, comme il faisait quelquefois.

Mais on ne vit pas le mécanicien et alors, sans rien en dire, Totor se rendit à la Galerie des Machines.

Pierre n'y était pas.

Les ouvriers de M. Rollinet qu'il interrogea lui dirent qu'on ne l'avait pas vu.

Il n'avait pas prévenu non plus pour dire qu'il ne viendrait pas ; par conséquent ce devait être d'accord avec les patrons.

Le soir, quand Mariette eut appris cela, son inquiétude redoubla.

Elle persistait dans son idée : il fallait absolument qu'il fût arrivé quelque chose.

Et le lendemain matin, elle dit à Totor :

— Il faut que j'aille voir... je suis trop inquiète... S'il n'est rien arrivé à Liette, je serai au moins rassurée et je saurai ce qui a empêché Pierre de donner de ses nouvelles.

Elle laissa l'atelier à la direction de sa première et courut à la gare Montparnasse.

Mariette se rendit directement à la Tour de Villebon, puisqu'elle savait que Pierre avait logé Liette dans cet établissement.

Elle s'adressa à Mᵐᵉ Maillort qu'elle rencontra à l'entrée et lui demanda

— Je viens voir une jeune fille que vous avez depuis la semaine dernière... Mademoiselle Darcis... que M. Duval, de l'usine Rollinet, a conduite chez vous.

— Oui, je sais qui vous voulez dire, — répondit la propriétaire de la Tour de Villebon. — Cette petite dame était encore ici hier matin, avec M. Pierre, mais elle nous a quittés.

Ce fut un désappointement.

— Elle est donc partie hier ?... — demanda Mariette.

— Dès le matin, avec M. Duval.

— Je la trouverai probablement chez lui à Clamart.

— Sans doute... Je crois, d'après ce que j'ai compris, qu'ils se sont installés, — ajouta Mᵐᵉ Maillort. — Ce n'était, du reste, que provisoirement qu'ils étaient venu habiter à la Tour.

Ce renseignement, dans le vague de l'indication, justifiait l'inquiétude de la bonne Mariette.

Si Pierre avait emmené Liette, c'est qu'il y avait été obligé. Il avait dû sans doute la cacher.

Chez lui, où elle se rendit sur le champ, une nouvelle déception l'attendait.

On lui dit :

— M. Duval a déménagé hier matin ; il n'habite plus ici,

Voilà donc quelle était la cause du silence de Pierre.

Mariette se livrait à de rapides conjectures, se disant qu'un événement qu'elle ne tarderait pas à connaître avait contraint Pierre à chercher un nouveau logement, et il avait été trop préoccupé par son déménagement pour lui écrire. Il attendait sans doute pour cela d'avoir terminé son installation.

Et elle demanda :

— Quelle est la nouvelle adresse ?

— M. Duval a quitté Clamart, — répondit la propriétaire, car c'était à elle que Mariette s'adressait, — il est allé demeurer à Paris, mais je ne sais pas son adresse. Il a tout simplement dit que si quelqu'un le demandait de l'adresser à l'usine.

A Paris !... Pierre s'était logé si loin de son travail ?

Que se passait-il donc ?...

Et se retirant, après avoir remercié, Mariette cherchait à comprendre quelle nécessité avait obligé Pierre à quitter Clamart, sans qu'il lui en eût rien dit.

Et Liette !... Il l'avait donc emmenée avec lui !...

Mariette se dirigeait vers l'usine, car son inquiétude demandait à être apaisée.

Le contremaître, M. Maugeron, qu'elle connaissait bien, lui apprit que Pierre demeurait maintenant boulevard Montparnasse dans la maison qui fait l'angle de la rue du Cherche-Midi.

— Une maison où il y a un café au rez-de-chaussée, c'est facile à trouver.

Et le contremaître ajouta, allant au devant des explications que Mariette allait lui demander :

— Duval a plus à faire désormais à l'Exposition qu'à l'usine et ce lui sera plus commode d'habiter dans le voisinage ; sans compter qu'il n'est pas loin de la gare Montparnasse.

Et puis les patrons ont d'autres projets sur lui, — compléta-t-il. — Il ne le sait pas encore, mais M. Alfred m'en a parlé. Les patrons sont en pourparlers pour acheter une usine d'appareils électriques de ce côté là, et je sais que Duval y aura sa place, et une bonne place, parce que c'est un garçon capable, très intelligent... Il pourrait être ingénieur, s'il voulait ; M. Alfred le sait bien... Alors dès que l'affaire sera faite, il sera tout désigné pour la nouvelle usine et il n'en demeurera pas loin.

C'étaient en somme d'excellentes nouvelles et Mariette se serait réjouie bien cordialement de l'amélioration de position réservée à Pierre dans un avenir très prochain si elle avait été exempte de toute inquiétude. Mais elle ne pouvait se défendre d'inexplicables angoisses, car elle sentait qu'il y avait quelque chose qu'elle ne comprenait pas.

Elle reprit le train et courut à l'adresse que M. Maugeron venait de lui indiquer.

Là elle s'adressa à la concierge :

— C'est bien ici que demeure M. Duval ?... Il vient de Clamart et il doit avoir emménagé hier.

— Oui, parfaitement... Monsieur et Madame Duval, — dit la concierge. — c'est au troisième, la porte en face de l'escalier.

Mariette avait été frappée par ces mots : « Monsieur et Madame Duval. »

Ces mots avaient été pour elle une révélation inattendue qui l'avait frappée de saisissement et d'émotion.

Elle comprenait maintenant ce qui s'était passé, le silence de Pierre, la nécessité de ce déménagement dont elle n'avait pas été prévenue.

Elle se rappelait aussi l'expression de Mme Maillort qui, en parlant de Liette, à la tour de Villebon, avait dit : « Cette petite dame. »

Et au moment où la concierge ajoutait :

— M. Duval n'est pas là en ce moment, mais madame est là-haut.

Pierre se présenta, et à la vue de Mariette, une vive stupeur qui le saisit.

— Toi !... Mariette !... —balbutia-t-il en lui prenant la main et en l'embrassant. — Comment as-tu su que j'étais ici ?... Je voulais venir te voir cet après-midi pour te dire que j'avais déménagé.

— Je suis allée à Villebon et à Clamart, — dit Mariette, — car j'étais inquiète de ne pas recevoir de nouvelles... Nous t'attendions dimanche... Alors j'ai su par ta propriétaire que tu avais déménagé... J'ai vu M. Maugeron à l'usine et c'est lui qui m'a appris que tu demeurais ici.

— Viens, — dit Pierre.

Et il l'entraînait dans l'escalier, car il avait besoin d'être seul avec elle pour tout ce qu'il avait à lui dire.

— Oh ! ma bonne Mariette... si tu savais... — fit Pierre gêné et troublé.

Mais Mariette voulut éviter à ce frère qu'elle adorait un aveu pénible.

— Je sais, — lui dit-elle doucement.

— Comment !... que sais-tu ?...

— J'ai bien compris ce qui s'est passé entre Liette et toi...

— Je l'aime tant !... J'étais comme fou à la pensée qu'on pouvait venir me l'enlever... Je n'ai pas osé la laisser seule... Oh ! Mariette... ma bonne Mariette... Tu seras indulgente pour elle... Tu l'aimeras toujours, n'est-ce pas ?... Tu l'aimeras quand même ?... Elle n'est pas coupable... C'est moi seul... Dis, tu l'aimeras encore ?...

— Oui, toujours...

— C'est elle qui n'a pas voulu que je t'écrive, comme c'était convenu...
Elle n'osait pas te revoir... Viens, viens,... tu lui diras que tu l'aimes...

Et Pierre ouvrit la porte de son appartement.

Au bruit de la clef dans la serrure, Liette accourut, croyant son amant
seul.

Elle s'arrêta, immobilisée par la stupeur, rougissante de honte à la
vue de Mariette.

Mais la brave fille allait à elle, les bras tendus, et elle la prit tendrement
pour l'embrasser.

— Ma pauvre Liette, — lui dit-elle au milieu de ses caresses qui
l'émouvaient et la réconfortaient, — je sais tout... J'ai compris... Ma chère
mignonne...

— Vous savez ?... — balbutia Liette dont les yeux se remplissaient de
larmes et qui cachait son visage.

— Ne pleurez pas...

— Vous devez me mépriser...

— Non... Je vous aime toujours... Je comprends, allez !... Vous n'êtes
pas à blâmer, vous êtes à plaindre...

— Ah ! que vous êtes bonne !... — soupira enfin Liette en rendant ses
baisers à Mariette. — Que vous êtes bonne !...

— Et vous, vilaine, qui ne vouliez plus me revoir !...

— Ne me grondez pas... J'avais trop honte... Ah ! lorsque j'ai compris
combien j'étais coupable... combien j'étais indigne... c'est vrai, je n'osais
plus... Je croyais que vous me mépriseriez...

— Pauvre petite, — fit Mariette avec un redoublement de tendresse.

— Alors, tu comprends, il a bien fallu prendre un parti, — dit Pierre
intervenant à ce moment. — Je ne pouvais plus me séparer d'elle...

— Non, je ne voulais plus qu'il me quittât, — dit Liette à travers des
larmes.

— Je ne pouvais l'emmener chez moi, car il n'était pas possible de la
laisser à Clamart après tout ce qui s'est passé, après tout ce qu'on a dit...
Justement, M. Alfred voulait que je vienne chaque jour à l'Exposition, à
cause de la nouvelle machine que l'on fait fonctionner... Cela me permettait
de venir m'installer à Paris... Avec ma propriétaire, il m'était facile de
m'arranger, puisque je payais mon loyer d'avance ; je n'ai eu qu'à lui régler
un demi-terme... et j'ai pu partir... Nous sommes venus tous les deux pour
chercher un appartement... comme mari et femme, car on nous croit mariés
ici... Et tu vois, nous sommes installés... Nous avons déménagé hier. Tout
est encore un peu sens dessus dessous...

— Mes pauvres enfants, — dit Mariette avec une exquise bonté, d'une
voix pleine d'affection et d'attendrissement, — vous serez heureux, car vous

vous aimez... Vous avez tout contre vous et vous n'êtes pas coupables de ce qui est arrivé...

— Heureux !... — dit Pierre avec un ardent regard à Liette, — ah ! oui, nous le sommes !... Nous nous aimons tant !... Maintenant surtout !...

— Alors, c'est bien vrai, — demanda encore Liette, — vous ne me méprisez pas ?... Vous m'aimez toujours ?...

— Plus que jamais, ma chérie !... — répondit Mariette en l'embrassant de nouveau.

— Merci, ma bonne Mariette... Maintenant que vous êtes là, je suis bien heureuse... Mais je n'osais pas... Pierre voulait aller tout seul vous voir ; c'est moi qui n'ai pas voulu... J'avais tellement honte...

— Ne parlez plus de cela... Ce n'est pas votre faute si vous n'avez pu faire ce que vous vouliez...

— Et puis, quand on s'aime, c'est plus fort que tout, — ajouta Pierre. — Eh bien ! maintenant nous attendrons... Quand nous le pourrons, nous nous marierons... lorsque Liette sera majeure...

— Et vous n'avez plus entendu parler de rien ? — demanda Mariette. — Vous n'avez plus revu cet homme ? ..

— Non, personne, — répondit Pierre. — Comment nous aurait-il retrouvés d'abord ?... Et c'est encore une raison pour laquelle j'étais bien aise de quitter Clamart... Ici personne ne nous connaît... Nous ne verrons que toi et Totor... Et puis maintenant, que m'importe !... Liette est à moi, on ne me l'enlèvera pas !...

— Oh ! non, je ne te quitterai pas !... — s'écria Liette. — On ne m'enlèvera pas de tes bras !...

Et peu à peu, remis de l'émotion qui les avait saisis tous les trois, ils continuèrent de causer.

Mariette exposa les inquiétudes qui l'avaient assaillie, en cette absence de nouvelles qu'elle ne savait à quoi attribuer. Elle parla de Totor qui, lui, ne se tourmentait aucunement, et elle raconta tout ce qu'elle avait fait depuis le matin pour retrouver Pierre et Liette.

Il fut entendu qu'elle allait rester déjeuner avec eux.

— Tu vois quelle bonne petite femme de ménage fait ma Liette, — dit Pierre avec orgueil, — c'est elle qui a tout arrangé ici.

— Et il montrait les deux pièces qui, avec un petit cabinet et la cuisine, composaient tout leur logement.

Là, leur chambre, où l'on avait installé le mobilier que Pierre avait conservé, les meubles qui lui venaient de son père, car ils n'avaient rien eu à acheter. Ici la salle à manger. Et dans ce cabinet bien clair, éclairé par une fenêtre, c'est là que tous deux travailleraient, Pierre à ses dessins de mécanique sur cette table, et près de lui, Liette à sa broderie.

— Pour être sûr de ne pas me tromper, je demandai à la concierge et je sus ainsi le nom
de famille de cette demoiselle... (P. 390.)

— Tout n'est pas encore en place, — expliquait le jeune homme, heureux, fier de cette situation nouvelle ; — il y a encore les rideaux que l'on n'a pas posés. Mais quand tout sera installé, tu verras comme ce sera gentil.

Et puis, — ajoutait-il, — ce sera bien commode pour mon travail. Pour le moment, j'ai affaire chaque jour à l'Exposition, comme je te l'ai dit, et j'en suis tout près ; il n'y a pas plus de dix minutes d'ici au Champ de

Mars. Et quand il faudra que j'aille à l'usine, je ne suis pas bien loin de la gare Montparnasse.

— Dis aussi ce que veut faire ton patron, — fit Liette.

— Ce n'est pas encore fait, mais je pense que ça se fera. M. Alfred m'a parlé d'une fabrique d'appareils électriques, de téléphones et d'accumulateurs qu'il est sur le point d'acheter, et de la manière qu'il m'a dit ça, j'ai compris qu'il compte m'y faire entrer... Il sait que j'ai travaillé beaucoup à l'emploi de l'électricité comme force motrice, et en ce moment c'est la préoccupation des ingénieurs. Il y a tout un avenir là dedans... Alors, si les patrons achètent cette nouvelle usine, ce sera une belle position pour moi.

La conversation continua ainsi pendant le repas.

Maintenant Pierre et Liette se sentaient plus forts

Il leur semblait que la faute qu'ils avaient à se reprocher leur était pardonnée; que leur amour, plus puissant que jamais, se trouvait consacré.

Et en effet, leur amour avait pris des forces nouvelles.

Les craintes de séparation qui les avait alarmés, les avaient jetés dans les bras l'un de l'autre et avaient exalté leur tendresse, la transformant en une passion d'amour dont la possession avait décuplé les forces.

Et puis, vis à vis du monde, n'était-ce pas comme s'ils étaient mariés?

Personne, dans ce milieu nouveau, ne connaissait leur situation.

Ils étaient « monsieur et madame Duval », ainsi que le concierge l'avait dit à Mariette.

Quand on s'aime et que l'on se conduit honnêtement, n'est-ce pas tout ce qu'il faut ?

En réalité Totor avait bien raison.

C'est ce qu'il dit, ce grand diable de Totor, lorsque Mariette, le soir en rentrant, lui apporta des nouvelles; car elle avait voulu passer toute la journée avec Pierre et Liette, afin de les aider à achever leur installation.

— Parbleu ! C'est ce qu'ils avaient de mieux à faire ! — déclara-t-il. — Je savais bien que ça finirait par là !... Quand on s'aime, c'est pas pour se regarder toute la vie dans le blanc des yeux, peut-être !... Et puis, ils ne font de tort à personne, n'est-ce pas ?... Sans compter qu'ils ne sont pas les seuls !...

Et il ajoutait :

— Je languis de la voir, ma petite seusœur Liette !... Je parie qu'elle est encore plus gironde !... Il n'y a rien comme l'amour pour mettre une femme en beauté !...

XXIV

L'HOMME DE LA RUE DE LA ROQUETTE

Francis, — le peu scrupuleux ami de Sophie Ardusson, — avait beau lire et relire l'un après l'autre les quatre actes d'état civil qu'il s'était procurés à la mairie de la rue Drouot et à celle de Saint-Gemmes-sur-Loire, il ne parvenait pas à trouver une idée.

Parbleu ! il voyait maintenant que la mère de Liette était la vicomtesse d'Arcis, dont il possédait l'acte de décès, en concordance parfaite avec ses actes de naissance et de mariage, et aussi avec celui de la naissance de sa fille.

Il avait bien compris que le nom d'Arcis avait mal été orthographié par la mère Sophie, et que Liette devait être le diminutif de Lia, le prénom de la jeune fille.

Ce qu'il avait appris par la concierge de la rue Clausel lui prouvait qu'à cet égard il ne pouvait y avoir d'erreur.

Mais cela ne lui apportait pas de solution.

Il ne trouvait aucun moyen pratique de se mettre en campagne pour la lucrative opération qu'il avait entrevue.

C'est qu'on a beau être canaille, cela ne suffit pas ; il faut encore en avoir les moyens.

Abandonnée par sa famille qui s'était débarrassée d'elle en la confiant à Sophie Ardusson et en disparaissant, Liette se trouvait bien être la fille du vicomte et de la vicomtesse d'Arcis. Elle était l'héritière de ce qu'ils possédaient.

Mais que possédaient-ils au juste?...

N'étaient-ce pas des nobles ruinés, comme il y en a beaucoup ?

Ce château déjà n'était plus leur propriété, puisqu'il appartenait maintenant à une dame.

Que possédait la vicomtesse d'Arcis à sa mort?... Et, si elle avait eu une fortune, qu'était-elle devenue ?

Et le vicomte, où avait-il passé ?

A l'auberge de Saint-Gemmes, Francis avait appris que le vicomte d'Arcis avait disparu depuis longtemps. On pensait, dans le pays, qu'il avait une maîtresse, cette jeune fille dont parlait la femme de l'aubergiste, Francine Martin, la fille de M. de Villeroy à qui appartenait la ferme de la Saumurette où elle travaillait avant son mariage. Mais tout cela était bien loin ; il y avait plus de quinze ans.

Qu'était-il devenu depuis ce temps-là?

N'était-il pas au loin, à l'étranger, puisqu'on n'avait plus eu de ses nouvelles ?

Et même n'était-il pas mort ? — C'est ce qui paraissait le plus probable, et cette conjecture seule permettait à Francis de comprendre que le vicomte ne se fût pas davantage soucié de sa fille.

En tout cas, il n'y avait rien à faire de son côté.

Et le croque-mort en revenait toujours à son idée, qui malheureusement était bien difficile à réaliser :

— Il faudrait savoir ce qu'est devenue la fortune qui revient à cette jeune fille... Mais comment le découvrir ?

A l'égard de l'existence de cette fortune, l'ancien garçon blanchisseur n'avait aucun doute, car il se disait assez logiquement que ceux qui avaient sacrifié une somme probablement importante pour se débarrasser de Liette devaient avoir de grands intérêts à sauvegarder.

Ce fut Fifine qui le poussa à agir.

— Il faut faire comme si on savait tout, — conseilla-t-elle, — et plaider le faux pour savoir le vrai... Il ne faut pas attendre que la Sophie soit débouclée pour agir. A ta place j'irais carrément trouver cette jeune fille ; tu la feras causer en lui disant que tu connais sa famille et que tu sais qu'il lui revient une fortune importante.

— Oui... oui... — marmotta le croque-mort. — c'est probablement ce qu'il y a de mieux à faire.

— Tu as assez de preuves dans les mains pour lui prouver que tu es renseigné.

— Parbleu !...

Et Francis se décida.

Il se rendit le soir, après sa journée, rue des Martyrs, ayant quitté sa livrée funéraire, et demanda à la concierge :

— Mademoiselle Darcis est-elle chez elle ?

La concierge le reconnut.

Mariette lui avait dit que si quelqu'un se présentait de nouveau demandant des renseignements sur Liette, elle la prévint aussitôt.

Elle pensait, sur le conseil intelligent donné par Totor, qu'il valait mieux connaître ceux qui s'occupaient de Liette, afin de savoir ce qu'ils voulaient et de conjurer le danger si quelque chose la menaçait.

Maintenant que Liette était partie, il y avait moins à craindre.

— C'est vous qui êtes venu il y a quelque temps ? — interrogea à son tour Mᵐᵉ Charles. — Vous pouvez monter... C'est l'escalier au fond de la cour, au troisième.

L'ami de Sophie Ardusson suivit l'indication donnée, et après avoir gravi les trois étages, il se trouva en présence de Totor qui vint lui ouvrir.

— Mademoiselle Darcis, — demanda-t-il.

Mariette, qui entendit le nom de Liette, accourut, émue malgré elle.

— Que désirez-vous ?...

— Je voudrais voir mademoiselle Darcis, — répondit Francis. — J'ai quelque chose d'important à lui communiquer.

— Entrez !... — dit Totor avec un regard de défiance pour ce personnage à mine suspecte.

— Mademoiselle Darcis n'est pas ici, — dit Mariette quand on fut dans le salon, — mais vous pouvez me dire ce que vous avez à lui communiquer, je lui en ferai part.

— C'est que j'aurais voulu la voir elle-même, — dit le croque-mort.

Alors, Totor, agacé par ces préambules louches, intervint.

— De quoi s'agit-il ? — demanda-t-il assez sèchement. — Puisqu'on vous dit que Mademoiselle Darcis n'est pas ici, vous pouvez bien le dire.

— Où est-elle donc ?

— Elle n'est pas à Paris.

Et Mariette, qui tenait absolument à savoir, demanda à son tour :

— Est-ce vous qui êtes déjà venu vous informer ?...

— Oui, je suis venu une fois pour savoir si cette demoiselle demeurait bien ici, — répondit Francis.

— Enfin vous pouvez bien dire ce que vous lui voulez, — dit Totor avec impatience.

— C'est une affaire de famille,... ça ne regarde qu'elle.

— Une affaire de famille !... Mademoiselle Darcis n'a plus de famille.

— Je vous demande bien pardon, — fit le croque-mort. — Cette demoiselle peut croire qu'elle n'a plus de famille, mais moi je sais qu'elle a encore des parents... Et si je suis venu la trouver, c'est pour lui rendre service, car je sais bien qu'elle se croit seule...

L'ami de Sophie Ardusson, malgré le ton plutôt cassant de Totor, avait dit cela d'une voix doucereuse, cherchant évidemment à se faire écouter.

— Quel intérêt avez-vous donc à vous occuper de cette jeune fille ? — demanda Mariette.

— Mon Dieu... Aucun intérêt, je vous prie de le croire... uniquement pour rendre service à cette demoiselle.

— Que vous ne connaissez pas ?... C'est bien extraordinaire ! — fit Totor.

— C'est vrai... Vous ne savez pas ce qui s'est passé... Ce qui a fait que je me suis occupé de cela... Je vais vous le dire et vous verrez bien que je vous ai dit la vérité...

Il faut que vous sachiez d'abord que je suis employé aux pompes funèbres... Je suis porteur, — dit Francis. — Tenez, voilà ma feuille.

Il exiba un papier imprimé à l'entête de son administration que Totor et Mariette regardèrent curieusement, réellement stupéfaits de ce qui se passait.

— Maintenant, voilà la chose, — reprit le croque-mort. — Il y a quelque temps, j'ai rencontré cette demoiselle, et en la voyant j'ai été frappé de la ressemblance qu'elle avait avec une dame, morte il y a une dizaine d'années.

Le gredin comprenait à l'expression de Totor et de Mariette que son récit commençait à paraître intéressant.

— Une dame que j'ai mis mis moi-même en bière avec un de mes camarades, et dont naturellement j'ai fait le convoi... Le visage de cette dame, qui était fort belle et que la mort n'avait même pas défigurée, car elle était morte subitement, d'une maladie de cœur, m'avait frappé et était demeuré gravé dans mon esprit... Alors, le jour où j'ai aperçu cette jeune fille, sortant de cette maison, j'ai été saisi de cette ressemblance vraiment frappante... Absolument les mêmes traits, les mêmes yeux, tout quoi ?... A moins d'être la mère et la fille ou deux sœurs, on ne peut pas se ressembler davantage.

— Asseyez-vous donc, — invita alors Mariette intriguée autant qu'émue.

— Ne faites pas attention, — répondit Francis en prenant tout de même la chaise qu'on lui indiquait. — Et puis voilà que j'ai entendu prononcer le nom de cette jeune fille... Liette !... Du coup, ce nom fut pour moi une révélation... Ce n'est pas le nom de tout le monde, Liette, et je me souviens aussitôt d'avoir déjà entendu ce nom-là !... Eh ! parbleu ! j'eus à peine un instant à chercher dans ma mémoire... Je pensai à la dame que j'avais mise en bière, et je me rappelais bien qu'il y avait dans la maison une fillette de six ou sept ans qu'on avait appelée Liette !...

Totor lui-même était absolument saisi maintenant, et, se tenant debout, accoté à une commode, ses regards se rivaient au visage de cet inconnu.

Mariette était haletante.

L'ami de Sophie Ardusson, se félicitant intérieurement de l'habileté avec laquelle il avait arrangé son boniment, à en juger par l'effet produit, poursuivit :

— Pour être sûr de ne pas me tromper, je demandai à la concierge et je sus ainsi le nom de famille de cette demoiselle... Darcis, pour sûr, il n'y avait pas d'erreur... C'était bien le nom de la dame à laquelle elle ressemblait tant !... Et voilà comment j'ai été mis sur la voie !...

Il avait dit cela d'un air bonasse, sans aucune prétention, avec un accent de sincérité parfaitement joué.

— Alors, vous comprenez, je m'intéressais à cette jeune fille que le hasard me faisait ainsi rencontrer au bout de dix ans... et ce qui m'intrigua surtout, ce fut la condition de cette demoiselle... Là, par exemple, j'étais absolument étonné, car, enfin, en faisant le convoi de cette dame, j'avais vu le nom, les papiers, et j'avais bien compris que c'était une dame du grand monde... Je ne pouvais pas comprendre comment sa fille, puisque j'étais bien sûr que c'était-elle, n'était aujourd'hui qu'une simple ouvrière !... Cela m'intriguait !... Je ne savais plus que penser et je me demandais si, après la mort de la mère, on n'avait pas fait quelque manigance contre cette enfant.

— Cependant, — hasarda Mariette, — vous pouvez vous tromper.

— Pas possible, mademoiselle... Il y a non seulement la ressemblance, mais le nom et le prénom... Et c'est une preuve !... Et puis, j'en ai d'autres de preuves, je les ai toutes, car cette jeune fille m'avait tellement frappé que je n'ai pas pu me tenir de faire des recherches, ce qui m'était bien facile à l'administration... Alors j'ai trouvé l'acte de décès de la dame et l'acte de naissance de sa fille... avec le même nom de la mère répété naturellement sur l'un et sur l'autre... Et je les ai, ces deux actes d'état civil, avec le nom et les prénoms de cette demoiselle bien écrits, avec leur orthographe, tout bien en règle... Enfin je puis lui assurer qu'elle n'est pas, ainsi qu'elle le croyait, sans famille. Au contraire, elle appartient à une très grande famille, une famille riche, très riche !... sans qu'il puisse y avoir la moindre erreur, ainsi que je le lui prouverai.

Profondément remués par cette révélation, Mariette et Totor regardaient cet inconnu avec une fixité étrange, l'un et l'autre, en quelque sorte, figés par la stupeur.

— C'est pour cela que j'aurais voulu voir cette demoiselle, — acheva Francis, — car je suis persuadé qu'elle sera heureuse d'apprendre tout cela, de connaître son véritable nom... Car elle ne s'appelle pas tout à fait Darcis, elle le verra bien sur son acte de naissance.

— Liette n'est pas ici, je vous l'ai dit, répondit alors Mariette. — Mais je peux lui faire part de votre visite, et si vous voulez bien me remettre ces papiers, dont vous parlez, je les lui ferai parvenir.

— Je préfère avoir affaire directement à elle, — dit le croque-mort d'une voix cauteleuse. — Vous comprenez, j'ai besoin de causer avec cette demoiselle pour vérifier tout ce que j'ai découvert, afin de la renseigner en toute certitude.

Cette prétention inspira de la méfiance à Totor.

— Puisqu'on vous dit qu'elle n'est pas ici, — fit-il.

— Vous pouvez me dire où elle est.

— Elle nous a défendu de donner son adresse... Elle a des raisons pour cela...

— Mon Dieu, je pourrai bien la trouver en m'adressant à M. Duval, —

dit alors l'ami de Sophie Ardusson. — Comme je savais qu'elle est venue
habiter chez vous, je suis venu directement ici, espérant la rencontrer.

— Eh bien ! — dit Mariette, inquiétée par les dernières paroles de cet
étrange personnage, — nous ferons part à Mlle Darcis de ce que vous venez
de nous dire, et si vous voulez bien me laisser votre adresse, elle pourra
vous écrire ou aller vous voir.

— Si vous voulez... Je me nomme Francis Couart, rue de la Roquette, 22... Je suis, comme je vous l'ai dit, porteur aux pompes funèbres.

Pendant que Mariette notait ce nom et cette adresse, Totor demanda :

— Enfin, il faut que vous y ayez un intérêt, pour tenir tant que ça à
voir Liette elle-même?... Vous n'avez donc pas confiance en nous?

— C'est assez délicat, — répondit le croque-mort avec une nuance
d'embarras. — Ce n'est pas que je n'ai pas confiance, mais, vous comprenez,
je ne veux pas avoir fait toutes ces recherches, toutes ces démarches pour
rien... Car j'en ai fait, vous pouvez me croire, pour arriver à découvrir tout
ce qui concerne cette demoiselle... Ainsi, tenez, je suis allé jusque dans son
pays... J'ai même fait des frais... Alors, il me semble qu'il est juste, du moment que je viens lui faire connaître sa famille et lui apprendre qu'il lui
revient une véritable fortune, qu'elle me tienne compte du service que je
lui rends...

Maintenant le but du bonhomme, que Totor avait bien quelque peu
soupçonné déjà, apparaissait clairement.

— Je ne suis pas riche, — reprit Francis. — On ne devient pas million-
naire [dans les Pompes funèbres... Alors, si j'ai eu la chance de mettre la
main sur une affaire qui peut me rapporter quelque chose, je ne vois pas
pourquoi je n'en profiterais pas...

Il y eut un silence quand il s'arrêta; aussi ajouta-t-il, comme s'il tenait
à justifier ses intentions :

— Il y a des hommes d'affaires qui ne font que ça... Ils découvrent
un héritage qui vous revient et un jour ils vous tombent devant en vous
disant : « Vous avez une succession de tant de cent mille francs, et des fois
des millions; si vous voulez que je vous mette en état de faire valoir vos
droits, vous allez consentir à me payer une petite commission sur cette fortune qui vous tombe du ciel et que je vais vous faire connaître ». — Il n'y
a rien de mal à ça, je pense?

— Non... Je ne vois pas, — dit Mariette.

— Enfin, pour le moment, on ne peut pas vous dire autre chose, — fit
à son tour Totor. — On fera part de ça à Liette et on verra ce qu'elle dira

— C'est ça, j'attendrai, — dit Francis en se levant. — Si cette demoiselle
veut s'éviter la peine de venir jusque chez moi, car c'est loin, je pourrai
revenir le jour que vous voudrez.

— Je ne veux rien savoir, — interrompit froidement Liette. (P. 400.)

— Nous avons votre adresse.

— Comme il vous plaira.

Dès que le croque-mort fut parti et que Totor, demeuré quelques instants derrière la porte, l'eut entendu descendre l'escalier, il rejoignit Mariette.

— Eh bien! qu'est-ce que je te disais? — s'écria-t-il. — Je l'ai toujours dit, moi, que Liette ce n'était pas le nom de tout le monde et que, pour sûr, elle devait appartenir à quelque famille de la haute.

Mariette était encore toute bouleversée par ce qu'elle venait d'apprendre.

— Ça ne m'étonne pas, — fit-elle. — Elle est si jolie!... si distinguée!...

Puis, pleine d'une angoisse indéfinissable, elle ajouta :

— Alors sa famille existerait... une grande famille encore!... Que s'est-il donc passé?... Qui sait pourquoi on s'est débarrassé d'elle?...

— Quelque sale histoire de monacos probablement.

— Et Pierre!... Quand il va savoir ça!...

— Il faut aller le prévenir tout de suite, — dit Totor. — On peut y aller ce soir; il n'est pas tard.

— Oui, il faut que Liette et Pierre sachent au plus tôt ce qui se passe.

Au fond, Totor et Mariette étaient en proie à la même préoccupation qu'ils ne s'étaient pas encore communiquée, parce qu'elle ne s'était pas suffisamment précisée en leur esprit.

Ils se trouvaient, en effet, dans les conjectures auxquelles ils se livraient, en présence d'une double alternative, dont les deux faces, sans autre examen, leur paraissaient de prime abord inconciliables.

D'abord, — si ce que cet homme avait dit était vrai, — la famille de Liette était retrouvé.

Cette fortune lui revenait.

Mais ensuite, quelle serait la situation de Liette à l'égard de Pierre, aujourd'hui qu'elle s'était donnée à lui?...

Totor et Mariette préféraient ne pas y penser.

Ils partirent sur le champ, presque sans avoir échangé une parole, et, pour abréger le trajet, fort long en omnibus, ils prirent une voiture.

Alors, dans le flacre, ils causèrent; mais ils parlèrent surtout de cet homme, de ce croque-mort, dont le mobile intéressé avait été clairement avoué.

— Parbleu! en vieux chacal qu'il est, il a flairé un riche chopin. Il s'est dit : « Cette petite est riche, tandis qu'elle est obligée de travailler comme une ouvrière pour vivre; si je lui fais mettre la main sur le magot qui lui revient, elle m'en refilera bien une part pour ma peine et pour me récompenser de lui avoir découvert la chose. »

— Mais est-ce bien sûr? — dit Mariette qui aurait voulu douter. — Qui sait s'il n'y a pas une similitude de noms, qu'il a cru retrouver dans ces actes dont il a parlé?...

— Pour ça, je ne le crois pas; le croque-mort a l'air assez roublard,

malgré son air bête et sa binette couturée comme une vieille culotte rapiécée,
pour être sûr de ce qu'il fait. Il doit savoir de quoi il retourne.

— Alors quelle serait la famille de Liette?... Qu'en resterait-il?... Son
père, sans doute...

— Oui, puisque la mère est morte.

— Il faut donc que cet homme ait vu le père de Liette.

— Non, car il en aurait parlé... Et s'il l'avait vu, qu'est-ce qu'il lui
aurait dit?... Suis bien mon raisonnement : si c'est le père qui a abandonné
sa fille, pour s'en débarrasser, si c'est lui qui l'a fait confier à la mère Ardusson par cette femme qui a disparu ensuite, le croque-mort ne lui a rien
appris; et si ce n'est pas lui, ce serait donc qu'on lui a enlevé sa fille... Alors,
il me semble qu'en apprenant qu'elle existe, il se serait dépêché de courir à
elle... C'est clair, n'est-ce pas?

— Oui.

— D'où je conclus que le croque-mort n'a pas vu le père de Liette, qu'il
ne le connaît même pas, et que peut-être même il n'existe pas... qu'il soit
mort ou autrement...

— Ça me semble bien ça.

— D'abord, si le père de Liette existait, c'est lui qui aurait le magot,
et Liette est mineure.

— A mon avis, le père ne doit pas exister.

— Alors la fortune, c'est une autre personne qui l'aurait.

— Naturellement...

Après une course de vingt-cinq minutes, le fiacre s'arrêta boulevard
Montparnasse, à l'angle de la rue du Cherche-Midi.

*
* *

Pierre et Liette venaient à peine d'achever de dîner.

Ils étaient encore à table, l'un près de l'autre, la main dans la main,
causant tendrement.

La visite de Mariette et de Totor, à cette heure, les surprit.

Ce fut une véritable stupeur, stupeur douloureuse, provoquant de cruelles
angoisses, qui les saisit pendant que Totor et Mariette, parlant à tour de
rôle, leur apprirent la visite qu'ils venaient de recevoir.

Aucun doute sur l'auteur de cette révélation n'était possible.

Au signalement, que Totor en donna, il était impossible de se tromper.
C'était bien l'individu par lequel Liette s'était senti surveillée, celui qu'elle
avait vu dans le couloir du palais de Justice, et qui l'avait suivi ensuite
jusque sur la place Saint-Michel.

C'est le même personnage qui était venu s'informer auprès de la concierge de Mariette; lui-même l'avait reconnu.

Et pendant que Totor et Mariette racontaient cette entrevue, — disant, sans en omettre un mot, tout ce que cet homme leur avait dit, comment il avait reconnu en Liette la fille de cette dame qu'il avait inhumée, et rapportant fidèlement tout ce qu'il leur avait appris, son intention de ne donner qu'à Liette elle-même les preuves de l'existence de sa famille, la communication de son véritable état civil et l'indication de la fortune considérable qui lui revenait, — Liette, assombrie, gardait le silence.

Quand ils eurent terminé, tandis que tous la regardaient, attendant ce qu'elle allait dire, ses réflexions étaient faites.

Elle avait envisagé nettement la situation, avec une force d'âme dont on ne l'aurait pas cru capable, et elle avait pris une résolution.

Dans la conjecture que l'intervention de cet inconnu faisait naître, Liette ne s'inspirait que de son amour.

— La fortune!... — fit-elle d'une voix triste, mais ferme. — Je n'en veux pas!... Je suis heureuse et je ne demande pas d'autre bonheur que celui que je goûte en aimant et étant aimée!...

Et ses yeux allaient à Pierre qui, assis auprès d'elle, lui prit la main, sans un mot, et la pressa avec une tendresse reconnaissante.

— Cette famille, à laquelle cet homme prétend me rendre, je ne veux pas la connaître... Je n'ai pas d'autre famille que celle qui est ici, que celle qui m'aime et que j'aime... que mon Pierre et vous deux !...

L'émotion de tous était si puissante qu'il n'y eut pas un mot.

Mariette avait les yeux pleins de larmes.

Pierre, profondément ému, serrait avec plus de force la main de sa bien-aimée.

Liette reprit :

— Ce n'est pas ma famille qui me recherche... C'est cet homme que je ne connais pas, lui seul qui a basé une spéculation sur ce qu'il prétend avoir découvert, lui qui veut me la faire connaître... Mais je veux l'ignorer, car, si ce que cet homme a dit est vrai, il y a là-dessous des choses que je ne veux pas savoir, afin de n'avoir pas à les juger...

Ma famille, avant que j'aie le bonheur de vous connaître, ne se composait que de ma mère... de ma pauvre mère qui est morte sous mes yeux... Je n'en ai jamais connu d'autre... Je n'ai plus...

Je ne veux que toi, mon Pierre... et vous deux, mon frère et ma sœur !...

La fortune ne me tente pas... Je ne demande rien et je ne veux rien... Je n'irai même pas trouver cet homme pour le lui dire.

— Mais il te recherchera et il viendra, — dit Mariette.

Maintenant elle tutoyait Liette, car elle-même les en avait priés, depuis qu'elle était entièrement avec Pierre, afin de mieux lui marquer son affection.

Il lui semblait que, de la sorte, elle était mieux de cœur avec elle, comme son Pierre, formant une réelle famille.

— Bien sûr, il ne s'en tiendra pas là, — dit Totor; — s'il ne voit rien venir, il rappliquera à la maison, ou bien il te recherchera et il ne lui sera pas difficile de te découvrir, puisqu'il saura toujours où trouver Pierre.

Lui, Totor, il s'était mis aussi à tutoyer Liette. C'est même lui qui avait commencé. Il déclarait ne pouvoir faire autrement.

— Eh bien! après?... — lui répondit Liette. — Si je ne l'écoute pas!... Si je refuse d'entendre ses propositions!...

— Naturellement il ne pourra pas te les faire entendre de force.

— Mais il amènera les personnes de ta famille qu'il a découvertes, — dit Mariette.

— Quelles personnes?

— On ne sait pas!

— C'est pour cela qu'il faudrait peut-être savoir ce que cet homme veut t'apprendre, — conseilla Pierre. — Veux-tu que j'aille le voir, moi?

— Toi!...

Et Liette rougit.

Pierre comprit le sentiment qui venait de l'émouvoir.

— Cet homme, ma chérie, doit savoir à quoi s'en tenir, car il s'est renseigné... Je ne lui apprendrai donc rien en allant le trouver...

— Non, j'irai, moi, — résolut Liette. — Je sais ce que je lui dirai.

Et s'adressant à Mariette :

— Tu viendras avec moi, n'est-ce pas? — lui demada-t-elle.

— Oui... Tu sais bien que tu peux compter sur moi, — accepta l'affectueuse fille. — Quand veux-tu y aller?

— Demain... Je veux au plus tôt écarter toutes ces préoccupations, afin de songer qu'à être heureux... comme nous l'étions.

Et les regards de Liette, amoureusement tournés vers Pierre, lui demandèrent une approbation qu'il donna de tout cœur.

— Oui, demain, — fit-il, — et ce sera fini!...

Malgré la résolution de Liette, son bonheur était troublé.

Elle ne pouvait se défendre contre de mystérieuses appréhensions que la démarche de cet inconnu avait suscitées.

Elle ne pouvait définir la nature des craintes qu'elle concevait, mais elle sentait qu'une menace s'élevait contre son amour.

Il lui tardait d'être au lendemain, afin de s'affranchir de ses angoisses.

L'heure convenue arrivée, Pierre conduisit Liette chez Mariette qui l'attendait, toute prête, n'ayant plus que son chapeau à mettre.

Puis il courut à son travail, à l'Exposition, ayant annoncé qu'il reviendrait le plus vite possible, afin de savoir ce qui se serait passé.

Il devait, ce soir-là, dîner à la rue des Martyrs, ainsi que Liette.

Le croque-mort se trouvait chez lui, quand Liette et Mariette se présentèrent rue de la Roquette. Il avait eu un convoi le matin et il était revenu de Saint-Ouen assez tard pour déjeuner.

Fifine était là aussi, s'étant déjà remise à son travail, dont c'était la pleine saison, car on travaillait dès l'été aux nombreuses couronnes nécessaires pour les fêtes de la Toussaint et des Morts.

Francis, auprès d'elle, en manches de chemise, fumait sa pipe en causant de l'affaire qui maintenant le préoccupait uniquement.

Quand il vit entrer dans son logement Liette et Mariette, à qui il avait ouvert lui-même la porte, un tressaillement de satisfaction se produisit en lui, mais il n'en laissa rien manifester sur son affreux visage glabre.

— Ah! c'est vous, mademoiselle... Je suis bien content de vous voir, — dit-il en saluant, — et j'aurais bien voulu vous éviter la peine de venir jusqu'ici.

Entrez donc, mesdemoiselles... Venez par ici... C'est ma femme qui travaille, — fit-il en désignant Fifine qui se levait pour débarrasser les chaises des couronnes qui les encombraient.

Ce n'est pas grand chez nous, ni riche; on travaille... Il le faut bien!...

Et s'adressant à Liette, quand elles furent assises :

— Mademoiselle vous a dit que j'étais allé chez elle pour vous voir, afin de vous apprendre ce que j'ai découvert?... — dit le croque-mort.

Mais Liette ne le laissa pas aller plus loin.

— Oui, je sais tout ce que vous avez dit, — fit-elle, — comment vous avez reconnu en moi la fille d'une personne que vous avez inhumée, et par suite que vous savez à quelle famille j'appartiens.

Elle ne reconnaissait pas l'ami de Sophie Ardusson, car elle ne l'avait vu que pendant les deux premières années de son séjour à Clamart, elle ne le reconnaissait point. Le croque-mort ne ressemblait guère à l'ancien garçon de lavoir.

— Je connais votre famille et je sais qu'elle est très riche, — dit Francis en accentuant ces derniers mots. — C'est une véritable fortune que vous retrouverez, grâce aux recherches que j'ai faites.

— Je suis venue pour vous dire de ne pas espérer me tenter par l'appât d'une fortune, — déclara alors Liette d'une voix ferme. — En admettant même que vous ne vous trompiez pas sur mon compte, que j'appartienne réellement à la famille que vous croyez, je ne veux rien savoir de ce que vous prétendez avoir découvert.

Et comme les visages ahuris de Francis et de sa maîtresse dénotaient la profonde surprise de l'entendre parler ainsi, elle ajouta :

— Non, les richesses ne me tentent pas, croyez-le bien.

— Mais votre famille... — hasarda le croque-mort.

— Pas plus que le désir de connaître une famille qui ne s'est jamais occupée de moi que pour m'abandonner... une famille à laquelle je suis et veux rester étrangère.

— Pourtant...

— Avant d'être abandonnée, je n'ai eu d'autre famille que ma mère... ma pauvre mère qui est morte... et hors d'elle je n'ai jamais eu personne.

— Votre père cependant existe... J'en ai la preuve... Je peux vous montrer votre acte de naissance...

— Je n'ai jamais connu mon père... J'ignore la place qu'il a occupée dans l'existence de ma malheureuse mère et je ne veux rien savoir.

Et comme Francis allait parler encore, voulant insister, Liette l'arrêta d'un geste.

— Tout ce que vous me direz sera inutile, — déclara-t-elle résolument. — Si mon père existe, si je suis quelque chose pour lui, il viendra à moi... Si je ne le connais pas, c'est que je ne suis rien pour lui et je ne veux pas le connaître.

— Mais votre père peut ignorer où vous êtes, — essaya encore l'ami de Sophie Ardusson.

— Je veux ignorer aussi ce qui le concerne, — dit Liette. — Une seule chose me touche et c'est pour cela que je suis venue ici aujourd'hui. Puisque vous savez où repose ma mère, je viens vous demander de m'indiquer sa tombe, afin que je puisse aller la visiter et y prier.

Le croque-mort était bien trop avisé pour se rendre à cette prière.

Renseigner Liette sur le lieu de la sépulture de sa mère, c'était rendre son intervention inutile et le priver du bénéfice qu'il avait si avidement espéré, car elle pourrait, ainsi qu'il l'avait fait lui-même, remonter plus haut, se procurer l'acte de décès et arriver ainsi à connaître sa famille.

Méfiant à l'excès, il supposa même que cette demande cachait un piège, dissimulait le désir de se passer de lui, car il ne pouvait croire qu'une jeune fille pauvre renonçât ainsi à une fortune qui lui tombait réellement du ciel.

Et Fifine avait eu la même pensée que son amant, car elle le regardait avec des yeux où se lisait la crainte de le voir trahir le secret qu'il ne devait divulguer qu'avec toutes les garanties possibles.

Aussi Francis répondit :

— Je ne pourrai satisfaire votre désir que dans des conditions que je vais vous indiquer.

— Quelles conditions? — demanda Liette surprise.

— Il y a des gens dont le métier consiste à rechercher les héritiers de successions inconnues, qui sont à la veille d'être perdues pour eux et de passer aux mains du gouvernement. Ces hommes d'affaires font un métier

avouable, honnête et parfaitement légal; ils rendent en outre service à des
gens qui sont parfois dans le besoin et qui, grâce à leurs recherches, se trouvent subitement riches. Je ne fais donc rien de mal en faisant ce qu'ils
font.

Je ne suis pas riche, — ajouta-t-il d'un accent qu'il pensa rendre pathétique; — je ne suis qu'un pauvre employé des Pompes funèbres. Ma femme,
vous le voyez, puisque vous l'avez surprise en plein travail, n'est qu'une
ouvrière qui gagne sa vie comme je gagne la mienne. Vous ne voudriez donc
pas que, si j'ai eu la chance de gagner une petite somme, en même temps que
le bonheur de vous rendre service, je renonce à recueillir le prix de ce que
je crois avoir honnêtement gagné.

— Je ne vous comprends pas, — dit Liette, — puisque je vous ai dit que
la richesse dont vous me parlez ne me tente pas, que je ne veux pas de la
fortune à laquelle vous prétendez que j'ai droit.

— On dit ça, — fit Francis, — et puis le jour où vous verrez le nom de
votre mère inscrit sur sa tombe, le jour où vous serez arrivée ainsi à
connaître votre famille et à savoir la fortune qui vous revient, vous ne
me ferez pas croire que vous la laisserez aux mains de ceux qui la détien-
nent.

Liette se révolta.

— Vous me supposez donc capable d'une pareille action!... — s'écria-t-
elle indignée.

Et elle se leva fièrement.

— C'est bien, — ajouta-t-elle, — je ne vous demande rien. Depuis dix
ans, j'ai prié pour ma mère sans savoir où elle repose et mes prières sont
allées à elle; je continuerai à prier et à me souvenir d'elle sans connaître sa
sépulture.

— Mais... mademoiselle... — intervint aussitôt Francis en l'arrêtant, —
je ne veux pas dire...

— Je ne veux rien savoir, — interrompit froidement Liette.

Et elle prenait la main de Mariette, qui s'était levée aussi, pour l'entraîner avec elle.

— Voyons, mademoiselle...

— Adieu!... Tout est inutile!... Vous verrez bien que je ne suis pas capable de l'odieux calcul que vous m'avez prêté!...

Et, malgré l'insistance du croque-mort qui essayait encore de la retenir,
elle partit avec Mariette, descendant, sous les regards de cet homme qui
l'avait accompagnée jusque sur le palier, l'escalier raide de la maison.

Lorsque le croque-mort revint dans son logement, Fifine s'en prit à lui
de ce qui venait d'arriver.

— C'est de ta faute!... Il ne fallait pas ainsi brusquer les choses, — ré-
crimina-t-elle aigrement.

— Ah ! Ah !... Où se trouve donc le château du comte de Villeroy ? (P. 407.)

— Voyons... Je ne pouvais pas pourtant...

— Non, il ne fallait pas lui dire ce qu'elle demandait, je l'ai bien compris ; mais ce n'était pas une raison pour t'y prendre aussi maladroitement.

— Alors...

— Il fallait avoir l'air de consentir et petit à petit tu l'aurais amené où tu aurais voulu...

— Avec ça !... Une fois qu'elle aurait su...

— Tu es un idiot !... Les hommes n'entendent rien aux affaires !...

— N'aie pas peur, elle y reviendra ! — dit Francis qui ne perdait pas espoir, car il lui semblait impossible de croire à un pareil désintéressement. — C'est une roublarde qui, sous le prétexte de me faire dire où est la tombe de la mère, voulait tout simplement me rouler...

— Ça bien sûr, et si elle est venue avec l'autre, tout de suite, ce n'est pas uniquement pour aller prier au cimetière.

— J'ai donc bien fait de me méfier et de ne rien dire ?...

— Parbleu !... Seulement...

— Ne t'inquiète pas, je me charge bien de la faire revenir.

— Que feras-tu donc ?

Le croque-mort se gratta la tête, car il n'avait aucun plan arrêté, aucune idée nouvelle.

— Faudrait savoir ce que le vicomte est devenu, — dit-il après un silence occupé par la méditation. — Alors on aurait le fin mot de l'histoire et on saurait ce qui lui revient à cette petite.

— Bien sûr, ce serait le plus simple.

— Tu penses bien que son amoureux, qui après tout n'est qu'un ouvrier ne laisserait pas échapper le magot.

— Ni elle non plus, va, si elle le voyait bien certain.

— Seulement on ne sait rien sur le vicomte, si ce n'est qu'il a disparu il y a plus de quinze ans, et si depuis ce temps-là il court toujours, il doit être bigrement loin à cette heure.

— Pour sûr... ou enterré...

— Dame !

— Dis donc !... — fit tout à coup Fifine, après un nouveau silence, — cette femme avec qui le vicomte est parti...

— Mademoiselle de Villeroy... Eh bien ?

— Des fois on pourrait bien savoir ce qu'elle est devenue, en cherchant... Et alors, par elle, peut-être bien qu'on arriverait à lui, s'il est toujours de ce monde.

— Où la prendre ?

— Je ne dis pas... mais enfin, Villeroy, c'est un nom... Il doit bien y en avoir qui connaissent ces gens-là !...

— Bien sûr.

— Tu pourrais toujours chercher de ce côté... Ce serait bien extraordinaire si, dans cette famille, tout le monde était mort... Rappelle-toi bien tout ce que t'a dit cet aubergiste de par là-bas...

— Il a dit comme ça qu'on a raconté dans le pays que le vicomte doit être parti avec Mlle de Villeroy... et que le père de cette demoiselle, un comte, était propriétaire de la ferme de la Saumurette, où la femme de l'aubergiste travaillait quand elle était jeune fille... J'ai pris tout ça en note sur mon calepin.

— Bon !... Alors ce comte de Villeroy habitait le pays ?

— Naturellement.

— Pendant que tu étais là-bas, tu aurais bien pu en profiter pour te renseigner sur lui et sur sa demoiselle.

— Ah ! si on savait !... — fit Francis vexé de n'avoir pas eu cette idée. — Je croyais que ça irait tout seul.

— Ça te fait une belle jambe d'avoir pris ces papiers à la mairie et de savoir que la petite s'appelle d'Arcis avec un D et qu'elle est la fille d'un vicomte, si tu ne sais pas où il est le vicomte... — ronchonna Fifine. — Quand je te te dis que les hommes vous n'entendez rien aux affaires !...

— J'aurais bien voulu t'y voir !...

— Et lors même que la petite aurait sauté dessus et qu'elle t'aurait promis tout ce que tu lui aurais demandé, comment aurais-tu fait pour lui faire avoir cette fortune que tu lui as mise sous le nez ?... Ah !... tu vois bien ?... Tandis que si tu avais eu l'idée de voir ces Villeroy...

— Eh bien ! quoi ? il est toujours temps...

— Tu vas retourner là-bas, n'est-ce pas ? — fit ironiquement la perleuse de couronnes. — Pour dépenser encore de l'argent, quand nous n'en avons pas, et que je ne vais pas pouvoir seulement rendre les cent francs que je me suis fait prêter...

— Si tu ne peux pas les rendre, ton amie attendra.

Et puis, pas besoin de retourner là-bas, — ajouta le croque-mort, — on peut écrire.

— A qui écriras-tu ?... Tu ne vas pas écrire à ce comte de Villeroy pour lui demander des nouvelles de sa fille qui a mal tourné, d'après ce que j'ai compris, car il est probable qu'il ne te répondra même pas.

— Je peux écrire à l'aubergiste.

— Ecris-lui tout de même... On verra bien ce qu'il répondra, s'il sait quelque chose.

— Je vais lui faire une lettre ce soir même... Là, es-tu contente ?

— Et puis demain, il faut t'occuper de cette femme de la rue Clausel, chez qui la mère de la petite est morte, — ajouta Fifine.

Francis sortit son calepin et y chercha le nom qu'il avait inscrit.

— Mme Dubourg, — dit-il ayant trouvé. — Où veux-tu que je la prenne ?...

La concierge m'a dit qu'elle ne sait pas ce qu'elle est devenue. Elle est partie avec la petite sans dire où elle allait.

— Elle n'est peut être pas introuvable.

— Hum !... J'y ai bien songé, mais je ne sais pas trop où la prendre, celle-là !...

— C'est peut-être par elle qu'on pourrait arriver, car elle connaît sûrement la famille...

— Bien sûr... Puisque c'est chez elle que la mère de la petite est morte, fallait bien qu'elles soient amies.

— Et puis, c'est avec elle que la fillette est restée... Donc, si on la retrouvait, elle saurait dire à qui elle l'a remise.

— Et si des fois c'était elle qui l'aurait conduite chez la mère Sophie, — suggéra Francis d'un air finaud. — Supposons qu'elle aurait agi pour le compte de la famille, puisque l'enfant ne lui était de rien ; elle n'était qu'une amie.

— Comment le savoir ?

— Il n'y aurait que la mère Sophie qui pourrait dire ça, car il n'y a qu'elle qui l'a vue cette femme.

— Mais nous ne voulons pas mettre la mère Sophie dans cette affaire... Alors il ne faut pas songer à ça et il faut trouver autre chose.

— Quoi ?...

— Je ne sais pas, moi !...

— Le plus court et le plus simple, va, c'est encore du côté de la fille du comte de Villeroy... Ce ne peut être que par elle que nous arriverons au père de la petite, si toutefois on peut mettre la main dessus... Attends un peu, j'ai mon idée.

— Quelle idée ? — demanda Fifine en arrêtant aussitôt son ouvrage.

— Le père Martin et sa femme, les aubergistes de là-bas, disaient que la demoiselle du comte de Villeroy était allée à Paris... C'est un jeune homme du pays qui y est venu et qui l'a vue. Alors si elle est encore à Paris, on doit pouvoir la trouver.

— Comment tu t'y prendras ?

— D'une manière bien simple, répondit l'ancien garçon blanchisseur avec un certain orgueil. — Ah ! tu dis que les homme n'entendent rien aux affaires !... Eh bien ! tu vas voir !...

Et sans répondre aux demandes d'explications dont sa maîtresse, curieusement intriguée le pressait, Francis passa un veston, se coiffa d'un chapeau de feutre mou, tout en répétant : « Tu vas voir !... J'ai mon plan !... tu vas voir !... » — Et il sortit rapidement.

Il y avait dans le quartier, à l'une des maisons qui font l'angle de la rue de la Roquette et du boulevard Voltaire, un homme d'affaires dont le croque-

mort avait entendu parler par un de ses collègues ; un nommé Bonnassieux
qui avait découvert, pour le compte d'un autre porteur des Pompes Funèbres un débiteur introuvable auquel il avait fait payé sa dette par petites
mensualités...

On disait « Maître Bonnassieux » très habile dans ces sortes d'opérations,
et le fait est qu'il avait pour clientèle bon nombre de petits commerçants du
quartier de la Roquette.

Il était, assurait-on, ancien premier clerc d'huissier, très retors en procédure et rusé comme un véritable policier.

Un écusson dédoré, jouant le panonceau, était fixé à l'appui de sa fenêtre d'entre-sol, avec les mots :

CONTENTIEUX

RECOUVREMENTS

C'est chez lui que le croque-mort se rendait.

Sa roublardise lui avait suggéré un moyen pour lancer l'homme d'affaires, comme un limier, à la recherche de Mlle de Villeroy.

Après avoir dit à Me Bonnassieux qu'il venait de la part d'un de ses collègues, étant employé aux Pompes Funèbres, Francis lui expliqua qu'il avait
été autrefois, avant d'entrer dans l'administration, au service de Mlle de Villeroy, qui l'avait congédié en lui devant trois mois de gages.

Il avait eu le tort, arguait-il, de ne pas l'assigner tout de suite devant le
juge de paix, ayant hésité à exposer les frais d'un procès, si minimes qu'ils
fussent, et se fiant du reste aux belles promesses de son ancienne maîtresse.

Puis, quand il eut perdu patience, après avoir attendu de longs mois, et
qu'il se décida à la poursuivre, Mlle de Villeroy avait disparu, et l'huissier
auquel il s'était adressé ne pouvait lui envoyer une assignation sans savoir à
quel domicile la lui faire tenir.

— C'est trop bête de perdre ainsi de l'argent, quand les maîtres ont
pourtant les moyens de payer, — dit-il, — et c'est pour ça que je suis venu
vous trouver, M. Bonnassieux, pensant que vous voudrez bien vous charger
de me faire rentrer ces trois cents francs qui me feraient joliment du bien.

— Avez-vous quelque titre qui puisse servir à établir votre créance ? —
demanda d'abord l'homme d'affaires, — une lettre... n'importe quoi...

— Non, je n'ai rien... Elle s'est bien gardé de répondre à mes lettres...

— Et il y a combien de temps de cela ?

— Voyons, je suis rentré à l'administration en soixante douze... Eh
bien ! c'était l'année avant, l'année de la guerre, presque aussitôt après la
Commune.

— Vous ne savez pas aujourd'hui où demeure Mlle de Villeroy ?

— Je n'ai jamais pu le savoir... J'ai bien écrit plusieurs fois à son père, le comte de Villeroy, qui a un château du côté d'Angers, mais je n'ai jamais reçu de réponse.

— Où demeurait-elle à l'époque où vous étiez à son service ? — demanda Mᵉ Bonnassieux qui espérait pouvoir prendre par là ses recherches.

L'amant de Fifine avait prévue cette question et il indiqua une rue qui avait disparu dans le percement d'une voie nouvelle.

— Ça complique la difficulté, — fit l'homme d'affaires.

— Mais il y a son père... le comte de Villeroy... Il doit savoir où est sa fille, bien que je sache qu'il ne la voyait plus... Parce qu'il faut vous dire que Mˡˡᵉ de Villeroy avait fait ses farces... Elle avait quitté le château pour venir à Paris avec son amant, le vicomte d'Arcis...

— Ah ! Ah !... Où se trouve donc le château du comte de Villeroy ?

— C'est aux Ponts-de-Cé, près d'Angers... — répondit Francis, — et il a de quoi, vous savez !... Le comte est riche et sa demoiselle aura sûrement de l'argent à revenir quand il mourra, car bien qu'il soit fâché avec elle, il ne peut la déshériter puisqu'elle est sa fille.

— Ça dépend !... Enfin on peut toujours chercher de ce côté... Mais c'est une affaire qui n'est pas dans les conditions ordinaires, — dit Mᵉ Bonnassieux qui tenait à poser la question d'honoraires. — Ordinairement, quand il s'agit d'un débiteur facile à retrouver, et qu'il y a un titre de créance incontestable, je prends tous les frais à ma charge et je prélève pour mes peines et soins le cinquante pour cent du recouvrement. Mais, dans l'espèce, il y a des frais de recherche à faire et je ne puis m'engager sans être couvert par une provision...

— Ça ne fait rien, — dit le croque-mort. — Est-ce que ça peut coûter bien cher ?

— Non... Il suffira que vous me déposiez une cinquantaine de francs pour les frais.

— Cinquante francs !...

Mais Francis, bien résolu à suivre la voie qu'il avait trouvée, n'avait pas l'intention de refuser. — L'argent de la mère Sophie était là pour lui permettre de faire ces frais.

Et déjà il sortait son calepin, d'où il tira un papier plié contenant une partie des pièces d'or trouvées dans les glands des rideaux, à l'insu de Fifine.

Il en compta cinq et les remit à l'homme d'affaires, en lui disant :

— Alors vous allez chercher à savoir ce qu'est devenue Mˡˡᵉ de Villeroy ?

— Je vais m'en occuper dès demain, ce ne sera peut-être pas facile, mais j'ai les moyens d'y arriver, en prenant sa piste de plus haut, car on ne peut être renseigné où elle habitait à l'époque, puisque la maison n'existe plus.

— Alors je vous prierai de me faire savoir dès que vous saurez quelque chose, avant de poursuivre, — recommanda le croque-mort.

— Je vous préviendrai. — Où demeurez-vous ?

Francis donna son adresse et ajouta :

— Je reviendrai vous voir d'ici quelques jours.

— C'est cela.

* *

Mariette était ravie de la fermeté de caractère, de l'élévation de sentiments et de la dignité dont Liette venait de faire preuve.

C'était pour elle une véritable révélation.

Pendant la courte durée de la visite qu'elles venaient de faire à cet homme de la rue de la Roquette, elle n'avait pas prononcé un mot.

Ses regards ne s'étaient pas détachés un seul instant de Liette, qui lui apparaissait véritablement transfigurée.

Sous l'influence de ce mystère qui enveloppait sa naissance, Mariette se sentait maintenant pleine d'admiration, car elle découvrait en elle toute la noblesse d'âme que Liette avait sans doute reçue avec la vie.

Et elle la félicita chaleureusement de ce qu'elle avait dit à cet homme. Elle approuva hautement son indignation qu'elle partageait lorsque cet être vil l'avait crue capable d'user d'un subterfuge misérable, d'un calcul odieux pour découvrir sans son concours le secret de sa naissance.

Elle le lui redit encore, chez elle, devant Pierre et Totor, car c'est elle-même qui leur fit le récit de cette entrevue avec Francis.

Et Pierre partagea les sentiments de Mariette.

Il était fier d'aimer Liette et il sentait son amour grandir encore.

Totor jubilait.

— Le croque-mort en est pour ses frais !... C'est rien rigolo !... — s'écriait-il en riant. — Non, je vois la tête de ce larbin du champ des navets qui avait cru faire un bon chopin et qui voit les monacos lui passer sous le nez !... C'est pain bénit, que je vous dis !...

Puis, pendant le dîner, tandis qu'on causait encore de cette aventure qui avait menacé de troubler la vie de Pierre et de Liette :

— Avec ça qu'on aurait besoin de ce bonhomme-là, si l'on voulait savoir aussi bien que lui de quoi il retourne, — dit Totor.

Et comme on le regardait avec étonnement, attendant l'explication que ses paroles annonçaient, il ajouta :

— Parbleu ! ce que le croque-mort a trouvé, on peut le dégotter aussi bien que lui !... Quoi ! il a été mis sur la piste par la ressemblance de Liette avec la dame qu'il a enterrée, et il a cherché à savoir les tenants et les aboutissants... Eh bien ! il n'y a pas besoin de lui pour ça... Il y a belle lurette que j'y ai songé... Je me disais toujours que puisque la mère de Liette

— Et mon bécot pour payer l'amende? — dit Totor... (P. 410.)

est morte à Paris, on doit pouvoir retrouver son acte de décès, du moment
que l'on sait à peu près l'époque... Tout le monde a le droit d'aller farfouiller
dans les bouquins de l'État Civil... J'avais eu ce projet lorsqu'il s'agissait
de trouver les papiers de Liette pour pouvoir faire le mariage, et puis
j'y avais renoncé, puisqu'il n'y en avait plus besoin... Mais si aujourd'hui
Liette et Pierre veulent le savoir, je m'en charge !...

    — Non, — dit Liette, — je ne veux rien savoir !... Je suis heureuse

comme je suis, heureuse avec mon Pierre, heureuse avec vous deux, et je ne demande rien de plus.

— C'est dommage parce que ç'aurait été un bon tour à jouer au croque-mort !...

— Que m'importe ma famille, puisqu'elle m'a supprimée de son sein... — dit encore Liette. — Je ne veux pas savoir ce qui s'est passé, afin de n'avoir personne à mépriser et de garder mon cœur exempt de toute haine.

Ah ! oui, j'aurais bien voulu savoir où ma pauvre mère repose, afin de pouvoir porter quelques fleurs sur sa tombe qui doit être délaissée, afin d'aller prier auprès d'elle et de lui demander de bénir notre amour... J'aurais été heureuse de me rapprocher d'elle !... Que m'importe le nom ? on aurait pu me le cacher et je n'aurais rien fait pour le connaître... Il m'aurait suffi de la savoir là, près de moi, elle qui m'a tant aimée et dont j'ai gardé le plus cher souvenir !...

— Eh bien ! je m'en charge, — dit Totor.

Oui, moi, je saurai où sa mère a été enterrée, — ajouta-il en s'adressant à Pierre et à Mariette qui le regardaient avec étonnement. — Je ne demande pas deux jours pour mettre la main dessus !... Vous verrez !...

— Que feras-tu donc ? — lui demanda Mariette.

— Ça, c'est mon affaire !... Je te le dirai quand ce sera fait.

Et s'adressant à Pierre :

— Je veux rouler cet animal de croque-mort qui m'a fait poser et que j'ai pris pour un agent de la rousse !... Je veux me payer sa tête !...

— Vous ne voulez pas aller trouver cet homme, je suppose ?... lui dit Liette.

— Turlututu chapeau pointu, ma petite sœur, — répondit Totor, — un bécot d'amende pour ne pas me tutoyer !...

Liette rit de bon cœur.

— Je ne peux pas m'y habituer, — fit-elle.

— Tu dis bien tu à Mariette... Eh bien ! et moi alors ?... D'abord, moi, maintenant, je ne pourrais plus te dire « vous »; il me semblerait que je ne t'aime pas. Et puisque tu es ma petite frangine et que Pierre veut bien que je te tutoie, faut y aller, il n'y a pas !...

— Eh bien !... soit... j'y ferai attention...

— Et mon bécot pour payer l'amende ? — dit Totor en se levant de table pour aller présenter sa joue à Liette.

Elle l'embrassa de bon cœur et il lui rendit son baiser sur chaque joue.

— Maintenant je vais te répondre, — fit Totor en se rasseyant. — Ou plutôt je ne te dirai rien avant d'avoir fait ce que j'ai combiné dans ma sorbonne... mais ne te turlupine pas; si je veux me payer la tête du croque-

mort, je sais comment m'y prendre !... Avant deux jours, je veux te donner
des nouvelles et te montrer que je ne suis pas la moitié d'une moule !...

Le projet de Totor intriguait.

On le savait assez intelligent et assez malin pour faire ce qu'il
disait.

Liette voyait en cela une nouvelle preuve de l'affection de ce brave
garçon qui l'aimait comme si elle eut été véritablement sa sœur.

Oh ! oui, elle serait si heureuse de connaître la tombe de sa mère !..

Le nom, la fortune, que lui importait !

Et cette famille dont ce louche inconnu lui avait parlé, elle y avait
songé plusieurs fois depuis qu'elle avait l'âge de comprendre, depuis surtout
que maman Sophie l'avait traité de bâtarde, lui reprochant comme une honte
le mystère de sa naissance et son abandon.

Son imagination avait cherché à comprendre et sa mémoire avait évoqué
vainement les souvenirs effacés du passé.

Liette n'avait trouvé vivante en elle que la figure bien aimée de cette
mère, que sa voix si tendre, que ses regards chargés d'amour.

Elle ne voulait rien savoir de cette famille à laquelle on offrait de la
rendre, car elle avait peur que quelque chose vînt ternir l'auréole dont
son affection entourait l'image vénérée de cette mère qu'elle avait tant
aimée.

Elle ne voulait pas pénétrer ce mystère qui avait enveloppé sa naissance,
ni avoir la révélation du secret douloureux sans doute, peut-être même
ignominieux, de son abandon.

La famille qu'elle s'était constituée aujourd'hui en se donnant toute entière à celui qu'elle aimait, cette famille où elle goûtait toutes les joies de
l'affection, suffisait à son bonheur.

La fortune même ne la tentait point.

Liette ne voulait rien tenir que de celui qu'elle aimait.

XXV

NOBLESSE DE L'AME, NOBLESSE DU NOM

Francis était satisfait de lui, fier de l'excellente inspiration qu'il avait eue
en s'adressant à l'homme d'affaires du boulevard Voltaire, et il triomphait en
racontant sa prouesse d'ingéniosité à sa digne compagne.

— Tu diras encore que les hommes n'entendent rien aux affaires !...
Hein ! tu l'aurais eue, toi, cette idée de prétexter une dette pour faire rechercher la fille du comte de Villeroy, la maîtresse du vicomte d'Arcis ?...

— Oui, je ne dis pas... C'est adroit !...

Et comme le croque-mort n'avait pas dit à Fifine ce qu'il avait versé à M⁰ Bonnassieux, afin de lui laisser ignorer la trouvaille des pièces d'or de la mère Sophie, il ajouta :

— Et tout ça, sans débourser un radis !...

— Tu ne vas pas me faire croire que cet homme d'affaires va travailler pour toi à l'œil, — objecta Fifine ; — qu'il va se mettre en quatre pour trouver cette demoiselle sans te demander de lui payer ses frais et sa peine ?...

— Je ne dis pas qu'il travaillera à l'œil... Toute peine mérite salaire... Mais on a le temps !... Lorsque l'homme d'affaires aura déniché Mˡˡᵉ de Villeroy, on aura du même coup retrouvé le père de la petite ou bien on saura ce qu'il est devenu... Eh bien ! à ce moment là, je dirai au bonhomme que je renonce à poursuivre la demoiselle, et comme je n'aurais pas besoin de lui pour ce qu'il me reste à faire avec le vicomte, je lui demanderai combien je lui dois ; ce ne sera pas le diable et on aura de quoi payer.

— Oui, je ne dis pas...

— Allons, avoue que c'est malin ce que j'ai fait là !...

— Tu es un roublard !... Là, es-tu content ?...

— Dame, on a son amour-propre !...

Quand je tiendrai le père de la petite demoiselle qui ne veut rien savoir de sa famille afin de n'avoir rien à payer pour la commission, je me charge bien d'y voir clair dans cette affaire... Car il y a quelque chose de louche, ça c'est sûr !... La preuve c'est que lorsque la mère est morte elle avait de la fortune, elle possédait ce château que j'ai vu là-bas... Eh bien ! où a passé tout cet argent ?... Qui est-ce qui a fourré le grappin dessus et qui pour n'avoir pas de comptes à rendre a plaqué la gosse chez la mère Sophie en lui bouchant l'œil avec une liasse de billets de mille ?... Voilà ce qu'il faudra que je découvre, et je te dis que cette histoire-là nous rapportera gros !...

— Eh bien ! veux-tu que je te dise ce que je pense, moi ?... — dit alors la perleuse de couronnes funéraires. — Et tu verras que je ne suis pas plus bête que toi !...

— Dis toujours !

— Celle qui a fait ce coup-là, pour moi, on ne m'enlèvera pas de l'idée que c'est la femme de la rue Clausel, chez qui la mère de la petite est morte.

— Ça se peut bien.

— Et la preuve ce sont les précautions qu'elle a prises !...

— Quelles précautions ?

— C'est elle qui a fait enterrer la vicomtesse, puisqu'elle est morte chez elle ?...

— Oui, c'est elle, puisque le décès a été déclaré à la mairie de la rue Drouot par son concierge.

— Eh bien ! sur la déclaration de décès qu'elle a fait faire, elle s'est bien gardée de donner le nom véritable de son amie... Elle n'a pas déclaré le décès de la vicomtesse d'Arcis, afin que la petite ne puisse jamais plus tard retrouver la trace de sa famille.

— C'est vrai ce que tu dis là !

— Elle ne l'a déclarée que sous son nom de jeune fille... Mlle de Charleval, je crois.

— Oui, sans parler de son mariage !...

— Hein ! tu vois ?...

— Mais ça m'ouvre les yeux, ça !... — s'écria le croque-mort. — Parbleu ! C'est bien sûr que c'est cette femme-là qui a fait le coup !... Attends, ça me rappelle quelque chose... Lorsque la mère Sophie est venu me trouver chez le bistro du boulevard Richard-Lenoir, elle m'a montré un papier, où il y avait écrit l'adresse à laquelle elle devait écrire à la dame qui lui avait remis la petite... C'étaient des initiales, en poste restante, à Lyon... D. U. B. Je les vois encore... Eh bien ! d'après ce que m'a dit la pipelette de la rue Clausel, cette bonne femme s'appelait Mlle Dubourg... Vois-tu le point d'achoppement ?... D. U. B. Ce sont les trois premières lettres de Dubourg, son nom !...

— C'est vrai !... Ça y est !...

— Je vois toute l'affaire maintenant, claire comme de l'eau de roche !... Cette femme s'est trouvée seule avec la gosse de son amie qui venait de mourir, elle a pris toutes les précautions pour que ni la petite ni personne ne puissent jamais la retrouver... Elle a déclaré le décès sans indiquer le nom de la mère de la petite, elle a déménagé sans donner sa nouvelle adresse, elle a collé la gosse chez la mère Sophie, puis elle a raflé tout ce que la vicomtesse possédait, monnaie, bijoux, papiers et le reste, et ni vu ni connu je t'embrouille, elle s'est cavalée pour un pays où personne ne la connaît et où elle jouit de la vie et du beau temps !...

— Eh bien ! il faut avouer que c'est rudement bien travaillé, ça ! — déclara Fifine avec admiration.

— Oui !... pour ça, il n'y a pas à dire. C'est un coup proprement fait !... La gaillarde doit s'y connaître !...

— Mais où la trouver maintenant... après dix ans ?...

— Qui sait si on ne la pigera pas ? — fit Francis d'un air madré. — Que je retrouve seulement le vicomte et tu verras !... La petite Liette est sa fille !

— Parbleu ! puisque tu as l'acte de naissance.

— Alors quand j'arriverai et que je lui dirai : « Voilà ce qui s'est passé, Monsieur le vicomte. Permettez que je vous prenne par la main et je vais vous conduire tout droit chez votre fille. » — Tu crois que le vicomte ne saura pas s'adresser à la police pour faire chercher la bonne femme de la rue Clausel ?...

— Pour sûr !...

— Et à qui il devra de retrouver sa progéniture, le vicomte?... à Bibi!...
Eh bien ! ma vieille, ça se paye, ce service-là !...

— Je te crois !...

— Tu verras, Fifine, il y a de la braise à l'horizon !... Je ne trimballerai
pas toute la vie des macchabées pour cent vingt francs par mois !...

— Et moi je ne m'échinerai pas du matin au soir à perler des couronnes !...

— On se paiera la banlieue, avec un jardin et un bachot sur la Marne,
pas vrai ?...

— Ah ! oui, alors !... Et un perroquet qui parle... C'est mon rêve d'en
avoir un comme celui de la tripière en face qui crie si bien : « Pois verts au
boisseau, pois verts ! »

Trois jours après, Francis retournait chez l'homme d'affaires du boulevard Voltaire.

Il lui tardait d'avoir des nouvelles.

Puisque Mᵉ Bonnassieux devait écrire à Angers le jour même, il pouvait bien avoir reçu une réponse.

Et, en effet, la réponse venait d'arriver.

L'agent de recouvrements s'était adressé à un de ses confrères d'Angers,
avec qui ils se servaient mutuellement de correspondants, et le collègue angevin, qui connaissait la famille de Villeroy, ayant été mêlé dans le temps à
quelques réclamations de fermiers contre le comte, était suffisamment au
courant de la situation pour lui répondre sans avoir besoin de prendre d'autres renseignements.

Bonnassieux exposa à son nouveau client ce qu'il venait d'apprendre.

— Ce ne sera pas commode de mettre la main sur cette demoiselle, —
lui dit-il tout d'abord. — Le comte de Villeroy est veuf depuis longtemps.
Il vit tout seul au fond de son château dont il ne sort jamais. C'est un homme
dévoré par toute sorte de chagrins et qui a renoncé au monde malgré sa fortune. Il est encore relativement jeune, car il a à peine cinquante ans.

— Oui, je sais tout ça, — dit le croque-mort qui voulait paraître au courant. — J'en ai entendu parler par sa fille.

— Le comte de Villeroy a deux enfants, une fille, Mˡˡᵉ Suzanne, qui a
mal tourné, et un fils, Hector, qui fait également son désespoir. C'est un
homme qui a été malheureux.

— Chacune en prend pour son grade, comme au régiment !... Il y en a
pour tous, du malheur, et il en reste !...

— Sa fille a quitté le toit paternel au commencement de 1860; il y a
donc plus de dix-huit ans. Elle est partie, comme vous le savez, avec son
amant, un homme marié, le vicomte d'Arcis, et depuis son père n'en a plus
entendu parler. Sa pauvre mère, la comtesse de Villeroy, est morte de cha-

grin en 1864, après avoir tout fait pour la faire revenir au château, et depuis le comte, qui ne lui a jamais pardonné la mort de sa femme, n'a plus voulu savoir ce qu'elle est devenue.

De ce côté, — conclut Mᵉ Bonnassieux, — je n'ai donc pu avoir aucun renseignement utile, et il ne faut pas avoir l'espoir que le comte paye jamais les dettes de sa fille, bien qu'il soit, m'écrit-on, considérablement riche.

— Vieux pingre !... — lança Francis sans conviction.

— Il y a cependant une ressource pour savoir ce qu'est devenue Mˡˡᵉ de Villeroy. Mon correspondant m'écrit que son frère, le petit vicomte, comme on l'appelle là-bas, M. Hector de Villeroy, est à Paris et qu'il doit savoir où elle est.

— Eh bien ! savez-vous où demeure M. Hector ?

— Je ne le sais pas encore, mais, s'il est à Paris, il ne me sera pas difficile de le savoir...

— Parbleu ! un vicomte, ce doit être connu.

— J'attends des renseignements que j'ai fait prendre tout de suite et si, par le vicomte de Villeroy, je puis avoir l'adresse de sa sœur, je vous ferai prévenir aussitôt et nous pourrons commencer à la poursuivre.

Le croque-mort se réjouissait plus vivement encore de l'heureuse inspiration qu'il avait eue en s'adressant à l'homme d'affaires du boulevard Voltaire et de l'ingénieux prétexte imaginé pour faire rechercher Mˡˡᵉ de Villeroy.

Il avait eu la confirmation de ce qu'on ne lui avait indiqué, chez l'aubergiste du carrefour de la Croix, à Saint-Gemmes, que comme un cancan du pays.

Le vicomte d'Arcis, le père de Liette, était bien l'amant de Mˡˡᵉ de Villeroy. C'est avec elle qu'il était parti il y a dix-huit ans.

Par elle, il arriverait sûrement à le retrouver, qu'il soit encore avec elle ou qu'il l'ait quittée, car elle saurait bien ce qu'il était devenu.

Et tout joyeux, sentant le résultat de ses recherches approcher, entrevoyant la perspective de l'excellente opération qu'il avait combinée, Francis s'arrêta chez un marchand de vins de la rue de la Roquette où il rencontra un de ses collègues, porteur comme lui aux Pompes Funèbres, qui habitait le quartier.

L'amant de Fifine s'offrit une vigoureuse « purée » en compagnie de son camarade ; et comme ce fut un menuisier, se trouvant dans la société, qui régla la tournée, il voulut redoubler et payer à son tour.

L'absinthe le mettait en gaîté et développait la joie qu'il éprouvait déjà.

Riche !... bientôt il serait riche, car le vicomte d'Arcis serait bien obligé de payer pour savoir ce qu'est devenue sa fille.

— Cette petite dinde qui fait fi de la fortune et qui prend de grands airs !... — se disait le croque-mort, — Eh bien! son père payera pour elle!..

Et dans son intelligence, que les vapeurs de la boisson ne troublaient pas complètement, Francis conjecturait d'après les renseignements qu'il venait d'obtenir.

Liette avait dix-sept ans aujourd'hui.

Le vicomte d'Arcis avait abandonné sa femme au commencement de 1860, par conséquent avant la naissance de sa fille.

Depuis, on ne l'avait jamais revu à Saint-Gemmes.

Il ignorait donc la mort de sa femme qu'il ne pouvait, du reste, pas connaître, grâce aux précautions prises par celle qui avait déclaré le décès en dissimulant la situation matrimoniale de la vicomtesse.

Le croque-mort ne parvenait pas, toutefois, à démêler tout cela bien clairement, mais il pressentait, au milieu de tous ces événements, un mystère dont il saurait bien tirer parti.

Un autre marchand de vins se trouvait sur le passage de Francis, presque à côté de la maison qu'il habitait; c'est chez lui que Fifine s'approvisionnait de vin au litre et de demi-setiers de « crick ».

Il y entra, altéré par la joie et, dans les exubérantes dispositions où il se trouvait, il offrit une verte à son fournisseur afin de ne pas faire « suisse », principe rapporté du régiment, où il est interdit de boire à la cantine sans inviter un camarade.

Là-haut, Fifine s'impatientait de ne pas voir revenir « son homme », qui mettait dix fois le temps nécessaire, lui semblait-il, pour aller chez cet agent d'affaires.

Il ne lui tardait pas seulement d'avoir des nouvelles, mais elle avait quelqu'un qu'elle faisait attendre, un jeune homme qui s'était présenté, demandant M. Francis Couart, ayant à lui parler, disait-il, d'une affaire très importante, au sujet de Mⁱⁱᵉ Liette Darcis.

Fifine grillait de connaître ce que ce visiteur inconnu allait lui apprendre et, en attendant le retour de son amant, elle l'avait bien questionné; mais le jeune homme avait répondu qu'il avait besoin de voir Francis personnellement, ne pouvant dire qu'à lui seul le motif de sa visite.

Cela l'intriguait et elle trouvait le temps encore plus long.

Impatientée, elle eut une idée. Il n'était pas possible que Francis soit depuis ce temps-là chez l'homme d'affaires. Il pouvait bien avoir rencontré un ami, un voisin et s'être arrêté avec lui chez le marchand de vins.

— Excusez-moi un moment, — dit-elle à son visiteur, — je vais voir s'il n'est pas dans le quartier, car il y a longtemps qu'il devrait être revenu.

Tenez... tout est là !... — répétait Francis en montrant encore ses papiers... (P. 424.)

Et elle laissa Totor seul, — car c'est bien lui qui se trouvait-là.

Il avait quitté l'atelier, prétextant une course, et, sans en avoir rien dit à Mariette, il s'était rendu chez le croque-mort.

Totor avait son idée.

— Il faut que je confesse ce paroissien-là pour savoir ce qu'il a dans le ventre, — s'était-il dit, — et en battant Comtois, je me charge bien de le faire jaspiner !...

Pendant qu'il se trouvait seul dans ce logement, il avait bien envie de fureter un peu dans les tiroirs, afin de voir s'il ne trouverait pas ces papiers dont le croque-mort avait parlé ; mais la porte avait été laissée ouverte par Fifine et, du palier, on aurait pu le voir, car il passait à chaque instant quelqu'un dans l'escalier.

Du reste, ses recherches n'auraient amené aucun résultat. Francis était trop méfiant pour laisser des papiers aussi précieux pour lui dans un meuble fermant mal, à la seule garde de Fifine. Il les portait constamment sur lui, bien enveloppés dans une moitié de journal.

Parbleu ! la perleuse de couronnes ne se trompait pas.

A peine sur le trottoir, elle aperçut son amant chez le marchand de vins.

Elle y entra.

— Eh bien ! depuis le temps que je t'attends !...

Francis fut saisi par l'arrivée inopinée de Fifine.

Il sentait bien déjà que l'ivresse commençait à le gagner, mais il réagit, afin de n'en rien laisser paraître et de s'éviter une scène, car c'était là le sujet perpétuel de leurs discussions.

— J'ai rencontré M. Morand sur le pas de sa porte et il m'a offert un verre, — expliqua-t-il. — Viens donc prendre une verte avec nous !... Il faut bien que je rende la politesse !...

Redoublez-moi ça, patron, et ajoutez un verre !... — dit-il au marchand de vins en vidant d'un trait ce qui restait de son absinthe.

— Non, ce sera pour une autre fois, — dit Fifine. — Il y a là-haut un jeune homme qui t'attend... Il y a même longtemps qu'il est là... Dépêche-toi !...

— Un jeune homme !...

— Viens donc vite, c'est pressé !...

Au revoir, monsieur Morand... A une autre occasion !... — dit la perleuse de couronnes en entraînant son amant.

— Qu'est-ce que c'est que ce jeune homme ? — demanda dehors le croque-mort véritablement ahuri.

— Je ne le connais pas ; c'est pour l'affaire...

— L'affaire !...

— Il vient de la part de la jeune fille...

— Pas possible !... Elle se décide alors !...

— Je ne sais pas. J'ai essayé de le faire causer, car il y a un bon bout de temps qu'il est là, mais il ne veut parler qu'à toi seul... — Fais bien attention à ce que tu diras, — recommanda Fifine. — Tiens ta langue et méfie-toi !

— Aie pas peur !...

Malgré les quatre absinthes qu'il avait absorbées, — car le marchand de vins avait tenu à payer sa tournée, afin de n'être pas en reste de politesse avec un client, — le croque-mort n'était pas ivre. L'état dans lequel il se trouvait n'était même pas ce que l'on appelle « un peu parti »; il avait à peine « une pointe », et cela ne se voyait pas en ce moment, car l'abrutissement précurseur de l'ivresse pouvait être confondu avec l'ahurissement dans lequel le plongeait cette visite inattendue.

C'est ainsi que Fifine ne remarqua rien.

Son amant, qui ne tenait pas à être empoigné, — car elle lui faisait la guerre à ce sujet, — lui avait dit, du reste, qu'il n'avait pris qu'une seule petite verte avec M. Morand.

Francis reconnut sans hésiter le jeune homme qu'il avait vu rue des Martyrs et il lui fit un accueil souriant, lui tendant familièrement la main, que Totor serra sans répugnance apparente.

— Vous me reconnaissez? — dit le frère de Mariette.

— Parfaitement.

— Je vais vous expliquer pourquoi j'ai tenu à vous voir. J'ai su ce qui s'était passé entre Liette et vous, et je lui ai dit carrément que je n'étais pas de son avis. Mais les femmes, c'est difficile de leur faire entendre raison; une fois qu'elles ont une idée là, elles se buttent et rien n'y fait.

— Ce que mon mari lui proposait était pourtant bien juste, — interrompit Fifine qui, devant le monde, donnait volontiers cette qualification de mari à son amant. — Il lui offrait de lui faire connaître sa famille véritable, dont il lui donnerait toutes les preuves, et de la mettre ainsi à même d'avoir la fortune qui lui revient.

— Et je vous prie de croire que le magot en vaut la peine, — ajouta Francis d'une voix empâtée qui frappa Totor.

Sachant que le croque-mort se trouvait tantôt chez le marchand de vins, il comprit aussitôt dans quel état il se trouvait et l'idée lui vint immédiatement d'en profiter.

— Alors il est bien juste, — reprit Fifine, — que nous ayons quelque chose comme rénumération du service que nous rendons à cette demoiselle?...

— Dame!... mettez-vous à ma place, — dit Francis. — Je peux lui faire avoir une véritable fortune... Des mille et des cents, et même mieux que ça!...

— Je vous prie de croire que, si ça me regardait, je n'aurais pas hésité un instant, — dit Totor; — seulement les femmes, je vous le dis et vous le savez bien, ne voient pas comme nous... Vous comprenez, cette fille ne s'est jamais connu aucune famille: voilà des années et des années qu'elle n'a jamais entendu parler de personne... Et puis maintenant elle a une famille nouvelle, mon ami Duval, qui est en quelque sorte mon frère, et puis ma sœur et moi.

— Je sais... Je sais...

— J'ai cherché à la raisonner, mais, comme je vous l'ai dit, elle ne veut rien entendre... Moi, je trouve qu'elle a tort, et c'est pour ça que je suis venu vous trouver, sans rien lui dire, afin de vous mettre au courant de bien des petites choses qui vous permettront de réussir sans que ça fasse un pli.

Fifine trouvait que la conversation prenait un tour très intéressant.

— C'est plus dans l'intérêt de cette demoiselle que dans le nôtre, — dit-elle.

— S'il y a moyen de faire quelque chose, — dit le croque-mort, — je ne demande pas mieux.

— Seulement, ce que j'ai à vous dire est très délicat, — reprit Totor, — et je ne voudrais pas que l'on puisse savoir que c'est par moi que vous l'avez appris...

— Soyez tranquille, — dit la perleuse de couronnes.

— Pas même qu'on sache que je suis venu ici, car je n'ai rien dit à personne.

— Je vous le promets, — dit Francis, — ça restera entre nous.

— Mais j'aurais voulu vous dire ça à vous seul... Il y a des choses, vous le savez bien, qu'on se dit mieux entre hommes, quand il s'agit d'une femme...

Et s'adressant à Fifine :

— Je vous demande pardon, — dit Totor, — mais c'est gênant de s'expliquer sur des choses si délicates... des affaires d'amour... puis, à cause de la situation... Croyez bien que ce n'est pas par méfiance ce que j'en fais, mais je serai plus à mon aise en ne parlant qu'à votre mari... Vous permettez, n'est-ce pas?... ce ne sera pas long, allez!... Et après, avec ce que je lui aurai dit, je vous promets que ça ira comme sur des roulettes.

Et, sans attendre le consentement de Fifine, Totor, qui s'était déjà levé, prenait Francis par le bras et l'emmenait.

— Ne soyez pas longtemps, — recommanda la perleuse de couronnes à son amant.

Elle était contrariée tout de même de ne pas participer à ces confidences, mais tout à l'heure, — pensait-elle, — Francis la mettrait au courant.

Et dans l'escalier, causant presque à voix basse, Totor continuait :

— Entre hommes, on s'explique mieux... Je n'aime pas les femmes dans les affaires...

— Ça ne vaut rien.

— C'est comme pour cette chose-là, si j'avais pu savoir de quoi il s'agissait avant que vous ayez vu Liette, je me serais arrangé avec vous et je vous garantis qu'elle n'aurait pas dit non, une fois que ça aurait été fait.

— Parbleu! on est toujours bien aise de devenir riche... C'est pour ça que je ne comprenais pas pourquoi cette demoiselle refusait...

— Ce n'est pas une question d'intérêt, j'en suis bien sûr, car je la connais... C'est délicat... Je vais vous expliquer ça.

Voyons, où pouvons-nous aller pour causer? — dit Totor quand on fut sur le trottoir. — Je vais vous offrir quelque chose.

— Allons là-bas, — dit Francis qui ne se souciait pas d'être relancé dans quelques instants par Fifine s'il allait chez le marchand de vin voisin. — On est mieux sur le boulevard... Les consommations sont meilleures... Ici, c'est tout de la drogue.

Et comme l'air l'avait un peu frappé, l'ivresse naissante se dessinait, et le croque-mort fit un faux pas sur le compte duquel Totor ne se méprit pas.

— Il va bien!... — se dit-il. — Une riche occase!... Avec une ou deux purées, il va être à point.

Et il lui répondit :

— Ces petits mastroquets n'ont rien bon.

Sur le boulevard de Ménilmontant, en face du cimetière du Père-Lachaise, le croque-mort indiqua un établissement, moitié café, moitié buvette, où il allait souvent avec des camarades, après les enterrements.

— Là, tenez, c'est de la bonne camelotte!...

Dans le fond du café, qui était absolument désert, car tous les consommateurs étaient installés sur la terrasse ou devant le comptoir, ils s'attablèrent et se firent servir deux absinthes.

Puis, ayant trinqué et bu, Totor commença, tout en observant l'état de Francis, dont l'ivresse se corsait de plus en plus :

— Cette petite-là ne peut pas croire à ce que vous lui avez dit... C'est le point de départ... Elle a été élevée à travailler, elle ne peut pas se figurer qu'elle appartient à une famille de la haute... Elle était à Clamart, avec une bonne femme qui était comme qui dirait sa nourrice, et aujourd'hui elle est avec nous qui ne sommes que des ouvriers... Alors, vous comprenez, ça vous épate, ces coups de temps-là, quand quelqu'un vient vous dire de but en blanc : « Vous ne savez pas? Eh bien! vous êtes la fille d'un bonhomme qui est comte ou marquis, et qui vous a laissé des millions. »

— Eh bien! c'est pourtant la vérité que vous dites là sans vous en douter, — fit Francis avec un rire niais.

— Je l'ai bien compris!... Je me suis bien dit qu'il fallait que la chose en vaille la peine, pour que vous vous soyez dérangé... C'est épatant tout de même!... Moi, ça ne me démonte pas, parce que j'en ai vu bien d'autres; je suis dans les théâtres, où je travaille aux décors. Alors, dans les pièces de d'Ennery, de Montépin, de Jules Verne, de Dumas, j'en ai vu des histoires de ce genre et qui sont la plupart du temps des histoires vraies... Une enfant trouvée qui se trouve être la fille d'une princesse et même d'un roi, ça arrive très bien!...

— La preuve en est là!...

— Mais ce n'est pas seulement ça... Il y a la situation de Liette... Elle est pour se marier avec Duval qu'elle a connu à Clamart et qui est un brave garçon, mais un simple ouvrier comme vous et moi... Alors, c'est délicat...

Nous allons redoubler ça, hein? — s'interrompit Totor après avoir vidé son verre. — Il fait une chaleur aujourd'hui!...

— Seulement, ce sera ma tournée, — dit le croque-mort.

— Jamais de la vie!... Vous ne voudriez pas que je vienne vous déranger et puis que je vous laisse me régaler.

Et Totor paya en même temps les deux tournées en commandant la seconde; mais, au moment de verser l'absinthe, il prit la bouteille des mains du garçon qui le laissa faire, en raison du bon pourboire qu'il venait de recevoir, et il confectionna lui-même à l'amant de Fifine une « purée à couper au couteau ».

— Ce qui est délicat, — reprit-il, — c'est à cause du mariage... Liette ne ne me l'a pas dit, mais j'ai bien compris que ça venait de là!...

— Ah! oui,... le mariage.... — fit Francis d'une voix empâtée. — Je croyais que c'était un collage...

— Pour le moment...

— Moi, ça ne me regarde pas, après tout... Elle est bien libre...

— C'est justement, — dit Totor, — si elle était mariée, ça irait tout seul... mais si ça venait à gâter les affaires...

— Allons donc, parce qu'elle serait riche?...

— Non... mais à cause de la famille!...

— Ah! oui... oui...

— C'est pour ça que je n'ai voulu parler qu'à vous... Vous comprenez si c'est délicat...

Voyons, parlons peu et parlons bien, — fit Totor après avoir trinqué de nouveau pour pousser le croque-mort à boire, car l'ivresse s'accentuait de plus en plus et elle allait devenir complète dans l'échauffement de la discussion qu'il voulait provoquer. — Moi, je suis d'avis qu'il faut que vous ayez votre petite part sur ce qui reviendra à Liette...

— C'est assez juste, il me semble!...

— Tout ce qu'il y a de plus juste, et je me charge de la faire avoir... Seulement il ne faut pas mettre les femmes dans les affaires... Je règlerais ça avec Duval... Alors combien demanderez-vous?...

— Ça dépendra de ce qu'il y aura... — répondit Francis. — Il y a, comme je vous l'ai dit, une vraie fortune.

— Allons donc !... Entre nous, il faut dire la vérité, si vous voulez que je réussisse.

— Je la dis... une fortune !... des millions, peut-être.

— Vous l'avez donc vu ?

— Je n'ai pas vu l'argent, mais je sais bien ce qu'il y a...

— Elle n'est pourtant pas la fille de Rothschild !...

— Peut-être aussi bien...

— Non... Je ne dis pas que sa famille ne soit pas une famille chic.

— Tout ce qu'il y a de plus chic... — affirma Francis dont les yeux se troublaient de plus en plus. — Si vous saviez ce que je sais... Si vous aviez vu les papiers que j'ai là...

Il frappait sur la poche où se trouvait son calepin et les papiers.

— Ce n'est pas une raison, — objecta Totor. — On peut être d'une famille chic et être tout de même de celle du marquis de la Bourse-Plate ou du baron de la Dèche...

— Oh ! mais là, pas d'erreur...

— Puisque vous n'avez rien vu, vous ne pouvez pas le savoir...

— Comment, je n'en sais rien !... Alors, ce château que j'ai vu...

— Le château !...

— Oui, un château... et un château épatant... Il est vendu, c'est vrai... Mais il a dû se vendre bon... Alors vous voyez bien qu'il y a de l'argent...

— Qui a peut-être été boulotté... Car enfin, puisqu'on l'a vendu, c'est qu'on ne roulait pas sur l'or...

— Ta ta ta... Je sais bien le contraire...

— Ça ne me semble pas clair.

— Pas clair !... Tenez, je vais vous mettre les preuves sous le nez... — fit le croque-mort qui s'emballait réellement sous l'influence de l'ivresse, absolument complète à ce moment, grâce à cette sixième purée plus carabinée que les autres.

Et il sortit de sa poche le paquet soigneusement enveloppé des actes d'état civil.

Totor avait peine à contenir et à dissimuler sa satisfaction.

— Je veux bien faire ce qu'il faut pour décider Liette à faire l'affaire avec vous, — lui dit-il, — mais vous comprenez bien qu'il faut que je sois sûr de ce que je lui dirai... Sans ça ce n'est pas la peine de lui mettre une fausse joie au cœur, et je ne voudrais pas que mon ami Duval m'accuse de lui avoir monté le coup.

— Monté le coup !... Vous allez voir ça !... — dit Francis dont les doigts incertains dépliaient péniblement son paquet.

L'ivresse le poussait à la jactanee. Il n'aurait eu aucune preuve qu'il se serait vanté de les avoir toutes.

Et maintenant, ses papiers à la main, il les brandissait sans les déplier, et racontait à Totor, avec toutes les exagérations auxquelles le portait sa raison désemparée, ce qu'il avait fait pour découvrir la famille de Liette.

Il lui disait comment il avait été mis sur la voie, non plus par cette ressemblance apparue soudainement dans une rencontre, ainsi qu'il l'avait dit à Mariette, car l'ivresse le lui faisait oublier, mais par Sophie Ardussen elle-même.

— Il y a vingt ans que je la connais, la mère Sophie... ce n'est pas d'hier, hein ?... J'étais garçon de lavoir chez son frère, à Clamart... Et la petite, je l'ai vue pas plus haute que ça, à l'époque où la mère Sophie l'a eue... Alors vous comprenez que je suis fixé !... Eh bien ! j'ai voulu savoir, moi... parce que je m'étais toujours dit que cette petite ne pouvait pas être une simple fille de pauvres diables comme vous et moi... Alors, s'il y avait quelque chose à gagner, tant valait-il que ce soit moi qui en profite qu'un autre... La mère Sophie aurait bien fait le coup, mais elle a été pigée pour son affaire des courses... Alors j'en ai profité... Eh bien ! ce n'est pas défendu, n'est-ce pas ?... d'autant plus que ça lui rendra service, à cette jeune fille.

— Bien sûr, — fit Totor, impatient de voir ces papiers que le croque-mort agitait toujours devant lui en déclamant.

— Je m'en suis donné un mal... et je défie bien celui qui n'aurait pas su ce que je savais, de réussir... Je suis allé dans le pays de la jeune fille... et ce n'est pas en tournant le coin... Il y en a du chemin de fer à avaler... et j'ai tout su... oui, tout !...

Tenez... tout est là !... — répétait Francis en montrant encore ses papiers. — Il y une fortune là-dedans, sans qu'on s'en doute... Des millions !...

— Allons donc, — fit Totor pour le pousser. — Les millions ne courent pas les rues, au jour d'aujourd'hui !...

— Eh bien ! là, ils y sont, mon vieux !...

Et cette fois Francis posa ses papiers sur la table, et il les déplia pour les examiner.

Il les regardait l'un après l'autre, ayant peine à les distinguer au milieu de l'ivresse qui troublait sa vue.

Et tout en cherchant, il poursuivait :

— Si je vous disais le nom qu'il y a là, vous seriez épaté !... Vous le verriez bien qu'il y a des millions... une fortune de prince...

Totor, légèrement penché vers lui, cherchait à lire les noms inscrits sur les actes d'état civil, à mesure qu'il les dépliait pour chercher.

Il put lire le nom : « Vicomte d'Arcis », sur l'acte de mariage.

Pierre et Liette firent eux-mêmes la toilette de cette sépulture... (P. 430.)

— Cependant, — dit-il, — c'est à Paris qu'est morte la mère de Liette.

— Parbleu !... puisque voilà l'acte de décès de sa mère... Là, ça y est-il ?... mairie du neuvième...

Et Totor lu le nom de Odeline-Henriette de Charleval, et la date du décès.

— Ça ne prouve rien, — objecta-t-il. — Ce n'est même pas le nom de Liette...

— Ah!... Ah!... Ça vous épate... Avec ça que les enfants portent toujours le même nom que leur mère... Et ça alors, qu'est-ce que vous en faites ?...

Le croque-mort montrait maintenant l'acte de naissance de Liette, que Totor eut le temps de lire entièrement.

— Mais tout ça ne sortira pas de là avant que la jeune fille consente à ce que je lui ai demandé, — dit l'amant de Fifine en repliant tous les papiers. — C'est juste, après tout !... Je ne veux pas m'être donné du mal pour rien...

— Il n'y a rien à dire...

— Qu'elle vienne... et qu'elle me signe un papier par lequel elle s'engage à me donner... la moitié de ce qu'elle aura... Non, tenez... le quart seulement... Je ne veux pas l'écorcher... Et je lui donne tous les papiers que voilà... Mais sinon il n'y a rien de fait et elle ne saura rien...

Et Francis fit disparaître le paquet qu'il renferma de nouveau dans sa poche.

— Ecoutez, je lui en parlerai, — dit Totor, — et je tâcherai de la décider...

— Et puis moi, je m'en moque, — dit l'ivrogne qui n'entendit pas ou ne comprit pas ces derniers mots. — Je n'ai pas besoin d'elle pour faire mon affaire... Il y a le père qui la fera... Le vicomte... Il paiera tout ce que je voudrai pour savoir ce que sa fille est devenue... Et je sais où le prendre... Avant huit jours je l'aurai vu, le vicomte... Et il casquera, je vous en réponds... Il est à Paris, le père de cette jeune fille... Et il est riche... Il se fiche de quelques billets de mille de plus ou de moins...

Et l'ivrogne, s'emballant, se mit à développer, sur ce thème du vicomte et de sa fortune, une histoire fantastique, inventée de toutes pièces, et dont le merveilleux le grisait lui-même à mesure qu'il l'inventait.

Il parla tant et tant, mêlant tout, brouillant et confondant le peu de vérité qu'il connaisssait avec l'énorme fable imaginée par son esprit en délire, qu'il divagua complètement, ne prononçant plus que des mots incohérents, entrecoupés de pauses interminables, et débités d'une voix pâteuse qui les rendait parfois absolument inintelligibles.

Totor, avec la patience dont il faut user envers un ivrogne, l'entendait sans l'écouter, se contentant de lui répondre par monosyllabes, afin de ne pas provoquer de nouvelles explications.

Puis, quand il songea à la quitter, lui disant qu'il le reverrait pour en terminer, le croque-mort, incapable de le comprendre, commençait à s'assoupir, vaincu, terrassé par l'ivresse qui le stupéfiait au point qu'il dormait presque en causant.

Et il s'endormit, en effet, affalé dans l'angle de la muraille.

Totor régla la dépense et partit.

Il était fier de lui, heureux de son succès, et il avait noté dans sa mémoire, pour ne les oublier jamais, les noms, les dates et les localités qu'il avait lus.

Il savait le nom de la mère de Liette, Odeline-Henriette de Charleval, et le lendemain, à la mairie de la rue Drouot, il apprit qu'elle était décédée rue Clauzel et qu'elle avait été inhumée au cimetière de Saint-Ouen.

Quant au père de Liette, ce ne pouvait être que ce vicomte dont le croque-mort avait tant parlé, ce vicomte d'Arcis dont il avait lu le nom sur l'acte de naissance, et il comprenait bien, par cette différence de noms, qu'un mystère douloureux avait enveloppé la venue au monde de celle que l'on avait ensuite abandonnée à Mme Ardusson.

Mais Totor ne cherchait pas à approfondir ce mystère.

Il ne songeait qu'à annoncer au plus tôt à Mariette, d'abord, ce qu'il avait fait à l'insu de tous.

Il lui conta son équipée, en un langage pittoresque qu'animait l'amour-propre du succès.

Alors, ils devisèrent tous deux sur ce qu'ils savaient.

Et Totor en revenait à sa première idée, du jour où ils avaient connu Liette.

— Je l'avais bien dit que ce nom de Liette ne pouvait être qu'un nom de gens calés...

— Et d'après ce que tu dis, Liette ne serait que son petit nom, — dit Mariette. — Elle s'appellerait Lia...

— Eh bien ! Lia ou Liette c'est kifkif !...

— Si toutefois cet acte de naissance est bien le sien.

— Ce ne serait pas malin à vérifier, puisque je sais où le prendre et que j'ai vu l'acte de décès de sa mère.

— Cette chère Liette, comme elle va être heureuse !... — dit Mariette.

— Dans tout cela, elle n'avait vu qu'une chose, la possibilité de connaître la tombe de sa mère.

— Eh bien ! ça y est.

— Alors ce nom de Darcis serait bien le sien ?

— Parbleu ! mais avec la particule... Je l'ai vu écrit sur le papier du bonhomme... Adrienne-Lia d'Arcis, née en 1860 à Saint-Gemmes... Et il m'en a débité sur le vicomte !... Si tu avais vu cette cuite !.., Je parie que demain il ne se rappellera pas un mot de ce qu'il m'a dit.

Mais veux-tu que je te dise ? — s'interrompit Totor pour en venir à une idée qui le travaillait. — Eh bien ! il y a là-dessous de la mère Sophie... Oui, de cette bonne femme, — accentua-t-il en voyant l'étonnement de sa sœur. — Le croque-mort n'a pas été mis au courant comme il a dit. Il s'est coupé en bavardant à tort et à travers dans sa soulographie, et il connaît la mère Ardusson, il me l'a dit... Il était à Clamart, avant de travailler dans les macchabées; il était garçon de lavoir là-bas et il connaissait la bonne femme...

— Alors, c'est elle qui l'a fait agir, qui l'a renseigné !... — s'écria Mariette fort surprise.

— Naturellement.

— Elle savait donc quelque chose sur Liette !...

— Probable !...

— Et elle n'en a jamais rien dit !...

— Elle manigançait quelque chose, pour sûr, — opina Totor. — Tu comprends bien que cette bonne femme a dû vouloir chercher à connaître la famille de Liette, ne serait-ce que pour la faire casquer... Elle en est bien capable !

— Cette pauvre Liette, que va-t-elle dire quand elle saura tout cela ?...

Mais Liette, quand Totor lui apprit ce qu'il savait, n'entendit qu'un nom, celui de sa mère.

Elle ne vit pour elle que la consolation, — un bonheur par conséquent, — de pouvoir se rapprocher de celle qui l'avait tant aimée, de s'unir à elle par la pensée et par la prière, de pouvoir lui rendre le culte qu'elle avait toujours eu dans le cœur, en fleurissant sa tombe délaissée et perdue dans ce vaste cimetière de Saint-Ouen.

Et c'est d'elle seule qu'elle parla, en remerciant Totor, qu'elle embrassa à deux reprises, pour ce qu'il avait fait.

Quant au reste, elle exprima franchement sa pensée en ces mots pleins de tristesse et de résignation, mais empreints d'une suprême dignité qui attestait en elle la noblesse et la fierté de sa race :

— Il ne m'appartient pas de chercher à connaître une famille dont j'ai été exclue pour des raisons que je veux ignorer... Le souvenir de ma bonne mère me suffit puisque je n'ai jamais eu qu'elle !...

— Tu as bien raison, — approuva mélancoliquement Mariette qui se sentait en proie à une mystérieuse émotion. — Combien d'autres enfants, victimes de la fatalité, n'ont pas eu le bonheur d'avoir une famille et n'ont même jamais eu une mère à aimer !...

— Oui, comme toi, ma bonne Mariette, — dit Liette avec la plus vive affection, — toi qui as été une enfant trouvée, toi qui n'as jamais eu personne et qui es bien plus à plaindre que moi !...

Et Liette ne causa que de ce qui se rattachait à sa mère.

Elle cherchait à évoquer ses souvenirs à l'aide de ce que Totor lui rappelait, en se reportant à cette époque si lointaine où elle avait vu mourir sa mère et où elle avait été recueillie par cette femme, sa marraine, jusqu'alors inconnue, qui l'avait abandonnée.

Mais elle était si jeune alors que sa mémoire n'avait rien conservé de précis.

Cette rue Clauzel, où sa mère était morte, elle ne se la rappelait pas. Elle aurait même ignoré où elle se trouvait, si Totor ne lui avait dit qu'elle donnait dans le haut de la rue des Martyrs, tout près de chez eux.

Ses souvenirs revenaient plus nets sur ce qui avait précédé ce douloureux événement qui l'avait faite orpheline, et cette vaste propriété où elle avait vécu les premières années de son enfance, devait bien être un château, maintenant qu'elle était à même d'apprécier.

Elle se rappelait les grandes allées ombreuses, les bois aux arbres immenses, les vastes pelouses verdoyantes et le fleuve que l'on apercevait de la terrasse.

Autour de sa mère et d'elle, elle voyait des gens, les serviteurs du château sans doute.

Mais tout cela était bien confus, dans la brume de ce lointain de la vie.

Et puis, elle n'y voulait plus songer que pour se rappeler la mère bien aimée que ces souvenirs avaient évoquée, qu'elle cherchait à revoir dans le cadre où elle avait vécu auprès d'elle, lui donnant ainsi, par la pensée, une forme vivante, se la restituant en une image que sa pensée animait et qu'elle chérissait.

Et elle dit à Pierre :

— Dimanche tu me mèneras au cimetière de Saint-Ouen... On nous indiquera la tombe de ma mère et nous lui porterons des fleurs.

Pierre n'avait pas prononcé un mot jusque-là.

Ces révélations avaient agi sur lui d'une façon douloureuse et il s'était senti envahir par des angoisses semblables à celles du remords.

Il avait concentré en lui sa tristesse, dissimulant ce qu'il éprouvait, et il répondit :

— Oui, nous irons... et je te montrerai en même temps la tombe de mes parents, qui est précisément dans ce même cimetière.

— Le hasard avait réuni ceux que nous avions aimés, — dit Liette.

Et, en effet, M. Duval, l'ancien instituteur de Saint-Ouen, le père de Pierre, et sa mère reposaient dans ce cimetière.

Leur tombe, que le jeune mécanicien visitait fidèlement et pieusement chaque année, à la fête des morts, se trouvait dans le même carré que celle d'Odeline de Charleval, que le gardien du cimetière put leur indiquer en consultant ses registres.

Celle de l'ancien instituteur, ornée de plantes vertes et de couronnes, attestait les soins d'une piété constante.

La tombe de la mère de Liette, bien qu'étant une concession trentenaire, n'était même pas recouverte par une dalle. — L'herbe avait poussé sur la

terre que ne limitait aucun entourage, et la simple croix de bois noir avait
perdu ses branche sur lesquelles le nom et la date du décès avaient été
tracés.

C'était une désolation navrante.

Pierre et Liette firent eux-mêmes la toilette de cette sépulture, après
s'être agenouillés et avoir uni leurs âmes en une fervente prière, et ils dé-
barrassèrent le sol des herbes qui l'avaient envahi.

Ils s'entendirent avec un de ces industriels funéraires qui avoisinent en
nombre les abords des cimetières et qui leur avait prêté des outils ; ils lui
commandèrent un entourage et une croix en fonte, surmontant un simple
socle de pierre.

Liette se sentait réconfortée par ce pieux pèlerinage et il lui semblait
que son amour, placé sous la protection de sa mère, recevait en ce moment
sa consécration, comme si la bénédiction maternelle, implorée par sa fervente
prière, descendait sur elle et sur celui qu'elle aimait.

Mais ce qui se passait dans l'esprit de Pierre Duval était tout autre.

Depuis qu'il avait acquis la conviction que Liette appartenait à une famille aristocratique, une sorte de stupeur s'était emparée de lui et un trouble douloureux avait envahi sa conscience.

Devant cette tombe, où Liette près de lui s'était agenouillée, il sentait
mieux encore les angoisses qui le tourmentaient et les reproches que sa
loyauté lui adressait.

Celle qui s'était donnée à lui avec tout son amour, celle qu'il avait prise
dans le plus amoureux transport, n'était pas la simple petite ouvrière qu'il
avait toujours vue en elle, l'enfant abandonnée, sans nom et sans famille,
vers laquelle il s'était senti si irrésistiblement entraîné. Liette avait un nom
appartenant à la noblesse ; elle était issue d'une grande famille ; elle se trouvait, par sa naissance, au-dessus de la misérable condition qui avait été la
sienne, à lui, pauvre fils d'instituteur communal, orphelin n'ayant que son
travail pour vivre, simple ouvrier mécanicien.

Et en présence des restes de la mère de Liette, de cette femme qui avait
porté l'un des grands noms de France, le malheureux, sentait le poids de la
responsabilité qu'il avait encourue.

Il se sentait maintenant indigne de celle que son cœur avait si aveuglement choisie.

Il se reprochait son amour même, comme une faute dont il était responsable.

Et Liette, qui ne comprenait pas ce qui se passait dans l'esprit de son
amant, prenait sa prostration et son silence pour la douleur qu'évoquait en
lui le pieux devoir qu'ils accomplissaient.

Ce ne fut que le soir, chez eux, après avoir quitté Mariette et Totor,
avec qui ils avaient passé le reste de la journée, que Pierre parla.

Il éprouvait le besoin, par la confidence loyale de l'état de son âme, de soulager sa conscience du poids qui l'écrasait.

Mais Liette, nouant ses bras autour de son cou, en une exaltation d'amour que l'élévation des sentiments de son amant provoquait, ferma ses lèvres d'un baiser, et elle lui dit :

— Oh ! mon Pierre, tais-toi !... Peux-tu parler ainsi ?... Que suis-je de plus que toi, moi qui n'ai que toi au monde ?... La noblesse !... Il y a une noblesse qui est bien au-dessus de celle du nom et de la naissance : c'est la noblesse de l'âme, c'est la noblesse du cœur, et je n'en connais pas, il n'y a personne au monde qui l'ait plus que toi !... Si ma mère bien-aimée était encore de ce monde, si je la retrouvais, après l'avoir perdue pendant si longtemps au point de l'avoir ignorée, elle t'aimerait comme son fils, et elle-même me donnerait à toi, comme au plus digne, au plus honnête, au plus loyal, à celui par qui seul je peux être heureuse !...

Eh ! quoi, mon chéri, c'est là la cause de ta tristesse !... de tes remords, dis-tu ?... mais ces scrupules de conscience, que ta loyauté exagère, prouvent l'élévation de tes sentiments, la noblesse même de ton âme... Et ce n'est pas de moi seulement, pauvre abandonnée dont la naissance est enveloppée de douleurs et de mystères, que tu es digne... Tu serais digne des plus grandes, des plus nobles, des plus riches !... Et si j'avais été replacée au sein de ma famille retrouvée, avant de te connaître, quelque noble et grande, quelque riche et puissante qu'elle fût, c'est toi, toi seul, je te le jure, que j'aurais choisi le jour où j'aurais eu le bonheur de te rencontrer...

Ah ! ne crois pas que ni la fortune ni la naissance auraient changé mes sentiments, auraient perverti mon âme !... Non, je t'aurai aimé comme je t'aime... comme je t'aimerai toujours !...

Et souriante, après les ardents baisers qu'elle lui donna, Liette ajouta :

— Tu m'as aimée et tu m'as prise, comme je me suis donnée, toute à toi, sans connaître, sans savoir quelle était l'origine de cette abandonnée que le hasard avait placée sur ta route ?... T'es-tu demandé ce qu'avait pu être ma naissance ?... As-tu songé à ce qu'avaient été ceux qui m'ont donné le jour ?... N'étais-tu pas prêt, en me donnant ton nom honnête, à couvrir la tache qui pouvait exister sur moi ?...

Et si, en découvrant mon origine, il était apparu que j'avais le malheur d'être la fille d'un homme dont un méfait, un crime, une honte aurait ineffaçablement souillé le nom, cesserais-tu de m'aimer aujourd'hui ?... Me rendrais-tu responsable d'une faute dont je serais innocente ?... Non, ton cœur est trop haut pour s'abaisser à cette lâcheté !... Ta conscience est trop loyale !...

Eh bien ! c'est la même chose !...

Je ne suis pour toi et je ne veux jamais être pour toi que ta petite Liette, que ta chérie, comme tu m'appelles quand tu m'aimes bien !... Je ne veux

être que la petite Liette que tu as connue et que tu as aimée... que tu aimeras toujours !... N'est-ce pas ?... dis, mon Pierre !... mon amour !...

— Ah ! oui... oui... — répondit Pierre, en un transport exalté de tout
son amour, — je t'aime !... je t'aime !... je t'adore !...

XXVI

LA PERTE D'UN CŒUR

Bonnassieux, l'agent d'affaires du boulevard Voltaire, était loin de se douter de l'intrigue que couvrait la recherche dont il avait été chargé par Francis Couart, sous le prétexte d'un recouvrement.

L'amant de Fifine avait joué son rôle d'ancien serviteur réclamant un
arriéré de gages d'une façon si parfaite dans sa simplicité, qu'il ne pouvait
concevoir aucun soupçon.

Il ne prévoyait pas non plus, après avoir reçu les renseignements envoyés par son correspondant d'Angers, quelles difficultés il rencontrerait
pour découvrir la fille du comte de Villeroy, aussi bien que son frère qui, lui
avait-on écrit, devait habiter Paris.

Il s'était dit au contraire :

— Un jeune homme de grande famille, comme ce jeune vicomte, ayant
de la fortune puisque le père est riche, doit mener joyeuse vie et ce sera véritablement l'enfance de l'art que de connaître son domicile et, par lui, d'arriver à sa sœur.

La provision de cinquante francs, que l'agent de recouvrements avait
exigée de son nouveau client, lui paraissait plus que suffisante pour mener à
bien cette simple opération. — Jusque là, il n'avait dépensé qu'un timbre de
quinze centimes pour écrire à Angers, et déjà il avait obtenu les renseignements les plus complets. — Ce qui lui restait à faire, à Paris, pour arriver
au petit vicomte de Villeroy, exigerait à peine, selon ses prévisions, quelques
courses et quelques frais d'omnibus ou de voitures. — Il y aurait encore du
boni sur la somme reçue.

Et, sans se presser, afin de paraître justifier par le temps écoulé, la peine
qu'il prétendrait avoir eue à ces recherches, M⁰ Bonnassieux consulta d'abord
les annuaires parisiens où figurent les noms et les adresses des personna-
lités mondaines. — Il n'y trouva aucune trace du vicomte de Villeroy.

Le *Tout Paris*, cet indispensable guide de la haute société parisienne,
n'existait pas encore à l'époque.

Le *Bottin*, bien entendu, plus spécialement consacré au commerce et à
l'industrie, ne mentionnait pas le frère de Suzanne.

Le rêve de bonheur et d'amour, qu'elle avait vu sur le point de se réaliser,
s'évanouissait tout à coup... (P. 438.)

Mais l'agent d'affaires était homme de ressources, et il eut l'idée de
s'adresser, — sans plus de succès, du reste, — aux maisons de publicité qui
ont des listes d'adresses du grand monde pour leurs envois de prospectus, de
circulaires et de réclames.

Restaient les cercles, dont, par les garçons ou les concierges, on pouvait
connaître les membres. — Le petit vicomte ne faisait partie d'aucun.

Bonnassieux eut encore une autre idée. — Si le fils du comte de Villeroy menait la vie à grandes guides, malgré la fortune de son père, il pouvait s'être trouvé, en des moments critiques, en relations avec quelque usurier, sous le coup de poursuites exercées par un huissier, et le répertoire des protêts de billets impayés, toujours tenu à jour par les agences de renseignements commerciaux, lui offrait un moyen d'arriver à lui.

Il trouva.

En effet, Hector de Villeroy avait eu, deux ans auparavant, un effet de trois mille francs protesté, et, avec la mention du protêt, se trouvait l'indication de son domicile, rue de l'Arcade.

Hélas ! ce ne fut qu'une déception. La maison de la rue de l'Arcade était un hôtel meublé, où le petit vicomte avait habité quelques mois à peine, où on l'avait même fort peu vu, car il n'y couchait que rarement, et il était parti sans indiquer son domicile.

C'était toujours une indication, car si le frère de Suzanne habitait encore en meublé, il serait facile de le savoir à la préfecture de Police, qui tient le contrôle des hôtels et garnis, et où tout homme d'affaires roublard et intelligent sait se ménager des intelligences.

Mais le nom du vicomte y était inconnu.

Bonnassieux commençait à la trouver mauvaise.

Non seulement les cinquante francs de provision, qu'il espérait économiser en presque totalité, commençaient à s'évanouir, mais il perdait un temps considérable à ces recherches infructueuses.

En outre, il était fréquemment relancé par son nouveau client, à qui il n'avait rien de positif à apprendre, et qui s'impatientait sérieusement, car il voyait approcher le moment où Sophie Ardusson, rendue à la liberté à l'expiration de sa peine, viendrait le retrouver et s'apercevrait de la disparition de ses pièces d'or.

Ce n'est pas que le croque-mort s'émut outre-mesure de cette réclamation ; mais il aurait bien voulu être seul à tirer profit de l'excellente opération qu'il avait combinée sans elle.

Fifine aussi le talonnait chaque jour et pensait, comme lui, qu'un homme comme le petit vicomte de Villeroy devrait être plus facile que ça à trouver à Paris.

Enfin, un événement tout à fait imprévu, vint mettre l'agent d'affaires sur la voie.

Un journal raconta, en termes discrets, la tentative de suicide d'un homme du monde, dont il ne donnait même pas les initiales, qui s'était tiré un coup de revolver dans l'antichambre d'une grande demi-mondaine, quelque peu actrice, que Paris devait applaudir prochainement dans une revue des Variétés, où elle exhiberait, dans un rôle fait pour elle, les formes plastiques les plus pures, en un déshabillé ultra suggestif.

Cette jolie personne se nommait Suzette de Villers.

Elle était bien connue depuis longtemps sur le turf de la haute galanterie parisienne.

Ce nom fut une inspiration pour Bonnassieux, qui, en lisant cette nouvelle, apprit que la belle Suzette de Villers, — un nom de guerre, — appartenait à une très aristocratique famille de l'Anjou.

Son flair lui fit lire aussitôt, sous ce pseudonyme le nom transparent de Suzanne de Villeroy.

Dans ces conditions, une information devenait facile à obtenir et il n'aurait, pensait-il, aucune peine à vérifier ses conjectures.

*
* *

Il importe à la clarté et surtout à l'intérêt de ce récit, — avant de pénétrer avec l'agent d'affaires du boulevard Voltaire chez la ravissante demi-mondaine qui avait à peine défiguré son nom patronymique, — de faire la connaissance de la fille du comte de Villeroy au moment où elle devint la maîtresse du vicomte d'Arcis.

C'est ce que nous allons faire le plus rapidement possible, convaincu que l'intérêt de cet épisode ne nous vaudra, de la part de nos lecteurs, aucun reproche.

La plus affectueuse amitié avait uni, dès l'enfance, Odeline de Charleval et Suzanne de Villeroy, amitié née au couvent d'Angers où elles avaient été élevées, car elles étaient absolument du même âge, et qui s'était continuée grâce à la proximité du château de leurs parents.

Suzanne avait été la première demoiselle d'honneur d'Odeline, lorsqu'elle épousa le vicomte d'Arcis et elle se réjouit sincèrement de son bonheur.

Elle-même ne tarderait pas à l'imiter, car elle attendait avec impatience le moment où Henry de Frineuse, qui se trouvait à cette époque en Russie, attaché à l'ambassade de France, viendrait demander sa main.

Et cette demande ne tarda pas, en effet, à se produire.

Le jeune marquis de Frineuse rentra enfin en France, après deux années d'absence, et, orphelin aujourd'hui, il vint passer les trois mois de congé qu'il avait obtenus chez sa tante maternelle, Mlle de Chenoncé, qui habitait un vieux manoir à quelques lieues du château de Villeroy.

Suzanne revit avec bonheur celui qu'elle aimait depuis trois ans déjà et ce fut la plus grande joie pour elle le jour où, selon la promesse qu'Henry de Frineuse lui avait fait la semaine précédente, elle vit arriver au château Mlle de Chenoncé qui venait faire auprès de son père, en grande cérémonie, la démarche officielle.

Cette conjoncture, qui avait pourtant été prévue par le comte de Villeroy, lui porta un coup mystérieux, et son visage trahit l'émotion qui s'empara de lui au moment où la noble demoiselle lui demanda, pour son neveu, la main de Suzanne.

Cette émotion pouvait passer sur le compte de la tendre affection de ce père qui envisageait alors, pour la première fois, la réelle et imminente perspective de se séparer de l'enfant qu'il adorait.

Et, cependant, dans l'embarras qui le saisissait, dans la confusion inexplicable qui se manifestait en ses regards, il aurait été aisé de comprendre qu'il était en proie à un trouble profond et douloureux.

Le comte de Villeroy n'eut pas la force de faire connaître sa réponse, la seule réponse que sa loyauté et son honneur de gentilhomme lui permissent de faire, et, tout en se déclarant très flatté, excessivement honoré par la recherche de M. de Frineuse, il dit :

— J'ai besoin, avant de vous répondre, mademoiselle, d'avoir un entretien avec M. votre neveu, et je vous promets de le voir demain.

— Henry viendra vous voir lui-même, — déclara Mⁿᵉ de Chenoncé, — et je sûre que dès que je lui aurai fait part de votre désir, il accourra.

Suzanne, pleine d'émotion, interrogea son père aussitôt après le départ de la douairière de Chenoncé, et elle fut bouleversée par cette réponse dont elle ne pouvait pénétrer le mystère, qui lui apparut comme une menace contre son amour et son bonheur :

— M. de Frineuse doit venir me voir, car, avant d'agréer sa demande, ce que je suis prêt à faire s'il la maintient, je dois lui faire connaître certaines choses qu'un devoir d'honneur m'impose l'obligation de lui révéler...

— Quelles choses? — demanda la jeune fille plus bouleversée encore par le ton grave de son père que par le sens énigmatique de ses paroles.

— Il faut aussi que je m'entretienne avec ta mère, — poursuivit le comte de Villeroy sans répondre à cette question.

Et, embrassant Suzanne, arrêtant ainsi toute nouvelle interrogation sur ses lèvres :

— Va, ma chère enfant!... Tu sauras aussi ce qui me préoccupe pour toi... et quand tu sauras tout, je suis sûr que tu m'aimeras encore davantage... Va!...

La situation, dont le comte de Villeroy avait à s'entretenir avec sa femme, les faits graves dont sa loyauté lui imposait de faire la confidence à Henry de Frineuse avant de le laisser formuler définitivement sa demande en mariage, concernaient la naissance de Suzanne.

Le mariage de M. de Villeroy et d'Elisa Montély avait été un véritable mariage d'amour.

Il avait été séduit par la beauté de cette jeune fille, en dépit d'une faute qu'elle avait commise. Il l'avait aimée et il était certain d'avoir obtenu toute son affection que sa reconnaissance centuplerait.

Orpheline de bonne heure, recueillie et élevée par sa marraine, Mme Loudier, Elisa Montély avait été séduite par un homme qui lui avait fait croire à sa tendresse, par Alcide de Verney, et elle avait été mère. Celui qui l'avait détournée de ses devoirs, qui avait abusé de son ingénuité et de son inexpérience, qui avait trompé son cœur par la plus savante comédie d'amour, était déjà engagé dans les liens du mariage, et il disparut un jour lorsque la vérité fut connue.

Mais la faute d'Elisa Montély, loyalement avouée au comte de Villeroy, loin d'éteindre l'amour qui s'était allumé en lui, le raviva et il couvrit de son nom ce passé que tout le monde ignorait.

Il épousa généreusement cette jeune fille, et le mariage fut célébré en la plus stricte intimité dans la Charente, où le comte vint se fixer pour plusieurs années.

Il ne revint à son château des Ponts-de-Cé que lorsque Suzanne, cette enfant que son cœur avait adoptée, fut en âge d'être placée au couvent d'Angers.

La fille d'Elisa Montély avait dû être déclarée, à sa naissance, comme fille de père et mère inconnus, ainsi que la loi le prescrit pour les enfants adultérins, et inscrite, uniquement, sous les prénoms de « Suzanne Berthe », La même législation, impitoyable pour les enfants nés de l'adultère, interdisait au comte de Villeroy et à celle qu'il épousait, de la légitimer par leur mariage ; les dispositions du code en matière d'adoption ne lui permettaient pas non plus d'user de ce procédé pour faire légalement de Suzanne sa fille. — Mais pour tous, car rien ne transpira jamais, Suzanne passa toujours pour la fille légitime du comte et de la comtesse de Villeroy, et, au couvent même où elle fut élevée, la supérieure garda fidèlement le secret qui lui avait été confié, et on l'appelait « Mlle de Villeroy ».

Telle est la situation que la loyauté imposait au comte de faire connaître à celui qui voulait devenir le fiancé de Suzanne, et lorsqu'il eut parlé, Henry de Frineuse serra affectueusement la main du gentilhomme, qu'il voulait toujours appeler son père, et il lui dit :

— Je rends hommage, monsieur le comte, à votre courageuse loyauté, et je me sens profondément ému de la grandeur de votre action!... J'aime plus que jamais Mlle Suzanne et je veux, si Mme de Villeroy et vous consentez à m'accorder sa main, achever pour elle ce que vous avez si généreusement commencé, en lui donnant mon nom et en la rendant aussi heureuse que mon amour le permettra!...

Mais, lorsque la châtelaine de Chenoncé connut les confidences qui avaient été faites à son neveu, cette femme, imbue de tous les préjugés aristocratiques et sous l'empire de la conventionnelle morale du monde puritain et arriéré auquel elle appartenait, s'éleva contre les prétentions d'Henry de Frineuse.

Elle s'opposa avec la dernière énergie, avec une colère indignée, à ce mariage, et dans la crainte que son neveu, emporté par son amour, ne transgressât ses ordres, elle fit agir auprès de lui le directeur du personnel et le ministre des Affaires Étrangères lui-même, dont il dépendait, pour lui signifier qu'une telle union ne pourrait être approuvée et nuirait irrémédiablement à sa carrière.

Elle obtint, en même temps, qu'Henry de Frineuse fut immédiatement rappelé et envoyé à la légation de France au Japon.

Il fallut bien donner à Suzanne l'explication de la conduite de son fiancé et lui faire connaître la vérité.

Malgré toute l'affection que le comte et la comtesse y mirent, ce fut pour elle une révélation épouvantable.

La pauvre Suzanne qui s'était crue jusqu'à ce jour, au même titre que son frère Hector, l'enfant légitime de cet homme qu'elle avait toujours considéré comme son père, apprenait qu'elle ne lui était attachée par aucun lien, et qu'elle n'avait même pas le droit de porter le nom qu'elle considérait comme le sien.

Ce fut un effondrement indicible de tout son être.

Le rêve de bonheur et d'amour, qu'elle avait vu sur le point de se réaliser, s'évanouissait tout à coup sous le mystérieux opprobre de sa naissance !...

Suzanne eut pourtant la force, devant ses parents, de contenir son émotion et sa douleur.

Mais quand elle fut seule, enfermée dans sa chambre, elle pleura...

Elle pleura de rage.

Ainsi donc, elle n'était rien... rien que la fille d'une femme qui avait commis une faute, dont la tache avait été effacée par son mariage, et dont la honte, soigneusement tenue secrète, ne rejaillissait que sur elle seule, l'innocente victime.

Cet homme qu'elle avait toujours considéré comme son père, dont elle portait indûment le nom, n'était rien pour elle.

Et cela avait dû être révélé à ce gentilhomme qu'elle aimait, qu'elle considérait déjà comme son fiancé, en qui elle avait vu le mari, le compagnon adoré de toute sa vie !...

Et dès que cette tare avait été divulguée, Henry de Frineuse avait disparu... On l'avait emmené loin d'elle, afin de rendre impossible cette union que sa famille considérerait comme une honteuse mésalliance.

Et, désormais, ce serait fini d'elle !...

Il lui était interdit d'aspirer à l'amour honnête pour lequel, par l'éducation, son cœur avait été formé, car tous ceux qui l'aimeraient s'écarteraient ou seraient emportés, ainsi que l'avait été Henry de Frineuse, dès qu'on leur révélerait la mystérieuse infamie de sa naissance !...

Alors, sous le dépit désespérant de ces méditations épouvantables, un vent de révolte souffla sur l'esprit de Suzanne.

Elle s'insurgea contre la loi qui fait d'innocentes victimes des infortunées qui n'ont commis que le crime de naître dans un état de réprobation injuste.

Elle maudit ce code, ces préjugés, ces mœurs barbares et infâmes qui brisaient sa vie.

Cela la rendit farouche, haineuse, mauvaise.

Le vent de révolte se changea en une tempête de haine.

Personne, pourtant, ne put deviner ce qui se passait dans l'âme de Suzanne, si soigneusement elle renfermait en elle l'acrimonie qui la torturait.

On la croyait résignée et endolorie, et toute l'affection des siens s'appliquait à lui offrir la plus douce compensation à l'atroce déception qui l'avait frappée.

Les réceptions et les fêtes étaient rares au château de Villeroy, où l'on avait toujours vécu dans un petit cercle d'intimes. Suzanne n'avait plus le cœur à en organiser de nouvelles, elle qui en avait été l'âme.

Elle ne fréquentait plus que son amie la vicomtesse d'Arcis, chez qui elle passa quelques semaines à la suite de la rupture avec Henry de Frineuse, rupture dont les causes furent tenues secrètes et que l'on mit sur le compte d'un dissentiment de famille.

Ainsi Suzanne était, de plus près, témoin du bonheur de son amie, qui, elle, avait eu le bonheur d'une naissance régulière et avouable, qui avait pu être aimée et épousée.

Et tandis que son âme, pleine de rancœurs et d'amertume, envisageait avec dépit et révolte le sort qui lui était fait par l'implacable fatalité, Suzanne remarqua l'assiduité du mari d'Odeline auprès d'elle.

Dans les dispositions où elle se trouvait, elle ne fut pas longue à comprendre les intentions du vicomte.

C'était là encore un des côtés abominables de ces mœurs et de ces préjugés dont elle était victime.

Le monde, impitoyable à l'enfant dont la naissance est une tache, est plein d'indulgence pour ceux qui transgressent les règles de la pure morale et qui violent la foi jurée.

Il encourage l'adultère par ses complaisances, il le flatte par ses sourires, tandis qu'il traite en paria le pauvre enfant auquel il donne naissance.

Ainsi elle, il était interdit à un gentilhomme de l'épouser, mais il lui serait permis d'être son amant !...

Le seul amour qui lui fût accordé c'était l'amour coupable, l'amour même auquel elle devait le jour et dont elle était victime.

Pourquoi alors s'y déroberait-elle, puisqu'il s'offrait?...

N'était-ce pas une éclatante revanche à prendre contre cette injustice sociale dont elle souffrait si cruellement?...

Le vicomte d'Arcis, qui déjà lui parlait de son amour, était le mari de son amie la plus intime, presque une sœur, mais qu'importait?...

Céder à ses objurgations amoureuses serait une infamie et une trahison pour la fille du comte de Villeroy; mais elle n'était plus rien aujourd'hui, plus rien qu'une fille sans nom à laquelle un amant offrait cet amour qu'un fiancé lui avait refusé.

Et puis, en ce besoin d'être aimée, éveillé en elle par Henry de Frineuse, exaspéré par sa défection et inassouvi, Suzanne se prit, peu à peu, à se laisser aimer; puis elle aima elle-même, et alors, honteuse de ce qu'elle venait de faire en se donnant au mari de son amie, elle l'entraîna et elle partit avec lui, laissant derrière elle la ruine d'un cœur et la désolation d'une mère, car Odeline portait déjà en elle, à son insu, le fruit de son amour trahi.

Ils partirent tous deux au loin, en Italie d'abord, ensuite en Algérie, où ils séjournèrent plusieurs années, venant à Paris par intervalles, et repartant de nouveau à l'étranger, au Caire, à Constantinople enfin.

C'est alors que la malheureuse vicomtesse, après sept ans d'infructueuses recherches, — toujours prête à pardonner à son mari, pour ramener à sa fille ce père qu'elle ne connaissait pas, — apprit où se trouvait Adrien.

Elle en fut informée par le comte de Villeroy lui-même.

En effet, en même temps que la désolation foudroyait la mère de Liette, une désolation pareille, augmentée encore de la honte qu'elle entraînait, avait fondu sur les infortunés châtelains des Ponts-de-Cé.

En sept ans, ils n'avaient reçu de Suzanne, quelques semaines après sa fuite, qu'une lettre, mise à la boîte d'un vagon des postes en cours de route, dans laquelle, se traitant d'étrangère, elle remerciait des soins et de l'affection qu'on avait eus pour elle, et disait que son acte ne devait avoir aucune conséquence de douleur ni de réprobation, puisque ce n'était point la fille du comte de Villeroy qui agissait ainsi, mais une jeune fille ne dépendant que d'elle seule, née de père et mère inconnus et ne portant que les noms de Suzanne-Berthe.

Le père infortuné ne se sentit pas le courage de condamner la malheureuse enfant qui jetait la honte sur sa maison et dont la trahison envers son amie laissait le plus affreux désespoir derrière elle. Il comprenait son égarement, et son cœur, dominé surtout par la pitié, ne se détacha point d'elle.

Ils avaient eu, à ce sujet, des discussions pénibles... (P. 445.)

Avant tout, il voulut essayer de réparer le mal que Suzanne avait causé et il la fit chercher partout, vainement, puisqu'il ne parvint à avoir de ses nouvelles qu'au bout de sept ans, lorsqu'elle se trouvait à Constantinople avec son amant.

Depuis deux ans, à cette époque, la comtesse de Villeroy était morte, succombant à l'épouvantable douleur dont rien n'avait pu la consoler.

M. de Villeroy informa la vicomtesse d'Arcis de la nouvelle qu'il avait reçue, par le plus grand des hasards, car Adrien avait été reconnu par un de ses amis de passage à Constantinople, et en même temps qu'Odeline écrivait au marquis de Jessaint, dont elle sollicitait la bienveillante intervention, cette lettre tombée aux mains de Valérie Dubourg, et qui ne serait pas parvenue quand même au vieil ami de sa famille, car il était mort six semaines auparavant, il partait lui-même par le premier train, prenait à Marseille le plus rapide paquebot pour courir là-bas et tenter, par ses prières et ses larmes, de fondre le cœur de Suzanne.

Lorsqu'il arriva, les deux amants étaient déjà repartis et personne ne put lui indiquer la direction qu'ils avaient prise.

Et, à son retour, le malheureux, vieilli de vingt années, apprenait la nouvelle de la disparition de la vicomtesse d'Arcis et de sa fille.

Demeuré seul, car son fils Hector habitait alors Paris et ne faisait que de rares et courtes apparitions aux Ponts-de-Cé, le comte de Villeroy, las d'une vie qui avait été si cruelle pour lui, s'enferma dans son château, dont il ne voulut plus franchir le seuil, et s'isola dans une retraite absolue.

Séparés sans aucun esprit de retour de ceux dont ils avaient fait le désespoir et causé la mort, Adrien d'Arcis et Suzanne ne connurent rien des douloureux événements qui frappèrent les infortunés châtelains de Saint-Gemmes et des Ponts-de-Cé.

Ils avaient pris, sous un nom d'emprunt, un paquebot à destination de New-York.

Le vicomte avait pu, grâce à l'intermédiaire d'un ami, réaliser tout ce qu'il possédait, une fortune qui se chiffrait par quatre millions, et qu'au cours d'un voyage à Londres il avait placé à l'*Exchange Office*, presque entièrement en valeurs anglaises de tout repos.

Adrien d'Arcis s'était épris d'une folle passion d'amour pour Suzanne.

Son mariage, contracté pour céder aux désirs de sa famille qui voulait mettre un terme à ses folies et à ses dissipations, avait été un frein trop tôt imposé à ses débordements.

Au bout de deux ans, le vicomte était las de cette existence incompatible avec son caractère.

La naissance d'un enfant aurait seule été capable d'opérer en lui une transformation radicale, et il ignorait, au moment de son abandon, la prochaine maternité d'Odeline qui ne soupçonnait pas elle-même son état.

A l'amour convenu et imposé du mariage, il préférait la folle passion éveillée tout à coup en lui par les beaux yeux de la fille de la comtesse de Villeroy, et il avait rencontré en elle la seule femme qui ait été jamais capable de faire réellement battre son cœur et de se l'attacher définitivement.

Alors, avec les ivresses de cet amour, partagé sans réserve, Adrien avait connu les angoisses torturantes de la crainte de perdre celle qu'il adorait, et cette crainte la lui avait rendue plus chère.

Pendant dix ans, vivant seul avec elle, en un perpétuel duo de tendresse et de passion, il avait réussi à déjouer toutes les recherches, cachant son trésor qu'il était prêt à défendre.

Pour elle, il avait dépensé sans compter, car il allait au-devant de tous ses caprices, car il la voulait partout la plus heureuse et la plus enviée, et dans cette existence sans frein le patrimoine qu'il gaspillait s'était épuisé avec une vertigineuse rapidité; les millions avaient fondu, et lorsque les deux amants revinrent à Paris, il ne restait plus, après avoir payé l'installation somptueuse de l'appartement qu'il loua à Suzanne dans la rue Taitbout, que quelques centaines de mille francs.

Adrien connut alors, pour la première fois de sa vie, le supplice épouvantable de la jalousie, qui attisait encore les forces déjà exaltées de sa passion.

En arrivant à Paris, la fille de la comtesse de Villeroy avait pris le nom de Suzette de Villers.

Elle était alors dans tout l'éclat de sa beauté, incomparablement plus belle que la jeune fille que son amant avait aimée si éperdument, et elle ne tarda pas à être remarquée partout où elle se produisit.

Elle aussi avait profondément aimé son amant et son amour avait été, pendant longtemps, exempt de toute préoccupation étrangère, de tout souci matériel, car elle se laissait emporter, sans songer à rien, dans le vertigineux tourbillon de cette existence dont la fortune d'Adrien faisait les frais.

Mais l'heure terrible était arrivée, et la matérialité de la vie dont l'avenir s'assombrissait, aujourd'hui qu'elle connaissait la lamentable vérité, lui inoculait les terreurs inévitables qui s'emparent de toute femme aux prises avec les menaces de la détresse.

L'amour sombrait dans ses angoisses qui avaient déjà éteint la passion.

L'âpre désir d'échapper à la catastrophe imminente éveillait inconsciemment la coquetterie de cette femme qui comprenait que sa beauté pouvait valoir une fortune.

Elle plaignait sincèrement Adrien, dans une inconscience qui ne lui permettait pas de s'accuser d'avoir été la complice de sa ruine. Elle avait

encore pour lui toute l'affection reconnaissante que dix années de folles tendresses avaient laissée en son cœur, et elle se disait bien qu'elle ne pourrait
jamais aimer personne comme elle l'avait aimé; mais elle se sentait incapable de se défendre contre les brillantes tentations qui l'entouraient.

Et pourtant Suzette hésitait encore, prise par un dernier scrupule, d'accepter les offres merveilleuses qui lui avaient été faites, car de riches adorateurs étaient venus jusque chez elle, tandis que l'infortuné vicomte, aux
abois, se livrait aux usuriers qui lui procuraient encore quelques subsides.

Elle voulait couvrir, par la situation qu'elle avait rêvée, l'acceptation
des propositions qui lui étaient faites.

Elle avait fait part de son projet à Adrien, dans une de ces discussions
que des besoins d'argent rendaient si acerbes entre les amants et qui s'était
prolongée jusqu'au milieu de la nuit, et elle lui avait dit qu'elle ne pouvait
vivre ainsi sans avoir la sécurité du lendemain.

Alors, ainsi qu'on le lui conseillait de toutes parts, Suzette était résolue
à entrer au théâtre.

Elle avait de la voix, une jolie voix même, lui avait-on assuré, qui, avec
quelques leçons et des exercices, redeviendrait rapidement ce qu'elle était
dans le temps; elle était musicienne et, de plus, se sentait douée pour le
théâtre. Bref, on lui avait offert de la présenter au directeur d'une scène des
boulevards qui l'engagerait pour la revue dont les auteurs écriraient un
rôle exprès pour elle.

Et l'infortuné Adrien, dévoré par la jalousie, avait lutté désespérément
contre elle, car il sentait bien que sa Suzette, ainsi livrée au public, était
trop belle pour résister longtemps aux tentations qui s'offriraient à elle.

Il souffrait déjà depuis longtemps à la perspective navrante de ne plus
pouvoir suffire au luxe dont il avait, jusqu'alors, entouré son idole, et plus
cruellement encore à la pensée affreuse que d'autres, profondément épris de
la beauté de Suzette, lui avaient déjà offert leur fortune.

Ils avaient eu, à ce sujet, des discussions pénibles, allant parfois jusqu'aux querelles violentes, et le malheureux ne se disait même pas que ce
qu'il souffrait n'était que le juste châtiment, trop faible encore, de son
lâche abandon et des douleurs que sa trahison avaient causées.

Alors Adrien d'Arcis supplia Suzette d'ajourner sa résolution.

Il pleura comme un enfant, en se roulant à ses pieds et en l'embrassant,
et il lui promit de trouver, coûte que coûte, tout l'argent qui lui serait
nécessaire.

Le malheureux, dans son désespoir, se sentait capable de tout, même
d'une infamie, pour conserver l'amour de cette femme, et dans son cerveau
affolé avait germé une pensée odieuse pour se procurer l'argent qu'il lui
fallait à tout prix.

Il partit, emportant, avec les baisers de Suzette, la promesse d'attendre la réussite de sa tentative, à laquelle elle ne croyait guère, et il se rendit à Angers.

Là, il comptait s'adresser à un homme d'affaires, David Lioup, qui lui avait déjà servi, plusieurs années auparavant, pour réaliser toute sa fortune.

Par son intermédiaire, pensait-il, il pourrait, en sa qualité de mari et, par conséquent, d'administrateur légal des biens de la vicomtesse d'Arcis, sa femme, — quoique séparée par son contrat de mariage, — prêter une somme importante sur le château qui constituait son patrimoine personnel.

Il ignorait la mort d'Odeline, comme il ignorait encore l'existence de sa fille.

Le misérable était porté à ce point d'affolement où peut s'effacer jusqu'à la notion de l'infamie dans la conscience atrophiée d'un gentilhomme.

Il avait rêvé de voler la fortune d'Odeline pour l'offrir à sa maîtresse.

L'homme d'affaires habitait, depuis plus de trente ans, un petit appartement de la rue Haute-du-Mail, où le vicomte d'Arcis était venu pour la dernière fois deux ans après son départ de Saint-Gemmes avec la fille de la comtesse de Villeroy, lorsqu'il régla définitivement sa situation et acheva de réaliser tout ce qu'il possédait.

Adrien reconnut la maison qui, au bout de quinze ans, était toujours pareille.

Il arriva presqu'à la nuit, après le départ des deux employés de David Lioup, et la lumière d'une lampe à pétrole qui éclairait l'une des fenêtres lui fit comprendre que l'homme d'affaires travaillait encore.

Il gravit les deux étages et sonna.

Ce fut Lioup qui vint lui ouvrir lui-même, et qui, d'abord, étonné de recevoir une visite à cette heure, ne le reconnaissait pas tant il avait vieilli et changé.

Il fallut qu'Adrien se nommât.

— Vous!... Monsieur le vicomte!... — s'écria alors l'homme d'affaires ne pouvant en croire ses oreilles et sa vue, tant sa surprise était grande.

Il lui tendit la main qu'Adrien serra.

— Entrez!... Entrez donc, monsieur le vicomte... Je suis seul... Jamais je ne vous aurais reconnu... Et puis j'étais si loin de penser à vous, n'ayant jamais reçu de nouvelles depuis que vous avez quitté la France...

Il l'avait conduit, en expliquant ainsi sa stupéfaction, dans son cabinet, où il lui offrit une chaise près de son bureau, tandis que lui-même se mit à sa place, se tenant debout, n'osant pas s'asseoir.

Et il paraissait attendre que le vicomte exposât la nature de sa visite et lui donnât des nouvelles de ce qui s'était passé, lui apprît ce qui lui était arrivé en tant d'années.

— Dix-sept ans!... — reprit-il enfin, voyant qu'Adrien ne parlait pas, embarrassé pour exposer ce qu'il voulait, — cela fait bien dix-sept ans, car c'était en 1860...

— Oui, dix-sept ans, — dit alors l'amant de Suzette d'une voix sombre, dans un lent mouvement de tête. — Eh bien! mon cher David, je viens à vous parce que je suis ruiné et qu'il faut absolument que vous m'aidiez à me tirer d'affaire.

— Ruiné!... — s'écria l'agent d'affaires. — Comment!... Plus de quatre millions...

— Il n'en reste plus un centime et j'ai dû emprunter... Je suis dans une situation épouvantable, en proie aux usuriers, qui refusent aujourd'hui de me continuer leurs services... Et il faut bien que je sois dans cette détresse pour avoir songé au seul moyen de salut qui me reste... et que vous seul, mon cher David, pouvez m'aider à réaliser...

— Je vous remercie de vous être souvenu de moi, monsieur le vicomte, — dit Lioup, — et vous pouvez compter sur moi... Tout ce qu'il sera possible de faire, croyez-le, je le ferai pour vous aider à sortir de cette affreuse situation, dont la nouvelle me navre... Jamais je n'aurais soupçonné que vous auriez pu en venir là!...

— J'ai fait des folies... Que voulez-vous?... Vous qui êtes au courant, vous savez quel amour...

— Mlle de Villeroy?...

— Oui...

Et alors, lentement, Adrien d'Arcis parla de Suzanne. Il raconta tout ce qui s'était passé en ces dix-sept années, ses pérégrinations à l'étranger, ses folies au milieu desquelles sa fortune avait fondu, et enfin son arrivée à Paris, n'ayant plus que quelques centaines de mille francs qui s'étaient évanouis comme le reste.

David Lioup ne pouvait soupçonner où il voulait en venir et, pendant qu'il l'écoutait faire ce triste récit, il s'évertuait à rechercher de quel côté il pourrait lui procurer de l'argent.

Évidemment, pensait-il, le vicomte voulait tenter de s'adresser au comte de Villeroy de la part de sa fille, qui n'avait pas osé venir elle-même, et pour lui éviter l'embarras de cette demande, il lui parla lui-même du père de Suzanne, afin de lui faire comprendre que, de ce côté, il n'y avait pas grand espoir à fonder.

— Il y a à peu près un an que j'ai vu le comte, — lui dit-il, — un jour qu'il est venu à Angers. Je l'ai rencontré chez son notaire, M^e La Varade, où j'avais affaire... Mais on ne le voit plus. Il ne sort plus de son château depuis la mort de Mme la comtesse.

— La comtesse est morte?...

— Il y a longtemps... Vous n'en aviez rien su?...

— Non.

— Depuis cette époque. M. de Villeroy s'est en quelque sorte cloîtré chez lui, ne voyant et ne recevant personne, car M. Hector lui-même est parti et on ne le revoit que bien rarement... Mlle de Villeroy ne l'a pas vu à Paris?...

— Jamais... Du jour où nous sommes partis, elle a considéré que tout était fini avec les siens, sans aucun esprit de retour... Comme si elle n'avait absolument aucune famille, — dit le vicomte qui ne voulait pas dévoiler la situation de Suzanne.

David Lioup reprit :

— Je ne crois pas que du côté de M. de Villeroy on puisse espérer...

Mais Adrien l'arrêta tout de suite.

— Je n'y ai jamais songé, — interrompit-il vivement.

— Alors?...

— J'ai pensé à autre chose... — fit le vicomte avec un cruel embarras, tandis que ses joues s'empourpraient. — Et, pour cela, j'ai absolument besoin de vous, mon cher David... Je ne peux me confier qu'à vous... Pour que je puisse trouver à emprunter, il me faudrait la signature de la vicomtesse d'Arcis...

— La signature de Mme la vicomtesse... — s'écria l'agent d'affaires saisi d'une soudaine stupéfaction. — Mais... vous...

— C'est le seul moyen de salut qui me reste!... Oui, je sais, c'est affreux!... c'est ignoble!... Mais que voulez-vous?... il le faut...

Alors David Lioup comprit que le vicomte devait ignorer la mort de sa femme.

— Mais pardon, monsieur le vicomte, — interrompit-il à son tour, — vous me parlez de Mme la vicomtesse d'Arcis... Je vois que vous ne devez pas avoir appris ce qui est arrivé...

Adrien tressaillit.

— Qu'est-il arrivé? — demanda-t-il d'une voix blanche.

— Mme la vicomtesse et sa fille sont parties depuis dix ans...

— Sa fille!...

— Vous ignoriez aussi que Mme la vicomtesse a eu une fille?

— Comment voulez-vous que je sache?... Quand je suis parti...

— C'est à peu près six mois après votre départ que Mme la vicomtesse a été mère.

— Mon Dieu!... — s'écria Adrien devenu d'une pâleur épouvantable. — Comment se fait-il que vous ne m'en ayez rien dit, lorsque je vous ai vu pour le règlement de mes affaires?...

Le plastron de sa chemise, aussi blanc que son visage, apparut troué et piqué
d'une tache rouge. (P. 456.)

— Je l'ignorais moi-même à cette époque, — répondit Lioup. — Je n'ai
appris la naissance de Mlle d'Arcis que longtemps après la disparition de
Mme la vicomtesse... environ deux ans après, quand le château a été
vendu...

Adrien était absolument atterré.

Ses yeux, agrandis par la stupeur, avaient des regards mornes, hébétés,
qui se fixaient sur l'homme d'affaires, tandis que, dans son esprit bouleversé,

en proie à toutes les douleurs de la honte et du remords, il se demandait s'il n'était pas le jouet d'un épouvantable cauchemar.

Et Lioup continuait à le renseigner.

— Je n'ai même connu le départ de Mme la vicomtesse qu'à ce moment-là, — dit-il. — Je n'avais jamais l'occasion d'aller à Saint-Gemmes... Ce n'est, comme je vous le disais, qu'au moment où le château a été vendu, deux ans après, que j'ai appris tout à la fois... la naissance de votre fille, qui est venue au monde six mois après votre départ avec Mlle de Villeroy... la disparition de Mme la vicomtesse qui était partie emmenant sa fille... et sa mort...

— Sa mort!... — fit le vicomte avec une réelle épouvante?

— Vous ignoriez donc tout cela?...

Adrien, incapable de prononcer un mot, éleva le bras et le laissa retomber en un geste qui témoignait de son désarroi et de sa douleur, tandis que des larmes parurent au bord de ses paupières.

— Odeline... morte... — fit-il.

— D'après ce que j'ai appris, — reprit Lioup, — c'est à Paris que Mme la vicomtesse et sa fille se sont rendues, et c'est là qu'elle est morte!...

— Morte!... — répéta tout bas Adrien en essuyant ses larmes.

En même temps, il se leva, s'appuyant au dossier de sa chaise, car ses jambes pouvaient à peine le soutenir.

Le malheureux se sentait à la fois accablé par la honte de sa faute, par le remords qui l'accusait d'être la cause de cette mort dont la révélation venait de le terrifier, et par l'évanouissement de l'espoir qu'il avait un moment conçu.

Il éprouvait le besoin de s'en aller, afin d'être seul avec ses horribles pensées et de ne pas laisser éclater devant ce témoin l'épouvantable désespoir qui venait de s'emparer de lui.

— Adieu... — dit-il.

— Vous partez ainsi... — fit Lioup qui ne savait que dire.

— Oui... Adieu!... — répéta Adrien en serrant la main de l'homme d'affaires qui s'était levé à son tour. — Laissez-moi partir... Adieu!..

— Croyez, monsieur le vicomte, que je suis désolé... J'aurais bien voulu pouvoir vous rendre le service que vous attendiez de moi... mais vous pouvez compter...

Adrien ne l'entendait pas.

La tête égarée, l'esprit perdu, absolument désemparé, il allait, incapable d'avoir seulement une pensée.

Il redescendit lentement les deux étages, d'un pas lourd, et se trouva dans la rue, où l'air vif du soir le saisit.

Il marchait péniblement, d'un pas ressemblant à celui d'un homme ivre, ne sachant même pas où il allait, dans cette ville qu'il connaissait pourtant à merveille.

Et, en marchant, il lui semblait entendre en lui l'écho de sa propre voix lui répétant :

« Odeline est morte!... Odeline est morte!... »

Et ces trois mots, comme un reproche accablant, augmentaient la prostration déjà si cruelle de son esprit.

Morte!... Elle était bien morte par sa faute, bien qu'il ne sût rien de ses derniers moments, et il s'accusait, déplorant un instant son lâche abandon, corsé d'une trahison odieuse et infâme.

Mais le remords s'évanouit bientôt, à la première pensée que put concevoir l'esprit désemparé de l'amant de Suzette.

L'inextricable difficulté de son existence actuelle, dont l'épouvantable révélation l'avait un instant distrait, se représenta en lui, et son inexorable nécessité éveilla soudainement ses facultés, le tirant de sa torpeur intellectuelle.

Ainsi donc s'évanouissait cette suprême ressource, en laquelle il avait eu la honte d'espérer, lorsqu'il avait compté obtenir, par un stratagème infâme, la signature d'Odeline qu'il croyait vivante, pour lui voler ce qu'elle possédait et le porter à sa maîtresse.

C'était la fin de tout espoir!...

Et, en revenant à Paris, il allait trouver Suzette...

Oh! non, cette affreuse pensée, le misérable amant ne pouvait la concevoir sans souffrir les plus cruelles tortures que la jalousie soit capable d'infliger, et il la repoussa avec toute l'énergie de sa volonté ressaisie, dans une exaltation qui le menait à un affolement véritable.

Perdre Suzette!.. Jamais!... Un crime même lui semblait préférable à cette épouvantable extrémité.

Adrien arriva à Paris, ayant roulé, pendant le trajet, dans son cerveau embrasé, les pensées les plus diverses, les résolutions les plus folles, entrecoupées d'hésitations douloureuses et d'accablements misérables.

Maintenant, en approchant de sa demeure, il lui semblait qu'il arrivait trop tôt, et il ralentissait le pas, comme pour s'accorder le répit nécessaire, pour imaginer quelque chose, pour trouver les accents à l'aide desquels il allait la supplier de l'aimer toujours et de fuir encore avec lui, afin de l'arracher, au nom de son amour, à cette vie où il sentait bien qu'il allait la perdre.

Mais, au moment où il arrivait à l'angle de la rue Taitbout, il vit passer sur le boulevard Suzette, simplement vêtue, mais avec un cachet d'élégance et ce chic parisien qu'elle avait eus d'instinct, comme une grâce naturelle.

Il la regarda interdit, saisi de stupeur, n'osant aller à elle, et il la vit traverser la chaussée.

Il la suivit.

Suzette s'engagea dans le passage des Panoramas, contourna la galerie des Variétés et disparut par la petite porte réservée aux artistes du théâtre.

Adrien comprit ce qui s'était passé.

Suzette, dans cette épouvante de l'avenir qui l'avait saisie depuis qu'elle connaissait la ruine définitive de son amant, avait réalisé à son insu le projet qu'elle avait conçu. Elle était entrée au théâtre pour se créer une situation et des ressources.

Le théâtre !... avec les nombreux et riches adorateurs qu'il suscite autour de toute jolie femme !...

Cette perspective, qui l'avait déjà fait si cruellement souffrir, contre laquelle il avait lutté, était aujourd'hui une réalité !... Ce danger entrevu de perdre l'adorée, qu'il avait espéré écarter de lui, fut-ce au prix de cette infamie qu'il avait été prêt à commettre, fondait sur lui tout à coup, déjà peut-être irrémédiable !...

Suzette était perdue !...

Et absorbé uniquement par cette pensée affreuse, Adrien d'Arcis demeura dans cet étroit passage, allant et venant d'un pas automatique, les regards rivés à cette porte ouverte par laquelle celle qu'il adorait comme un fou avait disparu.

Que n'aurait-il pas fait à ce moment pour la ressaisir, pour effacer cela de sa vie, pour l'avoir encore à lui toute entière, à lui seul !...

Et Suzette ne repassait pas !...

Une heure, longue comme des siècles, s'était déjà écoulée !...

Une autre heure, s'écoula encore, plus douloureuse, plus horrible que la première pour ce cœur éperdu que l'atroce jalousie torturait.

Vingt fois, l'amant désespéré avait été sur le point de franchir cette porte et d'aller arracher Suzette à cette vie nouvelle qui la lui enlevait, et vingt fois, sur le seuil, il s'était senti comme pétrifié, réduit à l'impuissance, incapable d'une énergique détermination, dans l'épouvante du scandale et du ridicule, Et voilà que Suzette sortit...

Elle était entourée de trois messieurs, dans lesquels Adrien, qui recula à son apparition, en reconnut un qu'elle avait reçu, un auteur dramatique à succès, qui lui avait été présenté.

Un autre était le directeur du théâtre, qu'il reconnaissait bien d'après son portrait plusieurs fois publié.

Le troisième, un grand blond, ayant toute sa barbe, mis avec l'impeccable correction d'un gentleman accompli, ganté de blanc, une fleur à la boutonnière de sa redingote havane, il le reconnaissait. Suzette le lui avait montré un jour dans un théâtre où ils avaient été passer la soirée, et ils avaient eu à son sujet une dispute violente, car cet homme était un de ceux qui avaient jeté les yeux sur elle, qui s'en était approché le plus près, qui lui avait offert l'éblouissement de sa fortune.

Elle sortit du passage, accompagnée par cet trois hommes, et, sur le boulevard, les deux premiers lui serrèrent la main ainsi qu'à l'autre, avec lequel elle se dirigea vers la portière d'un coupé qu'un valet de pied venait d'ouvrir.

Elle y monta avec lui, et au coup sec que produisit la portière en se refermant, Adrien sentit comme le froid d'une lame de poignard s'enfoncer dans son cœur, en même temps qu'un voile s'étendait sur ses yeux, troublait sa vue et lui cachait l'élégante voiture qui se perdait sur la chaussée au milieu des milliers de piétons et de véhicules de toute sorte.

XXVII

RÈGLEMENT DE COMPTES

Quand le malheureux amant de Suzette put revenir de l'éblouissement qui lui avait fait perdre, pendant un instant, jusqu'à la notion de son existence, le coupé était déjà loin.

Alors ce fut une explosion de fureur qui éclata dans son cerveau.

Il éprouvait un besoin de vengeance, une soif de sang à verser!... Il se sentait capable de tuer l'infidèle qui, dans l'épouvante de la détresse où il l'avait laissée choir, oubliait ainsi son amour, parjurait ses serments et ne songeait pas à lui qui, pour elle, avait été jusqu'au seuil de l'infamie, comme il se serait jeté même dans le crime.

— Lâche créature!... — proféra Adrien. — Misérable!...

Et à peine ces injures formulées, il les regretta, et dans le repentir soudain, il s'attendrit.

N'était-ce pas sa faute à lui, insensé qui n'avait jamais envisagé sérieusement l'avenir, pourtant si beau, s'il avait su être plus sage?

Etait-elle coupable d'être belle et responsable de la séduction exercée par sa grâce enchanteresse?

Ce n'était pas elle qu'il fallait injurier et maudire; c'est contre le sort seul, contre l'horrible fatalité qu'il fallait élever ses imprécations impuissantes.

Ah! Suzette perdue pour lui!... Non, jamais il ne pourrait vivre avec cette pensée!...

Vivre!... à quoi bon maintenant?

Vivre sans elle à qui il avait tout sacrifié, pour qui il avait tout perdu!... Non, jamais!... jamais!...

Et un affreux désespoir s'empara d'Adrien, l'absorbant dans une idée fixe de mort qui obséda son esprit comme une fatalité inéluctable.

Il erra par les rues et les boulevards, allant machinalement, sans savoir où, tournant dans le même cercle, reprenant inconsciemment, dès qu'il s'en éloignait, le chemin qui le ramenait à la maison de Suzette, où il se sentait invinciblement attiré.

Il aurait voulu la revoir et il éprouvait en même temps le besoin de la fuir, car s'il voulait lui révéler son atroce souffrance pour qu'elle comprît que c'était par elle qu'il souffrait, il sentait bien que la vue de cette femme follement aimée lui serait insupportable maintenant qu'il la savait à un autre.

Quel temps passa-t-il en cette marche sans but? — Son esprit désemparé aurait été incapable de l'évaluer s'il en avait eu l'idée.

Il n'éprouvait ni la fatigue ni la faim, bien qu'il n'eût pris aucun aliment depuis son départ d'Angers; mais il sentait une fièvre de délire le briser et marteler ses tempes endolories sous la pression martyrisante d'un cercle de fer qui semblait les enserrer.

La soif seule se faisait sentir, une soif desséchante qui paralysait sa gorge et la contractait au point de l'étouffer.

Alors il entra dans un café, s'assit à l'écart, et se fit servir du café qu'il but lentement, avec effort, la déglutition pouvant à peine se faire; et il demeura là, en une prostration complète, toujours obsédé par ses idées de mort.

La nuit était tombée depuis longtemps déjà.

Adrien demanda au garçon qui l'avait servi de quoi écrire, et d'une main mal assurée, en une écriture heurtée, il traça ces mots :

« Je demande à celle que j'ai lâchement abandonnée de me permettre de reposer auprès d'elle et de me pardonner ma folie qui m'a conduit au désespoir.

« ADRIEN D'ARCIS. »

Et la feuille pliée en quatre, sous enveloppe, il la glissa dans sa poche.

A ce moment, sa résolution d'en finir avec cette existence odieuse était irrévocable.

Il avait hâte de l'exécuter, afin de s'empêcher de faiblir ou de s'en laisser détourner par des événements imprévus.

Il avait décidé d'aller se tuer sur la tombe d'Odeline.

Demain, il s'informerait du cimetière où elle se reposait, se ferait indiquer sa sépulture et là, auprès d'elle, il se tuerait.

Tout cela était bien nettement arrêté dans l'esprit du désespéré, auquel l'approche de l'heure fatale apportait une suprême lucidité.

C'est avec cette même clarté de vue qu'il choisit l'arme dont il se frapperait, son revolver acheté au moment de son départ pour l'Amérique, et qui se trouvait chez Suzette.

Il résolut d'aller le prendre tout de suite, avant qu'elle fût rentrée, afin de ne pas la revoir.

Au moment où le vicomte d'Arcis pénétrait dans l'appartement de Suzette, dont la femme de chambre lui ouvrit la porte, un coupé de maître débouchait du boulevard des Italiens dans la rue Taitbout.

La prochaine artiste des Variétés s'y trouvait seule.

Elle ignorait ce qu'était devenu son amant, car Adrien n'avait pas osé lui apprendre par quels moyens il allait tenter de se procurer des ressources. Elle n'y avait pensé que pour se dire, avec une compassion très sincère :

— Pauvre ami, il croit réussir!... Il ne comprend pas que tout est fini pour lui!...

Et elle s'était demandé aussi, agitée quand même par un pressentiment sinistre :

— Que deviendra-t-il?...

Adrien ouvrit le tiroir du petit meuble où il avait enfermé son revolver, et le tira de sa gaine afin de s'assurer qu'il était toujours chargé.

A l'instant même où il le mettait dans sa poche, le timbre de la porte résonnait et Suzette rentrait.

Il l'entendit et reconnut sa voix qui disait à la camériste :

— Tu ne m'attendais pas si tard que ça, n'est-ce pas?... On m'a emmenée dîner au Bois.

Et la femme de chambre la prévint aussitôt :

— M. le vicomte est là!...

— Lui!... — s'écria Suzette avec un saisissement mêlé d'un vague effroi.

A ce moment, une détonnation retentit, suivie d'un bruit sourd, celui de la chute d'un corps.

Adrien, n'en pouvant plus, surpris par le retour inattendu de Suzette, n'avait pas eu la force de se trouver en sa présence, et tout à coup, en une soudaine résolution que sa douleur et son désespoir firent éclater, il s'était tiré un coup de revolver au cœur.

Suzette, épouvantée, accourut avec sa femme de chambre, que rejoignit aussitôt une autre domestique.

Elle entra affolée dans le petit salon d'où la détonation était partie, et à ses pieds, elle vit le corps inanimé de son amant, tenant encore l'arme d'une main crispée.

— Adrien!... — cria-t-elle. — Mon Dieu!..., Vite!... courez chercher un médecin!...

Et se jetant sur lui :

— Il est mort!... — sanglota-t-elle en luttant contre une crise nerveuse dont elle se sentait menacée. — Pauvre chéri... Il a échoué et il a désespéré...

La femme de chambre aidait sa maîtresse à relever l'infortuné qu'elles croyaient mort, pendant que la cuisinière descendait en toute hâte prier la concierge d'aller chercher le docteur le plus voisin, et en soutenant le corps d'Adrien d'Arcis, elle comprit qu'il vivait encore.

— Madame... il respire... tenez!...

— Tu crois?... — fit Suzette.

— Je l'ai senti... Laissons-le là... Nous pourrions lui faire du mal...

Et elle reposa bien doucement sur le tapis le haut du corps qu'elle avait déjà soulevé.

Puis elle enleva des coussins au canapé et les apporta vivement.

— Attendez... Si madame veut bien soulever un peu la tête pour que je glisse ces coussins dessous.

— Mon Dieu... mon Dieu... quel affreux malheur!... — gémissait Suzette de Villers. — Que s'est-il donc passé?... Que lui a-t-il pris de vouloir mourir?...

— Monsieur pourra être sauvé... Le médecin va venir... Jeanne est allée le chercher...

Et en disant cela, la femme de chambre enlevait le revolver de la main d'Adrien et déboutonnait son gilet.

Le plastron de sa chemise, aussi blanc que son visage, apparut troué et piqué d'une tache rouge.

— Monsieur n'est pas mort, c'est certain, — continuait la soubrette. — Est-ce que Madame a son flacon de sels?...

— Mes sels?... oui... attends... Je ne sais pas...

Et Suzette éperdue, la tête égarée, cherchait vainement sans trouver.

La femme de chambre courut chercher de l'eau dans le cabinet de toilette, y mêla un parfum et revint rapidement avec une serviette dont elle se servit pour imbiber les tempes du vicomte, tandis que Suzette, agenouillée auprès de lui, les yeux ruisselants de larmes, s'efforçait de l'aider autant qu'elle était capable, et ne cessa de lui demander :

— Tu crois qu'il reviendra?... Tu penses, Aglaé, qu'on le sauvera?...

Le docteur arriva, ramené par Jeanne, et déjà au courant, il donna immédiatement ses soins, tandis que la cuisinière, revenue dans l'antichambre, cherchait avec l'aide du concierge, à éloigner les personnes que la rumeur avait déjà attirées.

Adrien d'Arcis fut transporté sur le canapé, et, la chemise lacérée avec des ciseaux, le médecin examina et palpa la plaie, d'où s'échappa un caillot noir, bientôt suivi d'un léger épanchement de sang.

— La balle est là, — dit-il alors. — Ne vous désolez pas, madame, on le sauvera!...

L'extraction pouvait être, sans danger, opérée immédiatement, et après avoir indiqué ce qu'il lui fallait pour le pansement, de l'eau phéniquée, des compresses, des bandes, le docteur sortit sa trousse.

Il sonda la blessure avec une légèreté de main merveilleuse et sentit le projectile dans un espace intercostal au niveau de la région du cœur.

... Lorsqu'elle sentit sa poigne brutale la saisir et qu'elle eut reçu une de ces tripotées...
(P. 459.)

A ce moment, Adrien eut un léger mouvement causé sans doute par la douleur, et il entrouvrit faiblement les yeux, — des yeux aux regards vitreux, incapables de voir, ne reflétant aucune pensée, car son esprit était encore plongé dans la torpeur de l'évanouissement.

Suzette, agenouillée près de lui, tenant sa main, le visage enfoui près du sien, pleurait.

— Voilà!... c'est fait! — annonça le médecin en ramenant une petite balle conique entre les branches de sa pince.

Et avec des compresses imbibées du liquide antiseptique, il étanchait le sang qui coulait en un mince filet rouge, tandis que le blessé achevait peu à peu de revenir à lui.

Et tout en opérant, l'habile praticien rassurait :

— L'arme a heureusement dévié, dans un mouvement nerveux sans doute... Aucun organe n'est atteint !... Je vous assure, madame que ce ne sera rien... Une forte fièvre... Evidemment il faut s'y attendre, mais il ne court aucun danger, je vous le promets.

Maintenant, tandis qu'on venait de transporter le vicomte dans le lit de la petite chambre qu'il avait occupée, le commissaire de police arrivait, et avec lui un reporter d'un grand journal du matin, informé de l'événement à la Maison Dorée où il soupait.

* * *

C'est par ce journal que l'agent d'affaires du boulevard Voltaire avait appris le domicile de Mlle de Villeroy.

Aussitôt Bonnassieux accourut et s'informa directement.

Il acquit promptement la conviction de ne point s'être trompé dans les conjectures qu'il avait faites.

Cette Suzette de Villers était bien celle qu'il était chargé de retrouver.

Et le recouvrement de la créance de son nouveau client lui apparaissait comme absolument certain.

— Parbleu !... une cocotte... une femme entretenue, — se disait-il, — et de plus une actrice !... Elle paiera, c'est certain !... Je m'en charge !..

Et aussitôt chez lui, Bonnassieux convoqua son client à l'aide d'un imprimé « le priant de passer à son cabinet pour une affaire le concernant », — sorte de passe-partout dont il se servait en toute circonstance, — et le fit porter par un petit clerc, le seul employé qu'il eût, du reste, à son service.

Les affaires n'avaient pas été toutes seules dans le ménage du croquemort, le soir où Totor l'avait amené dans un café du boulevard Ménilmontant.

Fifine impatientée de ne pas voir revenir son amant, l'avait vainement cherché dans tout le quartier, et il n'était rentré que vers minuit, ramené par des camarades qui l'avait trouvé endormi et dans l'état d'ivresse le plus profond.

Il ne fallait pas espérer, ce jour là, avoir la moindre explication, et le plus simple était de laisser l'ivrogne cuver son vin.

Mais le lendemain, par exemple, il y avait eu une scène orageuse dans le faux ménage, altercation d'autant plus vive que Fifine accusait son amant de s'être laissé monter le coup et tirer les vers du nez par ce jeune homme qui l'avait emmené, tandis que Francis, avec un mal aux cheveux terrible, était incapable de parvenir à se rappeler ce qui s'était passé la veille.

Le dénouement ne put être dû qu'à la violence et Fifine ne se tut que lorsqu'elle vit son amant, s'avançant sur elle, lorsqu'elle sentit sa poigne brutale la saisir et qu'elle eut reçu une de ces tripotées qui font époque dans un ménage, au grand préjudice du mobilier et de la vaisselle.

— Avec ça que je ne sais pas ce que je fais !... — continuait le croque-mort devant la malheureuse maintenant matée. — Tu me prends donc pour un petit garçon ?... Tiens, la preuve, voilà les papiers !... J'ai beau avoir bu un coup, je ne dis que ce que je veux dire... Et puis toi, une autre fois, tâche de te tenir tranquille !... Ou sinon tu sauras ce qu'il t'en coûte !...

Fifine ne tenait pas à renouveler l'expérience.

Furieuse, mais vaincue, elle contenait sa rage en se frictionnant les bras et les jambes couverts de bleus, et en se bassinant le front bossué par une contusion reçu dans un choc trop violent avec la commode.

Ses yeux flamboyaient et, si elle avait pu se venger, elle n'y aurait pas manqué.

On se bouda, et, pendant plus d'une semaine, il n'y eut guère de propos échangés dans le ménage du croque-mort.

Il fallut pour dérider Fifine la convocation de l'homme d'affaires.

Francis courut chez M° Bonnassieux qui, tout triomphant, lui annonça :

— Eh bien ! nous y sommes cette fois !... Je l'ai trouvée votre demoiselle de Villeroy ; mais, cristi ! ça n'a pas été sans peine !..

Le croque-mort jubilait.

— C'est que ce n'était pas commode, et j'aurais pu la chercher longtemps, — reprit l'homme d'affaires. — Elle avait changé de nom... Elle se fait appeler aujourd'hui mademoiselle Suzette de Villers !...

— Et... elle est à Paris, n'est-ce pas ?

— Bien entendu !... C'est une femme tout ce qu'il y a de chic et qui ne va pas manqué de protecteurs, car elle va entrer au théâtre des Variétés...

— Alors son amant ?... — demanda Francis qui tenait surtout à avoir des nouvelles du père de Liette.

— Le vicomte d'Arcis !... — fit Bonnassieux. — Ah ! il est dans une jolie purée, et ce n'est pas sur lui qu'il faut compter pour vous payer ce que Mlle de Villeroy vous doit... Le vicomte est ruiné, plus un radis, et il vient de tenter de se suicider...

— Pas possible !... Il n'est pas mort ?...

— Non... heureusement, ou peut-être malheureusement... Il s'est tiré un coup de revolver chez sa maîtresse qui le plantait là maintenant qu'il n'a plus le sou, et il ne s'est que blessé... Mais soyez tranquille, la petite dame est trop jolie pour être en peine. A défaut du vicomte, il y en aura d'autres... Il a même déjà un remplaçant, sans doute, et je me charge bien de vous faire payer... Si elle ne s'exécute pas de bonne volonté, ce que je ne crois pas, car pour ce que l'argent leur coûte à ces femmes là ! une opposition sur ses appointements au théâtre sera bientôt mise !...

— Il vaut mieux attendre un peu, — dit l'amant de Fifine, — Il ne faut l'embêter au moment où il vient de lui arriver cette tristesse là.

— On peut patienter un peu, si vous voulez,... vous ne perdrez rien pour ça, maintenant que je sais où elle est.

— Où habite-t-elle?

Bonnassieux hésita un instant avant de donner l'adresse de Suzette de Villers dans la crainte que son client lui échappât et ne se passât de son intermédiaire. Puis il finit par dire :

— C'est rue Taitbout, près du boulevard des Italiens.

Francis n'insista pas et revint aussitôt au père de Liette qui seul le préoccupait.

— Alors vous dites que le vicomte d'Arcis est ruiné?...

— Tout ce qu'il y a de plus ruiné, puisque c'est pour cela qu'il a tenté de s'envoyer dans l'autre monde.

— Je m'y intéresse parce que j'ai beaucoup connu M. le vicomte, — expliqua le croque-mort. — C'était l'amant de mademoiselle, alors je le voyais souvent... Ruiné!... Une si belle fortune!... Ça ne me semble pas possible!...

— Mademoiselle de Villeroy, ou Suzette de Villers, si vous préférez, a d'assez beaux yeux pour en ruiner encore d'autres.

— Oui, c'est vrai!...

— Alors vous voulez que je ne fasse rien jusqu'à nouvel ordre? — demanda l'homme d'affaires.

— Non, laissez la tranquille pour le moment, — répondit l'ami de Sophie Ardusson. — Il vaut mieux lui laisser le temps de se refaire... Je vous préviendrai quand il faudra marcher.

— Ce sera comme vous voudrez.

— Il faut bien avoir quelques égards pour les anciens maîtres... Il sont dix fois plus à plaindre que nous!...

Francis était bouleversé et absolument désappointé par la nouvelle de la ruine du père de Liette.

Tous ses projets s'écroulaient ; toutes ses espérances s'évanouissaient

Il eut encore une scène, quand il rapporta cette nouvelle à Fifine qui l'interrogeait avidemment.

— Ça valait bien la peine de dépenser de l'argent, sans compter les journées que tu as perdues pour aller là-bas dans ce pays, — reprocha-t-elle acerbement. — La voilà ta bonne affaire !... un vicomte de la Dèche !... Comment je vais faire maintenant pour rembourser les cent francs qu'on m'a prêtés?...

— Oh ! ça ne presse pas après tout ?... — répliqua le croque-mort. — On s'arrangera !...

— On se serrera le ventre, n'est-ce pas ?

— Et puis qui est-ce qui dit que tout est perdu ? — fit tout à coup l'ami de Sophie Ardusson en se relevant. — S'il n'y a rien du côté de la petite, il y a peut-être quelque chose tout de même du côté des parents de la mère !... Car, après tout, elle devait avoir de quoi, cette dame, puisqu'elle avait un château !...

— Un château qui a été vendu !

— Justement, ça fait de la monnaie.

— Qui a servi probablement à payer les créanciers !... Tu me fais suer avec tes vicomtes !... des nobles ruinés... des sans le sou...

— Est-ce qu'on pouvait savoir ?...

— Ça te fait belle jambe maintenant d'avoir les papiers de cette fille et de prouver qu'elle est la fille d'un vicomte !... — récrimina encore Fifine. — Elle a été plus roublarde que toi, car elle devait bien savoir à quoi s'en tenir quand elle a dit qu'elle ne voulait pas un sou de la fortune de ses parents !... On ne crache pas comme ça sur des millions quand ils existent en bon or et en bon argent !...

*
* *

Le jour même de cette scène, qui menaça encore de se terminer par des coups, Sophie Ardusson sortait de la prison de Saint Lazare.

La voleuse n'avait cessé de penser à l'excellente affaire qu'elle avait combinée et elle avait plus d'une fois maudit la malechance qui était venu l'arrêter au moment où tout marchait à souhait, où elle allait pouvoir s'occuper de rechercher la famille de Liette.

Aussi avait-elle fait tout son possible pour faire abréger les trois mois de détention qu'elle avait à subir.

Elle avait entendu dire qu'en se conduisant bien, elle pourrait être libérée avant la fin de son temps, et simulant le repentir, se soumettant hypocritement à la discipline de la prison, elle avait intéressé à son sort les religieuses qui sont chargées de la surveillance des détenues de Saint-Lazare. — Elle avait vu aussi l'aumônier et elle avait écouté docilement les bons conseils qu'il lui avait donnés.

Sophie Ardusson obtint ainsi qu'on la libérât conditionnellement avant l'expiration de sa peine et elle bénéficia de quinze jours.

Aussitôt libre, elle courut à la rue de la Roquette, chez Francis qui ne l'attendait pas sitôt que ça.

Il eut même, en la voyant, — car c'est lui qui lui ouvrit la porte du logement, — un très vif saisissement, un véritable ennui, qu'il dissimula cependant de son mieux en s'efforçant de sourire et en s'écriant, la main tendue :

— Ah! par exemple!... Madame Sophie!... En voilà une bonne surprise!...

— Mais oui, c'est moi!...

— Tiens, je devrais encore vous appeler ma tante, — ajouta le croque-mort en riant de plus belle.

Et la faisant entrer, il appela Fifine.

— C'est Mme Sophie...

Et il demanda à la sœur de son ancien patron :

— Enfin comment se fait-il?... J'avais mal compté alors...

— Je ne devais sortir que de demain en quinze, — expliqua Sophie Ardusson, — mais j'ai été graciée du reste... On ne m'a prévenu que ce matin, ce qui fait que je n'ai pas pu vous écrire pour vous avertir.

— Ah! bien, tant mieux!... c'est toujours quinze jours de gagné!... — Tenez, voilà ma bourgeoise que je vous présente.

Les deux femmes se serrèrent la main en échangeant quelques paroles.

— Il n'y a pas à se gêner avec elle, — dit Francis. — Elle est au courant... Et puis c'est comme moi... — Alors ça s'est bien passé?... vous n'avez pas trop souffert?...

— Non, je me suis mise bien avec les sœurs, — répondit la libérée, — ce qui fait que je n'ai pas été menée trop durement... On m'a employée à la lingerie, parce que j'avais eu soin de me donner comme blanchisseuse, et j'ai eu ainsi la chance de ne pas être avec les filles... Ah! mes pauvres enfants, quel sale monde que ces femmes-là!... Il faut entendre ce qui se dit là-dedans!... Et ces mœurs!... Je ne suis pourtant pas bégueule, eh bien! ça me dégoûtait!... Ah! j'en ai vu passer des femmes, pendant ces onze semaines!... des plus chics jusqu'aux plus hideuses, de toutes!...

— Ce doit être curieux!

— C'est écœurant...

— Enfin vous voilà dehors, — dit Francis. — C'est fini!... Vous allez déjeuner avec nous?

Cette proposition fit faire une grimace à Fifine, car cela allait faire encore des frais, et vraiment pour une affaire qui n'avait été qu'une déception c'était embêtant.

Sophie Ardusson accepta.

— C'est à la fortune du pot, — ajouta le croque-mort qui avait compris le regard lancé par sa compagne. — On n'est pas calé, mais enfin il y aura ce qu'il y aura...

— Mais oui, ne vous tourmentez donc pas...

— Je vais toujours chercher une bouteille de cacheté pour trinquer à l'heureux événement.

Et tandis que Francis descendit, les deux femmes causèrent, parlant naturellement de la prison, car elles ne tenaient ni l'une ni l'autre à s'entrete-

nir d'autre chose, Sophie Ardusson ne voulant pas faire connaître ses projets à l'égard de Liette, et Fifine gardant le secret, sur ce que son amant avait
fait.

Francis revint non seulement avec une bouteille de vin, mais avec un
assortiment de charcuterie, destiné à corser le déjeuner qui était plutôt mai-
gre, ce qui lui valut de nouveaux regards chargés de reproches de sa mai-
tresse.

Enfin, pendant le repas, après avoir encore longuement causé de son jugement et de sa détention, — comme un vieux soldat qui se plait à faire le
récit de ses campagnes, — la sœur du blanchisseur de Clamart parla de
Liette. Elle n'avait pas osé lui écrire après le malheur qui lui était arrivé,
à cause de M. Pierre.

Elle devait être avec lui.

Sophie Ardusson se proposait d'aller la voir, pour savoir ce qui s'était
passé, car Pierre n'avait pas dû pouvoir l'épouser puisqu'on ne pouvait pas
avoir son état civil.

Elle s'étendit longuement sur ce sujet, évitant de parler de la famille de
Liette, pour qu'on ne soupçonnât rien de ses projets.

Et maintenant, répondant à Francis et à Fifine qui lui demandaient ce
qu'elle allait faire pour vivre, Sophie dit :

— Je n'en sais trop rien... Il va bien falloir que je me débrouille... Je
vais me louer une petite chambre à Paris, car je ne veux plus retourner à
Clamart, et je tâcherai de me procurer du travail, des journées comme couture ou pour faire des ménages... Enfin je prendrai ce que je trouverai.

Et puis elle parla de son mobilier, que Francis avait soigneusement
rangé dans une petite chambre du sixième prêtée par la concierge.

Il lui montra, dans son propre logement, tous les objets lui appartenant
casés çà et là, comme il avait pu, et que Sophie Ardusson avait bien reconnus du premier coup.

Quant à ses rideaux, auxquels elle tenait tant et qu'elle lui avait si formellement recommandés, il les avait rangés là, dans le panier de blanchissage, qu'il avait mis dans le petit cabinet noir, avec la malle contenant son
linge et des vêtements.

Un éclair passa dans les yeux de Sophie Ardusson.

Elle prétexta la nécessité de changer de linge et de robe, afin de sortir
et d'aller se mettre tout de suite à la recherche d'un logement, pour voir
ses rideaux et prendre l'argent qu'elle avait caché dans les glands des cordons de tirage.

Francis, qui ne tenait pas à se trouver là, afin d'éviter toute explication,
lui dit :

— Eh bien ! je vous laisse, madame Sophie... J'ai un convoi à trois heures et il faut que je me trotte...

— Allez, allez... Que je ne vous dérange pas de vos affaires... — dit la libérée. — Et puis on se reverra, car je vous suis reconnaissante de ce que vous avez fait pour moi...

— Ne parlons pas de ça... C'est la moindre des choses...

— Il faudra bien cependant que je vous rembourse ce que vous avez dépensé pour moi, car vous avez fait quelques frais pour transporter mes meubles...

— Oui, vous règlerez ça avec la bourgeoise... Elle sait, c'est elle qui a payé... Allons, au revoir !...

Après avoir changé de linge et de robe, Sophie Ardusson ouvrit le panier afin de voir si ses rideaux ne s'étaient pas abimés, et sans que Fifine la vit, elle coupa les cordons et en détacha les glands qu'elle fit disparaître dans sa poche.

Puis, elle partit, disant qu'elle reviendrait le lendemain matin chercher ses meubles et ses affaires, car elle allait arrêter un logement dans la journée.

— Ce soir, je coucherai dans un petit hôtel, — ajouta-t-elle.

— Je vous aurais bien proposé de passer la nuit ici, — dit Fifine, — mais, vous le voyez, c'est si petit...

— Je ne veux pas que vous vous dérangiez pour moi. Je vous ai déjà donné assez de tracas... A demain !...

Francis n'était pas allé bien loin, car il n'avait pas de convoi à faire, étant de campo ce jour-là ; il s'était tout simplement installé chez le marchand de vins voisin, d'où il verrait passer la sœur de son ancien patron quand elle partirait.

Sophie Ardusson descendit la rue de la Roquette, se dirigeant vers le boulevard Voltaire, tout en calculant ce qu'elle allait faire.

Elle y avait déjà songé, depuis qu'on l'avait prévenue de sa mise en liberté, et elle s'était proposé de se mettre à la recherche de Liette, afin de savoir ce qu'elle était devenue.

Elle voulait lui expliquer à sa manière le vol dont elle avait été accusée afin de diminuer sa culpabilité à ses yeux et de lui faire comprendre qu'en cette malheureuse affaire, elle avait été plus victime que coupable.

Elle croyait que Liette était allée habiter avec Pierre Duval, qui n'avait pas voulu la laisser seule, et sachant où il demeurait, elle se rendrait chez le mécanicien pendant qu'il serait à son travail, afin de ne pas le rencontrer dans cette première entrevue qui serait pénible pour elle.

Elle se proposait de s'y rendre dès le lendemain, après s'être trouvé un logement et s'être installée, ce qui ne prendrait pas long temps. — Elle quitterait le tramway avant d'arriver à Clamart, afin de n'avoir pas à traverser le pays et d'éviter ainsi d'être reconnue, et en faisant un détour, elle se irait chez Pierre Duval.

— Comment, vous osez nier, misérable !... — répondit Sophie Ardusson en s'adressant
particulièrement à Francis. (P. 467.)

Arrivée sur le boulevard Voltaire, Sophie Ardusson marcha dans la direction de la place de la République et, chemin faisant, elle tira de sa poche
l'un des deux glands qu'elle dévissa aussitôt, afin d'en retirer l'argent
qu'il contenait.

La stupeur qui s'empara d'elle en trouvant la cavité vide, la cloua sur
place.

— Pas possible !... — se dit-elle, — Qui est-ce qui a pris ça ?...

Elle songea d'abord à la perquisition opérée par le commissaire de police de Meudon. Était-il possible qu'on eut découvert sa cachette ?...

Et ayant dévissé le second gland, elle le trouva également vide.

— On m'a volée, ce n'est pas possible autrement !... — se dit-elle avec douleur et colère.

Car il lui semblait bien évident que, si sa cachette avait été découverte, le juge d'instruction lui en aurait parlé.

Qui donc pouvait l'avoir volée ?...

Liette ?... Oh ! non... Elle ne savait pas... Elle ne pouvait même pas s'en douter...

Francis alors ?...

Eh ! parbleu ! Sophie Ardusson comprenait bien maintenant l'embarras qui l'avait saisi quand elle avait parlé de ses affaires.

Il avait l'air gêné, elle se le rappelait.

Et puis, sous prétexte d'un convoi dont il n'avait pas parlé auparavant, il était parti au moment où elle allait examiner ses rideaux.

Pas de doute... C'est bien lui qui avait découvert cet argent en démontant les rideaux et qui le lui avait pris.

— Oh ! cette canaille !... ce fripon !... — se dit-elle, furieuse, en revenant aussitôt sur ses pas, car elle voulait retourner à l'instant même chez Francis pour lui faire rendre gorge.

Elle arriva essoufflée après avoir monté la pente de la rue de la Roquette et gravi les trois étages, et c'est à peine si elle pouvait parler au moment où le croque-mort lui-même lui ouvrit la porte.

— Je savais bien que je vous trouverais, — lui dit-elle tout aussitôt, haletante, ne dissimulant pas sa colère, — car vous ne vous êtes sauvé que pour n'être pas là au moment où j'allais voir mes rideaux...

Francis balbutia une explication, car il comprenait bien ce qui ramenait la sœur de son ancien patron.

Il dit qu'il avait pu se faire remplacer à ce convoi par un collègue.

Fifine ne comprenait pas de quoi il s'agissait et elle fut toute alarmée, véritablement indignée, lorsque Sophie Ardusson parla de ce vol dont, dans sa colère, elle les accusait l'un et l'autre.

— Vous m'avez volée !... Vous m'avez pris l'argent que j'avais caché dans mes rideaux !... — cria-t-elle, avant même que la porte du logement fut refermée. — Il y avait deux cent soixante francs en petites pièces d'or dans les glands... Je les ai pris tout à l'heure en regardant mes rideaux, et une fois dehors, quand je les ai dévissés, je n'ai plus rien trouvé !... C'est vous deux qui m'avez volé cet argent !...

— Ah ! çà, qu'est-ce qui vous prend ? — interrompit le croque-mort. — Qu'est-ce que cette histoire de glands, de rideaux et d'argent !...

— Faites attention à ce que vous dites, — ripostait la perleuse de cou-

ronnes, parlant en même temps que son amant. — Nous ne sommes pas des
voleurs, nous autres !... Nous ne sortons pas de prison !...

— Comment, vous osez nier, misérable !... — répondit Sophie Ardussòn
en s'adressant particulièrement à Francis. — Je vous ai tellement recommandé mes rideaux que vous avez compris qu'il y avait quelque chose...
Vous avez trouvé ces pièces de dix francs et vous les avez prises !... Je suis
sûr qu'elles y étaient quand vous avez déménagé mes affaires... Deux cent
soixante francs, gredin !...

Déjà Fifine regardait son amant, pour essayer de lire la vérité sur son
visage.

— Rendez-moi mon argent !... continua Sophie Ardusson qui, hors d'elle,
saisit l'ancien garçon-blanchisseur à la gorge. — Rendez-le moi !... voleur !...

Et moi qui avais confiance en lui !... Canaille !... Voler une pauvre malheureuse qui n'a que ça, pendant qu'elle n'est pas là !... C'est un vol de
confiance !...

— Vous m'embêtez, savez-vous ?... — cria le croque-mort en se dégageant. — Est-ce que je sais si vous avez mis de l'argent là-dedans ?... Adressez-
vous au juge d'instruction pour vous le faire rendre !...

Cette réponse, qu'il voulut faire injurieuse, le perdit, car Sophie Ardusson
lui répliqua aussitôt :

— Ah ! vous savez bien que je ne peux pas m'adresser à la justice pour
cela, et c'est voilà pourquoi vous m'avez volé !... C'est encore bien plus
lâche !...

— Eh bien ! après, quand même ça serait !... Est-ce qu'il est à vous cet
argent ?...

— Vous l'avouez donc ?

— Le bien volé ne profite pas !... Vous savez bien le proverbe qui le dit...
Fifine intervint :

— Alors... c'est vrai ?... Il y avait de l'argent là dedans...

— Est-ce que je sais ce qu'il y avait ?... — lui répondit son amant. —
Tu crois donc que tout ce que je fais pour madame je devrais le faire pour
rien !...

— Tu ne m'en avais pas parlé, canaille que tu es !...

— Parce que c'est mon affaire !... C'est moi qui ai fait les frais qu'il y
avait à faire pour transporter les meubles, pour tout, quoi !... Je n'ai pas de
l'argent de côté, moi... Alors je me suis payé, voilà !... mais je n'ai pas volé !...
Demande-lui donc, à madame, d'où il vient cet argent !... C'est le restant de
ce qu'elle a grinchi à la bonne femme des courses !...

— Et puis après, ça me regarde, — riposta Sophie Ardusson. — J'ai été
condamnée et j'ai payé de ma peau... Personne n'a plus rien à me dire, je
suppose !...

— Ah ! voleur que tu es, — s'écria Fifine en s'adressant à son amant. —

Alors quand tu es allé là-bas pour les affaires de la petite, tu avais de l'argent et non seulement tu ne m'as rien dit, mais encore tu m'as forcé à emprunter cent francs !...

Le croque-mort furieux de cette révélation que la colère faisait échapper à sa maîtresse, lui lança un regard terrible.

— Ah ! vipère !... — s'écria-t-il, la main déjà levée.

Mais Sophie Ardusson avait compris.

— Triple vaurien, — cria-t-elle à son tour, toute pâle, accablant Francis. — Ah ! je comprends maintenant !... Non seulement vous m'avez volé, mais vous avez cherche à me supplanter !... Vous vous êtes occupé de Liette !...

— Eh bien ! après ?... — fit cyniquement l'ancien garçon de lavoir que les menaces et les violences des deux femmes acharnées contre lui n'émouvaient guère, confiant en sa force pour les mâter. — C'est-il un brevet que vous avez pris !...

— Scélérat, va !

— Il fallait avoir un peu plus de confiance en moi, madame Sophie !... Quand on a un ami dont on a besoin, on ne cherche pas à lui monter le coup et à faire des affaires sur son dos sans lui offrir une petite part !... Vous m'avez pris pour une bête, mais vous ne m'aviez pas bien regardé !... J'ai compris vos manigances et il ne m'a pas été nécessaire d'être bien malin pour savoir que le mariage n'était qu'un prétexte pour arriver à connaître la famille de la jeune fille et pour la faire chanter, d'autant que le conjungo, mademoiselle Liette a l'air de s'en soucier comme de sa première chemise... Elle est avec son amoureux et elle ne songe guère à aller demander la permission à M. le maire !...

Et puis, vous savez, — ajouta le croque-mort en ricanant, — si vous comptez là-dessus pour faire fortune, il faudra déchanter... Et en réalité c'est de la peine et des frais, que je vous ai épargnés... Votre Liette, il ne lui revient pas un radis !... Son père un vicomte de la Dèche qui a tout boulotté pour une grue !...

— Alors, c'est vrai !... fit Sophie Ardusson abasourdie par cette révélation décevante, ne songeant déjà plus à récriminer, — vous avez retrouvé la famille de Liette ?...

— Dame !... seulement, moins canaille que vous, quoique vous en disiez tout à l'heure, si le coup avait été bon, j'aurais partagé avec vous... Demandez à Fifine si je ne le lui avais pas dit.

Fifine ne répondit pas.

— Alors qu'avez-vous fait ?... Qu'avez vous trouvé ?...

— J'ai fait ce que vous m'aviez dit de faire, voilà tout... Je me suis informé à mon administration ; j'ai recherché aux archives le convoi de la mère de mademoiselle Liette et je l'ai trouvé.

— C'est bien une femme du grand monde .

— Tout ce qu'il a de plus grand monde, puisque c'est la vicomtesse d'Arcis, mais ruinée à plate couture !... La purée la plus complète !... et le père, c'est kif kif !... Tenez, il vient de se faire sauter le caisson, il n'y a pas trois jours, chez sa maîtresse pour laquelle il a boulotté jusqu'au dernier sou !..

— Sophie Ardusson demeurait anéantie en présence de l'écroulement de ses espérances.

— Avec le nom de la mère, j'ai su le pays d'où elle était, n'est-ce pas ?... et j'y suis allé, — reprit l'amant de Fifine. — Eh bien ! pour cela il fallait de la monnaie... Nous n'avions pas un radis ici.

— Et les cent francs que je me suis fait prêter !... — intervint la perleuse de couronnes.

— A ce moment, bête que tu es, je n'avais pas encore découvert le magot.

— Alors pourquoi ne m'en as tu rien dit, quand tu as eu de l'argent ?...

— Parce que vous autres, les femmes, vous êtes toutes les mêmes... Vous voudriez qu'on fasse les choses sans dépenser... Tu aurais rechigné sur la dépense, si je t'avais dit tout ce que j'ai payé... Tu crois que l'homme d'affaires que j'ai employé pour rechercher le vicomte et sa maîtresse a travaillé à l'œil ?... Et là-bas, dans le pays de la petite, tu penses qu'il n'a pas fallu faire des frais pour que les gens causent...

— Et vous avez tout dépensé ?... — demanda Sophie Ardusson.

— A peu près... s'il me reste quatre pièces de vingt francs c'est tout !... — répondit Francis. — Il y a un voyage pour aller là-bas, en Anjou, et un vrai !... ça n'est pas en tournant le coin !.,.

— Eh bien ! ce qui vous reste, c'est à moi, ça, je suppose...

— C'est à vous... je ne dis pas... mais...

— Et les frais que nous avons faits, — intervint Fifine, toujours âpre à l'argent. — Ces cent francs qu'il faut que je rende...

— On verra... On fera les comptes, — dit le croque-mort. — Il y a tout ce que j'ai dépensé pour madame Sophie... Enfin on va compter, et vous verrez qu'il ne vous revient pas grand' chose...

— Alors racontez-moi, au moins, ce que vous savez.

— Je veux bien...C'est juste... Il ne faut pas croire que j'avais l'intention de ne vous en rien dire... Demandez à Fifine !...

— Ça c'est vrai !...

On put alors causer tranquillement, maintenant qu'on s'était apaisé.

Ils étaient tous les trois aussi coquins l'un que l'autre et devaient bien finir par s'entendre.

Francis raconta tout ce qu'il avait fait pour découvrir la famille de Liette, son voyage à Saint-Gemmes, l'histoire du vicomte et de la vicomtesse d'Arcis, telle qu'il la connaissait, la mort de la mère de Liette chez son amie de la rue Clausel, la tentative de suicide de son père « ruiné maintenant à plates coutures », pour les beaux yeux de la fille de la vicomtesse de Villeroy...

— Ah ! un joli monde, votre haute Société, vos aristos ! — conclut le croque-mort. — De la crapule !...

— Alors il n'y a rien ? — fit Sophie Ardusson qui n'en revenait pas.

— Je vous l'ai dit... Ils sont aussi riches que vous... Alors le nom ne se bazarde pas en bourse comme un titre de rente, et si mademoiselle Liette n'a que ses papiers pour héritage, je crois qu'elle tirera meilleur parti de ses beaux yeux que de toutes ces paperasses... Du reste, pour ce qu'elle y tient à sa famille... Il aurait fallu que vous la voyiez et que vous l'entendiez quand elle est venue !

— Ici !... Elle est venue ici ?

— Oui, ici ?... N'est-ce pas, Fifine ?

— Il n'y a pas encore bien longtemps, — confirma la maîtresse de Francis. — Elle savait que nous avions tout découvert et elle nous a dit qu'elle ne voulait même pas savoir le nom des siens...

Sophie Ardusson, hébétée, regardait stupidement les actes d'état civil que Francis lui avait remis.

Elle n'en revenait pas.

— Alors Liette maintenant est avec son amoureux ? — demanda-t-elle.

— Oui, ils sont collés, quoi !...

— Ils sont à Clamart ?...

— Je ne crois pas... Moi, quand j'ai voulu la voir, c'est chez la sœur du jeune homme que je suis allé.

— La couturière... rue des Martyrs ?

— C'est ça !

— Et de la sorte, elle ne sait pas tout cela ?...

— Puisqu'elle n'a rien voulu savoir ?... Elle n'a même pas vu ces papiers.

— Le fait est que pour ce que ça lui servirait, — dit Fifine.

— Vous voyez que je n'ai pas perdu de temps et que je n'ai pas trop mal manœuvré, — reprit le croque-mort, — Ce n'est pas de ma faute si l'on n'a rien trouvé... Il vaut toujours mieux s'expliquer franchement, madame Sophie !...

— Et maintenant vous allez faire les comptes, — dit la maîtresse de Francis.

— Oui, on va compter.

Et ce fut un véritable compte d'apothicaire que fit l'ancien garçon de lavoir, en majorant du double les frais de transport du mobilier, en comptant des pourboires qu'il n'avait jamais payés, des frais de voyage, des tournées, des gratifications, des honoraires à l'homme d'affaires, des omnibus, des voitures, et cependant, — car Fifine le suivait de près, — il ne put arriver à justifier plus de deux cents et quelques francs au total.

Alors, en tenant compte des cent francs que Fifine avait soi-disant empruntés, il restait environ cent cinquante francs que Francis fut bien obligé d'exhiber devant les réclamations des deux femmes.

Et le gredin s'exécuta tout de même.

Fifine et Sophie Ardusson s'élancèrent à la fois sur cet argent, qu'il défendit.

— A chacun son compte !... — dit-il. — Il faut être juste !...

Il faillit y avoir de nouveau une violente dispute, et après s'être encore insulté, on finit par se mettre d'accord.

Fifine reprit quatre-vingts francs sur les cent qu'elle avait prêtés et Sophie Ardusson n'eut que le reste, un peu moins de soixante-dix francs.

— Et puis après tout, — lui dit Francis, — ce n'est pas le vôtre, puisque c'est l'argent de la bonne femme des courses !

— Oui, mais quand il faudra que je lui rende?...

— Le lui rendre?... Ah ! bien, vous auriez encore une bone tête, si vous le lui rendiez !...

Maugréant, elle empocha tout de même cette somme, qui s'ajoutait au petit pécule rapporté de la prison, environ une vingtaine de francs, et elle garda les actes d'état-civil de la famille de Liette.

— Oui, oui, vous pouvez garder toutes ces paperasses là, — lui dit le croque-mort — ce n'est pas ça qui vous donnera des rentes, ni à la demoiselle non plus !...

Et il ajouta complaisamment :

— Quant à ce qui est de vos affaires, ce qui est à vous est à vous !... quand vous voudrez les prendre, vous n'avez qu'à venir !...

XXVIII

LA MARRAINE DE LIETTE

Sophie Ardusson ne pouvait se résigner à faire définitivement son deuil des brillantes espérances qu'elle avait si longtemps caressées.

Il lui semblait impossible, malgré la ruine du vicomte d'Arcis, que tout fût perdu.

Il y avait évidemment là-dessous un mystère à éclaircir.

— Et la preuve, — se disait-elle en cherchant un logement dans le quartier de Grenelle, où elle avait habité autrefois et où elle savait que les loyers étaient bon marché, — la preuve ce sont ces vingt-deux mille francs que la marraine de Liette m'a donnés !... On ne paye pas comme ça vingt-deux mille francs pour se débarrasser d'une enfant s'il n'y a pas mieux que ça à sauver !...

Et cette réflexion la frappa :

— Sa marraine !...

Ce fut comme une révélation.

— Mais oui, sa marraine !... C'est peut-être elle qui a gardé la fortune de Liette !... — raisonna Sophie Ardusson. — Parbleu ! après la mort de la vicomtesse, elle a pris la petite, elle me l'a collée et elle a tout gardé !... Le vicomte s'est ruiné, mais sa femme ne l'était peut-être pas à l'époque !...

Et elle songea, pénétrée de cette idée :

— C'est tout de même une veine que Francis n'ait pas songé à ça !... Mais moi je la retrouverai, la marraine de Liette !... Si elle est encore de ce monde, je saurai bien où elle est, et alors nous verrons !...

Elle chercha, tout en marchant, parmi les papiers, l'acte de naissance de Liette, sur lequel, bien entendu, elle ne trouva aucune indication.

Mais elle eut une inspiration.

Liette est née à Saint-Gemmes, par conséquent c'est là qu'elle doit avoir été baptisée... — conjectura-t-elle. — Sur l'acte de baptême qu'il ne sera pas difficile de me procurer, je trouverai les noms du parrain et de la marraine !...

Cela lui mit du baume au cœur.

— Allons, tout n'est peut-être pas perdu !...

Sophie Ardusson, toute ragaillardie, chercha un logement, et elle eut bientôt trouvé une chambre et une cuisine, à l'extrémité de la rue Croix-Nivert, pour un loyer de cent vingt-cinq francs par an.

Elle n'eut même qu'un demi-terme à payer en entrant.

Le lendemain, la voleuse de Clamart faisait transporter son mobilier dans son nouveau logement et elle s'installait rapidement, avec l'aide du mari de la concierge, dans ce quartier où elle avait conservé quelques relations et où l'on ignorait ce qu'elle appelait « ses malheurs ».

Maintenant il s'agissait de se débrouiller, car les ressources que possédait la mégère ne dureraient pas bien longtemps.

Elle songeait à Liette, mais elle n'osait aller la voir, à cause de Pierre Duval surtout, devant qui elle rougirait de sa condamnation.

Il faudrait qu'elle pût en quelque sorte se justifier, trouver une excuse à son vol, l'expliquer au moins et atténuer sa faute.

Elle connaissait l'excellent cœur de Liette et était sûre qu'elle ne la repousserait pas ; mais elle avait peur du jeune ouvrier mécanicien dont elle avait pu, en peu de jours, apprécier le caractère, la loyauté et l'honnêteté.

Cependant, puisque cette dame qu'elle avait volée lui avait pardonné, Pierre Duval ne pouvait être sans pitié.

Et alors Sophie Ardusson pensa à Mme Christol.

Il lui sembla que cette femme avait eu pour elle plus de compassion que de ressentiment, lorsqu'elle lui avait manifesté son repentir.

— Il faut bien que je commence à vous rendre ce que je vous dois... Vous avez été
si bonne pour moi... (P. 476.)

Si elle allait la voir !...

Elle sentait que cela la réconforterait et lui donnerait du courage pour
se présenter devant Pierre Duval et Liette, car réellement lorsqu'ils verraient
que Mme Christol excusait sa faute et lui pardonnait, ils ne pourraient la traiter
plus durement que sa victime elle-même.

La réflexion lui fit prendre cette résolution.

Auparavant, Sophie Ardusson écrivit au curé de Saint-Gemmes-sur-Loire
et lui envoya une petite somme, en le priant de lui faire parvenir l'extrait de

l'acte de baptême de Mlle Lia d'Arcis, car il ne fallait pas oublier cette affaire qu'elle voyait encore pleine d'espérances en agissant du côté de la marraine de Liette, puisqu'il n'y avait rien à tenter d'autre part.

Elle se décida ensuite, vainquit ses dernières hésitations et se rendit à la rue de Lille.

Elle avait eu soin d'y aller le matin, car elle craignait de ne pas trouver Mme Christol chez elle l'après-midi puisqu'elle allait aux courses.

Et, en effet, elle la trouva.

Ce fut Zébie qui la reçut, qui la reconnut du premier coup et qui l'annonça ainsi :

— Madame, c'est cette dame de Clamart...

— Ah! par exemple!... — s'écria la matronne absolument surprise de cette visite.

Mais, dans cette simple exclamation, il n'y avait rien d'un étonnement mêlé d'indignation. Au contraire, Mme Christol avait l'air plutôt touchée par cette démarche à laquelle elle était loin de s'attendre.

Et recevant sa voleuse presque avec sympathie, elle lui dit :

— Ah! madame... Je ne m'attendais pas à vous voir... Mais c'est bien ce que vous faites là... Oui, c'est bien!...

Et comme toujours, sollicitant l'approbation de sa compagne, elle demanda :

— N'est-ce pas, Zébie ?

— Oh! oui, c'est très bien, — approuva l'amie de Mme Christol.

— C'est un devoir pour moi, madame, — dit Sophie Ardusson d'une voix humble et mielleuse, — car je n'ai pas oublié combien vous avez été bonne et indulgente pour moi, malgré ce que j'avais fait... et j'ai tenu à venir vous en remercier tout de suite dès que j'ai été libre...

Ces paroles conquirent Mme Christol.

Elle n'avait déjà aucun ressentiment contre sa voleuse dont le repentir lui avait paru sincère et elle avait été favorablement impressionnée par ses bonnes intentions.

Maintenant elle était absolument touchée, presque attendrie par cette démarche et ce témoignage de reconnaissance.

Comme la plupart de ces femmes qui vivent dans un milieu interlope, en rapport avec des gens dont la délicatesse et l'honnêteté sont loin d'être irréprochables, Mme Christol avait le pardon plus facile encore que le ressentiment durable.

Evidemment il ne fallait pas avoir l'air de se moquer d'elle et elle avait été des fois fort dure, sans aucune pitié, pour ceux ou celles qui lui avaient joué des tours ; elle avait épuisé contre eux toutes les ressources de la procédure et de la chicane, et même lorsqu'elle n'avait pu parvenir à obtenir satisfaction, en présence d'une insaisissabilité absolue, elle n'y renonçait pas et

classait soigneusement le dossier dont elle avait fait tous les frais pour reprendre son débiteur ou sa débitrice malhonnête le jour où elle trouverait
quelque prise.

Par contre, en un revirement facilement explicable de la part de cette
femme qui avait vu de près de nombreuses misères et qui s'attendrissait
à l'occasion, elle s'apitoyait aisément lorsqu'elle n'avait pas affaire à une
rouée, qui n'avait pas en vue de la fourrer dedans, qui n'avait eu recours à
aucun truc malhonnête pour ne pas la payer, et il était arrivé assez souvent
qu'elle, la créancière, avait pitié de celle qui lui devait et l'obligeait de nouveau en lui prêtant une petite somme ou en lui faisant un nouveau crédit
pour lui permettre de se remettre à flot.

— Vous avez si bon cœur, madame, — lui disait d'un air touchant Zébie
qui s'y connaissait en fait de débine.

Ce même revirement s'était produit chez Mme Christol en faveur de sa voleuse de Longchamps.

Volée, dépouillée, elle avait crié haut et protesté. — Elle aurait été capable de mettre sur pied à ses frais, des agents et des policiers pour découvrir celle qui lui avait volé son argent; elle aurait eu recours à toutes les
juridictions et à toute la police pour poursuivre sa voleuse et elle se serait
montrée intraitable si elle avait eu affaire à une femme qui aurait cherché à
lutter par la ruse ou par la mauvaise foi.

Mais elle avait été complètement désarmée lorsque Sophie Ardusson,
dans le cabinet du juge d'instruction, s'était jetée à ses genoux, avait imploré
son pardon, lui avait expliqué sa détresse qui l'avait poussée à ce vol et lui
avait promis, avec des accents de sincérité dont elle avait été parfaitement
dupe, de lui restituer ce qu'elle avait dépensé sur le produit du vol dès
qu'elle pourrait se remettre au travail.

Maintenant elle était réellement touchée et émue par cette démarche
pleine d'humilité et qui lui paraissait inspirée par la reconnaissance.

— Voyons, ma bonne dame, — lui dit-elle en lui prenant la main, —
vous n'avez pas à me remercier, car j'ai bien compris que, dans la triste position où vous vous trouviez, vous étiez plus à plaindre qu'à blâmer...

— Oh ! madame, vous êtes bien bonne... — fit hypocritement la mégère.

— J'ai eu regret de ce que j'avais fait, lorsque je vous ai vu condamner,
et si cela avait été en mon pouvoir, je vous aurais bien fait grâce... Je le
disais à mon amie en revenant du tribunal. — N'est-ce pas, Zébie ?

— Oui, c'est la vérité, — confirma Zébie. — Madame était bien désolée
de ce qui vous arrivait.

— Je vous remercie encore, — reprit Sophie Ardusson, — et j'ai tenu à
venir vous voir, pour vous dire que j'étais libre...

— J'en suis bien aise.

— On m'a renvoyée avant la fin de mon temps... J'ai été graciée d'une partie, parce que je me suis bien conduite...

— Alors vous n'avez pas été trop malheureuse? — demanda Mme Christol, avec un visible intérêt.

— Mon Dieu, madame, on n'est jamais bien heureux... là-bas, — répondit Sophie; — mais que voulez-vous ?... je l'avais mérité...

— Pauvre femmme!... — fit Zébie qui connaissait bien la prison de Saint-Lazare.

— Asseyez-vous donc, — invita la propriétaire de l'hôtel meublé.

— Merci, madame... Vous êtes bien bonne, — dit Sophie Ardusson toujours très humblement.

Et quand elle fut assise :

— Maintenant, — fit-elle, il faut que je travaille... que je me trouve quelque chose... J'ai bien travaillé pendant que j'étais là-bas, mais le travail y est si peu payé que je ne peux pas vous apporter grand'chose...

Elle sortait quatre pièces de cinq francs.

— Comment !... — s'écria Mme Christol.

— Il faut bien que je commence à vous rendre ce que je vous dois... vous avez été si bonne pour moi...

— Voyons, vous n'y pensez pas, ma pauvre dame, — protesta Mme Christol en repoussant l'argent que la mégère lui offrait, sûre du reste de ce résultat. — Vous ne voudriez pas que je vous prenne les quatre sous que vous avez gagnés en prison !...

— Oh! non, — dit Zébie, — Je savais bien que madame n'accepterait pas cela.

— Cependant, — persista Sophie Ardusson, — je veux m'acquitter... J'ai fait... poussée par la misère, dans un moment de folie, vous pouvez me croire...

— Ne parlons pas de cela, — interrompit la logeuse. — Vous me feriez de la peine en insistant et je refuserais quand même!... J'ai déjà eu tant de regrets d'avoir porté plainte contre vous, quand j'ai connu votre situation, que si j'avais pu empêcher que vous soyez condamnée, je l'aurais fait de grand cœur !...

N'est-ce pas, Zébie, je te le disais !...

— Je le sais bien... Ce n'a pas été de votre faute.

— Je me rappelle comme vous avez été bonne pour moi !...

— Ainsi ne parlons plus de cet argent, — reprit Mme Christol. — Mon Dieu, pour deux cents et quelques francs, je n'en mourrai pas !... Il y a longtemps que j'ai fait la croix dessus !...

— Je vous remercie bien... puisque vous voulez qu'il en soit ainsı...

— Il faut penser à vous maintenant... Voyons, qu'allez-vous faire ?...

— Je vais essayer de me chercher de l'ouvrage... Allez, je prendrai ce

que je trouverai, car je ne peux pas être difficile... Il faut bien que je vive !...
— fit d'un air douloureux Sophie Ardusson qui venait de concevoir un espoir
en se voyant si favorablement traitée. — Vous comprenez que je ne peux plus
retourner à Clamart, après ce qui s'est passé... On me montrerait au doigt
et j'aurai trop de honte !...

— Alors vous allez peut-être rester à Paris ?

— Oui, madame... J'y ai fait transporter le peu de meubles que j'ai et je
me suis loué un petit logement à Grenelle, tout au bout de la rue Croix-Nivert, au cent-dix-huit.

— Vous avez bien fait... Avez-vous quelques personnes que vous connaissez qui vous donneront de l'ouvrage ?

— Je connais bien quelques personnes,... mais je n'ose pas les voir après
ce qui m'est arrivé...

— Alors, comment allez-vous vous débrouiller ?

— Je ne sais pas encore.

— Et cette jeune fille qu'il y avait chez vous ? — demanda l'ancienne
marchande à la toilette.

— Je n'ai pas encore osé aller la voir... C'est pour elle surtout que j'ai
eu si grand chagrin et que je suis encore si honteuse, — gémit hypocritement Sophie Ardusson. — Si vous saviez quelle est ma position vis-à-vis de
cette pauvre petite et le malheur dont tout cela a été cause.

Elle songeait maintenant à tirer parti de cette situation, afin de se rendre encore plus intéressante et, qui sait ? peut-être de se faire aider.

Mme Christol, toujours curieuse comme ses pareilles, comme ces femmes
qui ont passé leur vie au milieu de toute sorte d'affaires louches et de situations équivoques, qui en avait vu, — comme elle disait, — de toutes les
couleurs, aimait bien connaître ces histoires-là.

Elle l'interrogea avec une curiosité mêlée de bienveillance.

— Qu'est-il donc arrivé à cette jeune fille ?... Je ne l'ai vu que deux fois
et elle m'a paru si jolie !... — N'est-ce pas Zébie ?

— Oh ! elle était ravissante !... une figure à rendre un saint amoureux !...

— Hélas ! c'est bien ce qui est arrivé, — fit Sophie Ardusson.

— Elle a mal tourné ?...

— C'est-à-dire que, dans la position où je l'ai mise en lui manquant
tout à coup, elle s'est trouvée seule, et elle ne m'a plus eu pour la guider,
pour la conseiller... Liette, c'est son nom...

— Oh ! quel joli nom !... Liette !... N'est-ce pas, Zébie !

— Oui, il n'est pas commun !... — renchérit Zébie. — Un véritable nom
de roman !...

— Liette était pour se marier... Elle avait fait la connaissance d'un
jeune homme de là-bas, un mécanicien, un brave garçon et un très bon ou-

vrier, qui s'était vivement épris d'elle et qui m'avait demandé de la lui donner... Mais je ne pouvais pas lui donner mon consentement, parce que j'ai
une responsabilité vis-à-vis d'elle... Si elle avait été ma fille ou seulement ma
parente, j'aurais su ce que j'avais à faire...

— Comment, elle n'était pas de votre famille ?

— Elle ne m'est rien... — Ah ! c'est toute une histoire, — fit Sophie
Ardusson, — un véritable mystère !... On parle de roman, eh bien !... en
voilà, par exemple !...

— Vraiment !...

— J'ai eu cette petite à sept ans... C'est une dame qui l'a conduite chez
moi, une dame que je ne connaissais pas, que je voyais pour la première
fois de ma vie...

— C'est bizarre !

— Il faut vous dire que j'avais fait mettre une annonce dans *le Petit
Journal* pour dire que je me chargerais de garder et d'élever un enfant... Je
faisais ça pour m'aider, car je n'avais pas de grandes ressources depuis que
j'ai eu le malheur de perdre mon pauvre mari, et tous les miens... — Alors
cette dame est venue, elle m'a confié la petite Liette, m'a remis une somme
assez importante pour l'élever et en prendre soin, et m'a laissé son adresse
pour lui donner de ses nouvelles en poste restante à Lyon, sous des initiales... J'ai écrit plusieurs fois et je n'ai jamais eu de réponse... Depuis, je
n'ai jamais plus revu cette dame.

— Alors cette enfant a été abandonnée ?

— Absolument... J'ai fait mon devoir, je l'ai fait élever comme une demoiselle au couvent de Meudon, parce que je me disais toujours que sa famille, qui devait être riche, viendrait un jour la reprendre, et je voulais
qu'elle lui fît honneur... Ce qui fait que presque tout ce que j'ai reçu y a
passé... Puis enfin, il a fallu vivre depuis qu'elle est sortie du couvent... Elle
travaillait ; on lui avait appris la broderie et elle commençait à gagner un
peu...

Enfin, lorsque ce malheur m'est arrivé, — reprit Sophie Ardusson après
une pause. — Liette voulait se marier, et j'étais bien en peine, toujours à
cause de sa famille, car je ne pouvais pas me faire à l'idée que les siens ne
reviendraient pas un jour me la redemander... Je n'osais la laisser faire, et
j'avais bien raison... Du reste, on ne savait où elle était née et il était impossible de se procurer ses papiers... Ça faisait un tas de complications !... A ce
moment, j'avais commencé à faire quelques démarches pour retrouver ses
parents et j'avais chargé un ami de faire des recherches en remontant à la
mère de Liette, qui, d'après ce que je savais, était morte, quelques jours
avant que je l'aie eue, et en effet, j'ai reçu maintenant ses papiers...

Eh bien ! madame, si vous saviez !... C'est bien ce que j'avais pensé...
Elle est la fille d'une des plus grandes familles, un vicomte !...

— Pas possible !... — s'écrièrent à la fois Mᵐᵉ Christol et son amie.

— C'est comme je vous dis... J'ai tous ses papiers à la maison... Alors vous voyez si j'ai du souci à cause de ce qui est arrivé, et quelle est ma responsabilité ?...

— Elle est avec ce jeune homme ?...

— Eh ! oui... Une fois que je n'ai plus été là, cette pauvre petite s'est laissée enjoler... Elle l'aimait tant !...

Sophie Ardusson sut tirer admirablement parti de cette situation.

Elle raconta à Mᵐᵉ Christol et à Zébie tout ce qu'elle savait, sans parler bien entendu de ses projets, et les deux femmes compatirent mieux encore à son infortune.

— Alors, qu'allez vous faire ? — demanda la logeuse.

— Ah ! C'est bien embarrassant et bien pénible !... Je voudrais tant la revoir, et je n'ose pas y aller... surtout à cause de ce jeune homme... quand on a fait ce que j'ai fait...

— Voyons, ce jeune homme ne peut pas avoir pour vous moins de pitié que moi, — dit Mᵐᵉ Christol. — Il doit bien comprendre que vous êtes excusable !...

— Je sais bien... S'il savait comme vous avez été bonne pour moi, vous qui pourtant aviez le droit de m'en vouloir...

— Eh bien ! il faut le lui dire... Voulez-vous que je le voie, que je lui explique ce qui s'est passé ?... Je lui dirai que vous avez été dans un moment d'égarement, ce qui est la vérité... Eh ! mon Dieu, qui n'a jamais commis une faute dans sa vie ?...

— Bien sûr, — fit Zébie.

— Je lui dirai que vous avez réparé, que vous m'avez complètement désintéressée... Alors il me semble qu'il ne peut être dur pour vous...

— Oui peut-être... — fit Sophie Ardusson heureuse de cette médiation.

— Et alors, cette jeune fille vit maintenant avec ce jeune homme ?

— Hélas ! oui... cela me fait beaucoup de souci, parce que je songe à sa famille.

— Ecoutez, la famille, puisqu'elle l'a abandonnée...

— Mais maintenant que je la connais, il est de mon devoir d'en instruire Liette, car il lui revient sans doute une véritable fortune...

— C'est que c'est vrai !...

— Seulement, avant de faire des démarches, j'aurais voulu un peu me débrouiller, trouver du travail... enfin me suffire, pour n'avoir pas l'air intéressée...

— Je vous comprends bien.

— Ma situation est très délicate à cause de tout cela.

— Eh! mais, dis donc, Zébie, — fit tout-à-coup la propriétaire de l'hôtel des étudiants, — il y aurait peut-être moyen de faire quelque chose pour cette brave dame...

— Bien sûr!... ce n'est pas l'ouvrage qui manque ici, ni ailleurs, avec toutes les affaires que vous avez...

— Voyons, que savez-vous faire ?

— Je sais faire un peu de tout, — répondit Sophie Ardusson. — Mais non, madame, vous avez déjà été trop bonne pour moi...

— Allons donc !... Je vous ai dit de ne plus me parler de ça, — fit Mᵐᵉ Christol avec rondeur. — Vous devez être une bonne femme de ménage ?

— Mon Dieu, je sais soigner un intérieur... Chez nous, c'est moi qui faisais tout... J'ai été habituée au travail... J'ai été longtemps avec mon frère, qui était blanchisseur et qui est mort aujourd'hui...

— Eh bien ! écoutez, voilà ce que nous allons faire... Vous demeurez loin, c'est vrai ; mais enfin il y a des omnibus.

— De chez moi ici, c'est bien commode ; j'ai presque à ma porte la tête de ligne de l'omnibus de Grenelle à la porte Saint-Martin qui passe tout près... C'est celui que j'ai pris pour venir.

— Vous viendrez le matin, et puis Zébie se chargera bien de vous trouver de l'ouvrage... Il y en a de reste avec tous les pensionnaires que j'ai... Vous aiderez à la cuisine, pour servir, pour faire les chambres, un peu de tout, quoi !...

— Je vous suis bien reconnaissante, Madame, croyez-le, de tout ce que vous faites pour moi...

— Justement je voulais prendre une personne de plus... Eh bien ! ce sera vous, si vous voulez.

— J'accepte de grand cœur.

— Ici vous aurez toujours la vie assurée, et je verrai avec Zébie ce que je peux vous donner... Allez, vous serez toujours satisfaite.

Sophie Ardusson se félicitait de l'inspiration qu'elle avait eue d'être venue voir Mᵐᵉ Christal.

Elle s'était fait de cette femme, assurément riche et d'une conscience large, une protectrice, presque une amie.

Elle s'applaudissait surtout pour la façon merveilleuse dont elle avait joué son rôle, puisqu'elle était parvenue à se concilier non seulement sa compassion, mais encore sa sympathie.

C'était pour elle une situation toute trouvée, et non pas une condition inférieure de domestique, mais une position qui, avant peu, serait à peu près équivalante à celle de cette Zébie, si elle savait s'y prendre adroitement.

Et elle saurait bien s'y prendre !...

Liette était seule, en effet, et sa surprise fut grande... (P. 486.)

La rouée coquine avait su, du premier coup, — et même dès leur première entrevue, — juger Mme Christol et l'évaluer à sa juste valeur. Elle avait bien vu, sans s'y tromper, qu'elle avait affaire à une femme qui avait fait sa petite fortune dans le monde interlope des filles de plaisir ; elle avait deviné, sous la propriétaire de l'hôtel meublé de la rue de Lille, l'ancienne marchande à la toilette, l'entremetteuse de toutes les opérations louches en usage parmi sa clientèle, dont les services ont toujours été chèrement payés.

Sa position actuelle devait être en quelque sorte une retraite qui lui permettait de bien vivre et d'arrondir son magot, sans toucher à ce qu'elle avait amassé.

Il y avait évidemment une rentière sous cette logeuse.

Sophie Ardusson connaissait le faible de sa nouvelle bienfaitrice pour les courses et elle savait par expérience qu'il n'y a pas plus joueuses que les femmes de cette catégorie.

Elle se promettait bien de faire de rapides progrès dans l'esprit de Mme Christol et dans celui de Zébie aussi, — car elle sentait qu'il était indispensable de plaire à celle-ci pour être toujours au mieux avec celle-là, — exploitant habilement cette passion du jeu, ce qui serait en outre absolument dans ses goûts.

Elle verrait même, suivant ce qui se passerait, si elle ne devrait pas lui parler de l'affaire de Liette.

D'après ce qu'elle lui avait dit, elle avait bien compris que Mme Christol s'était déjà intéressée à la jeune fille.

Qui sait si, pour réaliser ses espérances, elle ne lui donnerait pas un bon coup de main ?

En cela, cependant, Sophie Ardusson se promettait d'être très avisée et très prudente.

Avant tout, il fallait connaître la marraine de Liette.

Après, elle pensait que Mme Christol, qui connaissait tout le monde, lui serait probablement utile pour arriver à découvrir cette femme.

La sœur du blanchisseur de Clamart se faisait toutes ces réflexions, et caressait ces projets réduisants en retournant dans son nouveau logement de la rue Croix-Nivert.

Elle souriait à l'existence qui s'offrait à elle, à l'avenir qu'elle pressentait, et, ayant à peu près oublié les trois mois de détention à Saint-Lazare et les deux mois de prévention qui les avaient précédés, — le passé douloureux est si volontiers oublié et si vite loin ! — elle se félicitait réellement des circonstances qui l'avaient mise en rapport avec cette femme, devenue pour elle une véritable providence.

Les oreilles lui sifflaient, ce qui, incontestablement, signifiait que l'on parlait d'elle ; et comme les sifflements se produisaient surtout du côté gauche, la superstitieuse mégère en concluait qu'on disait du bien d'elle. — Or qui,

si ce n'est Mme Christol et Zébie, pouvaient en ce moment parler favorable
ment sur son compte?

Sophie Ardusson ne se trompait point.

Après son départ, la propriétaire de l'hôtel-meublé de la rue de Lille s'entretenait bien d'elle, en effet, avec son amie.

Elle se sentait le cœur content, l'esprit joyeux, comme éprouvant la satisfaction intime d'une bonne action.

Et Zébie l'encourageait en la félicitant de ce qu'elle avait fait.

Elle était heureuse d'avoir désormais quelqu'un avec elle pour l'aider, et
surtout pour bavarder.

L'existence serait moins monotone.

Et puis, Mme Christol gagnait de l'argent. D'anciens étudiants, aujourd'hui
docteurs, avocats, magistrats, ingénieurs, presque tous dans de brillantes po-
sitions, quelques-uns même ayant fait de riches mariages, payaient fort bien
les dettes accrues des intérêts de leur existence du quartier latin; car
Mme Christol savait fort bien choisir ceux auxquels elle faisait du crédit, et
les déboires étaient rares.

Du moment qu'elle était satisfaite, Zébie savait bien qu'elle ne marchan-
dait pas.

Elle était aussi facile à la dépense et aussi généreuse en cela, qu'âpre et
intéressée dans ses recouvrements.

Les « mauvaises payes » avaient été bien rares, aussi bien autrefois au
quartier de Notre-Dame-de-Lorette qu'aujourd'hui sur la rive gauche.

L'ancienne marchande à la toilette avait réellement, ainsi que Sophie
Ardusson l'avait pressenti, un joli magot bien rondelet.

Elle se soignait, se faisait dorloter et vivait bien.

Elle serait heureuse d'avoir auprès d'elle une personne de plus, non seulement pour animer la société, mais pour aider Zébie.

Elle regardait même déjà celle qui pourtant l'avait volée, comme une
personne de confiance, tant le revirement qui s'était opéré en elle était complet.

A ce propos, elle disait à Zébie qui l'approuvait :

— Cette femme est honnête au fond... Ce n'est pas une voleuse de profession. Elle a été poussée par la misère, par l'argent qu'elle venait de perdre,
tentée par ce porte-monnaie qu'elle voyait, et elle n'a pas eu la force de résister
à la tentation. Il y a tant de pauvres gens, qui n'ont jamais fauté, qui en
feraient autant, en un moment de détresse !... En réalité, ce n'est pas une malhonnête femme, et la preuve c'est ce qu'elle a fait depuis !... Quand je pense
qu'elle venait m'apporter les pauvres quatre pièces de cent sous qu'elle a
gagnées par son travail à Saint-Lazare, ça m'a touchée !... Il faut réellement
qu'elle ait de bons sentiments !...

— Vous avez bien raison, — approuva Zébie, — et je suis persuadée qu'elle vous sera plus dévouée qu'une autre, en reconnaissance de ce que vous avez fait pour elle.

— C'est certain.

Aussi, lorsque le lendemain, ainsi que cela avait été convenu, Mme Ardusson vint à l'hôtel-meublé de la rue de Lille, elle fut accueillie très sympathiquement.

On ne se disposait pas à la traiter comme une domestique.

On l'appelait « madame Sophie ».

Zébie la mit un peu au courant de la maison, tandis que Mme Christol profitait de toute occasion pour bavarder avec elle.

Sophie Ardusson cherchait à se rendre utile. Elle mettait la main à tout, aidant les domestiques dans leur ouvrage et se montrait fort empressée.

A midi, ce fut elle qui mit le couvert dans la petite salle à manger où Mme Christol et Zébie prenaient leur repas, et la propriétaire lui dit elle-même :

— Mettez donc votre couvert, vous mangerez avec nous.

Alors, pendant le déjeuner, la conversation tomba sur les courses, parce que le lendemain, dimanche, Mme Christol comptait y aller.

C'était sa sortie tous les dimaches, parfois même le jeudi; cela lui servait de promenade ainsi qu'à Zébie.

Et pendant la matinée, dès qu'elle eut les journaux de Sport, elle s'était fait faire les cartes par Zébie et des réussites, pour savoir si elle gagnerait et pour demander le nom des chevaux qui arriveraient premiers au poteau.

On allait ainsi au-devant des désirs de Sophie Ardusson qui ne négligea pas une si belle occasion.

Elle exposa le système de jeu qu'elle avait appris de son frère, système infaillible, assurait-elle, pourvu que l'on ait un capital suffisant pour le suivre et « de l'estomac ». — Et la passion aveugle du jeu est telle que ces deux femmes la crurent sur parole, bien qu'elle eût perdu avec cette combinaison tout ce qu'elle possédait, et admirèrent la combinaison qu'elle avait pratiquée.

En effet, ainsi que Sophie le leur démontrait, — car on fait toujours un jeu superbe lorsqu'on connaît les résultats, — si elle avait eu le capital nécessaire, elle se serait fait de véritables rentes avec ce système.

Alors ce fut-elle qui, le lendemain, sur le programme des courses, pointa les chevaux que l'on devait jouer dans chaque épreuve, indiquant la progression de la mise, dans le cas où l'on « toucherait », comme dans celui où l'on « passerait au travers ». Et Mme Christol se promit de se conformer strictement à ces indications.

Le soir, Mme Sophie et sa combinaison étaient portées aux nues. Mme Christol revenait des courses avec un bénéfice de plus de quatre cents francs.

La propriétaire voulut la récompenser de cela, afin de l'intéresser à son jeu, et elle lui donna cinquante francs sur son gain.

Sophie Ardusson était maintenant casée et elle se félicitait de sa chance.

Elle songeait à Liette, ayant remis de jour en jour sa démarche, malgré l'envie qu'elle avait de la voir, et, après en avoir causé à plusieurs reprises avec Mme Christol et Zébie, elle se décida enfin.

Elle pouvait se présenter aujourd'hui à elle dans de meilleures conditions, figurer en posture moins humiliante, car sa faute se trouvait en réalité effacée et rachetée; elle était en quelque sorte réhabilitée par sa victime elle-même, qui non seulement l'avait pardonnée, mais lui avait accordé sa confiance.

Malgré cela, Sophie Ardusson préféra, pour se présenter chez Liette, choisir le moment où Pierre Duval serait à son ouvrage.

Elle y alla dans l'après-midi.

Liette était seule, en effet, et sa surprise fut grande en se trouvant inopinément en présence de cette femme, à laquelle elle ouvrait la porte de son logement.

— Maman Sophie!... — s'écria-t-elle pleine de stupeur, en la voyant.

Et, toute rougissante, — car au lieu de songer au vol dont cette femme s'était rendue coupable, elle ne pensait qu'à sa situation irrégulière et ne ressentait que la honte qui lui était personnelle, — elle tomba dans ses bras et l'embrassa.

Sophie se disait, se voyant ainsi accueillie :

— J'ai bien fait de revenir.

Et elle voulut parler d'elle tout d'abord, afin que le plus tôt possible il n'en fût plus question.

Elle expliqua sa faute en la mettant sur le compte de la détresse épouvantable contre laquelle elle se débattait, en l'excusant par un moment d'égarement à la vue de tout cet argent si facilement gagné par d'autres, lorsqu'elle venait de perdre jusqu'à son dernier sou, et elle parla de l'expiation, des remords, du repentir, de tout ce qu'elle avait souffert; elle fit valoir le pardon que cette dame, Mme Christol, lui avait accordé, de sa bonne conduite qui lui avait valu d'être mise en liberté par anticipation, et surtout de la situation que Mme Christol elle-même lui avait faite, compatissant à son malheur, comprenant qu'elle n'avait été coupable que par un moment de folie et convaincue qu'elle était quand même une brave femme.

Et Liette ne pouvait pas se sentir plus sévère pour cette femme que sa victime elle-même avait pardonnée, qui se réhabilitait par le repentir et la reconnaissance, pour cette femme qui, en somme, l'avait élevée, lui avait tenu lieu de mère et à qui, pensait-elle, elle devait bien un peu le bonheur qu'elle goûtait aujourd'hui.

Elle avait bien à se faire pardonner elle-même

Car c'était d'elle qu'il s'agissait maintenant.

Maman Sophie l'interrogeait sur tout ce qui s'était passé, et franchement Liette lui disait la vérité.

Elle lui raconta tout, comment Pierre l'avait emmenée chez Mariette pour ne pas la laisser seule, puis comment il avait dû la cacher à Villebon lorsqu'elle avait cru qu'on la recherchait, enfin par quel enchaînement de circonstances, dans cette impossibilité matérielle d'arriver à faire consacrer régulièrement son amour, elle s'était donnée à celui qu'elle aimait.

Et maman Sophie, pleine d'indulgence, la plaignait, la consolait et trouvait elle-même toutes les excuses à sa conduite.

Liette parla aussi des démarches de cet homme, qui avait recherché sa famille dans un but de spéculation, et elle découvrit ainsi à Sophie Ardusson ce qu'elle ignorait encore des agissements de Francis.

Elle lui dit ce qu'elle avait répondu et lui témoigna le doux plaisir qu'elle avait goûté le jour où elle avait pu prier sur la tombe où reposait sa mère.

— Car dans tout cela, maman Sophie, il n'y a que ça qui m'ait touchée... La fortune !... Je ne sais pas s'il m'en revient, mais cela ne me tente pas, je vous le jure !... Je suis bien trop heureuse ainsi !... Mais ma pauvre mère, dont j'ai toujours gardé le souvenir, je suis bien heureuse de savoir où elle est... Il me semble qu'elle me voit et qu'elle me pardonne d'avoir fait ce que j'ai fait.

— Tu as bien raison, va, — approuva Sophie Ardusson. — Ce n'est pas l'argent qui fait le bonheur !... Et puis je sais maintenant à quoi m'en tenir... Il faut que je te dise tout ce qui s'est passé...

Et elle lui expliqua comment, s'étant adressée à Francis, qu'elle connaissait depuis longtemps, et qui pouvait l'aider dans ses recherches puisqu'il était dans les pompes funèbres, elle l'avait chargé de savoir le nom de sa mère par le convoi, puisqu'elle était morte à Paris.

Elle avait fait cela pour arriver à se procurer les papiers nécessaires pour le mariage.

Et pendant qu'elle était en prison, Francis avait abusé de la confidence qu'elle lui avait faite pour tenter une spéculation, qu'elle réprouvait de toutes ses forces, avec une violente indignation.

Enfin ce vaurien de Francis avait échoué dans ses calculs.

Maintenant elle avait tous les papiers concernant Liette, car elle l'avait forcé à les lui remettre et elle les lui montra.

— Oui, j'ai tout ce qui te concerne, mais hélas ! pour ce qui est de l'argent, il n'y faut pas compter et je suis bien heureuse que tu n'en aies pas fait cas, car tu aurais eu une cruelle déception.

— La fortune ne me tente pas, — dit Liette. — Je suis trop heureuse comme je suis.

— Mais pour ce qui est de la famille, — continua Sophie Ardusson, — c'est autre chose... Je l'avais toujours pensé que tu devais appartenir à une grande famille, et c'est pour cela que j'ai tenu à ce que tu sois bien élevée... Car enfin je me disais qu'un jour peut-être tes parents se feraient connaître et je ne voulais pas qu'ils te trouvent inférieure à ta condition... Aussi j'ai fait tous les sacrifices que j'ai pu pour te tenir à ce couvent, car ce n'est pas avec ce que j'ai reçu que j'aurais pu faire tous ces frais !... Et j'ai bien fait, tu le vois : ce n'est pas pour ta famille, puisque malheureusement tu ne peux pas compter sur elle, mais pour toi-même... Ça te sert aujourd'hui... Pierre, qui est un brave garçon, un homme d'avenir, aura en toi une bonne petite femme, instruite ce qui ne gâte jamais rien, et bien élevée.

Alors tu connais le nom de ta mère, puisque tu es allée au cimetière ?... Maintenant voici tous tes papiers... Tiens, voilà ton acte de naissance... Tu vois, ton père était noble... Il s'appelait le vicomte d'Arcis... Et toi, ma chérie, ton nom n'est pas Darcis, comme nous l'avions cru, parce qu'on me l'avait mal écrit, mais d'Arcis avec la particule...

— Eh! mon Dieu, maman Sophie, qu'est-ce que ça fait ?... — dit Liette.

— Je sais bien... Mais enfin, puisqu'on le sait aujourd'hui, il vaut toujours mieux que tu saches la vérité... Tiens, vois sur ton acte de naissance... Ton nom de baptême, c'est Lia ; on t'appelait Liette, parce que c'est plus gentil, c'est plus enfantin...

— C'est sans doute le nom que me donnait ma mère...

— Voilà l'acte de décès de ta pauvre mère... qui est morte à Paris, comme tu le sais, chez une amie...

— Oui, ça je me le rappelle bien... C'est toujours resté gravé dans mon esprit. J'ai souvent pensé à ma mère...

— Et puis voilà l'acte de mariage de tes parents... Tu vois, ta mère était la fille du marquis de Charleval... Il y avait une fortune évidemment, à l'époque, mais il y a eu sans doute des revers, car aujourd'hui il n'y a plus rien... Du moins, on n'a rien découvert...

— Et je ne veux rien savoir, ainsi que je l'ai dit à cet homme lorsque je suis allée chez lui, — dit Liette. — Je ne veux rien connaître des miens, car je n'ai pas le droit de les juger... Je suis heureuse de savoir où est la tombe de ma mère et je ne veux pas savoir autre chose...

— Oui, tu as raison... tu as bien raison... Tu es heureuse maintenant avec Pierre, dit — Sophie Ardusson. — Eh! mon Dieu, tout cela s'arrangera et se régularisera plus tard, quand tu seras majeure... Alors vous pourrez vous marier... Personne n'a rien à te dire et tu te conduiras honnêtement, car ce n'est pas l'écharpe de M. le maire qui fait la vertu des femmes.

Puis elle parla de Pierre Duval ; elle s'enquit de son travail, de sa position, et elle en arriva à dire :

— Je ne voudrais pas que M. Pierre me méprisât... à cause de ce que j'ai fait, car je l'ai bien expié ce moment d'égarement... et j'aurais trop de chagrin si je ne pouvais plus te voir...

— Nous y voici, — pensa Bonnassieux, fier de son intuition... (P. 496.

    Mais Liette, dupe des ses bons sentiments, la rassura en lui disant que Pierre ne la repousserait pas.

    Elle lui dirait elle-même ce qui s'était passé et il comprendrait bien qu'elle avait été moins coupable que digne de pitié.

    — Ah ! tu es une brave fille !... — s'écria Sophie Ardusson en embrassant Liette avec transport. — Tu es un bon petit cœur et je suis bien récompensée aujourd'hui de ce que j'ai fait pour toi !...

LIV. 62. — MARIAGE IN-EXTREMIS.   LIV. 62.

— Elle la laissa, à cause de son travail, car elle avait promis de d'être pas plus de deux heures absente, et Liette lui fit promettre de revenir.

— Oui, je reviendrai... — promit Sophie Ardusson heureuse de ce résultat. — Seulement écris-moi un petit mot, dès que tu auras causé avec Pierre... Tu me diras ce qu'il t'aura dit... parce que tu comprends, je sens que je serais trop honteuse devant lui...

— N'ayez aucun souci, maman Sophie, — répondit Liette. — Pierre est bon et il sait bien tout ce que vous vouliez faire pour nous.

— Écris-moi chez Mme Christol, rue de Lille; j'y suis toute la journée.

Allons, au revoir, — dit Sophie Ardusson en embrassant de nouveau Liette, — et à bientôt, n'est-ce pas ?

— Oui, à bientôt, maman Sophie !...

— Ah ! ma chérie, je suis bien heureuse de te voir ainsi !... Tu mérites bien tout le bonheur que tu as !...

*
* *

Le soir même, en rentrant chez elle, rue Croix-Nivert, Sophie Ardusson trouva une lettre distribuée en son absence, que la concierge lui remit.

C'était la réponse du curé de Saint-Gemmes-sur-Loire.

Le pli contenait l'extrait de l'acte de baptême de Liette, et un mot du curé, une simple formule pour accompagner l'envoi.

L'acte était conçu.

Aujourd'hui 2 décembre de l'an de N. S. 1860, a été baptisée en cette église de Saint-Gemmes, par nous soussigné recteur de la paroisse, ADRIENNE-LIA D'ARCIS, *née au château de la Pommeraie, le 30 novembre 1860, fille de Stanislas-Adrien* VICOMTE D'ARCIS *et de Odeline-Henriette, née* DE CHARLEVAL, *son épouse, père et mère de l'enfant.*

Le parrain a été Pierre MARQUIS DE JESSAINT, *âgé de 54 ans, et la marraine, demoiselle Claudia-Maria-Lia* DE CHAVANGES, *âgée de 22 ans, tous deux amis de la famille.*

— Mademoiselle de Chavanges !... — se dit Sophie Ardusson. — C'est elle la marraine de la petite !... C'est donc elle que j'ai vue, puisqu'elle a dit qu'elle était sa marraine !...

Et elle demeurait toute songeuse.

Elle réfléchissait et cherchait vainement à s'expliquer ce qui avait dû se passer à la mort de la mère de Liette.

La vicomtesse d'Arcis, accompagnée de sa fille, avait été transportée mourante chez une amie, demeurant rue Clauzel, et y avait presque aussitôt rendu le dernier soupir. C'est ce qui avait été établi par Francis, qui avait retrouvé le domicile mortuaire de la mère de Liette et qui avait questionné la concierge.

Cela concordait, en outre, de la façon la plus exacte avec les souvenirs de Liette, que Sophie Ardusson n'avait pas manqué d'interroger dès les premiers jours de son arrivée à Clamart.

Puis, cette dame, un professeur de musique, avait déménagé, et c'est la marraine de Liette, ainsi qu'elle le lui avait déclaré elle-même, qui lui avait conduit la petite.

Il fallait donc que la dame de la rue Clauzel, obéissant peut-être aux instructions de son amie, ait remis l'enfant entre les mains de sa marraine.

Etait-ce donc de son propre mouvement, de sa seule autorité, que Mlle de Chavanges lui avait confié sa filleule ?

Pourquoi alors n'avait-elle jamais donné de ses nouvelles ?

Etait-elle morte ?

Les hypothèses laissaient la situation insoluble.

Comment se renseigner sur cette demoiselle de Chavanges, qui, depuis dix ans, pouvait avoir changé de nom en se mariant, si elle n'était pas morte ?

Comment savoir si, à la mort de la vicomtesse d'Arcis, il y avait quelque fortune ?

Et Sophie Ardusson en parla à Mme de Christol, qui, du reste, l'interrogea sur le sort de Liette.

Elle lui avait raconté son entrevue avec la jeune fille et dit l'accueil qui lui avait été fait.

Maintenant qu'elle avait découvert sa famille, qu'elle lui avait remis ses papiers, Liette pourrait régulariser sa situation quand Pierre Duval et elle le voudraient.

— Mais il y a une question qui me préoccupe bien autrement dans l'intérêt de cette chère petite que j'aime comme ma propre fille, — ajouta Sophie Ardusson, — c'est au sujet de ce qui peut lui revenir... Car enfin, si sa mère a laissé quelque chose, ce serait malheureux que d'autres en profitent et qu'elle soit obligée de travailler comme une ouvrière lorsqu'elle pourrait être si heureuse.

— Bien sûr, — approuva Zébie. — Ce n'est pas la peine de laisser son patrimoine en des mains étrangères.

— Qu'a dit Mlle Liette quand vous lui avez parlé de sa famille ? — demanda Mme Christol. — Elle a bien dû penser que ses parents ont eu de la fortune et lui en ont peut-être laissé.

— Ce n'est pas cela qui la tente, — répondit Sophie Ardusson.

Et elle répéta les paroles de Liette dont le désintéressement s'appuyait sur une énergique résolution.

— Oui, oui, je comprends, — fit l'ancienne marchande à la toilette. — Le désintéressement n'est pas une vertu bien humaine; elle est, en tous cas, assez rare. Je crois plutôt que Mlle Liette est surtout retenue par sa fausse situation qu'elle ne tient pas à divulguer.

— Il y a peut-être bien un peu de ça, — dit la sœur du blanchisseur.

— C'est probable, — fit Zébie.

— Elle sait en outre qu'il y a un mystère du côté de son père, car je lui ai dit ce qu'il en était, — reprit Sophie Ardusson. — Son père avait disparu bien avant sa naissance.

— Le vicomte d'Arcis?

— Oui, madame... Il était parti avec une jeune fille qu'il a enlevée, une amie de sa femme, la fille du comte de Villeroy, et il s'est ruiné pour elle... Si bien qu'aujourd'hui Mlle de Villeroy a lâché le vicomte d'Arcis son amant pour se faire actrice et en prendre un autre...

— Bah!...

— Elle se fait appeler Suzette de Villers...

— Mais oui, — dit Zébie, — j'ai lu ce nom-là dans le *Figaro*. C'est une demi-mondaine qui va débuter dans la revue des Variétés... On la dit très jolie!...

— C'est bien elle.

— Vous rappelez-vous, madame, je vous ai lu ça il y a quelques jours?

— C'est cette Suzette de Villers chez qui un homme s'est tiré un coup de revolver? — demanda Mme Christol.

— Oui... rue Taitbout.

— Eh bien! cet homme est le vicomte d'Arcis, — dit Sophie Ardusson.

— Le père de votre Liette?

— Lui-même.

— Et il s'est ruiné pour cette femme?...

— Ruiné jusqu'au dernier sou.

— Dieu que les hommes sont bêtes!... — s'écria l'ancienne marchande à la toilette.

— Il en faut bien quelques-uns comme ça, — dit Zébie. — Si Mlle Suzette de Villers est aussi jolie que le dit le *Figaro*, ça se comprend.

— Ça lui fait une belle jambe maintenant qu'elle l'a plaqué, — répliqua Mme Christol. — La vicomtesse d'Arcis était bien jolie aussi, d'après ce que dit madame Sophie.

— Oui, mais c'était sa femme.

— C'est bien bête tout de même... Cet homme là avait ce qu'il fallait pour être heureux!... Je suis sûre que sa femme ne serait pas morte et il aurait encore sa fille avec lui.

— C'est plus que probable, — dit Zébie. — Les coups de tête des hommes sont causes de tout!...

— De la sorte que cette enfant n'a rien à espérer du côté de son père.

— Rien du tout, — répondit Sophie Ardusson. — Elle ne l'a même jamais connu... Seulement, du côté de sa mère, on ne m'enlèvera pas de l'idée qu'il devait y avoir de la fortune au moment où elle est morte... Ça se comprend bien, n'est-ce pas? Madame, puisque sa marraine, cette demoiselle de Chavanges, est venue me la confier et m'a remis une somme assez importante.

— Combien vous a-t-elle remis, s'il n'y a pas indiscrétion? — demanda la matrone.

— Oh! je peux bien vous le dire; j'ai reçu vingt-deux mille francs,

— D'un coup?

— Non, en trois fois... Deux mille francs comptant, puis dix mille et encore dix mille à la fin de la première année.

— Et depuis vous n'avez jamais plus eu de nouvelles?... Eh bien! à votre place, je m'en serais doutée, car il est bien évident qu'une femme qui paye ainsi, presque à la fois, vingt-deux mille francs et qui prend la précaution de ne donner son adresse qu'en poste restante sous des initiales, à l'intention de disparaître et d'abandonner l'enfant.

— J'y ai bien pensé, mais trop tard.

— Mais j'en reviens à ce que vous disiez, — reprit Mme Christol, — et je crois comme vous que la mère doit avoir laissé de l'argent.

— Bien sûr!... la vicomtesse d'Arcis devait avoir une fortune personnelle...

— A moins que son mari la lui ai boulottée, — dit Zébie.

— Ça ne se peut pas... — répliqua Sophie Ardusson. — La vicomtesse d'Arcis recherchait son mari... Lui-même, à ce moment, il y a dix ans, puisque Liette avait sept ans quand on me l'a remise, n'avait pas encore dévoré tout ce qu'il possédait, car il était personnellement très riche, d'après les renseignements que j'ai eus.

— Du reste, le fait seul d'avoir donné une somme de vingt-deux mille francs pour cette petite prouve bien qu'il devait y avoir de l'argent du côté de la mère, — raisonna très judicieusement Mme Christol. — Eh bien! la marraine, cette demoiselle de Chavanges, il ne doit pas être impossible de savoir ce qu'elle est devenue.

— Je me le suis bien dit, mais comment voulez-vous que je m'y prenne?

— Il y a des gens qui font ces recherches.

— Il faut de l'argent, et je n'en ai pas!... Quant à Liette, je vous l'ai dit, elle ne veut rien savoir.

— Oui, mais c'est dans son intérêt, ce que vous feriez là, — persista Mme Christol. — Elle ne veut rien savoir, mais s'il lui tombait une fortune, elle et son amant la prendraient bien tout de même.

— Ah! bien sûr, — dit Zébie, — on ne crache jamais sur l'argent, quand il n'y a qu'à se baisser pour le prendre! Je sais que, pour moi, si l'on était venu me dire : « Voilà un bon magot, » je ne me serais pas fait tirer l'oreille et je me serais pas mal moquée de savoir ce qui s'est passé avant ma naissance et de comprendre comment il se fait que je suis venue au monde après que mon père avait fichu le camp avec une femme...

— Vous dites que ce jeune homme, M. Duval, est un garçon intelligent, — reprit la propriétaire de l'hôtel meublé, — qu'il pourrait être ingénieur, s'il le voulait, puisqu'il a fait des études pour ça ; eh bien ! s'il avait de l'argent, il pourrait s'établir à son compte, ou s'intéresser dans l'usine où il travaille... Il y a des services qu'il faut savoir rendre aux gens malgré eux, quand on les aime et que l'on veut leur bonheur.

— C'est bien la pensée que j'avais, — dit hypocritement la sœur de l'ancien blanchisseur.

— Sans compter qu'en travaillant pour elle, vous travailleriez en même temps dans votre propre intérêt... car enfin Mlle Liette vous serait reconnaissante de ce que vous auriez fait pour elle et elle ne vous laisserait pas sans assurer votre existence.

— Oui... oui... C'est vrai !...

— Eh bien ! madame, — proposa Zébie, — puisque Mme Sophie ne connaît personne, vous pourriez bien en parler à votre homme d'affaires... vous savez bien, celui qui s'occupait de vous rechercher les clients disparus... ce bonhomme qui habitait rue Saint-Georges.

— Bonnassieux !... — fit Mme Christol. — Le pauvre diable a eu des ennuis... Il a été pincé dans une affaire de mineur à qui l'on avait fait signer des billets, et il a été condamné... Depuis je ne sais pas ce qu'il est devenu.

— Bonnassieux !... — s'écria Sophie Ardusson qui reconnut ce nom cité par Francis pour lui prouver que le vicomte d'Arcis, recherché par lui, était aujourd'hui ruiné. — J'ai entendu parler d'un homme d'affaires de ce nom... Il demeure boulevard Voltaire, au coin de la rue de la Roquette.

— Ce doit être lui... Ça ne m'étonnerait pas ; il est malin comme un singe, et ces gens-là, comme les singes et les chats, retombent toujours sur leurs pattes. Mon Bonnassieux, en sortant de Mazas, a dû se rétablir.

— Eh bien ! vous pourriez le voir, — dit Zébie. — Il s'y entendait rudement bien pour retrouver les personnes disparues !... Vous vous rappelez cette femme de la rue de Maubeuge qui était partie avec un artiste en vous emportant pour trois mille francs de bijoux que vous lui aviez vendus à tempérament ?... Il n'a pas été long à la retrouver à Nancy !

— Oui, je le verrai, dit Mme Christol. — Donnez-moi l'acte de baptême pour que je puisse lui montrer les noms bien exacts.

Huit jours après, Mme Christol avait le renseignement qu'elle désirait.

C'était bien son Bonnassieux qu'elle avait retrouvé, lui-même qui, après

« son infortune », survenue sept ans auparavant, avait monté un nouveau cabinet d'affaires en ayant soin de changer de quartier.

L'agent d'affaires du boulevard Voltaire retrouva, dans l'acte de baptême que son ancienne cliente lui montra, le nom du vicomte d'Arcis dont il avait déjà eu à s'occuper. Cette coïncidence le surprit.

Aujourd'hui on lui demandait de rechercher cette demoiselle de Chavanges, dont la fille du vicomte d'Arcis était la filleule.

Est-ce que tous ces recherches, qui paraissaient tourner autour de cette jeune fille, n'avaient pas le même but?...

L'esprit clairvoyant et perspicace de Me Bonnassieux fut aussitôt mis en éveil et son flair pressentit un mystère.

Il se défia, — un peu tard peut-être, — de ce client de rencontre, de ce croque-mort, ex-valet de chambre de Mlle de Villeroy, dont il n'avait plus entendu parler, et il pensa que ce Francis Couart n'avait pas l'air trop pressé de réclamer les gages qu'il prétendait lui être dus.

S'il avait été joué par cet homme !...

Si ce croque-mort ne lui avait fait rechercher Mlle de Villeroy que pour arriver au vicomte d'Arcis et ensuite se passer de lui !...

Alors c'est qu'il y aurait une affaire là-dessous !...

— Faudra voir !... faudra voir !... — se disait Bonnassieux en écoutant ce que lui disait l'ancienne marchande à la toilette.

Et en voyant cette femme s'occuper à son tour de la marraine de Liette d'Arcis, il pensa plus sérieusement encore qu'il devait y avoir quelque chose sous ces recherches.

C'est qu'il connaissait bien Mme Christol, ayant souvent eu à travailler pour elle, dans le temps, et il savait qu'elle avait eu quelquefois, au milieu de sa clientèle équivoque, des affaires assez scabreuses, fort louches même. — Il n'y aurait rien d'étonnant que celle-ci en fût une autre.

Aussi Bonnassieux se promit d'y veiller et quand il donna à l'hôtelière, au bout de quelques jours, le renseignement demandé, il tenta de lui tirer les vers du nez.

— Mademoiselle de Chavanges, — lui dit-il, — est aujourd'hui propriétaire du Château de la Pommeraie, à Saint-Gemmes-sur-Loire, qui a appartenu autrefois à la vicomtesse d'Arcis, et elle y réside une partie de l'année. Elle habite actuellement à Paris, Boulevard Haussmann, 22.

Mais il ajouta aussitôt.

— Si vous avez quelque démarche à faire, je puis m'en charger... Vous savez, vous pouvez compter sur ma discrétion et sur mon habitude des affaires... Je vous suis en outre très reconnaissant d'avoir pensé à moi, après tant d'années, et je ne demande qu'à vous être utile.

— Assurément, vous pourrez m'aider, — répondit Mme Christol sans aucune défiance, — et je vais vous dire de quoi il s'agit.

L'homme d'affaires dissimulait son contentement.

Les lunettes à verres bleus éteignaient l'éclat de ses prunelles de chacal.

— Il s'agit d'une jeune fille à laquelle je m'intéresse vivement, — continua la protectrice de Mᵐᵉ Ardusson, — cette petite Lia d'Arcis, fille du vicomte et de la vicomtesse, dont cette demoiselle de Chavanges est la marraine.

— Nous y voici, — pensa Bonnassieux, fier de son intuition. — Je sentais bien que tout concordait et tournait autour de cette jeune fille !...

Et il écouta attentivement l'exposé de la situation de Liette que lui fit Mᵐᵉ Christol, qui, en femme prolixe et bavarde, n'oublia aucun détail, depuis la mort presque subite de sa mère et son abandon, lorsqu'on la confia à Sophie Ardusson sous le nom de Liette Darcis, jusqu'aux derniers événements qu'elle connaissait.

Le père de Liette était ruiné aujourd'hui, mais sa mère, la vicomtesse d'Arcis pouvait posséder quelque chose au moment de sa mort; cela était même certain, puisque la marraine de cette enfant avait pu payer une somme de vingt-deux mille francs pour son éducation et les soins que lui donnerait la personne à laquelle elle la confiait.

— Cela est absolument certain, — opina l'homme d'affaires.

Il ajouta même, débrouillant tout de suite, grâce à son intuition, une partie du mystère ;

— Il me semble en outre que les précautions prises par la marraine de cette jeune fille, par cette demoiselle de Chavanges, indiquent que l'on a cherché à la frustrer de la succession de sa mère.

— C'est bien possible !...

— On a sacrifié sans doute vingt-deux mille francs pour accaparer une véritable fortune.

— Je me le suis dit, — dit Mᵐᵉ Christol, — mais je n'osais pas formuler cette accusation contre cette dame que je ne connais pas.

— Mais c'est l'évidence même, madame, — démontra Mᵉ Bonnassieux. — Voyez cette dame, qui vient trouver votre amie de Clamart, pour lui confier cette enfant, comme elle pris soin de ne pas se faire connaître. Elle s'est bien gardée de donner son nom ; elle n'a indiqué, pour lui écrire, que des initiales en poste restante, à Lyon.

— Et quand on lui a écrit à cette adresse, elle n'a pas répondu.

— Parbleu !... c'était à prévoir !... l'abandon était bien prémédité et très habilement préparé !... Voyez en outre comme elle a eu soin de ne pas faire connaître le nom de l'enfant, enfin de rendre toutes les recherches impossibles !... Elle ne pouvait pas indiquer un autre nom que celui de Darcis, parce que cette fillette, alors âgée de sept ans, aurait pu être interrogée et dire le nom de sa mère, qu'elle connaissait assurément; mais elle l'a dénaturé, en supprimant la particule, ce qui en a modifié l'orthographe !... C'est très habile !.., très roublard !...

Par là, sans être vue, elle pouvait voir cette dame. (P. 504.)

— Oui, car, de la sorte, Mme Ardusson ne pouvait s'imaginer que cette pauvre enfant appartenait à une grande famille !... — dit Mme Christol. — Darcis, c'est un nom comme un autre.

— De même pour le prénom, — continua Bonnassieux. — Elle a profité de ce que l'on avait l'habitude d'appeler la fillette Liette, pour lui donner ce nom et masquer ainsi celui de Lia, qui est son prénom véritable.

— Evidemment.

— Si elle a fait tout cela, c'est dans un but intéressé.

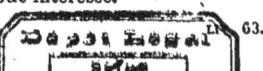

— Je suis bien de votre avis.

— Reste à savoir si la personne qui a confié cette enfant à cette dame de Clamart est bien cette demoiselle de Chavanges.

— Elle a bien dit qu'elle était sa marraine

— Elle peut avoir pris cette qualité

— C'est encore vrai !...

Enfin on pourra toujours voir cette dame, — conclut Mme Christol.

— Je n'en chargerai volontiers.

— Non, il vaut mieux que ce soit Mme Ardusson qui la voie, car elle saura ainsi si c'est elle qu'elle a vue à Clamart. — Mais soyez tranquille, maître Bonnassieux, je viendrai vous reparler de cette affaire, selon les suites qu'il faudra lui donner, car je ne veux pas que cette enfant soit dépouillée.

XXIX

EN PRÉSENCE

Sophie Ardusson jubila lorsque Mme Christol, toute triomphante du résultat de sa démarche, vint lui apprendre que Mlle de Chavanges était retrouvée et lui fit part des conjectures fort vraisemblables qu'elle avait faites avec son homme d'affaires.

— Parbleu ! — approuva Zébie, qui était toujours de l'avis de la patronne, et qui, du reste, n'était pas tendre pour ces dames du grand monde qui, disait-elle, « ont plus de turpitudes à cacher qu'une franche bonne fille qui y va bon jeu bon argent et au grand jour ». — C'est bien certain qu'on a dépouillé cette enfant !... Ah ! ces canailleries qui se passent dans le monde chic, on en apprendra toujours de nouvelles et on ne les connaîtra jamais toutes, allez !...

Ce n'était pas Sophie Ardusson qui la démentirait.

Le concours de ces deux femmes faisait trop bien son affaire et servait admirablement ses projets.

— Bien sûr ! — approuva-t-elle. — Croyez-vous que ce ne soit pas malheureux pour cette pauvre petite d'être née avec de la fortune et d'être obligée aujourd'hui de travailler pour vivre ?...

— Il ne faut pas laisser ça là, — dit Mme Christol. — Maintenant que l'on sait où demeure cette demoiselle de Chavanges, il faut aller la trouver et lui dire ce qu'est devenue sa filleule.

— C'est bien ce que je me proposais de faire, quand j'ai eu le malheur d'être arrêtée... Tout ce qui est arrivé ne se serait pas passé, si Liette avait pu avoir ses papiers en règle comme aujourd'hui ; elle aurait pu se marier légitimement.

— Pauvre enfant, ce n'est pas sa faute, — dit Zébie.

— Il peut bien se faire que ce ne soit pas cette dame qui ait abandonné sa filleule, — opina alors la propriétaire de l'hôtel meublé. — Depuis que je sais tout cela et que j'y réfléchis, il me vient une idée. La mère de Liette est morte chez ce professeur de piano de la rue Clauzel que votre ami, le croque-mort, n'a pas pu retrouver. Elle est partie avec l'enfant, d'après ce qu'a dit la concierge, et l'on n'a pas pu savoir ce qu'elle est devenue. Eh bien ! qui sait si ce n'est pas tout simplement elle qui a conduit la petite Liette chez vous en se faisant passer pour sa marraine?

— C'est encore une chose qui se peut.

— Vous la reconnaîtriez bien, si vous la voyiez ?

— Oh ! quand je vivrais cent ans encore, je suis bien sûre de la reconnaître, — déclara formellement Sophie Ardusson. — J'ai encore sa figure devant les yeux comme si je la voyais.

— Eh bien ! en voyant cette dame du boulevard Haussmann, vous verrez bien si c'est elle que vous avez vue.

— Et sans me tromper, allez?

— Mon idée, c'est que ce n'est pas elle, — poursuivit Mme Christol, — et alors je me demande si cette femme, le professeur de piano, n'a pas agi pour le compte du père de l'enfant.

— Alors elle aurait été d'accord avec le vicomte d'Arcis?...

— Naturellement!... Etant amie de la mère, elle devait connaître toutes ses petites histoires ; elle devait savoir que le vicomte avait lâché sa femme depuis longtemps, et elle savait où le reprendre.

Suivez bien mon raisonnement, car je crois que je suis dans le vrai, — s'interrompit la matrone.

Alors le vicomte, qui faisait une noce carabinée, avec cette jeune fille qu'il avait enlevée et pour laquelle il s'est flanqué un coup de revolver, s'est arrangé avec cette femme et l'a chargée de placer l'enfant quelque part, en payant une bonne somme et en prenant toutes les précautions nécessaires pour que l'on ne puisse pas découvrir l'origine de la petite... Et pendant ce temps, il a mis la main sur ce qui revenait à l'enfant du côté de sa mère, et l'a mangé avec sa maîtresse.

— Oh ! oui, — approuva Zébie, — ça m'a bien l'air d'être ça !... c'est ce que je me disais aussi.

— C'est vrai, — fit à son tour Sophie Ardusson, — ça expliquerait tout !

— Alors ce serait le père qui aurait dépouillé sa fille et qui l'aurait fait abandonner, — dit encore Zébie.

— Naturellement!... Car qui sait ce qui s'est passé au sujet de la naissance de cette enfant, — reprit Mᵐᵉ Christol en poursuivant son raisonnement et ses hypothèses. — Il peut bien se faire que cette enfant ne soit pas de lui et que, du moment qu'il faisait la noce, sa femme en ait fait autant de son côté.

— Et elle lui aurait mis l'enfant sous son nom...

— Dame!... Du moment qu'elle était mariée... Alors, vous comprenez, cette enfant ne lui est de rien.

— Seulement, la mère morte, il en a profité pour prendre ce qui lui appartenait, — souligna Zébie.

— Parbleu! il en avait le droit, puisqu'il est le père quand même!... Le père est le tuteur légal de sa fille; il a l'administration de tous ses biens, — dit l'ancienne marchande à la toilette bien ferrée sur le code civil.

— Alors, cette pauvre petite qui est née avec de la fortune, n'aura rien... — dit avec tristesse Sophie Ardusson.

— Evidemment, si elle a été dépouillée par son père.

— Et moi qui me suis sacrifiée pour elle, espérant toujours qu'à la fin on me récompenserait de ce que j'ai fait... Car si je voulais compter, j'en ai été de ma poche, bien sûr!... J'ai dépensé pour elle plus que je n'ai reçu... Tout ce qu'on m'a donné a passé dans son éducation, car je l'ai fait élever comme une demoiselle, dans un couvent, le premier établissement de Meudon, chez les religieuses de la Présentation... Et cela coûte, allez!...

— Je le crois.

— Elle a appris tout ce que l'on peut apprendre, le piano, le dessin, le français, le calcul, tout, quoi!... Vous comprenez, je ne voulais pas que l'on puisse un jour me faire des reproches... J'avais bien compris que Liette devait appartenir à quelque grande famille; alors je ne voulais pas, le jour où on me la reprendrait, que l'on puisse croire que j'en avais profité...

— Et vous pensiez qu'on vous dédommagerait?

— Dame, ce n'est que juste !...

— Bien sûr !

— Alors je ne comptais pas... Rien que son éducation m'a presque tout pris !... Et les robes, et le linge ?... Et le médecin et les remèdes quand elle a été malade ?... et tous les frais, quoi !... Si j'avais noté tout ce que j'ai dépensé, il y en aurait un compte !...

— Et vous comptiez là-dessus? — dit Zébie.

— Je m'inquiétais bien, en voyant que les années passaient et en n'entendant parler de rien; mais je me proposais de rechercher la famille de Liette, car je ne pouvais pas la garder toujours sans être remboursée... J'étais loin d'être riche...

Sophie Ardusson s'arrêta un instant, puis elle reprit :

— Tenez, pour vous dire la vérité, c'est ça qui m'a poussée à faire ce que j'ai fait... Je voulais avoir de l'argent, gagner une grosse somme, autant pour elle et pour subvenir à ses besoins, que pour être à même de faire les frais qu'il y aurait pour rechercher sa famille...

— Eh bien ! il faut voir la marraine de cette enfant, — dit Mme Christol.

— En causant avec elle, vous lui expliquerez tout cela... Ce doit être une femme bien, son nom le dit... Elle doit avoir de la fortune...

— Pour sûr !... — fit Zébie. — Quand on demeure boulevard Haussmann !... J'ai eu une amie qui y demeurait et les loyers sont d'un prix fou... Ça chiffre par des milliers de francs.

— Cette dame comprendra ce qui est juste et ça m'étonnerait qu'elle ne vous indemnisât pas de ce que vous avez dépensé pour sa filleule.

— Cela me rendrait bien service, — dit Sophie Ardusson.

— Et puis vous vous expliquerez avec elle, — continua la propriétaire de l'hôtel meublé. — Vous lui direz ce qui s'est passé; vous verrez bien ce qu'elle sait au sujet de sa filleule.

— Oui, allez la voir, — conseilla à son tour Zébie. — c'est ce que vous avez de mieux à faire.

— Vous avez raison, j'irai demain, — dit Sophie Ardusson; — aujourd'hui je ne suis pas assez bien habillée.

Le raisonnement de Mme Christol avait frappé Sophie Ardusson.

Elle était convaincue maintenant que les choses avaient bien dû se passer ainsi.

Le vicomte d'Arcis, après avoir dissipé tout ce qui lui appartenait en propre avait profité de la mort de sa femme pour s'approprier la fortune revenant à Liette.

Il s'était entendu pour cela avec la maîtresse de piano de la rue Clauzel qu'il avait chargée de placer l'enfant quelque part, en donnant une bonne somme à la personne qui en prendrait soin.

Le nom et le prénom de l'enfant dénaturés ne permettaient pas de rechercher à quelle famille elle appartenait.

La situation conjugale de la vicomtesse d'Arcis, dissimulée lors de ses funérailles, dans la déclaration de décès, rendait impossible toute investigation de ce côté.

— Ah ! il n'y a pas à dire, les précautions ont été bien prises !... — se disait-elle, absolument convaincue.

C'est dans ces dispositions d'esprit que Sophie Ardusson se rendit au Boulevard Hausmann.

* * *

Affranchie des préoccupations qui l'absorbaient, la fausse Lia de Chavanges avait mis à exécution son projet de s'installer à Paris.

De là, elle pourrait suivre Liette et s'assurer qu'elle n'avait plus rien à craindre.

C'est à peine si elle pensait encore au crime de la Villa du Chalet du Bois, qui demeurait toujours mystérieux pour elle, puisqu'elle savait fort bien que Gaston Dumesnil en était innocent.

Elle le bénissait, ce crime qui avait si bien servi ses intérêts, en la délivrant de cet homme qui s'était levé devant elle et dont l'amour obstiné était devenu un danger.

Les nouvelles qu'elle avait eues sur Gaston Dumesnil étaient faites pour la rassurer pleinement.

Une fièvre cérébrale s'était déclarée et le malheureux, soigné avec le plus grand dévouement dans la Maison de santé de Buc, par son ami le Docteur Delanglade, était, selon l'expression courante, entre la vie et la mort, mais certainement plus près de la mort que de la vie. Il n'y avait de chance pour lui d'échapper à celle-ci, selon l'opinion de l'éminent aliéniste, qu'en perdant la raison.

Les dramatiques événements qui avaient fondu sur l'infortuné jeune homme avaient trop profondément bouleversé son esprit pour ne pas faire tomber son intelligence, si, par miracle, il parvenait à en réchapper.

Sur le sort de Liette, Valérie Dubourg s'était parfaitement renseignée.

Inconnue d'elle, elle l'avait vue avec Pierre Duval pendant les quelques jours qu'ils avaient passé à l'établissement de la Tour de Villebon, et il lui avait été facile d'apprendre, en faisant causer le garçon, que c'étaient là deux amants venant abriter leur amour dans la discrète retraite du bois de Meudon.

L'aventurière avait fort judicieusement prévu la suite de cette liaison.

Liette et Pierre Duval s'adoraient, ils étaient maintenant l'un à l'autre, liés par leur amour aussi étroitement qu'ils l'eussent été par le mariage.

Privée de la femme qui avait veillé jusque-là sur elle, Liette n'avait plus que Pierre Duval.

Un mariage entre eux, — avait-elle fort bien conjecturé, — serait irréalisable à cause des difficultés inouies dont les préparatifs seraient hérissés.

Elle était donc complètement et à jamais débarrassée de Liette.

Rien ne pourrait désormais éclaircir pour elle le mystère de sa naissance car,— pensait-elle, — toutes les précautions avaient été fort habilement prises.

Liette, heureuse et absorbée par son amour, ne voudrait songer qu'à celui qu'elle aimait.

Que lui importait son origine ?

Celui à qui elle s'était donnée toute entière était seul tout pour elle.

La fausse Lia de Chavanges n'avait donc plus aucune préoccupation, aucune inquiétude.

Elle ne songeait même pas au vicomte d'Arcis qui ignorait jusqu'à l'existence de sa fille, dont elle n'avait plus entendu parler depuis tant d'années.

Elle n'avait pas lu dans les journaux la tentative de suicide de la rue

Taitbout, et lors même qu'elle l'aurait lue, ce nom de Suzette de Villers ne l'aurait pas éclairée.

C'était, en quelque sorte, par pur dilettantisme qu'elle se proposait maintenant de suivre Liette dans la vie.

Elle voulait savoir ce qu'elle deviendrait, et sûre de n'avoir rien à craindre, de ne pouvoir désormais être reconnue par personne, elle venait de prendre la résolution de s'informer à son sujet, lorsque son domestique vint lui annoncer une visite.

— Cette dame dit que son nom n'apprendrait rien à Madame, — dit Jules Rouland. — Elle désire voir Madame pour lui parler de sa filleule, d'après ce qu'elle m'a chargé de dire à Madame.

Sa filleule !... La fausse Lia de Chavanges ne comprit pas tout de suite.

Ce lien spirituel n'évoquait rien tout d'abord en son esprit.

Et pourtant une émotion puissante l'étreignait tout à coup, dans l'envahissement poignant d'une appréhension mystérieuse, plus forte que sa volonté, indépendante de sa raison.

Elle eut la force cependant de ne rien laisser paraître de l'agitation à laquelle elle se sentait en proie, et elle demanda :

— Comment est cette dame ?

— Une dame assez simple... dans les quarante-cinq à cinquante ans...

Il était impossible de songer à Sophie Ardusson; si même elle avait eu l'idée, Valérie Dubourg l'aurait repoussée, car non seulement elle la croyait encore en prison, mais aurait été sûre que cette femme était incapable d'arriver jusqu'à elle dans la situation que, par son usurpation, elle s'était faite.

— Où est-elle?

— J'ai fait entrer cette dame dans le petit salon, — répondit le valet de chambre.

Et croyant aller au devant de sa maîtresse, il dit :

— Je puis dire que Madame ne reçoit pas...

— Non,... — fit l'usurpatrice. — Je vais aller joindre cette dame.

Alors, quand elle fut seule, ce fut comme une révélation qui frappa tout-à-coup l'ex professeur de piano.

Sa filleule !... Ce ne pouvait être que Liette...

Par le nom qu'elle avait usurpé, n'était-elle pas sa marraine, elle qui avait pris la place de Lia de Chavanges.

Et, à cette pensée, la misérable blêmit.

L'une des glaces de son boudoir lui renvoya son image aux traits presque décomposés déjà par d'affolantes angoisses.

Qui donc venait lui parler de celle qu'on croyait sa filleule ?...

Il fallait alors que l'on eut découvert, malgré toutes les précautions prises, le mystère de la naissance de Liette?...

Valérie Dubourg, prête à tout, s'était depuis longtemps efforcée de prévoir tous les dangers, en admettant même les hypothèses les plus invraisemblables et les conjonctures les moins réalisables, et elle avait songé à cela.

Son plan de conduite était tracé à l'avance pour le cas improbable où, un jour, Liette viendrait à connaître son nom véritable, à découvrir sa famille, et où elle viendrait à elle qu'elle croirait sa marraine.

Elle ne serait pas prise au dépourvu si cela venait à arriver.

En ce moment seulement elle se trouvait sous le coup du saisissement produit par cette démarche inattendue; mais elle ne se démontait pas pour cela et elle trouvait encore en elle la force d'être maîtresse de soi.

L'événement pourtant la bouleversait, car elle cherchait vainement à se l'expliquer.

Elle n'y parvenait pas.

Mieux valait savoir tout de suite.

S'il y avait un danger, elle se sentait capable d'y faire tête.

Alors elle prit rapidement un peu de poudre dans une coupe d'argent et passa légèrement la houppe sur son visage, qu'elle essuya ensuite avec les soies blanches et fines d'une brosse.

Elle se remit par un effort de volonté, en un appel à toute sa présence d'esprit.

Qui reconnaîtrait en elle aujourd'hui Valérie Dubourg dont elle avait si complétement dépouillé le personnage?

Très intriguée, la fausse Lia de Chavanges voulut voir la visiteuse avant de la recevoir.

C'était facile : le petit salon où cette dame se trouvait communiquait avec le grand salon par deux larges baies fermées par de lourdes tentures, entre lesquelles, au-dessus de la cheminée, se trouvait une glace sans tain.

Le grand salon était dans l'obscurité, car les volets en étaient tenus constamment clos quand elle ne recevait pas.

Par là, sans être vue, elle pouvait voir cette dame.

Les épais tapis étouffant complétement le bruit de ses pas, elle y vint, et à travers la glace sans tain, elle vit la personne qui l'attendait.

Malgré sa toilette, elle la reconnut sans hésitation.

— Sophie Ardusson !...

Ce fut plutôt de la colère que de l'épouvante qui s'empara de Valérie Dubourg en reconnaissant la femme qui venait lui parler de Liette.

Ainsi donc, sûrement, il fallait que cette femme eût découvert le nom et les liens de famille de Liette, puisqu'elle savait que Lia de Chavanges était sa marraine.

Comment y était-elle arrivée?...

Peu importe, elle savait ce qu'elle avait à faire et à dire.

Sophie Ardusson se leva à son entrée et salua. (P. 505.)

La fausse Lia de Chavange sortit sans bruit du grand salon, fit le tour de l'appartement en repassant par sa chambre, afin de se revoir encore une fois dans une glace, et, sûre d'elle, elle se présenta.

Sophie Ardusson se leva à son entrée et salua.

La première impression de l'usurpatrice suffit à la rassurer si elle éprouvait encore quelque trouble.

Il était évident que cette femme ne reconnaissait pas en elle celle qui, dix ans auparavant, lui avait confié la petite Liette.

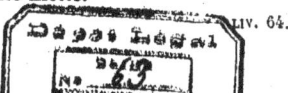

Son attitude l'indiquait clairement.

Et, en effet, en cette grande dame, dans une élégante toilette d'intérieur, ayant un port imposant, un véritable cachet d'aristocratie, Sophie Ardusson ne retrouvait rien de celle qu'elle n'avait vue du reste qu'une fois, quelque fidélité de souvenir qu'elle en eût conservé.

Non seulement, — ainsi que nous l'avons dit lorsque Valérie Dubourg vint à Clamart, s'exposant à se trouver en présence de la gardienne de Liette, — l'âge avait opéré en elle un changement profond, mais la mode, la différence de coiffure, la situation nouvelle qu'elle s'était faite, tout s'était combiné pour la métamorphoser de la façon la plus complète.

La voix même, plus grave, se trouvait absolument changée.

Un amant seul, celui qui l'avait aimée follement, avait pu la reconnaître, et encore dans un autre cadre que celui où Sophie Ardusson la voyait.

L'usurpatrice salua à son tour, et d'un geste indiqua un siège.

— Vous avez dit, madame, que vous vouliez me parler de ma filleule?... — fit-elle avec une aisance parfaite et jouant admirablement la surprise. — Puis-je savoir à qui j'ai l'honneur de parler?

— Mon nom, ainsi que je l'ai dit à votre domestique, ne vous apprendra rien, madame, — répondit Sophie Ardusson, — car vous ne pouvez pas me connaître.

— Cependant...

— Je me nomme madame Ardusson...

— En effet, je ne me rappelle pas...

— C'est toute une histoire que je suis obligée de vous raconter afin que vous puissiez comprendre comment je suis arrivée jusqu'à vous, dans l'intérêt d'une enfant qui m'est chère... et si vous voulez bien d'abord me permettre de vous adresser une question...

— Je vous en prie.

— C'est bien vous, madame, qui avez été la marraine de la fille du vicomte et de la vicomtesse d'Arcis, qui a été baptisée en 1860 à Saint-Gemmes-sur-Loire, près d'Angers.

— Oui, c'est bien moi... Mais ma filleule est donc vivante?... — s'écria Valérie Dubourg qui paraissait très émue.

— Elle est vivante et je la connais, car c'est moi qui l'ai élevée...

— Grand Dieu!... que me dites-vous là!... Cette chère enfant que je croyais morte depuis si longtemps!... Elle vit!... Vous savez où elle est?...

— Oui, madame... Je vais vous expliquer tout cela, si vous voulez bien avoir la bonté et la patience de m'écouter un instant...

— Comment donc, madame... — fit la fausse Lia de Chavanges, en avançant son fauteuil. — J'ai été très surprise par l'annonce de votre visite... Mon domestique m'a dit, en effet, que vous vouliez me parler de ma filleule, et j'ai été aussitôt très intriguée... émue même... Songez donc, cette enfant que je n'ai plus revue depuis peu après sa naissance... Oui, j'ai hâte de savoir ce que vous avez à me dire d'elle... Où est-elle ?... Comment la connaissez-vous ?... Qui vous a donné la bonne inspiration de vous adresser à moi ?... Parlez vite !...

L'habile intrigante jouait son rôle à merveille.

Elle était encore plus forte, plus sûre d'elle, maintenant qu'elle avait la preuve que cette femme ne l'avait point reconnue.

Sophie Ardusson reprit :

— Il faut d'abord que je vous dise ce que je suis pour votre chère petite Liette...

A ce nom, Valérie Dubourg eut une expression de vive surprise, admirablement jouée.

— Liette !... — fit-elle avec un étonnement parfait.

— Oui, madame, ma petite Liette...

— Mais ma filleule ne se nomme pas ainsi... Elle porte mon prénom : Lia.

— J'ai l'habitude de l'appeler Liette... C'est ainsi du reste que la nommait la personne qui me l'a confiée... — Mais vous ne pouvez comprendre ce qui s'est passé, car c'est une bien étrange histoire...

— Vous connaissiez donc la vicomtesse d'Arcis, ma pauvre amie Odeline ?...

— Je ne l'ai jamais connue.

— Dites-moi tout ce que vous savez, je vous en prie...

— Voilà... — commença la mégère de Clamart avec quelque hésitation à cause de la difficulté de trouver les mots, car elle se sentait étrangement impressionnée en présence de cette grande dame qui lui en imposait. — J'habitais aux environs de Paris... J'étais veuve et toute seule... Je n'étais pas très heureuse, car il faut bien que je vous dise tout pour que vous compreniez... J'avais perdu mon frère avec qui je vivais et nous avions eu de grands revers de fortune... Alors j'eus l'idée de demander, en m'adressant à un journal, un enfant en garde, voulant ainsi me procurer quelques ressources, et, à la suite de cette annonce, je vis venir une dame qui me conduisit une fillette de sept ans... une adorable enfant...

— Ma filleule ?... — s'écria Valérie Dubourg jouant toujours admirablement son rôle.

— Oui, madame, votre filleule... mais à cette époque je ne savais rien de cette enfant, j'ignorais la famille... jusqu'à son nom véritable...

— Comment !... en vous la confiant, la personne qui vous l'a amenée ne vous a pas remis de papiers... son acte de naissance ?...

— Rien.

— Elle s'est bien fait connaître, car il a bien fallu qu'elle vous dise ce qu'était pour elle cette enfant ?...

— Elle ne m'a rien dit, et je n'ai pas osé l'interroger... J'ai compris qu'il y avait là-dessous quelque mystère... J'ai senti que je devais user de discrétion... Du reste, je comptais revoir cette dame...

— Enfin que vous a-t-elle dit?

— Elle m'a dit qu'elle était chargée de cette enfant, dont la mère venait de mourir, et qu'il lui était impossible de me révéler les conditions de sa naissance... Cette dame m'a dit qu'elle était chargée par la famille de placer l'enfant, qu'elle habitait Lyon et qu'elle viendrait me voir aussi souvent qu'elle le pourrait... Puis nous fîmes les conditions, elle me remit une somme, inscrivit sur un papier le nom et le prénom de l'enfant, Liette Darcis... mais Darcis en un seul mot, sans la particule...

— Par exemple!...

— Que voulez-vous?... Je ne savais pas... Il fallait bien me contenter de ce qu'on me disait... Et cette dame me donna une adresse pour lui écrire, sous des initiales, en poste restante, à Lyon... D'après les conditions, elle devait m'envoyer en deux fois la somme convenue pour les frais d'entretien et d'éducation de la petite, et j'ai reçu bien exactement cet argent à l'époque fixée... Et voilà tout!... Jamais plus je n'ai revu cette dame... Jamais je n'en ai entendu parler... Je n'ai pas eu à écrire dans les premiers temps, car l'enfant, grâce à Dieu, n'a jamais fait une maladie sérieuse, mais plus tard, quand j'ai écrit à Lyon, ainsi que cette dame me l'avait dit, ma lettre m'a été retournée... Et c'est alors que j'ai compris que la pauvre enfant avait été abandonnée...

— Mais c'est épouvantable!... — fit la fausse Lia de Chavanges. — Cette chère petite Lia, que je croyais morte!... Mon Dieu! que s'est-il donc passé?... Quelle était donc cette femme qui l'a prise et qui l'a abandonnée de la sorte?... Elle ne vous a pas dit de qui elle tenait l'enfant?...

— Elle m'a dit un mensonge, ainsi que je l'ai compris dernièrement, quand j'ai su la vérité, — répondit Sophie Ardusson. — Elle m'a dit qu'elle était sa marraine.

— Sa marraine!...

— J'étais bien forcée de la croire.

— Pardon!... fit tout à coup l'aventurière, — je suis obligée de vous arrêter pour vous demander une explication.

— Faites, madame.

— Je me demande s'il n'y a pas une erreur de votre part.

— Quelle erreur?...

— Au sujet de cette enfant... D'après ce que vous me dites, je ne peux pas croire que ce soit la fille de mon amie, ma filleule... Quelle preuve avez-vous que c'est bien elle?

— J'ai toutes les preuves, chère madame, — répondit Sophie Ardusson avec assurance.

— Alors vous avez pu savoir à quelle famille cette enfant appartenait?...

Cela préocccupait vivement l'usurpatrice qui éprouvait le besoin de tout savoir si un danger la menaçait et de parer à toute éventualité.

Sophie Ardusson, dupe de sa savante comédie, lui répondit :

— Pendant longtemps je ne me suis préoccupée de rien... Je ne savais que penser en ne voyant plus personne, en ne recevant aucune nouvelle, et je me disais que cette dame que j'avais vue pouvait être morte... Des fois aussi je comprenais bien, en y pensant, que l'on avait voulu abandonner la la pauvre petite en me la confiant... Enfin je m'étais attachée à elle... Elle ne manquait de rien... Je l'ai mise au couvent, chez les religieuses de Meudon, afin qu'elle soit bien élevée et que sa famille, si elle venait me la reprendre un jour la trouvât digne d'elle...

— Oh ! vous êtes une brave femme !...

— Je n'ai jamais eu d'enfant, et cela a été une grande peine pour moi, qui aurais tant désiré être mère... Il me semblait maintenant que je sentais ma petite Liette abandonnée, qu'elle était réellement à moi, et je l'aimais comme ma propre fille... Elle aussi, la chère petite, m'aimait bien... Elle m'appelait : « Maman Sophie. »

— Que vous avez été bonne pour elle !... — fit encore Valérie Dubourg. — Et alors un jour vous avez su son véritable nom ?... Vous avez appris à quelle famille elle appartenait ?...

— Oui... d'une manière bien inattendue... — répondit Sophie Ardusson. — Liette avait fait la connaissance d'un jeune homme et elle s'était mise à l'aimer... Elle voulait se marier... Elle avait près de dix-sept ans alors... Je ne pouvais de moi-même consentir à un mariage ; je n'en avais pas le droit, n'est-ce pas ? puisque je n'étais rien pour elle... Et c'est pour cela que je me suis préoccupée de rechercher sa famille, afin de trouver les papiers qui lui étaient nécessaires... Je me disais que si j'arrivais ainsi à découvrir ses parents, elle verrait elle-même avec son fiancé ce qu'ils auraient à faire...

— Et comment avez-vous pu y arriver ?...

— J'avais une indication, un point de départ, puisque je savais que la pauvre enfant avait eu le malheur de perdre sa mère peu de temps avant le jour où cette dame me l'avait confiée... En effet, cela devait être vrai ; Liette était en grand deuil. Elle pleurait en pensant à sa mère et elle m'avait raconté comment sa mère était morte... Elles étaient toutes deux à Paris depuis assez longtemps, lorsque sa mère mourut un jour presque subitement, chez une de ses amies... Je fis donc des recherches de ce côté, pensant arriver à retrouver ainsi la personne chez laquelle la mère de Liette était morte... Je pensais même que c'était cette personne qui m'avait amené l'enfant...

— Vous avez donc trouvé ? — demanda l'usurpatrice dissimulant l'émotion qui l'étreignait. — Vous avez su quelle était cette personne ?...

— J'ai cherché aux Pompes Funèbres où, avec le convoi, je pensais trouver le nom que je croyais être celui de l'enfant et de sa mère... Ah ! ce n'a pas été sans peine que j'y suis arrivée, car le nom que j'avais n'était pas le sien... On ne retrouvait pas ce nom de Darcis, tel que cette dame me l'avait indiqué...

— Bien sûr... Et cela prouve qu'il y avait eu une intention coupable !...

— C'est bien évident... — dit Sophie Ardusson, qui n'avait aucun soupçon. — On avait pris ses précautions pour que l'on ne puisse jamais rien découvrir... Enfin j'ai réussi tout de même à trouver le convoi de cette dame, qui était inscrit à son nom de famille, Odeline de Charleval...

— Oui, c'est bien le nom de ma pauvre amie... Mais comment avez-vous pu comprendre que c'était le nom de la mère de cette chère enfant, n'ayant que ce nom de Darcis, inexactement écrit ?...

— J'ai été aidée par un homme que je connaissais et qui appartient à l'administration des Pompes Funèbres... Je me rappelais, d'après ce que Liette m'avait dit, que le service funèbre avait été célébré à Notre-Dame-de-Lorette ; je dis ça à mon ami, et il chercha parmi les convois qui avaient été faits à cette époque dans cette église.

Valérie Dubourg commençait à comprendre comment ses habiles manœuvres avaient pu être déjouées.

Elle ne s'en émouvait pas maintenant, car déjà, pendant qu'elle causait, elle avait réfléchi et résolu ce qu'elle allait avoir à faire.

La curiosité seule la poussait à connaître comment on était parvenu à découvrir la vérité. Sophie Ardusson poursuivait :

— C'est ainsi que nous avons trouvé l'acte de décès de cette dame de Charleval, qui était morte, d'après ce que disait le certificat, presque subitement, ce qui coïncidait avec les circonstances de la mort de la mère de Liette... Et nous avions en même temps l'indication du domicile où elle était morte... On a vu la concierge qui s'est parfaitement souvenue de cette dame et de la petite fille qu'elle avait, dont elle a dit le nom : Liette... Car sa mère l'appelait toujours ainsi.

Alors nous avons été sûrs de ne pas nous tromper... Liette, ce n'est pas un nom commun ; ce ne pouvait être qu'elle.

La concierge de la rue Clauzel nous a bien renseignés. La mère de Liette était morte chez une de ses amies, un professeur de musique, Mlle Dubourg, qui avait gardé l'enfant avec elle et qui avait déménagé presque aussitôt, car la pauvre petite serait tombée malade si elle était restée plus longtemps dans cette maison où elle avait vu mourir sa mère.

— Alors, cette demoiselle... — interrogea la fausse Lia de Chavanges sans aucune émotion apparente, — ce professeur de musique...

— Mlle Dubourg...

— Oui... Qu'est-elle devenue ?...

— Je n'ai pas pu le savoir... La concierge ne s'est pas rappelé son adresse...

— Et elle a emmené l'enfant ?

— C'est elle sans doute qui l'a conduite chez moi...

— Vous en êtes sûre?

— J'ai tout lieu de le croire...

— Vous l'avez recherchée ?...

— Je n'avais aucune indication... Elle a disparu...

— Alors ?...

— Alors, sans m'occuper d'elle, j'ai cherché du côté des parents de Liette, — exposa simplement Sophie Ardusson. — Par l'acte de décès de sa mère, je connaissais son lieu de naissance, et j'ai envoyé quelqu'un là-bas, à Saint-Gemmes-sur-Loire.

L'usurpatrice tressaillit, en entendant cela.

Ainsi donc ce danger l'avait menacée sans qu'elle n'en eût rien su !...

Elle demanda :

— Vous n'y êtes donc pas allée vous-même?

— Je ne pouvais pas, —- répondit la voleuse du Champ de Courses avec un manifeste embarras. — J'étais malade en ce moment... J'ai même dû entrer à l'hôpital et j'y suis restée près de quatre mois...

Valérie Dubourg comprit ce que cela voulait dire.

Cette maladie et ce séjour à l'hôpital se substituaient à la condamnation et à l'emprisonnement que Sophie Ardusson ne tenait pas à avouer,

— Alors j'ai envoyé à ma place l'ami dont je vous ai parlé, car j'avais besoin de savoir à quoi m'en tenir pour cette enfant, à cause de ce mariage...

— Vous avez donc eu les papiers?

— J'ai eu l'acte de naissance de la mère de Liette et son acte de mariage avec le vicomte d'Arcis, — répondit Sophie Ardusson, — et je suis tombée de mon haut en découvrant cela, car je ne ne savais que penser depuis que j'avais vu, par l'acte de décès, que la pauvre enfant ne portait pas le même nom que sa mère... Je croyais que ce nom de Darcis était celui de son père...

J'ai eu aussi son acte de naissance à elle, et j'ai vu ainsi qu'elle était bien enfant légitime du vicomte et de la vicomtesse d'Arcis... J'en ai été bien heureuse pour elle, mais malheureusement, du côté de la fortune, cela ne pouvait guère lui servir, car j'ai appris depuis que ses parents ont tout perdu...

— Hélas !... — fit la fausse Lia de Chavanges.

— J'ai su ce qui s'était passé, grâce à un homme d'affaires à qui je me suis adressée et qui s'est renseigné à Angers... Le vicomte d'Arcis a abandonné sa femme, il est parti avec une jeune fille.

— Quoi !... vous savez tout cela!...

— Oh! soyez sans inquiétude, madame, — protesta aussitôt Sophie Ardusson, — c'est un secret qui mourra avec moi...

— Et Liette?... Vous ne lui avez rien dit au moins ?...

— Elle ne sait rien de ce qu'a fait son père... Je lui ai dit seulement que j'avais découvert sa famille...

— Alors elle a voulu savoir ?...

— Non, Madame, elle n'a rien voulu savoir !... J'ignorais encore à ce moment la ruine complète des siens... Je n'avais découvert que son nom et j'espérais qu'il lui reviendrait une fortune. J'ai voulu lui parler de sa famille... Elle m'a arrêtée dès les premiers mots...

« Non, maman Sophie, — m'a-t-elle dit, — je ne veux rien savoir, car je ne veux pas avoir à juger mon père... La fortune je n'en veux pas... Si ma famille m'a éloignée, m'a abandonnée peut-être, je n'ai pas à m'imposer à elle... Je ne veux rien savoir ! »

— Elle a dit cela ?... — s'écria l'usurpatrice qui ne pouvait croire à un pareil désintéressement.

— Oui... Elle n'a demandé qu'une chose... La tombe de sa mère, afin de pouvoir aller y prier et l'entretenir.

— Chère enfant !...

— J'ai voulu chercher malgré elle, car je me disais que s'il lui revenait quelque chose de ses parents, il ne serait pas juste qu'elle en fût privée... Et c'est alors que j'ai appris ce qui s'était passé par cet homme d'affaires dont je vous ai parlé.

— Ah ! vous avez bien fait de venir me trouver, — dit alors la fausse Lia de Chavanges. — Mais comment avez-vous pu savoir quel lien m'attachait à cette chère petite Lia ?... C'est là-bas qu'on vous a renseignée, n'est-ce pas ?

— Non, j'ai eu l'idée de prendre son acte de baptême, — répondit Sophie Ardusson. — Et ma foi, je n'y aurais pas songé si cette dame qui m'avait confié la petite ne m'avait pas dit qu'elle était sa marraine.

— Comment !... cette femme vous a dit cela ?

— Oui, madame.

— Ce professeur de musique de la rue... Je me rappelle plus... quelle rue ?

— Rue Clauzel.

— Et c'est elle qui vous a dit qu'elle était la marraine de l'enfant qu'elle vous donnait en garde ?

— Oui, c'est bien elle.

— Mais comment cette femme a-t-elle pu dire cela ?... quelle idée a-t-elle eue ?... A l'instigation de qui a-t-elle agi ?...

— Je me le suis demandé quand j'ai vu qu'elle m'avait menti en prétendant être la marraine de l'enfant, et j'ai pensé qu'elle avait peut-être agi d'après les ordres du père de Liette, qui l'a chargée de le débarrasser de cette enfant, afin d'être maître de sa fortune...

— Son père !... fit Valérie Dubourg, heureuse de cette explication. — Oui... en effet... ça se peut....

— La concierge de la rue Clauzel s'est bien rappelée cette dame qui est morte, — reprit Sophie Ardusson, — et si vous voulez...

— Pourquoi avoir ces affreuses pensées, Pierre? (P. 520.)

   — Alors il faudrait admettre que ma pauvre amie mourait à Paris, chez cette personne, tandis que je ne savais ce qu'elle était devenue... — dit l'ex professeur de piano qui ne tenait pas à compliquer la situation et à se trouver en présence de son ancienne concierge qui l'aurait peut-être reconnue, comme Gaston Dumesnil l'avait reconnue lui-même. — Ah! quand je verrai ma chère filleule, qui est une grande jeune fille aujourd'hui, d'après ce que vous me dites...

   — Oh! oui, madame, une grande et belle jeune fille!

LIV. 65. — MARIAGE IN-EXTREMIS.   LIV. 65.

— Quand je la verrai, je lui dirai tout ce qu'elle doit savoir de sa malheureuse mère qui a tant souffert...

Mais voyons, revenons à ce que nous disions... Vous avez eu heureusement l'excellente inspiration de vous procurer l'acte de baptême et c'est là que vous avez vu mon nom ?

— Oui, madame... Et il ne m'a pas été difficile de venir jusqu'à vous, toujours grâce à cet homme d'affaires, qui a su que vous aviez acheté le château de la vicomtesse d'Arcis et que vous habitiez à Paris.

— Oui, c'est vrai... C'est moi qui ai acheté le château, lorsque ma pauvre amie a eu tout perdu... Car elle s'est dépouillée jusqu'au dernier sou... Enfin, cela est son histoire... le secret douloureux de sa vie, et il ne m'appartient pas de le divulguer. Je sais trop combien elle a été malheureuse !... Pauvre Odeline !...

La misérable paraissait véritablement émue.

— Parlez-moi de ma filleule, — reprit-elle. — Pourquoi ne me l'avez vous pas amenée ?...

— Ah ! madame, c'est ici que j'arrive à une chose pénible à dire... fit Sophie Ardusson.

— Quoi donc ?... Qu'est-il arrivé ?...

— Je vous ai dit que j'ai été malade et que j'ai dû entrer à l'hôpital pour me faire soigner...

— Oui... Eh bien ?...

— Jusque là j'avais veillé sur ma chère petite Liette comme sur ma propre fille... Que dis-je? plus encore, car je sentais que j'avais une responsabilité par devers elle, et aussi envers sa famille qui pouvait venir un jour et me la reprendre... Je voulais qu'elle la retrouvât absolument digne d'elle et c'est pour cela que je l'avais fait si bien élever... J'y ai même dépensé plus que je n'ai reçu, si je compte tout ce qu'elle m'a coûté, en sus du prix du couvent, pendant près de dix ans...

Je vous ai dit aussi que Liette avait fait la connaissance d'un jeune homme qu'elle aimait et avec qui elle voulait se marier...

— Ah ! je comprends !... — s'écria alors la fausse Lia de Chavanges en comédienne supérieure. — Pendant que vous étiez à l'hôpital, la malheureuse enfant a mal tourné...

— Mal tourné !... Enfin elle a commis une faute...

— La malheureuse !...

— Il ne faut pas être sans pitié pour elle, madame...

— Et son honneur !... — fit sévèrement la grande dame. — L'honneur de son nom !

— Elle ne le connaissait pas... Elle se croyait une enfant abandonnée, sans famille...

— Qu'importe !...

— Et puis elle aimait... Et je n'étais plus là pour la conduire, pour la préserver...

— Est-ce qu'une jeune fille honnête ne doit pas être elle-même la gardienne de son honneur?...

— C'est vrai... Mais elle était seule... L'amour aveugle, dit-on, et c'est bien vrai!...

— Comment avez vous pu la laisser seule?...

— Hélas! je n'ai personne... Il y avait une bonne jeune fille, la sœur du jeune homme que Liette aimait... Je l'ai laissée avec elle et j'ai cru que, pendant que je ne serais pas là, elle veillerait sur elle... Il n'y a encore que l'œil d'une mère, allez, Madame. Enfin il est arrivé ce qui devait fatalement arriver... Cette pauvre enfant ne pensait pas qu'on retrouverait jamais sa famille... Elle aimait ce jeune homme avec toute l'ardeur et l'ingénuité de son âge... Ils sont partis tous les deux... et aujourd'hui ils vivent ensemble...

— Quelle horreur!... — fit la fausse Lia de Fontanges. — Oh! j'aurais préféré ne jamais rien savoir d'elle, la croire définitivement perdue, comme je le croyais!...

— Voyons, Madame, vous ne pouvez pas être sans miséricorde pour elle, intercéda hypocritement Sophie Ardusson. — Elle est quand même votre filleule!... Songez qu'elle n'a plus que vous sur la terre!...

— Moi!... Mais je ne suis rien par le sang à cette fille... Je suis la marraine de la fille de ma malheureuse amie, et à ce titre, si je l'avais retrouvée... et Dieu sait si j'ai cherché à savoir ce qu'elle et sa pauvre mère étaient devenues!... si je l'avais retrouvée digne de sa mère, digne de moi, j'aurais sûrement fait pour elle non seulement mon devoir de chrétienne et d'amie, mais tout ce qui m'aurait inspiré mon affection et le souvenir...

— Madame...

— Aujourd'hui je ne puis pas appeler à moi cette fille déshonorée.

— Cependant... elle est bien excusable...

— Non, son déshonneur rejaillirait sur le nom de sa mère... Je serais coupable d'infliger cette tache au nom de mon amie... Mieux vaut qu'elle ignore toujours la famille dont sa faute la rend à jamais indigne...

— Elle pourrait réparer...

— Réparer!... Est-ce que l'honneur perdu peut se racheter?...

— Si elle se mariait!... Maintenant qu'elle vous a, que je possède tous ses papiers, il serait facile de la faire épouser par ce jeune homme... Un mariage réparerait tout aux yeux du monde.

— Un mariage qui n'est qu'une réparation devient un expédient servant à déguiser l'inconduite.

Et d'abord, quel est ce jeune homme?... demanda dédaigneusement la grande dame.

— Ah! ce n'est pas un homme de votre monde, bien sûr, — répondit

Sophie Ardusson. — Mais c'est un brave et honnête garçon... Un bon travailleur...

— Un ouvrier alors?

— Sans doute!... Dans sa position, elle ne pouvait prétendre...

— Quel genre d'ouvrier?

— Un ouvrier mécanicien... Un excellent sujet... Allez, je le connais, et il est facile, du reste, d'avoir des renseignements sur son compte par ses patrons, Messieurs Rollinet frères, les ingénieurs de Clamart, de grands industriels... M. Duval, — c'est le nom de ce jeune homme, — est très estimé de ses patrons...

— Mais ce n'est qu'un ouvrier, — interrompit la prétendue marraine de Liette — et vous voulez qu'une d'Arcis épouse un ouvrier mécanicien?...

— Puisqu'ils s'aiment... puisqu'ils sont unis... pour effacer la faute qu'ils ont commise...

— Au nom de sa mère, jamais je ne pourrai me prêter à une pareille mésalliance!...

Et tandis que Sophie Ardusson, dupe de la savante comédie de cette habile intrigante, demeurait interdite, ayant perdu tout espoir de réaliser la brillante spéculation qu'elle avait entrevue, la fausse Lia de Chavanges poursuivit :

— Si ma filleule était seule, abandonnée par son amant, ou ayant rompu avec lui, je pourrais me sentir quelque pitié pour elle et intervenir pour l'aider à cacher sa honte... Mais elle aime cet ouvrier, me dites-vous, il n'y a donc rien à faire!...

Elle se leva sur ces mots.

Sophie Ardusson essaya encore timidement d'insister.

— Non, rien... Je ne puis rien faire pour elle, — interrompit Valérie Dubourg. — Mes principes me le défendent, ma conscience ne me le permet pas...

— Vous êtes cruelle...

— J'aurais préféré la savoir morte que déshonorée!...

— Hélas! pauvre enfant, il faut donc qu'elle soit responsable de ce que l'on a fait contre elle, de l'inconduite de son père, de la mort de sa mère, de l'abandon auquel elle a été vouée?... Ce ne serait pas juste!...

Et en se retirant, elle ajouta :

— Je regrette de vous avoir importunée, madame... d'être venue vous parler de cette pauvre petite, qui, pour moi, est plus à plaindre qu'à blâmer... Moi je continuerai à l'aimer et à avoir pitié d'elle!...

Elle salua, sans que la grande dame eût daigné ajouter un mot, et elle partit vexée de la déception qu'elle venait d'éprouver.

Valérie Dubourg avait réussi de la sorte à se débarrasser de cette femme.

Aucun danger ne la menaçait.

L'indignation sévère qu'elle avait si admirablement feinte était bien dans le rôle qu'elle s'était assigné.

On la savait la marraine de Liette, mais elle n'avait aucun lien légal envers elle.

Après le jugement impitoyable qu'elle venait de porter, jamais Liette n'oserait s'adresser à elle.

Ainsi tout serait fini, car l'héritière de la vicomtesse d'Arcis n'aurait même jamais l'audace de porter le nom des siens.

Elle demeurerait la maîtresse de Pierre Duval, car elle rougirait d'être obligée, pour l'épouser, de faire connaître le nom qu'elle avait déshonoré.

Et la misérable se félicitait d'avoir si admirablement joué son rôle d'indignation, tandis que Sophie Ardusson retournait à la rue de Lille et rendait compte à Mᵐᵉ Christol et à son amie du résultat de sa démarche.

C'était une déception, mais qu'y pouvait-on faire?

Rien, ni personne, ni aucune loi ne pouvait contraindre une marraine à s'intéresser à sa filleule.

— J'ai été joliment étonnée et surprise quand je me suis trouvée en présence de cette dame, — dit Sophie Ardusson, — moi qui croyais retrouver la dame qui m'avait confiée la petite.

— Alors que doit-il s'être passé? — demanda Zébie.

— C'est à n'y rien comprendre, — fit Mᵐᵉ Christol.

— Assurément... Si c'est la dame de la rue Clauzel que j'ai vu, — dit Sophie Ardusson, — ce n'est pas de sa poche, bien sûr, qu'elle m'a payé vingt mille francs !...

— Cette femme n'a pas agi pour son compte.

— Eh bien ! alors, — dit Zébie, — qui sait si ce n'est pas sur les ordres de la marraine qu'elle a fait cela?...

— Ça se pourrait bien.

— Mais comment le savoir?

— Ah! Voilà !...

— Ce n'est pas commode, — dit Mᵐᵉ Christol, — et c'est sans doute pour cela que cette dame est si intraitable, si toutefois les choses se sont bien passées comme nous disons...

— Ecoutez, — dit Zébie, — moi je ne renoncerais pas à chercher.

— Je n'y renonce pas non plus, — répondit Sophie Ardusson. — Cette pauvre petite ne peut pas être responsable de l'abandon auquel elle a été vouée...

— Ce qu'il y a de sûr, — dit la propriétaire de l'hôtel meublé, — c'est qu'il ne lui revient rien, car tout ce que ses parents ont possédé a été englouti et dissipé par son père... Alors je me demande à quoi cela pourra servir qu'elle soit mademoiselle d'Arcis ou madame Duval !...

— Oh ! pour ça, bien sûr !...

— Eh ! qui sait? — fit Zébie plus méfiante que Mme Christol. — Cela me semble bien louche qu'on ait ainsi payé vingt-deux mille francs quand il était si simple de ne rien donner.

— Oui, c'est ce que je me suis toujours dit, — appuya Sophie Ardusson.
— Pour donner une pareille somme, il faut qu'il y ait plus que ça à sauver...

— Il faudrait savoir pour le compte de qui agissait cette dame de la rue Clauzel, — dit Zébie.

— Peut-être pour le compte du père, — répondit Mme Christol.

— C'est vrai, puisqu'il a tout dissipé.

— C'est égal, — reprit Sophie Ardusson, il y a quelque chose de louche là-dessous...

— Il faudrait trouver un moyen de savoir quelle était la fortune de la mère de cette enfant, quand elle est morte, — dit l'ancienne marchande à la toilette; — on verrait ainsi à qui ça a passé.

— Oui, mais il y a plus de dix ans.

— Ça ne fait rien... J'en parlerai à M. Bonnassieux. Il se débrouillera bien pour le savoir.

Juste à ce moment, le facteur se présenta.

Parmi les lettres qu'il apportait, il y en avait une de Liette.

Elle écrivait à maman Sophie qu'elle avait parlé de sa visite à Pierre et, guidée uniquement par son cœur, elle lui témoignait son affection et sa reconnaissance en lui disant qu'elle serait heureuse de la revoir.

Liette ne se souvenait plus du tout de ce que la marâtre lui avait fait endurer.

Elle avait oublié ses insultes et ses duretés pour ne se souvenir que de la participation prise par maman Sophie à la réalisation du bonheur qu'elle goûtait aujourd'hui en aimant et en étant si sincèrement aimée.

— Vous devriez venir la voir avec moi, — proposa Sophie Ardusson à Mme Christol. — Vous verriez quelle charmante fille... Quelle gentille petite femme elle est aujourd'hui !...

Et cet air distingué qu'elle a dans toutes ses manières, — renchérit-elle encore. — On voit bien que c'est une enfant née dans le grand monde!... C'est écrit sur son visage !...

— Oui, je la verrai volontiers, — répondit la propriétaire de l'hôtel meublé, — car je m'intéresse vivement à elle depuis que je sais sa triste histoire.

— Pauvre mignonne, être traitée si durement !...

Elle sera bien heureuse de vous connaître, vous qui avez été si bonne pour moi, car vous voyez, d'après ce qu'elle m'écrit, comme elle est heureuse de savoir que j'ai trouvé du travail chez vous.

Sophie Ardusson tenait surtout à se présenter à Pierre Duval en compagnie de Mme Christol pour effacer en lui la mauvaise impression produite par son vol.

Il lui semblait que cela serait en quelque sorte, à ses yeux, sa réhabilitation.

En outre, elle avait besoin de l'ancienne marchande à la toilette pour poursuivre l'œuvre qu'elle avait combinée, et elle pensait que Mme Christol s'y intéresserait davantage lorsqu'elle connaîtrait Liette.

XXX

MATERNITÉ

Dans sa lettre, Liette n'avait pas parlé de ce qui s'était passé entre Pierre et elle au sujet de maman Sophie.

La nouvelle de la visite de cette femme sortant de prison avait produit une pénible impression sur l'honnête jeune homme.

Sa franchise l'avait empêché de la dissimuler, et Liette qui avait lu en ses yeux ce qui se passait dans son esprit, s'était aussitôt efforcée d'effacer cette instinctive aversion.

Elle avait plaidé éloquemment pour cette femme qui l'avait élevée, qui lui avait en quelque sorte tenu lieu de mère, car, dans sa générosité et son affection, elle oubliait et elle pardonnait tout ce qu'elle avait enduré pour elle.

Elle était trop heureuse pour troubler son bonheur par de tristes souvenirs.

Elle avait excusé la faute de maman Sophie en démontrant à Pierre qu'elle avait agi inconsciemment, affolée par la perte qu'elle avait subie, grisée et éblouie par la vue de cet argent remué autour d'elle et gagné si facilement qui narguait pour ainsi dire la détresse en laquelle elle se trouvait.

Son repentir atténuait encore sa faute qu'elle s'efforçait de réparer par son travail.

— On ne peut-être pas être plus sévère pour elle que sa victime, — disait-elle. — Eh bien ! cette dame dont maman Sophie a pris le porte-monnaie, lui a pardonné et l'a prise chez elle se repentant d'avoir porté plainte.

— Oui, je sais bien, — répondit Pierre, ennuyé surtout d'être obligé de contrarier Liette. — Evidemment elle est, jusqu'à un certain point, excusable... Surtout du moment qu'elle a compris qu'elle a malhonnêtement agi, qu'elle s'est repentie sincèrement, qu'elle a promis de réparer et de rembourser, et que cette dame lui a pardonné... Mais j'aurais préféré qu'elle de revînt pas...

— Pourquoi !... Tu sais bien qu'au fond maman Sophie m'aime... Tu vois, dès qu'elle a été libre, elle s'est empressée d'accourir... Pauvre femme, elle avait les yeux pleins de larmes en m'embrassant.

— Il y a quelque chose de louche dans ce qui s'est passé... — insista Pierre Duval avec une visible répugnance.

— Quelque chose de louche !... quoi donc ?

— Dans les agissements de cet homme qui est allé trouver Mariette et qui s'est occupé de rechercher ta famille... Cela m'a paru très suspect... Cet homme est un ami de maman Sophie... Il a agi sans doute d'accord avec elle, et je sens bien que, sous ces manœuvres, sous ces intrigues, il y a quelque chose d'inavouable... un intérêt de cupidité... peut-être pis encore...

— Pourquoi avoir ces affreuses pensées, Pierre? — protesta Liette. — Tu as une prévention contre maman Sophie!

— Non, je t'assure.

— Tu la juges mal... Elle n'est pas capable de cela... Elle n'a en vue que ce qu'elle croit être mon bonheur... Elle a agi uniquement dans mon intérêt, dans notre intérêt à tous deux, afin d'arriver à connaître ma famille, pour se procurer mes papiers et rendre notre mariage possible.

— Mais cet homme...

— Elle s'est adressée à lui parce qu'il est dans les Pompes Funèbres, — interrompit Liette, — et qu'elle espérait par lui arriver à retrouver l'acte de décès de ma mère.

Et n'ai-je pas, depuis, la consolation de savoir où repose cette pauvre mère que j'ai perdue et qui m'aimait tant, — ajouta-t-elle. — C'est à maman Sophie que je le dois, puisque c'est elle qui a fait faire ces recherches.

Pierre ne se sentit pas la force d'attrister Liette en discutant et en s'opposant à ses désirs. Mais il ne pouvait se défendre contre de mystérieux pres sentiments qui l'envahissaient et le troublaient.

Il sentait bien, ainsi qu'il l'avait dit, bien que sans pouvoir le définir, quelque chose de louche dans les agissements de cet homme qui lui avait inspiré, ainsi qu'à Mariette et à Totor, une véritable aversion.

Il se tut et consentit.

Il ne voulait pas priver Liette, déjà si accablée par son malheur, de l'affection de cette femme.

Et Liette, bien qu'il ne s'y opposât plus, insista encore tendrement, disant tout ce que son cœur lui inspirait.

...Et l'approcha de son visage avec une aversion dont elle ne put être maîtresse. (P. 524.)

Maman Sophie l'aimait tant et la plaignait si sincèrement, qu'elle n'avait pas eu la force de lui adresser un seul reproche.

Et pourtant elle avait bien compris quelle était sa tristesse en voyant qu'elle n'était pas mariée, qu'elle vivait ainsi avec son amant.

Son affection lui avait fait tout excuser.

— N'est-ce pas ?... Tu veux bien que je lui écrives ?... — demanda-t-elle en un baiser. — Elle sera si contente, cette pauvre femme !... Elle aurait tant de chagrin s'il lui fallait vivre loin de moi...

— Oui, écris-lui, puisque cela te fait tant plaisir, — acquiesça le jeune homme incapable de résister à cette prière.

— Mais tu la recevras bien ?... Tu ne lui feras pas mauvaise figure ?... Elle a été si malheureuse qu'il ne faut pas renouveler sa peine... Dis, Pierre, tu me le promets ?...

— Oui, je te le promets !..

Liette, toute heureuse, avait aussitôt écrit à maman Sophie, et, en allant faire ses commissions dans le quartier, elle avait porté elle-même sa lettre au bureau de poste.

Au moment où elle la laissa tomber dans la boîte, une sensation indéfinissable la secoua dans tout son être.

Sans éprouver aucune douleur, elle souffrit, et sa souffrance était surtout morale, une souffrance pleine d'angoisses, en une contraction intime qui opprimait ses organes et dont le choc se répercutait jusque dans son cerveau.

Liette tressaillit d'un long frisson, et elle pâlit.

Sa respiration devenait courte, pénible, et ses jambes mollissaient.

Elle se soutint un instant, du bout de la main, en s'appuyant à la devanture du bureau de poste, et en réagissant sur elle-même, elle s'éloigna au plus vite.

Elle se demandait, très inquiète, presque épouvantée par ce qu'elle venait d'éprouver pour la première fois de sa vie :

— Qu'ai-je donc ?...

Elle s'étudiait en marchant, maintenant que son esprit était plus calme, et elle ne parvenait pas à comprendre.

— Qu'ai-je donc ?... Qu'est-ce qui s'est passé en moi ?... C'est drôle, cette faiblesse... Et je n'ai pas souffert... Un malaise...

Elle attribua cela à la chaleur et s'efforça de n'y plus penser.

En réalité, elle ne ressentait plus rien ; ce malaise subit, ainsi qu'elle le qualifiait, avait duré à peine deux ou trois minutes.

Maintenant Liette se sentait aussi bien qu'auparavant.

Il ne lui restait qu'une vague mélancolie qui s'était emparée de son esprit ordinairement alerte, porté à l'enjouement, comme ceux qui sont heureux.

Dans la rue de Vaugirard, il y avait des marchandes de quatre saisons avec leurs voitures alignées contre la bordure du trottoir.

Liette vit des poires superbes, le fruit que Pierre préférait à tous les autres, qu'elle aimait tant aussi elle-même, et elle voulut en acheter.

Une marchande l'y engageait, ayant flairé déjà une acheteuse, et lui annonçait le prix :

— Quinze sous la livre, et de la belle!... Voyez, ma belle!... Tenez, voyez-moi ça.

Liette prit la poire superbe que la marchande lui offrait, l'examina un instant et l'approcha de son visage avec une aversion dont elle ne put être maîtresse.

C'était singulier!... Elle qui les aimait tant!...

Elle trouvait à cette poire pourtant parfumée une saveur inconnue, fade, avec une âcreté bizarre.

— Une livre, n'est-ce pas?... — demanda la marchande.

— Non, — répondit la jeune femme. — Ça ne me dit rien.

Et comme elle n'osait pas partir sans avoir rien acheté, elle se fit servir des pommes dont l'acidité lui plaisait davantage ce jour-là.

Quand elle arriva à la maison, elle se rencontra à la porte avec Pierre, qui venait déjeuner et qui avait à la main un petit paquet, fait d'un sac de papier.

— Parions que tu as acheté des poires, toi aussi, — lui dit-il.

— Non, — répondit Liette, — J'ai pris des pommes... J'ai bien été sur le point d'en prendre, mais elles ne m'ont pas paru bonnes.

— J'en ai trouvé de superbes, — dit Pierre en montant l'escalier avec elle, — et ma foi! me suis-je dit, si elle en a pris, tant pis! nous en mangerons deux fois!...

Liette ne parla pas à Pierre de ce malaise qui l'avait saisie, afin de ne pas l'inquiéter; du reste, elle ne ressentait absolument plus rien.

Elle aurait été bien embarrassée pour expliquer ce qu'elle avait eu.

Cependant elle n'eut pas faim, elle mangeait avec répugnance, et elle accusait la chaleur de lui enlever l'appétit.

Elle se fit un œuf à la coque, sur le conseil de Pierre, et ce fut lui qui fut obligé de le manger, car elle y toucha à peine.

En revanche, elle but à pleins verres de l'eau rougie, ne parvenant pas à se désaltérer.

— Parbleu! Tu as trop soif pour avoir faim, — dit le jeune homme.

Evidemment ce ne pouvait être que l'effet de la chaleur.

Ce qui fut bizarre, pourtant, ce fut ce dégoût que Liette manifesta pour les poires lorsque Pierre en partagea une, la plus belle, et lui en offrit la moitié.

Elle essaya d'en manger, et ce beau fruit aurait dû la mettre en goût, mais elle put à peine en avaler une bouchée, en se forçant.

Et encore, quand Pierre fut reparti à son travail, Liette se sentit tout à coup des nausées, mal au cœur et elle rendit le peu d'aliments qu'elle avait pris.

— Une indigestion causée par les mauvaises dispositions de l'estomac, — s'expliqua-t-elle.

Et pour se soigner, elle se fit une infusion de thé qu'elle additionna de rhum.

Alors elle se sentit remise.

Mais il lui restait une pâleur qui s'étendait sur le visage et estompait légèrement ses paupières ; et par moments elle avait encore quelques frissons rapides et fugitifs.

Le lendemain, Pierre devait rester l'après-midi jusqu'à quatre heures, afin d'être là quand Mme Ardusson viendrait.

Il avait réfléchi et combattu les pressentiments qui l'avaient assailli.

Qu'importait, en somme, que Liette fut de telle famille, puisqu'elle était seule ?...

Il causait avec elle, tandis qu'elle avait repris son ouvrage, près de la fenêtre, dans cette pièce où il dessinait et où elle aimait tant se tenir, et ils parlaient de ce qui se préparait chez les frères Rollinet, qui venaient de terminer l'affaire de cette usine de Grenelle.

Ils l'avaient achetée et, depuis que l'Exposition était terminée, elle fonctionnait pour le compte des ingénieurs de Clamart.

M. Alfred avait conservé tous les ouvriers de cette usine et le personnel des bureaux. Il y avait adjoint seulement deux des siens : Maugeron, l'un de ses contremaîtres, qui avait déjà travaillé aux appareils électriques, et Pierre Duval. L'un surveillait la construction et l'autre était adjoint à M. Alfred pour la partie technique.

Cela faisait à Pierre une notable amélioration de position.

Pour le petit ménage, c'était presque la richesse.

C'était l'avenir surtout, car les frères Rollinet avaient le projet d'intéresser leurs principaux collaborateurs à leur entreprise.

Au coup de sonnette qui retentit, Pierre alla ouvrir lui-même.

Il voulut montrer à Liette qu'il ne conservait aucun ressentiment contre maman Sophie en lui faisant le meilleur accueil.

Il fut surpris lorsqu'il se trouva en présence d'une dame qui accompagnait Sophie Ardusson.

— Ah! monsieur Pierre!... — s'écria la mégère d'une voix pleine d'affabilité, — que je suis heureux de vous revoir!..

Et elle expliqua aussitôt, après avoir embrassé Liette qui était venue la rejoindre :

— C'est Mme Christol que je me suis permis d'amener, — dit-elle. — Elle a été si bonne pour moi en me prenant avec elle, en me donnant du travail, que j'ai voulu lui faire faire votre connaissance !...

Mme Christol salua.

— Je lui ai tant parlé de toi, ma chère mignonne, — poursuivit maman Sophie, — et de vous aussi, monsieur Pierre... Je lui ai dit tous les ennuis que vous avez eus...

— Oui, je sais, ma chère enfant, — dit maternellement l'ancienne marchande à la toilette. — Mme Ardusson m'a tout dit et c'est moi qui ai voulu vous connaître, car je compatissais à votre infortune...

— Mon infortune !... — fit Liette surprise.

— C'en est une grande que d'être seule au monde, d'avoir été abandonnée par une famille au sein de laquelle vous auriez pu trouver la richesse, le luxe, tout le bonheur qui aurait été si bien fait pour vous, jolie comme vous êtes !...

— Oh ! madame, je suis bien heureuse comme je suis !...

— Oui, certainement... le bonheur consiste surtout dans l'affection, — dit Mme Christol qui tenait à approuver les deux amants afin de se valoir leur sympathie, — et, à ce point de vue là, vous devez être bien heureux tous les deux.

— Oh ! oui, madame, bien heureux !...

Sophie Ardusson constatait la favorable impression produite à son profit par la présence de Mme Christol.

Son méfait, pensait-elle, se trouvait ainsi complètement excusé, aux yeux de Pierre surtout.

Et, dans le courant de la conversation, elle y revint, en parlant de la bonté de cette dame qui avait eu pitié d'elle et l'avait prise à son service.

Elle y insista même, et Mme Christol, qui avait compris ses intentions, fit son éloge, si bien qu'elles purent croire l'une et l'autre que toute mauvaise impression était effacée.

Sophie Ardusson ne voulait point parler de sa visite à Mlle de Chavanges, afin de n'avoir pas à attrister Liette en lui apprenant ce qu'avait dit sa marraine ; mais elle revint sur les recherches que Francis avait faites en son absence.

Elle tenait surtout à se dégager, aux yeux de Pierre Duval, de toute compromission dans la spéculation que le croque-mort avait tentée.

Et elle expliqua la nature de ses relations avec Francis ; elle dit comment elle avait eu l'idée de s'adresser à l'ancien garçon de lavoir de son frère qui, aujourd'hui dans les Pompes Funèbres, pouvait l'aider à retrouver le convoi et le nom de la mère de Liette.

Elle expliqua de nouveau, en y insistant bien, qu'elle n'avait eu en vue que de se procurer les papiers de Liette pour lui permettre de se marier, ou de retrouver sa famille afin que ceux dont elle dépendait, s'il en existait encore, puissent donner leur consentement à ce mariage.

Le malheur qui lui était arrivé l'avait empêchée de poursuivre ses recherches, de les opérer avec Françis, en le suivant et en le surveillant; quand elle n'avait plus été là, il en avait profité pour agir seul, grâce à ce qu'elle lui avait révélé, et il y avait vu une spéculation, puisqu'il avait parlé de se faire donner une commission sur la fortune qu'il mettrait Liette à même de recouvrer.

Aujourd'hui, elle savait tout ce qui concernait la famille de Liette et elle pouvait lui dire que ses parents avaient été complètement ruinés.

Du moins, c'est ce que l'on pensait.

Son père, le vicomte d'Arcis, avait fait des bêtises, des folies, dans lesquelles toute sa fortune avait été engloutie.

Cette révélation fut en quelque sorte un soulagement pour Pierre Duval.

Il lui sembla qu'il avait moins de reproches à se faire maintenant qu'il savait que les parents de Liette n'avaient laissé aucune fortune.

La délicatesse de ses sentiments s'en trouvait allégée.

Il revenait à un moins sévère jugement au sujet de maman Sophie, qui lui avait paru sincère en ses déclarations.

Tout ce qu'elle venait de dire était, du reste, corroboré par les affirmations de Mme Christol qui attestait savoir tout ce qui concernait Liette et qui disait la part qu'elle avait prise elle-même à ces démarches.

Pierre ne pouvait plus avoir aucun doute.

Les intentions de maman Sophie lui paraissaient exemptes de toute pensée mauvaise.

Il était entraîné, en outre, par l'indulgente affection de Liette, qui se sentait attachée à cette femme qui lui avait tenu lieu de mère; il l'excusait maintenant à son exemple, et il lui rendait, sinon toute son estime, du moins sa sympathie.

N'avait-il pas, d'ailleurs, aussi bien que Liette elle-même, à se faire pardonner ce qu'il avait fait.

Oh! quant à cela, quand on en parla, ce fut vite réglé, car Mme Christol elle-même donna son avis.

— Mais, mes chers enfants, — dit-elle avec une onction maternelle, — vous ne pouviez pas faire différemment...

Vous, monsieur Pierre, — car elle l'appelait par son prénom, comme Mme Sophie, — vous ne pouviez pas laisser seule cette chère petite que vous aimiez... Vous n'avez rien à vous reprocher et personne n'a le droit de vous blâmer... C'est moi, une honnête femme, qui vous le dit...

— Eh! mon Dieu, — ajouta Sophie Ardusson, — vous pourrez arranger cela quand vous voudrez, maintenant que Liette a tous ses papiers.

C'est vrai qu'il faudrait encore le consentement de son père, — se reprit-elle, — puisqu'il vit...

— Mon père!... — fit subitement Liette. — Mon père vit donc?... Vous savez où il est?...

— Ton père... Ma foi, le vicomte d'Arcis est bien ton père quand même...

— Où est-il?...

Sophie Ardusson se sentait embarrassée pour dire la vérité à Liette.

Elle répondit :

— Je dirai ce que je sais à M. Pierre... Il verra alors ce que tu dois faire... Il te conseillera...

— Pourquoi ne pas me dire... tout de suite...

— Il y a des choses délicates, ma pauvre mignonne... Tu ne peux pas encore comprendre...

— Mais vous dites que mon père vit... — insista Liette.

— Je le crois, du moins, car je n'ai pu avoir de ses nouvelles... depuis... un accident qui lui est arrivé dernièrement.

— Mon père ne savait donc pas ce que j'étais devenue?... — demanda Liette pleine d'émotion.

— Non...

— Ah!... J'aime mieux cela... Alors, ce n'est pas mon père qui m'a abandonnée...

— Non, ce n'est pas lui, sois en sûre...

Tu veux me faire parler... et il y a des choses que je ne peux pas te dire... à toi... — fit Sophie Ardusson gênée pour s'expliquer... — Ton père avait disparu avant ta naissance... Il y a là quelque chose que je ne m'explique pas bien encore... Enfin je dirai tout ce que je sais à M. Pierre...

— Mais Mlle Liette a encore sa marraine, — intervint alors Mme Christol, qui ne savait pas que Sophie Ardusson ne voulait pas en parler.

— Ma marraine!... — s'écria Liette en s'adressant à maman Sophie, — C'est elle qui m'a conduite chez vous quand j'étais toute petite?...

— Non, il paraît que ce n'est pas elle, — répondit la sœur du blanchisseur de Clamart. — La femme que j'ai vue n'est pas ta marraine, car, dès que j'ai su tout cela, j'ai cherché cette demoiselle de Chavanges, ou, plutôt, c'est Mme Christol qui a su où elle demeurait, et je suis allée chez elle...

— La marraine de Liette, — fit alors Pierre Duval. — Ce n'est pas une parente?

— Non, elle était l'amie de sa mère... — répondit Sophie Ardusson. — Mais je vous dirai tout ce que je sais, monsieur Pierre. Vous verrez alors ce que vous aurez à faire avec Liette.

Seuls maintenant ils pouvaient se livrer aux tendres effusions dont leur amour
avait besoin. (P. 535.)

Mais, pendant qu'on causait, l'ancienne marchande à la toilette, qui
avait d'abord examiné Liette avec un intérêt mêlé de sympathie, l'étudiait
maintenant avec une certaine curiosité.

Elle avait été frappée par diverses particularités qui avaient peu à peu
éveillé son attention.

Elle avait remarqué d'abord l'éclat fiévreux de ses yeux.

Elle avait mis cela sur le compte de l'émotion, mais de nouveaux indices lui avaient suggéré d'autres pensées.

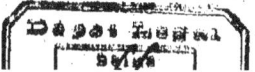

Tour à tour, tandis qu'ils parlaient avec Mme Sophie, elle avait étudié les deux jeunes gens, cherchant à percevoir dans leur attitude la confirmation de ce qu'elle ne faisait encore que soupçonner.

Alors, elle avait constaté chez Liette de petits frissons involontaires, d'imperceptibles tressaillements qui, par moments, l'agitaient faiblement, malgré elle.

Il y avait en elle une sorte d'inquiétude inconsciente.

Elle la trouvait nerveuse.

Puis, en même temps que les yeux lui paraissaient singulièrement brillants, fiévreux, elle remarquait son teint qui n'avait pas la fraîcheur qu'aurait dû lui valoir sa jeunesse et sa santé.

Et elle se disait :

— Je ne serais pas étonnée que cette petite fut enceinte !...

Alors la matrone porta toute son attention sur cette conjecture.

Elle s'y connaissait, car elle en avait vu, dans sa vie, de nombreuses petites femmes dans ce cas là, des fillettes séduites par des jeunes gens de sa clientèle, dont elle avait découvert l'état avant qu'elles le soupçonnassent elles-mêmes, et qu'elle avait adressées à une sage-femme de ses amies, d'une discrétion particulièrement professionnelle.

Et ce qu'elle avait déjà vu bien des fois lui apparaissait de nouveau plus clairement.

Oui, Liette devait être enceinte.

Mais Mme Christol garda pour elle ses observations.

Sophie Ardusson, toute heureuse de l'accueil qui lui était fait maintenant, — car il ne paraissait plus y avoir aucun nuage entre Pierre et elle, — continuait à causer.

Elle parlait de Mlle de Chavanges, se gardant bien de dire l'opinion sévère que la marraine de Liette avait formulée.

A quoi bon l'attrister ?

Elle disait :

— Ta marraine pourrait bien, si elle le voulait, te dire tout ce qui concerne ta famille, car elle était l'intime amie de ta mère...

Il ne s'agissait pas de fortune, évidemment, car d'une part il paraissait établi que le vicomte et la vicomtesse d'Arcis avaient été ruinés, et d'autre part Liette avait indiqué nettement ses intentions désintéressées.

Mais tout ce qui concernait sa mère avait un affectueux attrait pour elle.

— Mademoiselle de Chavanges, — continuait-elle, — doit savoir tout ce qui s'est passé lorsque ta mère est venue avec toi à Paris et est morte presque subitement chez cette dame, le professeur de musique de la rue Clauzel.

Seulement, — ajoutait-elle, — tu ne peux pas aller la voir, à cause de ta situation... Il faudrait que vous puissiez vous marier... Alors, quand j'aurai causé avec Pierre, quand je lui aurai dit ce que je sais sur ton père, vous verrez cela tous les deux... et si vous pouvez arriver à vous marier, tu pourras aller trouver ta marraine et elle te parlera de ta mère...

Mme Christol intervint :

— Oui, c'est ce qu'il y a de mieux à faire, — dit-elle, convaincue que ses conseils étaient écoutés comme ceux d'une digne femme, d'âge respectable. — Lorsque M. Pierre aura causé avec Mme Sophie, si vous vous décidez à vous marier, tout sera facilement arrangé... J'ai mon conseil, Maître Bonnassieux, celui qui a fait les recherches et qui nous a indiqué l'adresse de Mlle de Chavanges, qui s'en chargera...

— C'est une excellente idée, — approuva Sophie Ardusson.

— Je le connais... C'est un homme à qui l'on peut se fier... Il se chargera de toutes les formalités, et s'il faut le consentement du père de Mlle Liette, il saura ce qu'il est devenu et le lui fera donner...

— Oui... évidemment... si nous pouvions régulariser notre situation, — dit Pierre Duval, — ce serait préférable...

— On ne sait pas ce qui peut arriver, — dit Mme Christol qui en profitait pour poursuivre ses investigations, — je vous parle en mère de famille...

— Je vous en suis bien reconnaissante, madame, — dit Liette.

— Vous pouvez avoir des enfants...

Et elle observait attentivement Liette en disant cela.

Mais elle ne constata rien qui fût de nature à confirmer ses soupçons.

Evidemment, si Liette était enceinte, elle devait l'ignorer.

— C'est surtout à cause d'elle, — répondit Pierre, — et à cause de sa famille...

— Bien sûr... Et c'est le mieux, quand on le peut, allez, mes enfants, — dit Mme Christol.

Pendant que l'ancienne marchande à la toilette continuait à causer avec Liette, à qui elle inspirait toute confiance, Sophie Ardusson s'entretint à voix basse avec Pierre, qu'elle avait attiré quelque peu à l'écart, et elle le mit au courant de ce qu'il avait besoin de savoir concernant le vicomte d'Arcis.

— Vous jugerez vous-même s'il convient d'apprendre cela à Liette, — lui dit-elle. — J'ai préféré vous le dire d'abord à vous seul, car la pauvre enfant a eu déjà assez d'émotions et d'ennuis.

Et Pierre, qui avait écouté d'un air grave et préoccupé, répondit :

— Plus que jamais je me félicite de la résolution que Liette a prise de ne point vouloir connaître cette famille qui l'a séparée d'elle par un lâche abandon ; elle a voulu ignorer ainsi des hontes qui l'atteindraient injustement et s'épargner des douleurs qu'elle ne mérite pas.

— Oui, oui, monsieur Pierre, elle a bien eu raison.

— De toute sa famille elle n'a jamais connu que sa mère.

Sophie Ardusson s'interrompit alors.

Elle venait d'entendre Liette qui, répondant à une question de Mme Christol, lui disait :

— Oh ! ce ne sera rien, madame... une simple indisposition... Je me sens tout à fait bien maintenant... Je n'ai pas besoin de voir le médecin pour ça...

— Vous devriez tout de même voir quelqu'un, — lui conseilla l'ancienne marchande à la toilette dont les paroles étaient de plus en plus empreintes d'une onction maternelle, — si ce n'est un médecin, du moins une personne qui s'y connaisse...

— Tu es donc malade ?... — intervint aussitôt Sophie Ardusson.

— Elle a été un peu indisposée hier, — répondit Pierre à la place de Liette.

— Une simple indigestion, maman Sophie, — ajouta Liette. — C'est quelque chose qui m'était resté sur l'estomac... Je mangeais sans appétit et j'ai eu tort de me forcer.

— Si je vous dis cela, ma chère enfant, — reprit Mme Christol, — c'est que je pense que ce pourrait être autre chose qu'une simple indisposition.

Sophie Ardusson comprit à l'instant ce que voulait dire la matrone.

Mme Christol avait voulu dire que Liette pouvait être enceinte.

— Voyons, qu'est-ce ?... — interrogea-t-elle avec une réelle sollicitude.

— Mon Dieu, mais ce n'est rien, je vous assure, — dit Liette. — J'avais des nausées et j'ai fini par rendre... ça m'a soulagé et ça va tout à fait bien maintenant.

— Cependant, vous me le disiez tout à l'heure, les poires ne vous ont jamais fait mal, — objecta Mme Christol.

— C'était plutôt nerveux, — dit Pierre, — car elle a rendu plusieurs fois... Je lui ai fait prendre du thé, puis de l'eau de mélisse, rien n'y faisait.

— Je t'ai bien trouvé un peu pâlotte, — dit Mme Ardusson, — mais je croyais que c'était le résultat de l'émotion...

— Evidemment... ce ne peut être autre chose... — dit Liette.

Mme Christol hochait la tête.

— Ce pourrait bien être quelque chose de bien simple, — dit-elle. —

. Je ne veux pas dire une maladie, car vous avez l'air d'avoir fort bonne santé... Mais, ma chere mignonne, vous pourriez être enceinte...

A cette révélation, Liette devint plus pâle encore, et son visage se piqua presque aussitôt de deux plaques rouges qui apparurent aux pommettes des joues, tandis qu'elle se tournait vers son amant, levant sur lui des regards chargés d'une confusion pleine d'ingénuité.

— Enceinte !... — s'écria Sophie Ardusson. — Mon Dieu !...

Pierre se rapprocha aussitôt de Liette et prit amoureusement sa main qu'il sentit brûlante de fièvre.

Lui-même se sentait en proie à de secrètes angoisses.

— C'est bien ce que me semblent signifier ces symptômes, — reprit Mme Christol. — Et, en somme, il n'y aurait rien d'étonnant... C'est pour cela que je conseillais à madame de voir quelqu'un qui la fixerait sur son état... une sage-femme, par exemple !... Il vaut mieux savoir à quoi s'en tenir...

— Pierre, est-ce vrai?... dis !... — fit Liette.

— Je ne sais pas... — répondit le jeune homme. — Madame a raison... Il faudrait peut-être voir quelqu'un...

— Enfin qu'as-tu éprouvé? — demanda Mme Ardusson.

— Rien autre que ce que Pierre vous a dit, — répondit Liette. — J'ai rendu...

— Mais vous avez eu des dégoûts, d'après ce que vous me disiez, — dit Mme Christol. — Ce que vous mangiez vous semblait mauvais... C'est ce qui arrive souvent au début de la grossesse; le goût change, on n'aime plus ce que l'on aimait auparavant...

— Mon Dieu, il ne faut pas t'inquiéter pour ça, — dit Sophie Ardusson. — Il vaut mieux que ce soit ça qu'une maladie...

Cette nouvelle causait un bouleversement complet à la pauvre Liette.

Ses grands yeux devenaient humides et brillaient d'un éclat singulier.

Pierre la tenait étroitement enlacée, sa main dans la sienne, et il lui disait :

— Eh bien ! si nous avons un enfant, ce sera un nouveau lien qui nous unira plus chèrement.

Un enfant !... Ils entrevoyaient tous les deux cette perspective avec une joie qui les remplissait d'une mystérieuse émotion.

Ils ne songeaient pas aux conséquences de cette situation, n'étant pénétrés que de leur amour.

Et autour d'eux, on s'en réjouissait.

Sophie Ardusson disait à Liette :

— Ce sera un bonheur pour toi, ma chérie... Quand on s'aime, un enfant apporte toutes les joies... Ah! si j'avais pu être mère, moi !...

— Oui, ce sera un grand bonheur, — dit Mme Christol, — surtout dans votre situation... Eh! mon Dieu, plus tard, quand vous le pourrez, vous vous marierez... Car je vois bien que c'est cela qui vous préoccupe.

Liette rougissait encore plus fort.

— Qu'importe le mariage, va ma chérie, — lui dit Mme Ardusson. — Ce n'est pas ça qui vous fait aimer davantage... Et puis ce n'est pas de votre faute à l'un ni à l'autre, si vous n'avez pu commencer par là... Liette ne peut pas être responsable de ce qui s'est passé dans sa famille... Elle est déjà assez malheureuse d'en être victime...

— La famille, voyez-vous, — dit l'ancienne marchande à la toilette, — la vraie famille est celle que l'on se fait soi-même.

— Vous avez bien raison, Madame, — dit Pierre.

Sophie Ardusson, convaincue maintenant que Mme Christol ne s'était point trompée sur la situation de Liette, voyait les choses sous un autre jour.

Cette grossesse lui paraissait un argument de nature à modifier les intentions trop rigoureuses de Mlle de Chavanges.

Elle pensait que lorsque la marraine de Liette saurait cela, elle pourrait être prise de pitié et qu'elle ne se tiendrait pas impitoyablement éloignée de sa filleule.

La mégère ne renonçait pas au parti qu'elle avait espéré tirer de la découverte de la famille de Liette.

La naissance d'un enfant arrangerait peut-être les choses.

Qui sait alors si Mlle de Chavanges ne s'intéresserait pas à Liette et ne chercherait pas à lui faire avoir ce qui pouvait lui revenir de sa mère, car elle ne pouvait accepter l'idée que l'on eût payé une somme de vingt-deux mille francs pour se débarrasser de cette fillette s'il n'y avait pas eu une véritable fortune à lui enlever.

Maintenant le lien entre Liette et elle était renoué, grâce à l'amicale intervention de Mme Christol, et elle pourrait revenir la voir aussi souvent qu'elle voudrait, certaine d'être toujours bien accueillie, même par Pierre.

Quand elle se retira avec Mme Christol, elle fut la première, une fois dehors, à lui parler de ce qui la préoccupait.

Liette pouvait se désintéresser complément, mais maintenant qu'il y avait un enfant, il était de son devoir d'agir à sa place, de rechercher ce qui pouvait lui revenir et de faire tirer au clair cette situation.

L'enfant devenait un prétexte fort avouable.

Et Mme Christol, partageant entièrement la manière de voir de Sophie Ardusson, dit qu'elle reverrait son homme d'affaires.

Bonnassieux était capable de débrouiller tout cela.

Il saurait bien remonter à l'origine et savoir quelle était exactement la fortune de la vicomtesse d'Arcis au moment de sa mort.

Il verrait bien ce qu'elle était devenue.

Il se mettrait à la recherche de cette amie de la mère de Liette, de ce professeur de musique de la rue Clauzel chez qui elle était morte et qui paraissait avoir la clef du mystère.

Par le vicomte d'Arcis, si c'était réellement lui qui l'avait fait agir, il parviendrait bien à la découvrir.

Il fallait à toute force faire rendre à Liette ce qui lui appartenait, maintenant surtout qu'elle allait être mère et que cet enfant constituerait une charge nouvelle.

.

Pierre et Liette étaient demeurés pénétrés de l'émotion indicible que leur avait causée cette révélation.

Seuls maintenant ils pouvaient se livrer aux tendres effusions dont leur amour avait besoin.

— Ma chère Liette!... ma bien-aimée!... — disait Pierre au milieu de ses baisers, en la pressant contre son cœur. — Nous allons avoir un bébé!... C'est bien vrai?... Je suis si heureux que je n'ose encore y croire!...

— Oui... d'après ce qu'on disait, ce doit être vrai, — répondit Liette. — Mon Pierre, moi aussi je suis bien heureuse... oui, bien heureuse!... Un enfant de toi!...

— De nous... de nous deux!... L'enfant de notre amour... — rectifia amoureusement le jeune homme.

— Oui... Un lien pour toujours entre nous!...

Ils devisèrent longtemps sur ce thème bien cher, tout nouveau pour eux, du lien formé par la promesse de cet enfant qui allait les unir indissolublement.

Ils se sentaient pénétrés l'un et l'autre d'une émotion intense et mystérieuse, qui doublait, qui centuplait la force de leur amour et les rendait éperdus dans des baisers interminables auxquels ils ne pouvaient se décider à mettre un terme.

Leur union, quoique irrégulière aux yeux du monde et de la loi, était consacrée à jamais par la conception de cet enfant qui bientôt s'agiterait dans le sein de sa mère.

Et Pierre annonçait à Liette ce qu'elle éprouverait. Il lui faisait entrevoir par avance toutes les sensations de la maternité qui seraient pour elle, pour lui aussi autant de joies délicieuses et inconnues.

Père!... Mère!... Cette perspective les transportait et leur communiquait un bonheur indicible.

Et Mariette?... et Totor?... Quelle serait leur joie aussi quand ils leur annonceraient cette grande nouvelle!

Ils les aimaient tant, ce frère et cette sœur, qu'ils se réjouiraient avec eux.

Alors c'étaient des projets, des rêves enchanteurs formés sur la tête de ce petit être qui, dans quelques mois, allait venir au monde.

Le temps passait et Pierre, malgré son travail qui l'appelait, ne se sentait pas la force de s'arracher au bonheur qu'il goûtait.

Il fallut, pour qu'il y songeât, que le souvenir lui vînt de ce que Mᵐᵉ Ardusson lui avait révélé concernant le père de Liette, car la révélation de la conception de cet enfant leur fit, après les premiers transports d'allégresse, songer à cette famille dont on leur avait parlé.

Il ne pouvait garder pour lui ce qu'on lui avait appris.

Sophie Ardusson savait bien quelles seraient les conséquences de sa confidence.

— Ta famille, — dit Pierre en répondant à Liette qu'une préoccupation pénible venait d'assaillir, — c'est comme si tu n'en avais pas, ma chérie... Il aurait mieux valu ne jamais rien savoir...

— Je t'ai, toi, et cela me suffit, — répondit l'adorable jeune femme dont les yeux brillaient d'un redoublement d'amour. — Notre famille ce n'est plus que nous deux et notre enfant !...

Et alors, ainsi que Sophie Ardusson l'avait prévu, Pierre répéta à Liette ce qu'il avait appris concernant le vicomte d'Arcis, jusqu'à sa tentative de suicide chez Suzette de Villers.

Liette l'écouta sans l'interrompre, l'esprit agité par une émotion douloureuse.

Elle pensait surtout à sa mère dont maintenant elle comprenait les souffrances et le désespoir, ce désespoir si affreux qu'elle en était morte.

C'est d'elle seule qu'ils continuaient à causer, et l'un et l'autre se sentaient pris d'une affectueuse compassion, d'une filiale pitié pour cette femme infortunée, si cruellement outragée et martyrisée dans son cœur d'épouse.

Quant à son père, son esprit troublé ne pouvait que se sentir en proie aux sentiments les plus divers et les plus contraires.

Malgré la douloureuse révélation qui venait de lui être faite, Liette sentait un mystère poignant qui enveloppait sa naissance, mystère qu'elle se refusait à approfondir, comme elle eut préféré continuer à ignorer afin que son esprit n'eut pas à juger, que son cœur n'eut pas à se prononcer.

Son abandon s'effaçait dans le lointain de son existence et il s'oubliait surtout maintenant que la maternité accomplissait en elle son œuvre souveraine, donnant à tout son être, en ce dédoublement de la conception, une existence véritablement nouvelle.

Au monde, il n'existait plus pour elle que cet enfant qui lui était promis, ce cher petit être déjà adoré qui allait bientôt tressaillir en son sein, et que le bien-aimé dont l'amour le lui avait donné.

Et la gardienne de Liette, répondait à toutes les questions de l'homme d'affaires
qui prenait notes sur notes... (P. 540.)

XXXI

L'AMIE DE LA VICOMTESSE

En dépit des raisonnements qu'elle avait faits pour se rassurer au sujet
de Liette, Valérie Dubourg se sentait assaillie par des préoccupations insurmontables.

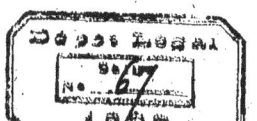

Elle savait bien que, dans le rôle qu'elle s'était créé en s'emparant de la personnalité de Lia de Chavanges, et avec les habiles précautions qu'elle avait prises, elle n'avait rien à craindre.

S'il lui en avait fallu une preuve nouvelle, elle lui en aurait été fournie par la visite de cette femme de Clamart qui n'avait pas reconnu en elle celle qui, dix ans auparavant, lui avait confié la fille de la vicomtesse d'Arcis.

Cependant, depuis cette démarche, à laquelle elle ne cessait de penser, l'usurpatrice se sentait inquiète, comme le coupable que tourmentent invinciblement des appréhensions nouvelles à la moindre alerte, malgré toutes les précautions qu'il a pu prendre.

Elle comprenait bien le mobile des démarches qui avaient été faites par Sophie Ardusson qui avait recherché, croyait-elle, l'origine de Liette pour lui procurer les papiers nécessaires au mariage qu'elle voulait contracter.

Du côté de Liette, plus elle y réfléchissait et plus elle sentait qu'elle n'avait rien à redouter, car elle était absorbée par son amour et prise toute entière par l'existence nouvelle qu'elle s'était faite.

Valérie Dubourg avait ajouté foi à l'explication si naturelle et si vraisemblable de Sophie Ardusson, arrivant à elle au moyen de l'acte de baptême de Liette dans lequel elle était désignée comme étant sa marraine, et venant la trouver dans la pensée qu'elle voudrait bien s'intéresser à sa filleule; mais elle sentait sa défiance s'éveiller à l'égard de cette femme qui pouvait bien être incitée, maintenant qu'elle avait découvert l'origine de Liette, à pousser plus avant ses recherches et être mue par la cupidité si elle pensait qu'il pourrait lui revenir une fortune dans laquelle elle saurait bien se tailler une part.

Le premier pas était fait; qui sait si cette femme s'arrêterait devant l'indignation qu'elle lui avait manifestée à l'égard de la conduite de Liette.

Alors, l'aventurière cherchait à prévoir les événements, afin d'être prête à entraver ce qui pouvait être tenté contre elle.

Elle songea au vicomte d'Arcis.

Qu'était-il devenu depuis tant d'années?...

Depuis dix ans, l'aventurière s'était bien souvent posé cette question car, en dépit de la confiance qu'elle avait en son étoile, elle ne pouvait parvenir à chasser complètement l'angoisse qui s'emparait d'elle lorsque son esprit se reportait vers le mari d'Odeline.

Cet homme, au même titre que Gaston Dumesnil, avait été son amant.

Il l'avait connue à peu près à la même époque, c'est-à-dire quelques mois avant d'épouser la fille du marquis de Charleval, pour qui il l'avait délaissée.

Valérie Dubourg aurait donné la moitié de ce qu'elle possédait, grâce à son usurpation criminelle, pour apprendre la mort du père de Liette.

Et elle n'avait jamais pu avoir aucune nouvelle, depuis que le vicomte était parti pour le Nouveau Monde avec Suzanne de Villeroy.

Elle avait, en vain, fait des recherches pendant ces dix années, recherches discrètes, car elle ne pouvait, sans attirer l'attention sur elle et sur sa situation, s'adresser aux hommes d'affaires, ni à la police qui lui inspiraient une égale défiance.

Et maintenant elle se demandait si Mme Ardusson, plus avancée qu'elle, n'avait pas appris quelque chose sur le vicomte.

Elle se demandait cela sans aucune inquiétude pourtant, se repentant seulement, pendant qu'elle la tenait, de ne pas l'avoir interrogée habilement.

Il lui apparaissait cependant, en y réfléchissant, que la gardienne de Liette n'avait eu d'autre nouvelle que celle de la ruine complète du vicomte d'Arcis, car elle ne s'était adressée à elle que parce qu'elle n'avait rien trouvé à faire de son côté.

A cet égard, Valérie Dubourg était complètement édifiée sur les intentions de la femme de Clamart, qui, assurément, ne s'était adressé à elle que parce qu'elle n'avait rien découvert ailleurs.

Et cependant, lui semblait-il, le danger ne pouvait venir que de cette femme qui parviendrait peut-être, en continuant ses investigations, sinon à découvrir, du moins à soupçonner la vérité, et qui ne manquerait pas de pousser Liette, malgré son désintéressement, et de pousser aussi son amant, cet ouvrier mécanicien, intelligent et, sans doute, plein d'ambition, à recouvrer le patrimoine de la vicomtesse d'Arcis.

L'usurpatrice s'évertuait à trouver une combinaison pour conjurer ce danger, s'il venait réellement à la menacer un jour, et elle y parvint, car, au moment même où son esprit diabolique conçut le plan de conduite à tenir dans cette occurrence, ses prunelles flambèrent d'éclairs fauves qui trahissaient sa pensée, sa confiance et sa joie perverse d'avoir réussi.

Dès lors, elle n'eut plus aucune inquiétude.

Elle pouvait attendre les événements de pied ferme, prête toujours à lutter, avec, en plus, la certitude absolue du succès final.

Pendant ce temps Me Bonnassieux, l'agent d'affaires du boulevard Voltaire, se trouvait en conférence, rue de Lille, avec sa cliente.

Il allait ainsi au devant des désirs de Mme Christol qui avait projeté de retourner chez lui, en compagnie de Mme Ardusson cette fois.

C'est que Bonnassieux avait longuement réfléchi à cette affaire qui lui paraissait aussi mystérieuse qu'intéressante, depuis qu'il avait été mis sur la voie par l'ancienne marchande à la toilette, dont la démarche succédait à celle de ce Francis Couart.

Il voulait pénétrer le secret qu'il soupçonnait, afin d'en tirer parti le plus avantageusement possible.

Il tenait à prendre sur lui-même la revanche de la duperie dont il avait été victime de la part du croque-mort.

C'est pour cela qu'il s'était rendu chez Mme Christol, affectant ainsi un empressement dévoué qui cadrait à merveille avec les intentions de sa cliente.

D'un air satisfait, elle avait l'air de dire à Sophie Ardusson et à Zébie qui se trouvaient-là :

— Hein! voyez-vous si j'avais raison de dire que je pouvais compter sur Bonnassieux.

Et la gardienne de Liette, répondant à toutes les questions de l'homme d'affaires qui prenait notes sur notes, le mettait complètement au courant de sa situation et de ce qu'elle avait découvert sur sa famille.

Avec les renseignements qu'il avait eus par son confrère d'Angers, Bonnassieux en savait maintenant plus long que Sophie Ardusson elle-même.

Il la questionnait encore, secondant ses vues et celles de Mme Christol, sur toutes les circonstances de l'abandon de Liette, afin, — lui disait-il, — de parvenir à découvrir cette demoiselle Dubourg qui, sans aucun doute, d'accord avec le vicomte d'Arcis, lui avait confié l'enfant que l'on avait résolu d'abandonner, sans qu'il fût jamais possible à personne de reconstituer son état civil et de retrouver sa famille.

Mme Ardusson lui donna, du professeur de musique, un signalement minutieux, très détaillé, aussi complet que son souvenir le lui permettait.

Elle lui dit tout ce qu'elle avait appris par Francis, d'après les renseignements qu'il avait eus lui-même auprès de Mme Robin, la concierge de la rue Clauzel.

Et Bonnassieux, en véritable limier qui ne néglige aucun détail, lui demanda encore :

— Cette petite Liette avait sept ans quand cette dame vous l'a amenée. A cet âge un enfant a de l'intelligence et comprend bien des choses; certaines particularités peuvent l'avoir frappée. Elle a bien dû vous parler de cette dame chez qui sa mère est morte et qui l'a recueillie elle-même. Rappelez-vous bien ce qu'elle vous a dit à cette époque.

— Mon cher monsieur, je me rappelle tout comme si c'était d'hier, — répondit Sophie Ardusson.

— Eh bien! avait-elle vu cette dame auparavant?... Ce devait être une amie de sa mère?...

— Non, elle ne la connaissait pas, elle ne l'avait jamais vue.

— Est-ce bien sûr?

— Je l'ai longuement interrogée, à plusieurs reprises, et elle n'a jamais varié.

— Voyons, comment cela s'est-il passé à la mort de la vicomtesse d'Arcis?... Il fallait bien que Liette et sa mère se trouvassent auparavant chez cette demoiselle Dubourg?

— Du tout, — répondit catégoriquement la gardienne de Liette. — L'enfant me l'a très bien dit et elle a été très formelle. Elle était avec sa mère depuis quelques semaines seulement à Paris et elles habitaient à l'hôtel.

— Où?... Quel hôtel?

— Voilà la seule chose que la petite n'a pas pu me dire.

— Bon, je verrai si je peux trouver quelque chose de ce côté, si toutefois cela peut nous être utile. — Ensuite?

— Elles ont passé tout le temps à faire des démarches, des visites, chez des personnes que l'enfant n'a pu me désigner, mais elle savait que sa mère s'occupait de rechercher son père, car la vicomtesse lui en parlait constamment.

— Ne sont-elles pas allé voir cette demoiselle Dubourg?

— Non, monsieur.

— Alors, comment la connaissaient-elles?... car enfin il le faut bien puisque l'enfant est restée sans défiance avec cette dame qu'elle appelait sa marraine!...

— Liette était avec sa mère qui, tout à coup, est tombée évanouie dans la rue... Juste à ce moment, cette demoiselle Dubourg s'est trouvée là, les a reconnues, s'est empressée pour donner des soins à la vicomtesse qu'elle a fait transporter chez un pharmacien et ensuite chez elle, où elle est morte en arrivant.

— Oui, ça je le sais... mais la petite n'a pas reconnu cette dame à ce moment?...

— Elle était accablée par la douleur, cette pauvre enfant, épouvantée d'avoir vu sa mère tomber ainsi sans connaissance... Cette dame l'embrassait, l'appelait sa petite Liette, sa filleule... Elle ne pouvait rien dire... Elle l'a crue...

Le front de l'homme d'affaires se plissait dans l'effort de la réflexion et les regards de ses yeux gris, passant par dessous les verres des lunettes, se tenaient obstinément fixés sur le tapis.

— Je comprends!... — fit-il tout à coup après un long silence. — Si cette demoiselle Dubourg a été, comme tout le porte à croire, l'agent du vicomte d'Arcis, je saisis admirablement sa manœuvre maintenant!.,.

— Je savais bien que vous tireriez ça au clair! — s'écria Mᵐᵉ Christol triomphante.

— Le vicomte, qui se trouvait aux abois, cherchait à obtenir de l'argent de sa femme, et il avait sans doute chargé cette demoiselle Dubourg de cette démarche qu'il lui répugnait de faire, ça se comprend?

— Comme de juste!

— Mlle Dubourg, munie des instructions du vicomte, s'est trouvée là juste à point au moment où Liette et sa mère passaient près de chez elle... Elles se rendaient peut-être chez ce professeur de musique qui pouvait avoir offert ses services pour les attirer chez elle...

— Ce doit bien être ça... — dit Mme Christol.

— Le reste se devine, — ajouta Me Bonnassieux. — La vicomtesse tombe sans connaissance, on la transporte rue Clauzel, où elle meurt; l'enfant suit cette femme qui l'appelle sa filleule et, qui, aussitôt après l'enterrement de Mme d'Arcis, fuit, avec toutes les précautions que vous savez, précautions qui ne peuvent avoir été prises qu'à l'instigation du vicomte, seul au courant de la situation pour cela. — Mlle Dubourg disparaît donc avec l'enfant. Où va-t-elle?...

— Voilà ce que la petite n'a jamais pu me dire, — répondit Sophie Ardusson, qui crut que l'homme d'affaires lui posait cette question. — Ça se comprend, elle ne connaissait pas Paris, et puis à cet âge on ne remarque rien, on ne lit pas même le nom des rues où l'on passe...

— Je vais vous dire, moi, où elles sont allées, — dit Bonnassieux avec autorité. — Mlle Dubourg, sur les ordres du vicomte, déménageait uniquement dans le but de faire perdre sa trace et elle est allée rejoindre le père de sa petite Liette qui lui traçait ce qu'elle avait à faire.

— Parfaitement, — approuvèrent à la fois Mme Christol et Zébie, qui répéta comme un écho :

— Oui, parfaitement.

— C'est ainsi que l'abandon de l'enfant a été combiné par le vicomte et exécuté par cette femme. Le vicomte s'est emparé de toute la fortune de sa femme, qu'il a mangée ensuite avec sa maîtresse, et c'est lui qui a payé, en deux fois, les vingt mille francs que vous avez reçus, car il n'a pu les donner qu'après avoir réalisé, ce qui a dû lui prendre quelque temps.

— Et voilà comment cette pauvre enfant se trouve dépouillée, volée! — s'écria Mme Christol.

— Je crains bien que l'on ne parvienne à tirer quoi que ce soit du vicomte d'Arcis, qui est aujourd'hui non seulement ruiné à plate couture, sans aucun espoir de jamais se relever, mais encore dans un fichu état, puisqu'il s'est tiré un coup de revolver qui heureusement ne l'a pas tué.

Je dis : heureusement, — compléta l'agent d'affaires, — parce qu'il y a peut-être tout de même une ressource de son côté.

— Ah!... Quelle ressource?... — demanda la propriétaire de l'hôtel meublé.

— Une ressource de premier ordre, — répondit Me Bonnassieux d'un air madré. — Le vicomte d'Arcis s'est mis dans un mauvais cas. C'est une suppression d'enfant qu'il a commise là, ainsi que la loi qualifie le fait de dépouiller un enfant de son état civil, de sa personnalité légale, et ce crime est prévu et puni par l'article 345 du Code pénal qui inflige au coupable la peine de la réclusion. Voilà la ressource qui peut nous permettre d'obliger le vicomte d'Arcis à rendre gorge et à restituer à sa fille le patrimoine maternel dont il l'a dépouillée.

— Mais le père de Liette est ruiné, d'après ce que vous avez appris, — objecta Sophie Ardusson. — Alors, s'il n'a plus le sou...

— Il trouvera tout ce qui est nécessaire pour éviter le déshonneur public et une pareille condamnation. Un vicomte d'Arcis ne se laissera pas traîner en cour d'assises.

— Alors, c'est contre lui que vous allez agir? — demanda Mme Christol.

— Contre lui et contre cette demoiselle Dubourg, si je parviens à la découvrir.

La gardienne de Liette reprit :

— Ce serait bien heureux que l'on puisse faire rendre à cette pauvre enfant ce qui lui appartient... C'est déjà bien malheureux pour elle d'avoir été ainsi éloignée de sa famille, abandonnée... Et aujourd'hui elle en a plus besoin que jamais, à cause de sa situation...

— Quelle situation? — demanda Bonnassieux.

— Elle est enceinte... Alors vous comprenez, un enfant crée des charges...

— Évidemment!... c'est, en l'espèce, plus qu'une question de droit; c'est une question d'humanité, — déclara l'homme d'affaires avec une sévère dignité. — Aussi, puisque vous avez bien voulu me charger de cette affaire, je vais faire tout le nécessaire et m'en charger complètement. Vous pouvez compter sur mon dévouement le plus absolu.

— Quant à cela, — dit Mme Christol à l'intention de Sophie Ardusson, — je sais que les intérêts de cette pauvre fille seront entre bonnes mains.

— Et je vous réponds non seulement de faire rendre à la fille de la vicomtesse d'Arcis tout ce qui sera possible, mais à vous, madame, — dit Bonnassieux en s'adressant à la gardienne de Liette, — de vous faire accorder la juste indemnité à laquelle vous avez droit pour vos peines et vos soins, ainsi que le remboursement des frais que vous avez faits pour son éducation et son entretien.

La mégère jubilait intérieurement.

Elle se félicitait de l'excellente inspiration qu'elle avait eue en s'adresser à Mme Christol.

Elle s'applaudissait même du vol qu'elle avait commis, à cause des conséquences qu'il lui avait values, et, si elle l'avait connu, elle se serait volontiers appliqué ce verset de l'Écriture Sainte : « *Felix culpa quæ tantum valuit mærere redemptorem!* »

M⁰ Bonnassieux reprit :

— Avant de procéder à l'égard du vicomte d'Arcis, il faut que je fasse des recherches pour établir exactement quelle était la situation de fortune de la vicomtesse au moment de son décès.

— La marraine de Liette doit le savoir, — dit Mᵐᵉ Christol.

— Je la verrai, — répondit l'homme d'affaires, — et je rechercherai également le contrat de mariage du vicomte et de la vicomtesse, car il doit y en avoir eu un, le règlement de succession qui doit avoir été fait au moment de la mort du marquis et de la marquise de Charleval, puisque leur fille était fille unique. Je ne négligerai rien, soyez-en sûres.

Quant au vicomte, il ne peut nous échapper où il est et dans l'état où il se trouve. J'ai fait prendre de ses nouvelles, car je n'ai pas voulu le perdre de vue depuis le moment où j'ai compris quelle importance vous attachiez à cette affaire. J'ai donc su qu'après sa tentative de suicide chez Mˡˡᵉ Suzette de Villers, sa maîtresse, il a été transporté chez un de ses amis, le docteur Delestrade, qui a une maison de santé à Buc, aux environs de Versailles.

— Il est donc bien malade des suites de sa blessure? — demanda l'ancienne marchande à la toilette.

— Oui, assez sérieusement, et c'est pour cela que je sais où le reprendre, s'il en réchappe.

Et Mᵉ Bonnassieux expliqua :

— J'ai eu tous les renseignement possibles par la domestique Mˡˡᵉ de Villers que j'ai interrogée habilement.

Le plus urgent consiste donc, en ce moment, à voir cette dame de Chavanges, la marraine de Mˡˡᵉ Liette, et de savoir par elle quelle était la situation de fortune de son amie. — Qu'elle ne s'intéresse pas aujourd'hui à sa filleule, parce que, dans sa sévérité excessive, elle la juge indigne et croit de son devoir de se montrer sans pitié, ça la regarde; mais elle ne peut empêcher d'autres de faire ce qu'elle ne veut pas et de faire rendre justice à cette enfant. Je crois donc qu'elle me fournira les indications nécessaires et qu'elle me dira ce qu'elle sait.

L'homme d'affaires demanda alors à Sophie Ardusson :

— Vous m'autorisez à faire connaître à Mᵐᵉ de Chavanges la situation de sa filleule, à lui dire qu'elle est enceinte, n'est-ce pas ?

— Oui, monsieur, — répondit la mégère ; — cela la touchera peut-être.

— Je crois que cela produira bonne impression. Cela peut modifier ses intentions à son égard.

Et se levant pour prendre congé :

— Je vous tiendrai au courant de ce que je ferai et de ce qui se passera, — promit Mᵉ Bonnassieux, qui se retira reconduit jusqu'au palier par les trois femmes.

— Emmenez-moi!... Emmenez-moi d'ici, je vous en supplie!... (P. 550.)

*

L'homme d'affaires du boulevard Voltaire avait pris, en effet, des renseignements minutieux sur le vicomte d'Arcis, car le mystère de cette situation l'intriguait et l'attirait.

Ainsi qu'il l'avait dit, il avait été renseigné par la femme de chambre de Suzette de Villers.

LIV. 69. — MARIAGE IN-EXTREMIS.   LIV. 69.

En dehors de la maison et des personnes qui avaient été appelées auprès du blessé, la tentative de suicide du vicomte d'Arcis n'avait pas fait grand bruit.

Elle aurait probablement passé inaperçue et les journaux ne s'en seraient pas occupés si elle n'avait pas eu lieu presque à leur porte, en plein centre parisien, en quelque sorte sur les boulevards, et surtout si le nom de Suzette de Villers, dont la presse commençait à s'occuper, n'y avait pas été mêlé.

En tous cas, le nom du désespéré, appartenant à une grande famille de l'aristocratie, n'avait pas été publié et les journaux, qui avaient raconté ce drame de désespoir et d'amour chez une demi-mondaine en passe de devenir célèbre, avaient eu soin de le dissimuler sous des initiales.

Suzette de Villers avait été profondément émue par la tentative de cet homme qu'elle avait réellement aimé et qui, dans son amour poussé jusqu'à la folie, à l'aveuglement, lui avait tout sacrifié.

Elle avait fait installer Adrien d'Arcis dans la chambre qu'il avait occupée habituellement et elle déclara au commissaire de police, renseigné par elle sur sa situation et sur les causes de son acte de désespoir, qu'elle voulait le faire soigner chez elle.

A ce point de vue, l'affaire n'avait donc aucune suite.

L'état du blessé, malgré l'extraction de la balle opérée immédiatement par le docteur qui avait été appelé, demeurait grave.

Une fièvre ardente s'était déclarée et le vicomte se trouvait en proie à un état de torpeur qui paraissait inquiétant.

Le médecin venait le voir trois fois par jour et à chaque visite il n'osait se prononcer définitivement.

Suzette de Villers avait installé une infirmière auprès de son amant, et ayant ajourné ses répétitions qui devaient commencer au théâtre des Variétés, elle la secondait de son mieux dans les soins à donner au vicomte.

Elle ne bougeait pas de chez elle, ayant consigné rigoureusement sa porte, même à son nouvel ami, Gonzague de Beauchamps, en compagnie de qui le vicomte d'Arcis l'avait vue sortir du théâtre des Variétés.

Elle lui avait, d'ailleurs, écrit un billet en toute hâte, pour le prévenir de l'événement qui venait de la frapper et le rival heureux du vicomte, avec le tact et la discrétion d'un gentleman parfait, s'était abstenu de reparaître à la rue Taitbout.

La tentative de suicide du vicomte d'Arcis avait naturellement été connue du personnel et des habitués du théâtre des Variétés, où son nom avait été prononcé, et c'est ainsi que son acte de désespoir vint à la connaissance d'un de ses meilleurs amis d'antan, Raymond Durier, qui avait son cabinet rue Vivienne.

Raymond Durier était ce jeune homme qui, se destinant au barreau, avait été obligé d'interrompre ses études à la suite de la mort de ses parents qui le laissèrent sans fortune ; c'est à lui, dirigeant un cabinet d'affaires avec une probité irréprochable et une parfaite connaissance du droit, que Gaston Dumesnil, — un ami d'enfance, — avait songé à s'adresser pour être éclairé sur le mystère de l'existence de cette femme qu'il avait aimée jusqu'à la folie, qu'il aimait encore en la retrouvant si inopinément et qui le repoussait impitoyablement.

La lettre de l'infortuné était demeurée inachevée.

Trop absorbé par son travail, par les importantes affaires de procédure qu'il dirigeait, Raymond Durier n'avait point lu dans les journaux la nouvelle du crime de Fleury-Meudon et de l'arrestation de son ami.

Sa liaison avec Adrien d'Arcis datait de l'époque déjà lointaine où il faisait son droit.

Le jeune gentilhomme préludait déjà à la vie de dissipation qu'il devait mener plus tard en gaspillant follement les revenus d'une fortune considérable en compagnie de joyeux amis, parmi lesquels se trouvait son cousin, Albert de Sizeraie, étudiant en droit, aujourd'hui président du Tribunal civil à la Martinique.

C'est par lui qu'il avait fait la connaissance de Raymond Durier, pour qui il avait éprouvé, dès les premières relations, la plus ardente sympathie.

Adrien d'Arcis n'avait cessé de le voir qu'à l'époque où il avait quitté Paris pour se marier à la fille du marquis de Charleval.

Il n'avait pas osé se représenter à lui quand il revint en compagnie de Suzanne, car il connaissait les principes sévères de morale de son ami et il n'aurait pas voulu encourir les reproches que méritaient sa conduite et perdre certainement son estime.

Raymond Durier était certainement attaché à son ami par les liens d'une reconnaissance que son cœur n'aurait jamais pu oublier.

Lorsque, demeuré orphelin, il apprit à la fois la mort de son père et sa ruine, et qu'il fut obligé d'abandonner ses études de droit pour travailler afin de gagner sa vie, Adrien d'Arcis fut profondément touché par l'infortune de son ami, et de grand cœur il mit sa bourse à sa disposition, afin de lui permettre de continuer à préparer son avenir.

Raymond Durier, touché de cette preuve d'affection, ne voulut pas accepter ce généreux sacrifice. Il refusa avec dignité mais avec émotion l'offre d'Adrien, car il lui semblait que l'obligation qu'il aurait ainsi contractée aurait altéré son amitié.

Adrien d'Arcis ne s'éloigna pas pourtant de son ami. Il le suivit de loin et fut témoin de ses efforts et de ses mérites. Il le vit acharné au travail, s'efforçant de se faire une position à laquelle son labeur quelque ardu qu'il fût n'aurait pu que difficilement le conduire. Il savait les regrets de Raymond Durier de n'avoir pu poursuivre ses études qui lui auraient permis d'embrasser la profession d'avocat pour laquelle il avait de si brillantes dispositions, et il souffrait dans son amitié de ne pouvoir lui être utile, comme le lui permettait si aisément cette fortune qu'il dissipait follement.

Un jour, Raymond Durier fut appelé chez un notaire de Paris, M⁰ Lavallette qui le mit en possession d'une somme de trente mille francs, provenant, lui dit-il, d'une restitution anonyme opérée par une personne qui était demeurée le débiteur de son père.

Cela intrigua et surprit énormément le jeune homme qui n'avait rien trouvé dans la succession de son père qui fut de nature à lui faire comprendre la provenance de ce remboursement.

Ce capital constituait pour lui le salut. A l'aide de cette somme, il put acheter l'étude dans laquelle il travaillait et, à défaut du barreau, se faire un cabinet d'affaires qui prospéra rapidement.

Il parvint même, plus tard, à reprendre ses études de droit, il soutint avec succès sa thèse et obtint sa licence.

Raymond Durier aurait pu alors se faire inscrire au tableau de l'Ordre des avocats, mais il était, à ce moment, pris par des affaires de procédure si importantes qu'il lui fut impossible de se dérober à la confiance de ses clients.

Quelques années après, en 1873, M⁰ Durier prit à son service comme principal clerc un jeune homme qui avait travaillé à l'étude de M⁰ Lavallette, Robert Laudun, fils d'une excellente famille auquel il s'était intéressé parce qu'il avait eu une infortune pareille à la sienne, étant demeuré orphelin et sans fortune, lorsqu'il avait espéré parvenir, grâce à son patrimoine, à faire sa carrière dans le notariat.

Ce fut par lui qu'il apprit que cette prétendue restitution anonyme dont il avait bénéficié si inopinément, que ces trente mille francs qui lui avaient permis d'achever ses études de droit et de réaliser la brillante position à laquelle il était parvenu aujourd'hui, provenait d'un de ses amis, qui n'avait pas voulu se faire connaître, et qu'il lui désigna tout de même assez clairement pour qu'il reconnût le vicomte d'Arcis.

Ému de cette découverte, touché jusqu'aux larmes par cette générosité que doublait l'exquise délicatesse de l'ami qui l'avait ainsi obligé malgré lui, Raymond Durier voulut immédiatement témoigner sa reconnaissance à Adrien et lui rembourser la somme dont il se reconnaissait débiteur, mais il ne put parvenir à savoir ce que le vicomte d'Arcis était devenu.

Il apprit que, depuis cinq ans, son ami avait disparu.

Il connut de la sorte la folie du mari d'Odeline et son lâche abandon qu'il déplora, et malgré les recherches auxquelles il se livra, il n'eut jamais aucune nouvelle.

Et aujourd'hui il apprenait tout à coup qu'Adrien venait de tenter de mettre fin à ses jours à quelques pas de chez lui.

Raymond Durier n'hésita pas un instant. Il courut au domicile de Suzette de Villers, il dit quels liens profonds d'amitié l'attachaient à Adrien et il demanda à le voir.

Ce fut un instant d'émotion aussi poignant pour l'un que pour l'autre.

Adrien qui avait à peine sa connaissance, sembla reprendre toutes ses facultés quand il entendit la voix de son ami, quand il sentit sa main brûlante de fièvre pressée par la sienne.

C'est à peine s'ils pouvaient parler.

Ils se regardaient, également émus, à travers les larmes qui emplissaient leurs yeux et ils s'étreignaient cordialement en prononçant des phrases entrecoupées.

— Mon pauvre Adrien... Moi qui t'ai cherché si longtemps, — disait Raymond Durier, — et te retrouver ainsi... Je sais ce que tu as fait pour pour moi...

Et Adrien, heureux de retrouver une affection sincère, un cœur qui lui fut pleinement dévoué, après toutes les cruelles déceptions qui l'avaient poussé au désespoir, balbutiait en répondant à l'étreinte de cet ami qu'il n'avait pas osé revoir :

— C'est Dieu qui t'a conduit ici !... Mais comment as-tu su ?...

— Ne parlons pas de cela, — interrompit Raymond Durier. — Ne parlons que de toi... Ainsi tu as voulu mourir ?... Mais, grâce à Dieu, tu as été épargné et maintenant nous te sauverons...

— Mais tu ne sais pas...

— Si... Je sais tout... Ah ! mon pauvre Adrien !...

Les deux amis s'embrassèrent de nouveau, et tont bas, Adrien dit à l'oreille de Raymond :

— Emmène-moi d'ici, je t'en conjure !... Je ne veux pas mourir ici !... Je souffre trop !...

Raymond Durier comprit.

Il vit aussitôt le médecin qui donnait ses soins à l'amant de Suzette et il s'informa minutieusement de son état.

La situation d'Adrien était grave. Le docteur luttait en ce moment contre la menace d'une fièvre cérébrale qu'il s'efforçait de conjurer, et il sentait que toute sa science demeurait impuissante contre la cause de ce mal qu'il ne pouvait atteindre.

Le mal était surtout dans l'esprit.

Le vicomte d'Arcis souffrait moralement plus que de sa blessure.

Aussi, lorsque Me Durier demanda au docteur s'il pouvait emmener son ami, celui-ci, qui était au courant de la situation, vit pour le blessé une chance de salut.

— Oui, emmenez-le, — dit-il, — et je réponds de lui.

Dès lors, abandonnant toutes ses affaires qu'il laissa à la direction de son premier clerc, prêt du reste à sacrifier ses intérêts pour le salut de cet ami auquel il devait tout, Raymond Durier ne songea qu'à accomplir le vœu d'Adrien.

Il courut à Buc, chez son ami Delestrade.

Il l'avait connu autrefois, au quartier latin, quand ils étaient étudiants tous les deux.

Il n'avait eu d'autres amis qu'Albert de Sizeraie, Adrien d'Arcis et lui, et depuis ils étaient demeurés liés par la plus étroite amitié.

Dans la maison de santé du docteur Delestrade, Adrien serait soigné avec autant de science que d'affection.

Ce fut avec une stupéfaction profonde et une bien vive douleur que le docteur Delestrade apprit la tentative désespérée de son ami et les folles aventures de sa vie.

Il n'avait pas eu de ses nouvelles depuis son mariage.

Immédiatement les deux amis prirent toutes les dispositions nécessaires.

Ils se rendirent tout deux auprès d'Adrien, dont l'émotion fut renouvelée en retrouvant cet ami que Raymond lui amenait et qui se sentait revivre en se sentant aimé, lui que le désespoir d'amour avait failli tuer.

Le docteur Delestrade s'était procuré une voiture d'ambulance, à l'aide de laquelle le transport du blessé pourrait s'effectuer dans les meilleures conditions possibles.

Suzette pleurait en voyant partir cet homme qu'elle avait aimé, qu'elle aimait encore, surtout en ce moment, sous l'influence de la surexcitation nerveuse à laquelle elle était en proie, au milieu de cet événement dramatique qui venait de bouleverser son existence.

Elle aurait voulu être riche afin de le garder auprès d'elle et de le soigner elle-même.

On lui avait fait comprendre la nécessité d'emporter Adrien dans une maison amie, où il serait entouré de soins et d'affection, où son salut serait assuré; et elle s'y résigna.

Mais, quand elle s'approcha pour embrasser une dernière fois son amant, Adrien la repoussa d'un geste et détourna la tête, tandis qu'il répétait à ses deux amis:

— Emmenez-moi !... Emmenez-moi d'ici, je vous en supplie !...

Et maintenant le malheureux se trouvait dans la maison de santé de Buc.

Presque aussitôt après son arrivée, une amélioration notable se produisit.

L'élévation de fièvre due aux émotions qu'il avait éprouvées à la fatigue inévitable du transport, se calma dès le troisième jour.

Dès lors le docteur pouvait répondre de lui.

La cicatrisation de la blessure commençait à se faire et les forces revenaient avec la santé.

Alors l'infortuné s'entretenait avec ses deux amis.

Il leur faisait la confession de ses folies, l'aveu de son lâche abandon, le
récit de cette existence coupable qu'il déplorait aujourd'hui.

Ni l'un ni l'autre n'avait la force de lui adresser un reproche.

Ils le plaignaient de tout leur cœur, le voyant assez cruellement puni, et
ils s'efforçaient de le consoler, de lui rendre confiance, de lui faire accepter
cette vie qui lui était désormais à charge, ils le sentaient bien, car Adrien
leur disait avec conviction :

— Pourquoi ne suis-je pas mort avant d'avoir fait tout le mal que j'ai
causé !... Tout ce mal que je ne puis réparer aujourd'hui !...

Il se sentait accablé par les remords depuis qu'il connaissait les conséquences de son abandon, depuis qu'il avait appris la mort de cette malheureuse qu'il avait si indignement trahi.

Que pouvait être pour lui aujourd'hui l'existence, seul, sans affection,
sans aucune ressource ?

— Tu as des amis auprès de toi, — lui dit affectueusement Raymond
Ducier, — des amis dont le cœur t'est demeuré fidèle et qui ne t'abandonne-
ront pas... des amis dont l'affection te fera oublier tout ce que tu souffres...
Tout ce que j'ai est à toi, car c'est à toi que je dois tout !... Eh bien ! quand
tu seras rétabli, tu viendras avec moi... Nous travaillerons ensemble... Le
travail amènera l'oubli et te donnera la force qui te manque... Je suis seul
car j'ai été cruellement éprouvé moi aussi, lorsque j'ai perdu ma femme, il y
a deux ans. Ce sera une consolation pour nous deux de nous réunir... Allons,
courage, mon cher ami !... Aie confiance comme moi qui bénis le ciel de
m'avoir permis de te retrouver et de te sauver !...

* *
*

Mᵉ Bonnassieux ne différa pas longtemps la démarche qu'il s'était proposé
de faire auprès de la marraine de Liette.

Dès le lendemain de sa visite à la rue de Lille, il se rendit chez Lia de
Chavanges, après avoir bien étudié les documents qu'il possédait, afin de se
mettre en pleine possession de cette affaire.

Il y avait longuement réfléchi et s'était dit que cette dame, qui avait été
certainement l'amie de la vicomtesse d'Arcis, puisqu'elle était la marraine
de sa fille, devait être au courant de sa situation de fortune.

Que, dans sa rigidité des principes, dans son austérité de conscience,
elle repoussât aujourd'hui sa filleule que sa faute rendait indigne d'elle, il
le comprenait ; mais Mᵐᵉ de Chavanges ne pourrait refuser de lui donner les
renseignements nécessaires pour faire rentrer la fille de la vicomtesse d'Arcis
en possession du patrimoine qui lui revenait.

Ce fut Jules qui reçut l'homme d'affaires du Boulevard Voltaire.

— J'ai à entretenir Madame de Chavanges, d'une affaire de succession dont je suis chargé par Mademoiselle Lia d'Arcis, — expliqua-t-il au valet de chambre qui venait de lui dire qu'il ne savait pas si Madame pouvait le recevoir.

Et tirant sa carte d'une petite serviette longue, il la déposa sur le plateau que Jules lui présenta.

— Je vais voir si Madame veut bien recevoir Monsieur.

Et Jules introduisit le visiteur dans le petit salon où Sophie Ardusson avait été reçue quelques jours auparavant.

Toujours maîtresse d'elle-même, l'aventurière ne laissa rien paraître, en présence de son domestique, du saisissement et de la contrariété qui s'emparèrent d'elle à l'annonce de cette visite.

Elle prit la carte sur le plateau pendant que Jules expliquait l'insistance mise par ce monsieur pour être reçu, et elle lut son nom et l'énoncé de sa profession.

MAITRE J.-B. BONNASSIEUX

Ex-principal de Notaire

JURISCONSULTE

Et, au bas de la carte, en face de la mention de son adresse et de ses heures de consultation, ces mots : *procédure, affaires contentieuses, successions, recouvrements.*

— C'est bien, je recevrai ce monsieur, — prononça Valérie Dubourg.

Elle réfléchissait, importunée, intriguée et irritée par la démarche de cet homme d'affaires qui se présentait de la part de la fille de la vicomtesse d'Arcis.

— C'est donc Liette qui agit?... — se dit-elle avec une véritable anxiété. — que sait-elle donc?

Et, sans plus tarder, elle se rendit au petit salon, où elle entra de cet air imposant de grande dame dont elle s'était si parfaitement assimilé le caractère, produisant un tel effet sur son visiteur qu'il se leva, absolument impressionné, se confondant en de profondes salutations.

Elle le reçut d'abord debout, lui demandant simplement :

— De quoi s'agit-il, monsieur?... Vous êtes envoyé, m'avez-vous fait dire, par Mlle d'Arcis?...

— Ce n'est [pas précisément exact, madame, — rectifia aussitôt Bonnassieux, — et ce n'est pas tout à fait ce que j'ai dit à votre domestique. Mlle d'Arcis est bien en cause dans l'affaire dont je m'occupe, puisqu'il s'agit de la revendication de la succession de Mme la vicomtesse d'Arcis, sa mère; mais ce n'est pas par elle que j'ai été chargé de cette affaire.

— Quelle horreur!... Une d'Arcis est la maîtresse d'un ouvrier!... (P. 558.)

— Par qui donc?

Mlle d'Arcis est mineure et, à défaut de tuteur, ses intérêts sont entre les les mains de la personne à laquelle elle a été confiée, Mme Ardusson qui a eu l'honneur de se présenter chez vous pour vous prier de vous intéresser à cette jeune fille qui est votre filleule.

— C'est donc Mme Ardusson qui vous a envoyé chez moi?

— Mme Ardusson m'a confié le soin de rechercher ce qu'est devenu le pa-

trimoine maternel de Mlle d'Arcis, afin de la faire rentrer en possession de ce qui peut lui revenir, et c'est de moi-même que j'ai l'honneur de me présenter chez vous, madame, convaincu que vous voudrez bien me fournir quelques renseignements qui me permettront de mener à bien cette affaire.

La situation était nette ainsi et l'usupartrice savait ainsi à quoi s'en tenir sur le rôle de cet intermédiaire.

L'appréhension qui l'avait saisie en voyant un homme d'affaires mis en avant et intervenant auprès d'elle, persistait, et il lui importait de connaître avant tout ce qu'il savait et où il voulait en venir.

Elle s'assit et d'un geste lui désigna une chaise.

— Alors, monsieur ?... — fit-elle interrogativement.

— J'ai pensé, madame, que vous deviez avoir été l'amie de Mme la vicomtesse d'Arcis, — dit Bonnassieux après s'être assis, — car vous êtes la marraine de sa fille...

— Laissez-moi vous dire d'abord ce que j'ai dit à Mme Ardusson, — interrompit la fausse Lia de Chavanges. — Je suis, en effet, la marraine de la fille de ma pauvre amie, que j'ai vainement recherchée pendant plusieurs années et que j'avais fini par croire morte. J'ai été très surprise d'apprendre ce qui s'était passé après le décès de la vicomtesse d'Arcis, de savoir que cette enfant avait été confiée à cette femme, à qui l'on a remis une somme assez importante pour pourvoir aux frais de son éducation et de son entretien... et j'ai été surtout très émue en sachant que cela avait été fait, d'après ce que j'ai compris, en vue d'un abandon...

— Oui, madame, un abandon criminel, car il a été opéré avec une suprême habileté et dans l'intention bien évidente de mettre Mlle d'Arcis dans l'impossibilité absolue de connaître la famille à laquelle elle appartient et par suite de revendiquer le patrimoine qui peut lui revenir.

— J'ai donc dit à Mme Ardusson, — reprit Valérie Dubourg qui dissimulait à merveille l'émotion que lui causaient ces déclarations si catégoriques, — toute la joie que me causait la nouvelle qu'elle m'apportait, en m'apprenant que ma filleule vivait; mais lorsque j'ai su ce que cette fille est devenue, quand j'ai appris son inconduite, je n'ai pu retenir l'explosion de mon indignation, et, je vous le dis bien sincèrement, j'aurais préféré que la malheureuse ne connût jamais le nom de sa famille afin de le préserver de la souillure que sa honte lui inflige.

Elle dit cela avec un accent d'indignation qui ne pouvait paraître que sincère, car l'habile comédienne, en possession de toutes ses facultés, jouait son rôle de noble grande dame avec une supériorité incontestable.

— Oh! oui, — poursuivit-elle, — cela eut été bien préférable, et j'en frémis encore de douleur, j'en rougis pour la mémoire de ma pauvre amie !...

— Mlle d'Arcis n'est peut être pas aussi coupable, — fit timidement

l'homme d'affaires. — Elle ignorait son nom... elle ne pouvait se douter
qu'elle appartenait à une aussi grande et aussi honorable famille...

— Qu'importe, monsieur !... Est-ce que l'honnêteté doit être uniquement
l'apanage de l'aristocratie ?... Une jeune fille, à quelle classe qu'elle appartienne, ne doit-elle pas conserver l'honneur comme son bien le plus précieux ?..
J'en ai été révoltée!... Oui, c'est un grand malheur que sa naissance lui ait
été révélée et qu'ainsi cette tache, cette souillure, cette honte soit infligée au
nom de d'Arcis !...

— Evidemment, je le déplore comme vous, madame, — dit hypocritement Bonnassieux, — mais il faut considérer que cette souillure n'atteindra
pas complètement ce nom dont l'honneur vous est cher, car Mlle d'Arcis ne
l'a jamais porté et ne le portera pas dans l'avenir.

— Je l'espère bien !...

— Elle ne porte aujourd'hui,... irrégulièrement, c'est vrai, que le nom
du jeune homme avec lequel elle vit...

— Un ouvrier, n'est-ce pas ?...

— Oui... malheureusement !...

— Une d'Arcis, la fille du vicomte et de la vicomtesse d'Arcis, est la
maîtresse d'un ouvrier !... — s'écria la grande dame d'une voix vibrante de
colère et d'indignation.

— Elle ignorait sa naissance, je le répète... Ce jeune homme l'ignorait
également... Ils s'aimaient... La faute commise peut être réparée par un mariage, et ainsi Mlle d'Arcis portera légitimement, régulièrement le nom de Duval... Le nom de d'Arcis sera exempt de toute atteinte, car ce mariage pourra
être célébré de la façon la plus discrète !...

— Un pareil mariage, une si abominable mésalliance, mais ce serait au
contraire la consécration définitive de ce déshonneur, interrompit encore la
fausse Lia de Chavanges, — et si cela me regardait, si j'avais le pouvoir de
l'empêcher, jamais je ne laisserais une telle union se conclure !... Oh ! non,
jamais, jamais !...

— Je comprends très bien, madame, les sentiments qui vous animent,
— dit doucereusement l'émissaire de Sophie Ardusson, — et croyez que je partage votre élévation de vue et la noble conception que vous avez de l'honneur... Mais hélas ! le mal est fait, et comme vous le dites fort justement,
un mariage n'est qu'une réparation qui laisse subsister la souillure... Je n'ai
pas mission, du reste, de m'occuper de cela... Je ne suis que le mandataire
de Mme Ardusson qui s'est imposé la tâche de faire obtenir à l'enfant qui lui
a été confiée la fortune qui peut lui revenir... C'est de toute justice... Cette
jeune fille ne peut être victime des manœuvres qui ont été accomplies contre
elle... Après ce qui s'est passé, Mme Ardusson est fondée à penser que Mlle
d'Arcis a été l'objet d'un abandon coupable... Elle a charge d'âme et elle ne

peut se dispenser d'intervenir dans l'intérêt de l'enfant qui lui a été confiée et que l'on a abandonnée...

Elle y a, en outre, un intérêt personnel, — ajouta M⁰ Bonnassieux qui découvrit ainsi les intentions de la femme de Clamart, dont Valérie Dubourg se doutait bien, du reste. — Ce n'est pas la somme qu'elle a reçue qui l'indemnise suffisamment de tous les frais qu'elle a faits pour l'éducation de Mˡˡᵉ d'Arcis. Elle l'a fait élever comme une jeune fille du meilleur monde, dans un des meilleurs couvents, où elle l'a tenue presque jusqu'à l'âge de dix-sept ans. Elle a dépensé, mieux qu'elle l'aurait fait pour sa propre fille, tout ce qu'il fallait pour son entretien, linge, vêtements, toilettes... Elle a le droit d'être indemnisé de ses débours et de ses peines, ce qui lui sera très certainement alloué sur la succession que Mˡˡᵉ d'Arcis peut être appelée à recueillir.

— La situation de cette femme est, en effet, digne d'intérêt, — répondit la grande dame avec une hypocrisie de circonstance.

— J'ai déjà fait quelques recherches, qui m'ont permis d'arriver à connaître quelle était autrefois la situation du vicomte et de la vicomtesse d'Arcis, — reprit l'homme d'affaires. — Ils possédaient aux environs d'Angers, à Saint-Gemmes-sur-Loire, un château superbe...

— Qui est aujourd'hui ma propriété.

— Je le sais, madame.

L'usurpatrice ne sourcilla pas.

— Je ne puis vous révéler des secrets qui ne m'appartiennent pas, qui ont été confiés autant à mon honneur qu'à mon amitié, — dit-elle avec une réserve pleine de dignité, — mais je puis vous dire que j'ai dû, dans des circonstances très douloureuses, rendre un service à ma malheureuse amie...

La vicomtesse d'Arcis n'a laissé aucune fortune, je puis vous l'assurer, — déclara-t-elle pour en terminer avec cette question et arrêter ainsi les investigations obsédantes de cet homme d'affaires. — Tout ce qu'elle possédait a été englouti dans une ruine qu'il lui a été impossible de conjurer et sur la nature de laquelle il ne m'est pas possible de m'expliquer.

Bonnassieux comprit ce qu'elle voulait dire.

Il s'agissait, évidemment, des folies du vicomte d'Arcis qui avait sans doute dépouillé sa femme, après avoir dévoré sa fortune personnelle.

Cependant il insista, après avoir fait une déclaration pleine de condescendance.

— Je comprends très bien ce que vous voulez dire, madame, — dit-il, — et je respecte le douloureux secret dont vous êtes la dépositaire. Les renseignements que je suis parvenu à obtenir m'ont édifié et je me garderai bien de vous adresser une question indiscrète sur les douleurs conjugales de Mᵐᵉ la vicomtesse d'Arcis... J'ai seulement pensé qu'au moment du décès de la mère de Mlle d'Arcis, une part au moins de son patrimoine devait subsister, puisque la personne qui l'a confiée à Mme Ardusson lui a remis une somme assez importante...

— J'ignore ce qui a été fait... — dit Valérie Dubourg. — Je ne sais cela que depuis la visite de cette femme.

— Cela m'a semblé indiquer des ressources, une certaine fortune, car on on ne verse pas ainsi vingt-deux mille francs s'il n'y a pas des intérêts supérieurs...

— Vingt-deux mille francs!... — s'écria la fausse Lia de Chavanges. — Cette femme a reçu vingt-deux mille francs?...

— Oui, madame.

— Et que réclame-t-elle aujourd'hui?

— C'est moins pour elle qu'elle revendique que pour faire rendre justice à cette jeune fille dont les intérêts lui sont chers.

— Permettez-moi de vous dire que Mme Ardusson fait fausse route, car je sais mieux que personne ce qu'il en est... La vicomtesse d'Arcis est morte absolument ruinée...

— Par son mari... Je le sais, madame.

— Eh bien! puisque vous le savez, vous devez être édifié.

Quant à la somme qui a été payée à Mme Ardusson je ne sais par qui, par la personne qui lui a confié cette enfant, je ne peux rien vous apprendre, et je ne comprends dans quel intérêt on a agi... Je me suis demandé si ce n'était pas le vicomte d'Arcis qui a fait lui-même confier sa fille à cette femme, et qui aurait obéi en cela à des considérations qui m'échappent...

— C'est ce que j'ai pensé aussi.

Cette déclaration sincère rassura l'usurpatrice.

Elle ajouta aussitôt :

— Mais permettez-moi de vous dire, monsieur, que je n'ai jamais eu connaissance du décès du vicomte d'Arcis...

— Il est vivant, en effet.

— Alors, du moment où il vit, Mlle d'Arcis, qui est mineure, se trouve sous la tutelle légale de son père.

— C'est la loi.

— Lui seul doit avoir l'administration des biens qu'elle peut posséder et il n'appartient qu'à lui de revendiquer... Je ne comprends donc pas l'intervention de Mme Ardusson qui, je ne vous le cache pas, me paraît singulière.

— Mme Ardusson, ma cliente, est mue, avant tout, par l'intérêt de Mlle d'Arcis qu'elle a pu croire dépouillée de la fortune lui revenant, en raison des circonstances mystérieuses et des habiles précautions prises lorsqu'on l'a abandonnée en la lui confiant...

La situation de Mlle d'Arcis est, malgré sa faute, encore plus digne d'intérêt aujourd'hui, — ajouta M⁰ Bonnassieux, — car elle est sur le point d'être mère...

— Grand Dieu!... — s'écria la grande dame sur le coup de cette révélation. — Que dites-vous, monsieur ?...

— La vérité, madame... Cette infortunée jeune fille est enceinte...

— Ah !... c'est épouvantable !... Il faut donc que toutes les douleurs et toutes les hontes s'accumulent !... En vérité, c'est un horrible malheur !...

Ma pauvre amie, que tu as été heureuse de mourir et de ne pas voir cette ignominie !... — s'écria la fausse Lia de Chavanges d'une voix pathétique. — Quelle horreur !... Une d'Arcis est la maîtresse d'un ouvrier !... Elle est mère des œuvres de cet homme !... Elle va mettre au monde un enfant qui sera la preuve vivante de son déshonneur et de sa honteuse mésalliance !...

— Excusez-moi, madame, — fit humblement l'homme d'affaires dominé par cette explosion d'indignation douloureuse. — Il était de mon devoir de vous dire la vérité toute entière... En venant à vous, Mᵐᵉ Ardusson pensait surtout s'adresser à votre cœur en faveur de cette malheureuse jeune fille, qui devait vous être chère...

— Oui, bien chère, monsieur, croyez-le, — déclara la grande dame. — En souvenir de mon amie que j'ai tant aimée, j'avais pour ma filleule une affection maternelle, et c'est pour cela que j'ai tout fait pour la retrouver lorsque j'ai appris la fin malheureuse de sa mère... Je n'ai pu savoir ce qu'elles étaient devenues l'une et l'autre et je les ai longtemps recherchées, ainsi que je vous l'ai dit...

— Eh bien ! madame, cette affection... — essaya d'insister Bonnassieux qui se rattachait à cet espoir maintenant qu'il savait qu'il ne pouvait compter sur aucune fortune.

— La situation de ma filleule, que vous venez de me faire connaître, me trace un devoir nouveau auquel je ne faillirai pas, — interrompit Valérie Dubourg qui venait de prendre une résolution subite, en entrevoyant le parti à tirer de ces conjonctures nouvelles pour conjurer le nouveau danger qui la menaçait. — Croyez-le, ce n'est pas pour elle, qui est indigne de toute pitié, que j'agirai... C'est uniquement pour sa pauvre mère... Le devoir qui m'incombe consiste à préserver l'honneur du nom de d'Arcis de la honte imméritée qui lui viendra de la naissance de cet enfant, de ce bâtard...

Et se levant, pour marquer la fin de cet entretien :

— Je réfléchirai, — conclut la fausse Lia de Chavanges. — Je prendrai conseil de mon affection pour mon amie et du souci de l'honneur de son nom dont, à défaut de son indigne fille, je dois me constituer la gardienne, et je déciderai ce que je dois faire...

Mᵉ Bonnassieux s'était levé en même temps que Valérie Dubourg.

Il allait adresser une question finale, demander la réponse qu'il devait apporter à sa cliente, mais la marraine de Liette ne lui en laissa pas le temps.

— Vous savez où demeure ma filleule ? — demanda-t-elle.

— Chez M. Pierre Duval, — répondit-il, — boulevard Montparnasse, 19.

— C'est bien, merci.

Et Bonnassieux se retira sans avoir osé ajouter un mot.

XXXII

DÉTOURNEMENT DE MINÉURE

C'était pour l'usurpatrice, une situation nouvelle grosse de dangers et de menaces, que créait la maternité de Liette.

Elle avait bien, dans une réflexion rapide, en pleine possession d'elle-même, pris une résolution qu'elle ne voulait point tarder à exécuter, mais une autre préoccupation surgissait dans son esprit.

Le vicomte d'Arcis était vivant.

Ainsi qu'elle l'avait dit à l'homme d'affaires, envoyé par Sophie Ardusson, le père de Liette avait seul les pouvoirs légaux pour représenter sa fille mineure, pour revendiquer les biens qui pouvaient lui revenir.

Dès le début de son aventure, Valérie Dubourg s'en était préoccupée et c'est pour cela qu'elle avait recherché, sans aucun résultat, ce qu'était devenu le mari de la malheureuse Odeline.

Elle n'avait dit cela à Bonnassieux que pour couper court à toute tentative et à toute manœuvre de sa part, en lui démontrant qu'elle était ferrée sur la loi et que personne n'aurait prise sur elle.

Mais elle pensait que pas plus qu'elle cet homme d'affaires ne parviendrait à savoir ce que le vicomte d'Arcis était devenu, si toutefois il était vivant.

Bonnassieux n'avait pas eu l'occasion de lui communiquer ce qu'il avait appris.

Il l'aurait fait sans doute si elle lui en eut laissé le temps, si elle ne s'était pas levée pour marquer la fin de l'entretien, lorsqu'il avait encore bien des choses à lui dire.

Et maintenant la fausse Lia de Chavanges se préoccupait de l'existence du mari d'Odeline.

Cet homme venait de lui dire qu'il vivait.

Etait-ce une simple conjecture de sa part, en l'absence de l'acte de décès du vicomte que, pas plus qu'elle-même, il n'avait pu se procurer nulle part ?...

Ou bien savait-il quelque chose ?...

Ce n'était pas que la réapparition du vicomte d'Arcis eut inquiété le moins du monde l'audacieuse aventurière, car elle avait prévu ce cas dès le début.

Odeline n'était plus là, il n'y avait aucun témoin pour la contredire, elle savait ce qu'elle aurait à dire à cet homme, qui avait été son amant avant d'épouser la fille du marquis de Charleval et qui la croirait sûrement.

Elle voulait seulement ne pas être surprise par les événements.

Elle tenait, si le mari d'Odeline vivait, à ce que personne ne le vît avant elle.

C'est de là que venait sa préoccupation.

En tous cas, ce qu'elle venait de décider à l'égard de Liette, favoriserait admirablement le plan qu'elle avait combiné pour le jour où le vicomte reparaîtrait.

Par conséquent, elle n'avait qu'à accomplir ce qu'elle venait d'arrêter.

Pour cela quelque réflexion était nécessaire.

Il s'agissait de ne rien laisser au hasard, afin de réussir sûrement.

Il fallait mettre l'amant de Liette dans l'impossibilité d'agir, car c'est de lui que Valérie Dubourg se défiait.

Cet homme n'était qu'un ouvrier, mais elle le savait très intelligent.

Le cœur plein de son amour, il ne voyait en ce moment que Liette ; il était plein de désintéressement au sujet de la fortune qui pouvait lui revenir et se défendait de toute pensée de cupidité qui aurait pu le faire soupçonner d'une spéculation.

Mais les choses changeraient quand Liette serait mère.

Elles changeraient surtout le jour où l'enfant qui allait naître serait inscrit à l'état civil sous sa filiation légitime, dénoncé comme fils de Pierre Duval et de Lia d'Arcis.

L'acte de naissance mentionnerait bien que le père et la mère de cet enfant n'étaient pas unis légalement par le mariage, mais il n'en serait pas moins l'héritier naturel de son père et de sa mère.

Alors si cet homme d'affaires, poussé par Sophie Ardusson qui y avait son intérêt et qui était capable de tout, venait à découvrir quelque chose relativement à la fortune d'Odeline, malgré les habiles précautions que l'aventurière avait prises, assurément l'amant de Liette n'hésiterait pas, dans l'intérêt de son enfant, à revendiquer la fortune de la vicomtesse.

Il fallait empêcher cette situation de se créer, et rien ne paraissait plus facile à Valérie Dubourg que de conjurer ce danger, maintenant qu'il était prévu.

C'est sur Liette qu'elle voulait agir.

Liette était mineure et, à défaut de ses ascendants naturels, son titre de marraine, d'amie d'enfance de sa mère lui donnait quelques droits.

Ils se levèrent, Pierre très ému, Liette toute tremblante... (P. 568.)

S'ils étaient contestés, ce qui était possible, elle se chargeait de les faire consacrer légalement par la décision d'un conseil de famille qu'elle provoquerait.

Elle avait donc tout prévu et elle calcula tout dans le temps qu'elle mit à réfléchir à son projet.

Maintenant elle pouvait agir.

*
* *

Ceux qui ont de grandes joies éprouvent le besoin de les communiquer, comme s'ils en doublaient l'intensité en les faisant partager à ceux qui les aiment.

Pierre et Liette avaient éprouvé ce besoin impérieux d'affectueuses confidences.

La promesse d'un enfant qui naîtrait de leur amour était pour eux le plus heureux événement.

Le lendemain même de la visite de Mlle Christol et de Sophie Ardusson, Pierre avait vu Totor.

On avait fait pour le théâtre de Grenelle, des décors que l'on venait de livrer, et Totor avait profité de ce qu'il se trouvait dans le quartier pour aller dire « un petit bonjour en passant » à Pierre.

Il s'était rendu à la nouvelle usine des frères Rollinet, poussé aussi par la curiosité, car Pierre lui en avait dit des merveilles, en lui promettant de la lui faire visiter à la première occasion.

Alors, en causant, Pierre dit radieux :

— Tu ne sais pas... Il va y avoir du nouveau...

— Où donc ? — demanda Totor.

— A la maison.

— Eh bien ! c'est un rébus ?

— Non... mais une grande nouvelle !

— J'y suis... Liette va te faire papa, n'est-ce pas ?

— Oui, c'est cela... Elle est enceinte, d'après ce que nous croyons.

— Eh bien ! oui, c'est une bonne nouvelle, — dit Totor. — C'est Mariette qui va en avoir une joie !... Je te parie qu'elle lâche ses robes pour faire tout de suite une layette pour le gosse !...

Et puis on va faire un riche baptême, n'est-ce pas ? — continua le grand espiègle, — afin de se rattraper de la noce qu'on n'a pas faite.

— Oui, nous fêterons tous ensemble la naissance de notre enfant, — dit Pierre. — Tu ne peux pas comprendre comme je suis heureux, mon brave Totor !...

— Je ne sais pas si je ne peux pas le comprendre, mais je le vois... Tu rayonnes comme un soleil du Quatorze Juillet !... Eh bien ! oui, tu as raison, Pierre. Et moi aussi je suis content comme de tout ce qui t'arrive d'heureux.

— Dis à Mariette de venir nous voir. Liette y serait allée aujourd'hui, mais elle est un peu indisposée.

— Dame, dans sa position... Ça ne fait rien, ça vaut toujours mieux qu'une maladie.

Et ayant ri de sa boutade, Totor ajouta :

— Tu ne sais pas, on viendra ce soir tous les deux, Mariette et moi, après le dîner.

— Oui, ça me fera bien plaisir... Et Liette sera si heureuse d'annoncer la nouvelle à Mariette.

— Alors, motus ! je ne lui dis pas un mot, afin de laisser le plaisir de Liette.

Mais Totor ne put pas se tenir, ou pour dire plus exactement, il fit tant d'allusions et de sous-entendus, en racontant sa visite à l'usine de Grenelle, que Mariette devina.

On pense si le dîner fut vite expédié ce soir-là.

Le frère et la sœur avaient autant de hâte l'un que l'autre de voir Liette.

A sept heures et demie précises, ils arrivèrent au boulevard Montparnasse.

Pierre et Liette étaient encore à table, achevant à peine de dîner.

Les baisers furent plus tendres et bien expressifs entre ces jeunes gens qui s'aimaient si sincèrement.

La conversation ne pouvait rouler que sur la grande nouvelle.

Liette et Pierre racontèrent en détail tout ce qui s'était passé, en parlant de la nouvelle visite de maman Sophie et de cette dame chez qui elle travaillait.

Ils parlèrent de leurs projets.

Maintenant, ils ne songeaient à régulariser leur situation en se mariant que lorsque Liette serait majeure.

— Tu comprends, — expliqua Pierre à Mariette, — il faudrait produire le consentement de son père et, d'après ce que maman Sophie m'a dit, il vaut mieux ne pas en avoir besoin.

Mariette et Totor approuvèrent cette résolution.

— Et puis, — ajouta le jeune homme, — dans trois ou quatre ans d'ici, j'aurai une autre position qu'aujourd'hui. Maintenant que je suis intéressé dans la nouvelle usine, ça ira plus vite. On économisera et j'aurai un petit capital devant moi... C'est que ça fait travailler un enfant !...

— Dans trois ans, — dit Totor, — il aura passé de l'eau sous les ponts si la Seine coule toujours, et vous n'aurez peut-être plus les mêmes difficultés qu'aujourd'hui.

— Maintenant c'est pour l'enfant que nous tenons à nous marier, — dit à son tour Liette. — Pauvre petit !...

— Mais, en attendant, on le reconnaîtra tous les deux en le déclarant à la mairie, — ajouta Pierre.

— Puis on fera le baptême !

— Je serai sa marraine, n'est-ce pas ? — demanda Mariette.

— N'es-tu pas ma seule amie, — lui répondit Liette, — ma sœur ?...

— Eh bien ! et moi, je serai le parrain alors ? — dit Totor.

— Bien sûr, — accepta Pierre.

— Alors, si c'est un garçon, on l'appellera Victor, et si c'est une fille Mariette. D'abord on ne pourrait pas lui donner le nom de sa marraine si c'est un garçon... Marie, Maria, Mariette, tout ça ce sont des prénoms de fille... Marius, ça sent trop le Midi... Victor, ça ronfle bien !... Un petit Totor, et un Parigot comme son parrain, voilà !...

On riait de bon cœur.

— Et puis je serai son oncle en même temps, — ajouta Totor.

— Tu cumuleras, quoi !

— Bédame, puisque je suis ton frère !...

— Tâche d'être un oncle d'Amérique, — lui dit Mariette.

— Ce n'est pas l'envie qui m'en manque, mais quand on est né dans la purée, on a bien des chances de finir dans la panade !... Enfin, ça ne fait rien, on boulotte tout de même et ça n'empêche pas les sentiments !...

Totor avait bien prévu, en parlant de la layette. Mariette voulut s'en charger. Ce serait son cadeau à son filleul ou à sa filleule.

Elle l'aurait dans de bonnes conditions dans une grande maison de blanc dont la première était sa cliente.

Et l'on devisa ainsi presque jusqu'à minuit, jusqu'à l'heure du dernier omnibus, pour retourner à la rue des Martyrs.

*
* *

Le bonheur le plus complet régnait dans le modeste logement de ces deux amants unis désormais, non seulement par leur amour, mais par le lien le plus sacré.

L'avenir leur apparaissait plein de promesses.

Tout à coup, un nuage sombre passa sur ce ciel ensoleillé.

La concierge remit à Pierre Duval, qui passait devant sa loge, un pli qu'elle venait de recevoir et qui portait le timbre du commissariat de police du quartier.

— C'est un sergent de ville qui a apporté ça, — dit-elle.

Pierre, plein d'une émotion qui le troublait, lut aussitôt cette lettre en montant l'escalier; il voulut en prendre connaissance avant d'en parler à Liette.

Que lui voulait ce commissaire de police ?

C'était une convocation, dont la formule était imprimée sous l'en-tête officiel, et les blancs remplis à la main.

Elle disait simplement :

« Le sieur Duval (Pierre), demeurant boul. Montparnasse, 19, est prié de se présenter au commissariat de police, rue de l'Abbé-Grégoire, 39, le 6 courant à 11 heures, avec la demoiselle Lia d'Arcis, pour affaire qui le concerne. »

Que signifiait cette convocation ?

Pourquoi le nom de Liette, que personne ne connaissait en dehors de maman Sophie, indiqué conformément à son état-civil ?

Il était impossible de deviner l'objet et la nature de cette convocation et le jeune homme se sentait plein d'appréhensions douloureuses comme à l'approche d'un malheur épouvantable.

Il aurait voulu, avant d'en parler à Liette, savoir de quoi il s'agissait, afin de pouvoir la préparer, car, dans son état, il fallait lui éviter toute émotion trop vive.

Il y allait peut-être de la vie de l'enfant qu'elle portait.

Lorsque Pierre arriva chez lui et que, comme chaque jour, Liette courut au devant de lui pour l'embrasser, il tenait à la main cette lettre et son visage portait l'empreinte de la poignante inquiétude qui venait de pénétrer en son esprit.

En l'embrassant, Liette sentit qu'il avait quelque chose.

Pierre, du reste, lui fit part aussitôt de cette convocation.

— C'est la concierge qui vient de me la remettre en passant, — dit-il, — on l'a apportée tantôt du commissariat de police du quartier... Nous sommes convoqués tous les deux pour demain matin.

— Chez le commissaire de police !...

Et ils s'évertuèrent à comprendre, aussi douloureusement émus l'un que l'autre, cherchant à prévoir ce qu'on leur voulait, cruellement indignés par cette désignation nominale de Liette dont le nom avait été révélé.

Qui donc s'occupait d'eux ?

Assurément ce ne pouvait être maman Sophie ; mais Pierre pressentait que ce devait être la conséquence de ses agissements.

— C'est en faisant ses recherches qu'elle a fait connaître ton nom, — dit-il, déjà repris par la défiance qui s'était auparavant emparé de lui. — Sans cela qui aurait su ton véritable nom ?

— Tu crois ?... — fit Liette très troublée.

— Je ne vois pas autre chose... C'est certainement à cause de toi que nous sommes appelés.

— Alors... que va-t-on nous dire ?...

— Je ne sais pas... Je ne peux pas comprendre de quoi il s'agit...

— La concierge a lu cette lettre ? — demanda Liette inquiète.

— Je ne crois pas, elle était cachetée... Si elle est curieuse, elle pouvait tout de même voir à l'intérieur en l'entrouvrant, puisqu'il n'y a pas d'enveloppe. — Qu'importe! Il n'y a pas de quoi il s'agit... Et puis nous n'avons rien à nous reprocher...

— Il y a mon nom... il y a : *la demoiselle*... Elle saura maintenant que nous ne sommes pas mariés...

— Oui... Ah! je sentais bien que les démarches de maman Sophie nous seraient funestes!...

— Elle n'a fait cela que pour rendre service, — dit Liette, toujours prête à la défendre et à l'excuser. — C'était dans notre intérêt, afin d'avoir mes papiers et de nous permettre de nous marier.

— Je ne dis pas...

— Et tu vois, dans notre situation, il vaut bien mieux, ainsi que nous le disions hier, que je connaisse mon état-civil, car, sans cela, sous quel nom aurait été inscrit notre enfant, puisque nous ne sommes pas mariés?...

— C'est vrai!... — fit Pierre. — Et puis nous avons peut-être tort de nous tourmenter à l'avance, sans savoir. Ce n'est peut-être qu'une communication à nous faire concernant ta famille...

— Mon père, alors?...

— Qui sait?...

— Il est peut-être mort...

— Nous verrons demain... Jusque là ne nous inquiétons plus...

Mais ils avaient beau chercher à se calmer, leurs angoisses subsistaient et ils revenaient quand même à cette convocation dont ils ne parvenaient pas à comprendre le motif.

Ils en parlèrent toute la soirée.

Cette préoccupation les empêcha de dormir une partie de la nuit et agita leur sommeil.

Le lendemain, en s'éveillant, ils s'en entretenaient encore.

Pierre aurait voulu aller seul au commissariat de police, afin de savoir de quoi il s'agissait.

Il pourrait ainsi en informer Liette et la préparer.

Eh! mon Dieu, cela ne se pourrait-il pas?... Il dirait au commissaire de police qu'elle est indisposée.

Mais si cela compliquait la situation... Si le commissaire venait alors chez eux pour la voir...

Il fallait s'y rendre, c'était le plus simple.

Dans deux heures, maintenant, on allait savoir de quoi il s'agissait.

Auparavant, Pierre courut jusqu'à l'usine, afin de prévenir M. Alfred de l'impossibilité où il se trouvait de venir à son travail à l'heure habituelle.

Il expliqua l'empêchement, sans parler de Liette, et dit qu'il reviendrait aussitôt après.

Lorsque Pierre et Liette entrèrent dans le commissariat, ils s'adressèrent à un secrétaire qui se trouvait à son bureau, séparé du reste de la salle par une barrière à hauteur d'appui.

— Vous avez une convocation ? — lui demanda-t-on.

Il remit la lettre qu'une formule imprimée prescrivait de rapporter.

— Ah ! bien !... — fit le secrétaire ayant lu.

Et il examina curieusement Liette qui se tenait toute confuse et très émue, un peu en arrière.

— Asseyez-vous là, — leur dit il à tous deux en désignant un banc qui courait le long du mur, au fond de la salle.

Puis il quitta son bureau, frappa à une porte, l'ouvrit et disparut.

Quelques instants s'écoulèrent.

Pierre et Liette se sentaient vivement impressionnés dans ce milieu.

Ils osaient à peine regarder autour d'eux, sentant passer les regards des deux gardiens de la paix qui allaient et venaient dans la salle.

La porte par laquelle le scribe avait disparu se rouvrit enfin et on les appela.

Ils se levèrent, Pierre très ému, Liette toute tremblante, ayant plus que jamais l'un et l'autre le pressentiment d'un malheur, et on les introduisit dans le cabinet du commissaire de police.

— M. Pierre Duval ? — fit ce magistrat lorsque son secrétaire se fut retiré.

— Oui, monsieur.

— Et vous mademoiselle d'Arcis, n'est-ce pas ?

Liette répondait d'une voix à peine perceptible.

D'un geste, le commissaire leur indiqua deux chaises placées de l'autre côté de son bureau, et pendant qu'ils s'asseyaient, il demanda à Pierre.

— Vous habitiez Clamart, il y a quelque temps, et vous êtes ouvrier mécanicien ?

— Oui, monsieur, — répondit l'amant de Liette. — Je suis chez MM. Rollinet frères depuis près de quatre ans.

— Et vous, mademoiselle, vous demeuriez aussi à Clamart, chez la femme Ardusson ?

— Oui, monsieur.

— C'est là que vous vous êtes connus ; vous avez alors quitté Clamart pendant que la femme Ardusson était en prison, et vous êtes venus habiter à Paris, boulevard Montparnasse 19 ?

— Oui, monsieur, — répondit Pierre. — Mon travail est maintenant à Paris, car mes patrons m'ont placé à leur nouvelle usine du boulevard de Grenelle.

...Il lui fit boire un peu d'eau dans un verre, additionnée de quelques gouttes de cognac.
(P. 570.)

— Je le sais... Vous vous êtes mis dans un très mauvais cas, Monsieur
Duval, — dit alors le commissaire de police avec sévérité. — Vous n'ignorez
pas que Mlle d'Arcis est mineure.

— Non, monsieur...

— Quel âge avez-vous, mademoiselle?

Absolument troublée par les dernières paroles du commissaire, Liette,
très pâle, n'avait pas la force de repondre.

Elle put à peine articuler d'une voix très faible :

— J'aurai bientôt dix-huit ans.

Alors, s'adressant à Pierre, le commissaire de police dit :

— J'ai reçu de la famille de mademoiselle une plainte contre vous en détournement de mineure.

Le pressentiment de Pierre se vérifiait. Ce qui leur arrivait était bien le résultat des démarches de Sophie Ardusson.

Liette tremblait de tous ses membres.

Elle voyait déjà Pierre compromis, arrêté.

Elle sentait qu'on allait la séparer de lui.

— J'ai à vous demander quelles sont vos intentions à l'un et à l'autre afin de savoir quelles mesures je serai obligé de prendre contre vous, — poursuivit le commissaire. — Mademoiselle est réclamée par sa marraine, Mlle de Chavanges, qui, à défaut de ses parents, agit dans l'intérêt de sa famille.

Pierre avait blêmi.

— C'est impossible, monsieur, — dit-il en proie à la plus cruelle émotion. — Dans sa situation, je ne puis pas me séparer d'elle.

— Je dois vous prévenir que, dans le cas où vous ne suivriez pas les les conseils que je vous donne, les injonctions que je vous fais à tous deux, je serais obligé de donner suite à la plainte que j'ai reçue, — dit le commissaire de police, — et par suite vous me mettriez dans l'obligation de vous arrêter, monsieur Duval.

— M'arrêter !...

Liette se sentit défaillir.

— Mademoiselle, je vous le répète, est réclamée par sa famille, — reprit le magistrat, — et je dois la faire conduire chez sa marraine.

— Mais, monsieur, — dit dit Pierre, — permettez-moi de vous dire... son état ne lui permet pas... Aujourd'hui, elle est enceinte...

Liette jeta un faible cri.

Sa tête se renversa en arrière et le commissaire lui-même dut la secourir avec l'aide de Pierre, car elle était sur le point de perdre connaissance.

— Liette !... Ma chère Liette... — disait Pierre.

— Remettez-vous, — dit le commissaire ému malgré lui.

Il lui fit boire un peu d'eau dans un verre, additionnée de quelques gouttes de cognac qu'il prit dans un placard.

Alors, quand elle eut un peu repris ses sens, le magistrat parut s'humaniser.

Sa voix se fit presque paterne, car il avait compris qu'il ne fallait pas impressionner trop vivement cette femme, déjà si profondément troublée.

— Je comprends fort bien votre situation, — lui dit-il. — La mission dont je suis chargé est pénible,... très pénible...

Maintenant que Liette était revenue à elle, Pierre délivré de la cruelle alarme qu'il venait d'éprouver, pensa à donner quelques explications.

Le ton radouci du magistrat semblait lui indiquer qu'il serait écouté peut-être avec bienveillance.

— Mademoiselle ignorait absolument à quelle famille elle appartenait, — dit-il conservant quand même quelque hésitation que la voix trahissait. — Mme Ardusson, à qui elle avait été confiée à l'âge de sept ans, n'avait aucun papier et ne connaissait que le nom Liette Darcis, écrit en un seul mot, sans la particule, que lui avait indiqué la personne qui l'avait amenée chez elle. Jamais, en dix ans, elle peut vous le dire elle-même, elle n'a eu une seule fois des nouvelles de la personne qu'elle avait vue, si bien qu'elle crut que Liette avait été abandonnée.

Lorsque je l'ai connue... — poursuivit le jeune homme avec un visible effort, — je n'ai rien vu qui m'empêchât de l'aimer, et je vous jure, monsieur le Commissaire, que j'avais les sentiments les plus honnêtes, les plus loyaux... Je me suis présenté à Mme Ardusson et je lui ai demandé de me laisser épouser Mlle Liette... C'est alors qu'ont surgi les obstacles ; pour se marier, il lui fallait des papiers, et personne ne savait où l'on trouverait son acte de naissance.

Mme Ardusson a promis de faire des recherches, qu'elle a entreprises en effet, et tout à coup elle a été arrêtée, mise en prison, et Liette s'est trouvée seule... Je ne pouvais pas la laisser ainsi et je l'ai conduite à Paris, chez une amie, une honnête jeune fille, Mlle Bernard, qui est couturière et qui lui a offert l'hospitalité. Puis nous avons eu peur, à la suite de certaines manœuvres, que l'on intervînt pour enlever Liette et la conduire à l'Assistance Publique, comme une enfant abandonnée, et c'est alors que je l'ai emmenée...

Nous nous aimions... et voilà comment cela est arrivé...

— Je comprends très bien vos explications et l'entraînement des circonstances sous l'inspiration de votre amour, — dit le commissaire de police, — mais cela n'empêche pas que mademoiselle n'a pas même dix-huit ans et que la loi qualifie ce que vous avez fait de détournement de mineure... C'est le cas qui est invoqué par la personne qui a déposé la plainte dont je suis saisi.

— Cependant mes intentions étaient honnêtes, — insista l'amant de Liette. — Nous voulions nous marier... Tous ceux qui nous connaissent peuvent en témoigner... Et lorsque Madame Ardusson put reprendre ses recherches et que nous apprîmes à quelle famille Liette appartenait, je craignis, en persistant à vouloir réaliser ce mariage, qu'on me soupçonnât d'agir par intérêt, par cupidité... et nous résolûmes d'attendre...

— Que voulez-vous?... Je suis saisi d'une plainte, je suis obligé d'y donner suite, — dit le commissaire. — Mademoiselle d'Arcis est réclamée par sa marraine, madame de Chavanges, qui agit au nom de sa famille et qui est disposée à prendre contre elle des mesures de rigueur si elle ne veut pas se soumettre à son autorité... Elle veut avant tout empêcher d'éclater le scandale que causera la nouvelle de la faute commise par sa filleule, et pour cela, elle est prête à retirer sa plainte... Mais si vous refusez à faire ce que je vous conseille, elle la maintiendra et je serai obligé d'y donner suite...

Or, ainsi que je vous l'ai dit, une inculpation de détournement de mineure, établie et reconnue par vous, me met dans la nécessité de vous arrêter.

— Non, Monsieur... non... Je ne veux pas qu'on l'arrête !... — implora Liette. — Je suis prête à faire ce que l'on voudra... mais je ne veux pas qu'on le mette en prison !...

Le commissaire entrevit, dans cette promesse de soumission, quelque espoir d'arranger l'affaire.

Sa mission était avant tout conciliatrice.

Il voulut profiter de ces bonnes dispositions.

— Vous avez raison, mademoiselle, — dit-il à Liette, — il ne faut pas vous révolter. Mieux vaut vous soumettre à l'autorité de votre marraine qui tiendra compte certainement de votre soumission.

— Mais on nous séparera... — dit Pierre.

— Il le faut bien... Mais ce ne sera que provisoire... Vous verrez madame de Chavanges qui agira dans l'intérêt de sa filleule, et je suis convaincu qu'en raison de sa position, et lorsqu'elle vous connaîtra, elle ne s'opposera pas au mariage que vous voulez contracter...

Et le commissaire ajouta, s'adressant toujours à Pierre Duval :

— Mademoiselle va être conduite chez sa marraine, selon les instructions que j'ai reçues, et ainsi la plainte qui a été portée contre vous sera retirée et il n'en subsistera plus rien.

Liette intervint encore pour supplier Pierre qui, elle le comprenait bien, ne pouvait se décider à accepter cette séparation.

— Je parlerai à ma marraine, — lui dit-elle, — je lui expliquerai tout et elle consentira à notre mariage... Il le faut bien...

— Evidemment, — appuya le commissaire de police.

Liette voulait avant tout éviter à Pierre le malheur dont la menace l'avait épouvantée.

Elle l'avait déjà vu, par la pensée, arrêté, conduit en prison, renvoyé peut-être de son usine à la suite du scandale causé par son arrestation, condamné, et alors ce serait une séparation définitive.

Sa marraine, irritée contre elle et contre lui, ne se laisserait plus fléchir ni toucher.

Et elle portait en elle le fruit de son amour.

A tout prix, il fallait éviter cette catastrophe.

Pierre céda enfin, se faisant violence, essayant même de faire taire les sinistres pressentiments dont il se sentait envahi, car il lui semblait que Liette allait être irrémédiablement perdue pour lui.

Elle l'aurait été pourtant sûrement s'ils avaient résisté aux injonctions qui leur étaient adressées.

Il pensait surtout à l'enfant qui allait naître.

L'intérêt de ce petit être devait primer toute autre considération et lui faire accepter le cruel sacrifice qu'on lui demandait.

Cette situation pouvait toucher la marraine de Liette.

Ah! il saurait bien lui démontrer, quand il la verrait, que toute pensée de cupidité était bien loin de son esprit, car il lui dirait, ainsi que Liette, qu'ils renonçaient à toute fortune.

Il avait son travail et sa situation qu'il s'efforcerait d'améliorer encore.

Stimulé par son amour, il se sentirait capable de faire des prodiges et il saurait bien s'élever et se rendre digne de celle qu'on voulait bien consentir à lui donner pour femme.

Il illustrerait même son nom par les inventions dont il se sentait capable, auxquelles il travaillait depuis longtemps.

Il se sentait plein des plus nobles ambitions et animé du plus juste orgueil.

Alors, quand il eut consenti à son tour à faire ce que l'on exigeait, le commissaire lui dit.

— J'ai l'ordre de faire conduire Mademoiselle chez sa marraine et je vais l'y accompagner moi-même.

— Et moi!... — fit Pierre.

— Vous, retournez chez vous, allez à votre travail... Mademoiselle vous fera savoir ce que sa marraine aura décidé, quand elle lui aura donné les explications nécessaires...

— Je l'écrirai tout de suite, — dit Liette.

— Et comptez sur moi, — ajouta le magistrat, — pour que cette affaire n'ait aucune suite.

— Alors, Pierre qui s'était levé pendant ces dernières paroles, s'approcha de Liette.

Elle le vit et elle lut dans ses yeux la douleur épouvantable qui le torturait

Le sacrifice était cruel.

— Pierre!... mon Pierre!... — dit-elle en se jetant dans ses bras.

— Ma chère Liette!...

— Aie confiance comme moi... Rien ne pourra me séparer de toi, je te l'ai juré!...

— Non... rien!... rien!...

Ils s'embrassèrent longuement, sous l'œil ému du commissaire qui ne pouvait se défendre d'une réelle sympathie pour ces deux jeunes gens qui souffraient.

Puis, Pierre se retira, reconduit jusqu'à la porte du cabinet par le magistrat qui lui prodiguait ses consolations, et sur le seuil il jeta sur Liette un dernier regard chargé d'amour, mais plein aussi de désespoir.

Il traversa les deux pièces du commissariat, marchant d'un pas lent, n'osant pas regarder autour de lui, et lorsqu'il se trouva dans la rue, après avoir fait quelques pas, chancelant comme un homme ivre, il s'arrêta et jeta les yeux sur cette maison où il laissait celle qu'il aimait.

Alors la douleur de l'infortuné fut à son comble.

Un pressentiment sinistre, qui l'obsédait depuis qu'il l'avait envahi, lui disait que Liette était perdue pour lui.

— Ma Liette !... — exclama-t-il en désespéré, — ma Liette !...

Il s'éloigna, retenant avec peine les larmes qui montaient à ses yeux, voulant demeurer fort afin de dissimuler sa douleur aux indifférents qui auraient pu en être les témoins.

Où allait-il ?

Machinalement Pierre Duval avait repris la direction de son domicile.

Il y arriva.

La concierge qui le vit passer, qui s'étonna de le voir revenir seul, aurait voulu l'arrêter et l'interroger. Mais Pierre ne la vit pas.

Il monta à son logement, ayant hâte d'être seul, afin de laisser éclater cette douleur qui l'étouffait ; et quand il fut chez lui, il se laissa tomber sur un siège, absolument anéanti, et il s'abîma, en cachant son visage entre ses mains.

Le malheureux pleurait.

Des sanglots convulsifs, le secouaient effroyablement.

Il appelait Liette, dont la place, en ce nid d'amour, demeurait vide.

Il avait horreur de la solitude de ce logement, si vivant tantôt, plein de tendresse et de baisers, désolé maintenant, lui criant le malheur qui venait de fondre sur lui.

Il sentait la vie finie pour lui et son désespoir s'exaltait et s'assombrissait.

Qu'allait-il faire ?...

Pierre se releva, ayant essuyé ses larmes.

Il ne se sentait pas la force de demeurer plus longtemps dans cette maison où il souffrait au-dessus des limites de la résignation à laquelle il faisait vainement appel.

Il éprouvait le besoin de sortir, de confier sa peine à quelqu'un qui l'aimât, afin d'essayer de reprendre un peu de cet espoir que son cœur ne parvenait pas à concevoir.

— Mariette !...

Il songea, en sa détresse, à cette sœur aimée, à cette compagne dévouée dont il avait toujours ignoré le véritable amour, qui s'était secrètement sacrifiée à son bonheur.

C'est auprès d'elle qu'il voulut se réfugier pour lui dire sa peine, pour exhaler sa plainte qui aurait un écho en son âme compatissante.

Il se sentait incapable de penser, d'agir, de prendre seul une résolution.

Mariette le consolerait et l'aiderait à décider ce qu'il fallait faire ; car il ne pouvait en rester là, accepter un sacrifice au-dessus de ses forces.

Lorsque l'amant de Liette reparut devant la loge, la concierge, curieusement intriguée, se trouva sur son passage.

— Qu'y a-t-il donc, monsieur Duval ? — questionna-t-elle, palliant son intervention indiscrète sous l'apparence de la commisération inspirée par la douleur visible du jeune homme.

— Ah ! madame... — répondit Pierre, — c'est un grand malheur qui m'arrive...

— Madame Duval...

— Je ne puis pas vous dire... Je suis suis bien malheureux, aller !...

Et il passa, s'éloignant au plus vite, car il sentait que les larmes qu'il retenait avec peine allaient s'échapper malgré lui de ses yeux rougis et brûlants.

Pierre prit un fiacre, voulant cacher à tous sa douleur et se hâta de joindre Mariette.

— Liette !... ma Liette !... — pleurait-il pendant le trajet. — Ma pauvre Liette !...

Il arriva.

En le voyant, les yeux rouges et gonflés, la consternation et le désespoir peints sur le visage, Mariette comprit qu'un malheur était arrivé.

Elle l'interrogea en l'embrassant :

— Pierre... qu'y a-t-il ?...

— Ma bonne Mariette !...

Et le malheureux éclata ses sanglots dans les bras de sa sœur.

— Que t'est-il arrivé ?... Parle... Pierre, je t'en conjure !... Il y a un malheur ?... Liette... Où est Liette !...

— Elle est perdue...

— Perdue ?... que veux-tu dire ?...

— Oui, perdue... Perdue pour moi !... Perdue à jamais !... Oh ! Mariette, c'est épouvantable !... Je suis bien malheureux !...

Et alors, quand il se fut calmé dans les bras de cette sœur dont tout l'amour revenait à l'appel de sa désolation, Pierre, d'une voix entrecoupée par ses sanglots, lui apprit la cruelle séparation qui venait de leur être infligée.

Mariette, profondément émue, essuyait ses propres larmes en le consolant, et elle s'évertuait à lui rendre courage et confiance.

Elle lui disait :

— Oui, c'est un grand malheur... Il aurait mieux valu que l'on ne sût jamais rien de sa famille... que l'on fît aucune recherche... Tout se serait arrangé plus tard, lorsque Liette aurait été majeure... Mais cela s'arrangera... Tu comprends bien que, dans sa position, sa marraine ne voudra pas la séparer de toi... Elle sera bien obligée de consentir à votre mariage... Liette lui expliquera ce qui s'est passée... Elle n'est pas coupable, ni toi non plus...

Mais le malheureux continuait à pleurer.

Il ne pouvait se laisser toucher par les affectueuses exhortations, car il sentait que son malheur serait irrémédiable.

Les affreux pressentiments prenaient à chaque instant plus de force et aggravaient son désespoir.

— Non, Liette est perdue... Je ne la reverrai plus !... — sanglotait-il. — Ma Liette... Ma Liette !...

— Tu ne tarderas pas à avoir des nouvelles, — continua Mariette qui ne savait comment le consoler. — Elle viendra... ou elle t'écrira... Elle obtiendra que sa marraine te fasse appeler... Votre mariage est nécessaire maintenant que Liette vu être mère... Elle le comprendra...

— Non... non... Elle n'aurait pas agi ainsi...

— Elle ne pouvait pas savoir... Elle ne te connaissait pas... Elle a eu peur du scandale... Mais justement, pour qu'il n'y en ait aucun, il faut que vous mariez...

Mon pauvre Pierre !... — dit l'excellente fille en l'embrassant encore. — Mon pauvre Pierre, ne pleure pas ainsi... Tout n'est pas perdu, va !...

— Hélas !...

— Veux-tu que j'aille chez cette dame ?...

— Pourquoi ?...

— Je lui parlerai... Je verrai Liette... A nous deux nous lui expliquerons tout !...

— Non... non... — fit Pierre. — J'aurais l'air de vouloir abuser de la situation, de profiter de la position de Liette pour la contraindre à consentir à ce mariage...

— Cependant, il le faut maintenant !...

— Mais je ne puis la demander... Tu comprends bien que, dans la situation où je suis...

— Liette l'obtiendra...

— Qui sait ?...

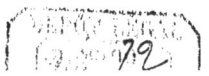

— Oh! chère et pauvre enfant!... (P. 582.)

Lorsque Totor arriva et qu'il apprit ce qui s'était passé, il s'emporta, après avoir compati à la douleur de son ami.

— Le voilà, le grand monde, — s'écria-t-il. — Le monde chic!... On n'est pas digne d'eux parce qu'on est que des ouvriers !... Si ça ne vous fait pas suer !... Eux, les gens de la haute, quand une gosseline les embarrassent, ils la plaquent chez une bonne femme, ils casquent pour ça, ce qui ne leur coûte pas cher puisqu'ils ont du poignon de reste, et ils se défilent sans donner leur nom et leur adresse... Puis il arrive un brave garçon comme toi, un ouvrier, mais un honnête homme, qui vaut plus dans son petit doigt que tous ces repus dans leurs énormes bedons, tu aimes cette petite abandonnée, tu la prends, ce qui est bien ton droit, puisqu'ils n'en veulent plus... et le jour où vous vous aimez, là famille intervient et te l'enlève !...

De quel droit ?... Est-ce que cette bonne femme a rempli ses devoirs auprès de Liette pour revendiquer des droits aujourd'hui !...

— Ah! oui, tu as bien raison !... — dit Pierre avec de la fureur dans les yeux.

Mariette intervint, prêchant le calme, faisant entrevoir l'espoir.

— Ce n'est pas la marraine de Liette qui l'a abandonnée, — dit-elle. — Cette dame l'a, paraît-il, longtemps cherchée, ainsi que sa mère dont elle ignorait la mort... C'est ce que vous a dit Mᵐᵉ Ardusson qui est allée la voir...

— Qu'est-ce que ça fait ?... — fit Totor. — Elle n'en sépare pas moins Liette et Pierre qui s'aiment, parce qu'elle ne veut pas que sa filleule épouse un ouvrier.

— Mais elle ignore sans doute la position de Liette... Quand elle **saura** qu'elle est enceinte, elle consentira à ce mariage...

— Ce n'est pas si sûr que ça !...

Pierre s'irritait maintenant.

— D'abord, de quel droit intervient-elle, cette femme qui n'est que la marraine de Liette ? — demanda-t-il. — Elle ne lui est rien aux yeux de la loi !...

— Elle n'a absolument aucun droit, — approuva Totor.

— Il faut bien, tout de même, qu'elle ait quelque droit pour que le commissaire de police ait reçu sa plainte et ait fait ce qu'il a fait, — dit Mariette. — Elle a dû se mettre en règle, se faire donner un pouvoir pour agir...

— Enfin, n'importe, c'est injuste !... — fit Totor. — On n'a pas le droit d'empêcher un jeune homme et une jeune fille de s'aimer !...

— Aucune puissance humaine ne nous en empêchera ! — déclara énergiquement Pierre. — Je connais Liette !...

— Oh ! oui, chère petite, elle t'aime...

— Et rien de la détachera de moi !... rien !...

— C'est à elle qu'il faut songer, — dit encore Mariette, — car elle est encore plus malheureuse que toi, mon pauvre Pierre.

— Oh ! cette misérable femme qui la torture !...

— Ce qui me fait bondir, — s'écria Totor, — c'est qu'on voulait t'arrêter !... Détournement de mineure, en voilà une saleté !... Est-ce que vous ne vous êtes pas aimés librement ?..,

— Eh ! parbleu !...

— A qui donc Liette pouvait-elle demander la permission de t'aimer, puisque ses parents l'avaient abandonnée sans se faire connaître !... Alors où est-il ce détournement ?... C'est infâme !...

— Pierre a bien fait de céder pour le moment, — intervint encore Mariette, — car on l'aurait arrêté !... Que veux-tu ? la loi est la loi !... Tandis qu'en ne se révoltant pas, tout s'arrangera !... Il est impossible qu'on empêche Liette d'épouser Pierre, maintenant qu'elle va avoir un enfant...

— Ah ! je voudrais bien que tu dises vrai, — fit Totor qui était réellement pessimiste, — mais quand on voit ce qu'un enfant compte peu pour ces gens là, il y a de quoi en douter...

— Non... ne crois pas ça... Et puis Liette ne se laissera pas faire !...

— Que veux-tu qu'elle fasse !...

— Mais moi je serai là, — dit Pierre, farouche, — et si on veut me l'enlever, on aura à compter avec moi, je te le jure !...

— Moi, j'ai bon espoir, — dit Mariette. — Cela s'arrangera... Si cette dame s'intéresse ainsi à Liette, c'est qu'elle l'aime... Elle ne voudra donc pas faire son malheur !... Elle a eu peur du scandale, c'est pour ça qu'elle a agi ainsi... Elle ne connaît pas Pierre... Pierre n'est qu'un ouvrier, mais quand Liette aura parlé de lui à sa marraine, quand elle le lui aura fait connaître, quand elle saura qu'il a toujours été prêt à faire son devoir et qu'il l'aurait épousée si cela avait été possible, elle ne pourra s'opposer à ce mariage, ne serait-ce qu'à cause de l'enfant !...

— Eh bien ! moi, je n'ai pas la même confiance que toi, — dit Totor.

Je ne dis pas ça, sois en bien sûre, pour monter Pierre et lui faire faire des bêtises, — ajouta-t-il tout de suite, répondant à un reproche qu'il lut dans les yeux de Mariette, — mais je le dis parce qu'il vaut mieux savoir à quoi s'en tenir, afin de décider ce que l'on a à faire.

Si la marraine de Liette était une femme capable de faire ce que tu dis, elle n'aurait pas agi ainsi... Au lieu de porter plainte et de s'adresser à la police, au lieu d'intervenir brutalement, de séparer Liette de celui qu'elle aime et de se la faire conduire chez elle par la force, elle aurait dû s'informer, venir la trouver, se faire conter sa position, et elle aurait vu alors qu'elle avait affaire à un honnête homme... Et si elle était capable d'avoir de bons sentiments, elle les aurait montrés tout de suite !...

— Parbleu !...

— Sans doute, cela aurait mieux valu, — dit Mariette.

— Aussi, il ne faut pas trop compter sur les sentiments de cette bonne femme là, — persista Totor, — et il sera bon de ne pas se fier à elle... voilà ce que je veux dire !

Du reste, — ajouta-t-il, il y a bien un moyen que je connais de la mener par les petits chemins et de la forcer à laisser faire ce mariage, si elle cherche à s'y opposer.

Et comme Pierre et Mariette le regardaient avec stupéfaction, Pierre surtout, prêt à tout tenter, il dit d'un air mystérieux et malin :

— Tu verras ce que je te dis !... Laisse seulement le gosse venir au monde et si la marraine de Liette s'oppose à votre mariage, elle sera bien obligée d'y mettre les pouces !...

— Il n'y aura pas besoin de tout ça, — répondit Mariette. — Je suis sûre que tout d'arrangera... — On ne peut faire violence à Liette... Elle aime Pierre et elle l'épousera.

XXXIII

LA COMÉDIE DE LA TENDRESSE

Demeurée seule dans le cabinet du commissaire de police après le départ de Pierre, la pauvre Liette sentait sa vie entière brisée, et le désespoir qui l'accablait était si profond qu'elle demeurait anéantie, incapable de dire si ce qui venait de se passer était vrai, ou si son imagination était le jouet d'un épouvantable cauchemar.

Tout lui manquait du moment qu'on la séparait de son Pierre, et elle se sentait absolument désemparée, incapable d'agir, de prendre une résolution et même de penser.

Elle entendait à peine le commissaire de police qui, compatissant à sa douleur, cherchait à la tirer de son accablement en l'encourageant avec de bonnes paroles.

Il essayait de lui faire entendre la voix de la raison et de faire briller la lueur d'un espoir.

— Votre marraine, que j'ai vue ici, est une excellente personne qui a pour vous une affection absolument maternelle, car elle n'est inspirée que par le devoir qui lui incombe de remplacer auprès de vous votre mère qui a été sa meilleure amie, — lui disait-il. — Malgré toutes les recherches auxquelles elle s'est livrée depuis bien des années, elle n'a pu savoir ce que Madame votre mère et vous étiez devenues. Elle vous expliquera tout cela elle-même...

Seulement je voudrais que vous compreniez bien dans quels sentiments affectueux elle a agi... Vous le comprendrez mieux lorsque vous la connaîtrez et vous serez heureuse, j'en suis sûre, d'avoir trouvé une pareille affection, vous dont la jeunesse a eu le malheur d'être privée de la tendresse d'une mère.

En ce moment, vous ne pouvez voir les choses comme je les vois, car vous êtes trop profondément affectée par le bouleversement qui vient d'être si inopinément apporté dans votre existence. Vous ne voyez qu'une chose, c'est qu'on vous sépare de celui que vous aimez...

Croyez-moi, ma chère enfant, cette séparation était nécessaire, et je puis vous assurer qu'elle n'est que provisoire... Si vous pouviez réfléchir avec calme, avec sang-froid, vous comprendriez bien que votre marraine ne pouvait agir autrement ; elle aurait paru approuver et consacrer l'irrégularité de votre position...

Et puis, elle ne connaît pas M. Duval... Elle ne peut juger entre quelles mains vous êtes tombée, ni apprécier à quel homme vous avez donné votre cœur... Elle ignore sans doute aussi votre situation...

Ayez donc confiance et vous verrez que tout s'arrangera. Vous le lui ferez connaître, vous lui direz, ce que je comprends très bien moi-même, quelles difficultés vous avez rencontrées, lorsque vous avez voulu vous marier..., vous lui démontrerez que c'était bien là votre intention et celle aussi de M. Duval...

— Oh ! oui, monsieur, je vous le jure, — dit alors Liette à travers ses larmes, — si nous ne nous sommes pas mariés, c'est que nous ne l'avons pas pu.

— Je le sais très bien et je l'ai compris d'après ce que M. Duval m'a dit tantôt ; votre marraine le comprendra aussi.

— Les démarches et les recherches que Mme Ardusson a faites le prouvent bien, puisque c'est en faisant ces recherches pour découvrir ma famille et pour me procurer les papiers nécessaires à notre mariage, qu'elle est arrivée à ma marraine.

— Évidemment... Ayez donc confiance...

— Je le voudrais bien, mais je suis trop malheureuse en ce moment pour oser espérer... Qui sait quelles sont les idées de ma marraine ?...

— Ce qu'elle fait pour vous prouve son affection, — dit le commissaire de police. — Si elle ne vous aimait pas, elle se serait désintéressée de vous et ne se serait pas fait connaître, car rien ne l'y obligeait...

— C'est vrai... cependant elle voulait faire arrêter mon...

— Elle ne pouvait agir différemment pour donner une sanction à son intervention, — interrompit le magistrat, — car on est obligé parfois, dans l'intérêt même de ceux que l'on aime, d'agir avec rigueur... Votre marraine ne savait pas si M. Duval ne chercherait pas à vous détourner d'elle...

— Si elle m'avait écrit, je serais allée la trouver et je lui aurai tout dit...

— Eh bien ! vous lui direz tout, et espérez, tout s'arrangera.

Le commissaire se leva.

— Venez avec moi, — dit-il à Liette. — Je vais vous conduire moi-même

chez votre marraine... Ce sera moins pénible pour vous que si je l'avais fait
venir ici et qu'elle vous emmène... Venez !

Liette suivit le commissaire et monta avec lui dans une voiture de maître
qui stationnait à la porte du commissariat.

Pendant le trajet, le commissaire continua ses exhortations, tandis que
Liette demeurait silencieuse, profondément impressionnée par l'approche de
cet événement qu'elle redoutait.

Elle ne parvenait pas ressaisir son esprit et tremblait à la pensée de se
trouver dans quelques instants en présence de cette femme qui venait de la
séparer de celui qu'elle aimait.

Malgré elle, sans connaître sa marraine, elle se sentait prise d'une insur-
montable aversion, d'une défiance que le commissaire de police sentait bien
et contre laquelle il cherchait à lutter par de bonnes paroles.

— Nous voici arrivés, — dit le magistrat quelques instants avant que la
voiture s'arrêtât devant la maison qu'habitait la fausse Lia de Chavanges.

Il aida Liette à descendre et la fit poliment passer devant lui en pénétrant dans la maison.

*　*

L'usurpatrice, d'accord avec le commissaire sur l'issue probable de son
intervention, attendait la fille d'Odeline que devait ramener sa voiture, mise
à la disposition du fonctionnaire qui lui avait promis de la conduire lui-
même.

Elle était vêtue de noir, avec une élégance sévère, son corsage agrémenté
d'entre-deux de jais.

Elle arriva dans l'antichambre au moment où le valet de chambre intro-
duisait Liette toute confuse, émue et tremblante.

— Madame, voici votre filleule que j'ai le plaisir de vous amener, — dit
le commissaire de police.

— Oh! chère et pauvre enfant!... — s'écria hypocritement la grande
dame. — Je vous remercie bien vivement, monsieur, du grand service que
vous venez de rendre à ma filleule!...

Et s'approchant de Liette, dont elle prit la main, ayant résolu de simuler
envers elle l'affection, de la prendre par les sentiments en jouant un rôle de
tendresse, elle lui dit :

— Venez, ma chère Liette, et soyez chez moi la bienvenue...

Venez, — répéta-t-elle en la conduisant dans le petit salon, — et ne
soyez pas ainsi timide, embarrassée...

Je sais tout, — lui dit-elle à voix basse en la tenant par la taille, — et je
me suis sentie prise surtout de compassion pour vous, ma chère enfant, car
vous n'êtes pas absolument coupable, étant donné l'abandon dont vous avez
été victime et votre enfance privée de l'affection, des soins, des conseils et de
la vigilance d'une mère...

Elle la fit venir asseoir auprès d'elle, tout en désignant un siège au commissaire de police qui ne voulait point troubler ces premières effusions fa-
miliales, et elle reprit à haute voix :

— Regardez-moi donc... Ne baissez pas ainsi constamment les yeux...
Dieu, elle est tout le portrait de sa pauvre mère... ce sont ses yeux, sa bouche, tout... Je retrouve en elle ma bonne Odeline toute entière quand elle
avait son âge!...

Et s'adressant surtout au commissaire, à qui elle avait pourtant donné
toutes les explications dans la longue entrevue qu'elle avait eue avec lui la
veille, elle poursuivit :

— Depuis plus de dix ans, je n'avais plus revu mon amie et il m'était
impossible, malgré toutes les recherches que j'ai faites, de savoir ce qu'elle
était devenue avec sa fille, ma chère filleule que je connaissais à peine...

Vous ne vous souvenez guère de moi, n'est-ce pas? — demanda-t-elle à
Liette. — Vous étiez trop jeune!... Pensez donc, vous n'aviez pas sept ans
quand je vous ai vue pour la dernière fois à la Pommeraie, au château de
votre mère.

Et depuis, plus une nouvelle... La vicomtesse partit avec sa fille, m'ayant
confié ses projets, car elle n'avait rien de caché pour moi et je connaissais
toutes ses douleurs... Ah! oui, je sais tout ce qu'elle a souffert, cette pauvre
amie!... Je les croyais toutes deux à l'étranger et je m'étonnais, et je m'inquiétais de ne pas avoir une seule fois de leurs nouvelles.

J'avais fini, absolument désespérée, par les croire mortes au loin, car il
ne me semblait pas possible que mon amie ne m'eût pas écrit depuis si longtemps si elle avait vécu.

Il a fallu cette femme qui est venue à moi, cette Mme Ardusson, à qui vous
avez été confiée, ma chère enfant, à la suite de je ne sais encore quelle intrigue, pour que j'apprenne que ma pauvre amie, votre bonne mère était
morte déjà depuis dix ans, et que vous viviez toujours, vous, ma filleule.

Trompée par le ton affectueux de ces paroles, dupe de ces démonstrations
qu'elle croyait sincère, Liette se sentait touchée.

Elle se mettait à concevoir quelque espoir.

— Oh! monsieur, laissez-moi encore vous remercier pour votre bienveillante intervention, — reprit la fausse Lia de Chavanges. — Non seulement
c'est à vous que cette enfant devra ce que je serai si heureuse de faire pour
elle, mais vous m'avez permis de rendre à la mémoire de ma pauvre amie le
témoignage d'affection que je lui dois.

— Madame, je n'ai fait que mon devoir, — répondit le commissaire de
police. — Un magistrat doit être surtout un médiateur qui doit donner son
appui aux familles qui le réclament.

Et se levant :

— Je vais vous demander la permission de me retirer... — ajouta-t-il.
— Je suis heureux d'avoir contribué à rendre à Mademoiselle la situation qui lui est due par sa naissance, mais c'est surtout à vous, madame, que revient le mérite de cette action...

Mademoiselle, — dit le commissaire à Liette, — vous voilà désormais dans votre famille et je m'en réjouis pour vous... Vous apprécierez, j'en suis sûr, tous les bienfaits de l'affection dont vous serez entourée, vous qui avez été privée de la tendresse d'une mère!...

Madame, j'ai bien l'honneur de vous saluer.

— Encore une fois, merci, Monsieur, — dit la grande dame en tendant sa main au magistrat, qui la prit et la serra doucement en s'inclinant.

— Ma chère enfant, — reprit la fausse Lia de Chavanges en revenant s'asseoir près de Liette dès qu'elle fut seule avec elle, — voyons, nous allons causer toutes deux, car nous avons bien des choses à nous dire. Embrassez-moi d'abord... Voulez-vous? — fit-elle croyant voir une hésitation chez la jeune fille. — Il faut que je vous explique comment j'ai été obligée d'agir avec une certaine rigueur... Mais quand vous saurez tout, vous verrez que je ne suis pas méchante, et vous comprendrez que je vous aime et que je veux vous aimer doublement désormais, pour votre pauvre mère et pour moi... Allons, embrassez votre marraine!...

Et tandis que Liette lui donnait un baiser, elle poursuivit :

— Vous êtes toute honteuse!... On disait que vous avez peur... Voyons, je ne vous épouvante pas... Je ne suis pas méchante...

Venez dans ma chambre, nous serons mieux qu'ici pour causer... ce sera plus intime.

Elle la conduisit, lui faisant traverser le grand salon et son boudoir, et dans sa chambre, elle la fit asseoir encore auprès d'elle sur la chaise-longue.

— Je le comprends, c'est un bouleversement complet dans l'existence que vous vous étiez faite, — dit Valérie Dubourg en tenant toujours la main de Liette. — Vous vous étiez habituée à cette situation, ignorant la famille à laquelle vous appartenez; mais vous ne tarderez pas à comprendre, ma chère Liette, que dans ce que j'ai fait pour vous, je n'ai été inspirée que par la vive affection qui me liait à votre mère, ma meilleure amie, une véritable sœur, affection que je veux reporter sur vous en souvenir d'elle; vous comprendrez que je n'ai travaillé qu'à votre bonheur, malgré le sacrifice, cruel sans doute, que j'ai été obligé de vous demander et que je vous sais gré de ne pas m'avoir contrainte à vous imposer.

Liette eut un soupir douloureux sous cette évocation de la séparation cruelle qui lui avait été infligée.

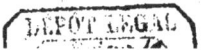

...Je n'ai pas douté un seul instant de la droiture et de l'honnêteté de vos
intentions... (P. 588)

— Je devais avoir souci avant tout de l'honneur du nom que vous
portez, — poursuivit la prétendue amie d'Odeline, — et j'ai fait pour vous
ce qu'aurait fait votre mère si c'est elle qui vous eût retrouvée...

Ah! votre pauvre mère, elle a bien cruellement souffert, — poursuivit
l'aventurière pour faire diversion, sachant bien que Liette, dont elle connaissait le cœur, ne serait pas insensible à ce qui se rapportait à sa mère. —
Je ne puis encore tout vous dire, car il est des choses concernant les parents

que l'on ne peut révéler à une enfant, afin de ne pas amoindrir le respect et l'affection qu'elle leur doit...

Oh! ce n'est pas à votre mère que je fais allusion en disant cela, soyez-en sûre!... Votre mère, ma chère Liette, a été la plus digne et la plus sainte des femmes!... La malheureuse n'a pas eu le bonheur auquel elle avait droit... Elle a été bien malheureuse et elle était absolument désespérée la dernière fois que je l'ai vue à La Pommeraie, où elle m'avait appelée pour me demander un service qu'elle ne pouvait obtenir que d'une amie dévouée comme moi.

Vous souvenez-vous de cela?... Vous étiez jeune, c'est vrai, mais vous pouvez vous rappeler les deux jours que j'ai passés là-bas.

De la tête, Liette fit un signe négatif.

— Non, vous ne vous rappelez pas?... C'est quelques semaines après que votre mère est partie avec vous, poussée par les besoins de son cœur, par le souci de votre avenir, car c'est pour vous surtout qu'elle agissait... Ah! si elle n'avait pas eu d'enfant, ma pauvre Odeline vivrait encore... Elle aurait suivi le conseil que je lui donnais, de réaliser tout ce qu'elle possédait, avant d'en arriver à la ruine où elle s'est jetée, croyant bien faire, et elle aurait vécu avec moi, comme je lui proposais de le faire, et avec vous, alors qu'il en était encore temps.

Qu'a-t-elle fait, pauvre femme?... Le saurai-je jamais?... Qu'est-elle devenue quand elle est partie avec vous?... Comment est-elle morte ainsi, à Paris, lorsque je vous croyais toutes deux si loin?... Comment n'ai-je rien su de tout cela?... Depuis que je sais que vous existez, je me demande, sans parvenir à me l'expliquer, ce qui a pu se passer!...

Et vous, ma pauvre mignonne, comment se fait-il que vous ayez été confiée à cette femme de Clamart, que vous ayez été abandonnée, que la personne qui vous a conduite là-bas se soit fait passer pour votre marraine, d'après ce que j'ai appris?... Tout cela me démonte, me surpasse!... Il y a là un mystère que je ne parviens pas à approfondir!...

L'usurpatrice jouait son rôle à merveille.

Liette ne pouvait avoir le moindre soupçon.

Rien, pas même une intonation de voix, ne pouvait lui rappeler cette femme chez laquelle sa mère était morte, et qu'elle avait d'ailleurs connue si peu de temps.

Elle était encore moins en état que Sophie Ardusson, à cause de son jeune âge à l'époque, de retrouver la femme de la rue Clauzel dans cette grande dame si complètement différente de toutes manières.

L'infortunée amante de Pierre ne pouvait que croire, sans aucun doute possible, tout ce que sa prétendue marraine lui disait.

Cette femme, en outre, s'imposait à elle avec une autorité à laquelle elle ne se sentait pas la force de se soustraire.

La fausse Lia de Chavanges, paraissant inspirée par le plus profond intérêt et même émue d'une réelle compassion, se fit raconter en détail par Liette toute son existence à Clamart, depuis le jour de son abandon.

Elle la questionnait avec une affection admirablement simulée et jouait, par moment, en des exclamations pathétiques, une indignation qui devait paraître réellement sincère.

Elle arriva ainsi à l'époque où Liette avait connu Pierre Duval.

— Oui, je sais cela, — l'interrompit-elle, — je sais tout, ma pauvre enfant... J'ai vu Mme Ardusson qui m'a appris le malheur qui vous est arrivé... la faute que vous avez commise...

Oh! ne vous effrayez pas, ma chère Liette, car, si, dans le premier moment, je n'ai pu retenir mon indignation, j'ai réfléchi depuis, et j'ai compris que vous êtes plus à plaindre qu'à blâmer... Évidemment, vous ne saviez pas quels devoirs incombaient, puisque vous ignoriez à quelle famille vous apparteniez... Et puis vous avez été livrée à vous même, vous êtes demeurée seule lorsque Mme Ardusson a été arrêtée...

Car j'ai su la vérité, — dit en soulignant ces mots Valérie Dubourg, qui s'apprêtait ainsi à se débarrasser définitivement de la femme de Clamart, qui aurait pu devenir gênante un jour. — Lorsque Mme Ardusson est venue me voir et que je l'ai accueillie, j'ignorais qu'elle avait été condamnée pour vol. Je ne pouvais que la croire quand elle m'a dit qu'elle avait été malade et qu'elle avait été obligée d'entrer à l'hôpital, vous laissant ainsi seule, sans conseil, sans surveillance. Mais, lorsque j'ai dû m'adresser au commissariat de police, j'ai appris que cette absence était due non à une maladie et à un séjour à l'hôpital, mais à une condamnation... Cette femme m'avait menti!...

Ah! ma pauvre petite, dans quelles mains étiez-vous tombée!... J'en frémis tellement et je me sens prise pour vous d'une telle compassion que je ne me sens pas la force de vous adresser le moindre reproche... Vous ignoriez tout de la vie et vous aviez été confiée à une coquine qui aurait peut-être honteusement spéculé sur vous!... Ceux qui ont fait cela de vous sont de bien grands coupables qui méritent le châtiment le plus sévère et qui expieront durement leur crime... Mais vous, vous n'êtes pas moralement responsable car vous ne connaissiez pas vos devoirs, car vous n'avez pas été élevée dans ces traditions d'honneur, de respect de soi-même et d'orgueil du nom que vous auriez conservées et que vous auriez reçues avec l'éducation que votre pauvre mère vous eût donnée!...

C'est un grand malheur que je n'aie pu savoir plus tôt ce que vous étiez devenue et vous tirer de là!... Enfin, le mal ignoré ne produit pas de scandale, c'est la seule consolation qui nous soit permise aujourd'hui, et, dans une certaine mesure, il pourra encore se réparer. Il est heureux tout de même, après ce qui vous est arrivé, que le nom qui est le vôtre, le nom

honoré de votre famille n'ait pas été divulgué; il n'échappe ainsi à la souillure et à la honte que votre faute lui eût infligée, et, grâce aux mesures que
je prendrai avec vous, il sera préservé de tout opprobre.'

Maintenant que vous savez la vérité, maintenant que vous connaissez
votre naissance, maintenant que vous avez appris que vous êtes la fille de
la vicomtesse d'Arcis, il va falloir songer à racheter cette faute...

— Oh! oui, madame, — dit Liette toute confuse, rouge de honte, mais
qui entrevoyait un espoir, — c'est mon plus ardent désir, je vous le jure...
Je suis prête à réparer ce que j'ai fait... et croyez que, si cela avait été possible, je n'aurais pas fait cela... Nous avions l'intention de nous marier, je
vous en fais le serment!...

— Oui, je sais et je vous crois, — fit la grande dame. — Évidemment,
ne connaissant pas votre naissance et les devoirs qu'impose l'honneur de votre
nom, vous pensiez pouvoir vous marier en toute liberté... Je n'ai pas douté
un seul instant de la droiture et de l'honnêteté de vos intentions et je vous
ai dit ce qui rend votre faute bien excusable à mes yeux.

Valérie Dubourg voulait éviter, pour le moment, le sujet où l'appelaient
les paroles de Liette, afin de ne pas s'aliéner son esprit.

Elle ne comptait découvrir que plus tard ses intentions à l'infortunée si
brutalement séparée, par elle, de celui qu'elle aimait.

— Ça va être d'abord toute une nouvelle existence pour vous, — dit-
elle pour faire diversion, — et vous verrez comme il sera simple de l'organiser, si vous voulez bien suivre les conseils que je vous donnerai et qui me
seront inspirés par l'ardente affection qui me liait à votre mère et que je
veux reporter sur vous.

— Croyez, madame...

— Voyons, pas de ces mots cérémonieux entre nous, — interrompit la
fausse Lia de Chavanges. — Je ne suis plus une étrangère pour vous. Appelez-moi marraine... Voulez-vous?

— Oui, ma...

— Marraine!... allons, dites : Marraine, et embrassez-moi pour commencer.

Liette se laissa attirer par cette femme et l'embrassa timidement, mais
elle sentit le froid de son baiser et, sous cette impression, un tressaillement
l'agita.

— Bon sang ne peut mentir, — reprit l'aventurière, — et, en dépit de
la triste éducation que vous avez reçue chez cette femme de Clamart, il y a
en vous, j'en suis sûre, les qualités de noblesse que vous avez reçues avec la
naissance... les aspirations élevées qui sont celles de votre race... Tout cela
sommeille en vous et s'éveillera peu à peu. Heureusement, d'après ce que
m'a dit Mme Ardusson, vous avez été élevée dans une maison religieuse...

— Oui... marraine, — répondit Liette avec effort.

— Vous avez reçu quelque instruction. Dans quel couvent étiez-vous donc? — questionna Valérie Dubourg bien qu'elle le sut déjà.

— Chez les dames de la Présentation, à Meudon.

— A Meudon! — fit l'aventurière avec l'expression d'une vive surprise. — A Meudon!... Est-ce possible?... J'ai été si près de vous sans le savoir.

Liette la regardait avec étonnement.

— J'étais moi-même à Meudon l'été dernier, — dit la fausse Lia de Chavanges qui ne voulait pas que sa filleule ou ceux qui s'intéressaient à elle apprissent cela indirectement. — J'avais loué une petite villa meublée pour la saison... Pas tout à fait à Meudon, mais à un endroit qu'on appelle Fleury, près du bois.

Il est vrai, — fit-elle comme à la suite d'une réflexion, — que cet été vous ne deviez plus être au couvent?

— Non, j'en suis sortie aux grandes vacances de l'année dernière, — dit Liette.

— Vous étiez pensionnaire?

— Oui, marraine.

— Le couvent était loin de Clamart? — demanda l'aventurière qui voulait paraître ne pas être au courant.

— C'est tout près. Meudon est la station qui vient après Clamart.

— Vraiment!... Et j'étais si près de vous sans m'en douter, moi qui vous ai si longtemps recherchée, ainsi que votre mère!... Il est vrai que j'aurais pu vous rencontrer sans savoir que j'avais devant les yeux la fille de ma chère Odeline... Du reste, en allant et venant de Meudon à Paris, lorsque je me rendais à l'Exposition, je n'ai pas seulement remarqué les stations où le train s'arrêtait; je lis toujours en chemin de fer. Mais c'est égal, c'est une singulière coïncidence!... Quelque chose m'attirait sans doute à mon insu, car en venant passer l'été aux environs de Paris, afin de pouvoir visiter l'Exposition, sans être logée à l'hôtel avec tous les étrangers, j'aurais aussi bien pu choisir une autre localité. On m'avait indiqué Meudon à cause du bois, qui est en effet fort agréable... Pas le dimanche, toutefois, car il y a trop de monde, et des gens vulgaires, des familles d'ouvriers, qui s'installent là comme chez eux, qui mangent, qui boivent, qui dorment.

Parlons de vous... Vous voilà donc avec moi, et nous allons vivre toutes deux... J'ai une chambre de réserve, près de la mienne, dont je ferai votre chambre... Vous m'écouterez bien, n'est-ce pas?... Vous ferez tout ce que je vous dirai dans votre intérêt?...

— Oui, marraine.

— Vous vous ferez bien vite, ma chère enfant, à ce changement d'existence, car chez les religieuses vous avez dû recevoir de bons principes. Vous avez fait toutes vos classes?

— J'avais terminé mes études quand je suis sortie, — répondit Liette, — et j'aurais pu passer mon brevet si maman Sophie...

— C'est Mme Ardusson que vous appelez ainsi?

— Oui...

— Ah! pauvre enfant!... Enfin vous n'aviez pas de mère et les besoins d'affection de votre cœur vous faisaient donner ce nom à cette femme... Vous disiez que vous auriez pu passer votre brevet si...

— Si l'on avait eu mon acte de naissance pour présenter à l'inspecteur d'académie.

— C'est vrai... Vous avez appris la musique?

— J'ai appris le piano et le solfège... Seulement depuis que j'ai quitté le couvent, je n'ai plus pratiqué.

— Vous n'aviez pas de piano, cela se comprend. Mais cela reviendra tout seul. Il y a un piano ici, et il y en a un aussi chez moi, au château de la Pommeraie, où je vous conduirai... C'est là que vous êtes née...

Ah! ma pauvre Liette, — fit mélodramatiquement l'habile comédienne, — vous ne savez pas, vous ne pouvez pas imaginer tout ce qu'il y a eu de douleurs autour de votre berceau, avant même votre naissance!... Votre pauvre mère a souffert tout ce qui peut être infligé à une femme dans son cœur d'épouse et de mère...

Mais non, j'ai dit que je ne vous parlerai pas de tout ça.

Venez que je vous montre votre chambre, que je vous fasse visiter mon appartement.

Et elle conduisit Liette en continuant à lui parler, en lui montrant la nouvelle existence qui lui était faite, s'attachant à éloigner sans cesse la question qui la préoccupait, évitant de lui révéler ses intentions au sujet de Pierre Duval.

Liette, saisie de timidité, toujours accablée d'une confusion qu'elle ne pouvait dissiper, n'osait lui parler elle-même de son amour.

Les domestiques étaient prévenus de l'arrivée de la filleule de Mademoiselle, car la fausse Lia de Chavanges avait appris la nouvelle à sa femme de chambre, qui l'avait dite aux autres serviteurs.

On savait que Mademoiselle avait retrouvé la fille d'une de ses amies, la vicomtesse d'Arcis, dont elle était la marraine et qui avait été abandonnée toute jeune.

Autour de l'aventurière, tout le monde était dupe de la savante comédie qu'elle avait organisée et qu'elle mettait en scène avec une prodigieuse habileté.

Il fallait donner à Liette du linge, des vêtements en rapport avec sa condition nouvelle, et la grande dame écrivit à sa couturière qui viendrait chez elle et se chargerait de tout.

Et elle continuait à causer seule à seule avec Liette, lui parlant de son enfance, des premières années de sa vie passée au château de Saint-Gemmes-sur-Loire.

Elle jouait son rôle à merveille et simulait l'affection la plus maternelle se faisant même violence, afin de ne rien laisser soupçonner de l'aversion, de la haine farouche que lui inspirait la fille de la vicomtesse d'Arcis.

Elle ne la détestait pas seulement parce qu'elle était venue, poussée par l'intrigue et la cupidité de cette femme Ardusson, menacer sa sécurité et troubler sa vie d'usurpatrice, mais aussi par une jalousie odieuse qui lui faisait retrouver chez Liette, vivant portrait de sa mère, les traits de celle pour laquelle le vicomte d'Arcis, son amant, l'avait abandonnée ; de celle dont il avait fait sa femme, tandis qu'elle n'avait été que sa maîtresse, son jouet ; de celle à laquelle Adrien avait donné son nom et son titre, tandis qu'elle n'avait reçu de lui que quelques bijoux et de l'argent.

Oh ! oui, elle haïssait de toutes les forces de son âme de démon, cette pauvre innocente dont le crime consistait à lui rappeler les traits de cette rivale qu'elle avait vue, le jour de son mariage, cachée derrière l'un des piliers de l'église, marcher, aussi belle que radieuse de bonheur et d'amour, au bras de l'homme qu'elle avait connu et aimé avant elle.

Le dépit le plus amer, l'envie la plus acerbe l'avaient dévorée, ce jour-là, et en présence de Liette, la misérable retrouvait aujourd'hui, aussi vivants, les épouvantables sentiments de haine qui l'avaient animée.

Elle détestait encore Liette parce qu'elle était la fille de cet homme qu'elle avait aimé et qui avait été son amant, comme si elle se sentait furieuse contre elle de n'avoir pas été sa fille, de n'être pas venue au monde, conçue par elle-même, à l'époque où elle s'était donnée à Adrien, car elle était convaincue que, si elle avait été mère, elle aurait bien décidé son amant à l'épouser.

Elle la détestait aussi comme le criminel déteste la victime de son forfait, comme il hait celui qu'il a dépouillé et qui peut lui faire rendre gorge et lui infliger l'expiation de son crime.

Elle la détestait avec un redoublement de haine parce qu'elle portait en elle, le fruit de son amour, un enfant qui, après elle, serait l'héritier de la fortune qu'elle avait volée.

Et l'habile comédienne avait le talent et la force de dissimuler ce qui se passait en elle.

Elle simulait envers elle, une affection quasi-maternelle, car elle voulait agir sur l'esprit de Liette et se l'attacher afin de conjurer le danger qui la menaçait.

Elle s'arrangeait si bien, détournant toujours sous un nouveau prétexte la conversation du sujet qu'elle redoutait, que Liette, timide et confuse, n'osait lui parler de son amour et la supplier de lui rendre le bonheur qu'elle avait perdu.

La pauvre Liette, accablée par cette honte qui la mettait dans une situation tout à fait inférieure, se sentait prise, enveloppée par cette femme qui représentait pour elle la mère qu'elle avait si peu connue et qu'elle avait tant aimée.

Elle n'osait pas seulement laisser paraître sa douleur.

Elle espérait quand même.

Il lui semblait impossible qu'on ne consentît pas à l'unir à celui que son cœur avait choisi, à celui auquel elle s'était donnée, à celui qui était le père de cet enfant, fruit de son amour, lien sacré, qu'elle portait en son sein

Il n'avait pas été question de sa situation.

Sa marraine n'avait fait aucune allusion à sa maternité prochaine

Ignorait-elle donc son état ?...

Mais alors, quand elle le saurait, quand elle le lui aurait révélé, elle serait bien obligée de la laisser contracter ce mariage.

Sa marraine avait parlé à plusieurs reprises de réparer la faute qu'elle avait commise; la véritable réparation, la seule, consistait à régulariser, à légitimer la situation que son amour lui avait créée.

Elle ne pouvait avoir voulu dire autre chose.

Ainsi que le commissaire de police le lui avait fait comprendre, sa marraine ne connaissait pas Pierre ; elle ne savait pas qu'aux mérites de l'intelligence et de l'honnêteté, il joignait toutes les qualités, qu'il était digne d'elle, qu'il saurait s'élever par son travail à une condition supérieure.

Car elle avait en lui une foi robuste, une confiance égale à son amour.

Depuis qu'elle vivait avec lui, depuis qu'elle s'était faite la compagne de sa vie, elle avait su l'apprécier mieux encore.

Elle savait que Pierre avait, dans l'industrie de premier ordre de ses patrons, les plus brillant avenir.

Elle savait quelle estime les messieurs Rollinet avaient en lui, M. Alfred surtout, dont Pierre parlait sans cesse, et qui, loin, de le traiter comme un simple ouvrier, le considérait en quelque sorte comme son collaborateur.

Est-ce que Pierre n'avait pas passé par l'école d'arts et métiers ?

N'avait-il pas fait d'excellentes études, passé des examens, obtenu son brevet à la sortie de l'école ?

Il y avait un plus grand mérite que tout autre, car, demeuré orphelin, il avait fallu qu'il travaillât de lui-même.

Et s'il n'avait pu continuer, aller à l'École Centrale, devenir ingénieur, débuter dans une situation élevée, c'est parce qu'il ne possédait pas la fortune, parce qu'il avait été obligé de travailler pour vivre.

Mais comme le général qui sort humblement du rang, Pierre saurait s'élever par son travail et par son intelligence.

Il était véritablement fils de ses œuvres.

Elle hésita un instant avant d'écrire sa première ligne... (P. 599.)

La marraine de Liette ne pouvait savoir tout cela, puisqu'elle ne connaissait même pas celui qu'elle aimait.

Il fallait bien qu'elle se méprît sur son compte pour avoir ainsi agi rigoureusement envers lui, en le faisant appeler chez le commissaire de police, en déposant contre lui une plainte pour détournement de mineure.

Liette n'avait même pas la force, dans son doux espoir, dans sa chère illusion, d'en vouloir à sa marraine.

Elle n'avait obéi, croyait-elle, qu'à la voix de son affection, qu'au cher souvenir de sa mère, qui avait été la meilleure amie de sa marraine, qu'au devoir qui lui incombait par suite de l'engagement pris par elle, quand elle l'avait tenue sur les fonts du baptême, de remplacer pour elle spirituellement et matériellement cette mère, si elle venait un jour à lui manquer.

Et elle croyait, ainsi que sa marraine le lui avait dit, que sa mère elle-même n'aurait pas agi différemment.

Et cependant, malgré cet espoir qu'elle entretenait en elle, la pauvre Liette se sentait l'âme enveloppée de la plus douloureuse mélancolie, de la plus noire tristesse.

Elle était impressionnée par le cadre imposant de cette existence nouvelle.

Elle se sentait mal à l'aise dans cette atmosphère, dont le luxe ne compensait pas tout le bonheur qu'elle avait perdu.

Un voile lui cachait l'avenir que son espoir et sa confiance essayaient d'entrevoir.

Elle aurait voulu être sûre et elle se sentait obligée de douter.

Elle appelait Pierre tout bas et il lui semblait qu'il devait entendre sa voix.

Elle pensait à ce qu'elle aurait dû faire, à ce qui était impossible à présent, et, comme tous ceux sur qui fond un malheur imprévu, elle calculait comment on aurait pu l'empêcher, par quels moyens on sevait arrivé à s'y soustraire.

Il aurait fallu, en prévoyant ce qui était arrivé, partir, se cacher, et alors on aurait attendu la majorité, le moment où personne n'aurait plus eu aucun droit.

On aurait vécu ignorés, sous un nom quelconque, dans quelque petit coin perdu.

Mais Pierre aurait perdu son travail, sa position à l'usine qui s'était si bien améliorée !...

Qu'importe !... tout était préférable au malheur d'être séparés.

Pierre était intelligent et travailleur ; il se serait aussi bien débrouillé n'importe où et se serait créé une situation, inférieure peut-être à celle qu'il aurait quittée, mais elle le connaissait, il serait arrivé quand même.

L'argent était, du reste, le dernier de ses soucis.

Elle aurait bien travaillé elle-même pour l'aider.

Au moins, ils n'auraient pas été séparés !...

Puis, la pauvre Liette se disait :

— A quoi bon maintenant penser à cela ?... Qui aurait pu prévoir ce qui est arrivé ?...

Et elle songeait encore à Pierre, elle y songeait toujours, elle ne voyait que lui.

Elle se le représentait désolé, accablé par la plus horrible douleur, seul dans leur petit logement où, hier encore, ils étaient si heureux, heureux d'un bonheur que rien, leur semblait-il, ne pouvait atteindre, que rien n'aurait pu détruire.

Elle le voyait désespéré, pleurant, et ces larmes d'un homme, qui ne peut pleurer que dans les plus épouvantables souffrances, la faisaient cruellement souffrir.

Elle aurait voulu pouvoir le consoler, lui dire d'espérer, d'attendre...

Elle lui avait promis de lui écrire, mais il valait mieux ne faire cela que lorsqu'elle connaîtrait les intentions de sa marraine, lorsqu'elle aurait causé plus longuement avec elle, lorsqu'elle lui aurait tout dit.

Sa marraine, pensait-elle, devait ignorer sa situation, puisqu'elle ne lui en avait pas parlé; mais quand elle saurait qu'elle allait être mère, qu'un enfant allait naître bientôt, engendré par son amour, constituant entre Pierre et elle le lien le plus sacré, elle ne voudrait pas les séparer.

Elle avait parlé de réparation; mais le mariage était la seule possible, et la faute commise serait rachetée par cette union régulièrement consacrée.

Ce mariage célébré secrètement ne pourrait faire rejaillir aucune tache sur le nom de d'Arcis, puisqu'en épousant Pierre Duval, elle prendrait son nom.

Mais Liette n'avait pas pu parler de tout cela.

Elle ne l'avait pas dit, tellement elle était anéantie par le malheur qui avait fondu sur elle et impressionnée par l'ascendant qu'elle se sentait imposé.

Il fallait qu'elle s'habituât un peu pour parler à sa marraine en toute confiance.

Dupe de la savante comédie de cette femme, confiante en elle, éprouvant tous les besoins de tendresse, la malheureuse se croyait aimée, et cette affection qui lui semblait si naturelle lui donnait de l'espoir.

Alors, comme succède parfois le soleil radieux aux désolations de l'orage qu'il dissipe, l'espoir s'augmentait en cette confiance, et l'imagination de Liette entrevoyait un avenir plein d'enchantement.

Ce qui venait d'arriver serait peut-être un mal pour un bien.

Lorsqu'elle aurait épousé Pierre, ce mariage favoriserait sa position, serait utile à son avenir.

Sa marraine pourrait s'entremettre pour lui, le faire réussir brillamment, car il était capable.

Il pourrait devenir ingénieur et avoir une situation qui ferait honneur à cette famille dont le prestige lui importait si grandement.

C'était presque de l'espoir alors, c'était de l'enthousiasme.

Mais hélas ! ce rêve s'évanouissait aussi vite qu'il avait été conçu !...

La grande dame n'avait quitté sa prétendue filleule que pendant quelques instants, afin de donner des ordres et d'expliquer à ses gens cette nouvelle situation, dont elle avait déjà prévenu sa femme de chambre avant l'arrivée de Liette.

Maintenant on allait se mettre à table, et elle voulut s'occuper elle-même de la toilette de Liette.

Tout était chez elle à la plus stricte étiquette.

Bien que vivant absolument seule, ne recevant que rarement quelques connaissances qu'elle s'était faites, avec tout le discernement possible, la fausse Lia de Chavanges s'habillait pour le déjeuner, faisait une seconde toilette l'après-midi, qu'elle sortît ou non, et une autre encore pour le dîner.

Liette n'avait pas d'autre costume pour le moment que celui qu'elle portait.

Mais on pouvait relever la simplicité de cette robe, qui lui allait d'ailleurs à merveille, car elle était l'œuvre de Mariette, par un arrangement de la coiffure, par l'adjonction de quelque ruban, et Lucie, sa femme de chambre, se chargea de cela et l'exécuta avec une sûreté de goût impeccable.

Timide et honteuse, Liette s'abandonnait passivement.

— Demain vous serez plus belle, — lui dit sa prétendue marraine qui assistait à cette métamorphose. — Vous aurez un autre costume à vous mettre; Lucie vous coiffera mieux dès le matin.

Pendant le déjeuner, c'est à peine si, en se contraignant pour obéir à sa marraine, Liette put manger. Elle sentait que dans sa poitrine oppressée les aliments ne pouvaient passer.

Le repas aurait été silencieux si la fausse Lia de Chavanges n'eût fait elle-même presque tous les frais de la conversation, en parlant, du reste, de choses insignifiantes, car elle ne pouvait causer devant le valet de chambre qui se tenait là constamment pour le service.

Après, elle se retira dans sa chambre avec Liette, afin de continuer son œuvre en s'entretenant avec elle familièrement, pour la former à ses desseins, pour l'apprivoiser en faisant montre de l'affection par laquelle elle se prétendait uniquement inspirée.

Elle lui parla encore de sa mère, lui disant en détail tout ce qu'elle en savait, tout ce qu'elle avait appris par la lecture des lettres et des papiers trouvés au château.

Elle lui parlait aussi de sa famille, à peu près éteinte aujourd'hui, à l'exception de quelques parents éloignés, habitant la province, mais lesquels sa mère n'avait eu que de rares relations.

Quant à elle, elle ne les connaissait même pas.

Elle disait aussi à Liette ce qui concernait la famille de Chavanges, —

cette famille dont elle avait usurpé le nom et qu'elle connaissait à fond maintenant, aussi bien que si elle en était réellement issue, — et elle appuyait sur cette amitié, formée dès l'enfance, qui l'avait unie à Odeline de Charleval plus affectueusement que si elle eût été sa sœur.

Elle parlait de ce couvent où elles avaient été élevées ensemble, de l'amitié qui avait uni leurs deux familles, du mariage de son amie Odeline auquel elle avait assisté avec son père.

Elle parlait d'elle aussi, expliquant comment elle avait renoncé à se marier, malgré une brillante recherche dont elle avait été l'objet, lorsqu'elle avait vu combien son amie avait été malheureuse.

— Et cependant, personne mieux que ma pauvre Odeline, n'était en droit de compter sur le bonheur, — dit-elle pathétiquement. — Elle avait tout, absolument tout pour elle, aussi bien la beauté que la fortune. Elle adorait son mari.

Oui, je voulais me marier, et nous avions formé avec votre mère le projet de célébrer nos deux mariages presque à la même époque, le mien devait avoir lieu aussitôt après le voyage de noces qu'elle fit en Suisse et en Hongrie. Puis une circonstance imprévue, un deuil dans la famille du comte de Bellemart, mon fiancé, le fit ajourner. Six mois après, j'eus le malheur de perdre mon père, et ce fut un nouveau délai d'une année.

C'est pendant ce temps que je réfléchis et qu'en voyant ce qui se passait, moi qui étais la confidente des plus secrètes douleurs de ma chère Odeline, j'y renonçai définitivement.

Tenez, c'est le jour de votre baptême que je pris cette résolution, au moment où je vous tins sur les fonts baptismaux avec le marquis de Jessaint, votre parrain, qui est mort à Constantinople en 1868.

J'étais venue à la Pommeraie depuis trois mois, — poursuivit l'usurpatrice qui était admirablement en possession de son rôle, au courant des moindres faits concernant le personnage auquel elle s'était intimement assimilée. — Seule, libre, j'étais accourue avec ma femme de chambre, dès la première nouvelle du malheur épouvantable qui frappait mon amie... Ce malheur que vous connaîtrez sans doute un jour, bientôt peut-être, et qui a été le point de départ de toutes les catastrophes qui ont jeté la ruine et la mort sur votre famille.

Je m'installai auprès de votre mère et je ne la quittai plus. J'ai passé ainsi près d'un an avec elle, essayant de la consoler en redoublant l'affection dont j'étais capable, faisant tout ce qu'il était possible pour faire cesser le malheur qui venait de fondre sur elle.

Qui m'aurait dit, lorsque j'ai vu votre mère partir avec vous, dans les premiers jours du mois d'avril 1868, que je ne la verrais plus!.., — soupira l'habile comédienne en levant les yeux au ciel. — Qui m'aurait dit que j'apprendrais sa mort au bout de dix ans, après avoir fait tout ce qui était humainement possible pour savoir ce qu'elle était devenue?...

Qui m'aurait dit surtout que je vous retrouverai ainsi, vous, sa fille et ma filleule?...

Oh! ma pauvre petite Liette!...

Hélas! on ne peut rien contre la destinée et, en bonnes chrétiennes, nous devons nous y soumettre.

Mais nous pouvons au moins réparer les funestes effets de la fatalité, et c'est ce que je veux faire pour vous, ma chère enfant, c'est ce que je veux faire avec la même affection que votre malheureuse mère qui n'est plus et que j'ai promis devant Dieu de remplacer auprès de vous le jour où elle viendrait à vous manquer.

Ah! si j'avais eu le bonheur de vous retrouver tout de suite, lorsque vous avez eu le malheur de perdre cette mère qui vous aimait tant, tout ce qui est arrivé vous aurait été épargné. Vous n'auriez pas vécu sans affection, abandonnée de tous, livrée aux soins mercenaires d'une femme grossière et indigne; vous seriez demeurée ce que votre naissance vous avait faite!...

Enfin, il n'est jamais trop tard pour bien faire, et c'est encore un bonheur pour vous de m'avoir aujourd'hui.

Maintenant il faut fermer les yeux sur le passé, afin d'amener promptement l'oubli, — reprit la prétendue marraine de Liette après une pause. — Il faut appeler le calme dont vous avez besoin pour vous faire à cette existence nouvelle, qui est la seule digne de vous et de celle dont vous portez le nom.

Je me doute bien de ce qui s'est passé lorsque notre pauvre mère est morte et j'ai déjà compris en quelles mains vous devez être tombée; mais je veux savoir la vérité tout entière et tous mes efforts s'emploieront à la découvrir, heureuse si je puis réparer l'injustice odieuse dont vous avez été victime.

Ayez confiance en moi, ma chère enfant, et soyez bien sûre que tout ce que je fais, quelque dur et cruel peut-être que cela vous paraisse, ne m'est inspiré que par la grande affection, l'affection maternelle que j'ai pour vous, moi qui n'ai que vous à aimer, et aussi par le souci de l'honneur d'un nom qui m'est aussi cher que le mien.

Liette se sentait paralysée en présence de cette femme et elle avait peur de se montrer ingrate en élevant la voix pour parler de cet amour qui lui tenait au cœur plus chèrement que la vie.

Elle pensait qu'elle pourrait, grâce à cette affection que sa marraine lui témoignait, et qui la gagnait elle-même, lui parler bientôt de celui qu'elle aimait, le lui faire connaître tel qu'il était et la supplier de lui accorder ce seul bonheur possible pour elle en le lui laissant épouser.

Pour cela, croyait-elle, il ne fallait pas s'insurger contre les intentions de cette femme si bien disposée contre elle.

Il fallait se soumettre, puisqu'elle agissait, ainsi qu'elle le lui disait, sous l'inspiration de son cœur.

Et la pauvre Liette espérait.

Son espoir était si confiant que le soir, lorsque sa marraine l'eût laissée en l'embrassant, après l'avoir installée dans sa chambre, elle songea à écrire à Pierre pour le lui communiquer.

Elle lui avait promis de lui donner le plus tôt possible de ses nouvelles et elle pensait à la douleur qui devait être la sienne après la cruelle séparation qu'on lui avait infligée.

Elle chercha inutilement dans un petit bureau Louis XV, qui se trouvait auprès d'une des fenêtres, si elle trouverait du papier à lettre; mais lorsque la femme de chambre vint lui offrir ses services, elle lui en demanda et, après l'avoir remerciée, elle se mit à écrire.

A cette seule pensée d'entrer en quelque sorte en communion avec son Pierre, avec cet élu de son cœur dont elle était séparée, Liette sentit sa poitrine se gonfler et ses yeux se remplir de larmes.

Elle hésita un instant avant d'écrire sa première ligne, se remettant de son trouble afin de rassembler ses idées, et dès qu'elle eut tracé les premiers mots, sa plume courut rapidement sur le papier dont elle couvrit les quatre pages.

Elle essayait surtout de consoler son bien-aimé, car elle sentait qu'il devait en avoir besoin, et pour rendre sa consolation efficace, elle se montrait plus forte et plus vaillante qu'elle ne l'était en réalité.

Elle lui inspirait la confiance en l'avenir qu'elle avait elle-même, en lui disant l'accueil affectueux que sa marraine lui avait fait et le long entretien, plein de cordialité et d'émotion qu'elle avait eu avec elle, au cours de cette première journée, entretien dans lequel elle avait appris toutes les douleurs qui avaient accablé sa malheureuse mère jusqu'au moment où la mort la lui avait enlevée.

Liette avouait sincèrement à Pierre qu'elle n'avait pas encore osé parler de lui à sa marraine, tant elle se sentait confuse par sa situation irrégulière, mais elle était sûre que sa marraine elle-même l'interrogerait bientôt à son sujet, car elle tiendrait à se rendre compte du choix que son cœur avait fait.

« Et quand elle te connaîtra, — ajoutait-elle, — quand elle saura l'honnête homme, le travailleur intelligent et instruit que tu es, quand elle saura la position que tu es parvenu à te faire par ton travail et l'avenir sur lequel tu es désormais en droit de compter, elle comprendra sûrement qu'elle doit consentir à notre mariage.

« Ma marraine n'aura plus une hésitation quand elle saura à quel point nous nous aimons et quel lien sacré et indissoluble a constitué entre nous cet enfant que je porte et que j'aime par-dessus tout, autant que je t'aime toi-même parce qu'il vient de toi.

« Je n'ai pas pu encore dire la vérité, ou plutôt je n'ai pas osé faire connaître ma position, car je comprends bien qu'aux yeux du monde je suis coupable.

« Nous sommes coupables tous les deux, car on ne sait pas tout ce que nous avons fait pour régulariser notre amour, pour nous aimer légitimement dans les liens du mariage.

« Et c'est pour cela que je n'ai pas osé parler de cet enfant dont tu es le père et qui va naître dans quelques mois, de ce cher enfant qui nous lie l'un à l'autre pour la vie.

« Mais dès que je le pourrai, demain peut-être, je dirai tout à ma marraine, et alors, sois en sûr, elle n'hésitera pas un instant à nous unir.

« Ainsi notre faute sera réparée, et j'ai bien compris que c'est cela qu'entend ma marraine qui m'a déjà parlé de cette réparation dont elle s'est préoccupée.

« Aussi il ne faut pas lui en vouloir de ce qu'elle a fait, car elle n'a agi que sous l'inspiration de la profonde affection qui la liait à ma pauvre mère, et si elle nous a séparés aussi inopinément, c'est qu'elle a pensé que son devoir l'y obligeait.

« Mais aie confiance, mon cher Pierre, comme je l'ai moi-même, car j'ai compris que ma marraine m'aimait comme une mère véritable. Aie confiance, parce que bientôt je serai encore à toi, pour toujours, et nous oublierons ensemble, en nous aimant plus que jamais, cette épreuve qui aura été bien courte en comparaison des longs jours de bonheur qui nous attendent.

« Je t'envoie tous les baisers de mes lèvres et toutes les pensées de mon esprit.

« Ta femme pour la vie,

« LIETTE. »

Liette se sentit plus heureuse lorsque sa lettre fut achevée.

La confiance qu'elle y exprimait était entrée plus profondément en son cœur.

L'illusion que son esprit se faisait était devenue plus complète maintenant qu'elle l'avait fixée dans ces lignes adressées au bien-aimé auquel elle voulait la faire partager.

Sa lettre cachetée, elle la plaça sur sa table de nuit, afin de la faire porter à la poste dès le lendemain, et elle s'endormit, les yeux pleins de douces larmes, en songeant à celui qu'elle aimait et à l'enfant qui liait indissolublement son existence à la sienne.

TABLE DES CHAPITRES

TOME PREMIER

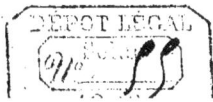

Paris. — E. KAPP, imprimeur, 83, rue du Bac.

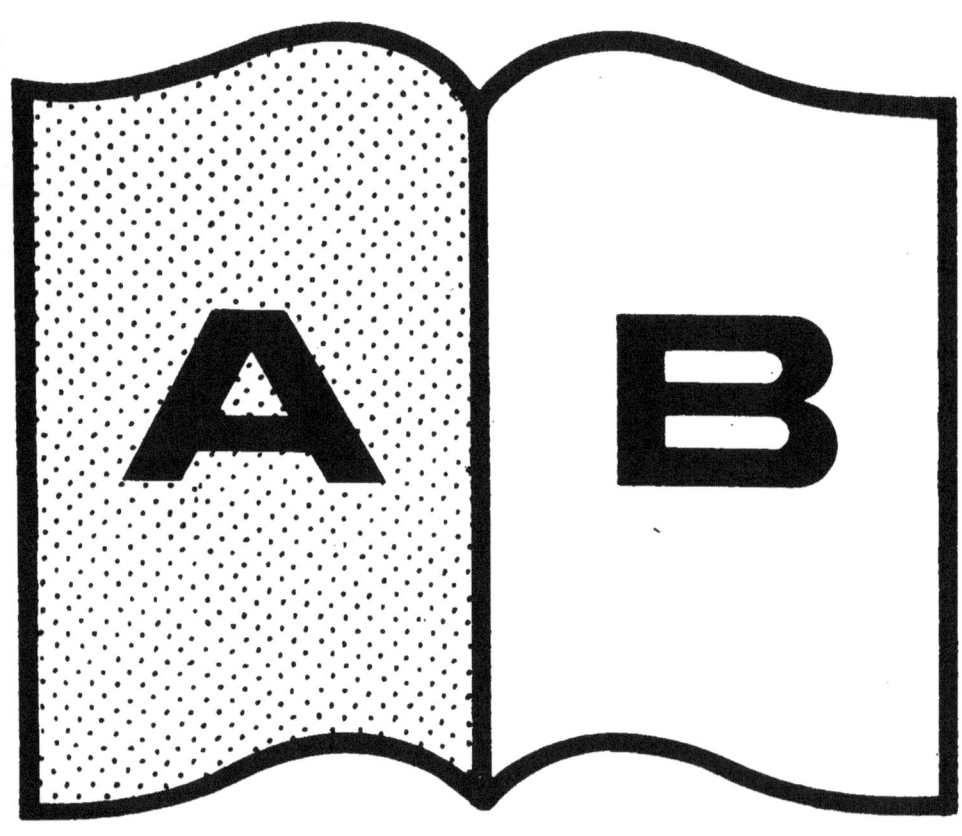

Contraste insuffisant

NF Z 43-120-14

www.ingramcontent.com/pod-product-compliance
Lightning Source LLC
Chambersburg PA
CBHW052340020726
47503CB00001B/52